Tom Kristensen

Absturz

Tom Kristensen

ABSTURZ

Aus dem Dänischen
von Ulrich Sonnenberg

Mit einem Nachwort
von Sebastian Guggolz

GUGGOLZ

Fürchte die Seele und verehre sie nicht,
denn sie gleicht einem Laster.

I

ZWISCHEN DEN MEINUNGEN

I

Jetzt klingelte das Telefon schon wieder.

Ole Jastrau lag auf dem Diwan und las, er legte das Buch aufgeschlagen beiseite. Aus Bequemlichkeit nicht auf den Tisch, sondern auf einen Stapel unaufgeschnittener Rezensionsexemplare, deren glatte Rücken sich wie ein Neubau vom Fußboden erhoben. Es waren die Neuerscheinungen des Frühjahrs, die darauf warteten, für das »Dagbladet« kritisiert zu werden. Nie lagen sie auf dem Tisch, dort hatten nur das schwarze, glänzende Telefon und die dunkle, grobgeschnitzte afrikanische Fetischfigur ihren Platz.

Dann ließ er sich zurücksinken, schnitt Grimassen, um sein mongolisch anmutendes Gesicht weich und freundlich erscheinen zu lassen, und griff schließlich mit einem Gefühl von Abscheu zum Telefonhörer.

»Ole Jastrau am Apparat!«, sagte er in die Sprechmuschel. Er lag bequem auf dem Rücken. Anregend, mit einem Gegenüber zu sprechen, den man sich horizontal in der Luft schwebend vorstellen konnte. »Was? … Vereinigung wofür? … Ach so! Ob ich einen Vortrag halten würde? Worüber? … Aber ich habe nichts auf dem Herzen, nicht das Geringste, das versichere ich Ihnen, Herr Raben.« Jastrau starrte an die weiße viereckige Decke. Leer wie seine Weltanschauung. Nur ein Lampenschirm mit verschwommenen Farben regte sich mit den gespenstischen Bewegungen einer Qualle leise im Durchzug – wie ein menschliches Gemüt. Wie groß und öde diese Decke war.

»… Lebensanschauung? Ha, ha! … Worauf wollen Sie hinaus? Lebensanschau-ung!«, wiederholte er auf Deutsch und strampelte übermütig mit den Beinen in der Luft.

»Was Papa da mit den Beinen macht!«, krähte die Stimme eines Jungen durchs Zimmer, und ein runder Kopf mit blonden Locken tauchte über der Tischkante auf. Aus einem der Nasenlöcher quoll eine glasklare, feuchte Blase. »Oh, was Papa da mit den Beinen macht!« Und dann platzte die Blase vor Eifer.

»Psst, Oluf! Sei still! … Aber nein, lieber Herr Raben, um es ganz direkt zu sagen, ich habe wirklich keine Zeit … Was sagen Sie? … Ob ich morgen Abend in die Redaktion gehe, um mir die Wahlergebnisse anzuhören? Etwa, um uns selbst auszulachen, denn weiß Gott, wir werden eine Schlappe erleben! … Den Hintern wird man uns versohlen! … Dem Radikalismus! … Doch, doch, glauben Sie mir! … Ob ich wählen gehe? … Ich? Nein. Keine Lust!«

In diesem Moment klingelte es an der Wohnungstür.

»So, es klingelt! … Also, dann auf Wiederhören! … Wieder-hören!« Er legte den Hörer auf. »Ach, leckt mich doch kreuzweise!«

»Kreuzweise, ha, ha, kreuzweise«, wiederholte Oluf wie ein spöttisches Echo und streckte seinen runden Bauch unter dem Pullover hervor. »Ha, ha, ha!«

Erneut klingelte es an der Wohnungstür. Zögerlich! Vorsichtig!

»Bleib hier, Oluf!« Jastrau ging hinaus in den Flur.

Durch die länglichen, sandgeblasenen Scheiben der Eingangstür erahnte er ganz hinten rechts einen Schatten. Vermutlich ein Bettler. Wann kam Johanne denn endlich zurück, damit er nicht jedes Mal zur Tür laufen musste, wenn es klingelte? Und um den Kachelofen musste er sich auch noch kümmern. Hauptsache, Olaf kam ihm nicht zu nahe und verbrannte sich! Aber der Bettler! … Jastrau öffnete die Tür mit einem Gefühl, als könnte er auch von hinten angegriffen werden … der Kachelofen … das Feuer geht aus … Oluf fällt hin und tut sich weh!

Ein Mann mit einem krebsroten Kopf. Er stand weit entfernt von der Tür und krümmte sich zusammen. Demütig. Aber was war bloß mit seinen Augen? Es sah aus, als hätte man ihm jede Wimper einzeln ausgerissen, eine nach der anderen. Die Haut war bis zum Augapfel verletzt. Geradezu gruselig. Als würde man sich mit dem Zipfel eines Taschentuchs ins Auge stechen.

»Nein, nein, tut mir leid … hier … gibt's nichts an der Tür«, erklärte Jastrau, dessen Verlegenheit plötzlich in Rigorosität umschlug; er schlug die Tür so hart zu, dass die Scheiben klirrten.

Er hörte die Gestalt die Treppe hinunterschlurfen, doch die Erinnerung an die krebsrote Bettlervisage klebte wie das Gefühl von etwas Feuchtem auf seinem Gesicht. Dieser durchtriebene, flehende Blick und diese entzündeten Augenlider! Diese rote Visage! Sollte er sich nun viele Jahre daran erinnern? Wie an einen Sonnenuntergang aus Ekel?

Mit gekrümmtem Zeigefinger kramte er in der Westentasche. Er fand Messing. Eine Zweikronenmünze. Es war töricht und sentimental, so viel an der Tür zu geben. Allerdings … Jastrau riss die Tür auf und lief den schmalen Treppenaufgang, der trostlos wie eine Küchentreppe aussah, zwei Stockwerke hinunter. Er musste diesen Anblick loswerden, diese Halluzination.

»He! Sie da!«

Die krebsrote Visage drehte sich um, sah zu ihm auf. Der Bettler stand ein paar Stufen unter ihm. Er blinzelte.

»Hier! Bitte sehr!«

Und Jastrau gab ihm das Geld. Drehte sich augenblicklich

um. Hatte das Gefühl, dafür bezahlt zu haben, sich umdrehen zu dürfen. Und ging langsam nach oben.

Aber da war wieder dieses Treppenfenster. Er blieb stehen. Die Scheibe war kaputt. In diesen Zeiten der Wohnungsnot opferte der Hauswirt bestimmt nicht die paar Øre für eine neue Scheibe. Aber die hereinströmende kalte Luft hatte etwas Mildes. Eine Vorahnung des Frühjahrs. Waren die Bäume nicht kurz davor auszuschlagen? In diesem Schacht von einem Hof mit den Fahrradschuppen und offen stehenden Mülltonnen war nichts zu erkennen. Eine kühle und lebendige Luft. Die zerschlagene Scheibe war wie ein Luftloch. Und schließlich soll man an den Frühling denken, wenn er da ist.

Aber der Kachelofen!

Und jetzt klingelte das Telefon schon wieder. In der Wohnung. Durch die offene Wohnungstür hörte er es bis auf die Treppe. Nicht eine einzige Sekunde durfte er stehen bleiben, um innezuhalten und seine Seele mit Luft und Raum zu füllen und an den Frühling zu denken, wenn er da ist.

Nein, er wollte nicht Sklave dieses Telefons sein! Er brauchte seine Ruhe, um zu lesen und zu rezensieren! Er musste Ruhe haben! Also, langsam, langsam! Also zwang er sich zur Ruhe und ging langsam die Treppe hinauf.

»Papa! Fon klingelt!« Oluf hatte sich zwischen das gelbe Sofa und den Rokokostuhl mit der gelben, ovalen Rückenlehne auf den Fußboden gesetzt. Nur der gebeugte Nacken mit den lockigen Haaren ragte wie eine Chrysantheme hervor. Ihn umgab eine Aura eifriger Beschäftigung. Die Locken verdeckten etwas Verbotenes.

»Papa! Fon klingelt!«, wiederholte er. Vielleicht um die Aufmerksamkeit von sich abzulenken.

»Ja, verflucht, ich weiß«, flüsterte Jastrau und lächelte. In Gegenwart des Jungen wollte er nicht allzu laut fluchen. Aber der Kachelofen! Und als wollte er das Telefon auf die Folter spannen, näherte er sich mit langsamen Schritten dem großen grünen Porzellanofen.

Das Feuer brannte. Gott sei Dank! Aber wann kam Johanne denn nur zurück? Sie wollte bloß schnell ein Paar Schuhe kaufen, hatte sie gesagt. Die Asche! Er öffnete die Ofenklappe und rüttelte am Rost, dass es glühende Kohle in den Aschekasten regnete.

Wieder klingelte das Telefon. Noch heftiger.

»Papa! Fon klingelt!«, krähte Oluf triumphierend. Man konnte seinem Schicksal also nicht entkommen … Und dort lag der Stapel mit den Rezensionsexemplaren und wartete und wartete.

Als hätte er jedwede Hoffnung aufgegeben, jemals Ruhe zu finden, trat er an den Tisch, griff mürrisch zum Hörer, stellte sich ans Fenster und starrte verzweifelt über die Straße auf die gegenüberliegende Wohnung. Fenster im vierten Stock in imitiertem Rundbogenstil. Immer waren weiße Vorhänge vorgezogen.

»Ole Jastrau am Apparat! … Ach, du bist's! … Ausgezeichnet, und selbst? … Ja, danke, könnte ich mir durchaus vorstellen, wenn ich die Zeit fände! … Doch! … Doch! Mal sehen! … Donnerstag in acht Tagen. Um acht. Smoking? Nein, Frack und weiße Binde? … Also volle Kriegsbemalung! … Hör mal, warte einen Moment! Ich muss es mir notieren!«

Er griff nach einem Notizblock und schrieb: Eyvind Krog, Donnerstag, 24. April, 8 Uhr.

»Ja … Ja … Faul? Findest du? … Na ja, diese Rezensiererei braucht viel Zeit … Man wird doch ganz wirr im Kopf, wenn man all diese verrückten Ansichten liest, die andere Leute haben … Doch, doch … alle Meinungen sind verrückt.«

Was quatschte dieser Krog bloß? Geistesabwesend blickte Jastrau hinüber zur Wohnung auf der anderen Straßenseite. Nur ein einziges Mal hatte er gesehen, wie eine Frau die Vorhänge zur Seite zog. Ein Gesicht ebenso weiß wie die Vorhänge, ein strenger Zug um einen großen, dunklen Mund. Eine Gipsmaske im Vormittagslicht. Dann hatte sie ihn bemerkt und die Vorhänge irritiert wieder vorgezogen.

»… Nein, du, Eyvind. Für Gedichte habe ich überhaupt keine Zeit …«

Und dann redete Eyvind Krog weiter. Lange. Lange. Jastrau tat das Ohr weh, an das er den Hörer drückte, er bekam Krämpfe in den Fingern der anderen Hand, mit denen er den Apparat hielt. Was redete dieser Krog bloß. Aufs Dach des Nachbarhauses schauen. Und die Schornsteine, einsam dort oben unter dem Himmel, wie erhöhte Aussichtspunkte auf einer Hochebene … Menschen kamen selten dorthin.

»… Nein, du. Ha! … Nein. Man braucht Platz um sich herum, damit man Gedichte schreiben kann. Man muss sich treiben lassen können und faulenzen, bevor man sie schreibt, und man muss wissen, dass man sich treiben lassen und faulenzen kann, wenn sie geschrieben sind … Faulheit. Nein. Kosmischer Müßiggang, dazu muss man die Zeit finden, sonst kommt kein einziger Vers dabei heraus … Nein … jetzt gelange ich zu diesem fruchtbaren Raumgefühl nur, wenn ich ein Glas trinke … aber wenn ich trinke, kann ich nicht schreiben … Ha, ha, ha! … Ha! … Ja … Räusche sind Gedichte, die keine Form finden … ›King George the Fourth‹ oder ein ›Doctor's Special‹ … Allein bei dem Gedanken bekomm ich schon Durst … Was? … Ah, ›John Haig‹! … Ha, ha, vielen Dank … du kannst dich darauf verlassen, dass ich kosmische Gläser leeren werde … einen guten Ausdruck hast du da gefunden … schmeckt dir der ›Einstein-Whisky-Soda‹ … ha, ha … ja, sicher … Mann … es lebe die vierte Dimension … Ich komme … Grüß deine Frau … Wiedersehen … ha, ha, ha.«

Als er aufgelegt hatte, verblasste sein freundschaftliches

Telefonlächeln und ein letztes Ha! flatterte ziellos wie ein welkes Blatt durchs Zimmer. Müde stützte er sich mit der Hand an der Fenstersprosse ab. Das Nachmittagslicht fiel auf sein feistes Gesicht. Es war nicht verlebt, aber es war müde, etwas verschwommen und nicht sonderlich charakteristisch. Die Unterlippe schob sich unberechenbar vor.

Wieso hatte Krog ihn über seine Gedichte ausgefragt?

Sein Gesicht zeigte Verständnislosigkeit. Es hatte Züge, die zu einem Weisen oder einem Trinker werden konnten. Daher dieser unbestimmte mongolische Eindruck.

In diesem Moment stieß sein Fuß gegen die Rezensionsexemplare. Oh, er musste auf die Zeit achten! Aber erst musste er sich eine Pfeife anstecken, und dann … ach ja, er musste auch daran denken, diesen Verleger anzurufen, außerdem hatte Johanne ihm eine Telefonnummer auf den Notizblock geschrieben; diese Nummer, wer war das?

»Der Mann!«, rief Oluf hinter dem Rokokostuhl, und es klang, als schlüge er mit einem Stück Holz gegen einen Fuß des Sofas.

So! Jastrau blickte sofort auf den Tisch. Die Fetischfigur war verschwunden. Dass der Junge sie aber auch nie an ihrem Platz stehen lassen konnte. Alle anderen Dinge – und der ovale Tisch war mit Nippes übersät – rührte der Bursche nicht an; aber passte man einen Augenblick nicht auf, entführte er den »Mann«.

»Oluf, stell den ›Mann‹ sofort wieder auf den Tisch.«

Es wurde ganz still. Er sah bloß zwei Augen unter der Armlehne zornig blitzen.

»Wirst du wohl!«

Und Oluf drehte sich langsam auf den Bauch, kroch auf allen vieren mit dem Fetisch in seiner Vorderpfote hervor und stand mühsam auf. Seine Unterlippe verzog sich.

»So ist es brav«, sagte der Vater.

Oluf reichte ihm die Figur. Doch sowie er sie abgeliefert hatte, stolperte er ins Nebenzimmer, öffnete die Tür zu einem kleinen Flur, der das Esszimmer mit der fernen Küche verband, und verschwand.

Ein Auftritt, wie er ihn schon häufig erlebt hatte. Lächelnd lief ihm der Vater nach. Und richtig! Der Junge stand mit dem Arm an der Küchentür, der äußersten Grenze der Wohnung, er hatte das Gesicht in den Arm gedrückt und weinte ganz leise, verschlossen und bitterlich. Dieser kleine Junge mit den lockigen Haaren, die ihm wie eine Perücke in den Nacken fielen, und den kurzen Hosenbeinen, die so stramm um seine nackten Knie saßen, weinte beherrscht, aber doch so heftig, dass die Küchentür im Schloss bebte.

»Na, na, Oluf!«

»Will dich nich sehn! Ojuf will alleine weinen!«

Der Vater musste lachen. Das war am einfachsten. Dennoch stand er vollkommen hilflos da und fühlte sich von diesem kleinen dreijährigen Charakter bereits beiseitegeschoben. Und er spürte eine Angst, er ahnte … o nein! Er musste lachen.

Erneut klingelte es an der Wohnungstür. War sein Leben eine Farce? Sollte er zwischen diesen beiden ewig schrillenden Klingeln zerrissen werden? Dem Telefon und der Wohnungstür? Ein Ruheloser in seiner eigenen Wohnung. Was war ein Heim? Ein Wartesaal. Eine Telefonzentrale. Ein Vorhof zur Hölle.

Vermutlich war es wieder ein Bettler.

Er ging zur Wohnungstür. Vor den matten Scheiben standen zwei Schatten, aber so dicht an der Tür, dass ihr Kern schwarz war und ihre Umrisse grau und verschwommen zu sein schienen.

Er öffnete.

»Guten Tag, Ole!«

Jastrau kniff überrascht die Augen zusammen, weil es auf dem Treppenabsatz heller war als im Flur. Er erkannte die beiden Gestalten nicht.

»Guten Tag!«, erwiderte er zögernd.

Der Mann, der vorn stand und ihn gegrüßt hatte, trug eine schmutzige Mütze auf dem Kopf. Eine große, dunkle Sonnenbrille verbarg sein Gesicht. Und ein eleganter, heller Sommermantel mit Raglanärmeln verwirrte den Eindruck gänzlich. Sein Mund war ein strenger Strich, als hätte er die Lippen eingesogen. Doch plötzlich öffneten sich die Lippen, der Mund wurde größer. Offenbar hatte er Theater gespielt.

»Kennst du mich denn nicht mehr?«, erkundigte er sich mit einer tiefen und einschmeichelnden Stimme und einem sehr dunklen, angenehmen Tonfall.

Jastrau warf der anderen Gestalt einen flüchtigen Blick zu. Hochgewachsen, gebückte Haltung. Eine aus der Form geratene Mütze, die ständig in die Stirn gezogen wurde, verriet die abfallende, spitze Form des Schädels. Er trug keinen Mantel, obwohl es draußen noch kalt war. Seine Hände steckten in den Hosentaschen, und er machte einen Buckel wie ein Ganove vom Nyhavn.

Nein, ihn kannte Jastrau nicht. Er wusste auch nicht, was er von ihm halten sollte. Er spürte nur seinen emailleartigen Blick.

»Tja, guten Tag! Und was willst du?«, erkundigte sich Jastrau unsicher bei der Gestalt mit der schwarzen Brille.

Der Mann zog wieder die Lippen zusammen und änderte seinen Gesichtsausdruck, als wechselte er die Maske. Dann lachte er und setzte mit einer feierlichen, schauspielernden Armbewegung die Sonnenbrille ab. Man sah ein Paar wilde, dunkle Augen. Die Lippen glitten während seines Gelächters zurück an ihren natürlichen Platz.

»Ach, du bist es, Sanders«, bemerkte Jastrau formell. Sein

Ton war alles andere als herzlich. Was wollte dieser Kommunistenbengel hier?

»Ich wusste, dass du dich nicht freuen würdest, mich zu sehen, aber das ist nun auch egal, schließlich wollen wir dich besuchen, und damit musst du dich jetzt abfinden«, erklärte Sanders mit einem gespielt unbefangenen Zynismus, obwohl seine melodische Stimme die Worte angenehm und eindringlich klingen ließ.

»Hab ich's dir nicht gesagt?«, fügte er, an den anderen gewandt, hinzu, der die Schultern noch höher zog und ein Schnauben ausstieß, als amüsiere er sich.

»Ich dachte, du würdest wohlverwahrt im Knast sitzen«, antwortete Jastrau, und um mit Sanders Zynismus mitzuhalten, fuhr er fort, »dann wäre man dich vorläufig los gewesen, aber jetzt bin ich wohl gezwungen, euch hereinzubitten.«

»Das waren nicht gerade die Worte eines Genossen, aber wir nehmen deine Einladung an. Danke! Deshalb sind wir schließlich gekommen. Aber lass dich von uns nicht stören. Vermutlich hast du viel zu tun«, sagte er einschmeichelnd. »Wahrscheinlich musst du richtig bürgerlich schuften!« Eine leise Ironie im Tonfall, dann setzte er mit ehrlicher Anteilnahme und mitleidiger Stimme hinzu: »Bei dem Lügenblatt dort drüben bezahlen die dich doch unter Wert, oder?«

Jastrau fühlte sich von Sanders' sämtlichen Tonarten und Gestalten umringt; mal schien dieser Kerl zu wachsen und war herablassend, dann wiederum schrumpfte er zusammen und wirkte wie ein Bittsteller – beinahe übergangslos.

»Reden wir nicht darüber, aber kommt doch herein«, erwiderte Jastrau.

»Soweit ich weiß, ist es in kleinbürgerlichen Heimen üblich, dass man sich vorstellt. Das habe ich mir jedenfalls erzählen lassen. Das also ist Stefan Steffensen, der einzige Dichter, den wir seit Sigbjørn Obstfelder hier im Norden haben, und das ist Ole Jastrau – du weißt schon, Stefan –, dieser kompromittierte … Kritiker des Lügenblatts dort drüben … der Überläufer … der Verräter … Ja, Entschuldigung, Ole, so sollte sich ein Gast vermutlich nicht benehmen?«

Doch Jastrau verbeugte sich bereits tief und ironisch. Seine Augen waren halb geschlossen, weil er dadurch das Gefühl hatte, sich selbst in Nebel einzuhüllen. Und dann machte er eine einladende Handbewegung.

Sanders folgte der Einladung und ging mit einer höflichen Geste lächelnd ins Wohnzimmer, als erwarte er, dort der Frau des Hauses zu begegnen. Stefan Steffensen folgte ihm mit langen Karawanenschritten, die die Proportionen des Raumes ignorierten.

Und während Sanders an die offene Flügeltür zum Esszimmer trat, um nach dem weiblichen Geist der Wohnung Ausschau zu halten – ein herzliches Lächeln zeigte sich auf seinen großen Lippen –, stampfte Steffensen irritiert mit dem Fuß auf, sodass ein langer Schnürsenkel durch die Luft flog, dann pflanzte er seinen Stiefel rücksichtslos auf die Sitzfläche eines der Rokokostühle, als handelte es sich um einen Hackklotz, und schnürte den Stiefel so sorgfältig wieder zu, dass der alte Stuhl ächzte.

Jastrau warf ihm einen nervösen Blick zu und hätte am liebsten wütend reagiert. Stefan Steffensen! Er war das also. Der Dichter, der im »Hammer«, dem kleinen Organ der kommunistischen Jugendorganisation, veröffentlichte. Sein Gesicht hatte etwas Ovales und Kindliches; seine Lippen aber waren wie von einer unerklärlichen Wut hart und vorgestülpt.

»Du benimmst dich in einem Salon wie ein Schwein«, ertönte Bernhard Sanders' Stimme.

Jastrau wusste überhaupt nicht, was er davon halten sollte. Was war das? Was ging hier vor? Waren sie gekommen, um ihn zu verhöhnen, so wie sie vor vierzehn Tagen versucht hatten, Plakate mit Pamphleten an die großen Scheiben der Halle des »Dagbladet« zu kleben? Ins Bürgertum eindringen und Panik verbreiten, ging es darum? Nein, er war so nervös, dass er noch nicht klar sehen konnte; und so stand er verlegen und überrumpelt in seinem eigenen Wohnzimmer.

Inzwischen machte es sich Steffensen so gemütlich, wie es ihm möglich war. Mit einem sicheren Wurf wirbelte er seine Mütze durch die Luft, die auf einem der beiden Rokokostühle landete, ließ sich mit seinem gesamten Gewicht auf den anderen Stuhl fallen und schlug die Beine über, ohne einen Gedanken daran zu verschwenden, dass sein Stiefel gerade den Bezug verdreckt hatte. Das Haar hing ihm wirr in die Stirn, allerdings war diese Stirn so hoch, dass es unangenehm war, sie zwischen den Haarsträhnen in ihrer ganzen blassgelben Länge zu sehen. Sie hatte etwas Unmenschliches.

Es kam zu einer erlösenden Bewegung. Denn mit einem Mal stand Oluf in der Flügeltür. Er streckte den Bauch heraus, das blonde Haar strahlte wie eine Glorie um seinen Kopf. Ein kleines, einladendes Lächeln spielte irgendwo unter der langen, sich kräuselnden Oberlippe.

»Guten Tag, Männer!«, krähte er. Zwei große zitternde Tränen schimmerten unruhig in seinen Augen, während er unbefangen auf Sanders zuging, der sich tief verbeugte, bis hinunter zu dem kleinen, verheulten Herrn, der mit unbekümmerter Würde seine letzten Tränen ertrug und ein besserer Gastgeber war als sein Vater. Dann ließ er ein tiefes Schniefen hören, als würden sich seine Lungen endlich beruhigen, und das Lächeln öffnete sich zu einem atemlosen »Oh«.

Wollte er den Jungen erheitern, als Bernhard Sanders sich auf den Rand des Diwans setzte und seinen eleganten Raglanmantel öffnete? Ein langer Russenkittel mit einem Gürtel kam zum Vorschein. Und beim Anblick der Gürtelschnalle zeigte sich ein neugieriger Glanz in den Augen des Jungen. Der Kittel war nicht ganz sauber, und auch Sanders' Wangen waren nicht frei von dunklen Bartstoppel – erstaunlich bei einem Menschen, der so viel Wert auf sein Auftreten legte wie er.

»Was hast du da eigentlich an, Sanders?«, erkundigte sich Jastrau leicht irritiert.

»Tja, Raglan und Sonnenbrille.«

»Nein, ich meine die Russentracht darunter.«

Sanders warf ihm einen höhnischen Blick zu.

»Das ist doch nichts Merkwürdiges. Es ist besonders praktisch und natürlich. In zehn Jahren werden alle so etwas tragen. Auch du. Aber der Raglanmantel, das ist meine Verkleidung.«

»Ja, Paradoxa haben wir genug.«

»Nein, nein, Ole«, erwiderte Sanders scharf. »Den Mantel und die Sonnenbrille trage ich, damit die Polizei mich nicht erkennt. Wegen der letzten öffentlichen Ruhestörung, oder sagen wir, wegen der letzten öffentlichen Ruhestörungen, muss ich einen Monat absitzen.«

»Als ihr den ›Hammer‹ auf der Straße verkauft habt?«

Sanders nickte.

»Hast du den ›Hammer‹ gelesen?«

»Nee.«

»Das solltest du aber. Es geht schließlich um uns.«

Jastrau lächelte unbestimmt über diese Bemerkung, als Sanders fortfuhr:

»Ich habe einen Monat abzusitzen, denn wir bezahlen prinzipiell keine Geldstrafen, aber wir wissen aus sicherer Quelle – wir haben unsere Verbindungen –, dass es bei einem Sieg der Sozialdemokraten augenblicklich eine Amnestie geben wird. Das wurde uns so gut wie versprochen.«

Sanders verfiel in seine politische Tonlage. Und in Jastrau stieg eine Ahnung auf, er ahnte, worauf Sanders hinaus wollte. Deshalb waren sie also gekommen. Plötzlich wurden sie jedoch unterbrochen, da Oluf endlich der Neugierde nachgab, die aus seinen Augen leuchtete. Er drängte sich zwischen Sanders' Knie. Die Gürtelschnalle faszinierte ihn.

»Ein netter Junge«, bemerkte Sanders herzlich.

»Ja, wir verstehen uns recht gut«, lächelte Jastrau.

»Wo ist eigentlich deine Frau?« Sanders wandte den Kopf, als wollte er erneut ins Esszimmer schauen.

»Sie müsste bald hier sein«, entgegnete Jastrau kalt. Sanders' Ton hatte etwas Intimes, das ihn abstieß. Diskussionsveranstaltungen. Lange Gespräche in der Mensa der Universität. Das Du. Vor fünf Jahren. Kannte man sich deshalb?

»Ich glaube, ich ziehe den Mantel aus. Es ist so warm hier«, bemerkte Sanders.

Jastrau lächelte müde.

»Ja, das wird das Beste sein«, meinte er. »Ihr bleibt vermutlich hier, bis die Wahl morgen überstanden ist. Es wäre doch ärgerlich, noch heute Abend von der Polizei geschnappt zu werden.«

Sanders war aufgestanden und zog sich den Mantel aus.

»Es ist schön, hin und wieder verständnisvollen Menschen zu begegnen, nicht wahr, Stefan?«

»Schon«, antwortete Stefan, als würde er plötzlich erwachen. Der Stuhl unter ihm knarrte. »Scheißstuhl«, knurrte er.

Und Sanders lachte, warf Jastrau einen vielsagenden Blick zu und schüttelte den Kopf, als sei Steffensen unmöglich. Aber seine Augen sprühten vor Schadenfreude.

»Ja, ich denke, ich habe den Sinn eures Besuchs verstanden«, sagte Jastrau ironisch. »Ihr bleibt also heute Nacht hier?«

»Ein kluges Köpfchen.« Sanders' Bemerkung richtete sich an Steffensen.

»War er mal«, brummte Steffensen, dann räusperte er sich die Heiserkeit aus dem Hals und fing an, in einem fanatischen und jugendlich begeisterten Tonfall zu deklamieren, der von einer eigenen rauen Schönheit war:

Mutter, Madonna und Kriegskamerad,
geliebte Frau und blonder Soldat,
Mutter der Revolutionen.

Er sang es lauthals heraus, ohne Jastrau anzusehen, der sich zusammenkrümmte, als Steffensen »Die Arbeiterin« rezitierte, eines der Revolutionsgedichte seiner Jugend.

Sanders lächelte boshaft.

Jastrau verzog säuerlich die Lippen.

»Ach, das!«, sagte er.

»Ja, das ist deine Jugend, die nach hinten ausschlägt, und sie tritt hart zu«, erklärte Sanders. »Aber wir haben absolut kein Mitleid mit dir, will ich dir nur sagen. ›Die Arbeiterin‹ ist ein gutes Gedicht, es hat nur den Fehler, dass du es geschrieben hast.«

»Es freut mich, dass du wenigstens etwas von mir anerkennst«, erwiderte Jastrau.

Oluf war durchs Zimmer zu Steffensen stolziert und starrte ihn interessiert an.

»Sing noch mal«, krähte er. »Och, sing noch mal.«

Sanders lachte laut auf. Steffensen hingegen betrachtete den Jungen mit einem verständnislosen Blick und zog seine großen Füße an sich, als hätte er Angst, den Jungen zu berühren; und der Junge verstand instinktiv und wandte sich erneut Sanders zu. Die schimmernde Gürtelschnalle.

Steffensen rutschte unruhig hin und her, wieder knarrte der Stuhl.

»Ihr wollt also bleiben«, begann Jastrau. »Gott weiß, was Johanne dazu sagen wird.«

Der Stuhl knarrte noch immer. Steffensen schien darauf keine bequeme Sitzposition zu finden.

»Ach, Frauen sind doch immer romantisch«, erwiderte Sanders herablassend. »Diese kleinen, bürgerlichen Frauen kitzelt es doch am ganzen Körper …«, er ließ sich die Worte auf der Zunge zergehen, »wenn sie gefahrlos in Kontakt mit Strafgefangenen kommen können. Revolutionäre sind bei Frauen beliebt. Tatsächlich wird sie verärgert sein, zunächst einmal … aber dann … ach, du weißt es ja selbst; Ole … sexualpsychologisch … und außerdem sind wir, Stefan und ich, völlig ungefährlich und beinahe stubenrein.«

»Aber dann will ich auf 'nem anderen Stuhl sitzen«, knurrte Steffensen. »Komm her, Bernhard! Du hast den besseren Arsch als ich, um auf so einem Stuhl zu sitzen.«

»Warum hast du eigentlich solche Stühle?«, erkundigte sich Sanders und vollführte ein paar rokokoartige Tanzschritte, als er den Platz mit Steffensen tauschte. Oluf lief Sanders vertrauensselig hinterher.

»Oh, sie haben mich an die Stühle aus meinem Puppentheater erinnert.« Jastrau lächelte verlegen. »Du weißt schon, das Königsschloss im ›Feuerzeug‹ und bei ›Tölpel-Hans‹. Ich glaube, ich habe sie deshalb gekauft. Wenn du verstehst …«

Es klang wie eine Entschuldigung.

Sanders' Augen verschossen Blitze. Etwas Rotes, Boshaftes tauchte darin auf. Rotgesprenkelte, wild funkelnde Augen.

»Verstehen …«, äffte er Jastrau indigniert nach. »Ja, und du ziehst in den Krieg, weil du mal mit Zinnsoldaten gespielt hast. Und ihn da, deinen Sohn, hast du vermutlich auch schon verdorben und ihm Zinnsoldaten geschenkt, oder? – Du hast ja richtig prima Soldaten, wie heißt du denn?«, wandte er sich an den Jungen, der zwischen seinen Knien stand. Es ging um die Gürtelschnalle.

»Ojuf«, antwortete der Junge, ohne aufzublicken. Er ließ sich nicht ablenken.

»Ojuf! Hör mal, Oluf! Man soll Kindern immer die Wahrheit sagen … Hör zu, Oluf, du hast wirklich ein paar prima Soldaten.«

Oluf sah zu ihm auf, ohne etwas zu erwidern. Er hatte keine Zinnsoldaten und verstand nicht, was der fremde Mann von ihm wollte. Jastrau lächelte hämisch.

Sanders ließ sich durch diese Hürde jedoch nicht aufhalten. Seine Stimme wurde nur dunkler und kräftiger, sie wurde vor heiliger Entrüstung regelrecht angenehm, als er mit einer unmotiviert steigenden Intensität seines Tonfalls, einem geradezu prophetischen Zorn, weitersprach: »Denn nichts ist so irrational wie ein bürgerliches Gehirn. Und ich sage dir, ich könnte an jedem Möbelstück hier in deiner Wohnung beweisen, wie sentimental du im Grunde bist – genau wie all die anderen. Und was kaschiert diese Sentimentalität? Im besten Fall Ausbeutung und Privatinitiative. Im schlimmsten Fall Feigheit. Nein, nichts anderes versteckt sich hinter eurer Verirrung. Und jetzt sieh dir bloß diesen Fetisch an! Was hat der hier zu suchen?«

»Ist doch gut, dass er da ist«, brummte Steffensen, der den Fetisch an sich genommen hatte und wie Fensterkitt in den Händen rollte. Er legte die Hand um dessen Kopf und befühlte seine Form.

»Aber was soll der hier zwischen Rokokostühlen, einem Sofa im Stil von Christian VIII. und Schinken von Christian IX. an den Wänden?«

Es hingen ein paar belanglose Bilder an der Wand, Jastrau hatte sie geerbt.

»... zusammengestückelt, Gott weiß woher. Geschenke von Tante Bine. Zur Erinnerung an Großmutter. Kennt man eins, kennt man alle. In einem Antiquitätengeschäft gefunden. Hokuspokus und Sentimentalität. Nicht mal ehrliche Armut. Ein Arbeiterheim ist ...«

In diesem Augenblick fiel Jastraus Blick auf seinen Jungen, der sich von dem lautstarken Sanders zurückgezogen hatte, an der Tür lehnte und ihn mit weißfunkelndem Zorn in den Augen anstarrte. Mehr Gastgeber als sein Vater.

Er wusste sein Zuhause zu verteidigen, während der Vater …

»Ihr bleibt also heute Nacht hier!«, unterbrach ihn Jastrau und erhob sich.

Sanders schwieg überrascht, und Steffensen stellte den Fetisch zurück auf den Tisch.

»Ja«, knurrte Steffensen.

»Genau«, erwiderte Sanders melodisch und lächelnd.

»Dann seid ihr also meine Gäste.«

»Genau.«

»Nun, dann habt ihr euch aber auch mit den Verhältnissen abzufinden, wie sie nun einmal sind. Hängt eure Mäntel in den Flur und lasst mich in Ruhe lesen. Ich muss rezensieren. Ich muss mich um meine Arbeit kümmern.«

»Natürlich werden wir uns ruhig verhalten«, antwortete Sanders diplomatisch und stand auf, um seinen Mantel in den Flur zu bringen. »Aber du verstehst doch Spaß, Ole?«

Jastrau antwortete nicht.

»Selbstverständlich meine ich, was ich sage«, fuhr Sanders fort, als er zurückkam. »Aber ein bisschen ist es ja auch Stichelei, verstehst du, und schließlich sage ich meine Meinung ja auch nicht jedem.«

»Ach, das waren dann Komplimente?«, erkundigte sich Jastrau ironisch.

Sofort stieß Steffensen ein derbes und falsch klingendes Gelächter aus.

Der ständige Hohn, die ständige Ironie dieser beiden jungen Männer. Jastrau fühlte sich verspottet wie ein älterer, wehrloser Mann. Die beiden waren zu stark für ihn. Das Wohnzimmer war überfüllt von Menschen, so aufdringlich waren sie. Wie sollte man da zur Ruhe kommen? Er musste heute zumindest ein Buch zu Ende lesen! Es musste rezensiert werden! Und was war mit all den anderen Büchern?

»Ach, wartet mal einen Moment«, sagte er nervös zu den beiden. Immer war es so. Nach seinen kurzen Wutanfällen wurde er immer so schwach.

Da klingelte das Telefon.

»Geht ran, einer von euch, und sagt, ich sei gerade gegangen. Ist ja auch tatsächlich so«, fügte er mit einem müden Lächeln hinzu, »denn ich gehe jetzt in die Küche und hole ein wenig Portwein.«

»Kluges Köpfchen«, erklärte Steffensen und beugte sich bereitwillig vor, um nach dem Telefonhörer zu greifen.

Jastrau ging in die Küche und hockte sich in der Speisekammer auf die Knie. Die Flaschen standen auf dem Boden. Aus dem Wohnzimmer hörte er Steffensens Stimme. Falsch verbunden. Schließlich fand er die Flasche, die er suchte. Eine Flasche dunkler Burmester. Die mit dem schwarzen Etikett und dem gelben Siegel unten in der Ecke. Allein der Anblick des Etiketts erfreute ihn. Behutsam stellte er die Flasche auf den Küchentisch

»Tragen!«

Neben seiner Jackettasche tauchte Olufs Lockenkopf auf. Er wollte sich nützlich machen.

»Nein, das ist nichts für kleine Jungs. Das geht kaputt.«

Dann holte er drei grüne Gläser, hielt sie ins Licht und drehte sie, um zu sehen, ob sie sauber waren, und ging zurück ins Wohnzimmer. Oluf folgte ihm auf den Fersen.

Bereits jetzt, als er die Flasche im Arm hielt, spürte er eine blanke, schimmernde Ruhe. Als wäre er plötzlich daheim, er, der sich überall fremd fühlte, zwischen seinen eigenen Möbeln, gegenüber seinem eigenen Sohn, gegenüber … gegenüber seinem eigenen Schreiben. Doch nun wurde es um ihn herum klarer. Es wurde reiner. Die Möbel bekamen festere Konturen. Die Gäste wurden augenfälliger, plastischer, objektiver. Sie wurden zu Menschen, die nichts mit ihm zu tun hatten, mit denen er umgehen konnte. Zuvor waren sie Teile seines eigenen Ichs gewesen, böse Geister in seinem Inneren. Halluzinationen, von denen er sich nicht befreien konnte – Verfolger.

Aber zum Gastgeber wurde er auch jetzt nicht. Für eine derartige Würde hatte er kein Talent. Eher war er ein Kamerad, dem etwas Besonderes gelungen war, und sein Lächeln war gleichermaßen durchtrieben wie siegesbewusst, als er die Flasche und die drei grünen Gläser auf die schwarze Tischplatte stellte und das Telefon auf die Fensterbank räumte.

»Nein, danke, aber ich trinke nicht«, erklärte Sanders, rückte aber der Geselligkeit halber den Stuhl näher an den Tisch heran.

»Trinken Sie auch nicht?«, fragte Jastrau irritiert.

»Aber sicher!«, erwiderte Steffensen und schnalzte mit den Lippen. In seine Augen zeigte sich ein fließendes, intensiv glänzendes Schimmern. »Ich trinke«, fügte er mit Betonung des Wortes »trinken« hinzu, als würde er es verurteilen.

»Komm, Sanders, trink ein Glas mit.« Jastrau tat es wirklich leid. »Der Portwein ist gut.«

»Ja, aber ich trinke eben nicht. Es ist ja nicht so, dass es mir nicht schmecken würde; aber wenn man die Welt nun einmal sozial betrachtet wie ich, dann …«

»Du warst doch nie versoffen«, wandte Jastrau ein.

Aber da richtete Sanders sich auf und wurde schneidend in seinem Hohn: »Ja, siehst du, da haben wir wieder das alte Individualistengeschwätz, als ob man nur deshalb mit dem Trinken aufhören sollte, weil man dabei selbst vor die Hunde gehen könnte; aber weißt du, ich bin Kommunist, ich trage Verantwortung, nicht nur für mich selbst, auch für andere, ich bin der Gesellschaft gegenüber verantwortlich, der neuen Gesellschaft, und …«

»Amen!«, psalmodierte Steffensen, der eigenmächtig die

Flasche ergriffen hatte und die Gläser einschenkte, alle drei Gläser. Und dann führte er, ohne auf Jastrau zu warten, sein Glas zum Mund und leerte es in einem Zug, ohne den Wein zu genießen, ohne ihn zu schmecken.

Jastrau sah ihn eine Sekunde verblüfft an, dann hob er sein Glas vorsichtig an die Lippen.

»Skål!« Er nickte und musste lächeln, als Steffensen ungeniert nach dem dritten Glas griff, das für Sanders bestimmt war, und es ebenfalls in einem Zug leerte.

Dieses Gesicht hat etwas Starres, beinahe Rohes, dachte Jastrau und trank. Er ließ den Wein langsam seinen Mund füllen und langsam über die Zunge in den Hals gleiten, sodass sich eine Schicht Wohlgeschmack ablagern konnte. Aber er war enttäuscht, da keiner der beiden anderen im gleichen Tempo trank wie er.

»Aber der da, der Kommunist Steffensen, er trinkt doch?«, bemerkte Jastrau fragend und zeigte mit dem Glas in der Hand in dessen Richtung, ironisch und würdevoll. Jetzt war er einen Moment lang Gastgeber, der wahre Gastgeber.

»Der«, lachte Sanders höhnisch, »der ist kein Kommunist. Der ist ein Marodeur.«

In diesem Augenblick wurde ein Schlüssel ins Schloss der Wohnungstür gesteckt.

Johanne kam heim.

II

»Mama!«, rief Oluf und lief zur Tür.

Sanders hatte sich bereits erhoben. Die Hand auf den Stuhlrücken gestützt, sah er fantastisch und aufsehenerregend aus. Der gelbliche Russenkittel mit dem blanken Gürtel betonte seine magere, asketische Gestalt. Er war der russische Kommunist.

Steffensen hingegen blieb sitzen und starrte verlegen in eines der leeren Gläser.

Frau Johanne stand in der Tür. Erstaunt und respekteinflößend. Sie war groß und füllig und trug mit schöner Selbstverständlichkeit ein Paar lange Stiefel. Eine Wildlederjacke und eine Jagdtasche mit Cowboyfransen betonten ihre noch keineswegs übergewichtige Figur.

»Wie ich sehe, hast du Gäste«, bemerkte sie kühl, und ihre blauen Augen blitzten einen kurzen Moment auf. Dann wurde das strenge Funkeln jedoch so sanft, wie es sich gehörte, und ein Lächeln der sinnlichen Lippen überzog ihr Gesicht mit einem leuchtenden Nebel, einem Nebel, der mit dem Glanz ihrer blonden Haare verschmolz. Groß und golden.

»Es ist immer nett, Fremde zu begrüßen«, fügte sie hinzu, legte ein Päckchen auf einen Stuhl und seufzte erschöpft. »Aber ich muss mir nur rasch die Jacke ausziehen«, erklärte sie und zog an den langen Lederhandschuhen; dabei schloss sie die Augen und schnaufte, als wollte sie eine allzu übereilte Atmosphäre wegpusten. Jastrau sah in Sanders' Augen, dass Johanne den Raum erleuchtet hatte. »Aber wie ich sehe, hast du schon selbst für deine Gäste gesorgt, Ole. War Oluf artig? Und was ist mit dem Kachelofen? Ja, eine Hausfrau hat viel um die Ohren!«

Bei dem letzten Satz wandte sie sich an Sanders, der galant an sie herangetreten war, um ihr aus der Wildlederjacke zu helfen. Steffensen war nun ebenfalls aufgestanden, allerdings nur mit Mühe, als würden seine Beine ihm nicht recht gehorchen. Als Frau Johanne ihn erblickte, erstarrte ihre Miene. Der leichte, goldene Nebel verflog und enthüllte ihre recht harten Züge.

»Ja, an den Kachelofen hab ich gedacht«, antwortete Jastrau fahrig. Irgendetwas war doch da noch? Irgendetwas! Ach ja, er musste sie ja vorstellen. Er leerte sein Glas und riss sich zusammen.

»Das ist meine Frau, und das sind … meine Freunde Bernhard Sanders und Steffensen. Aus alten Zeiten. Du weißt schon, aus der Mensa der Universität.«

»Bernhard Sanders«, wiederholte Sanders und verbeugte sich.

Frau Johanne reichte ihm würdevoll ihre Hand, und Jastrau sah mit einem schmerzhaften Stich, wie natürlich sie diese Würde verkörperte.

Gegenüber Steffensen, der irgendetwas zwischen den Zähnen murmelte, blieb sie reserviert.

»Die Freunde meines Mannes sind immer willkommen in unserem Haus. Aber er hat so viele Freunde! Ich habe das Gefühl, dass ständig neue auftauchen.«

»Ja, genauso ist es«, sagte Jastrau geistesabwesend. Er überlegte, wie er ihr die Situation erklären sollte.

Da klingelte das Telefon.

»Hat es oft geklingelt?«, erkundigte sich Johanne. Sie hatte sich gesetzt und streifte mit den Füßen die langen Stiefel ab. Als ihre schönen, kräftigen Beine in den hellen Strümpfen zum Vorschein kamen, schienen sie fleischig nackt zu sein.

»Die pure Hölle«, antwortete Ole Jastrau, und dann sagte er in den Telefonhörer: »Ja, ich bin's … Nee! … Nein, der ist nicht umbrochen … Doch, das könnte ich machen … Aber ja, in der Setzerei liegt mehr als genug, sowohl Borgis wie Petit, nur … ja, auch Bildklischees, ja, es gibt genügend Stoff, aber … aber … es ist diese Rezension von Stefanis Buch, die hätte ich gern auf dieser Literaturseite gehabt, aber … könnte die nicht in dieser Ausgabe erscheinen? … Stefani fragt ständig danach … Jeden Tag, den der liebe Gott werden lässt, erscheint er in der Redaktion … oder ruft an … Ha! … Unmöglich! … Ja, er macht mächtig Druck … Am liebsten würde er die Rezension selbst schreiben … Nein, aber wenn … Ja! … Jawohl! … Jawohl!«

»Musst du heute Abend noch in die Redaktion?«, erkundigte sich Johanne.

»Ja, ich fürchte, mir bleibt nichts anderes übrig«, erwiderte Jastrau.

Als er in diesem Moment zu Sanders hinüberblickte, schnappte er gerade noch den letzten Funken eines hämischen Lächelns auf, bevor es verschwand. Was war passiert? Noch dazu hinter seinem Rücken? Er sah nur einen Schatten, der gleichsam entglitt. Und Steffensen? Steffensen hatte einen so fernen Blick, als hätte er zugehört? Aber wem? Dem Telefongespräch?

»Ja, ja, leider bleibt mir nichts anderes übrig«, wiederholte er nachdenklich. Hier eröffnete sich ein Ausweg. Der Redaktionssekretär hatte es nicht verlangt. Aber … aber konnte er seine Frau hier allein mit zwei wildfremden Menschen zurücklassen? Ach, Ruhe, Ruhe! Nur fort, hinunter auf die Straße, abkühlen. Man belauscht doch nicht die Telefonate anderer Leute. Oder?

»Ich verstehe diese Hektik nicht«, erklärte Johanne irritiert. »Man weiß bald wirklich nicht mehr, wann du mal zu Hause bist, und dabei bist du doch nicht einmal Journalist.«

»Nein, leider«, seufzte Jastrau.

»So ist das nun mal, gnädige Frau«, bemerkte Sanders tröstend. »Journalist und häuslich zugleich sein, ist ein Ideal – so gut wie unerreichbar.« Er verstand es, mit Worten umzugehen.

»Hör mal, Johanne, wir haben hoffentlich genügend zu essen im Haus, dass es für uns alle fünf reicht?«, fragte Jastrau fast beiläufig. Er musste sich endlich dem gefährlichen Thema nähern, sich vorsichtig anschleichen.

Sanders sah ihn lauernd an. Ein spöttisches Funkeln in seinen schwarzen, wilden Augen ärgerte Jastrau.

»Ja, wenn deine Freunde mit dem zufrieden sind, was wir haben. Ich hatte vor, Makkaroni und ein paar Lendchen zu machen. Ich könnte noch rasch eins dazukaufen. Mit Tomatensoße. Was meinen Sie, Herr ... Herr, Herr Sanders?« Plötzlich hielt sie bei dem Name überrascht inne, ihre Miene wurde strenger, das Gesicht weißer. Einen Moment war sie nicht in der Lage zu sprechen. Dann brachen die Worte aus ihr heraus, seltsam unpersönliche Worte, sie starrte mit ihren blassen, blauen Augen direkt in die Luft, als würde sie einen Kinderreim aufsagen: »Ja, wir haben Bier, wir haben Kaffee, wir haben Zucker und Sahne ... ja, es wird schon gehen, aber es wird nichts Großartiges.«

»Nichts Großartiges, gnädige Frau?«, wiederholte Sanders. Seine singende Stimme klang halb verärgert, halb triumphierend. »Als wäre das nicht schon die reinste Völlerei. Außerdem wird die Bedeutung des Essens überschätzt.«

»Nee, Hunger ist gar nicht so schlimm«, brummte Steffensen sachlich. »Darf nur nicht zu lange dauern.«

»Da sind die Armen aber ganz anderer Ansicht, das können Sie mir glauben«, erwiderte Johanne spitz und nickte belehrend. »Oluf, willst du wohl meine Stiefel stehen lassen!«

»Ich bin selbst arm«, erklärte Steffensen wütend. Im selben Moment beugte er sich aber ruckartig vor und riss sich zusammen. Stumpfsinnig glotzte er in die Weingläser. Grünes Glas! Grünes Glas! In grünen Gläsern sieht Portwein aus wie Medizin.

»Johanne, glaubst du, wir haben genügend Bettwäsche?«, warf Jastrau ein.

»Nein, nein«, widersprach Sanders, »machen Sie sich bitte nicht so viele Umstände. Ich kann auf einem Stuhl schlafen, wenn's sein muss, und Steffensen auf dem Diwan. Das ist immer noch besser als auf einer Bank am Søndre Boulevard …«

»Oder auf der am Frederiksberg Runddel, was?«, grinste Steffensen, führte ein Glas zum Mund und leerte es.

Johannes blaue Augen blickten ratlos von einem zum anderen und verharrten schließlich misstrauisch auf ihrem Mann. Und plötzlich entlud sich ihr Unbehagen. Als Oluf einen ihrer langen Stiefel fortschleppen wollte, bückte sie sich ungehalten: »Oluf, wie oft muss ich es dir noch sagen! Du sollst die Stiefel stehen lassen!« Ein Klaps auf die Finger.

»Aber, gnädige Frau, Sie dürfen uns nicht für irgendwelche Obdachlose halten«, bemerkte Sanders verbindlich. Johanne reagierte nicht. Jastrau wusste, wie schnell sie Antipathien entwickelte. Aber weshalb diese plötzliche Abneigung gegen Sanders? Sie kam so überraschend, so blitzartig.

»Was sind wir denn sonst?«, grinste Steffensen.

»Ja, du, du bist es. Aber ich habe meine Wohnung dort drüben.« Er wies mit dem Kopf in Richtung Vesterbrogade.

»Aber du traust dich nicht dorthin. Weil du 'ne Scheißangst vor den Bullen hast«, erwiderte Steffensen.

Johanne zuckte zusammen.

»Hör zu, Ole«, brach es aus ihr heraus, »ich werde noch völlig konfus. Was geht hier vor? Die Polizei? Und heute Nacht hier schlafen? Wir haben überhaupt keinen Platz, das weißt du doch ganz genau. Wir können keine Übernachtungsgäste unterbringen.«

»Die Polizei? Das sind nur Bagatellen. Und wir können sie durchaus unterbringen. Aber sicher.« Jastrau stampfte mit dem Fuß auf und kam sich lächerlich vor. »Wir können es. Wir können es. Wir können es. Weil wir es müssen. Ich muss jedenfalls. Das bin ich mir selbst schuldig.« Jastrau versuchte, wütend zu erscheinen.

»Na, dann ist es wohl so«, erwiderte Johanne beleidigt und verschwand so plötzlich in der Küche, dass in der Atmosphäre des Wohnzimmers eine Leere zu spüren war.

»Nein, das ist mir unangenehm«, sagte Sanders ungeduldig und hastig. »Wir wollen uns doch nicht aufdrängen. Wenn ich dich nicht so gut kennen würde, Ole, hätte ich es nie gewagt ...«

Steffensen schien sich im Stillen zu amüsieren.

»Ach, du Vieh!«, fuhr ihn Sanders gereizt an.

In diesem Moment hörte Jastrau das Klappern von Tellern in der Küche. Es klang ungehalten. Eine Schranktür wurde zugeworfen.

»Warte mal einen Moment«, entschuldigte sich Jastrau nervös und ging zu ihr in die Küche.

»Hör mal, Johanne!«

Sie drehte ihm den Rücken zu, als würde sie etwas abmessen, und antwortete nicht.

»Hör doch, Johanne!« Er versuchte es ruhig und eindringlich.

Sie steckte den kleinen Finger der linken Hand in den Mund und kaute darauf herum, wie immer, wenn sie intensiv nachdachte.

Dann wandte sie ihm ihr Gesicht zu. Es war nackt und blass, viel zu nackt, überrumpelnd.

»Du gehst in die Redaktion, und ich soll hier mit den beiden allein bleiben«, platzte es plötzlich aus ihr heraus.

»Psst, psst, sie können dich hören!«

»Ja und, es ist mir egal. Ein paar schöne Freunde hast du.«

Dann drehte sie sich mit einem Ruck um, trat an den Küchentisch, griff ohne jeden Grund nach einem Glas, blieb damit eine Weile stehen und stellte es dann mit einem heftigen Knall zurück auf den Tisch. »Nein, ich will nicht.«

An ihrem Rücken und ihrem bloßen Nacken konnte Jastrau ablesen, wie aufgebracht sie war.

»Nein, ich will nicht.«

Und fest entschlossen drehte sie sich wieder um und stützte sich auf den Küchentisch, um ihre Autorität zu unterstreichen.

»Hörst du! Ich will nicht! Ich fahre heute Abend nach Hause zu meinen Eltern. Und Oluf nehme ich mit.«

Und nun schlug ihre Stimme um in eine jammernde Anklage:

»Ja, das tue ich. Und das ist deine Schuld. Du vertreibst mich … aus meinem eigenen Heim. Hier ist es ja kaum noch auszuhalten.«

»Aber Johanne …«, wandte Jastrau ein.

Johanne schüttelte den Kopf und strich sich über die Haare, um sich zu beruhigen.

»Nein, kein Aber, ich bereite jetzt das Essen vor, und dann sage ich, ich müsse leider gehen, aber …«, ihre Stimme wurde hart, »… es ist doch unerhört, dass man nicht einmal in seiner eigenen Wohnung in Ruhe gelassen wird, und dann sollen sie hier auch noch über Nacht bleiben. Warum, wenn ich fragen darf? Die Polizei sucht sie wohl wegen ihrer unflätigen Artikel … glaubst du, ich kenne diesen Sanders nicht? Du glaubst ja auch nicht, dass ich etwas lese … aber ich weiß genau, was sie in diesem … Schmutzblatt schreiben.«

»Es sind schließlich keine Sittlichkeitsverbrecher«, warf Jastrau ein. »Sie …«

»Ach, nicht? So wie sie schreiben, sind sie meiner Meinung nach kein bisschen besser. Und dass du sie überhaupt hereingelassen hast …«

Jastrau zog müde die Augenbrauen hoch.

»So habe ich selbst einmal geschrieben … damals.«

»Nein, hast du nicht, und außerdem war das etwas anderes.«

»Ich weiß nicht, was du meinst«, erwiderte er. »Und im Übrigen sind es Leute, die für eine Idee kämpfen.«

»Für eine Idee! Ja, die Unsittlichkeit! Das ist wirklich eine schöne Idee! Die Frauen sollen Staatseigentum werden, nicht wahr? Und damit willst du dich abfinden … dieses …«

»Na, na.«

»Ist das vielleicht nicht unsittlich?«

»Na ja!«

»So viel weiß ich zumindest: Mein Vater hätte niemals zugelassen, dass solche Leute in sein Haus kommen, und Adolf auch nicht.«

»Dein lieber Bruder Adolf, ha! … Aber Johanne, begreifst du denn nicht, dass ich nicht anders kann? Ein Künstler, der seinen Freunden die Tür verschließt … seinen alten Bekannten, weil sie von der Polizei gesucht werden. Wenn es etwas Lächerliches gibt, dann so etwas, kapierst du das nicht? Ja, selbst wenn es Raubmord wäre …«

»So?«

»Ja, was geht mich die Polizei an? Hier geht es doch bloß um das Absitzen von Geldstrafen, weil sie zu schreiben gewagt haben, was sich sonst niemand getraut hat … Ja, bin nicht ihrer Meinung … jedenfalls nicht ganz. Aber verflucht, ich kann ihnen doch nicht die Tür verschließen … empört sein … bürgerlich sein … ich kann es nicht. Außerdem ist es doch nur für eine Nacht, denn wenn die Sozialdemokraten morgen gewinnen – und das werden sie –, dann fallen sie unter die Amnestie …«

»Das ist mir vollkommen egal. Du machst aus deiner Wohnung einfach eine üble Kneipe. Aber wenn meine Familie mal zu Besuch kommt, bist du jedes Mal schlecht gelaunt. Ja, so bist du. Jawohl. Aber jetzt muss ich die Lendchen holen.«

»Bleibst du heute Nacht bei deinen Eltern?«

»Ja!«

Ole Jastrau biss nervös auf seine Pfeifenspitze und ging wieder zu seinen Gästen.

Im Wohnzimmer war es durchaus gemütlich. Sanders saß bequem zurückgelehnt da und las in einem dünnen Buch, dessen Rücken er aufgebogen hatte, und Steffensen klopfte seine Pfeife am Absatz seines Stiefels aus, sodass die Asche auf den Teppich rieselte.

»Erstaunlich, dass du diese Gedichte von Sigbjørn Obstfelder hast«, sagte Sanders und legte das Buch aufgeklappt in den Schoß. »Ich hätte nicht gedacht, dass du mit ihm etwas anfangen kannst.«

Den Rücken eines Buches aufbrechen! Schwarze Fingerabdrücke auf weißen Seiten! Nein, Jastrau wollte darauf nicht antworten. Aufgebracht setzte er sich auf einen Stuhl am Fenster, fernab von dieser kameradschaftlichen Gemütlichkeit.

Steffensen hatte sich inzwischen eine neue Pfeife angezündet und schrieb. Er verwendete dazu einen Stapel Smørrebrød-Speisekarten, die er aus einem Café gestohlen hatte.

»Wie du siehst, finden wir uns ganz gut allein zurecht«, bemerkte Sanders, ohne ironisch zu sein, »du kannst also gern weiter an deinen Rezensionen arbeiten. Wir werden dich nicht stören.«

»Danke«, antwortete Jastrau.

»Was? Bist du etwa ironisch, Ole?«

Er antwortete nicht. Seltsam unterwürfig ging er zu dem Stapel der Rezensionsexemplare und griff nach H. C. Stefanis »Warum hast du mich verlassen«. Es war seine Art, Demut zu zeigen.

Dann wurde es still im Wohnzimmer. Von der einen Häuserblock entfernten Vesterbrogade hörte man gedämpften Verkehrslärm, im Hauptbahnhof pfiffen die Lokomotiven.

Steffensens Pfeife köchelte. Es war das lauteste Geräusch im Wohnzimmer, das einzige. Johanne hatte Oluf mitgenommen, um die Lendchen zu kaufen.

Und doch hatte die Atmosphäre etwas Behagliches. Trotz allem war es erfreulich, dass ein paar Genossen sich in seiner Wohnung zurechtfanden, als wären sie hier zu Hause. Und es war so unbürgerlich, so grenzüberschreitend, dass die Polizei ausgerechnet diese beiden suchte. Hatte es etwa etwas mit Offenheit und Unendlichkeit zu tun? Es gab ja Menschen, die so unendlich sein konnten. Unendlich! Oder war es Wärme?

Eher war es ein kalter, elektrischer Lichtschein. In einem solchen Licht konnte man an einem Winterabend frieren. Und da bemerkte er, dass Steffensens Emailleblick auf ihm ruhte. Ein Winterabend in einem solchen Lichtschein. Viele Menschen. Das bläuliche, verschwommene Licht der Bogenlampen. Der Asphalt.

Dann wandte Steffensen den Blick ab und starrte wieder auf sein Papier.

Und Sanders rührte sich nur, wenn er eine Seite in Obstfelders Gedichtband umblätterte oder sich an der Glut der alten eine neue Zigarette ansteckte.

Doch, es war gemütlich. Zumindest redete Jastrau sich diese gemütliche Stimmung ein. Schließlich hatten sie ihn aufgesucht, weil sie in der Klemme steckten. Die Jugend kam zu ihm, dem Dichter und Kritiker. Sie verhöhnten ihn, ja. Aber taten sie es nicht, um sich durchzusetzen? Sie hatten sich rasch beruhigt, hatten sich sofort wie zu Hause gefühlt. Er hatte also den rechten Geist, diesen grenzenlosen Geist, den die Jugend liebt. Die Jugend? Er war vierunddreißig Jahre alt. Nicht jung. Nicht jung. War es für ihn schon an der Zeit, andächtig den Kopf zu senken und zuzuhören?

Dann wurde ein Schlüssel ins Schloss der Wohnungstür

gesteckt, und er hörte Oluf lärmen und Johannes Stiefel im Flur. Sie waren zurück.

Sanders richtete sich auf und horchte mit einem selbstgefälligen Lächeln. Steffensen schüttelte nur den Kopf, als hätte man ihn gestört, und schrieb weiter.

Johanne kam jedoch nicht herein. Sie ging vom Flur durch das Schlafzimmer direkt in die Küche und nahm den Jungen mit. Sie schimpfte mit ihm.

»So, nun gibt es bald etwas zu essen«, sagte Jastrau.

»Oh, das ist wirklich zu viel des Guten«, erwiderte Sanders.

Aus der Küche war ein kurzes, dumpfes Geräusch zu hören. Das Gas wurde angezündet.

»Ach was, wir sehen uns schließlich so selten«, antwortete Jastrau.

»Ha!« Sanders lachte laut auf. Wieder Hohn!

Jastrau musste aufstehen. Dieser Ton war unerträglich. Nervös begann er im Wohnzimmer auf und ab zu gehen. Er sagte kein Wort. Lächerlich, sich von ihrem Ton verunsichern zu lassen. Sanders las ungerührt weiter. Steffensen schrieb. Sie fühlten sich wie zu Hause. Aber er … er …

Verzweifelt fuhr er sich durch die Haare, tat so, als würde er nachdenken, und wanderte weiter hin und her, hin und her.

Endlich rauschte Johanne ins Wohnzimmer, jetzt Hausfrau und nichts als Hausfrau, aber vollkommen in ihrer Art, respekteinflößend und hübsch, ganz in ihrer eigenen Atmosphäre.

»Sie können jetzt gern im Esszimmer Platz nehmen. Das Essen ist fertig.«

Sie war wie eine Macht, der Jastrau sich nicht widersetzen konnte. Sie wird sicher genauso korpulent wie ihre Mutter, dachte er.

»Bitte, gehen Sie doch zu Tisch. Ich hoffe, das Essen wird Ihnen schmecken, denn ehrlich gesagt hatten wir heute keine Gäste erwartet.«

Wie sie es auszudrücken vermochte! Wie sie lebte und strahlte in diesem banalen Esszimmer mit Möbeln aus imitierter heller Eiche, die sie von zu Hause mitgebracht hatte! In dem gedämpften Nachmittagslicht erschienen ihr Körper, ihr blasses Gesicht und die goldenen Haare von einem leuchtenden, seelischen Stoff erfüllt zu sein, der den Glanz eines dahinschwindenden Apriltags hatte. Sie musste einmal glücklich gewesen sein. Und Jastrau stand geistesabwesend an der Flügeltür und versperrte den Gästen den Weg. Immer fiel ihm sein großer Körper zur Last. Er war ein Körper zu viel.

Sanders und Steffensen traten ins Esszimmer. Sanders mit einem analytischen Blick. Beim Anblick eines Grammophons, das neben dem Buffet stand, zeigte sich jedoch ein anerkennendes Lächeln. Und dann setzten sie sich. Jastrau am Tischende, Steffensen mit dem Rücken zum Fenster, und Sanders gegenüber von Frau Johanne und dem Jungen.

Sofort schob Sanders mit einer behutsamen Bewegung die Flasche Pilsener an seinem Teller beiseite.

»Ich trinke nicht«, erklärte er mit einem verlegenen Lächeln.

Und dann begannen sie zu essen.

Zunächst herrschte bedrückendes Schweigen, das selbst den Jungen entmutigte. Unruhig drehte er den Kopf mit den hellen Locken von einem zum anderen und wollte die ganze Zeit etwas sagen. Aber er hatte das Gefühl, dass es heute ganz sicher als unartig aufgefasst würde, also schwieg er. Sein Mund bewegte sich stumm.

Schließlich brach Sanders das Schweigen.

»Sie glauben hoffentlich nicht, gnädige Frau, dass wir richtige Verbrecher sind, nur weil die Polizei uns sucht?«

Die dunkle Stimme trieb die Stille vor sich her.

»Nein, aber ich glaube, dass Sie richtige Straßenbengel sind«, antwortete Johanne mit einer selbstbewussten Kopfbewegung, sah Sanders direkt ins Gesicht und nickte.

»Ja, meine Frau ist da strenger als wir bei der Zeitung«, warf Jastrau lachend ein.

»Solche Dummejungenstreiche«, fuhr Johanne entrüstet fort. »Man kann doch keine Plakate ans Gebäude des ›Dagbladet‹ kleben, Plakate mit Lügenblatt und Bestechung und was weiß ich, was da noch alles stand. Das macht man doch nicht.«

»Aber wenn es nun mal ein Lügenblatt ist, wie übrigens alle anderen auch …«

»Nein, es war tatsächlich das einzig Richtige, die Polizei zu rufen. Das war Rowdytum. Und was für Lügen schreibt denn die Zeitung?«

Ihr Gesicht war jetzt erhitzt.

Jastrau lehnte sich lächelnd zurück und trank von seinem Bier, am anderen Ende des Tisches sah er die dunkle Silhouette von Steffensen, eine blaue Gestalt, die sich in dem schwindenden Tageslicht abzeichnete. Er saß vornübergebeugt da, hatte die Ellbogen auf den Tisch gestützt und starrte zu Johanne hinüber.

»Ach, gnädige Frau, das zu erklären, würde zu weit führen«, erwiderte Sanders und fuchtelte mit dem Messer. »Aber es geht natürlich um diese verdammte Bank und den Bankrott, und wer bestraft wird und wer nicht. Das ist Politik, gnädige Frau, und davon verstehen weder Sie noch Ihr Mann etwas.«

Er lächelte boshaft, ein Versuch in Satanismus.

»Das interessiert meinen Mann auch nicht«, erwiderte Johanne umgehend.

Plötzlich bewegte Steffensen seinen großen Schattenleib und zitierte singend aus »Die Arbeiterin«:

Aber es wird kommen ein stärkerer Tag.
Kannst du mit dem Gewehr umgehen?

»Ach, dieser Unfug«, knurrte Johanne.

Steffensen und Sanders lachten, und mit einem Mal fiel Olufs schrilles, trillerndes Jungenlachen mit ein.

»Oh, Mama, das ist lustig. Ha, ha, ha!« Vor Freude hüpfte er auf seinem Stuhl.

»Du sollst still sein, hörst du!«

»Denn sehen Sie, gnädige Frau«, fuhr Sanders fort. »Als die Verantwortlichen bestraft werden sollten …« Er hob sein Messer, »… verurteilte man so wenige wie möglich. Statt die Lendchen zu zerschneiden, schnitt man lediglich die äußerste Spitze ab, hier …«, er demonstrierte es mit dem Messer an den Lendchen, »… nur diejenigen, die bereits kompromittiert waren, opferte man … und alle, das ganze Land schwieg … alle außer uns … außer dem ›Hammer‹.«

Er legte das Messer beiseite und richtete sich auf, als erwarte er Beifall.

»Sie wollen die Revolution, verstehst du«, wandte Jastrau sich mit milder Ironie an Johanne.

»Ja, das habe ich die ganze Zeit schon begriffen«, schnitt sie ihm das Wort ab.

»Denn wenn man eine Bande von Dieben fangen will, muss man sie alle erwischen, sämtliche Hehler, und das nennt man eine Säuberung; aber in diesem Fall … wurde hier gesäubert?«

Die Empörung bestärkte Sanders. In seiner Erregung fasste er sich an das Halsbündchen seines Russenkittels, als wollte er sich die Kleider vom Leib reißen.

»Die Prinzipien des Kapitalismus sind ein Bruch – des dänischen Rechts«, rief Sanders. So entfesselt schien sein Gesicht mager zu sein. »Genau das hat sich als Wahrheit erwiesen. Und daher müssen entweder die Gesetze geändert werden, oder aber … oder aber …« Er knallte die geballte Faust auf den Tisch, als wollte er jemanden töten.

»Ach, das ist doch eine alte Geschichte.« Jastrau zuckte mit den Schultern.

»Ja, da spricht der Journalist«, entgegnete Sanders so heftig, dass der kleine Oluf erschrocken die Augenbrauen hob. »Es gibt nichts Unmoralischeres für einen Journalisten als eine alte Geschichte. Die Wahrheit langweilt euch. Der Idealist ist ein Querulant. Aber man *muss* in diesem Land Querulant bleiben. Ist das etwa nicht die Wahrheit, gnädige Frau?«

Jastrau lachte. Aber Johanne, die Sanders mit immer größer werdenden Augen angestarrt hatte – Stärke, Wohlklang, agitatorische Schönheit, dunkle Leidenschaft –, nickte nun wie in Hypnose. Dann erwachte sie überrascht, schüttelte die Verzauberung ab – ihre Haare rauschten – und fragte:

»Dafür kämpfen Sie also?«

Sie sprach das Wort »kämpfen« mit einer kleinen, begeisterten Melodie aus, sodass Jastrau sie erstaunt anblickte. Er erkannte sie nicht wieder. Was für ein Lied stieg da von ihrem Herzen auf? Er hatte es noch nie zuvor gehört.

Sanders lächelte selbstgefällig und nickte.

»Ja, unter anderem. Damals, als die Bank zusammenbrach, haben wir mit dem ›Hammer‹ angefangen. Aber man hat uns ganz schön schikaniert. Nun ja, man hat wohl auch nichts anderes erwarten dürfen.«

Er lächelte erfahren und bitter, ein schönes Bild der Erschöpfung, und Oluf lächelte ebenfalls, ein erfahrener und bitterer Widerschein in dem Gesicht des Jungen; dann öffnete er wieder die feuchten Kinderlippen und hielt sich bereit, um noch mehr von Sanders beredten Mundbewegungen nachzuahmen.

Nach einer Pause genussvoller Bitterkeit berichtete Sanders in seinem singenden Tonfall weiter:

»Kein Zeitungsverkäufer wollte unser Blatt verkaufen. Hätte es einer getan, wäre er von der Vertriebsgesellschaft boykottiert worden. Ja, das ist nett, nicht wahr? Dann hätte er kein ›Aftenbladet‹ mehr bekommen, und daran verdient er am meisten. Also mussten wir selbst auf die Straße und den ›Hammer‹

verkaufen. Und dann wurden wir festgenommen … wegen öffentlicher Ruhestörung. Und bekamen Geldstrafen, die wir aus Prinzip nicht bezahlen. Wir büßen sie ab. Und wieso bekamen wir die Geldbußen? Weil studentische Schützen und faschistische Bengel sich um uns drängelten, wenn wir den ›Hammer‹ anboten. Sie johlten und schrien und wollten sich mit uns prügeln … nur *die* wurden natürlich nicht verhaftet.«

In diesem Moment streckte Steffensen seine Hand langsam nach Sanders' nicht angebrochener Flasche Bier aus und schenkte sich wortlos sein Glas ein. Es geschah so lautlos und selbstverständlich, dass Jastrau lachen musste. Aber Johanne, die Steffensens stilles Manöver nicht bemerkt hatte, missverstand das Lachen ihres Mannes. Sie hatte die ganze Zeit das Gefühl gehabt, Hilfe zu brauchen, und nun erschien ihr dieses Lachen wie eine Befreiung.

»Oh, das waren doch nur Dummejungenstreiche«, bemerkte sie milde und nachsichtig.

»Wir haben dafür im Gefängnis gesessen«, erwiderte Sanders würdevoll.

»Ja, um die Geldstrafen abzubüßen. Dieses Martyrium teilt ihr mit säumigen Alimentenzahlern und dem Pack vom Viehmarkt«, lachte Jastrau.

Sanders' Blick war rotglühend vor Zorn.

»Wenn die Alten nichts tun wollen«, antwortete er erregt und rang um Atem, »dann müssen es eben die Jungen tun. Etwas Besseres kann ich mir nicht vorstellen. Und dann kann man mich so oft man will einen Jungen nennen – oder einen Jugendlichen« … er sprach jetzt langsam und schneidend … »diese ehrliche, begeisterte Jugend, wie das ›Dagbladet‹ sie so liebevoll nennt.«

Er wandte sich ironisch an Jastrau.

»Oh, ihr beiden werdet irgendwann noch Mitarbeiter bei uns«, erwiderte Jastrau überheblich.

»Nein«, kam es scharf.

»Doch, verdammt«, brummte Steffensen.

»Aber Sie vergessen ja ganz zu essen«, rief Johanne. Sie war wesentlich eifriger als sonst. Jastrau sah, wie sich ihre Stirn in grübelnder Nervosität runzelte.

»Nein«, wiederholte Sanders und schüttelte mit einem besserwisserischen Lächeln den Kopf. Wen imitierte er mit diesem ständigen Lächeln? Es war eine Spiegelung.

Eine Weile aßen sie schweigend.

»Doch, ihr werdet schon sehen«, sagte Jastrau plötzlich müde und sanft, resigniert und desillusioniert. »Es ist noch gar nicht lange her, ich glaube, es war im Dezember, als Redakteur Iversen mit mir über euch sprach.«

»Na ja, im Dezember, da hatten wir ja auch noch keinen Radau vor dem Gebäude des ›Dagbladet‹ gemacht«, erwiderte Sanders verächtlich.

»Ach, da kennst du uns aber schlecht, Sanders«, antwortete Jastrau lächelnd. Er zog die Lippen zusammen und zeigte die Zähne, wenn er lächelte. »Das tut nichts zur Sache. Nein. Ich kam also eines Tages ins Büro des Alten, es muss zwischen Weihnachten und Neujahr gewesen sein, und er war in Neujahrsbetrachtungen versunken oder hat geschlafen, vielleicht auch beides. Er ist ja inzwischen ein alter Hund geworden, ein Rhinozeros, das in seinem Eckzimmer hustet, spuckt und grunzt, man wird überhaupt nicht mehr klug aus ihm. ›Hören Sie mal, Jastrau‹, sagte er dann …«

Jastrau fuhr sich mit der Hand über seine glattrasierte Oberlippe, als würde er sich über einen großen, herabhängenden Schnurrbart streichen, und sprach mit einer trägen Stimme. Die Aussprache der Wörter hätte man durchaus als plebejisch bezeichnen können, wäre es nicht um eine bestimmte Person gegangen.

Sanders lachte.

»Das ist schon merkwürdig bei euch drüben im ›Dagbladet‹«, warf er ein. »Ihr könnt nicht über Iversen reden, ohne dass ihr einen Buckel macht, eure Aussprache verlangsamt, in den Papierkorb spuckt und sagt: ›Is' das so?‹ oder ›bong!‹ Alle macht ihr das.«

Johanne nickte eifrig und lachte.

»Ja, das ist wirklich wahr«, sagte sie.

»Es ist eine Form der Gottesverehrung«, antwortete Jastrau lachend.

»Ja, das ist ein schöner Gott«, unterbrach ihn Sanders ironisch. »Es ist der gefährlichste Mann Dänemarks. Und der schädlichste.«

»Ach, das ist leicht gesagt, wenn man ihn nicht kennt«, entgegnete Jastrau gereizt. »Jedenfalls sagte der Alte, vermutlich, weil er in Silvesterstimmung war: ›Sagen Sie mal, gibt es eigentlich unter den jungen Leuten jemanden, der schreiben kann?‹ ... Das fragt er alle, und dabei setzt er diesen müden, suchenden Blick auf ... ›Ja, da gibt's doch die mit dem »Amboss«‹, fährt er fort, ›oder wie das Blatt heißt. Ha, ha! Die sind so wütend auf uns‹ ... und dabei sieht er ganz gewitzt aus ... ›Aber Artikel von Leuten, die wütend sind, muss man immer lesen‹ ... und spuckt in den Papierkorb. Pfty ... ›Mit ... größter ... Aufmerksamkeit, ich habe es nämlich schon so oft erlebt, dass ausgerechnet solche zornigen Leute schreiben können; das war schon bei Georg Brandes und Johannes V. Jensen so. Und wissen Sie was ... das enttäuscht mich zutiefst ... unter den jungen Menschen gibt es ja niemanden, der schreiben kann ... so leicht und witzig.‹«

Sanders und Steffensen lachten so laut und höhnisch, dass Oluf zusammenzuckte. Erschrocken kroch er zu seiner Mutter und warf den beiden misstrauische Blicke zu. Jastrau saß vornübergebeugt, als hätte er einen Schal über der Schulter – genau wie Redakteur Iversen, dann spuckte er in einen unsichtbaren Papierkorb und fuhr fort:

»Sonst könnten wir die Spalten der Zeitung durchaus für einen von ihnen öffnen – oder zwei. Pfty!«

»Mama! Papa spuckt auf den Boden. Darf er das?«, schrie Oluf. Mit einem Mal war er wieder mutig geworden.

»Psst, du sollst still sein!«, wies ihn die Mutter zurecht und zog ihn am Arm.

Die anderen lachten, bis Sanders' Gesicht plötzlich erstarrte.

»Ja, wir lachen, aber ist das nicht entsetzlich? Sämtliche Meinungen sind einerlei. Sie finden bloß alle ihren Weg ins ›Dagbladet‹ und lassen die Oberfläche bunt schillern. Alles ist komplett belanglos, Hauptsache, es ist glänzend geschrieben. Äh, geschrieben! Geschrieben!«

Jastrau hatte wieder sein vages Lächeln aufgesetzt. Es lag über seinem feisten, mongolisch anmutenden Gesicht wie ein ironischer Kummer. Er glaubte, das Lächeln würde gut aussehen.

»Wir verwöhnen die Jugend bei uns«, sagte er sanft, mit einer zögernden, wollüstigen Grausamkeit, »wir geben ihnen Kissen, auf denen sie sitzen können. Wir überlassen ihnen die Macht – scheinbar –, bevor sie erwachsen sind, und dann nehmen wir ihnen die Macht, bevor sie erwachsen sind. Dann sind sie weich und fügsam, ohne Härten, ohne Linie, ohne Charakter … oder sie sind zu Querulanten geworden … mit einem Anflug von Wahnsinn … jedenfalls muss man sie dann nicht mehr ernst nehmen.«

Er wollte fortfahren, aber mit einem Mal hatte er keine Lust mehr dazu. Müde drehte er die Handflächen um, lächelte flüchtig und bückte sich nach einer Flasche Carlsberg, die neben dem Stuhlbein stand.

Er schenkte sich ein und leerte das Glas mit einem Schluck.

Da breitete Sanders die Arme aus wie ein Volksredner und richtete seinen dunklen Blick auf Johanne, deren Lippen ihren strengen Zug verloren hatten, als sie die Charakterschwäche ihres Mannes erlebte. Sie hatte es geahnt. Nun wusste sie es. Jetzt fühlte sie sich verlassen. Es war vollkommen egal, ob es wahr war oder nicht, was er über die Zeitung gesagt hatte, deren literarischer Redakteur er war! Die Wahrheit, was war das? Aber ein Journalist, der seine eigene Zeitung nicht verteidigen kann, oder ein Mann, der seine Frau nicht verteidigen kann – das war ein und dasselbe. Und nun wollte dieser düstere, attraktive, leidenschaftliche Sanders zuschlagen. Sie wusste es. Sie fürchtete es. Dieser dunkle, leidenschaftliche Mann. Und hübsche Mann.

»Sehen Sie denn nicht, gnädige Frau, dass dies die Verdammnis ist«, begann Sanders dramatisch. »Wenn es bedeutet, so erwachsen zu werden, so reif zu werden, dann möge Gott mich davor bewahren, reif zu werden. Vielleicht habe ich unrecht. Möglicherweise habe ich nicht recht, dass die Gesellschaft in Not ist, in einer solchen Not, dass einige sich opfern müssen, dass diejenigen, die sehen können, sich opfern müssen – obwohl ich natürlich recht habe. Eine Gesellschaft, die keine Angst hat, braucht ihre Jugend nicht mit seidenen Kissen zu ersticken. Aber selbst wenn ich unrecht hätte und die Konservativen und Faschisten hätten recht, so würde ich trotzdem lieber derjenige sein, der ich bin, und an meinen Ansichten zugrunde gehen, als … dein Leben zu führen, Ole. Denn du hast in jedem Fall unrecht, auch wenn ich mit meinen Meinungen vollkommen falsch liegen sollte.« Und Sanders schoss mit Kopf und Körper ruckartig auf Johanne zu, die zurückwich. – Es war das Dunkle gegen das Licht. »Nicht wahr, gnädige Frau?«

»Ist es gelogen, was ich sage?«, brüllte Steffensen über den Tisch.

Er hielt die Hände vor den Mund wie ein Ausrufer, eine wüste Parodie von Locken-Charles, dem Original vor dem Hotel d'Angleterre, der den mondänen Gästen des Straßenrestaurants seine unflätigen Wahrheiten zurief.

»Habe ich etwa gelogen?«, brüllte Steffensen erneut.

Sanders wandte ihm wutschnaubend den Kopf zu. Jastrau wollte lachen, doch Steffensens Stimme war so vulgär, dass er nervös zusammenfuhr, einige Zuckungen jagten ihm übers Gesicht. Und Johanne kniff heftig Mund und Augen zu, verärgert über diese revolutionäre Bestie, die düster und gebückt am Tischende saß.

Und in der eintretenden Stille brüllte Steffensen völlig sinnlos ein drittes Mal: »Ist es gelogen, was ich sage?« Stupide und brutal, wie eine Entladung von Widerwillen und Nervenanspannung, ein Ausruf, der nicht in ein Esszimmer gehörte.

»Mama, Mama!«, schrie Oluf und kroch zu seiner Mutter, dann begann er zu weinen.

»Es ist verdammt schwer, dich wie einen Menschen zu behandeln«, knurrte Sanders und warf sein Messer zornig auf den Tisch.

Oluf heulte. Johanne stand rasch auf, hob den Jungen vom Stuhl und trug ihn hinaus in die Küche. »Na, na, na«, hörten sie, der Junge schniefte.

Nur Steffensen lachte dröhnend wie ein Troll, der hoch oben auf einem Abhang steht und zu seinem eigenen Vergnügen Felsstücke hinunterwirft, ein rücksichtsloses, grobschlächtiges und lebensgefährliches Vergnügen, das niemand sonst verstehen kann.

»Es ist schade um den Jungen«, erklärte Sanders verbissen.

»Es ist schade um die Menschen«, salbaderte Steffensen, Strindberg zitierend, und lachte erneut.

Währenddessen hatte sich Jastrau über den Tisch gebeugt und kniff lauernd die Augen zusammen.

»Noch ein Carlsberg?«, fragte er und streckte die Hand nach den Bierflaschen aus, die neben dem Stuhlbein auf dem Boden standen.

»Na klar, alter Menschenkenner«, grinste Steffensen, griff gierig nach der Flasche und schüttete das Bier so ungestüm ins Glas, dass es auf die Tischdecke schäumte.

»Ich koche jetzt Kaffee, denn ich muss dann gehen«, rief Johanne in diesem Moment aus der Küche.

»Ja, meine Frau muss nach Frederiksberg zu ihren Eltern«, erklärte Jastrau. »Sie bleibt dort übrigens über Nacht, insofern fügt sich doch alles.«

Sanders lächelte ungläubig, und Steffensen hob das Glas und brummte: »Skål!« Wie immer hatte seine Äußerung eine merkwürdig doppeldeutige und gleichzeitig unartikulierte Betonung.

»Lasst uns zum Kaffeetrinken ins Wohnzimmer gehen, dann können wir ein bisschen plaudern und rauchen, bis ich in die Redaktion muss.«

Jastrau erhob sich, und Sanders bedankte sich höflich.

Im Wohnzimmer zogen sie die Gardinen vor und schalteten das elektrische Licht ein. Einen Moment später kam Johanne mit dem Kaffee. Sie war dieselbe beschäftigte und selbstsichere Hausfrau wie zuvor. Mit der größten Selbstverständlichkeit entschuldigte sie sich, dass sie leider gehen müsse, und mit der größten und nichtssagendsten Liebenswürdigkeit verabschiedete sie sich, und als sie kurz darauf hörten, wie die Wohnungstür zuschlug und sich Johannes und Olufs Schritte auf der Treppe verloren, holte Jastrau eine neue Flasche Portwein. Er musste in jedem Fall noch ein Glas trinken, bevor er zum »Dagbladet« ging.

III

Drei Stunden waren vergangen.

Jastrau hatte in dieser Zeit in seinem Büro des »Dagbladet« gesessen, einem Zimmer, das er sich mit dem Musikkritiker und zwei der bekanntesten Klatschkolumnisten des Blattes teilte. An diesem Abend hatte er jedoch in Ruhe arbeiten können. Keiner seiner Kollegen war erschienen und hatte ihn gestört. Das Zimmer lag allerdings auch ziemlich abseits, eine Etage über den eigentlichen Redaktionsräumen, wo die politischen Mitarbeiter, die Reporter, die Telegrammredaktion sowie der Chefredakteur und der Redaktionssekretär arbeiteten.

Ungestört hatte er um sich herum Dunkelheit verbreiten können. Er hatte das Deckenlicht gelöscht. Die anderen drei Schreibtische mit ihren schimmernden, gelbgebeizten Flächen hatten ihn nicht ablenken können. Der Anblick der leeren Sessel hatte nicht dieses Gefühl von Heimatlosigkeit gesteigert, gegen das er immer ankämpfen musste. Und dann war er gekommen, dieser intime Kontakt zwischen dem Schein der elektrischen Lampe und dem Schein des weißen Papiers, ein strahlender Kosmos wurde geboren, der mit seinem blendenden Licht wie Hypnose auf ihn gewirkt hatte. Und er hatte wieder einen dieser kritischen Artikel schreiben können, der auf eine größere Begabung hindeutete, als er tatsächlich besaß, und der vor allem von einer Selbstdisziplin zeugte, die er überhaupt nicht besaß. Eine Selbstdisziplin, die er einzig und allein dem pupillenlosen, allmächtigen Blick des Papiers verdankte.

Der weiße, blanke Himmel des Papiers.

Und nun war er endlich fertig mit der Rezension von H. C. Stefanis Buch »Warum hast du mich verlassen«, er lehnte sich auf dem Stuhl zurück. Er griff nach den Seiten, um den Artikel noch einmal zu lesen und die sprachlichen Übergänge zu prüfen. Am liebsten hätte er ihn sich laut vorgelesen. Aber nein, er hätte sich geschämt, allein in seinem Büro auf und ab zu gehen und einen Monolog zu schmettern. Lieber die Worte vorsichtig vor sich hin murmeln, um zu sehen, ob der Stil der Rezension trug.

Schließlich erhob er sich und schaltete auch die Tischlampe aus, sodass das ganze Zimmer im Dunkeln lag.

Durch die Fensterscheiben, die der Abendregen mit langen, punktierten Linien schraffiert hatte, flimmerten die Lichter des nassen Platzes. Sie warfen einen Schein unter die Decke, unruhig und beweglich wie ein Polarlicht, vermischt mit den bunten Lampen der Straßenbahnen und den grellen Scheinwerfern der Autos. Die Scheiben erstrahlten in einem schwarzen Glanz aus blanker Dunkelheit, durchzogen von den Lichtsprenkeln der Regentropfen, und quer über dieser schimmernden Fläche stand in dunklen Buchstaben spiegelverkehrt DAGBLADET. Am Tag weiß, am Abend schwarz. Nur die beiden A und das T waren lesbar. Ein rätselhafter Name. Ihn zu lesen, dauerte eine Weile, aber so rasch wurde man auch nicht müde.

Hier konnte er in der Dunkelheit sitzen und geistesabwesend seine Pfeife stopfen. Sollte er jetzt nach Hause gehen, zu den beiden? Sein Blick folgte der Straßenbahn unten auf der Straße. Er sah ihr dunkles, nasses Dach davongleiten. Sie glich einem Prahm. Aber er wollte nicht nach Hause. Kommunisten hatten seine Wohnung okkupiert. Außerdem wurde er verhöhnt! Verhöhnt von zwei Bengeln. Fuchsteufelswild konnte man deshalb werden! Aber ruhig! Ein Prahm auf einem Fluss. Was geschah eigentlich in der Seele, wenn Schiffe oder Verkehr vorüberglitten? Eine Liebkosung, ein beruhigendes Streicheln über den Rücken. Na, na, ruhig! So, so!

In der Dunkelheit klopfte es an der Tür, und Jastrau sprang rasch auf und schaltete die elektrische Stehlampe ein. Er wollte auf keinen Fall bei sentimentalen Träumereien erwischt werden!

»Herein!«

Langsam öffnete sich die Tür, und ein großgewachsener Herr in einem eleganten, hellgrauen Überzieher trat ein und hob seinen steifen Hut zu einem ironischen Gruß.

»Guten Abend, mein Herr.«

Es war der Literat und Unterbibliothekar Arne Vuldum, berühmt dafür, in den letzten fünf Jahren kein einziges belletristisches Buch eines dänischen Autors aufgeschlagen zu haben. In der Zeitung schrieb er über ausländische Literatur.

Wie er in seiner vollkommenen Eleganz dastand, erinnerte er wie Dante an das Undenkbarste von allem: eine lasterhafte Jungfrau. Es lag an seinem so trockenen und unfruchtbaren Mund. Aber seine roten Haare, die in einer glänzenden, metallischen Masse über der linken Seite seiner Stirn lagen, hatten einen effektvollen Glanz, verwirrend wie Sonnenlicht über dem Meer, und unter dieser eigenartigen Lichteinwirkung leuchteten ein Paar graue unzuverlässige Augen. Stets erinnerten sie noch lange daran, dass man mit ihm zusammen gewesen war.

»Guten Abend, Vuldum!«, erwiderte Jastrau mit halbherziger Höflichkeit.

»Ich störe hoffentlich nicht?«, fragte Arne Vuldum und ließ sich mit affektierter Müdigkeit auf ein Sofa sinken, das die Flügeltür, die zum Vortragssaal der »Dagbladet« führte, versperrte.

»Geldsorgen?«, erkundigte sich Jastrau mit boshafter Anteilnahme.

»Nein, mein Lieber«, seufzte Vuldum und legte den steifen Hut, den die Journalisten aufgrund seiner katholischen Interessen »Peterskuppel« getauft hatten, vorsichtig auf den ordentlichsten Schreibtisch. »Ich werde von etwas Schlimmerem gequält, von syntaktischen Sorgen. Ich war gerade oben in der Setzerei und habe meinen Artikel noch einmal Korrektur gelesen.«

»Es ist ja auch eigenartig, dass er nicht längst gedruckt wurde.«

Vuldum lächelte bitter.

»Die Korrektoren beben ebenfalls vor Ärger über diese Nachlässigkeit von Seiten des Blattes. Sie sind wirklich aufgebracht, *excited*. Ich komme schließlich jeden Abend und aktualisiere den Artikel.«

»Ach, du bist aber auch so pingelig.«

»Nein, Ole, aber ich bin wahnsinnig geworden«, erwiderte Vuldum bitterernst und nahm seine unvermeidliche Zigarette aus dem Mund, »und zwar, weil ich Dänisch geschrieben habe. Denn überleg mal, wie schwer es ist, etwas Präzises in dieser Sprache auszudrücken. Sie besteht ja ausschließlich aus barbarischen, materiellen ... Brocken. Komplett unmöglich – genau wie Amerikanisch.«

Er starrte vor sich hin, und man ahnte in dem grauen Blick eine nervöse Auflösung, eine Bodenlosigkeit.

»Aber wie sieht's denn bei dir aus, mein lieber Ole?«, erkundigte er sich und riss sich plötzlich zusammen. Seine Herzlichkeit war übertrieben. Sie durfte offenbar gern mit Ironie verwechselt werden.

»Tja, ich bin gerade mit der Rezension von Stefanis Buch fertig geworden.«

Vuldum richtete sich lauernd auf. Sein grauer Blick näherte sich, als wollte er in Jastraus Gesicht lesen; doch als Jastrau seine Augen auf ihn heftete, glitt der Blick vorbei und hielt an Jastraus Krawatte inne. Dort blieb er hängen.

Jastrau hatte das Gefühl, stranguliert zu werden.

»Es könnte mich amüsieren«, bemerkte Vuldum sanft, »zu hören, wie du seine religiöse Acetylsalicylsäure besprochen hast.«

»Acetylsalicylsäure?«

»Ja, er hat doch eine Apothekerkonzession in Aarhus.«

»Ach, der Glückspilz«, rief Jastrau und drehte sich mit dem Stuhl herum. »Es gibt doch immer ein paar, die wissen, wie es geht.«

»Wusstest du das nicht?«, fragte Vuldum überrascht. »Du wirst wohl nie ein richtiger Journalist. Du hast kein eigenes Privatleben und weißt nichts über das Privatleben anderer Leute. Aber gönn mir das Vergnügen und lass mich deine Rezension von Sankt Stefani hören.«

»Na ja, gut!« Jastrau nahm die Blätter vom Schreibtisch, drehte der elektrischen Stehlampe den Rücken zu und lehnte sich so weit zurück, dass der Lichtschein über seine Schulter auf das Papier fiel. Seine Stimme war sanft und mild, aber es brauchte nur eine kleine Nuance, um die Sanftheit in Grausamkeit zu verwandeln.

Und gleichzeitig bewegten sich Vuldums große, weiße Hände nervös; er saß im Halbdunkel und klopfte unbewusst eine nicht angezündete Zigarette gegen die Handfläche – eine Bewegung, die immer ruhiger wurde, je mehr er dem gedanklichen Rhythmus von Jastraus Artikel folgte.

»… Wenn Herr H. C. Stefani«, las Jastrau, »es wagt, der Meinung zu sein, Jesus Christus habe sich so weit vermenschlicht, dass er nicht allein von der menschlichen Todesangst besessen war, als er am Kreuz rief: Warum hast du mich verlassen? – sondern auch von der Erbsünde, sodass er sich in einem Anfall nervösen Zorns nicht nur hat verleiten lassen, den Feigenbaum zu verfluchen, sondern auch die Wechsler aus dem Tempel zu peitschen, warum hat Herr Stefani den

Gedanken nicht weitergesponnen, warum hat er nicht die psychologische Spannung zwischen dem Göttlichen und dem Menschlichen erhöht, das unergründlichste Rätsel der Jesus-Figur, und vermutet, dass Jesus bisweilen möglicherweise von weiblicher Schönheit fasziniert war?«

»Das Christentum ist doch etwas Schönes«, unterbrach ihn Vuldum mit schleppender Stimme, und Jastrau hob den Kopf und lächelte. Er hatte den Tonfall Redakteur Iversens wiedererkannt, »auch wenn man selbst nicht religiös ist. Und ich begreife nicht, warum Jastrau ständig die Pastoren ärgern muss. Das ist doch nicht mehr modern.« Vuldum strich sich mit einem Finger unter die Nase und spuckte in einen Papierkorb, der zum Glück neben dem Sofa stand.

»Es gibt übrigens viele nette Menschen unter den Pastoren«, fügte er mit derselben Stimme hinzu.

»Glaubst du wirklich, er wird so reagieren?«, fragte Jastrau eifrig.

»Das weiß man nicht«, erwiderte Vuldum mit seiner eigenen Stimme und lächelte boshaft. »Aber Stefani hat es verdient. Es gibt nichts, was mir so zuwider ist wie diese modernen Interpretationen von Jesus. Es ist ein Auswuchs des demokratischen Drangs, mit dem Göttlichen per Du zu sein, und sie werden nicht aufhören, bis sie ihren Gott in flagranti erwischt haben. Das hast du im Übrigen ausgezeichnet angedeutet.«

»Glaubst du, ich bekomme deswegen Ärger?«

Vuldums grauer Blick streifte ihn. »Bei diesem alten, freisinnigen Blatt wirst du doch nicht zensiert«, bemerkte er spöttisch.

»Nein, nicht direkt.«

»Aber wie dann?«

»Ach, das kennst du doch selbst. Es ist die Stimme am Telefon. Ein anonymer Abonnent ruft den Alten an und beschimpft sein unflätiges Organ, und dann spüre ich mehrere Wochen leere Luft um mich herum.«

»Is' das so?«, fragte Vuldum und imitierte wieder Redakteur Iversens Stimme.

»Oder es kommt ein anonymer Brief, oder noch schlimmer, es kommen ein paar Abonnementskündigungen.«

»So, meinen Sie?«, erkundigte sich Vuldum mit derselben mäßig interessierten Stimme.

»Und dann senkt sich die Glasglocke über mich und die Luft wird herausgepumpt. Und wie du weißt, kann man in einem Vakuum seine persönlichen Ansichten nicht bewahren.«

»Nee, lieber Jastrau, das wusste ich wahrhaftig nicht«, behielt Vuldum den Ton bei. »Das is' wirklich eine große Neuigkeit. Hatten wir darüber schon was im Blatt?«

Jastrau lächelte, fuhr aber fort. Es musste jetzt heraus.

»Man ist so oberflächlich und grausam hier. Man geht auf leisen Sohlen und dann …«

»Auf leisen Sohlen. Ja, ha, ha. Ich erinnere mich tatsächlich an einen Vorfall in Rangoon …« Noch immer im Tonfall des weitgereisten Redakteurs.

Aber Jastrau spürte, wie sein Hirn sich verkrampfte, als wäre er auf dem Weg zum Querulanten. Warum sollte er hier sitzen und sich beschweren? Und Vuldum spielte bloß, er imitierte Redakteur Iversen, zog ihn damit auf. Jastrau brach ab und beendete mit monotoner, lauter Stimme das Verlesen seines Artikels:

»Durch seine mangelnde Konsequenz hat H. C. Stefani unserer Ansicht nach lediglich die Figur des Erlösers geschmälert. Sein Buch kann daher psychologisch gesehen gut als Blasphemie gestempelt werden.«

»Da wird Stefani sich aber freuen«, jubelte Vuldum. »Ha, jetzt bekommt er einen Denkzettel. Und außerdem hat er einen Sohn, der Dichter sein will. Das könnte man auch als eine Strafe des Herrn sehen. Er wird heimgesucht. Aber er hat es verdient!«

»Einen Sohn? Den kenne ich nicht.«

»Nein, wie gesagt, du bist ja auch schlecht informiert. Aber wie alle anderen alten Radikalen, ob sie nun religiös sind oder nicht, hat er einen Sohn, der Kommunist ist … und seine Herkunft hasst und verabscheut. Ja, jetzt bekommt er einen Denkzettel«, triumphierte Vuldum und hob eine geballte Faust.

»Stefani?«

»Nein, aus kommunistischem Protest gegen den Vater nennt der Trottel sich Steffensen. Stefan! Steffensen! Das klingt wie der Aufmarsch des Proletariats. Hörst du das nicht?«

»Dann sitzt er gerade mit Sanders bei mir zu Hause und wartet«, entfuhr es Jastrau, der überrascht seinen Artikel sinken ließ. Jetzt begriff er. Das Telefonat. Ja, er macht mächtig Druck und würde die Rezension am liebsten selbst schreiben. Und der gleichsam entschwindende Schatten eines Lächelns.

»Na, ich muss schon sagen«, bemerkte Vuldum verächtlich. »Verkehrst du mit solchen Leuten? Das überrascht mich.«

»Ich verkehre nicht mit ihnen«, antwortete Jastrau gereizt. »Sonst säße ich ja wohl nicht hier.«

Ein Funkeln in Vuldums Augen. »Na, dann bist du obdachlos.« … Eine Pause … »Dann habe ich die Ehre, dich auf einen Drink einzuladen.«

Und Vuldum erhob sich und breitete einladend und ironisch die Arme aus.

»Nur ein einziger Drink. Mehr kann ich mir nicht leisten. Aber es ist so selten, dass man abends einen Ehemann in der Stadt sieht.«

Plötzlich legte er die Hand besorgt auf Jastraus Schulter.

»Aber deine Frau? Sie ist doch nicht …«

»Sie ist bei ihren Eltern.«

»Na, Gott sei Dank. Ich war schon ganz nervös. Schließlich lässt man seine Frauen ja nicht in der Gesellschaft von irgendjemandem.«

Jastrau warf ihm einen misstrauischen Blick zu. War er ironisch? Aber das müde und verlebte Gesicht war ernst. Der Mund streng.

»Aber ich sage dir, das rächt sich. Weshalb hast du eigentlich Besuch von diesen Herren?«

»Ach, ist doch egal«, erwiderte Jastrau.

»Na schön. Ich bin ja nicht neugierig. Aber bring jetzt deinen Artikel zur Setzerei, dann gehen wir anschließend in die ›Bar des Artistes‹. Ich muss gerade noch Pater Garhammer anrufen und eine Verabredung absagen, dann bin ich bereit.«

Hastig griff Jastrau nach seinem Füllfederhalter und schrieb ein paar Anweisungen für die Setzer oben in die Ecke der nummerierten Blätter. »Literaturseite«, notierte er. »Gesperrte Borgis«. Und an die Überschrift »Der Mensch Jesus« schrieb er »Cheltenham 24 Punkt«. Dann legte er die Blätter zusammen und ging im Treppenhaus zum Aufzug, während Vuldum bereits die Telefonmuschel an den Mund hielt und die Dame in der Vermittlung mit einer geradezu liebestrunkenen Stimme um die Nummer der katholischen Kirche bat.

Als Jastrau wieder in sein Zimmer kam, hatte Vuldum sein Telefonat beendet.

»Dann können wir jetzt vielleicht gehen«, bemerkte er.

»Ja«, antwortete Jastrau, knüllte seine Entwürfe zusammen und warf sie in den Papierkorb.

Gemeinsam brachen sie auf.

Allerdings hatte Vuldum es nie eilig. Er lustwandelte, und es war ihm egal, ob er eine Straßenbahn verpasste oder zu spät zu einer Verabredung kam. Daher schritten sie nun geruhsam die dunkle Redaktionstreppe hinunter.

»Oh, wie ich dieses Haus genieße«, erklärte Vuldum und

atmete tief durch. »Denn dies ist ein Haus, ein richtiges Haus. Hier *wohnt* die Zeitung. Spürst du das nicht?«

Ein Stockwerk tiefer musste er durch die Spiegelglasfenster der Tür in die Redaktion spähen. Er musste! Denn er wollte es genießen. Und Jastrau ließ sich anstecken.

Hinter den Spiegelglasfenstern die leere Vorhalle der Redaktion. Ein mit grünem Filz bezogener Tisch. Und auf dem Tisch wie gewöhnlich eine große Papierrolle, um Nachrichten darauf zu kritzeln und in die Redaktionsfenster zur Straße zu hängen. Links ein paar Fotografien von verstorbenen Mitarbeitern. Und ein Zimmer weiter der Redaktionssekretär in seinem üblichen grauen Anzug. Er telefonierte.

Vuldum wandte Jastrau den Kopf zu.

»Wie gemütlich es hier ist. Und in Romanen heißt es immer, das Leben eines Redaktionsbüros sei hektisch und pulsierend – aber eigentlich ist es ein ruhiges Interieur von Vermeer. Siehst du das nicht? Die Tür hier ist der dunkle Rahmen. Das gelbe Licht in der Vorhalle. Der Tisch mit dem grünen Filz im Vordergrund. Und dann das nächste Zimmer weiter hinten, etwas dunkler. Mit einer Perspektivwirkung wie bei Velázquez. Ein Zimmer hinter dem anderen. Und in dem hintersten, halbdunklen Raum die Lampe mit der grünen Kuppel, deren Lichtschein auf das Gesicht dessen fällt, der darin sitzt. Ein modernes, glattrasiertes Gesicht. Die Haltung: vorgebeugt. Das Telefon am Ohr. – Wo ist das Hektische geblieben? Ja, ich frage dich, denn ich kann es nicht sehen, auch wenn die Modernisten es noch so beschreien. Am liebsten würde ich leise hineingehen.«

»Jetzt lass dich nicht so davon hinreißen, dass du vergisst, mich auf einen Schluck eingeladen zu haben«, bemerkte Jastrau spöttisch.

»Nein, nein, wie kannst du so etwas glauben.« Vuldum legte liebevoll die Hand auf Jastraus Schulter. »Glaubst du, ich würde vergessen, die Ehre zu haben, mit einem Ehemann auszugehen, dessen Wohnung von Kommunisten beschlagnahmt wurde.«

Jastrau zuckte zusammen. Hatte Vuldum die peinliche Geschichte durchschaut? Sie wäre viel zu gut, um sie morgen nicht in der Redaktion zu erzählen. Er musste aufpassen, sich beim Whisky nicht allzu sehr zu vergessen.

»Na ja, beschlagnahmt«, protestierte er schwach.

»Aber immer mit der Ruhe. Ich habe dich nur auf einen einzigen Whiskysoda eingeladen.«

Und sie schritten weiter die dunkle Treppe hinunter.

Als sie in die erleuchtete Telegrammhalle kamen, setzte sich die Schwingtür zur Straße plötzlich in Bewegung. Es kam jemand herein.

Durch die drehenden, aufleuchtenden Scheiben, in denen sich das Licht in unberechenbaren Winkeln brach, ließ sich eine große, gebückte Gestalt erahnen. Ein steifer Hut, der wie bei einem derben Schlachtergesellen in die Stirn gezogen war, zeichnete blitzschnell seine schwarze Silhouette. Es reichte zur Identifikation.

»Der Alte«, flüsterte Vuldum.

Ein Schuljungenlächeln zeigte sich auf ihren Gesichtern, obwohl es keinem der beiden stand. Vuldum war zu verlebt, und Jastrau zu feist. Sie wirkten eher komisch, wie erwachsene Schauspieler, die eine Rolle als Schulkinder übernommen haben. Das Lächeln passte nicht zu ihren allzu erfahrenen Augen und blieb unter der Nase hängen. Und doch standen sie nicht mit dem Hut in der Hand – beziehungsweise der Matrosenmütze – und den Armen an der Hosennaht da. Erstaunlicherweise.

Es war Chefredakteur Iversen.

Als er hereinkam, hob er ganz kurz den Hut zum Gruß, sodass der tierähnliche Schädel mit dem breiten Nacken zu ahnen war. Graue Haare. Ein mächtiger, herabhängender

Schnauzbart konnte den Mund, aber niemals dessen Lächeln verbergen, ebenso wenig wie die lange Kinnlinie – denn betrachtete man Redakteur Iversen von der Seite, ließ es sich nicht vermeiden, der Kieferpartie bis zum Ohr zu folgen: eine gefräßige Verbindung mit dem Nacken.

Die müden, desillusionierten Augen ruhten einen Moment auf Jastrau und Vuldum. Als würde man in eine Tasse mit Seifenblasen blicken, die auf trübem, dunklem Wasser schwammen. Der Blick erwachte nur langsam. Doch dann hob er spöttisch den Zeigefinger, der Blick bekam Farbe und wurde zwanzig Jahre jünger. Und mit seiner schleppenden Stimme sagte er:

»Na, da haben wir ja die gesamte Literatur – auf einmal. Bon. Sie führt doch wohl nichts Böses im Schilde?«

Vuldum wollte die Arme ausbreiten und etwas sagen, doch es blieb bei einem Zucken seines rechten Arms, dann verbeugte er sich elegant. Jastrau versteckte sich unbewusst ein wenig in Vuldums Windschatten.

»Tja, was soll man sagen«, fuhr der Redakteur nach einer Pause fort und starrte nun mit philosophisch-leerem Blick vor sich hin.

In diesem Moment kam ein dunkelhaariger Herr in einem schwarzen Mantel beschwingt herein und schoss an ihnen vorbei; allerdings versäumte er nicht, ein lärmendes »Guten Abend, Herr Redakteur Iversen« zu rufen, dass es in den fernsten Winkeln der Telegrammhalle widerhallte. Die schachbrettartigen Fliesen verstärkten das Echo seines Grußes und seiner eiligen Stiefelabsätze. Pflicht! Pflicht! Die Absätze dröhnten auf den Fliesen.

»Sehen Sie, das war das Radio«, bemerkte der Redakteur nachdenklich und blickte dem Dunkelhaarigen nach, der im Aufzug verschwand. »Tja … was soll man sagen. Das Radio, das ist die Zukunft. Jedenfalls behaupten das die Leute.«

Und dann schüttelte er plötzlich traurig den Kopf und blickte Vuldum und Jastrau mitleidig an, als bedauerte er aus tiefstem Herzen, dass die beiden schon bald ihre Existenz verlieren würden.

»Tja, was soll man sagen?«

Mit dieser abschließenden Bemerkung grüßte er lächelnd, und seine große, gebückte Gestalt verschwand im dunklen Treppenhaus.

Jastrau fühlte sich getroffen. Er hatte das Gefühl, als hätte eine große Faust seine gesamte Arbeit mit einem Schlag in das bodenlose Loch der Zeit gefegt. Aber plötzlich hakte Vuldum ihn unter und zog ihn mit sich durch die Schwingtür. Die Kälte des dunklen, offenen Platzes schlug ihnen entgegen. Vuldum schüttelte sich in seinem großen, hellgrauen Mantel und lachte:

»Ja, wir zwei armen Unsterblichen. Ein Whiskysoda wird uns guttun.«

Die »Bar des Artistes« lag nur ein paar Häuser weiter in derselben Straße. Sie gehörte zu einem kleinen Hotel.

Draußen hing ein großes ovales Schild. Der Schriftzug »Bar des Artistes« bildete einen Bogen wie eine Brücke, und der gerade Strich, das Wasser unter der Brücke, war ein schlichtes Wort: »Dancing«.

Der Eingang war unansehnlich. Die Tür und die beiden Fenster wurden an der einen Seite von einem gediegenen Hoteleingang und einem größeren Restaurant eingezwängt. Abends fiel auch mehr Licht aus den Fenstern des Restaurants, denn dort gab es durchsichtige Gardinen, während die Bar sich hinter Portieren und schweren Stoffen verbarg, sodass man nur ein gedämpftes, intimes Schimmern ahnte, ein schwaches Glimmen. Und ebenso verhielt es sich mit der Musik. Aus dem Restaurant erklang jeden Abend das rauschende Brausen von Violinen; hinter den dunklen Fenstern und der dunklen Tür der Bar war lediglich das leise Summen eines Grammophons zu hören, ein munteres Flüstern. Die »Bar des Artistes« hatte also etwas leicht zu Übersehendes. Allerdings hatte sie es auch nicht nötig, lautstark auf ihre Existenz aufmerksam machen zu müssen, denn an dem menschenleeren und strahlenden Restaurant, aus dem Musik drang, lag es nicht, dass stets eine Reihe von Privatautos auf der anderen Straßenseite parkte.

Um den Schein zu wahren, zog Vuldum Jastrau an der Bar vorbei – schließlich fanden es nicht alle schicklich, direkt von der Straße in eine Bar zu gehen – und bog zum Hoteleingang ab, als wollten sie ins Restaurant. Der Portier jedoch, der Vuldum vertraulich zunickte, wusste um ihre Absichten. Sofort stieß er eine Tür auf, die vom Foyer des Hotels in die Bar führte.

Augenblicklich wurden sie von einem lauten Stimmengewirr und dem fernen Wimmern einer Hawaii-Gitarre aus dem Grammophon betäubt. Der rotgoldene Schimmer der Tapeten und ein bläulicher Tabaknebel zogen sie auf der Stelle in eine unwirkliche Welt. Männliche Gäste hockten gemütlich an runden Tischen. Allerdings nicht eine einzige Dame. In der ersten Verwirrung sah Jastrau zumindest keine.

Sie schritten auf einen strahlenden Hintergrund zu, auf mit Flaschen bestückte Regale und eine messingglänzende Bar, Vuldum ging voran.

Von dort aus wurden all die unruhigen Gemüter beherrscht. Zum einen von einer Uhr, die stets fünf Minuten vorging – eines der menschenfreundlichen Arrangements der Bar. Zum anderen von einem Barkeeper, einem Schweden mit einem großen, gutmütigen und gewitzten Satyrgesicht, das ebenso füllig wie die Uhr rund und ebenso rot wie die Uhrscheibe weiß war – eine angenehme Mischung aus Hohepriester und Wirt. Seine Leibesfülle flößte den Gästen Vertrauen ein, sodass sie seinen weichen Händedruck als herzlich, seine desinteressierten Bemerkungen als vertraulich und sein zweideutiges Lächeln als warmherzig empfanden. Er verbreitete eine kameradschaftliche Atmosphäre des Duzens um sich, die so typisch ist für seine Nation.

Er hatte Vuldum bereits beim Eintreten von weitem zugenickt, als sei es ihm eine persönliche Freude, jemanden bei sich zu Hause zu sehen, und dann hatte er den Kopf beinahe übertrieben schiefgelegt, um Jastrau besser einschätzen zu können.

Er war der beste Cocktailmixer des Nordens, und sein Name war Lundbom.

Der Weg durchs Lokal war mühsam. Einige Gäste reckten als eine Art unpolitischem Faschistengruß die Arme in die Luft, andere winkten oder grüßten mit erhobenen Gläsern. Vuldum war hier offenbar wohlbekannt. »Guten Abend, mein Alter.« »Na, bist du auch da, *old fellow*!« Ein vollschlanker Herr mit rotfleckigem Prälatengesicht, Lachgrübchen und Kinnspalte breitete pompös die Arme aus und bot ihnen einen Platz an seinem runden Tisch an, wo er mit einem kleinen, dünnhaarigen Herrn im Jackett würfelte, offenbar einem Kommis. Vuldum nickte würdevoll und reserviert zurück und spreizte dabei die Zigarette in der Hand ab. Er hatte plötzlich eine Dame in einem schimmernden, schwarzen Kleid bemerkt, die bei einem breitschultrigen Herrn saß und auf den hohen Hockern an der Bar balancierte. Sie war die einzige Dame im Lokal.

Bevor sie sich auf die Hocker neben dem Paar setzten, ließ Vuldum seinen Blick diskret über den Rücken bis hinunter zu ihren Hüften gleiten. Dann bestellte er gleichsam geistesabwesend zwei Whisky, nahm sich eine Salzmandel aus der Schale auf dem Tresen und versuchte, einen Blick auf das Profil der Dame zu werfen. Jastrau hatte er vollkommen vergessen.

Plötzlich zuckte er zusammen. Es ertönte ein »Na so etwas, guten Tag, Herr Vuldum!« Die Stimme der Dame klang ein wenig spöttisch. Vuldum drückte den Rücken durch und wandte sich mit einem unhöflichen Ruck Jastrau zu. Und mit einem Mal warf er Lundbom einen entrüsteten, fragenden Blick zu und machte eine Kopfbewegung in Richtung der Dame. Offenbar missbilligte er sie. Lundbom begnügte sich jedoch damit, die kleinen, pfiffigen Augen zusammenzukneifen und beinahe unmerklich den Kopf zu schütteln.

»Haben Sie heute schon den Herrn Journalisten Eriksen gesehen?«, erkundigte er sich lächelnd bei Vuldum, um dessen Aufmerksamkeit abzulenken.

»Nein!«

»Gestern Abend ging es ziemlich hoch her. Oha, oha. Und dann ist er anstrengend«, bemerkte Lundbom mit einem Lächeln, das ihm verwirrt entglitt, da es eigentlich bekümmert aussehen sollte.

Vuldum war leichenblass geworden. Das rote Haar verlieh ihm ein totenähnliches Aussehen.

»Na, du Ehemann, habe ich die Ehre, mit dir anzustoßen?«, fragte er und riss sich sichtlich zusammen.

Jastrau prostete ihm zu und trank.

»Hör mal, Vuldum, was hast du eigentlich immer gegen meine Ehe?«

Vuldum sah ihn mit einem Gesichtsausdruck an, als säße ihm etwas im Nacken.

»Ich habe nichts gegen deine Ehe«, erwiderte er mechanisch. »Ich bewundere dich eigentlich dafür.«

Um Vuldums Aufmerksamkeit bemüht, lachte Jastrau laut und spöttisch auf.

»Nein wirklich, mein lieber Ole«, erklärte Vuldum und legte ihm die Hand bedeutsam auf den Arm; aber die Augen waren fern und böse, zwei leuchtende graue Flecken. »Ich bewundere wirklich die Art und Weise, wie du deine Frau versteckst. Nicht einmal ich bin ihr vorgestellt worden, und du bringst sie auch nie zu den Festen im ›Dagbladet‹ mit. Ich bewundere deinen Verzicht auf öffentliches Privatleben.«

Jastrau hatte nur Ohren für den mechanischen Klang der Worte, nicht für ihre Bedeutung.

»Ja, du glaubst mir nicht«, fuhr Vuldum fort. »Das sehe ich dir an. Aber du weißt ja selbst, dass eine so konservative Natur wie ich – es heißt ja, ich sei konservativ«, fügte er mit einem Nachhall von Ironie in der Stimme hinzu, »dich bewundern muss, wie du deine Frau einsperrst. Und kommt eine Invasion von Bolschewiken, schickst du sie heim zu ihren Eltern. Aber sag mal, deine Bolschewiken, warten die nicht auf dich?«

Selbst im Schlaf konnte er boshaft sein.

»Ach, lass sie warten«, erwiderte Jastrau. Warum musste er jetzt an sie erinnert werden? Hier saßen er und Vuldum an der Bar und unterhielten sich, allerdings waren beide mit ihren Gedanken woanders. Es war eine Maskerade. Skål! Und dann gellte ein Saxofonsolo aus dem Grammophon, zu dem Jastrau auf dem hohen Hocker im Takt mitwippen und vergessen wollte, vergessen, vergessen, vergessen …

»Das ist gut, du. Das ist Rudy Wiedoeft, der beste Saxofonist der Welt.«

Vuldum griff mit seinen kräftigen Händen um die Messingstange und kippte den Hocker zurück, sodass er auf zwei Beinen balancierte, vorgeblich, um zuzuhören, aber auch, um die Dame flüchtig zu mustern und etwas von der Gefahr zu erahnen, die in seinem Nacken lauerte.

Auch die Dame drehte ihren Kopf ein wenig. Schwarzhaarig, sah Jastrau. Breites Gesicht. Aber es hatte etwas Slawisches, etwas Vulgäres, sie war nicht wirklich hübsch. Allerdings hatte er sie nur einen ganz kurzen Moment gesehen. Etwas Unwilliges lag in ihrem Blick. Der Mund sollte gewiss spöttisch aussehen, sie hatte ihn verzogen. Und mit einem verächtlichen Ruck wandte sie ihnen den Nacken zu, eine naive Verachtung, über die Jastrau unwillkürlich lächeln musste.

»Ja, sehr amüsant, dieses Saxofon«, bemerkte Vuldum, als hätte er nichts gesehen, »ist aber nicht mein Geschmack.«

»Aber um auf unser Gesprächsthema zurückzukommen«, sagte Jastrau, »so überrascht mich deine Schmeichelei gelinde gesagt.«

Vuldum richtete sich auf.

»Wenn meine ehrliche Überzeugung obendrein noch schmeichelhaft ist, dann ist es mir eine doppelte Freude. Es passiert mir so ungeheuer selten«, behauptete er mit einer Eloquenz, als würde er etwas zitieren, doch unvermittelt fügte er zynisch hinzu – ohne irgendeinen Übergang: »Allerdings erfreut es mich keineswegs, dass dein verdammtes Saxofonsolo uns dazu gebracht hat, so schnell zu trinken. Jetzt ist mein Glas leer.«

Er knallte das leere Glas auf das Linoleum der Theke.

»Zwei Whisky!«, bestellte Jastrau.

Vuldum atmete erleichtert auf.

»Danke, ich hab's nötig und leider nicht so viel Geld bei mir. Aber sollten wir uns nicht auch eine Zigarre gönnen? Sie führen hier eine Marke, die heißt Marsmann, die ist ganz passabel.«

Jastrau nickte, gleichzeitig zog er nachdenklich sein Geld aus der Westentasche.

»Das ist mehr als genug«, bemerkte Vuldum mit einem langen Blick auf die Zweikronenmünzen aus Messing in Jastraus Hand. »Wir können uns sicher noch einen Whisky erlauben.«

»Ja, sicher«, erwiderte Jastrau mechanisch. Er war zu müde, um sich daran zu erinnern, dass das Geld für etwas anderes gedacht war.

In diesem Moment ging ein kleiner, devoter Mann in einem zu kurzen Jackett durch das Lokal. Er trug einen Korb mit

Blumen unter dem Arm und hielt drei blassrosa Rosen in der Hand, die er den Gästen diskret entgegenstreckte. Sein ganzes leutseliges Aussehen hatte etwas Heiliges und Rosafarbenes an sich, ein verlorenes Blumenlächeln, das gut zu den Rosen passte. Er glich einem Soldaten der Heilsarmee.

Wortlos näherte er sich. Nur eine einladende Handbewegung. Nur eine höflich bedauernde Verbeugung, wenn er abgewiesen wurde. Eine stumme Blumenseele.

Als Vuldum ihn entdeckte, bekamen seine grauen Augen mit einem Mal einen lauernden Ausdruck, raubvogelartig verfolgten sie die Bewegungen des Mannes. Vuldum hatte sich jetzt umgedreht und saß mit dem Rücken zur Bar.

Eine neue Grammophonplatte summte das sentimentale »Rose Mary« durch das Lokal. Einige Gäste sangen leise mit. Die Frau neben ihnen bewegte sich im Takt der Tanzmelodie, ihr Hocker knarrte, und Lundbom schwang den Cocktailshaker in einer großen, seligen Wellenbewegung, dass das spröde Eis darin knisterte. Alles war in Rosenstimmung. Doch Jastrau war nervös, nervöser als zuvor, denn nun beugte Vuldum sich vor. Das glatte rote Haar hing ihm in die Stirn, die Augen waren starr.

Und das Unvermeidliche geschah.

Der Blumenverkäufer bemerkte ihn nicht, er hatte nur Augen für die Dame, und als er an die Bar kam, wollte er dem breitschultrigen Herrn, der neben ihr saß, mit einer flehenden Bewegung und einer demütigen Galanterie die Rosen reichen. Doch in diesem Moment erhob sich Vuldum auf seinem Hocker, die Füße hatte er auf die Querstange gestemmt, sodass er alle anderen nun um eine halbe Körperlänge überragte, und erklärte mit lauter Stimme, jedes Wort metallisch schmetternd:

»Wieso kommen Sie auf die Idee, hier Blumen verkaufen zu können? Sie sehen doch, dass es keine Damen im Lokal gibt.«

Im ganzen Lokal war kein Laut mehr zu hören. Nur »Rose Mary« summte weiter aus dem Grammophon.

Einen Augenblick später stand der breitschultrige Herr auf dem Fußboden.

»Komm! Lass uns gehen!«, sagte er mit bebender Stimme zu der Frau.

Sie sprang vom Hocker, er half ihr in den Pelz, und ohne Lundbom zum Abschied zu grüßen, der vor Sorge um sein Geschäft mit offenem Mund dastand, verschwanden sie aus dem Lokal, verfolgt von den Augen der Gäste.

Jastrau hatte geahnt, dass es zu einem Skandal kommen würde. Er ertrug es nicht. Die Leute waren so dumm, wenn sie sich stritten. Und gleichzeitig empfand er überflüssiges Mitleid mit dem Blumenverkäufer, der verwirrt lächelte und sich nach zwei Seiten auf einmal verbeugen wollte. Woher sollte Jastrau auch wissen, dass diesem bescheidenen Mann ein Haus in Nørrebro gehörte.

»Hören Sie, geben Sie mir die drei Rosen. Wie viel?«

Aber von dem schweren Herrn an dem runden Tisch ertönte ein ermahnendes »Pfui, pfui, pfui, Vuldum!«, und der Kommis schüttelte vorwurfsvoll seinen kleinen Puppenkopf.

Lundbom begann mit seinem leichten schwedischen Akzent eine stille Jeremiade: »Nein, also wissen Sie, Herr Vuldum. So etwas macht man doch wirklich nicht.«

Er sprach »wirklich« in reinem Dänisch aus.

Aber Vuldum rechtfertigte sich.

»Wissen Sie eigentlich, was das für eine Dame war?«

»Nein, Herr Vuldum«, antwortete der dicke Lundbom und knickte in einer höflichen Verbeugung zusammen, »aber Sie kannten sie ja wohl.«

»Ich!«, stieß Vuldum verärgert aus. »Nein, sie kannte mich, und das will ich Ihnen sagen, wenn Sie wollen, dass Ihre Bar eine anständige Bar bleiben soll, dann dürfen Sie die Schwarze Else oder eine von ihren Freundinnen hier nicht reinlassen.«

Lundbom senkte die Stimme zu einem Flüstern.

»Das ist sicher richtig, Herr Vuldum. Das weiß ich durchaus. Aber sie war in Gesellschaft von Herrn Direktor Starup, und ich wollte es dem Herrn Direktor ein anderes Mal sagen, dass solche Damen … Sie verstehen, der Herr Direktor ist ein alter Freund von mir, ein netter Mensch, er kommt jeden Nachmittag zu mir, um einen Drink zu sich zu nehmen, ein netter Mensch, ich wollte es ihm morgen sagen …«

»Aber dann sagen Sie's doch«, erwiderte Vuldum rücksichtslos.

»Ja, wenn der Herr Direktor kommt, wenn der Herr Direktor überhaupt noch einmal kommt«, bemerkte Lundbom voller Zweifel. »Er hat nicht gegrüßt, als er ging. Aber man hat sich doch auch anständig zu benehmen, Herr Vuldum.«

»Nein, ganz bestimmt nicht. Nicht wenn dieser Herr Direktor einen so schlechten Geschmack hat, dass er die Schwarze Else mit hierher schleppt. Was sollen wir mit ihr? Wir haben doch Karl den Zwölften dort, mehr brauchen wir nicht.«

Er zeigte auf die rechte Wand. Jastrau drehte sich auf seinem Hocker um und sah das Gemälde einer nackten Frau in Lebensgröße oder besser einer unbekleideten Dame, deren Füße recht unmotiviert in einer Botticellischen Muschelschale standen. Die Hände hatte sie geschickt im Nacken gefaltet, da ihre Arme viel zu kurz waren, um der klassischen Attitüde zu entsprechen, also ein Arm vor den Brüsten und die andere Hand vor dem Schoß. Um die Reizlosigkeit der Dame zu vervollkommnen, wuchsen ihr nur Haare auf dem Kopf.

»O ja!«, ließ sich der vollschlanke Herr vernehmen. »Die Schöne, die Einzige.«

»Zu Ehren von Lundbom und seiner Nation haben wir sie

Karl der Zwölfte getauft«, erklärte Vuldum Jastrau und überhörte die Liebeserklärung.

Lundbom verbeugte sich verlegen und lächelte.

»Zu viel der Ehre, zu viel der Ehre, Herr Vuldum.«

»So, und jetzt hätten wir gern noch zwei Whisky, du hast hoffentlich nicht für dein ganzes Geld Rosen gekauft, Ole?« Vuldum sah ihn inquisitorisch an.

»Nee, nee, sei beruhigt; aber ich habe dich noch nie so aufgebracht erlebt.«

Vuldum kniff boshaft die Augen zusammen.

»Hast du sie gesehen?«, fragte er.

»Nein, nicht wirklich.«

»Na, sonst würdest du es besser verstehen. Ein fetter, weißer Nacken. Hast du ihn nicht gesehen? Und dann ein schwarzes Kleid, wenn man solch einen Nacken hat. Nein, du.«

»Du hättest sie doch nicht ansehen müssen.«

Vuldums Blick verhärtete sich, der Mund wurde zum Strich.

»Hast das Mal auf ihrem Arm gesehen? Kennst du etwas Schlimmeres als eine überpuderte Wunde? Nein, sie gehört zu den Übelsten und Frechsten, das sage ich dir. Reden wir lieber über etwas anderes. Wie geht's deinen Bolschewiken? Wieso sitzen die zu Hause in deiner Wohnung – und warten auf Vati?«, fragte er frotzelnd.

Jastrau hörte es nicht. Eine überpuderte Wunde. Er sah es vor sich. Das kolorierte Bild in einem medizinischen Lehrbuch. Er spürte es physisch, Fleischfarbe, Wundfarbe, Unreinheit. Und antwortete nicht.

»Na ja, dann«, sagte Vuldum und führte sein Glas zum Mund.

Unten im Lokal hatten sich jetzt einige Gäste zu einer lärmenden Runde gefunden. Ein dicker, älterer Herr und ein langer, dünner Student tanzten zur Grammophonmusik, und bisweilen stieß der Dicke den Studenten gegen die Wand und brüllte: »Was bildest du dir ein, du Rotzlöffel? Willst du einen alten Mann auf den Arm nehmen?« Diese Zornesausbrüche kamen regelmäßig wie Taktschläge. Und dann tanzten sie weiter, bis die Wut des Dicken sich wieder rhythmisch entladen konnte: »Was bildest du dir ein, du Rotzlöffel?« Und dann ein Stoß gegen die Wand.

»Nein, heute Abend ist es nicht wirklich nett hier«, erklärte Vuldum unwillig und schüttelte sich, als würde er frieren. »Es ist so lächerlich. Sieh dir bloß Kjær und Lille P. an.«

Säuerlich nickte er in Richtung des gewichtigen Herrn und des Kommis'. Die Saufbrüder, die sich tatsächlich zu ein paar Meinungsäußerungen hatten hinreißen lassen!

»Wenn wir wollten, könnten wir bei ihnen ein Glas umsonst bekommen«, fügte er hinzu.

»Wer sind denn Kjær und Lille P.?«, erkundigte sich Jastrau desinteressiert. Er musste dieses kolorierte Bild einer syphilitischen Wunde aus seinem Kopf vertreiben, das er einmal in einem medizinischen Lehrbuch gesehen hatte. Ach, auf dem Bartresen lagen die drei Rosen.

»Vollkommen gleichgültig, aber sie haben beide einen Sack voller Gold«, antwortete Vuldum melancholisch. »Der Kleine ist Peter Krag, Sohn des alten Krag vom Kattrupgaard, da kannst du dir ja vorstellen, dass er sein Gewicht in Gold wert ist. Ach ja.«

Jastrau warf einen Blick auf den runden Tisch, dort saß Lille P., der Graf, der aussah wie ein Kommis, und starrte mit schimmernden Puppenaugen und einem kleinen abwesenden Lächeln wie eine Schaufensterpuppe vor sich hin. Und der feiste Kjær beugte sich über den Tisch und studierte mit zusammengezogenen Brauen ein leeres Whiskyglas, als ginge er schwanger mit einem neuen Entschluss.

»Und Kjær, hat er auch Geld?«

Vuldum nickte.

»Ach ja, wir zwei Unsterblichen«, seufzte er. »Sollten wir im Namen des Geistes hingehen und bei ihnen ein paar Whiskys schnorren – trotz allem?«

Jastrau schüttelte müde den Kopf.

»Na gut, dann nicht, ich bin schon gestern zu spät ins Bett gekommen«, antwortete Vuldum und streckte sich. »Ich bin schließlich Beamter und muss morgen in meiner Bibliothek erscheinen und amerikanische Schreibschrift schreiben. Ich glaube, ich sehe zu, dass ich nach Hause komme.«

»Ich komme mit«, sagte Jastrau. »Ich muss auch ein Stück in Richtung Vesterbro.«

Er bezahlte und nahm seine Rosen.

Vuldum war bereits auf dem Weg ins Foyer.

Als sie schließlich ins Freie traten, war die Straße schwarz und leer. Im Gebäude des »Dagbladet« war Licht in der ersten Etage und ganz oben. Vor dem Haus war niemand. Lediglich ein umgefallenes Fahrrad lag auf dem Bürgersteig.

»Gehen wir noch auf ein Bier in die Setzerei?«, schlug Jastrau vor. Daheim saßen Sanders und Steffensen und warteten vermutlich auf ihn, warum also nach Hause gehen?

»Nein, mein Lieber, obwohl es dort oben sehr gemütlich aussieht«, erwiderte Vuldum leise. Sie standen an der entgegengesetzten Ecke und schauten zum Gebäude des »Dagbladet« hinauf.

»Kommst du morgen Abend?«, fragte Jastrau.

»Zum Wahlabend. Nein, mich fröstelt allein schon bei dem Gedanken.«

»Mir geht's genauso.«

Dann drehten sie sich um und schritten langsam quer über den Platz, der nachts immer ungeheuer groß erschien, mit öden Flächen, über die tagsüber die Straßenbahnen fuhren, und einer dunklen Unklarheit an der Muschelschale vor dem Rathaus. Auf dem Bürgersteig zwischen Strøget und

Vesterbrogade kamen ihnen Menschen in einem einsamen Strom entgegen, als würden sie über einen zugefrorenen See gehen.

»Heute Abend ist nicht viel los«, bemerkte Jastrau und schüttelte sich.

»Die Leute sammeln Kräfte für den Wahltag.«

Als sie zu dem breiten Bürgersteig vor dem »Scala« und dem »National« kamen, blieb Vuldum unvermittelt stehen und starrte auf eines der großen Schaufenster, wo eine hellgekleidete Frau an einem Messinggeländer lehnte. Ihre fleischfarbenen Strümpfe strahlten weiß in der verschwommenen Dunkelheit.

Vuldum beugte sich vor.

»Bist du es etwa?«, fragte er sanft.

»Oh, guten Abend Vuldum«, ertönte eine jugendliche Stimme. Sie klang heiser.

Vuldum und Jastrau kamen näher.

Sie war nicht sehr groß, aber recht füllig. Kräftige Schultern. Das Gesicht leuchtete kreideweiß. Doch selbst so weit vom Schein der Bogenlampen entfernt, der wie Eis über die Fahrbahn leuchtete, ließen sich die schwarzen Schatten unter ihren Augen erahnen. Der geschminkte Mund sah aus wie ein dicker, kohlschwarzer Strich.

»Was machst du hier?«

»Ich friere.« Sie legte den Kopf verführerisch auf die Seite.

»Und sonst nichts?«

»Ich warte auf einen Fisch.«

Vuldum lachte und stellte ihr noch ein paar ritterliche Fragen, nahm sie am Arm und machte ihr Komplimente wegen ihrer Körperfülle, und sie lachte und wand sich kokett. Jastrau stand als Zuschauer daneben, hin und wieder begegnete er kurz ihrem schimmernden, abschätzenden Blick.

»Tja, jetzt muss ich nach Hause, du kleine Maus«, sagte

Vuldum schließlich. »Aber ich wollte doch nicht an dir vorbeigehen, ohne dir eine kleine Aufmerksamkeit zu erweisen.«

Und ruhig nahm er Jastrau die drei Rosen aus der Hand und überreichte sie ihr mit einer eleganten Verbeugung.

»Nur eine kleine Aufmerksamkeit von meinem Freund und mir. Gute Nacht, mein Mädchen.«

Jastrau empfand eine innere Freude bei diesem kleinen Erlebnis, ein wenig Rokoko im Nachtleben der Großstadt, und so wünschte er Vuldum an der Freiheitssäule mit einer gewissen Herzlichkeit in der Stimme eine gute Nacht und ging hinunter zur Istedgade.

Dort lagen sie nun und schliefen, die beiden.

IV

Ole Jastrau erwachte, als er ein Klappern hörte.

Im ersten Moment war er nicht ganz bei Bewusstsein. Er erwachte mit einem nervösen Ruck. Wie immer, wenn er Whisky getrunken hatte.

Aber es klapperte. In der Küche klapperte es. Teller. Und Tassen. Es wurde abgewaschen.

»Johanne!«, rief er mit seinem üblichen morgendlichen Gebrüll.

Dann ertönten ein paar schwere Schritte im Flur zur Küche, und die Tür wurde geöffnet; aber es war nicht Johanne – die schweren Schritte hatten ihn bereits beunruhigt –, es war der dunkelhäutige Sanders, breit grinsend, mit aufgekrempelten Ärmeln und einem Geschirrtuch über dem Arm.

»Was ist denn hier los?« Jastrau richtete sich auf. »Habe ich Erscheinungen?« Er rieb sich die Augen.

Sanders' Gesichtsausdruck veränderte sich urplötzlich und schnell, und Jastrau sah, dass er es mit voller Absicht tat.

»Ich verstehe dich nicht.«

»Du wäschst ab?«, fragte Jastrau indigniert.

»Ja, natürlich.« Ein verächtliches Lächeln zog Sanders' Oberlippe zusammen, dann kam es stoßweise: »Ach, das überrascht dich also? … Ja, sicher, ich wasche ab.«

Jastrau ließ sich ins Bett zurückfallen. Er war nicht imstande, schon am Vormittag den Kampf gegen Sanders' wechselnde Masken aufzunehmen.

Aber Sanders fuhr mit moralisierender Stimme fort:

»Es ist doch mehr als angemessen, dass wir hinter uns saubermachen, wenn wir etwas schmutzig gemacht haben. Ich habe schon den Boden geschrubbt und Staub gewischt, jetzt bin ich mit dem Abwasch fertig …«, und mit einer leichten Ironie in der Stimme fügte er hinzu: »Und jetzt wird den Herrschaften sofort ihr Kaffee am Bett serviert.«

»Den Herrschaften!«, knurrte Jastrau gereizt in die Bettdecke. »Schläft Steffensen noch?«

»Ja. Das Vieh will nicht aufstehen.«

»Oh, Gott sei Dank«, seufzte Jastrau erleichtert. »Ich hatte schon Angst, dass er ebenso theoretisiert wie du.«

Nun hatte Sanders sein schwarzes Galgenstrickgrinsen aufgesetzt.

»Nein, da kannst du ganz beruhigt sein. Von Prinzipien wird der bestimmt nicht geritten.«

»Na, Gott sei Dank!«, wiederholte Jastrau erleichtert; doch mit einem Mal richtete er sich wieder auf.

»Sag mal, er ist doch der Sohn von diesem H. C. Stefani?«

»Ja«, grinste Sanders spöttisch. »Das war auch recht pikant gestern, als du über Stefani am Telefon geredet hast. Du hättest Steffensens Gesicht sehen sollen.«

»Zum Teufel, woher sollte ich denn wissen, dass Stefanis Sohn Steffensen heißt. Allerdings wusste Arne Vuldum es.«

»Ach, deshalb bist du nicht nach Hause gekommen«, bemerkte Sanders spitz. »Jetzt begreif ich's.«

»Was begreifst du?«

»Das ist ja so ein feiner Mann, dieser Arne Vuldum, ein so ordentlicher Mann, und es ist sicher auch interessanter in einer so kultivierten Gesellschaft, als sich unser dämliches Kommunistengeschwätz anzuhören. Na, aber wir sind schon zurechtgekommen. Steffensen hat eine Flasche Portwein getrunken, die wir in deiner Speisekammer fanden, wir haben so gut wie alle deine Zigarren geraucht, und außerdem haben wir ein bisschen gelesen und uns unterhalten. Steffensen hat gedichtet. Es war ein sehr gemütlicher Abend. Er hat einen deiner Papierblöcke gefunden, und all dieses blanke Papier hat ihn unglaublich inspiriert. Und später haben wir Schnulzen gesungen und Schallplatten auf deinem Grammophon abgespielt. Also, wir kamen vortrefflich zurecht. Und heute ist die Wahl, und dann bist du uns los.«

»Ihr könnt bis zum Mittagessen bleiben«, antwortete Jastrau und streckte die Beine aus dem Bett. Er wollte aufstehen.

»Das haben wir uns auch so gedacht. Willst du den Kaffee wirklich nicht ans Bett haben? Ich muss ihn nur grad aufsetzen.«

Ohne ein weiteres Wort griff Jastrau nach seiner Hose. Sanders war mit einem überheblichen Lächeln in der Küche verschwunden. Hatte sich sein Zuhause in eine Herberge für Obdachlose verwandelt? Einen Moment blieb er deprimiert und gedankenverloren auf der Bettkante sitzen. Aber nein, nein, nicht denken …

So rasch wie möglich raffte er Hemd, Kragen, Weste und Jackett zusammen und lief damit ins Esszimmer, ins Warme. Aber natürlich, Johanne war noch nicht zurückgekommen, also hatte vermutlich niemand Feuer gemacht. Ärgerlich schob er die Tür auf. Doch, tatsächlich, auch daran hatte der unsägliche Sanders gedacht. Er hatte den Ofen angefeuert. Staub gewischt. Den Boden geschrubbt. Und Olafs Spielzeug war in einer mustergültigen Ordnung aufgestellt. Aber das war doch zu weibisch! Geradezu lächerlich! Aber es passte zu Sanders' erotomanischem Schauspielerwesen, ha!

Jastrau zog sich langsam an und ging dabei grübelnd auf und ab. Hatte es nicht auch etwas Anmaßendes? War es nicht eine Unverschämtheit? Er stellte sich vor den Spiegel am Buffet und zog den Schlips zurecht. War es nicht …? Er zuckte zusammen, als er im Spiegel bemerkte, wie boshaft seine

Augen waren. Ein boshaftes Mongolengesicht. Dann fühlte er sich indes geschmeichelt und lächelte sich selbst grimmig zu. Konnte er wirklich so böse aussehen? Woran hatte er mit diesem Gesichtsausdruck gedacht? Eine psychoanalytische Bosheit gegen Sanders! Gab es nicht halbwüchsige Jungen, die es liebten, Frauenkleider zu tragen, die sich nur zu gern vorstellten, Frauen zu sein, sodass es am ganzen Körper kribbelte?

Er öffnete die Tür zum Küchenflur und rief mit schneidender Stimme:

»Du hast wohl auch den Ofen angefeuert, oder?«

»Ja, selbstverständlich«, erhielt er postwendend zur Antwort.

Jastrau warf die Tür zu. Doch der Knall war zu laut. Er zuckte selbst zusammen. Es war ja auch vollkommen übereilt. Er lieferte sich selbst ja vollständig aus. Er öffnete die Tür erneut und rief:

»Hier zieht es furchtbar. Die Türen knallen zu.«

»Verstehe ich nicht«, tönte es ebenso unangefochten aus der Küche, »auf der anderen Seite steht kein Fenster offen.«

Da schloss Jastrau die Tür langsam und erschöpft und ging ins Wohnzimmer. Er konnte nicht mehr.

Dort hatte Sanders ebenfalls aufgeräumt. Allerding lag Steffensen noch immer auf dem Diwan und schlief, ein regelrecht befreiender Anblick. Er lag da und reckte seine große Nase in die Luft, dass man bis tief in die Nasenlöcher schauen konnte. Der Mund stand offen. Es waren gleichsam drei Löcher in dem plumpen Kopf, aus denen jegliches Bewusstsein gewichen war. Außerdem war ihm im Laufe der Nacht der Bart auf dem Kinn und den Wangen so stark gewachsen, dass er stachelig wie ein Igel aussah. Großartig, diese Unordnung!

Auf dem Tisch lagen ein Block und mehrere herausgerissene Blätter. Neben einer frischen Zigarrenkiste, die sie aufgebrochen hatten. Und ohne darüber nachzudenken – er dachte an all seine guten Zigarren –, hob er eines der Blätter auf und sah es sich an. Was war das? »Wie ein Rohling mit blutigen Händen« stand da. Und etwas weiter unten: »Wie ein Rohling mit blutigen Fäusten«. Mehr stand nicht auf diesem Blatt.

Jastrau nahm ein anderes Blatt. Wieder die gleichen Zeilen, identische Variationen von »Händen« und »Fäusten«. Allerdings war dieses Blatt mit Profilen von alten Männern bemalt, allesamt mit einem Pastorenkragen, daneben einige lange Striche, Frauenbeine, Rundungen von weiblichen Rücken, Brüsten, Lenden, und dann plötzlich ein Marabustorch.

Steffensen hatte offensichtlich versucht zu dichten, Jastrau lächelte. Es kam ihm bekannt vor! Die freie Hand zeichnet Profile, während die Gedanken wie ein Taubenschwarm über dem Blatt kreisen und nicht herabfliegen und sich setzen wollen.

Auf dem dritten Blatt standen schließlich Verse.

Erst eine mit einer großen und deutlichen Handschrift geschriebene Strophe, die aber durchgestrichen war:

Wie ein Rohling mit blutigen Händen
habe ich nach Prügelei und Kornbrand
mich vom Lager des Zufalls erhoben,
vom Diwan an des Entsetzens Rand.

Und weiter unten, fast in der Ecke des Blatts, waren mit hastigen, kleinen Buchstaben drei weitere Strophen hingekrakelt, nur mit einzelnen Korrekturen, offenbar in einem Rutsch geschrieben. Mit der durchgestrichenen Strophe hatten sie nur den Rhythmus gemein. Als Jastrau neugierig nach einem vierten Blatt griff, standen dieselben drei Strophen darauf, ins Reine geschrieben, mit Datum und Unterschrift; es sollte wohl bedeuten, dass das Gedicht vollendet war.

Asiatisch ist die Gewalt meiner Angst.
Gereift in unreifen Jahren.
Und täglich spüre ich in meinem Herzen,
wie vergänglich Kontinente doch waren.

Meine Angst musste in Sehnsucht sich lösen,
in Gesichtern von Schrecken und Not.
Ich sehnte mich nach Schiffskatastrophen,
nach Zerstörung und plötzlichem Tod.

Ich sehnte mich nach brennenden Städten,
nach menschlichen Wesen in heilloser Flucht,
nach einem Aufbruch der ganzen Welt,
nach einem Erdbeben, nach Gottes Zucht.

Unwillkürlich richtete Jastrau den Blick auf den schlafenden Steffensen. Er fühlte sich beobachtet. Und tatsächlich, Steffensens Augenlider flatterten. Ein schmaler Streifen mit einem kräftigen Emailleglanz schimmerte unter den Wimpern. Und der Mund war jetzt geschlossen.

Dann schlug Steffensen die Augen auf.

»Dieses Gedicht beschlagnahme ich für meine Literaturseite«, bemerkte Jastrau sofort, während er das Blatt zusammenfaltete und einsteckte.

Steffensen richtete sich mit einem Ruck auf.

»Na, es ist also schön genug, um sich damit zu prostituieren«, stieß er aus und starrte Jastrau böse an.

»Es sind nicht immer die schlechtesten Mädchen, die so etwas tun«, erwiderte Jastrau.

»Oh, nein«, sagte Steffensen mit schleppender Stimme, »aber lass mich noch einmal drüberschauen.«

»Du kannst dir den Entwurf ansehen, das Gedicht behalte ich, das bleibt hier in der Tasche.« Jastrau klopfte sich auf die Brust.

In diesem Augenblick kam Sanders mit drei Tassen dampfenden Kaffees auf einem Tablett herein und stellte es auf den Tisch.

»Du, Bernhard, er hat mein Gedicht gekauft, das von gestern«, brummte Steffensen.

Sanders sah einen Moment von einem zum anderen, dann sagte er säuerlich:

»Das ist nicht einmal eines deiner besten.«

»Nee«, knurrte Steffensen todernst, »ich habe Angst, dass zu viele Gedanken darin sind.«

Sanders hatte sich ganz ruhig auf einen der Rokokostühle gesetzt und biss sich auf die Unterlippe. Als würde er in diesem Moment nur seinen eigenen Gedanken nachhängen. Aber Jastrau hatte sich einen Stuhl herangezogen und saß nun mit seinem offenen, dunklen Blick vornübergebeugt da, wie hypnotisiert von Steffensens Gesicht.

»Was meinen Sie mit zu vielen Gedanken?«

Steffensen schnitt eine verächtliche Grimasse. »Sind wir jetzt wieder beim Sie, du?«, fragte er.

»Unfug«, zischte Jastrau. »Aber was meinst du damit?«

»Meinen und meinen. Ich hab doch keine Meinungitis wie der Sanders.«

»Du könntest dir hin und wieder gern ein paar neue Witze einfallen lassen«, stichelte Sanders. »Aber trinkt jetzt den Kaffee. Und du kannst dich getrost damit abfinden, Ole«, wandte er sich an Jastrau, »dass er gar nichts damit gemeint hat.«

Steffensen blinzelte verschmitzt.

»Wieso sollten Künstler eine Meinung haben?«, fragte er gedehnt.

Jastrau starrte ihn erstaunt an.

»Genau, genau«, rief er herzlich aus. »Oder besser, ein Künstler soll eine Meinung haben, aber es ist vollkommen egal, was er meint.«

Sanders lehnte sich verächtlich an die ovale Rückenlehne des Rokokostuhls, der mit seiner majestätischen Form seinem revolutionären Äußeren einen märchenhaften Glanz verlieh – Lenin im Kreml.

»Reden wir lieber über das Mittagessen«, bemerkte er mit einem überlegenen marxistischen Lächeln. »Die Wahrheit ist immer konkret. Was hast du an Lebensmitteln in deiner Speisekammer, Ole?«

»Bier fehlt in jedem Fall. Das weiß ich von gestern Abend«, warf Steffensen ein. Jastrau lachte. Sein Lachen kam von Herzen. Immerhin war er offen für jede Bemerkung, die Steffensen fallenließ.

Aber natürlich hatte Jastrau keine Ahnung, welche Lebensmittel im Haus waren, und natürlich wusste Sanders Bescheid. Natürlich. War er etwa nicht in die Küche gegangen und hatte festgestellt, dass es Presswurst, Filet und einen alten Rollmops gab? Es fehlten Eier und Schwarzbrot und, natürlich, Bier. Aber Jastrau konnte jetzt ja einkaufen gehen, und Steffensen könnte mitkommen, um die Bierflaschen zu tragen, das würde er mit dem größten Vergnügen tun. Währenddessen wollte Sanders den Mittagstisch decken. Selbstverständlich wusste er, wo die sauberen Tischdecken lagen.

»Weiß du auch, wo das Tafelsilber liegt?«, erkundigte sich Jastrau boshaft.

Sanders nickte maliziös.

Jastrau und Steffensen gingen zum Milchladen. Sie liefen kameradschaftlich nebeneinander her. Dann mussten sie zum Krämer an der Ecke der Colbjørnsensgade. Aber hier wartete Steffensen mit all den Bierflaschen, die er in den Armen und in der Jackentasche hatte, vor der Tür.

»Du«, brummte er, als Jastrau aus dem Laden kam. »Die Istedgade ist doch eine wunderbare Straße.«

»Wieso?«

»Weil sie so lang ist.«

Jastrau hätte beinahe laut gelacht. Doch dann bemerkte er Steffensens fernen, strahlenden Blick. Und er blickte selbst die lange Straße hinunter. Sie war unendlich. Die Vormittagssonne blitzte in einer Unzahl geöffneter Fernster wie in Wassertropfen, und weit entfernt am Enghaveplads wurden die grauen und gelben Fassaden luftig wie ferne Berge, bis sie sich in einem flimmernden Nebel auflösten.

»Ja, eigentlich dumm von mir, dass ich nicht immer sehen kann, wie schön sie ist«, bemerkte Jastrau.

»Ja, verflucht, sie gleicht 'nem Gedanken, so einem Gedanken, der gern in Gedichten vorkommen darf.« Steffensen lächelte verlegen. »All dieser Mist und Plunder hier, der zu himmlischem Licht wird – dort hinten.« Und dann stimmte er ein höhnisches Gelächter an.

Als Jastrau und Steffensen zurückkamen, war Johanne mit dem Jungen nach Hause gekommen, und Oluf kam aus dem Esszimmer gelaufen, wobei er wie ein Motorrad in der Kurve gefährliche Schlagseite hatte. Als er Steffensen mit den vielen Bierflaschen sah, blieb er unvermittelt stehen, und sein ungelenker kleiner Körper schwankte noch, als er überrascht krähte: »Oh, so viel Bie'!« Das »Bie« wurde atemlos ausgestoßen, das »r« verflüchtigte sich. Bie'.

Und zu Jastraus großem Erstaunen bückte sich der lange Steffensen und reichte ihm eine Flasche.

»Kannst du die tragen?«, brummte er und zwinkerte.

Oluf streckte seine pummeligen Fäuste nach der Flasche aus und betrachtete interessiert das Etikett, während Steffensen ihm den Kopf tätschelte und über den Nacken strich, wie man einen Hund streichelt. »Asse, gasse, asse, gasse«, sagte er.

»Asse gasse! Wer sagt denn so was!«, rief Oluf und schaute befremdet zu Steffensen auf, aber Jastrau lachte laut auf.

»Was soll man denn sonst zu so einem sagen?«, murmelte Steffensen vor sich hin, und um seine Lippen zeigte sich ein weicher Zug.

»Na, Bier ist jetzt da!« Mit langen Seemannsschritten schlenderte er ins Esszimmer und stellte die Bierflaschen auf den Tisch.

Jastrau ging derweil in die Küche.

»Nein, das müssen Sie wirklich nicht. Lassen Sie mich das machen, überlassen Sie das besser mir«, hörte er seine Frau sagen. Ihre Stimme klang so munter. Als er die Küche betrat, hielt er überrascht inne. Johanne stand am Küchentisch und versuchte, Sanders einen Teller aus der Hand zu reißen. Doch nicht darüber war er erstaunt. Nein, es war dieser goldene Schimmer, der über ihrer heftig kämpfenden Gestalt lag. Er empfand Bitterkeit, als er ihn wiedererkannte. Damals hatte dieser Schimmer ihn geblendet und bedrängt – wie eine Leidenschaft, wie ein Lichtstrahl.

Schon immer hatte ihre Freude seinen Blick getrübt.

Er blieb still stehen und spürte in sich einen Groll, als er den Streit zwischen ihr und dem dunklen Sanders verfolgte, dessen Augen in den Farben einer Schmeißfliege schimmerten.

Und dann sah er, wie sie den blanken Teller wie ein Tamburin über ihrem Kopf triumphierend hin und her schwang.

»Johanne«, sagte er leise.

Sie drehte sich um, und als sie ihren Mann sah, hob sich der goldene Nebel und verschwand. Nun stand sie vor ihm, er blickte einen Moment in ihre feuchten Augen und ihren atemlos staunenden Mund. Weißes Kaninchen, dachte er plötzlich.

»Hier sind die Eier und das Schwarzbrot«, sagte er und bemühte sich um einen gleichgültigen Ton.

Aber sie schien das Gefühl zu haben, überrumpelt worden

zu sein, denn nun wurde sie hektisch – Bewegungen, Worte, Blicke. Sie tat alles gleichzeitig.

»Ist das nicht unglaublich von Herrn Sanders. Er hat abgewaschen und sauber gemacht, Staub gewischt, den Ofen angefeuert und Kaffee gekocht, alles. Zunächst wollte er nicht heraus damit, dass er es war. Aber ich habe ihn überführt. Ist das nicht unglaublich?«

Ihre Begeisterung war zu flatterhaft, zu atemlos. Sie wollte ihn überwältigen, war aber nur komisch. Und er stand mit einem leise schmunzelnden Lächeln vor ihr.

»Das hättest du nicht zustande gebracht, Ole!«

Er betrachtete sie vollkommen nüchtern. Ein hektischer Frauenkörper. Ein weißes Kaninchen! Er schmunzelte noch immer.

»Aber nun lassen Sie mich mal, Herr Sanders. Gehen Sie rein. Männer haben hier nichts zu suchen. Verschwinden Sie aus meiner Küche.«

Lachend schubste sie Sanders vor sich her. Auch Jastrau bekam einen Stoß.

»Los, raus! Raus mit euch!«

Jastrau ging freiwillig. Doch in seinem Groll musste er Sanders einen Seitenblick zuwerfen. So besiegt man also eine bürgerliche Frau? So übermütig kann eine Ehefrau sein? Eine Schaumflocke Erotik! Blendend wie in alten Zeiten, und doch nur für einen kurzen Moment. Und dann wurde sie plötzlich in seinen Augen komisch, zu einem weißen Kaninchen. Weshalb diese Verwandlung? Die Nüchternheit der Ehe? Etwa? War das alles gewesen?

»Eins, zwei, drei, vier!«, tönte es aus dem Esszimmer.

Steffensen hatte sich auf seinen alten Platz ans Tischende gesetzt und sämtliche Flaschen vor sich aufgestellt. »Eins, zwei, drei, vier, fünf«, zählte er und zeigte mit einem gekrümmten Zeigefinger auf eine Flasche nach der anderen, während Oluf, das Kinn auf die Tischkante gestützt, dem Finger eifrig mit seinem Blick folgte.

»Eins, zwei, vier«, johlte er dann und fing selbst an, auf die Flaschen zu zeigen, allerdings eher unbestimmt.

Jastrau beachtete sie nicht. Teilnahmslos trug er einen Stuhl an den Tisch. Er wollte teilnahmslos sein. Nur das stumme, ferne Lächeln, mit dem Sanders sich jetzt gemächlich an den Tisch setzte, ließ sich nicht verdrängen. Es sank in ihn und glitzerte wie Pechkohle.

Unterdessen kam Johanne ihren hausfraulichen Pflichten nach, sie lief hin und her und deckte den Tisch.

»Wir können jetzt anfangen«, sagte Jastrau.

»Sollen wir nicht warten, bis deine Frau …«, wandte Sanders ein.

»Nein«, erhielt er brüsk zur Antwort.

Sanders' Lächeln wurde unverschämt.

»Tja, dann«, erwiderte er übertrieben höflich.

Als Johanne schließlich am Tisch Platz nahm, kam sie erneut auf Sanders' häusliche Fähigkeiten zu sprechen. Sie war regelrecht ausgelassen. »Jetzt stell dir nur vor«, »stell dir mal vor« und freudige Ausrufe!

»Aber das war doch ganz selbstverständlich«, wehrte Sanders höflich ab und breitete die Arme aus, eine Geste, die bei seiner Eloquenz nicht nötig gewesen wäre, »jedenfalls für einen Kommunisten. In einem kommunistischen Staat, in dem jeder das Recht auf ein Zimmer und nicht mehr hat, hat er auch die Pflicht, es sauber zu halten.«

»Kommen Sie mir nun wieder mit Ihrem Kommunismus«, lachte Johanne und gab ihm einen Klaps, als wollte sie wie bei einem Dienstmädchen »O nein!« sagen. Jastrau blickte auf die Tischdecke.

»Ja, natürlich, immer«, antwortete Sanders unangefochten, »es handelt sich schließlich um ein Glied im Kampf für die

Befreiung der Frau. Hier in dieser kapitalistischen Gesellschaft ist das Schicksal der meisten Frauen die reine Barbarei, das müssen Sie doch zugeben?«

»Ja, ja«, zögerte sie. »Aber Kommunismus, das ist doch etwas anderes – da sind die Frauen Staatseigentum.«

Jastrau wagte nicht, sie anzusehen. Bestimmt hatte sie jetzt die angestrengten Falten auf der Stirn, und die Augen waren ganz farblos und blass und strahlten vom Denken. Er zog mit dem Mittelfinger das Muster der weißen Decke nach.

»Das ist eine Lüge!«, rief Sanders. »Eine Lüge, für die die Zeitungen bezahlt werden, um sie in Europa zu verbreiten. Es ist eine Propagandalüge.«

Bei diesen Worten blickte Jastrau Steffensen an, der mit einem desinteressierten Gesichtsausdruck dasaß und eine Bierflasche öffnete.

»Ja, aber ich habe im ›Hammer‹ gelesen …«, wandte Johanne ein.

»Sie haben den ›Hammer‹ gelesen?«

Sie nickte eifrig, und Jastrau richtete endlich seinen Blick auf sie. Ja, sie sah dümmlich aus. Er musste lächeln.

»Du schmunzelst, Ole«, bemerkte sie spitz.

»Ja, weil du dich so erregst.«

»Spricht Ihr Mann denn mit Ihnen nie über diese Themen?«, erkundigte Sanders sich listig.

»Nein, das macht er weiß Gott nicht.«

»Vielleicht sagt er ja, dass Sie nichts davon verstehen«, fuhr Sanders boshaft fort, und ohne darauf zu warten, ob die Bemerkung getroffen hatte, fügte er triumphierend hinzu: »Gott, das sieht den bürgerlichen Mannsbildern so ähnlich.«

Aber Johanne überhörte den Ton und antwortete naiv:

»Nein, normalerweise sagt er, dass *er* nichts davon versteht.«

»Hä!«, griente Steffensen. Es war das einzige Geräusch, das während des Mittagessens aus seinem Mund gekommen war.

Auch Jastrau lachte.

Sanders jedoch hob die Stimme und redete aufgebracht weiter: »Im Übrigen gibt es nichts Lächerlicheres als die hochmoralische Empörung unserer Bourgeoisie über die ›Vergesellschaftung‹ der Frauen bei den Kommunisten. Die Kommunisten müssen sie nicht erst einführen. Sie ist längst eingeführt.«

Es kam mit der Präzision eines Zitats, und Steffensen warf ihm einen misstrauischen Blick zu.

Johanne holt tief Luft.

»O ja, das ist vermutlich auch wahr«, erwiderte sie ruhig.

»Ich brauche wohl nichts hinzuzufügen«, erklärte Sanders siegesbewusst. »Ich muss vermutlich nicht Kopenhagens *chronique scandaleuse* herunterbeten, die ich im Übrigen sicher nicht so gut kenne wie … Sie und Ihr Gatte.«

»Nein, man ist nicht ungestraft Journalist«, bemerkte Jastrau ironisch.

Doch Johannes Stirn bewegte sich in unberechenbaren Falten, wie Wasser, dessen Strömung vom Wind gekräuselt wird.

»Aber …«, sagte sie verwirrt, »aber … nein, was die Kommunisten wollen, ist doch falsch. Das sagt mir mein Gefühl.«

In diesem Augenblick stand Jastrau auf.

»Wollen wir den Kaffee nicht lieber im Wohnzimmer nehmen?«, schlug er vor.

»Wie du willst.«

Steffensen erhob sich ebenfalls sofort und half Oluf aus seinem Stuhl. Es war schon komisch, wie heimisch sich die beiden Gäste, die sich selbst eingeladen hatten, inzwischen fühlten. Sanders wollte sich sofort wieder nützlich machen. Er stellte die Teller zusammen. Und Johanne lachte.

An der Flügeltür stießen Jastrau und Steffensen mit den Schultern zusammen, weil sie gleichzeitig ins Wohnzimmer gehen wollten.

»Verdammt viele Meinungen, oder?«, bemerkte Steffensen mit seiner schleppenden Stimme ironisch.

Jastrau zuckte mit den Schultern.

»Aber das ist wahrscheinlich nur so ein Surrogat von Weisheit«, fügte Steffensen hinzu, und um seiner Verachtung den richtigen Ausdruck zu verleihen, ließ er sich schwer auf den Diwan fallen.

»Bumms!«, krähte Oluf, der direkt hinter den beiden Erwachsenen ins Wohnzimmer stapfte. Niemand beachtete ihn. Also lief er zu seinem Vater, zupfte ihn an der Jackentasche und schaute mit großen Kinderaugen zu ihm auf. »Ih – ih, bumms!«, wiederholte er staunend.

»Ja, ih, bumms«, antwortete Jastrau geistesabwesend.

»Nein, nicht so!«, rief der Junge zornig und trampelte mit seinem kleinen Stiefel auf den Fußboden. »Nein, Papa!« Und dann drehte sich wütend um und lief in die Küche.

Aber kurz darauf kam er doch wieder angerannt.

»Na, kleiner Mann, hältst du die in der Küche auch nicht aus?«, erkundigte sich Steffensen plump und freundlich.

»Er redet so laut«, rief Oluf atemlos.

Und im gleichen Augenblick hörten sie Sanders' Stimme aus der Küche.

»Eine Frau ist selbstständig, auch wenn sie verheiratet ist … kein Genussmittel … Wein und Frauen … Luther … großbürgerlicher Standpunkt.«

»Tja, er redet verdammt laut«, grinste Steffensen.

Oluf blieb am Fußende des Diwans mit einem verlorenen Ausdruck in seinen Augen stehen. Seine weichen Lippen waren halb geöffnet, als ob es viel zu sagen gäbe. Er wusste nur nicht zu wem, zu wem – er war vollkommen ratlos.

»Ist schwer, so ein kleiner Mann zu sein«, tröstete ihn Steffensen und schnaubte lachend, unsicher in seiner Behutsamkeit. Und Jastrau lächelte wehmütig.

»Willst du mit dem Mann spielen?«, fragte er und griff nach dem Fetisch.

Oluf starrte ihn erstaunt an. Die Augen wurden zu zwei unendlichen Himmelsräumen, voller Licht und Erstaunen über die unverständlichen Launen der Erwachsenen. Dann wurden sie wieder zu den Augen eines Jungen, zu menschlichen Augen mit Willen und Begierden, er lief mit ausgestreckten Händen auf Jastrau zu.

»Aber sei vorsichtig! Du musst gut zu ihm sein.«

Er hatte das Gefühl, als müsste er seinem Sohn in diesem Augenblick ein großes Opfer bringen, etwas, bei dem er wirklich Angst hatte, dass es kaputtgehen könnte. Der Junge war so verloren.

Und Oluf nahm den Fetisch mit beiden Händen und trug ihn vorsichtig in eine Ecke.

»Der Mann«, murmelte er begeistert.

Jastrau schaute ihm eine Weile nach. Die Erinnerung an die beiden blauen, verständnislosen Augen des Jungen funkelte in ihm, und plötzlich murmelte er vor sich hin:

»Gott weiß, ob das jetzt nicht falsch ist. Sonst darf er nicht damit spielen.«

»Ja, total verkehrt«, grinste Steffensen.

Jastrau schüttelte resignierend den Kopf.

Doch dann kam der Kaffee, und mit ihm schwappte auch die Diskussion wieder ins Wohnzimmer. Die Luft um Johanne und Sanders knisterte vor Eifer; mit einem strahlenden Lächeln war Sanders ein durchtriebener Diskutant – und Johanne ein ausgelassenes Temperament aus Haaren, glühenden Wangen und geschmeidigen feuchten, glänzenden Lippen. Jastrau wurde zur Seite gefegt, in den Hintergrund, wo er sich schließlich einen Stuhl suchte. Von hier aus konnte er den Fetisch im Auge behalten. Es hatte also auch sein Gutes. Er hatte etwas Angst um ihn.

»Das ist doch unerhört, Ole«, Johanne lachte und strich ihr goldenes Haar aus der Stirn, »dass ich mir so etwas in meinem eigenen Haus anhören muss – und ich werde nicht einmal böse. Ha, ha.«

Sanders setzte sich auf einen Stuhl, er sah aus wie ein Revolutionär.

Und plötzlich brüllte Steffensen vom Diwan:

»Ja, ja, lang lebe die Revolution!«

»Du meinst die Zerstörung«, fauchte Sanders.

»Ich meine die verdammte Revolution«, knurrte Steffensen.

»Ja, aber hören Sie denn nicht, Herr Sanders, wie lächerlich all dieses Gerede über die Revolution klingt?«, fragte Johanne.

»Ja, aus seinem Mund schon«, entgegnete er spitz.

»Nein, auch aus Ihrem«, erklärte Johanne lächelnd. »Verstehen Sie es denn nicht? Hier geht man jeden Tag die Vesterbrogade und die Strøget hinunter, und dann soll man sich vorstellen, dass es in diesen Straßen eine Revolution gibt …«

»Du hast recht, Johanne«, bemerkte Jastrau aus dem Hintergrund.

»Ja, nicht wahr«, rief sie erfreut und drehte sich auf dem Stuhl herum.

»Ja, das kennen wir. So was passiert nur in Russland.« Steffensen bleckte die Zähne. »Das kann hier in unserem schönen Dänemark nicht passieren, aber das geht durchaus.«

»Nein«, mischte sich Jastrau ein und schüttelte betrübt den Kopf. »Nein, das ist unmöglich.«

Er wusste nicht, ob er noch mehr sagen sollte. Dann fügte er aber dennoch hinzu:

»Ich hab's erlebt. Ich hab's gesehen. Eine Revolution in Dänemark wird ertrinken – im Gelächter.«

»So?«, wandte Sanders ein.

»Ja, ich hab's gesehen. Es ist eigentlich nicht der Rede wert, so lächerlich ist es. Aber ich weiß es, denn ich war ja dabei –

unter roten Fahnen – trala – lalala – damals in den Märztagen, als der König das radikale Ministerium rausgeschmissen hat.«

Er schaute eine Weile vor sich hin, während die anderen ihn ansahen, und mit einem Mal fand er die ganze Situation komisch. Der alte Mann erzählt von seinen Erinnerungen! Und, Storm Petersen imitierend, fügte er hinzu: »Alter Veteran! Ja, ja! War auch im Burenkrieg! Unfug das Ganze!«

»Nein, du wolltest etwas sagen.« Das war Sanders.

»Ach, ich habe wirklich keine Lust, darüber zu reden. Na ja, also ich war dabei, als wir uns durch den Polizeikordon auf den Amalienborg Plads drängten und vor dem Schloss riefen: Es lebe die Republik! Unfug das Ganze! Da ist ein Mann einen Laternenpfahl hochgeklettert, um eine revolutionäre Rede zu halten. ›Genossen!‹, schrie er, und dann hat er vor lauter Begeisterung beide Arme ausgebreitet und vergessen, sich festzuhalten. Still und leise ist er hinuntergerutscht – unter mächtigem Revolutionsgelächter.«

»Ach, das waren damals nur Dummejungenstreiche«, wandte Sanders ein. »Spaß auf der Straße.«

Jastrau zuckte mit den Schultern.

»Kann sein. Ich habe übrigens den einzigen Schuss gehört, der abgefeuert wurde. Loses Pulver. Hä! Ein übereifriger Polizeibeamter. Ich war auch bei den Volksversammlungen in der Muschelschale vor dem Rathaus. Hä! Es war im Übrigen sehr lustig! – Ein Besoffener hielt eine Rede. Malerische Wirkung! Dunkle Haufen. Licht von den Bogenlampen. Es sah richtig gut aus, mit Licht- und Schattenwirkungen. Revolutionsdrama!« Wieder imitierte er Storm Petersen. »Ha, ha! … ein Betrunkener … Danton … stockbesoffen … hatte Apfelmost genossen! … Und dann schrie er in seinem Rausch: Nieder mit dem Wahlgesetz. Nieder damit. Ein Kopenhagener ist verdammt noch mal nur ein Drittel von einem Westjütländer, schrie er – und beinahe wäre er zwischen den Zuhörern auf die Nase gefallen. Sie mussten ihn auf die Empore legen, und dann lag er da, ein paar Mann hatten sich auf ihn gesetzt, und schrie: Es lebe die Revolution – genau wie Steffensen hier.«

Die anderen lachten, aber Jastrau fuhr in seinem bitteren Tonfall fort, der jeden Moment in spöttische Komik umschlug.

»Ja, das war das Parlament der Straße. – Ein Bild Kopenhagens! – Der Besoffene wurde schließlich vom Podium geworfen, aber die Leute wollten nur ihn hören. Den Westjütländer!, schrien sie. Hoch mit dem Westjütländer! Der ist richtig gut! Mein Gott, war das idiotisch. – Und ich kann mich auch erinnern, dass ich mich weit draußen in Vesterbro von einem Freund verabschiedet habe, einem Anzeigenverkäufer. Es war spät in der Nacht. Ja, morgen ist also Generalstreik, sagten wir zueinander. Und schauten auf die Straßenlaternen. Also, morgen, alles ausgeschaltet. Kein schlechtes Gefühl. Aber was passierte dann? Überhaupt nichts! Doch, ein Volksumzug mit den Stadträten an der Spitze. Zum König! Guten Tag, guten Tag! Und die Zeitungen, die mit Generalstreik gedroht hatten … ach …«

»Ja, das ›Dagbladet‹«, bemerkte Sanders höhnisch.

»Ja«, antwortete Jastrau müde. »Damals sind die Radikalen gestorben. Und trotzdem geistern sie noch herum. Aber was geht euch das überhaupt an.«

Er stand mürrisch auf.

»Ich glaube hierzulande an keine Revolution«, fügte er mit Nachdruck hinzu. »Dafür haben die Dänen nicht genügend Charakter. Oh, ich hätte Lust, ein Buch über den dänischen Nationalcharakter zu schreiben, über falsche Blauäugigkeit und blonde Unzuverlässigkeit.«

»Na, na!«, rief Johanne. Sanders und Steffensen mussten lachen.

»Damit sind Sie gemeint«, bemerkte Steffensen mit vierschrötiger Koketterie und zwinkerte. Von unnatürlichem Wohlwollen bekamen seine Augen einen regelrecht fettigen Glanz. Johanne überhörte ihn absichtlich.

»Womit spielst du denn da, Oluf?«, rief sie.

»Dem Mann!«, tönte es aus der Ecke.

»Weißt du denn nicht …«

»Ich habe es ihm erlaubt«, unterbrach Jastrau sie leise.

Johanne sah ihn mit einem starren Blick an und schüttelte den Kopf, als wäre er ein Idiot.

»Eigentlich dachte ich …«, bemerkte sie.

»Das dachte ich auch«, erwiderte Jastrau ironisch.

Da klingelte das Telefon.

Jastrau nahm ab: »Jastrau am Apparat! … Was sagen Sie? … Aber wie um alles in der Welt kann Stefani das wissen? … Ich habe den Artikel gestern geschrieben und sofort in die Setzerei gegeben … Nein, das kann ich nicht. Es musste einmal gesagt werden … Blasphemisch? So? … Redakteur Iversen ist dieser Ansicht? … Ah ja! … Ah ja! … Ja, dann lasst Eriksen ihn in Gottes Namen schreiben, obwohl ich keine Ahnung habe, was Eriksen von Literatur versteht … Aber, lasst ihn das machen … Ja, ich komme bald, dann können wir darüber reden … Ja! … O ja! … Wiedersehen, bis nachher.«

Wütend warf er den Hörer auf die Gabel und fing an, auf und ab zu gehen, während die anderen ihn beobachteten.

»Woher zum Teufel weiß Stefani, was in meiner Rezension steht? Ich habe sie gestern in der Redaktion geschrieben und bin damit direkt in die Setzerei gegangen. Und jetzt war Stefani bereits bei Iversen und hat sich beschwert.«

»Er hat eine feine Nase«, grinste Steffensen.

»Ja, einen reizenden alten Herrn hast du«, knurrte Jastrau, doch als er zu Steffensen hinübersah, bemerkte er, dass Steffensen bleiche Wangen und einen versteinerten Gesichtsausdruck hatte. Die Lippen waren wie bei einer Holzfigur drohend vorgeschoben, der Blick flackerte weiß und wässrig. Saß dort drüben auf dem Diwan ein Wahnsinniger? Auch Sanders und Johanne starrten ihn an. Es breitete sich eine unheimliche Stille aus. In immer größer werdenden, gespenstischen Ringen. Jastrau war stehen geblieben.

Und dann sagte er ganz leise, in einem beiläufigen Ton:

»Es ist sicher am besten, ich gehe rüber, um die Angelegenheit zu klären. Du kannst ja mitgehen, Steffensen, und das Honorar für das Gedicht abholen.«

»Ja, aber die Polizei …«, wandte Johanne ein.

»Ach, heute am Wahltag ist es nicht mehr gefährlich«, sagte Sanders. »Es ist sicher das Beste, wenn wir beide gehen. Entweder gewinnt die Sozialdemokratie, dann werden wir amnestiert, oder aber … ja, dann … es wäre jedenfalls ärgerlich gewesen, wenn man uns direkt vor der Wahl geschnappt hätte. Wir dürfen uns für das Obdach bedanken, gnädige Frau. Wir hoffen, und so weiter und so fort.«

Er stand auf und verbeugte sich ritterlich.

»Oh, das ist doch aber nicht nötig.« Johanne streckte die Hand aus.

Steffensen griff in diesem Moment nach der Zigarrenkiste und steckte fünf Zigarren ein.

Dann verabschiedeten sie sich.

V

Ein kalter Wind wehte, und Jastrau schlug den Kragen bis hoch an die Ohren. Er hatte diese Unruhe und dieses Tempo im Blut, das Abendluft und breite Bürgersteige auslösen. In brandroten und gasartig blauen Neonröhren flammte ein wie mit einem einzigen lodernden Strich geschriebener Namenszug auf: »Scala«. Blaue elektrische Birnen schimmerten mystisch wie Lampions durch das Laub: »Marmorgarten«. Namen in Gelb. Ein Laufschriftband jagte das Dach entlang, jeder Buchstabe zog einen glühenden Nebelschleier nach sich. Vorn und hinten schrien die Lautsprecher der verschiedenen Zeitungszentralen die Wahlergebnisse durch die Straßen und erfüllten die Luft mit Stimmen. Es klang, als krakeelten hochhausgroße, unsichtbare Riesen zwischen den Fassaden der Häuser.

Der Platz war schwarz vor Menschen, und Autos, die durch die dichte Masse drängten, schalteten kreischend in einen höheren Gang, sobald sie die Vesterbrogade erreicht hatten, und beschleunigten so plötzlich und ruckartig, als wären sie zuvor über eine schlammige Piste gefahren. Lichtkegel schossen über die vom Benzin schimmernden Fahrbahnen. Es war einer der glänzenden Abende Kopenhagens.

Jastrau hatte sich also doch auf den Weg gemacht. Er drängte sich durch die vielen Menschen auf dem Trottoir, lief über Pflastersteine und Steinplatten. Zu Hause war es so peinlich gewesen. Zwar waren die beiden Gäste, die sich selbst eingeladen hatten, verschwunden, doch beim Abendessen hatten er und Johanne sich einsam gegenübergesessen; er verärgert über den Streit in der Redaktion wegen dieser Kritik von Stefanis Buch, sie fern und abwesend. Mit nervösen, senkrechten Furchen auf ihrer Stirn. Diese weiße Stirn. Ein Ei. Dunkle menschliche Gestalten eilten vorbei. Der Abend schimmerte wie schwarzer Lack. Er sah ihre Stirn in dem schwarzen Menschengewimmel leuchten. Ein weißes Ei. Er *sah* ihre Gedanken.

Aber auf dem Rathausplatz geriet er in ein derartiges Gedränge, dass er sich durchzwängen musste.

Über seinem Kopf ertönten aus einem Lautsprecher einige unverständliche Geräusche, vor ihm strahlte das rote Eckgebäude des »Dagbladet«, in dem sämtliche Fenster erleuchtet waren.

Er sah viele Menschen im Haus. An den Fenstern ahnte er undeutliche Schatten. Die Ellbogen auf die Messingstangen der Spitzengardinen gestützt, blickten sie vermutlich hinunter auf die Menschenmenge. Aber das Eckzimmer war dunkel. Das Fenster wurde von einem Transparent erleuchtet, das die Wahlergebnisse anzeigte. In diesem Moment war es ein leeres, graues Lichtfeld.

Mit einem Mal hörte er lautes Gelächter um sich herum. »Skål«, wurde gerufen, und »Bier her!« Jastrau blickte hinauf zum Eckfenster.

Und sah eine große Schattenhand, die sich mit einem großen Schattending auf der rechten Seite des Lichtfelds bewegte. Dort verweilte sie einen Augenblick, doch trotz der undeutlichen Umrisse gab es keinen Zweifel: Es war der Schatten einer Bierflasche. Dann ein Aufblitzen. Der Schatten verschwand. Die Hand war brutal weggerissen worden. Das Lichtfeld war wieder unberührt.

»Oh, das ist aber schade!« Gelächter. »Sie müssen ihre Sorgen runterspülen«, wurde hinter ihm gescherzt.

»Geht's abwärts mit den Radikalen?«, fragte Jastrau auf gut Glück einen zufälligen Mann, als er sich langsam zwischen ihn und seinen Nebenmann drängte.

»Ja, Mann! Die Sozialisten gewinnen!« Er trat zur Seite. »Hier drängelt aber jemand gewaltig.«

Endlich erreichte Jastrau den Bürgersteig vor dem »Dagbladet« und konnte wieder ungehindert atmen. Gleichzeitig fuhr ein Auto mühsam heran und hielt vor dem Eingang. Ein eleganter, großgewachsener Herr in einem weiten, hellen Mantel, den hellen Kragen bis zu den Ohren hochgeschlagen, sodass man gerade noch die wogende Krone aus weißen Haaren sah, sprang heraus und verschwand durch die Schwingtür; allerdings genügte ein flüchtiger Blick auf diese barhäuptige Gestalt, um ihn zu erkennen. Es war der ewig junge H. C. Stefani.

Jastrau blieb stehen. Es war die Rezension! Was für Scherereien es damit gegeben hatte! Am Nachmittag, als er zusammen mit Steffensen in die Redaktion gekommen war. Der Redaktionssekretär hatte ihn beschimpft! Regelrecht beschimpft! Das sah ihm überhaupt nicht ähnlich. Aber wie um alles in der Welt hatte Stefani erfahren, was in der Kritik stand? Sie hatte das Haus nicht verlassen, er hatte sie in seinem Zimmer geschrieben und direkt hinauf in die Setzerei gebracht.

Jastrau hegte einen Verdacht. Obwohl er es eigentlich nicht recht glauben wollte. Nein! Das war zu kleinlich! Müßig! Nachdenklich trat er durch die Schwingtür ein.

»Hej, bist du es, Jazz?«

Jastrau blickte auf, vor ihm stand der kleine, breitschultrige Journalist Eriksen mitten auf der Treppe und versuchte, sich den Mantel anzuziehen. Er streckte einen Arm aus, um ihn in den Ärmel zu stecken. »Pu-ha, das ist doch verrückt, u-uh«, stöhnte er, und auf Jastrau ging eine schwere Brise aus Portwein und Bier nieder, dann wedelte er mit dem leeren

Ärmel des Mantels. »Lass mich raus! Dort oben ist es nicht auszuhalten. Ich habe einen Skandal provoziert.«

Und er verzog das wettergegerbte, verlebte Gesicht, sodass sämtliche Runzeln und Narben einer wüsten Jugend ineinanderliefen.

»Das warst doch nicht etwa du mit der Flasche?«, fragte Jastrau.

»Doch, du, pu-uh.« Und als Eriksen verzweifelt den Kopf schütteln wollte, musste er husten.

»Tja, jetzt weiß die ganze Stadt, dass du trinkst.«

»Ätsche, bätsche«, grinste Journalist Eriksen mit Tränen in den von seinem Hustenanfall rotgeäderten Augen. »Es wurde auch verdammt noch mal Zeit, es persönlich bekanntzugeben.«

Und endlich gelangte der Arm in den Mantelärmel. Er zog sich den Mantel ganz an, drückte den Rücken durch, streckte die Brust heraus, und breitete die Arme aus: »Jetzt ist das also erledigt!«

»Pu-uh, hi, hi!« Wieder krümmte er sich zusammen vor Lachen und winkte mit der Hand, als wollte er den Skandal fortwedeln.

»Aber du, Jazz«, fuhr er in einem ernsteren Ton fort, »gut, dass ich dich treffe. Ich habe den ganzen Abend nach dir gesucht. Uh, die Sache mit der Flasche! Bist du verrückt! Aber ich habe den ganzen Abend nach dir gesucht.« – Er griff nach Jastraus Hand. »Du bist mir doch nicht etwa böse, dass ich Stefanis Buch bekommen habe, oder, Jazz?«

»Nein, nein.« Und Jastrau schloss bei Eriksens heftigen Ausdünstungen nach Portwein und Bier beide Augen und sämtliche Sinne.

»Ja, dir tut's doch hoffentlich nicht leid«, beharrte Erikson und drückte Jastraus Hand. »Du verstehst das doch? Na ja. Natürlich verstehst du das. Aber du kennst Stefani nicht. Brillanter Mann! *Allright* in jeder Hinsicht! Apotheker in Aarhus. Ja, ich kann dir viel über ihn erzählen, was du nicht weißt, und wenn er nun ein Scheißbuch geschrieben hat, ja, na und? Wenn es nun aber nicht so ist ...na ja ... jedenfalls kann ich dir viel erzählen.«

»Hast du gewählt?«, erkundigte sich Jastrau ironisch. »Du riechst so.«

»Hi, ja. In der Kneipe. Beim Kellner Sommer mit vielen Kreuzen.«

»Na, ich glaube, ich schleiche mal hoch.«

»Dorthin, nach oben?«, fragte Eriksen heiser und zeigte das Treppenhaus hinauf.

»Ja, in den Vortragssaal, um mir die Wahlergebnisse anzuhören. Du gehst nicht mit?«

»Pu-ha!«, schnaubte Eriksen und lachte in die hohle Hand. »Nee, ich hab genügend Wahlstimmung verbreitet. Hi, hi! Die Sache mit der Flasche! Was sagst du dazu? Ist im Übrigen nich' auszuhalten da oben. Uh, du! Nein. Jedes Mal, wenn ein Konservativer oder ein Sozialdemokrat gewählt wird, gibt's wüsten Jubel, Hurras und großes Geschrei, und wenn's ein Radikaler ist, heißt es pfui und nieder mit ihm!«

Und plötzlich griff er Jastrau ans Revers, zog ihn ganz zu sich heran und flüsterte ihm eine heiße Portweinwolke ins Gesicht.

»Und das soll ein Blatt der Radikalen sein! U-uh, da muss man sich doch besaufen und einen Skandal provozieren. Mir läuft's kalt den Rücken runter. Denn verdammt, ist doch eigentlich ein radikales Blatt, oder?« Er regte sich immer mehr auf. »Na ja, mir ist's egal. Aber ich kann das trotzdem nicht leiden. Du kannst ja selbst hochgehen und dir das anhören. Aber du ...« Wieder drückte er Jastraus Hand, dass es zwischen den Fingern knackte, »du bist mir also nicht böse, Jazz?«

»Nein, nein.«

»Ist ja dein Stoff, und du verstehst also …«, er umarmte ihn, »du, du, alter Junge, ich kann dich gut leiden, obwohl mit dir nichts los ist; aber du, eine Flasche im Transparent, was sagst du dazu … Pu-uh – Das ist die Flasche des Tages, du. Hi, hi.«

»Ja, ja, ja«, erwiderte Jastrau und befreite sich.

Journalist Eriksen bekam einen neuen Hustenanfall, und Jastrau hörte ihn noch, als er sich auf der Treppe diskret von ihm entfernt hatte.

Das Gebäude des »Dagbladet« war nicht wiederzuerkennen. Auf allen Etagen standen die Türen offen. Unablässig surrte der Fahrstuhl. Die Wahlatmosphäre hatte das Haus besetzt und verwandelt. Auf den Treppen wimmelte es von Menschen, die man sonst selten sah.

Durch die Scheiben der Vorhalle, vor denen er gestern Abend mit Arne Vuldum gestanden hatte – Arne Vuldum, dachte er bitter –, entdeckte er einen Prominenten nach dem anderen. Das gebräunte Gesicht eines bekannten Schauspielers. Der Wichtelbart eines Polarforschers. Ein Kunstkritiker, der aussah, als würde er wiehern. Das wohlerzogene Profil eines radikalen Politikers. Eine Schauspielerin mit einem verschämten Madonnenlächeln. Ein Antiquar, der aussah wie ein Weißbrot. Sie saßen auf Stühlen oder lehnten sich an den großen Tisch, auf dem einer der Zeichner der Zeitung eine große Papierrolle ausgerollt hatte und mit einem Pinsel ein Wahlergebnis aufmalte, das einige der Prominenten mit einem bedenklichen Lächeln betrachteten.

Sollte er es wagen, sich unter sie zu mischen? Er empfand eine gewisse Scheu vor Menschen an den großen Tagen der Zeitung. Doch dann trat er dennoch ein, nickte und grüßte, wusste nicht recht, wie er sich verhalten sollte und fühlte sich erst erlöst, als er den Redaktionssekretär entdeckte, der an der Tür seines Büros stand und aussah, als hätte er unerwartet

Besuch bekommen. Er hatte das Gesicht eines Bankkassierers, allerdings waren die Runzeln tiefer und die Augen übermüdet von der Nachtarbeit. Eine gewisse vornehme Müdigkeit war sein Markenzeichen.

Jastrau hatte kaum Kontakt zu ihm, doch am Nachmittag hatten sie sich gestritten, und Jastrau kam nie zur Ruhe, bevor Auseinandersetzungen nicht aus der Welt geschafft waren.

»Na, Ole Jastrau, haben Sie Ihr Kreuzchen auch an der richtigen Stelle gemacht?«, erkundigte er sich in einem langsamen Singsang.

»Ich habe nicht gewählt.«

»Es ist seltsam mit Ihnen, Ole Jastrau. Ihr Herz schlägt nicht wirklich für die Zeitung.«

Jastrau wusste nicht, warum er dem Redaktionssekretär nie direkt in die Augen sah.

»So ist es doch, Ole Jastrau«, fuhr er fort. »Sonst hätten Sie nicht diese Rezension über Stefanis Buch geschrieben.«

»Er hat's verdient«, entgegnete Jastrau kurzangebunden.

»Nun ja, aber er gehört zu unseren Kolumnisten, übrigens ist er heute Abend hier. Und das Buch soll nicht so schlecht sein, wie Sie behaupten. Vuldum sagt, die Beschreibungen der syrischen Landschaft und eines Feigenbaums könnten sich gut und gern mit Johannes Jørgensen messen.«

»Ich dachte, Vuldum liest keine dänische Literatur«, wandte Jastrau spöttisch ein.

»Hören Sie, da ist noch etwas ganz anderes. Kommen Sie mal einen Augenblick herein.« Der Redaktionssekretär legte eine Hand auf Jastraus Schulter und zog ihn in sein Büro.

»Schauen Sie«, sagte er und zog eine Schublade mit Manuskripten und Abzügen heraus. »Ja, Redakteur Iversen verlangte plötzlich, sämtliche Abzüge der Literaturseite zu sehen, und schauen Sie, hier ist ein Gedicht, das Sie heute in Satz gegeben haben; das Honorar haben Sie an der Kasse auszahlen lassen.

Das Gedicht, nun ja, Redakteur Iversen hält es nicht gerade für schön, aber wer ist denn dieser Stefan Steffensen?«

Er zog Steffensens Gedicht aus der Schublade und betrachtete es mit kleinen Kopfbewegungen, als beurteile er eine Fotografie.

»Ha«, lachte Jastrau, »er ist der Sohn von Stefani.«

Der Redaktionssekretär legte das Gedicht überrascht beiseite und wandte ihm sein Gesicht zu.

»Aber da steht doch Steffensen.«

»Ach, das liegt daran, dass er seinen Vater hasst. Er will dessen Namen nicht tragen.«

Der Redaktionssekretär lächelte.

»Nun ja, das wissen unsere Leser ja nicht. Selbstverständlich heißt er Stefani, sonst hätten wir kein Interesse, das Gedicht im ›Dagbladet‹ zu drucken.«

»Gott weiß, ob er damit einverstanden ist?«, bemerkte Jastrau zögernd.

»Aber selbstverständlich. Sorgen Sie dafür, dann bringen wir das Gedicht in den nächsten Tagen. Ich kann es durchaus prominent platzieren. Aber Sie bringen das mit dem Namen in Ordnung, nicht wahr, Ole Jastrau?«

Und er griff zu dem Stift vor sich, strich mit einer raschen Bewegung den Namen Steffensen durch und schrieb Stefani.

»Das wird Redakteur Iversen sicher interessieren«, fügte er hinzu und nickte Jastrau herzlich zu. »Aber Sie haben keinen rechten Kontakt zur Zeitung, Ole Jastrau – noch nicht. Selbstverständlich hätten Sie heute zur Wahl gehen und radikal stimmen müssen.«

»Ist das ›Dagbladet‹ denn radikal?«, fragte Jastrau spöttisch nach.

Der Redaktionssekretär antwortete nicht. Er begann, die Überschrift eines Artikels durchzustreichen, der vor ihm auf dem Schreibtisch lag. »Das klingt nicht gut«, murmelte er vor sich hin, und Jastrau wusste, es war ein Zeichen, dass er gehen sollte.

Aber Redakteur Iversen hatte darum gebeten, alle Abzüge seiner Literaturseite zur Durchsicht zu erhalten. War das nicht eine Demütigung? Bedeutete es nicht, dass ihm als Redakteur misstraut wurde? Mehr brauchte es also nicht, um seine Stellung als Literaturkritiker ins Wanken zu bringen? Es musste nur ein literarischer Quacksalber wie dieser Stefani zum Alten ins Eckzimmer stürmen, und schon bröckelte das Fundament.

Unentschlossen blieb er in der Vorhalle stehen, inmitten der ganzen lärmenden Prominenz. Seiner Ansicht nach hatten sie alle zu große Mäntel an. Und er hoffte inständig, von niemandem angesprochen zu werden. Wenn er den einen nicht getroffen hatte, so hatte er den Freund eines anderen angestochen oder die Vorurteile eines dritten verletzt ... diese Demütigung, diese Demütigung, die Abzüge zur Durchsicht. Eine Fotografie von Bjørnson hing an der Wand. Gewiss lag es nur daran, dass sie keine Zeitgenossen waren, sonst hätte es auch mit ihm Krach gegeben.

»Wieso machen Sie denn ein so überhebliches Gesicht, Herr Jastrau«, ertönte in diesem Moment eine Stimme. Der höfliche Wirtschaftsredakteur Otto Kryger stand plötzlich vor ihm. Seine lange Habichtsnase und seine breiten, empfindsamen Lippen verliehen ihm etwas Indianisches. Ein Federschmuck hätte gut auf das blauschwarze Haar und die niedrige Stirn gepasst. Allerdings war er von seiner Statur her zu klein.

»Nein, das stimmt doch gar nicht«, erwiderte Jastrau eingeschnappt wie ein beleidigter Schuljunge.

»Vielleicht sind Sie ja nur betrübt. Und dazu gibt es ja auch wahrlich Grund genug, wenn Sie radikale Ansichten vertreten.«

Jastrau sah düster in die dunklen, lebendigen Augen und hatte keine Lust, Krygers Lächeln mit Ironie zu begegnen, obwohl das beim »Dagbladet« eigentlich zum guten Ton gehörte.

»Ich habe überhaupt nicht gewählt«, bemerkte er lustlos.

»Ach, das ist Ihre Ansicht? Ja, dann muss man auch dabei bleiben«, erwiderte Otto Kryger. Jastrau war überrascht über seine ungewöhnliche Freundlichkeit. »Ich habe die Konservativen gewählt«, fügte Kryger leise und spöttisch hinzu.

Mit einem kleinen Lächeln, das durchaus als Hoffnungslosigkeit gedeutet werden konnte, schüttelte Jastrau den Kopf.

»Ja, sicher, es ist unglaublich. Aber kommen Sie«, fuhr Kryger fort. »Ich würde mich gern ein wenig mit Ihnen unterhalten. Ich muss nur gerade nachsehen, ob in meinem Zimmer irgendetwas für mich liegt.«

Überrumpelt ließ Jastrau sich mitschleppen. Er hatte in diesem Moment einen bekannten Dr. phil. gesehen, der seinen länglichen, nackten Kopf durch die Tür steckte und die Vorhalle betrat – vor ein paar Monaten hatte sich im Zusammenhang mit einem Nebensatz in einer Besprechung irgendeine Irritation ergeben, einer dieser Holzsplitter unter dem Nagel –, sodass es sicher am besten war, Kryger in die Redaktion, in die Säulenhalle zu folgen.

Aber was wollte Kryger von ihm? Sie unterhielten sich selten, und sie waren immer äußerst formell miteinander umgegangen.

Die Säulenhalle, die wie die übrigen Räume der Redaktion gelb gestrichen war, hatte ihren antiken Namen von einem viereckigen Pfeiler oder einer Säule in der Mitte, um die ein großer Tisch gebaut war, auf dem stets die aktuellen Kopenhagener Zeitungen und auch die Provinzblätter lagen. An dieser Säule standen die Namen aller Mitarbeiter, die länger als fünfundzwanzig Jahre beim »Dagbladet« gearbeitet hatten.

Eine Säule der Tradition inmitten der Gegenwart. Bisweilen wurde über sie ein Witz gerissen.

»Bitte warten Sie einen Augenblick«, sagte Kryger und verschwand in seinem Büro.

Jastrau setzte sich auf den Rand eines niedrigen Schranks und las die privaten Aushänge an einem schwarzen Brett hinter sich. Ein verschwundener Füllfederhalter, nun ja. Ein Dankschreiben von einem Mitarbeiter, dessen fünfzigster Geburtstag gerade gefeiert worden war, oh, ich bitte Sie. Und dann – ha, ha – ein Ausschnitt aus dem »Dagbladet« mit dicken Unterstreichungen; ein Artikel, der mit »ich« begann – rot unterstrichen – und vor »ich's« nur so wimmelte – ein Blutbad an roten Buntstiftmarkierungen; und der Rest eines anderen Artikels mit einem philosophischen Satzungetüm, das nicht aufzulösen war. Zwei Äußerungen der internen Lynchjustiz der Mitarbeiter untereinander, als Strafe für das Schlimmste aller Verbrechen: miserables Dänisch zu schreiben.

Im Augenblick war es hier einigermaßen ruhig. Aber oben, im Vortragssaal wurde getrampelt. Und draußen auf dem Platz lärmte ein Menschenmeer. Hin und wieder lief ein Mitarbeiter hastig vorbei.

»Haben Sie die Radikalen gewählt?« Jastrau amüsierte sich damit, ihnen die Frage zuzurufen. Die Antwort war ein gleichgültiges Murmeln. Die Wahl war uninteressant.

Erst als der Berichterstatter aus dem Reichstag mit einem besorgten Gesichtsausdruck heranstürmte, kam es zu einer gedämpften Explosion.

»Ja, was denn sonst«, antwortete er wütend.

»Ha, ha, ha«, lachte Ole Jastrau. »Hören Sie, Herr Kryger«, sagte er sofort zu Kryger, als der aus seinem Zimmer zurückkam, »nun habe ich endlich einen wahren Radikalen gefunden.«

Der Berichterstatter des Reichstags ließ sich nicht aufhalten, aber es ließ sich nicht vermeiden, dass er Krygers spöttische Bemerkung hörte:

»Aber er gehört ja auch noch zur radikalen Jugend.«

Kryger setzte sich neben Jastrau auf den niedrigen Schrank.

»Übrigens habe ich auch Sie für naiv gehalten.«

»Weshalb?«, fragte Jastrau überrascht.

»Oh, ich weiß nicht«, erwiderte Kryger und rückte näher. »Möchten Sie eine Zigarre? Bitte sehr! Aber ich finde, Ihre literarische Kritiken gehen schon in die Richtung.«

Jastrau warf ihm einen Seitenblick zu.

»Radikal? Nein, wissen Sie was? Ich hatte gerade Ärger mit einer Rezension. Es hieß, sie wäre blasphemisch.«

»Ja, aber, dann sehen Sie doch selbst, wie recht ich hatte. Das ist doch Radikalismus im guten, alten Sinn, antireligiös und antinational. Dacht ich's mir doch.«

»Dieser Radikalismus ist tot«, erwiderte Jastrau mürrisch.

Kryger schlug ihm lächelnd auf die Schulter.

»Dann sind wir uns ja einig.«

»Nein«, widersprach Jastrau und rückte ein Stück von ihm ab, erstaunt über das Schulterklopfen. Er wurde misstrauisch.

Nach diesem ironischen Austausch schwiegen beide einen Moment. Kryger schnitt sorgfältig die Spitze seiner Zigarre ab, zündete sie ebenso umsichtig an und löschte das Streichholz mit einem Schnipsen.

»Glauben Sie übrigens, dass Ihr Name jemals auf dieser Säule leuchten wird?«, fragte er dann und teilte einen eleganten Fußtritt in Richtung Namenssäule aus. Er trug blitzende Lackschuhe.

»Nein! Und Ihrer ebenso wenig. Ist Ihnen denn nicht aufgefallen, dass die meisten Namen von Typographen und anderen anonymen Mitarbeitern stammen. Es sind nur ganz wenige Journalisten darunter – Leute, die ihre Meinung schreiben«, fügte er sarkastisch hinzu.

»Das lässt sich nicht übersehen«, antwortete Kryger lächelnd, »Sie glauben also nicht, dass Sie es dorthin schaffen.

Tja, das glaube ich auch nicht. Und ich … ich ganz bestimmt nicht.«

»Damit würde die Zeitung sich ja auch regelrecht selbst verhöhnen.« Jastrau musste zuschlagen, denn der kleine, elegante Mann rückte wieder so dicht heran.

»Wieso das denn?«

»Na, Ihre Wirtschaftsartikel natürlich, die sind so konservativ, so unglaublich konservativ.«

»Das kann ich mir überhaupt nicht vorstellen«, erwiderte Kryger ironisch, und nun waren die großen Lippen ganz nah, die Zähne blitzten, als wollte er zubeißen, doch er verbarg seine Gelüste in einem Lächeln.

»Meine Artikel basieren doch nur auf dem gesunden Menschenverstand«, fügte er hinzu. »Ist das bei Ihren Kritiken nicht ganz genauso?«

»Ja, aber auf einem gesünderen Menschenverstand als Ihrem.«

»Tja, Mann, dann enden Sie wohl doch auf dieser Säule.«

»Nein, niemals«, erwiderte Jastrau verächtlich. Er lachte höhnisch und laut, hatte aber gleichzeitig das Gefühl, als würden ihm alle Kräfte schwinden.

Kryger hingegen legte den Kopf schief und blickte liebevoll auf seine Beute.

»Ich verstehe Sie nicht ganz«, schnurrte er spöttisch, »denn Sie schreiben doch über nichts anderes als Kunst, und auf diesem Feld hat man doch einigermaßen Narrenfreiheit. Eigentlich ist das, was Sie tun, eine ziemlich verantwortungslose Tätigkeit.«

»So?«, antwortete Jastrau geistesabwesend und starrte ihn wie aus weiter Ferne an. Dieser kleine, feine Mann, der jetzt so bissig wurde und ihn bedrängte. Was steckte dahinter? Aber hatte er nicht diesen verzerrten Zug um den Mund, dieses Maskenhafte, wie so viele in der Redaktion? Es war so grauenhaft, wenn man es bemerkte. Jastrau fuhr sich mit der Handfläche übers Gesicht, um diesen Eindruck fortzuwischen. Dieser Sinn für Karikatur, der ihn bisweilen lähmte. Aber er spürte es. Er würde sich nicht ohne weiteres aus dieser Stimmung befreien können.

»Ja, ich meine …« Es war doch vollkommen egal, was Kryger meinte. Wie schon so oft, lag die Säulenhalle in einem unwirklichen Licht. Krygers Augen musterten ihn. Die gelben Wände! Eine verzehrende Farbe! Waren die Wände nicht durchsichtig? Würden sie nicht wie leichte Schleier zur Seite weichen, wenn nur eine weitere Sekunde verging, nur eine weitere Sekunde? Oder hatte er zu viel Tabak geraucht?

Kryger nahm an, Jastrau wäre beleidigt.

»Ja, nehmen Sie mich nur nicht allzu ernst. Ich meine, was geht es die Öffentlichkeit an, was Sie von der Hochfinanz halten? Glücklicher Mensch! Ja, Sie werden wahrlich noch an der Namenssäule enden.«

Aber Jastrau sah hinunter auf seine Weste, auf die die Asche seiner Zigarre rieselte. Oh, jetzt fühlte er sich wieder so unsicher. Asche auf der Weste, wie bei einem hilflosen Greis.

»Ja, glauben Sie bitte nicht, dass ich die Kunst verachte. Aber ich habe nie ihren Bezug zu Zeitungen verstanden.« Kryger schlug wieder und wieder zu, es waren Attacken aus nicht vorhersehbaren Richtungen. Was wollte er?

»Wir müssen doch die Mittel einsetzen, die wir haben«, wandte Jastrau ein und starrte mit leerem Blick in den Raum.

»Ja, ja, und ihr lasst euch benutzen, damit die Zeitungen so etwas wie ein Geistesleben bekommen. Ja, sicher. Aber sehen Sie sich das ›Dagbladet‹ an. Es hat sich längst von einem politischen Blatt zu einem unpolitischen Unternehmen gewandelt. Heute Abend zählt nicht. Denn heute Abend sind wir alle politisch. Aber sonst, sonst ist es nichts als ein Geschäft.«

»Ja, ein Geschäft mit Meinungen«, entgegnete Jastrau, um etwas zu sagen. Meinungen! Etwas so Schattenhaftes wie Meinungen! Aber warum wurden Menschen auch zu Schatten, wenn sie ihre Meinungen verkauften? Wir Schatten, wir handeln mit Schatten.

»Nein«, protestierte der Schatten Kryger. Merkte er denn nicht, dass es unmöglich war, mit Jastrau Kontakt aufzunehmen?

»Nein, ein Geschäft, in dem die Leute Meinungen kaufen können, von denen sie nicht wissen, dass sie sie ohnehin schon haben. Trifft das nicht eher zu?«

»Oh, wenn ich daran denke, werde ich verrückt«, entfuhr es Jastrau. Er hielt es nicht länger aus. Verdünnte die Zentralheizung etwa sein Blut, sodass er Erscheinungen hatte? Er wusste es nicht. Aber er wusste, wenn er alles in diesem Licht betrachtete, in dem sich Farben und Formen bald auflösen würden, dann käme es ihm so vor, als hätten sämtliche Kollegen hier, allesamt, schimmernden Kleister im Blick. Oh, die Journalisten! Die Journalisten! Seine Schattenkameraden! Und kam da nicht der Journalist Bruun in seiner gelben, blonden und auffälligen Kleidung und seinen Reitstiefeln anstolziert?

»Wem haben Sie Ihre Stimme gegeben, Bruun?«, rief Jastrau ihm zu.

»Der Zukunft, meine Freunde«, gab Bruun mit einer überlegenden Geste zur Antwort. Aber sein Blick bekam einen harten Glanz, als er Kryger bemerkte.

»Sie sind doch nicht etwa einer der sechzehn Kommunisten, die in Vanløse ihre Stimme abgegeben haben?«, bemerkte Kryger feindselig.

»Das ist doch eher eine erfreuliche Nachricht. Ich hatte nicht erwartet, dass es in Vanløse so viele Vernünftige gibt.«

Ohne die Antwort zu kommentieren, feuerte Kryger eine neue Frage ab.

»Warum tragen Sie heute Abend nicht Ihren Sowjetstern, oder haben Sie ihn hinter dem Mantelkragen versteckt?«

»Es ist nicht sternenklar genug in Dänemark – noch nicht«, erwiderte Bruun arrogant, um seine Verärgerung zu verbergen, er drehte sich um und ging weiter. »Aber das kommt noch, glauben Sie mir!«, rief er, nachdem er ein paar Schritte gegangen war. Und als er die Mitte der Halle erreicht hatte, drehte er sich plötzlich um und schrie: »Aber wenn es noch mehr schwachsinnige Fragen gibt, die Sie mir gern stellen wollen, Herr Kryger, dann schicken Sie sie mir lieber mit der Post.«

Schließlich sahen sie, wie sein Rücken verschwand. Bei jedem Schritt bog er sich dramatisch zurück.

»Ach, Gott, ja, so etwas nennt man wohl einen gutsortierten Laden«, seufzte Kryger und lehnte sich zurück. »Auch diese Meinung haben wir auf Lager.«

»Man hört, dass Sie für die Wirtschaftsredaktion arbeiten«, antwortete Jastrau spöttisch.

Aber Kryger war jetzt geradezu aufgebracht. Seine schwarzen Augen schimmerten intensiv.

»Sie kommen nicht darum herum, eine ökonomische Sichtweise auf die Dinge zu entwickeln, Herr Künstler«, sagte er ätzend. »Entweder sind Sie rot, oder Sie sind schwarz. Andere Farben gibt es nicht. Diese Namenssäule dort ist eine Parodie, eine Gedenksäule der gemischten Farben.«

Jastrau tat ihm den Gefallen zu lachen. Aber dieser innere Kampf? Es war der Abend der Wahl. Über ihnen wurde getrampelt. Eine Farce-Vorstellung, bei der die Gäste eines radikalen Blattes jubelten, wenn ein Sozialdemokrat gewählt wurde. Von draußen war Lärm zu hören. Eine Wahl, bei der die Menschen vor Freude über die wechselnden Schattennamen im Eckfenster johlten. Aber ebenso gut hätte man ihnen etwas vorspielen können, man hätte die Hände zusammenlegen und die Finger verdrehen können, um im Lichtfeld ein Schattenbild zu erzeugen, ein Pferd, einen Elefanten, einen Adler, einen Mann – oder eine Eriksensche Bierflasche.

»Sie glauben doch an die Kunst um der Kunst willen?«, fuhr Kryger fort, und Jastrau nickte träge zur Bestätigung. – »Das ist auch so schön ungefährlich.« – Na, worauf wollte er nun hinaus? – »Es ist ein glänzender kapitalistischer Standpunkt. Von diesem Standpunkt aus können Sie funkelnde Gedichte schreiben, abenteuerliche Romane, Reiseberichte und romantische Dramen. Also, warum tun Sie es nicht? Es ist ein glänzender, unzuverlässiger Standpunkt.« – Jastrau verzog den Mund und breitete die Arme aus. – »Ja, missverstehen Sie mich nicht, Herr Jastrau. Ich finde, Kunst um der Kunst willen ist ein vortrefflicher konservativer Standpunkt.«

»Konservativ?«, rief Jastrau überrascht und wachte einen Moment auf.

Kryger nickte: »Ja, und ungefährlich!« Sein Lächeln wurde aufdringlich.

»Ah, ja?«, fauchte Jastrau.

»Was ist Ihr kritischer Standpunkt denn sonst?«

Oh, hoffentlich hörte er bald auf. Jastrau hasste es, im Mittelpunkt einer Debatte zu stehen. Er hätte diesem kleinen, glatten, konservativen Kerl, der kommunistische Argumente gegen ihn verwendete, eine Ohrfeige geben können. – »Ja, missverstehen Sie mich nicht«, fügte Kryger hinzu. Herrje, missverstehen Sie mich nicht hier und missverstehen Sie mich nicht da.

»Nein, Gott bewahre!«, rief Jastrau.

»*Disinterestedness*! Nennt man es nicht so?« Krygers Lächeln wurde immer breiter. »Aber das ist ja kein Standpunkt, das ist ein Mittel. Genau wie l'art pour l'art. Aber ein Kritiker einer Zeitung, die zwischen Politik und Geschäft hin- und hergerissen ist, muss wohl so sein.« Und mit leiser Stimme fuhr er fort, als würde er Jastrau langsam einen Dolch in den Leib bohren. »Sie sind im Übrigen gewiss nicht so naiv, wie ich glaubte. Es ist ja ein guter opportunistischer Standpunkt. Sie nutzen es nur nicht genügend aus.«

Jastrau sprang wutentbrannt von dem niedrigen Schrank.

»Was zum Teufel …«

»Sie dürfen mich wirklich nicht falsch verstehen«, erwiderte Kryger sanft und hob beruhigend die Hand. »Ich ziehe doch bloß die Konsequenzen.«

»Sie halten mich für substanzlos.«

»Ich halte Sie für bürgerlich – genau wie ich es bin und alle anderen vernünftigen Menschen. Sie wissen es nur selbst nicht.«

»Sie sind ja vollkommen verrückt«, entfuhr es Jastrau wütend. »Bürgerlich! Ich? Ich habe genug von unserem Gespräch. Aber ein Kunstwerk kann doch wohl Kunst sein, ich meine … Unfug … ein Werk kann Kunst sein, ob es nun konservativ oder kommunistisch ist.«

»Ja, fachlich gesehen schon, aber das ist kein Standpunkt.«

»Was interessiert mich der Standpunkt?«

Auch Kryger sprang von dem niedrigen Schrank.

»Ja, genau. Aber Sie können sich auch nicht vom Fleck rühren auf diesem – standpunktlosen Standpunkt. Es ist so, als wollten Sie in alle Himmelsrichtungen gleichzeitig gehen …«

Jastrau stand eine Weile mit geschlossenen Augen da. Ihm war schwindelig. Und er lächelte müde.

»Na, ich glaube, ich gehe jetzt. Ich halte es hier nicht mehr aus.«

»Es war amüsant, sich mit Ihnen zu unterhalten, Herr Jastrau.«

»Ah ja, um festzustellen, dass ich minderbemittelt bin?«

»Nun, das nicht gerade.«

Und mit einem freundlichen Händedruck verschwand Kryger in der Telegrammredaktion, während Jastrau sich einen Weg durch die Gäste der Zeitung in der Vorhalle bahnte, die Prominenten. Jemand rief ihn. Aber er blieb nicht stehen. Er ging zur Treppe und wollte verschwinden.

»Na, da bist du ja. Endlich.«

Er traf direkt auf Steffensen, der mit den Händen in der Tasche und seiner Mütze im Nacken auf dem Treppenabsatz stand. So wie er dort stand und von einem Bein aufs andere trat, glich er einem Arbeitslosen. »Ich finde, ich sollte dir einen ausgeben. Jetzt habe ich ja Geld«, grinste er.

Jastrau sah ihn an und verspürte plötzlich den Widerwillen, den er vom ersten Moment an gegen ihn empfunden hatte.

»Ich habe keine Lust.«

»Blödsinn.«

»Nein, ich will nach Hause.«

»Blödsinn! Ich habe dich überall gesucht. Ich war oben im Saal.« Er machte eine Kopfbewegung. »Äh! Und hab meinen Alten getroffen. Puh, was für ein Blick. Er saß da oben und hörte sich die Wahlergebnisse an. Pfui Teufel! Groß und schnieke, glotzte auf seine rosenroten Fingernägel. Er saß mit diesem Rothaarigen zusammen, du weißt schon …«

»Vuldum.«

»Ja, der mit den Kupferhaaren. Wie die sich fühlten. Und ich habe mich so hingestellt, verstehst du, dass mein Alter mich nicht übersehen konnte. So habe ich ihm den Abend versaut, hä!«

So redete man nicht über seinen Vater, nein, aber da war noch etwas anderes. Vuldum! Stefani! Sie sprachen miteinander! Also hatte Vuldum getratscht. Dacht ich's mir doch. Genau, getratscht! Aber warum? Warum? Vuldum hatte sich gestern Abend doch noch über die Rezension amüsiert … aber dennoch …

»Wollen wir nicht runtergehen und einen Whisky trinken«, schlug Steffensen vor.

In der »Bar des Artistes« herrschte eine noch stürmischere Wahlstimmung als beim »Dagbladet«. Dichter, blauer Tabaknebel waberte durch das Lokal, das Stimmengewirr steigerte sich zu lautem, brüllendem Gelächter, im Cocktailshaker knisterte unablässig das Eis. »Vier Whiskysoda hier!« »Bacardi!« »Einen bescheidenen Dubonnet!« »Champagner!« Und ständig summte im Hintergrund das Grammophon, eine Hawaii-Gitarre, Saxofon, Xylofon und ein jammernder schwarzer Gospelchor, eine sanfte, aber anhaltende Betäubung, die den Rhythmus für Whiskys und Cocktails vorgab. Und wenn das Grammophon verstummte, war als neues, ständiges Geräusch ein Ventilator zu hören, ein geeignetes Geräusch, um das Gehirn auszuhöhlen.

Das Lokal sah aus wie ein tiefer, festlicher Korridor, Jastrau und Steffensen starrten über eine Unzahl von Köpfen. Rote, blanke Glatzen. Schädel mit zwanzig weißen Borsten, ordentlich gescheitelt. Zurückgestrichenes Haar, vornehm ergraut an den Ohren. Frisuren mit großen, nackten Keilen über den Schläfen. Männer und nochmals Männer. Ein einzelner glatter, runder Pagenkopf mit blonden Haaren, als sei es auf einer Kugel angebracht. Und eine einzelne blauschwarze Frisur, eine nasal sprechende Frau. Sonst nur Männer und wieder Männer. Heisere Stimmen und krähende Hähnchentöne. Und im Hintergrund die weiße Scheibe der Uhr und Lundboms rotes, rundes, holdseliges Gesicht, der Mond und die Sonne in derselben Ecke des Himmels.

»Ah, es tut gut, nicht mehr denken zu müssen«, rief Jastrau erleichtert.

Lundboms wohlwollendes Gesicht nickte als Zeichen des Wiedererkennens. Was? Kannte er ihn bereits?

»Guten Tag, Herr Jastrau! Herr Redakteur!«, nickte Lundbom erneut. Auch seinen Namen? In Jastrau breitete sich ein herzliches, gemütliches Gefühl aus, er fühlte sich heimisch. Und dort, an dem runden Tisch saßen Kjær mit seinen ewig apathischen Augen und Lille P. Wie lächerlich! Er war doch nur ein einziges Mal hier gewesen. Und bereits so vertraut.

Schließlich fanden sie einen Platz und versanken in dem

Lärm und der Menschenmenge wie in einer großen, weichen Bettdecke. Steffensen streckte die Beine aus und bestellte ungehobelt Whiskysoda, und kurz darauf standen zwei Gläser vor ihnen, in denen mit einem gedämpften, blubbernden Geräusch Kohlensäure perlte und sang. Elfenglocken.

»Puh, ich kann heute Abend nicht denken«, erklärte Jastrau und fuhr sich durch die Haare.

»Wieso auch? Wir wollen unsere Ruhe haben«, rief Steffensen grinsend.

»Aber ich denke trotzdem.«

»Glaubst du, ich kenne das nicht? Es ist das Grammophon in dir, das denkt.«

Und es dauerte nicht lange, bis Jastrau mit einer langen politischen Erklärung begann. »Siehst du, die Sozialdemokratie gewinnt!« Steffensen grinste und antwortete mit monotonen, einsilbigen Worten, die allesamt seine Sicht auf die Angelegenheit ausdrückten. Er antwortete mit ordinären Worten, Scheiße, dann grinste er wieder. Aber seine Augen hatten die ganze Zeit diesen kalten, scharfen, emailleartigen Glanz, den Jastrau bis in den Nacken spürte.

Und er fuhr fort: »Siehst du! Solch eine Wahl ist reine Zeitverschwendung.« Steffensen verzog seine reglosen Lippen zu einer lächelnden Grimasse, ohne dass sich der Ausdruck seiner Augen veränderte. »Es ist vollkommen egal. Denn der Reichstag regiert überhaupt nicht. Er ist bloß ein Sicherheitsventil für die Herrschsucht des Volkes.«

U-uh, u-uh, sang ein Gospelchor aus dem Grammophon. Und wie lange, zusammenhängende Streifen Papier strömten die Gedanken aus Jastrau. U-uh sangen die Schwarzen. »Wir bekommen eine neue Regierung, aber wir behalten die alten Staatssekretäre.« – U-uh, u-uh. »Teufel noch mal, man weiß nicht, wer Dänemark regiert, aber der Reichstag ist es jedenfalls nicht.«

»Nee, Gott sei Dank«, brummte Steffensen. Er saß mit dem Rücken an der Wand, ein großer Schlaks, eigentlich ein Strolch. Lundbom schielte ab und an missbilligend zu ihm hinüber.

Eigentlich hatte Jastrau keine Lust, in Steffensens Begleitung zu sein. Er hatte keinerlei Charme, alles an ihm war außerhalb jeder Proportion, die Stirn war zu hoch, er hatte zu viele, zu schmale Zähne, die Nase war porös und passte nicht ins Gesicht, sie war verwachsen wie bei einem Jungen in der Pubertät.

Aber es gab dieses merkwürdige Gedicht, eine Brandstiftung, begangen von einem nervösen Jungen. Jastrau sah Steffensen im Schein dieses Gedichts.

»Und es ist auch gar nicht so merkwürdig«, sprach er weiter, »dass all das, woran ich denke, diese ganze Politik, mir so unwirklich vorkommt, auch euer Spiel mit der Polizei … na ja, jetzt wird euch ja wohl Amnestie gewährt. Ich finde das Gedicht, das du mir gegeben hast, ist weit realistischer … ach ja, hör mal, ich wollte dich übrigens fragen …«

Unvermittelt hielt er inne. Steffensens Gesicht war leichenblass geworden.

Er folgte seinem Blick. Am Eingang hatte eine große Gestalt die rote Portiere zur Seite geschoben und zeigte sich in einem hellen Mantel, mit einer wogenden Krone aus weißem Haar, einem unbestimmten, hellgrauen, etwas verschwommenen Blick und einem strahlenden, glattrasierten Lächeln. Der ewig junge H. C. Stefani und hinter seiner Schulter Vuldums langes, kreideweißes Gesicht mit der schwarzen Peterskuppel.

Jastrau duckte sich, er wollte nicht von ihnen gesehen werden. Doch sie näherten sich und blieben hinter Jastraus Rücken stehen.

»Nein, hier ist es zu voll«, hörte er Stefani sagen.

Steffensen hingegen saß ihnen direkt gegenüber. Es war unvermeidlich, dass sie ihn sahen. Den Hinterkopf hatte er an die Wand gelehnt, die Mütze schob sich über den strähnigen Haaren hoch. Wieso hatte er hier drinnen auch die Mütze aufbehalten? Er hatte den Kopf zurückgelegt, das Licht fiel direkt auf sein Gesicht. Die unerklärliche Wut, die stets auf seinen Lippen lag, war jetzt brutal und offensichtlich. Die Augen schimmerten grün wie Eis.

In diesem Moment wurde Jastraus Schulter von einem Finger angestupst, sodass er nervös zusammenzuckte und den Kopf hob. Arne Vuldums kreideweißes Gesicht nickte.

»Guten Tag, Ole«, lächelte er mit erschlagender Höflichkeit. »Ja, wir gehen wieder«, fügte er hinzu. Der Ton war freundschaftlich und süffisant. Dann warf er einen Blick auf Steffensen und zog den Mund säuerlich zusammen.

H. C. Stefani grüßte von weitem.

Jastrau konnte nur nicken und unbestimmt lächeln. War sein Lächeln höflich genug? Oder war es verwirrt? Verriet es ihn? Schweiß trat ihm auf die Stirn.

Und schon verließen die beiden hochgewachsenen Herren, die beide helle Mäntel trugen, das Lokal, zwei lange, helle, würdige Rücken. Vuldum sah aus, als wäre er über die Menge erhaben.

Langsam verschwanden sie hinter der roten Portiere. Mit theatralischen Bewegungen, wie es sich bei einer Portiere nun einmal gehörte.

In diesem Moment atmete Steffensen hörbar auf, aber er war noch immer leichenblass, die Augenlider blutleer und weiß.

»Ober, zwei Whisky«, bestellte er.

»Darf ich dem Herrn die Kopfbedeckung abnehmen?«, erkundigte sich der kleine Kellner frech.

»Ah ja«, antwortete Steffensen, der den Ton überhörte und ihm desinteressiert seine Mütze reichte. »Und zwei Whisky.«

Dann beugte er sich mit einem Mal ernst vor, sah Jastrau lauernd in die Augen und sagte entschieden: »So, jetzt kein Wort mehr über Politik Jetzt will ich's mir gemütlich machen!« Und seufzend fügte er hinzu: »Verflucht, ich brauch das jetzt.«

»Worüber sollen wir uns unterhalten?«

»Du könntest mir zum Beispiel eine schlüpfrige Geschichte erzählen. Das fände ich gut.« Doch die Stimme klang nicht echt. Es schwang noch etwas anderes darin mit.

Jastrau schüttelte den Kopf.

»Na, aber ich kenne eine, das ist die beste Geschichte der Welt«, behauptete Steffensen. Offensichtlich wollte er diese Geschichte erzählen. Und zwar sofort. Dann verzog er den Mund. War er zynisch oder verlegen? Seinen Augen war indes anzusehen, dass er etwas erwartete. Er verfolgte jedes Zucken in Jastraus Gesicht genau.

»Also, da trifft ein Herr auf der Straße seinen Arzt. Der Herr ist verlegen und schaut auf seine rosenroten Fingernägel. ›Hör mal‹, sagte er zu dem Arzt, ›mein Sohn ist krank. Er hat sich eine Krankheit zugezogen.‹ – ›Hoffentlich nichts Schlimmes?‹, sagt der Arzt. – ›Nee, du, es ist nur, du weißt schon, die Jugend sieht sich nicht vor.‹ – ›Ach, Alter, ha, ha, mach dir darüber keine Gedanken. Schick ihn zu mir. Das wird schon wieder.‹«

Steffensen erzählte sehr ruhig, als sei er sich seiner Geschichte sicher. Er hatte sie offenbar schon oft erzählt. Er fuhr fort:

»Aber der noble Herr sieht den Arzt eine Weile an, dann sagt er: ›Na ja, weißt du, es ist unser Dienstmädchen, die …‹ ›Ah, ha, ha!‹, lacht der Arzt, ›dann schick sie mir zusammen mit dem Jungen. Ja, die jungen Menschen, die jungen Menschen. Ha, ha.!‹ Der Arzt schüttelt sein graues Haupt. ›Aber‹, sagt dann der vornehme Herr und blickt wieder auf seine rosenroten Nägel, ›es kommt noch schlimmer, denn ich … na ja, und das Dienstmädchen. Es ist ja nicht leicht, die Lämmchen in Ruhe zu lassen.‹ Und der Arzt stimmt ein dröhnendes

Gelächter an: ›Oh, du alter Bock, eine Kinderkrankheit, ha.‹ Aber plötzlich hält er nachdenklich inne und fragt sichtlich nervös: ›Und deine Frau, ist sie etwa auch …?‹ Der andere nickt. ›Was sagst du da?‹, ruft der Arzt entsetzt. ›Dann auf Wiedersehen! Ich muss sehen, dass ich nach Hause komme, denn dann bin ich ja auch …«

Ein kameradschaftliches Gelächter von Jastrau. Steffensen blickte ihn jedoch weiterhin mit ernsten, fragenden Augen an. Er sperrte den Mund auf, als hätte er Polypen.

»Die ist doch lustig, oder?«, sagte er, beinahe imbezil.

»Ja, ha, ha«, lachte Jastrau wohlwollend.

»Nein, du, Jastrau. Ich meine die Geschichte, die ist doch komisch, oder?«

»Ja, ja, ja. Großartige Geschichte.«

»Ja, nicht wahr. Finde ich auch. Ha, ha, ha«, lachte Steffensen tonlos.

Jastrau sah ihn an. Etwas verstand er nicht. Steffensens Blick war fern, das Erstaunte verschwunden, um die Lippen zeigte sich ein brutaler Zug. Nichts deutete darauf hin, dass ihm die Geschichte gefallen hätte. Und plötzlich fragte er nervös:

»Es kann sie doch niemand missverstehen, oder? Sie ist komisch, nicht wahr? Sie … kann … nicht … ernst genommen werden, oder?«

»Bist du immer so gründlich, wenn du Zoten erzählst?«, erkundigte sich Jastrau ironisch.

»Nein, nein«, lächelte Steffensen steif. »Ich denke nur über etwas nach. Aber wir brauchen noch zwei Whisky.«

Er trank mit großen Schlucken, sodass sein Adamsapfel jedes Mal wie eine geballte Faust hervorschoss.

Und dann meinte Jastrau, es sei seine Pflicht als Kamerad, auch einen Witz zu erzählen.

Aber Steffensen lachte nur merkwürdig teilnahmslos, als er ihn gehört hatte.

Der Lärm um sie herum war lauter geworden. Einige Gäste grölten. Ein Anzeigenakquisiteur und ein Rechtsanwalt stritten sich, und der kleine Kellner huschte mit einem Kollegen, der ebenfalls aussah wie ein kleiner Junge, um sie herum. Die Kellner in der »Bar des Artistes« sahen immer aus, als wären sie gerade der Pikkolouniform entwachsen.

»Noch zwei Whisky!«, brüllte Steffensen.

»Sollten wir nicht besser aufhören«, wandte Jastrau ein, aber Steffensen warf ihm einen funkelnd bösen und nüchternen Blick zu.

»Bist du zusammen mit mir, oder bist du es nicht?«

Jastrau fühlte sich müde.

»Los jetzt, trink, und hör auf, langweilig zu sein«, knurrte Steffensen.

»Ja, du, so ist es richtig.« Ein großer älterer Herr mit einem blutroten Kopf schob seinen schwankenden, kolossalen Körper plötzlich zwischen sie. Der weiße Streifen eines Smokinghemds ragte zwischen Weste und Hosenbund hervor; es sah aus, als würde der Mann jeden Moment platzen. »Man darf auf keinen Fall langweilig sein. Das ist richtig. Das darf man nicht. Darf man nicht sein, bestimmt nicht.« Die Worte sabberten über seine dicken Lippen. »Wollt ihr was trinken, Jungs? Langweilig. Das ist richtig.« Er wollte Steffensen auf die Brust tippen, geriet aber ins Taumeln.

»Na, du alter Büffel, sieh dich bloß vor«, rief Steffensen grinsend.

Die beiden Kellner kamen angelaufen, aber der ältere Herr hatte sein Gleichgewicht wieder unter Kontrolle. »Larsen mein Name, Damenunterwäsche.« Er lächelte feucht und verschmitzt. »Eine gefährliche Branche. Nichts für junge Männer. Nichts für so kleine Popel.« Er umarmte einen der kleinen Kellner und tätschelte dessen Glatze. »Wir brauchen hier Drinks«, sagte er dann und fegte mit dem Handrücken über den Tisch, dass die Gläser umfielen und der Whisky auf den Boden floss. »Whisky, ja Whisky, kleiner Popel.«

Schließlich setzte man seinen gewaltigen Korpus auf einen Stuhl, und dort saß er und starrte Jastrau mit feuchten, farblosen Ostseeaugen an.

»Du bist Steuereintreiber. Das sehe ich dir an. Hä! Aber du siehst ziemlich nett aus. – Uh, du schwimmst ja schon fast, Popel.« Der Kellner wischte den tropfnassen Tisch ab. »Und du …« Er drehte sich zu Steffensen um, »nee, du bist kein Steuereintreiber … ha, ha … du hast Büffel zu mir gesagt … oh … aber hallo, wo bleibt der Whisky?«

Steffensen lachte laut.

»Spendierst du auch Zigarren, Opa?«

»Na, na, nich schnorren, junger Mann, nich schnorren!«

Jastrau rutschte auf seinem Stuhl hin und her.

»Ich muss sehen, dass ich nach Hause komme«, sagte er.

»Blödsinn!«, stieß Steffensen aus.

»Richtig, du, genau das ist es, Blödsinn«, philosophierte Larsen, Damenunterwäsche. »Wer sagt hier nach Hause. Wir gehen nie nach Hause. Wir gehen niemals nach Hause«, murmelte er.

In diesem Moment fing Jastrau Steffensens unbestimmten, aber nüchternen Blick auf.

»Hör mal. Bernhard hat vergessen, mir einen Schlüssel zu geben. Könnte ich wohl noch eine Nacht bei dir auf dem Diwan schlafen?«

Jastrau nickte.

VI

Am nächsten Morgen stürzte Johanne fuchsteufelswild ins Schlafzimmer.

»Wir können ihn hier nicht ständig wohnen lassen. Jetzt haben die Sozialdemokraten gewonnen, also muss er auch keine Angst mehr haben.«

Jastrau sah während der Rasur in den Spiegel. Sein Gesicht war aufgedunsen, die Augen rot unter den dicken Lidern.

»Nein!«, brummte er.

»Aber das geht nicht«, erklärte Johanne. Sie war weiß vor Wut. »Adolf kommt doch zum Mittagessen, was soll er denn von uns denken?«

»Ach, verflucht. Stimmt ja. Und wahrscheinlich bleibt er dann den ganzen Nachmittag.«

»Oh, das sieht dir ähnlich. So reagierst du immer, wenn jemand aus meiner Familie kommt«, fuhr sie ihn an. »Nein, es ist unerträglich.« Und dann drehte sie sich auf der Stelle um und warf die Tür hinter sich zu.

Jastrau spülte die Rasierseife ab, trocknete sich das Gesicht, blickte noch einmal in den Spiegel und schüttelte den Kopf. Sie hatten sich gestern ziemlich betrunken! Wahlstimmung! Auf dem Nachhauseweg hatten sie die Morgenzeitungen gekauft und gesehen, dass die Sozialdemokraten gewonnen hatten! Hurra! »Jetzt bis' du'n freier Mann, Stefan!«, hatte Jastrau gelallt.

Aber nun musste er nach ihm sehen.

»Papa, der Mann schnarcht«, rief Oluf mit aufgerissenen

Augen und lief auf ihn zu, als er ins Esszimmer trat. »Er macht rrruuu.«

Jastrau schob den Jungen behutsam zur Seite und ging ins Wohnzimmer.

Steffensen lag auf dem Diwan. Vollständig angezogen. In einer hässlichen Position, verdreht, als wären Beine und Unterleib schief an den Körper geschraubt.

»He, du musst aufstehen!«, rief Jastrau und rüttelte ihn. Es ertönte ein boshaftes Knurren, langsam öffneten sich die Augen. Sie hatten einen blanken, hasserfüllten Glanz.

»Hör zu, du musst versuchen, wie ein Mensch auszusehen, denn ich erwarte meinen Schwager.«

Steffensen kniff die Augen zusammen und warf ihm einen Blick zu.

»Der Schwager kommt?«, grummelte er schläfrig.

»Ja.«

»Was ist er für einer?«

»Einer dieser Wucherbengel.«

»Trinkt er?«

Jastrau lachte: »Ja, wenn er in der richtigen Gesellschaft ist, hat er nichts dagegen.«

»Danke, dann weiß ich genug.«

»Hör zu, du musst dich rasieren und waschen, bevor er kommt«, sagte Jastrau rasch und nervös, sodass es wie ein Befehl klang.

»He, he, nun mal langsam!«, grunzte Steffensen; doch dann streckte er sich mit einem Mal und gähnte. »Oh, das war schön gestern, aber ich war einfach nicht besoffen genug«, seufzte er aus tiefem Herzen.

Kurz darauf hatte Jastrau ihn doch überzeugt. Er hatte Steffensen mit einem Trick ins Schlafzimmer gelockt. Und in der Küche hatte er selbst heißes Wasser aufsetzen müssen, denn Johanne war mit dem Mittagessen beschäftigt. Sie fragte lediglich: »Geht er bald?« »Nein, er bleibt zum Mittagessen.« Und dann musste er zurück ins Schlafzimmer und dem langen, trägen und grinsenden Steffensen Rasierpinsel und Colgates Rasierseife regelrecht in die Hand drücken.

»Zwangsrasur!«, grinste Steffensen.

Doch Jastrau blieb hartnäckig. »So! Hier ist heißes Wasser! Jetzt seif dein Gesicht ein!«

Bisweilen blitzte es so boshaft und launisch in Steffensens Blick, dass Jastrau innehielt. Allerdings hatte er das Gefühl, als gäbe es in Steffensens brutalem Charakter eine Schwäche, die er ahnen konnte. »Hier ist ein Kragen, Stefan!«

Und so kam es, dass Steffensen glattrasiert und ordentlich, wenngleich auch ein wenig grün im Gesicht, auf dem Diwan saß, als der Schwager Adolf Smith-Jørgensen eintrat. Ein eleganter Herr mit weißblonden, hochgekämmten Haaren und einem rotwangigen Gesicht ohne Augenbrauen. Ein wenig zu weiß und zu rot, wie ein Ferkel.

»Guten Tag, liebe Schwester!« Er umarmte Johanne so herzlich, dass ein Goldkettchen gegen die Armbanduhr klirrte, und küsste sie auf die Wange. »Und guten Tag, Söhnchen! Kannst du Onkel Adolf guten Tag sagen?« Er hob Oluf in die Luft. »Und Schwager! Guten Tag, guten Tag! Wie geht's, wie steht's? Alles beim Alten, nicht wahr? Dachte ich mir. Kein Grund zur Klage.«

Jastrau stellte dem Schwager Steffensen vor. »Freut mich, Ihre Bekanntschaft zu machen. Ich meine, Ihren Namen schon mal gehört zu haben. Sie sind Dichter, nicht wahr?«

»Nee«, brummte Steffensen.

»Nicht?«, erwiderte der Schwager, setzte sich und rieb sich seine großen weichen Hände. »Umso besser, denn ich muss Ihnen sagen, ich kann all diese Dichter und Berühmtheiten, die man im Haus meiner Schwester trifft, auf den Tod nicht ausstehen.«

Johanne stand hell und bedrohlich im Hintergrund. Und der Schwager wechselte sofort das Thema.

»Aber Söhnchen!«, wandte er sich Oluf zu, der sofort auf Adolfs Knie zulief. »Aber Söhnchen, was glaubst du, was der Onkel für dich mitgebracht hat? Kannst du es erraten?«

»Ja-a, ja-a«, rief Oluf und stellte sich auf die Zehenspitzen. »Chokojade.«

»Gut, mein Junge. Du hast eine feine Nase, und Teufel noch mal, die hast du von deinem Onkel geerbt. Aber es gibt viele Sorten von Chokojade? Was für eine ist es?«

Er hielt eine Schachtel in die Luft, als sollte Oluf danach springen.

»Zigarre.«

»Richtig, Söhnchen.«

Sehr würdevoll reichte er ihm die Schokoladenzigarre.

Dann begann das Mittagessen. Und nun konnte sich der Schwager erst recht in Szene setzen. Mit großer Geste schenkte er aus der Aquavit-Karaffe ein. Überzogen von einem schimmernden Firnis aus Selbstzufriedenheit war er leutselig gegenüber allen. Und seine Schwester auf der anderen Seite des Tischs spielte sich ebenfalls auf. Die Gesellschaft ihres Bruders animierte sie. Sie war die Frau des Hauses. Irgendwann einmal würde sie möglicherweise glücklich sein können. Doch Jastrau saß mit seinem müden, verkaterten Gesicht da und krümmte sich nach jeder Bemerkung auf seinem Stuhl, fahrig und gedankenverloren, sodass seine Liebenswürdigkeit nur stoßweise wie Dampf aus einem Rohr aufschien.

Steffensen schwieg und verhielt sich so rücksichtslos, als säße er allein an einem Caféhaustisch. Ihm fehlte nur eine Zeitung, in der er lesen konnte, während er aß, so wenig nahm er von den anderen Notiz.

»Ich verstehe dich nicht, lieber Schwager«, begann Smith-Jørgensen.

»Was verstehst du nicht?«, erkundigte sich Jastrau. Eine Dampfwolke an Liebenswürdigkeit. Puff! Und er lächelte. Puff!

»Na ja, siehst du …« Der Schwager breitete die Arme mit einer eleganten Bewegung aus, dass sich die Manschetten etwas höher schoben, »neulich nahm ich mir die Zeit, die Werke meines berühmten Schwagers zu lesen, und weißt du was, sie sind richtig amüsant, deine Sachen: aber was hilft das?«

»Inwiefern ›helfen‹?«

»Ach, das weißt du ebenso gut wie ich. Dafür wird dir kein Denkmal errichtet – so wie Goethe. Ha, ha! Natürlich kann es sehr amüsant sein, deine Sachen zu lesen, wenn man dich kennt, aber sonst – Gott bewahre. Habe ich nicht recht, Herr Steffensen?«

»Schon!«, nickte Steffensen und aß unbeeindruckt weiter an seinem marinierten Hering.

»Wenn du wenigstens Geld damit verdienen würdest«, fuhr der Schwager fort und hob die Stimme, »aber auch das ist ja nicht der Fall. Und siehst du, ich habe nicht studiert und bestimmt nicht so viel gelesen wie du. Ich habe nur meine Birne hier …« Er klopfte sich mit dem Finger an die Stirn, »aber die sagt mir, dass du die Sache falsch angehst. Du bist kein Geschäftsmann, da hilft alles nichts. Man kommt in der Welt nicht voran, wenn man kein Geschäftsmann ist.«

Jastrau lächelte. Puff.

»Ja, du lächelst, lieber Ole«, sagte der Schwager, legte Jastrau die Hand auf die Schulter und blickte ihm tief in die Augen. »Aber Geld ist nun einmal eine gute Sache. Nicht wahr, mein Alter?«

Johanne nickte beifällig. Und plötzlich rührte sich Steffensen. Er stemmte die Ellbogen auf den Tisch, stützte das Kinn in die Hände und starrte Smith-Jørgensen wie ein Phänomen an.

Smith-Jørgensen geriet ein wenig in Verlegenheit. Auf der Stirn zeigte sich eine tiefe, senkrechte Furche, als hätte man sie ihm mit einem Nagel zwischen die Augenbrauen geritzt.

»Ich habe selbst oft daran gedacht zu schreiben«, fuhr er kurz darauf fort, ganz piano. Sein Blick hatte etwas von einer glitzernden Ebbe. »Man müsste nur die Zeit dafür haben«, seufzte er. »Ich kenne nämlich die Bedürfnisse der Menschen. Sie wollen etwas über sich selbst erfahren. Sie wollen etwas über die große Zeit wissen, in der wir leben, denn es ist eine große Zeit.« Die Stimme war jetzt deutlich crescendo. »Die Zeit war noch nie so groß wie heute. Denk nur an die Erfindungen. Denk an die großen Geschäftsmänner. Welche Gehirne! Welches Kombinationsvermögen, welche … Fantasie solche Leute besitzen – denk an Ford, er ist auch ein Philosoph –, solche Leute schließen das alles ein« – die Augen glänzten –, »und glaubst du, solche Leute lesen ein Gedicht oder gar einen Roman? Viel interessanter ist doch, was sie selbst aus ihrer Birne holen …«, und wieder griff er sich an die Stirn, als wollte er eine Idee herausziehen. »Und über sie, über diese Genies, wollen wir ein Buch lesen«, und hier ballte er die Faust und schlug damit nachdrücklich durch die Luft, »wir wollen ein Buch über den Kampf, den sie kämpfen, den Kampf, von dem Tausende leben, und in dem Tausende vernichtet werden. Schreib es, und das Geld wird nur so strömen.«

Johanne hatte nur dagesessen und ihren Bruder angestarrt. Sie war dem Flug seiner Rede mal mit zusammengekniffenen, kritischen Augen, dann wieder mit weit aufgerissenem Blick gefolgt, als hätte sie Angst, dass er abstürzen könnte. Als er nun mit Eleganz, Würde und einer großen Geste – »und das Geld wird nur so strömen« – gelandet war, warf sie den anderen einen flüchtigen Blick zu. Steffensen hatte noch immer die Ellbogen auf den Tisch gestützt, und Jastrau hatte ein halbherziges Lächeln aufgesetzt, halb Unsicherheit, halb

Hohn. Im Gegensatz zu dem rotwangigen Adolf sahen beide eher trostlos aus, fand sie.

»Ja-a, an dem, was du sagst, ist vielleicht etwas dran«, räumte Jastrau zögerlich, aber wohlwollend ein. »Aber stell dir mal all die Dinge vor, in die ein Dichter sich hineinversetzen muss.« Es waren eher zufällig gewählte Worte.

»Ja, selbstverständlich muss ein Dichter sich in die Dinge hineinversetzen«, rief Smith-Jørgensen triumphierend aus, »aber du scheust die Arbeit, genau wie die ganzen anderen Schlappschwänze von Dichtern. Da liegt doch der Hund begraben. Herrgott, ihr kennt das Leben nicht, das um euch herum gelebt wird, und ihr habt, weiß Gott, die Armut verdient, in der ihr lebt. Was hilft euch euer Talent? Nein, Talent sollte entmündigt und unter Vormundschaft gestellt werden. Ich wünschte, ich hätte die Zeit dazu. Dann würde ich dir sagen, was du zu schreiben hast. Ich würde dir die Informationen liefern. Und dann könntest du dich mit deinem Talent auf den Hintern setzen und es zu Papier bringen, und hinterher würde ich es durchsehen und die ganzen Fehler korrigieren. Ich habe schon oft ernsthaft darüber nachgedacht.«

In diesem Moment stand Steffensen, ohne ein Wort zu sagen, auf und ging auf die Toilette. Er kannte sich ja in der Wohnung aus.

Das Lächeln des Schwagers verwandelte sich in ein komisches Staunen, und plötzlich entfuhr es ihm verärgert:

»Nein, also bei Gott, das gehört sich doch wirklich nicht, wenn man gerade beim Kaffee sitzt.«

Auch Johanne schüttelte den Kopf.

»Sagt mal, wer ist das denn überhaupt?«, erkundigte sich der Schwager.

»Ja, eine durchaus berechtigte Frage«, warf Johanne mit einer gewissen Schärfe ein, bevor Jastrau antworten konnte, »aber er wohnt hier – offenbar.«

»Was für ein Nichtsnutz!«

»Es ist einer meiner Freunde«, antwortete Jastrau langsam, als würde er auf der Lauer liegen.

»Nein, das ist ein Bolschewik, jawohl.« Johanne sprach laut. »Und jetzt, da die Sozialdemokratie gewonnen hat, muss er uns nicht mehr zur Last fallen. Herr Sanders ist ja auch so höflich gewesen, nicht mehr zu erscheinen. Aber er liegt hier jeden Morgen auf dem Diwan, und man wird ihn nicht los. Ich kann hier drinnen nicht einmal mehr aufräumen, bevor er aufgestanden ist.«

»Psst, psst. Er kann dich doch hören, Johanne.«

»Ist mir egal.«

»Aber mir nicht.«

»Hört mal, hört mal, liebe Schwester, lieber Schwager«, griff Adolf ein und schüttelte bedauernd den Kopf, »es soll doch gemütlich bleiben.« Und mit der zuckrigsten, versöhnlichsten Stimme fügte er hinzu: »Du hättest nicht zufällig einen kleinen D.O.M.? Nur zum Kaffee. Um den Kaffee hinunterzuspülen. Nur so einen kleinen.«

Er zeigte mit den Fingern, wie klein der Likör sein sollte.

»Nein, sie haben tatsächlich alles ausgetrunken«, kam Johanne ihrem Mann zuvor.

In diesem Moment trat Steffensen wieder ins Esszimmer und schlurfte an seinen Platz.

»Das ist schade, jammerschade«, seufzte der Schwager und zog die Schultern hoch. »Kein Weinkeller! Du solltest mal zu mir kommen. Eines Tages solltest du das mal ernsthaft machen, Schwager. Dort gibt es nämlich Schnaps. Und der Keller ist bestimmt nicht leer, obwohl ich erst kürzlich ein Fest gegeben habe. Eine kleine Herrenrunde. Ich soll dich übrigens von Joachim grüßen, deiner Jugendliebe, Schwesterchen.«

Johanne hob den Kopf, ihr Blick wurde starr.

»Danke«, sagte sie.

»Er war dabei. Mein Gott, waren die allesamt besoffen, total voll, und hinterher sind wir dann zum Guldalder-Saal gezogen. Ha, ha, Gott weiß, wo die allesamt hin sind. Ich hab sie nicht mehr gesehen. Aber gegen Morgen haben Joachim und ich ein Taxi genommen … hoch nach Helsingør … ein herrlicher Sonntagmorgen … ein bisschen kalt war es, aber dafür hat man ja seinen guten Pelz … ein schnelles kleines Mittagessen im Eisenbahnhotel … und wieder zurück … und dann ins Bad … ah … eine kalte Dusche. Du hättest dabei sein sollen, Schwager. Ich habe sogar noch daran gedacht. Aber du und Joachim … ja, ha, ha. Und dann … na, aber da hast du noch etwas gut!«

»Ja, du Glückspilz!« Jastrau schmeichelte ihm. »Um deinen Weinkeller habe ich dich schon oft beneidet.«

»Verdien Geld, Schwager. Wie oft soll ich es dir noch sagen. Du hast doch genügend Möglichkeiten.« Gleichzeitig griff er nach dem »Dagbladet«. »Natürlich hast du Möglichkeiten, wenn du bei einem so großen Unternehmen wie diesem fest angestellt bist« – er schlug mit der flachen Hand auf die Zeitung –, »aber was schreibst du? Kritiken! Jawohl! Aber wie! Lass mich mal sehen.«

Er schlug die Zeitung auf. Aber sobald Steffensen hörte, wie Adolf wieder in diesen dozierenden Ton verfiel, stellte er mit einem widerwilligen Ruck seinen Stuhl vom Tisch ans Fenster. Hin und wieder verzog er ganz offen den Mund.

»Da ist zum Beispiel diese Rezension von Stefanis Buch.«

»Die habe ich nicht geschrieben, aber, oh, lass sie mich gerade sehen«, rief Jastrau.

Der Schwager legte die Zeitung nur ungern aus der Hand und zog mit einem beleidigten Gesichtsausdruck die Hosenbeine hoch. Er fühlte sich in seinem Gedankengang unterbrochen, und das ärgerte ihn.

Steffensen saß steif am Fenster und hörte zu. Geradezu mechanisch rollte er seine Shagpfeife in den Händen.

»Das ist ja eigenartig«, murmelte Jastrau, als er die Zeitung zusammenfaltete. Steffensen wandte ihm den Kopf zu.

»Was ist denn so eigenartig?«, wollte Johanne wissen.

»Na ja, sie ist gar nicht so freundlich, wie ich dachte. Eriksen – er hat das Buch rezensiert – nennt Stefani ›den verwöhnten Charmeur‹. Das ist schon recht anzüglich.«

Steffensen hickste am Fenster vor Lachen.

Jastrau sah mit leerem Blick vor sich hin, und der Schwager nutzte seine Geistesabwesenheit, um sich die Zeitung wieder zu schnappen.

»Was wollte ich gerade sagen«, begann er sofort. »Was sind denn das bloß für Nebensächlichkeiten, mit denen ihr euch beschäftigt, es ist doch völlig gleichgültig, ob da ›verwöhnter Charmeur‹ steht oder nicht.«

»Ja, es ist gleichgültig. Alles ist gleichgültig. ›Verpönter‹ wäre besser gewesen«, Steffensen stieß ein lautes Gelächter aus, in das die anderen einstimmten. Oluf krähte und trat mit den Stiefeln gegen die Stuhlbeine.

»Ich meine selbstverständlich, es ist gleichgültig, dass – dass es sein kann …« Der Schwager war irritiert. »Ich meine, es ist nichts, was die Leute brauchen. Es würde völlig ausreichen, meine ich … wenn … in den Kritiken stünde, was in dem Buch steht … und … ob es gut oder schlecht ist. Aber ihr schreibt so tiefschürfend und so gelehrt, dass es kein Mensch lesen will. Wenn ihr wenigstens Gedanken aufschreiben würdet, die nützlich wären. Aber auch das geschieht nicht. Ich weiß nicht, was das soll«, beschwerte er sich.

Steffensen und Jastrau lachten, aber Johanne hatte ein feineres Ohr und war wegen ihres Bruders beunruhigt. Sie hob Oluf aus dem Stuhl und fing an, den Tisch abzuräumen. Dabei klapperte sie ein bisschen zu laut mit den Tassen.

»Ja, das ist doch wahr«, fügte der Schwager mit einem vor Eifer roten Kopf hinzu. »Der Puls der Zeit … ich meine, es sind so aufregende Zeiten, wir alle sind dermaßen beschäftigt … ja, so ist es doch, die Zeiten sind so hektisch, meine ich, dass wir keine Zeit mehr haben, selbst zu denken, also zu denken. Genau das meine ich … und viele andere auch …«

Steffensen sah ihn mit einem unverhohlenen, unverschämten Grinsen an.

»… ja, viele andere sind ebenfalls der Ansicht, dass es die Aufgabe der Zeitungen ist zu denken …«

»Die Zeitungen sollen denken, hab ich das eben richtig verstanden?«, grinste Steffensen.

»Ich muss doch sehr bitten«, erwiderte der Schwager wutentbrannt. Er sah aus, als würde er gleich platzen. »Wir haben schließlich auch denkende Journalisten, richtige kleine Philosophen, die mit …«, und nun wurde seine Stimme wieder mild, geradezu sanft, »die jeden Tag einen vernünftigen Gedanken zu Papier bringen, jeden einzelnen Tag, und genau die brauchen wir, das ist es, Ole, das ist es, was ich meine, *das* wäre etwas für dich, etwas Nützliches … nützlich für uns, denen die Zeit zum Denken fehlt … und nützlich für dich. Und es wird verdammt gut bezahlt, das kannst du mir glauben.«

Und nach diesem Ausbruch beruhigte er sich wieder und lächelte überheblich.

»Geld ist nun mal was Schönes, mein Lieber«, endete er und nickte Jastrau zu.

»Adolf, sag mal, solltest du nicht ein wenig auf die Uhr achten?«, sagte Johanne. »Du hast gesagt, du müsstest unbedingt um halb zwei aufbrechen.«

»Ja, zum Teufel, das stimmt«, rief der Schwager und zog eine große, flache goldene Uhr mit einem glänzenden Deckel aus der Tasche. Sie strahlte wie eine Sonne. »Gut, dass du mich daran erinnerst.«

»Ja, aber warte noch einen Moment«, bat ihn Johanne, als

er aufstand. »Oluf und ich wollen einen Spaziergang an der frischen Luft machen, wir können dich begleiten.«

Der Schwager runzelte die Stirn. »Aber beeilt euch«, erwiderte er seufzend.

Schließlich war Johanne so weit. Die Jägertasche mit den Cowboyfransen hing an ihrer Hüfte, und ihre Augen hatten einen unternehmungslustigen Glanz, als würde sie einen Überfall planen. Oluf stand in einem dicken, braunen Mantel neben ihr und streckte den Bauch heraus wie ein kleiner Pferdehändler. Er hatte eine braune Zipfelmütze über die Ohren gezogen.

Dann verabschiedete man sich. Jastrau lächelte nervös. Er fühlte sich nicht sicher, bevor sie nicht aus der Tür waren.

Und dann kam es.

»Leben Sie wohl, Herr Steffensen«, sagte sie mit einer freundlichen, aber scharf geschliffenen Stimme. »Es ist sicher am besten, mich ordentlich von Ihnen zu verabschieden, denn Sie sind sicher nicht mehr hier, wenn ich zurückkomme.«

Eine schwache Rötung färbte Steffensens Wangenknochen, als er die Hacken zusammenschlug und sich wie ein guterzogener Schuljunge vor ihr verbeugte; aber er brachte nur ein raues »Auf Wiedersehen, gnädige Frau« heraus.

Und dann verschwanden sie zur Tür hinaus.

Eine Weile herrschte Schweigen. Jastrau und Steffensen rauchten ihre Pfeifen.

Schließlich brummte Steffensen: »Das war nicht misszuverstehen.«

Jastrau biss auf seine Pfeifenspitze und antwortete nicht.

Dann war ein tiefes Seufzen von Steffensen zu hören:

»Und dann dieses denkende Pferd, ein wahrer Philosoph, Gott im Himmel!«

»Ja, davon schwirrt mir auch noch immer der Kopf«, antwortete Jastrau, »aber ich sollte mich wohl zusammenreißen und noch ein bisschen arbeiten. Allerdings bin ich von gestern Abend noch fix und fertig.«

Steffensen grinste: »Und ich muss jetzt wohl verschwinden.«

»Ach, du kannst vorläufig noch bleiben. Johanne kommt nicht so schnell wieder nach Hause.«

Sie zogen ins Wohnzimmer um. Jastrau nahm ein Buch vom Stapel der Rezensionsexemplare und begann es aufzuschneiden. Steffensen setzte sich auf den Diwan, nahm einen von Jastraus Blöcken und einen Augenblick später zeichnete er Profile und schrieb.

Jastrau war unkonzentriert. Seine Gedanken waren flüchtig wie Staubwolken. Unmöglich, zu der Ruhe zu finden, mit der Steffensen arbeitete. Hatte er keinen Kater? Aber er zeichnete, zeichnete und zeichnete wie in Trance, dann zuckte er zusammen und schrieb eine Zeile oder vielleicht eine ganze Strophe. Aber Jastrau musste sehen, dass er selbst auch etwas zustande brachte. Sich auf das Buch konzentrieren, dass er rezensieren sollte. Oh, irgendwann einmal wieder etwas veröffentlichen zu können! Die Aufmerksamkeit verflog. Wie lange war es her, dass er selbst ein Buch geschrieben hatte! Nun war es stets das Buch eines anderen, das darauf wartete, gelesen und rezensiert zu werden! Und es gab immer irgendeine Rechnung, deren Bezahlung fällig wurde! Rechnungen! Allein die Befürchtung, dass im nächsten Moment eine Rechnung durch den Briefschlitz gesteckt werden könnte! Konnte so etwas nicht das Rückenmark angreifen? Und sie mussten bezahlt werden. Bürger ist man nicht ungestraft.

Aber dort drüben saß Steffensen auf dem Diwan, diese große, knochige Gestalt, der keine Ahnung hatte, wo er die nächste Nacht schlafen sollte. Er hatte Zeit und Raum für sich. Er konnte sich hinsetzen und schreiben. Jetzt.

Da klingelte das Telefon.

Ja, war es nicht symptomatisch! Da stand dieser Apparat

nun mitten in den eigenen vier Wänden, und jeden Moment klingelte und bimmelte es – und ratsch! – wurden sämtliche Träume und Gedanken zerrissen.

»Hallo, ja! Ole Jastrau am Apparat!«

Und dann ertönte die Stimme des Schwagers: »Hör mal, mein Alter! Ja, ich bitte um Entschuldigung, aber schließlich ist es ja meine Schwester, mit der du verheiratet bist. Und ich habe es geahnt, ich habe es die ganze Zeit geahnt, als ich bei euch war – man hat ja Nerven und kapiert es, auch wenn es nicht mit Worten ausgedrückt wird. Verstehst du?«

»Nein«, antwortete Jastrau kurzangebunden.

»Aber ja, gewiss doch. Ich wollte gern ein ernstes Wort mit dir reden, aber ich kam wegen dieses Kerls nicht dazu. Ja, vermutlich sitzt er immer noch da. Aber er hat einen schlechten Einfluss auf dich. Das habe ich gespürt. Du warst nicht du selbst heute. Und dann habe ich mit Johanne geredet, und sie hat mir gesagt, was … na ja, was meine Nerven mir längst gesagt hatten. Und ich sage dir, auf Dauer geht das nicht. Ein Heim ist ein Heim. Du kannst diese Art von Schädlingen nicht bei euch wohnen lassen. Du schuldest deiner Frau, meiner Schwester, ein gewisses Maß an Rücksicht. Und mir. Nicht wahr?«

»Ja, ja, du hast recht, du hast recht!« Jastraus Gesichtsausdruck war angespannt.

»Ja, das war's schon. Aber ich finde, ich sollte das sagen, obwohl ich der Jüngere von uns beiden bin. Das ist doch richtig unter Schwagern, oder? Und dann … ja, das ist jetzt vielleicht ein wenig indiskret … aber trinkst du nicht ein bisschen viel? Du bist schließlich verheiratet, ich nicht, und es ist meine Schwes…«

Jastrau legte den Hörer auf.

Es klingelte erneut.

»Achte nicht drauf«, sagte Jastrau zu Steffensen. »Es ist bloß das denkende Pferd.«

Und dann hingen sie wieder ihren Gedanken nach.

Aber Jastrau konnte sich nicht konzentrieren. Die weißen Blätter des Buches, das er las, flimmerten. Es war der Whisky vom gestrigen Abend. Etwas Lebendiges lag in den Dingen auf der Lauer und konnte urplötzlich hervordringen, heranwogen, alles in Halluzinationen auflösen. Nein, es war unmöglich, still zu sitzen. Auch im Kreuz spürte er etwas Nervöses und Lauerndes, er musste aufstehen und auf und ab gehen. Autofahren! Etwas musste passieren. Im Tageslicht wurde man als Geächteter nur gejagt.

»Wenn doch nur die Sonne bald untergehen würde«, seufzte er.

»Wieso?«, wollte Steffensen wissen. Er hatte sein Gedicht offenbar beendet, denn nun saß er da und summte eine selbstkomponierte Melodie, ein Naturgeräusch, das vermutlich dem Rhythmus und der Länge der Strophen entsprach.

»Na ja, Dunkelheit. Sie beruhigt. Übrigens, wollen wir nicht langsam gehen?«

»Ja, lass uns aufbrechen. Sie kommt sicher bald zurück«, grinste Steffensen, faltete sein Gedicht zusammen und steckte es in die Tasche.

Einen Augenblick später schlenderten sie schräg gegenüber von der Vesterbro-Passage an der Freiheitssäule vorbei, deren Farbe wie alte Schokolade leuchtete. Die Sonne stand in einem brennenden nachmittäglichen Dunst über den Dächern von Vesterbro, und obwohl Jastrau und Steffensen der Sonne den Rücken zukehrten, verwirrte sie das flimmernde Licht, denn es blitzte in den Fahrradlenkern und den Windschutzscheiben der Autos – ein Strom aus glitzerndem Glas und Nickel, der ihnen entgegenstürzte, sobald die Ampel an der Ecke des »Wivel« umsprang.

Und sie gingen die Vesterbrogade weiter entlang in Richtung Rathausplatz.

»Musst du nicht in die Zeitung?«, erkundigte sich Steffensen.

Jastrau blickte von oben nach unten über das rote Gebäude des »Dagbladet«. Im ersten Stock entdeckte er Vuldum. Wie auf Metall leuchtete die Sonne in seinen roten Haaren. Dieser bleiche Nachtmensch verfügte über eine verzehrende Stärke, wie eine Flamme im Tageslicht.

»Nein, nie im Leben«, protestierte Jastrau heftig.

Sie schlenderten weiter zur »Bar des Artistes«.

Als die dunkelrote Portiere der Bar sich hinter ihnen schloss und das Halbdunkel und das ewig summende Grammophon über ihnen zusammenschlugen, hatten sie das Gefühl, als hätten sie sich kopfüber in ein anderes Element gestürzt. Sicherlich, über der Bar hing die Uhr und zeigte die Zeit an. Doch es war eine andere Zeit. Wie bei einer Uhr in einem Film. Ein Zeitpunkt für die Menschen des Films, nicht für die Zuschauer.

»Ah, nun ist die Sonne untergegangen«, stöhnte Jastrau und setzte sich an einen der nächsten Tische.

»Was soll's denn sein?«, fragte Steffensen ruppig.

»Frieden, Frieden!«, seufzte Jastrau. »Nun werden wir immer tiefer sinken. Hier ist immer Abend, und außerdem wird die Luft von dem Grammophon verdichtet. Man hat keine Zeit spüren zu können, dass es so etwas wie Leere gibt. Nun werden wir – ganz still – ganz langsam – vor die Hunde gehen.«

An der Bar saß eine Gesellschaft eleganter Herren. Geschäftsleute, die immer gegen fünf Uhr kamen, um ihren Drink zu nehmen. Lundbom lächelte beehrt, denn es waren »herrliche Menschen«.

Doch der runde Tisch, an dem Kjær und Lille P. gewöhnlich saßen, war leer und verlassen.

Steffensen begann seine Pfeife zu stopfen.

»Hallo, Herr Ober! Zwei Cocktails, Sie wissen schon, französischer und italienischer Vermouth, halb und halb«, bestellte Jastrau.

Der kleine Kellner mit dem Gassenjungenlächeln verbeugte sich.

»Pfui, Teufel!«, rief Steffensen. »Das nennst du vor die Hunde gehen?«

»Ich sagte langsam.«

Dann schwiegen beide.

Jastrau fühlte sich jedoch nicht wohl. Warum saß er hier mit diesem stummen Menschen? Er sah ihn im Schein eines Gedichts, ja, sicher. Aber er verstand ihn nicht. Steffensens Bemerkungen kamen stoßweise. Dann verschloss er sich wieder wie ein Stein, unergründlich.

»Darf ich dein neues Gedicht sehen?«, bat Jastrau.

»Ach, leck mich im Arsch!«

Im Arsch lecken! Ein veralteter Ausdruck. Wieso benutzte Steffensen ihn? Ein Riss in seiner groben Maske. Er wollte möglichst grobe Worte benutzen. Er *wollte* es tatsächlich.

Im Lokal wurden die Lichter eingeschaltet. Es war Abend. Abend, und Jastrau empfand es als eine segensreiche Kühle. Nun ging die Sonne unter. Nein, die Portiere glitt zur Seite, und blaues Tageslicht fiel herein. Ein Aufblitzen des hektischen Verkehrs. Sechs Uhr. Menschen kamen von der Arbeit. Aber jetzt. Die Portiere wurde wieder zugezogen. Doch, nun ging die Sonne unter. Gott sei Dank. Es erfrischte wie ein Bier. Es beruhigte.

»Hast du mal daran gedacht, deine Gedichte erscheinen zu lassen?«

»Mir wird wohl nichts anderes übrigbleiben. Ist doch eine ideale Form von Mülltonne«, antwortete Steffensen.

Und wieder schwiegen sie.

Doch das Schweigen zehrte an Jastrau. Die Geschäftsleute

waren unter lauten Rufen gegangen: »*So long, old chap*!« Sie waren so britisch. Und alles war öde.

»Na, Lundbom, jetzt sieht's hier aber ein bisschen leer aus«, bemerkte Jastrau zu dem dicken Schweden, der die Gelegenheit für seinen Abendspaziergang nutzte – bis hin zu der roten Portiere.

»Das ist normal gegen sechs. Aber heute Abend kommen nicht viele. Gestern war Wahlabend.« Er beugte sein rotes Mondgesicht vor und blinzelte verschmitzt mit den wasserblauen Augen. »Die ruhen sich aus«, sagte er.

Das Grammophon war stehengeblieben. Nur der Ventilator surrte und saugte den Tabakrauch aus dem Lokal.

Lundbom lächelte, väterlich und gemütlich. Es war auffallend, wie schwer es fiel, ein Gesprächsthema zu finden. Die Leere war gleichsam zu hören. Das Geräusch des Ventilators wurde zum Symbol. Leere! Leere! Und plötzlich stand die schwere, unbeholfene Gestalt, Nordeuropas größter Cocktailmixer, ganz einsam in seinem eigenen Lokal, und sein Lächeln wurde verlegen.

»Ich denke, wir sollten ins Restaurant gehen, um etwas auf die Rippen zu kriegen«, rief Jastrau aufgeräumt aus und erhob sich mit einem Ruck. Lundboms verlegenes Lächeln hatte etwas, vielleicht die Angst eines kranken Mannes, das nicht zum Ausbruch kommen durfte. »Aber wir bleiben hier im Haus und sagen nicht auf Wiedersehen.«

Lundboms dicker Leib knickte servil zusammen. Einen Moment dachte Jastrau daran, ihm vertraulich auf die Schulter zu klopfen. Aber bei Geschäftsleuten wusste man nie, woran man war. Vielleicht hatte dieses verlegene Lächeln ja auch gar nichts zu bedeuten.

Und gefolgt von Steffensen ging er hinüber ins Restaurant.

Flügel und Streichinstrumente. Und in der Musik eine animierende Illusion. Man meinte, etwas zu erleben. Man meinte, als Hauptperson in einem Film aufzutreten. Die Violine war tragisches, unvermeidliches Schicksal. Und man ging auf Teppichen. Man kam so bedeutend daher. In den Spiegeln sah man sich selbst in voller Lebensgröße durch das Lokal schreiten. Bedeutungsvoll. Und man sah sein Gesicht so häufig, dass man sich über seine eigene Anwesenheit klar wurde.

Nachdem sie einen Tisch in der Nähe einer Palme gefunden hatten, musste Jastrau von der Telefonzelle aus zu Hause anrufen. Warum? Warum wollte er lügen? Es ginge um ein Interview. Ein deutscher Flieger. Etwas mit einem Luftschiff über Polen. Gut erfunden! Er sei im Augenblick im Hotel Cosmopolite. Genial! Es sei notwendig. Er könne nicht sagen, wann er komme. Ja, ja, natürlich rief er recht spät an, aber … nein, er könne nicht, nein, er könne nicht sagen, wann er nach Hause komme. Er würde irgendwo einen Happen essen. Ja, ja. Und endlich den Hörer auflegen. Seine Stirn war in der stickigen Telefonzelle ganz nass geworden.

Als er zurück ins Licht des Restaurants kam, hatte er das Gefühl, es läge ein dünner Film über seinen Augen. War er schläfrig? Ein seltsames Gefühl der Ferne. Aber das kam vom gestrigen Abend, ein letzter Kater, ein letztes Schädelbrummen.

»Wir brauchen erst einmal zwei Krüge Bier«, erklärte er, als er sich an den Tisch setzte. »Damit ertränken wir den letzten Kater.«

»Salem aleikum«, brummte Steffensen feierlich und zwinkerte mit seinen glänzenden Augen.

Und nun saßen sie ein paar Stunden beim Bier und ihrer Mahlzeit. Jastrau redete. Und ihm wurde geholfen. Die Violine gab den Ton an. Gedämpft, hochgestimmt, schmachtend, melancholisch, ausgelassen heiter, pizzicato.

Steffensen aß und trank gewaltig, antwortete am liebsten mit einem vulgären zweisilbigen Ausdruck und grinste.

Tief in seinem Inneren quälte Jastrau jedoch dieses Gespräch, er musste Likör zum Kaffee bestellen. Und Zigarren. Denn er musste die Verständnislosigkeit ertragen. Sie zerrte an ihm. Er musste Steffensen ins Gesicht sehen. Doch es war hoffnungslos, einem Stein die Seele entlocken zu wollen. Seiner Ansicht nach war der Stein voller weißem Vogeldreck.

Nervös biss er die Zigarre ab. Ehe er sich's versah, stand das Likörglas leer vor ihm. Er trank jetzt schneller als Steffensen.

»Du, darf ich nicht doch mal das Gedicht sehen, das du heute geschrieben hast«, erkundigte er sich plötzlich gereizt und halb betrunken.

»Darfst du nicht, aber du darfst mir in der Bar noch einen Whisky ausgeben, das darfst du. Ich hab keine Lust mehr, hier noch länger im Schatten der Blumenpötte zu sitzen und am Likör zu nippen.«

»Du schnorrst nicht schlecht.«

Sie standen auf und verließen das Restaurant. Erneut geblendet von dem eigenen Eindruck in den zahllosen Spiegeln. Steffensen mit den Händen in den Taschen und seinem schlingernden Seemannsgang. In den Spiegeln. Hier und dort. Und Jastrau mit seinem kleinen Journalistenbauch und einer nervösen Unsicherheit in den Knöcheln, bevor er den Fuß auf den Boden setzte. Ein sonderbares Paar. Sie stießen einander an wie Verliebte, die aus dem Tritt gekommen sind.

Die »Bar des Artistes« war leer. Lundbom hatte es richtig vorhergesagt. Sie ruhen sich aus.

Nur ein einziger Gast.

Er saß an einem der Tische in der Nähe der Bar und starrte apathisch in ein Glas Portwein von Sandeman. Es war der Journalist Eriksen.

»Bist du's, Jazz«, knurrte er zwischen den Zähnen und hob sein bekümmertes, rotgeädertes Gesicht. »Ja, sicher bist du es, Jazz. Ja, bei meiner Seele und Seligkeit, Jazz. Setz dich, Jazz.

Ich gebe einen aus. Was du willst. Dem Jungmann auch. Setzt euch, zum Teufel. Ich bin bloß besoffen … jederzeit.«

Sie setzten sich.

»Wie heißt er?«, fragte Eriksen mit einem verschwommenen Blick und zeigte auf Steffensen.

»Steffensen.«

»Was, Stefani?«

Beide zuckten zusammen.

»Nein, Steffensen.«

»Puh, ich bin so wütend. Wollt ihr auch Portwein trinken? He, Skipper Lundbom, wo ist der Messjunge? Er soll diesen beiden fremden Herren ein Glas bringen.«

Lundbom stand hinter der Bar und verbeugte sich lächelnd.

»Sofort, Herr Eriksen, sofort.«

»Puh, wie hässlich das klingt. Sofort, Herr Eriksen, sofort«, äffte Eriksen ihn nach und beugte sich über den Tisch. Wie ein Tier kroch er darüber und hielt Jastrau sein zerfurchtes Gesicht vor die Nase. »Das ist hässlich. Ich sage dir, das ist hässlich. Und gleich wird's heißen: Vermutlich soll ich Ihnen ein Taxi bestellen, Herr Eriksen. Dann bin ich besoffen und hab kein Geld mehr. Krämerseele! Ei-eine Krä-ä-merseele!« Drohend hob er eine vor Wut zitternde Faust.

Doch plötzlich hatte sich seine Wut erschöpft, und er sank erschöpft in seinem Anzug zusammen. Wie ein prallgefüllter Sack, der mit einem Mal durchlöchert wird.

»Mir ist heute so trist zumute«, seufzte er.

»Der ist mir zu tragisch. Woll'n wir uns nicht woanders hinsetzen«, schlug Steffensen vor.

»Tragisch!« Journalist Eriksen richtete sich auf. Der Sack füllte sich wieder. Weste und Jackett strafften sich. »Tragisch! Weißt du überhaupt, was tragisch ist? Aber du, Jazz, du verstehst das. Du bist Journalist mit Haut und Haaren. Pu-uh, ich bin so wütend. Ich könnte vor Wut platzen. Diese Idioten oben in der Setzerei. Wozu haben wir Korrekturleser? Die Leute müssen doch glauben, ich sei ein Idiot. Verwöhnter Charmeur! Du, Jazz, hast du's gelesen?«

»Ja, ja.«

Aber Steffensens Blick wurde starr.

Der Portwein wurde serviert.

»Na ja, was ist denn mit dem verwöhnten Charmeur?«, erkundigte sich Jastrau.

Eriksen kniff misstrauisch die Augen zusammen.

»Ehrlich, Jazz, was hast du gedacht, als du's gelesen hast?«

»Tja.« Jastrau zuckte mit den Schultern. »Völlig richtig.«

»Nein, genau das ist es eben nicht.« Eriksen hob einen zitternden Zeigefinger und schwang ihn drohend vor Jastraus Nase. »Stefani ist ein Ehrenmann. Und da stand: verhöhnter Charmeur. Das stand in meinem Manuskript. Uh, um so einen Druckfehler runterzuspülen, ist viel Portwein nötig. Was die Leser wohl denken?«

Und wieder wich alle Kraft aus ihm, er sackte zusammen. Aber Steffensen und Jastrau brachen in brüllendes Gelächter aus.

»Ja, ihr habt gut lachen«, redete er weiter, zusammengesunken im Stuhl, Weste und Stirn in unzähligen Falten und Runzeln. »Aber er verdient es nicht, er is'n Ehrenmann …«

»So?«, brummte Steffensen.

Und erneut wölbte Journalist Eriksen seine Brust, blies sich gefährlich auf und hob den Kopf wie ein Feldherr: »Ich weiß das am besten. Denn ich bin zur See gefahren. Und ich kenne viele Seeleute, die nach Aarhus gekommen sind und denen er umsonst eine Spritze und all so was gegeben hat.«

Steffensen saß unbeeindruckt da, die Hände in den Hosentaschen, die Beine von sich gestreckt.

»Wusste ich gar nicht«, bemerkte er gleichgültig.

»Nee, es gibt vieles, was du nicht weißt.«

»Er ist übrigens mein Vater, also …«

Eriksen riss die Augen auf. »Ach«, sagte er. Dann fuhr er geradezu sprunghaft fort, mit einem plötzlichen Eifer, einem verzweifelten Ungestüm: »Aber du musst mich doch verstehen, Jazz! Nicht wahr, zum Teufel. Ich schreibe verhöhnt, und die dort oben setzen verwöhnt. Alles verdorben. Die ganze Arbeit.« Und verzweifelt verbarg er sein Gesicht in den großen Pranken und schaukelte hin und her. »Verwöhnter Charmeur, verwöhnter Charmeur, solch ein Blödsinn«, jammerte er.

Steffensen lehnte sich zurück, als der jungenhafte Kellner vorbeiging: »Hören Sie, Arnold, wir brauchen mehr Portwein.«

Eriksen nahm die Hände vom Gesicht und richtete seine apathischen Augen auf ihn: »Ja, du!«

In diesem Moment setzte das Grammophon mit einem krachenden, schrillen Jazz ein, dass Jastrau zusammenzuckte. Sämtliche Nerven und Muskeln spannten sich an. »Ja, Lundbom, vollkommen richtig. Wir brauchen ein Fest in dem leeren Lokal.«

Er stand auf und ging mit linkischen Tanzschritten zur Bar, um ein paar Salzmandeln zu essen.

»Das Geschäft läuft heute Abend nicht so gut«, bemerkte er und wippte im Takt des Jazz-Stücks auf dem hohen Hocker vor und zurück.

Lundbom schüttelte traurig den Kopf und schob ihm ein Schälchen Oliven hin.

Und Jastrau saß an der Bar und fuchtelte mit den Armen. Musik, Musik, er aß Oliven im Takt und bestellte einen Whiskysoda, um im Takt zu trinken, obwohl ein Glas Sandeman für ihn bei den beiden anderen auf dem Tisch stand. Und der Jazz toste wie ein Spektakel. Es passierte etwas. Und mit einem Mal sprang Jastrau auf den Boden und tanzte mit dem Hocker im Arm.

Vor dem Tisch, an dem Steffensen und Eriksen saßen, blieb er stehen. Sie steckten die Köpfe zusammen. Auf Eriksens Gesicht zeigte sich ein aufmerksam zuhörender Ausdruck, er tauchte hinter den verworrenen Runzeln des Rausches auf, verschwand und erschien wieder wie ein Mond hinter Wolken. Steffensens harte Gesichtszüge waren konzentriert. Obwohl seine Augen vom Alkohol verschleiert waren, glomm hinter dem glänzenden Häutchen ein intensiv lauernder Blick.

»›Aber‹, sagt der vornehme Herr dann. Wieder blickt er auf seine Fingernägel. ›Aber es kommt noch schlimmer, denn ich und das Dienstmädchen hatten ja durchaus Kontakt mit einander ...‹«

»Ha, ha!«, brüllte Jastrau und schwang die langen Beine des Hockers über ihre Köpfe. »Das ist die einzige komische Geschichte, die Steffensen kennt.«

Aber plötzlich stellte er den Hocker ab und verschwand in den kleinen Hof des Hotels. Er wollte diese Geschichte nicht noch einmal hören. Abwechslungsreich war Steffensen nicht.

Draußen auf dem dunklen Hof hörte er die Violinen und den Flügel aus dem Restaurant und das Grammophon der Bar zusammen mit dem Klappern und Klirren der Teller und Messer aus der Küche. Der Beton und die hohen Fassaden des Hofes verstärkten die Geräusche. Wie mit einem Waldhorn wurde der konfuse Lärm durch den Hofschacht geschickt, hinauf in den dunklen Himmel, zu den kleinen Sternen des Frühjahrsabends. Eine große Gegenwart war es. Eine Erweiterung der Seele. Und sämtliche Etagen des Hotels, alle Fenster und alle Schicksale eines Hotels starrten direkt auf eine Brandmauer, die sich vor ihnen erhob. Ein merkwürdiges Haus. Man brauchte es nie zu verlassen.

Und dann wieder zurück in die Bar. Eine neue Jazzmelodie schlug ihm entgegen. Er musste ein paar Tanzschritte machen.

»Wir brauchen ein Fest in diesem leeren Lokal«, schrie er erneut.

»Psst, psst«, warnte ihn Lundbom.

»Aber wenn nun kein Arzt in der Geschichte auftauchen würde, wäre sie dann so komisch?«, fragte Steffensen beharrlich und beugte sich zu Eriksen vor, der jetzt aussah, als langweilte er sich.

»Bist du immer so philosophisch, wenn du ordinär bist, was?«, fragte Eriksen boshaft.

»Ich frage, ob sie dann ebenso komisch wäre«, erhielt er zur Antwort.

»Ja, natürlich.«

»Aber wenn die Frau sich nun nicht angesteckt hat?«

»Ach, fahr zur Hölle. Es langweilt mich«, rief Eriksen und wollte aufstehen. Aber Steffensen zwang ihn brutal zurück auf den Hocker. »Wenn die Frau sich nun nicht angesteckt hat«, wiederholte er hartnäckig, »ist die Geschichte dann auch noch komisch?«

»Ja, zum Totlachen, jetzt lass mich los. Ich will mit Jazz Jazz tanzen.«

Und plötzlich stand Eriksen mit erhobenem Arm mitten im Lokal. Spanische Tänzerin. Das Grammophon summte und fauchte. Jazz! Jazz! Und geschmeidig stand Ole Jastrau Eriksen in der gleichen Position gegenüber. Brust raus. Muskulöse Arme. Blitzende Augen. Spanische Tänzerin! Und nun begann ein selbstchoreographierter Tanz der beiden Männer in der menschenleeren Bar, ein Jubeltanz, ein Triumph, der nur unterbrochen wurde, wenn die Platte gewechselt werden musste.

Doch dann schlich einen Augenblick auch Melancholie durchs Lokal. Eriksens Gestalt sank in sich zusammen, seine Brust fiel ein, die Weste schlug Falten, er seufzte.

»Verwöhnter Charmeur, du. Ist das nicht ein Grund, sich zu besaufen.«

Und dann begann eine neue Jazznummer.

Niemand bemerkte, dass Steffensen eine ganze Flasche Portwein bestellte und sie innerhalb von fünf Minuten leerte, und niemand von ihnen konnte sich hinterher daran erinnern, wie der Tanz zu Ende ging.

Lille P. hatte lächelnd an der Bar gesessen. Wo zum Teufel war er hergekommen? »Gut, Meister!«, hatte er applaudiert. Und der ewige Kjær war ebenfalls aufgetaucht. Der ewige Trinker. Er hatte mit beiden Händen den Takt geschlagen und leise ein Kirchenlied gesungen:

»Glückselig, glückselig jede Seele, die ihren Frieden hat.«

Das hatte er noch registriert. Oder war es ein Traum? Weder wusste er es, noch konnte er sich daran erinnern.

Spanische Tänzerin!

VII

Plötzlich war Jastrau hellwach.

Mit einem fremden, erschrockenen Blick starrte er an die Decke. Doch dann erschien ihm deren Form vertraut. Es war die Decke seines eigenen Schlafzimmers. Das Fenster stand offen. Unten im Hof wurden Teppiche ausgeklopft.

Johanne war bereits aufgestanden. Olufs schwarzes Metallbett war ebenfalls leer. Und – dort stand ja ein Stuhl mit seinem Anzug, Sakko und Weste, sorgfältig, beinahe übertrieben ordentlich aufgehängt. Aber er trug keinen Schlafanzug, nur das kurze Wollunterhemd.

Oh, schon wieder! Warum nun schon wieder? Er kannte sich selbst nicht mehr. Wieso trank er? Nein, er trank nicht. Er war nur ein paar Tage aus dem Tritt geraten.

Aber wie ruhig es in der Wohnung war. Nicht ein Laut. Als wären alle Türen geschlossen, alle vierzehn Türen dieser Wohnung, deren Zimmeraufteilung so unpraktisch war. Diese Stille war quälend! Das Teppichklopfen unten im Hof ließ das Schlafzimmer öde und unpersönlich wie ein Hotelzimmer erscheinen. Und es schmerzte! Eine Faust hatte sein Herz gepackt und drückte zu. Es gab etwas Unheimliches, Bedrohliches. Es lauerte in der Wohnung. Er hatte mal einen Grundriss der Wohnung gezeichnet, und aus der Zeichnung war etwas Unangenehmes geworden, ein klobiges, grasendes Tier, ein Flusspferd, das sein Maul ins Wasser hält; eine Form, die Unglück bringen musste.

Aber wo war Johanne? Hatte sie ihn verlassen? Und wie war

er nach Hause gekommen? Hatte er Dummheiten gemacht? Hatte er sich geprügelt? Er blickte auf seine Hände, krempelte die Ärmel seines Wollunterhemds hoch und sah nach. Nein, keine Spuren. Was war passiert? Er hatte mit Eriksen getanzt. Daran erinnerte er sich. Und er erinnerte sich an das linoleumrote Lokal mit Mahagoni und Messing und dem bunten, blitzenden Durcheinander von Flaschen in den Regalen. Die drei ovalen Fässer in der Wand. Auf einem stand »Boal«. Daran erinnerte er sich deutlich. Aber sonst? Doch, Steffensen war dort gewesen. Kjær. Lille P. Sonst niemand. Aber gegen elf kamen normalerweise einige Mitarbeiter des »Dagbladet« in die Bar. Hatten sie ihn gesehen? Oder war er oben in der Redaktion gewesen, um stolz seinen Rausch zu präsentieren, wie Eriksen es normalerweise jeden Abend tat. Oh, hier war es so still! War Johanne gegangen?

Er sprang aus dem Bett, geschmeidig, animalisch. Sein Körper war unnatürlich lebendig und geschwind. Hastig zog er eine Hose an und wollte in die Küche gehen, um Wasser zu trinken. Er war so durstig. Aber wie eigenartig! Er musste die Tür zu dem kurzen Flur öffnen, und er musste die Tür zur Küche öffnen.

Dort fand er Johanne, die auf einem Stuhl saß.

Vermutlich hatte sie die Türen geschlossen, langsam und fest, weil sie nicht mit ihm reden wollte. Sie hatte jetzt auch den Mund fest geschlossen. Ihre Augen starrten müde und übernächtigt vor sich hin. Ihre Hände hatte sie im Schoß gefaltet, wie auf einem Bild im »Familienjournal« mit der Unterschrift »Verlassenes Mädchen« oder »Verraten«. Ein Schmerz durchzuckte ihn. Sie spielte auch Komödie!

»Wo ist Oluf?«, fragte er und sah sich unschlüssig um.

»Ich habe die Frau des Hausmeisters gebeten, ihn auf einen Spaziergang mitzunehmen«, antwortete sie; ihre Lippen bewegten sich mechanisch. Im Übrigen war sie wie erstarrt. Die

Augen bewegten sich nicht. »Dann kann er mit ihrer kleinen Tochter spielen.«

Ole Jastrau hatte nur das Wollunterhemd und eine Hose an. Er war barfuß. Daher fand er sich demütig mit der Situation ab.

»Nein du, nein du, Johanne«, jammerte er mit einem Mal und schüttelte heftig den Kopf. Sie warf ihm einen überraschten und überheblichen Blick zu.

Und dann lief er unvermittelt auf sie zu, warf sich vor ihr auf die Knie, legte den Kopf in ihren Schoß und wand ihn hin und her. »Nein du, nein du, Johanne! Ich weiß nicht, was mit mir los ist. Ich verstehe es nicht. Ich bin doch sonst nicht so, nicht wahr, oder? Oh, aber manchmal habe ich solche Angst.« Er wollte weinen. Ja, er wollte es, er wollte es wirklich. Es könnte ihn erlösen. Und er verzog das Gesicht und atmete stoßweise. Doch es war nicht echt. Es war hölzern. »O du, o du, du weißt doch, womit ich mich quäle. Es lauert irgendwo in mir. Das weißt du doch.« Und er seufzte. Ein paar Tränen rollten die Wangen hinab. Er spürte die feuchten Spuren. Nur erlösten sie ihn nicht. Erlösend war nur, den Kopf in ihrem Schoß hin und her zu bewegen und sich zu betäuben. Es linderte den Schmerz, Kind zu spielen. »O du, o du. O, verstehst du es denn nicht? Ich könnte verrückt werden.«

Plötzlich erhob er sich und stellte sich an die Küchentür, lehnte mit der Stirn an die Füllung. Es war ein unverständlicher Schmerz. Es war Komödie. Er spielte Oluf. Es gehörte zur Selbstquälerei. Es spaltete den Kummer und verwandelte ihn in Schmerz. Und er schlug die Stirn gegen die Füllung und stampfte wie ein kleiner Junge auf. Oluf! Oluf!

»O Johanne, warum muss es mir so gehen?«

Johanne stand auf.

»Hör auf, dich so aufzuführen!«, rief sie hohnlachend. »Der da drinnen kann dich doch hören.«

»Er! Er! Ist Steffensen hier?« Und Jastrau drehte sich um. »Er ist an allem schuld.«

Ein schwaches Lächeln zeigte sich in Johannes Gesicht.

»Doch, das ist er, es ist seine Schuld.«

Sie lachte kurz und höhnisch.

»Glaub doch nicht daran.« Ihr Ton klang so merkwürdig zynisch.

Jastrau blickte sie erschrocken an.

»Glaubst du mir nicht, glaubst du mir nicht, Johanne?«

»Hm, nein«, kam es spöttisch.

»Ja, dann werde ich es dir beweisen«, schrie er. »Nicht eine Minute länger will ich ihn im Haus haben. Ich gehe rein und wecke ihn …«

»Er ist wach«, bemerkte Johanne ironisch, »ich habe ihm Kaffee serviert.« Sie knickste, und mit einem Mal ließ sie ein kurzes, klares Lachen hören. »Vermutlich sitzt er da drinnen und liest die Morgenzeitung. Ha, ha.«

»Was sagst du da?«, rief Jastrau. »Nicht einen Augenblick länger.« Mit nackten Füßen stürmte er ins Wohnzimmer.

Dort saß Steffensen mit aufgedunsenem Gesicht und schmalen, boshaften Augen. Er hatte sich auf einen der Rokokostühle gesetzt und sich eine Pfeife angezündet.

»Ich will dich hier nicht einen Augenblick länger in der Wohnung sehen.«

Steffensen war vollständig bekleidet. Ganz ruhig nahm er seine Pfeife aus dem Mund und musterte Jastrau von oben bis unten. Das Wollunterhemd, die Hose, die nackten Füße. Das Wollunterhemd betonte das Journalistenbäuchlein wie eine lächerliche Beule.

»Ja, du glotzt, du glotzt«, fuhr Jastrau ihn weiter an, »aber jetzt ist Schluss. Das hier ist meine Wohnung, mein Heim, und ich will nicht, dass mein Heim ruiniert wird, weil … weil …«

Steffensen erhob sich mit einer Bewegung, als wollte er Jastrau einen Kopfstoß versetzen. Aber Jastrau nahm seine ganze nervöse Kraft zusammen und starrte ihm direkt in die glänzenden Augen, direkt in den harten, emailleartigen Glanz.

»Du gehst jetzt, Steffensen, hast du verstanden.«

Wie ein Pferd öffnete Steffensen die Lippen zu einem lautlosen Grinsen.

»Schlappschwanz«, rief er und streckte ihm den Rücken seiner rechten Hand entgegen, als wollte er ihm eine Ohrfeige geben.

»Verschwinde.« Jastrau trat einen Schritt näher.

Steffensen beugte sich vor und starrte ihm böse in die Augen.

»Pass lieber auf deine Stinkefüße auf, sonst trete ich sie breit.«

Und plötzlich riss er die Morgenzeitung vom Stuhl und brüllte:

»Kannst du mir sagen, wieso hier Stefani unter meinem Gedicht steht?«

Jastrau schnappte nach Luft.

»Das ist … das ist …«, stammelte er.

»Ja, gemein ist das, ein Lumpenstück, ein Journalistentrick. Der Name meines Vaters. Ja. Danke …Verdammt noch mal, fahr damit zur Hölle.«

Und er schleuderte die Zeitung auf den Boden, schob Jastrau zur Seite und ging in den Flur.

»Ich hatte es vergessen!«, rief Jastrau ihm nach. Es klang wie eine Entschuldigung, ein plötzlicher, jammernder Übergang.

»Lüge! Infame Journalistenlüge!«

Die Wohnungstür knallte zu, dass die Scheiben klirrten.

Jastrau setzte sich auf den Diwan, stützte den Kopf in die Hände und bewegte ihn hin und her.

Das also war der Sieg! So hatte er Steffensen überwunden.

Sodass er ihm eine Entschuldigung schuldete. Gemein! Aber es war doch ein Versehen. Es war … es war …

Es gab keinen Zweifel, wer der Geschlagene war.

Jastrau hob den Kopf und sah auf den Tisch vor sich, nahm den Fetisch herunter, wollte aufräumen. Alles lag durcheinander. Und mit einem Mal entdeckte er, dass es sich um Steffensens Kladden handelte, mit Zeichnungen von Frauenbeinen und Elefantenrüsseln. »Diminuendo« stand mit großen Buchstaben auf einem der Blätter, durch die Öffnung des Ds hatte er Buchenzweige gezeichnet. Und dort, dort lag ja das ganze Gedicht, fein säuberlich abgeschrieben.

Es war das Gedicht, das er gestern so gern gesehen hätte.

Nun wagte er es nicht. Nun wollte er es nicht lesen. Denn wenn das Gedicht gut war, wäre es eine weitere Niederlage.

Nein, Unfug! Er schüttelte den Kopf.

»Jetzt warst du aber zu grob, Ole.«

Johanne stand in der Flügeltür, Jastrau sah zu ihr auf. Sie hatte einen harten Zug um den Mund.

»Wie meinst du das?«, fragte er gereizt.

»Du hättest es ihm durchaus auf eine andere Art und Weise beibringen können, aber so, nein, das, nein, so hätte Vater das nicht gemacht, und Adolf auch nicht.«

Jastrau sprang wütend auf: »Hebt man den Hut auf, ist es falsch, und lässt man ihn liegen, ist es auch nicht richtig. Was zum Teufel hätte ich denn deiner Meinung nach tun sollen? Du wolltest, dass er geht, und jetzt bist du ihn los, und nun ist das auch verkehrt.«

Er ging auf seinen nackten Füßen auf und ab und fühlte sich in seinem Wollunterhemd und seiner Hose lächerlich. Hysterisch schrie er: »Nein, es ist nicht auszuhalten. Ich werde wahnsinnig, ich werde wahnsinnig!«

»Na, na, nicht noch einmal so eine Szene wie vorhin in der Küche.«

Der Ton ihrer mädchenhaften Stimme schlug wieder in diesen leicht schrillen Zynismus um.

Jastrau musterte sie mit zusammengekniffenen Augen. So blieb er eine Minute stehen.

Aber sein verkatertes Gesicht strahlte offenbar eine derartige Bosheit aus, dass Johanne vor Schreck die Augen aufriss, große, blaue Augen, die an den rosafarbenen Rändern der Augenlider hellblau zu sein schienen. Und dann sagte sie leise:

»Lass uns zu Mittag essen.«

Jastrau nickte und ging wortlos ins Schlafzimmer, um sich zu rasieren. Er tat es ohne Spiegel, eine elende Rasur, aber er wollte sein Gesicht nicht sehen. Es musste ausgesprochen böse ausgesehen haben. Und dann hörte er Johanne die Treppe hinunterlaufen. Vermutlich musste sie in der Stadt etwas einkaufen. Und er fing an zu pfeifen. Oh, es war am vernünftigsten, bessere Laune zu bekommen.

Als Johanne zurückkehrte, schien sie über etwas nachgedacht zu haben. Jastrau sah, dass sich ihr Gesichtsausdruck verändert hatte. Irgendetwas war geschehen.

Erst am Mittagstisch kam es heraus.

»Ole, wieso sind wir im Milchladen sechs Flaschen Gammel Carlsberg schuldig.«

»Wie bitte?«

»Ja, die Frau unten im Laden sagte, der Herr mit der Schiebermütze sei gerade da gewesen und habe sechs Flaschen Bier für uns geholt. Er hätte ausdrücklich gesagt: Für Jastraus.«

Jastrau sah sie erstaunt an.

»Wann hat er das gemacht?«, fragte er zögernd.

»Gerade eben, vor zwanzig Minuten.«

Jastrau schüttelte den Kopf. Doch dann legte er die Hände auf den Tisch und rief: »Jetzt ist es aber genug!«

»Du glaubst doch nicht etwa …«

»Doch, natürlich.«

»Aber das ist doch Diebstahl.«

»Ja, sicher.« Ole zuckte mit den Schultern. »Oder Rache oder was du willst.«

»Aber Ole, so etwas kann doch nur ein Vieh von einem Menschen …«

»Na, na!«

»Ja, was denn? Könntest du so etwas tun?«

Jastrau lächelte: »Nein, ich glaube nicht. Aber …«, er lächelte so breit, dass seine Zähne zu sehen waren, »… in gewisser Weise verstehe ich ihn gut.«

»Sicher, du hast ja immer für alles Verständnis.« Sie warf den Kopf zurück.

»Ja, immerhin habe ich es auch verstanden, ihn rauszuschmeißen.« Seine Siegesgewissheit war ihm nicht ganz geheuer, daher versuchte er es mit Ironie.

»Das will ich meinen.«

»Hast du alles mitangehört?«

»Nein, nur den Anfang. Dann hatte ich genug. Ich hielt mir die Ohren zu, weil ich dachte, ihr würdet euch prügeln. So einem Menschen ist ja alles zuzutrauen.«

Jastrau schenkte ihr ein herzliches Lächeln. Sie hatte die Sache mit dem Gedicht also nicht gehört. Sie ahnte also nichts von seiner Niederlage. Und er streckte seine Hand über dem Tisch aus und drückte ihre sanft.

»Jetzt verstehe ich es. Du warst nicht zu grob, Ole.« Er liebte dieses kleine, spitze Lächeln, das sich jetzt auf ihren Lippen zeigte. Es ließ eine tiefe Ironie erahnen, und eine gewisse gefährliche Süße, die er allerdings nie bei ihr gefunden hatte. Doch nun war dieses Lächeln wieder da. Und er durfte nun wieder an diese tiefe, tiefe Ironie glauben.

»Du!«, sagte er herzlich.

»Ja!«, erwiderte sie und senkte lächelnd den Kopf. »Was ist denn?«

»Ach, nichts, und doch so viel, so viel, ja eigentlich alles«, antwortete er sanft, und mit einem Mal: »Ich bin so glücklich.«

»Das ist gut«, sagte sie.

»Und hier ist es jetzt so gut. Wo ist Oluf? Er müsste doch bald kommen?«

Sie nickte: »Ja, aber wir essen früher als gewöhnlich.«

Als sie aufstand, folgte er ihr mit seinem Blick, ihrer Gestalt, die noch nicht füllig war. Aber unter ihrem gelben Kleid ahnte er die festen und sanften Formen, die er nie anzusehen wagte, wenn sie nackt war, die seine Hände aber gespürt, geformt und aus der Nacht heraus geschaffen hatten. In viel zu wenigen Nächten. Denn sie war so zurückhaltend. Oder er nicht kühn genug. Es war über anderthalb Monate her.

Zurückhaltend. Eine Frau, die die Augen schloss. Eine Frau, die in den hellen Nächten ihr Haar über ihr Gesicht strich. Immer verborgen, wenn sie sich am nächsten waren. Oder hatte er sie nie erobert?

Er stand auf, er musste ihr folgen, er musste die Hand auf ihre Schulter legen, ihr über die Wange streicheln, sie küssen.

»Du bist so rastlos, Ole.«

»Das ist der Kater«, lächelte er ironisch.

»Wenn es nach mir ginge, könntest du immer einen Kater haben. Wenn das die Folgen sind, könnte ich dich beinahe dafür lieben.« Ihr Mund wurde schmerzlich breit und erotisch.

»Du bist schließlich ein hübsches Mädchen«, lachte er.

»Das fällt dir aber nicht so oft auf«, erwiderte sie.

»Ich habe bestimmt ein aufgedunsenes Gesicht. Sehen meine Augen hässlich aus?«, fragte er, plötzlich deprimiert.

»Das ist mir egal, denn jetzt bist du zu ertragen«, lachte sie.

Da lärmte Oluf im Flur.

»Wo ist der fremde Mann?«, fragte er, als er sich stolz mit seinem braunen Pferdehändlermantel in der Tür zeigte.

»Weg. Wusch und weg!«

»Ha, ha, Mama. Fremder Mann wusch weg. Oh, ha, ha.«

Ole Jastrau nahm ihn auf den Arm und tanzte mit ihm herum. Idyll! Das reinste Idyll! Ein Kateridyll, ging ihm boshaft durch den Kopf. Nein, es würde nicht bei diesem Idyll bleiben, wenn nicht etwas geschah. Ein Kateridyll! Eine leise Selbstverachtung zog sich über Jastraus Gesicht. Doch dann drückte er den Jungen an sich, verbarg sein Gesicht im Mantel des Jungen und versteckte sich für einen Moment.

»Du, Johanne, ich habe heute einen Kater«, sagte er feierlich, als er den Jungen absetzte.

»Ja, ich weiß«, erwiderte sie und runzelte die Stirn, als fände sie ihn hinreißend unmöglich.

»Und daher kann ich nicht arbeiten, ich brauche Geschwindigkeit, Stimmung und Autos. Lass uns eine Spritztour machen, und Oluf kommt auch mit.«

»Aber so etwas können wir uns nicht leisten. Die Steuer und der Strom …«

»Ach, bleib mir damit vom Leib. Ich bestelle jetzt ein Taxi.«

»Ich muss erst noch abwaschen.«

»Abwaschen! Muss das denn sein? Aber so ist es ja immer«, stieß er aus, plötzlich verärgert. »Immer wieder der Abwasch, ich glaube, genau das nimmt euch Frauen die Lebensfreude.«

»Du hast aber lange gebraucht, um das zu begreifen.« Johanne setzte ein komisch-betrübtes Gesicht auf.

»Ich rufe jetzt ein Taxi. Schließlich habe ich nicht jeden Tag so einen glücklichen Kater wie heute. Du, Johanne, zum Teufel, es ist Frühling!« Und er stampfte übermütig auf den Boden. »Und du willst doch bestimmt auch mit dem Auto fahren, oder, Oluf?«

»Jaha, Papa! Auto fah'n! Auto fah'n!«, krähte Oluf, der plötzlich von der guten Laune seines Vaters angesteckt wurde und mit wilden Gesängen Achten um seine Eltern lief. »Auto fah'n, Auto fah'n!«

»Ich glaube, ihr seid vollkommen verrückt, alle beide«, rief Johanne. Aber bevor sie noch etwas sagen konnte, hatte Jastrau ein Taxi bestellt. »Sofort, ja, sofort.«

Es ging Hals über Kopf. Und als sie schließlich in dem kleinen Wagen saßen, hatten sie das Gefühl, nicht einmal die Zeit gehabt zu haben, sich die Mäntel anzuziehen.

»Oh, es ist schrecklich, dass ich den ganzen Abwasch stehenlassen musste«, lachte Johanne.

Der kleine Oluf rutschte zwischen ihnen hin und her, bis er eine Sitzposition gefunden hatte, in der er wie ein Teddybär sitzen konnte – die Beine gerade nach vorn ausgestreckt, die Arme auf den Knien. »So«, stieß er schließlich einen tiefen Seufzer der Zufriedenheit aus.

Sie bogen in die Vesterbro-Passage mit der Freiheitssäule und durchquerten Kopenhagens Wild-West-Viertel, eine Ansammlung von Basaren und Holzschuppen. Über Brücken und Kurven ging es die unterirdische Eisenbahnlinie entlang, als führen sie einen komplizierten Umweg, vorbei an halben Häuserblocks, zerschnittenen Wohnvierteln und der verunglückten Form des Paladsteatret.

Jastrau war so munter, dass er über alles herzog; in diesem Moment kam ihm Kopenhagen ausgesprochen kurvenreich und gewunden vor.

»Ist doch nicht überraschend, dass man in so einer Stadt zum Säufer wird«, rief er ungestüm aus. »Aber vielleicht ist die Stadt auch so, weil wir alle versoffen sind. Die ganze dänische Geschichte ist versoffen. Das Vaterland hat eine rote Nase.«

Als sie durch die Farimagsgade fuhren, wurde er langsam ruhiger. Die Bäume des Ørstedparks sausten mit dem goldenen Schimmer ihres jungen Laubs vorbei. Die Zweige reckten sich über den langen Gitterzaun aus Eisen, der Bürgersteig und die Menschen flimmerten in Licht und Schatten.

»Ja, es ist wirklich Frühling«, wiederholte Jastrau. Er konnte nicht still sein. »Er hat uns wieder einmal überrascht. Hast du nicht bemerkt, dass die Bäume immer hinter unserem Rücken ausschlagen, und dann dreht man sich zufällig um, und sie sind grün.«

Johanne nickte, und mit einem Mal sah er sie erstaunt an. Sie glich einer Dame. Das blaue Kostüm, das goldene Haar. Wie reif sie aussah! Es gefiel ihr im Auto – obwohl es doch nur ein kleines Taxi war, dessen Farbe abblätterte –, und dieses Gefühl verlieh ihr Noblesse und Fülle. Sie musste einmal glücklich werden können! Und er lächelte bitter.

Sie war hübsch und banal, fand er.

»Du siehst heute wunderbar aus!«, rief er.

Mit einem kleinen, satten Lächeln wandte sie ihm ihr Gesicht zu.

»Ich habe auch richtig gute Laune«, erklärte sie und reichte ihm mit einer überlegenen Herzlichkeit ihre Hand, sodass Oluf hinter einer Schranke aus Händen saß – eine Art Schaukel. Hin und her, das ist nicht schwer, über dem schönsten Rosenmeer, sang die kleine Tochter des Hausmeisters, sie konnte so viele Lieder –, und Oluf lehnte sich gegen die Schaukel.

»Und du warst nicht zu heftig, als du ihm die Tür gewiesen hast«, fuhr Johanne sanft fort. »Er war nun einmal dein böser Geist, Ole. Du warst überhaupt nicht wiederzuerkennen. – Du!« Und sie drückte seine Hand.

Es war Frühling.

Sie bogen auf die Frederiksborggade und fuhren über die Dronning Louises Bro. Die Seen leuchteten so breit und offen.

»Schau nur, Johanne. Sieh doch, die Bäume sind auf der einen Seite der Seen ausgeschlagen, siehst du das, aber nicht auf der anderen. Ist das nicht komisch? Es amüsiert mich jedes Jahr wieder, diese Bäume zu überraschen.«

Und sie blickten über die Seen mit ihren hübschen Steineinfassungen. Auf die Bäume am Ufer. Und auf die Straßen und Häuser dahinter. Diese Wirkung von hohen Bäumen und viergeschossigen Häusern war erstaunlich intim! Mit einer Baumkrone direkt vor den Fenstern zu wohnen! Als hätte man ein Nest. Als wäre man ein Vogel. Oh, menschliche Vögel!

Und weit über die Seen leuchtete eine wunderbare gelbe Farbe in der Sonne, eine Farbe, die er als Junge geliebt hatte – einige Häuser im fernen Stadtteil Østerbro, die Eckgebäude der Willemoesgade. Die Farbe war so schön, so traumhaft. So sollte es am Horizont leuchten!

Von der Brücke kamen sie auf die viel befahrene Nørrebrogade und bogen noch einmal ab auf den Fælledvej. Und dann begann die Vorstadt, die lange Nørreallé mit ihren massiven Bäumen. Asphalt unter hellgrünen Kronen. Wenn sie sich vorbeugten und über die Schulter des Fahrers blickten, wurde die lange Allee zu einem Fernrohr. Hellgrün auf der Innenseite. Und weit, weit entfernt in dem runden Loch einige Häuser und ein gelber Straßenbahnwagen, der gerade vorbeifuhr.

»Unsere Straßenbahnen sind die schönsten der Welt. Hast du je darüber nachgedacht?«

»Ich bin ja nie verreist«, bemerkte sie traurig.

»Aber das sind sie, unsere Straßenbahnen, unsere Polizeibeamten, unsere Postboten, unsere Postkästen, das ist das feine, das vornehme, das alte Kopenhagen. Ich liebe es.«

»Du bist heute überhaupt nicht wiederzuerkennen.«

»Langweile ich dich?«

»Nein, nein, nein«, erwiderte sie sanft, »überhaupt nicht.«

Und nach der Eisenbahnschranke ließen sie Kopenhagen hinter sich.

Nun fuhren sie auf langen, breiten Straßen mit Villen und Gärten. Plötzlich eröffneten große Felder die Aussicht. Ein einzelner Bauernhof, dessen langgestrecktes Gebäude bis an den mit Steinplatten belegten Fußweg reichte. Reetdach und Asphalt. Dann wieder Villen.

»Oh«, staunte Oluf träumend und blickte starr vor sich hin.

Am Femvejen-Kreisel bogen sie auf die Jægersborg Allé mit ihren hohen, klassischen Bäumen. Ranke Stämme mit Haltung. Eine alte Schlossallee. Doch nun schoben die Häuser im Stil von Provinzstädtchen die Bäume allmählich in den Rinnstein.

Über eine moderne Eisenbahnbrücke, einem Ungeheuer von einem Zementbogen, ging es in den Wald von Charlottenlund.

»Wollen wir mal aussteigen und uns ein bisschen die Beine vertreten?«, schlug Jastrau vor.

Johanne nickte.

Er klopfte mit einer Fünf-Øre-Münze gegen die Scheibe hinter dem Fahrer. Sie hielten. Das Taxi wurde zum Fluepapiret-Strand geschickt, dort sollte es warten. Und dann marschierten sie mit Oluf in der Mitte los. Er schaute zu seinen Eltern auf, mal zum einen, dann zum anderen, und beim Anblick dieser strahlenden blauen Augen überkam Jastrau ein Schwindelgefühl, Frühlingsschwindel. Glitzernde Regenwasserpfützen, in denen sich der Himmel spiegelte. Blitzblank und gesättigt, wie immer bei diesem Wetter im Frühling. Er balancierte gleichsam auf ihrem Rand. Und die ganze Zeit über leuchteten die Pfützen unter ihnen.

Von dem runden und strahlenden Gesicht des Jungen glitt Jastraus Blick hinüber zur Mutter, über den Arm, die weiche Schulter und den weißen, fülligen und blendenden Hals. Und über das rosarote Ohrläppchen, in das die scharfe Luft des Frühjahres kniff, verirrte sich sein begeisterter Blick in ihrem goldenen Haar unter dem Hut. Ein unerklärlicher Nebel aus Licht umgab sie; es fiel nicht leicht, sie direkt anzusehen.

Die Baumkronen hatten noch nicht alle ausgeschlagen. In der rotbraunen und grauen Wolkenmasse von Ästen und Zweigen trieb das frische Laub wie fremdartige, grüne Nebelschwaden. Aber hätten es nicht durchaus auch Flecken sein können? Das Grüne schlug durch. Warum sollte das Frühjahr unbedingt Reinheit bedeuten? Eine feuchte Wand, ein Frühjahrswald. Jastrau musste Johanne seinen flüchtigen Gedanken mitteilen. »Mich würde die Feststellung amüsieren, dass der Frühling gar nicht so schön ist, wie immer behauptet wird«, sagte er.

»Oh, verfliegt deine gute Laune bereits wieder, Ole?«, erwiderte Johanne ängstlich.

»Nein, nein, du. Aber es gibt beim Frühjahr irgendeinen Schwindel, und den würde ich gern entlarven.«

Er schmunzelte.

Johanne antwortete lediglich mit einem Nicken in Richtung der Baumstämme. Wie dahinziehende weiße Sommerwolken leuchteten die Anemonen am Waldboden. Und gerade weil die Laubdecke sich noch nicht geschlossen hatte und das Sonnenlicht noch ungehindert zwischen den Zweigen fließen konnte, hatte der Wald etwas Frisches und Offenes; es gab keine unter dem Meeresspiegel liegende Beleuchtung, keinen geheimnisvollen Kathedralenschimmer, sondern eine Reinheit wie auf einer Ebene. Und die Anemonen waren freie Blumen, keine Blumen in einem Gewächshaus. Sie verheimlichten nichts. Sie waren unbefangen und augenfällig wie weiße Küchenschürzen.

»Oluf, siehst du die Blumen da? Das sind Anemonen«, erklärte Jastrau seinem Sohn und pflückte eine ab.

»Ja, Papa, da, sieh mal, da, da ist eine gelbe Annamone!«, rief Oluf und zeigte darauf.

»Ja, richtig, eine gelbe Anemone.« Jastrau bemühte sich um eine deutliche Aussprache. »Anemone.«

Olufs Mund wurde plötzlich schmal, er zog wütend die Brauen zusammen.

Aber Jastrau musste nur darüber lachen. Die Gemütsschwankungen des Jungen kamen so überraschend, dass es einfach komisch war. Er wollte nicht belehrt werden. Jastrau pflückte auch die gelbe Anemone.

»Hier hast du eine weiße und eine gelbe, Oluf. Mehr bekommst du nicht. Wir können nicht den ganzen Wald plündern ... Ich habe übrigens noch nie eine blaue Anemone gesehen«, fügte er an Johanne gewandt hinzu.

Still gingen sie weiter. Der Waldweg schlug einen Bogen um die weißen Stallungen von Schloss Charlottenlund und führte dann direkt auf den Strandvej. Mit einem Mal konnten sie aus dem Wald direkt auf den kleinen, künstlichen Sandstrand Fluepapiret und den blauen Øresund mit dem Middelgrundsfort sehen.

Jastrau trocknete sich die Stirn. Er schwitzte. Die Auswirkungen des gestrigen Gelages. Und seine gute Laune? Ja, es war ihm klar. Er konnte unglückliche Kater haben. Und glückliche. Aber wenn es ein glücklicher Kater war, dann musste auch ständig etwas Amüsantes passieren.

»Jetzt lasst uns Kaffee trinken«, verkündete er vor dem Lokal »Over Stalden«. Die verglaste Veranda war leer, eine Musikbühne zog vor Einsamkeit den Kopf ein.

Sie tranken Kaffee im Freien. Eine Tischdecke wurde mit Metallklemmen festgesteckt, damit sie in der frischen Brise vom Sund nicht davonflog.

»Warum bist du nicht immer so, Ole, sodass man es mit dir aushält?«, fragte Johanne sanft und runzelte die niedrige, gewölbte Stirn.

»Hätte ich immer solche Kater, würde ich mich vor Glück zu Tode trinken; aber heute Vormittag, dieser Anfall.«

»Ach, es ist gut, dass es vorbei ist«, seufzte sie erleichtert.

»Eine gelbe A-ne-mo-ne, eine weiße A-ne-mo-ne«, hörten sie plötzlich Oluf mit steifer Korrektheit sagen, während er die Blumen auf die Tischdecke legte.

Jastrau musste lachen.

»Nein, das darfst du nicht, Ole«, bat Johanne ihn inständig, und Jastrau schwieg.

Der lockige Kinderkopf beugte sich über die Blumen.

»A-ne-mo-ne«, wiederholte der Junge für sich. Dann fühlte er sich beobachtet und sah seinen Vater mit einem leuchtenden Blick an. »Es heißt Anemo-ne-e«, erklärte er streng.

Verstimmt nahm er die Blumen wieder an sich, eine nach der anderen.

Die Heimfahrt auf dem Strandvej war ebenso gelungen. Jastraus Laune hatte etwas Unerschütterliches. Und Johanne hatte ihr kleines Friedenslächeln aufgesetzt. Obwohl es hin und wieder aus ihrem Gesicht verschwand, lag doch ein heller Abglanz davon auf ihren Lippen. Und Oluf hielt die Stängel der beiden Anemonen, die sich langsam schlossen und die Köpfe hängen ließen, fest in seiner Hand.

So kamen sie zurück in ihre Wohnung.

Der Ausflug hatte ihnen gutgetan. Sie hatten die kühle Frühjahrsluft in ihren Kleidern. Und sie verbreitete sich in den Zimmern. Sogar die beiden halb verwelkten Anemonen, die auf Olufs Spieltisch lagen, waren Frühjahr, Frühling.

Jastrau begann zu singen. Gewiss musste er etwas gegen den Kater unternehmen, ein Bier oder drei vor dem Abendessen, aber er las, er war aufnahmebereit. Vielleicht war er seit mehreren Monaten kein so dankbarer Leser mehr gewesen wie heute.

»Wie gut, dass ich selten schreibe, nachdem ich abends unterwegs war«, lachte er, als Johanne durchs Wohnzimmer ging. »Heute finde ich alles gut, was andere schreiben, und das ist eigentlich unmöglich.«

Es hatte den Anschein, als flimmerte das Glück sogar in der Beleuchtung der Zimmer. Es war darin eingesponnen wie die goldenen Fäden in den Gardinen. Und als sie aßen, lag ein ungewöhnlich sanfter und weicher abendlicher Schimmer auf dem Dach gegenüber.

Jastrau musste oft aus dem Fenster sehen.

Und wenn er Johanne ansah, bemerkte er das gleiche glückliche Licht. Er erlebte alles als Licht. Und ihr Gesicht schien ihm neu zu sein. Nicht trocken und glanzlos wie bei Menschen, deren Anblick man müde ist. Ihre Schönheit war vollkommen, oder etwa nicht? Ging sie an ihm vorbei, verströmte ihr Kleid Frische.

Nein, das Glück konnte nicht verfliegen. Er blieb bei ihr im Esszimmer sitzen. Sie stickte. Und da wusste er, dass sie tatsächlich zur Ruhe gekommen war. Oluf lag ja auch bereits im Bett. Alles erschien ihm so häuslich-geborgen, dass er zärtlich und ironisch zugleich lächeln und im Laufe des Abends mehrmals an ihr vorübergehen musste, um sich hinunter zu beugen und sie aufs Haar zu küssen. Wie alle Frauen wurde sie unter Liebkosungen hübsch und ergeben. Ja, sie war sein.

Sie waren lange wach. Das Licht wurde angeschaltet. Jeder saß an seiner Seite des Tischs, und wenn er von seinem Buch aufsah, begegnete er jedes Mal ihrem ruhigen Blick, die blaue Farbe ihrer Augen war tiefer als sonst und hatte offenbar die ganze Zeit auf ihm geruht. Wie glücklich er darüber war! Beinahe glaubte er, selbst hübsch zu sein.

War es elf Uhr? Es war fast zwölf.

Da klingelte plötzlich das Telefon.

»Oh, hoffentlich ist es nicht die Zeitung«, seufzte sie und ließ ihre Stickerei, ein Kranz blauer Stiefmütterchen auf gelbem Grund, in den Schoß sinken.

Er ging ins Wohnzimmer und nahm den Hörer ab.

»Jastrau am Apparat!«

»Bist du's, Jastrau? Ja, hier ist die *vigilia ratis*, die Rattenwache. Könntest du einen Moment rüberkommen? Wir müssen dir etwas höchst Interessantes zeigen.«

Es war Vuldums Stimme, träge und trist. Jastrau bebte vor Ohnmacht. Die ganze Intrige mit der Rezension von Stefanis Buch! Jetzt würde er ihn zur Rechenschaft ziehen, nur …

»Ah ja?«, fragte er nervös. »Kann ich das nicht am Telefon erfahren?«

»Doch, schon, aber das hilft dir nichts. Es geht um einen Brief des Alten an H. C. Stefani.«

Deutlich hörte er die vorgetäuschte Anteilnahme in Vuldums Stimme, ein zögerliches, raffiniertes Mitleid, das sein Opfer langsam auf die Folter spannte und zappeln ließ.

»Na ja, kannst du ihn mir nicht vorlesen«, stieß Jastrau irritiert aus. »Ich wollte gerade zu Bett gehen.«

»Nein, du, es sind nur Fragmente, die Gundersen mit seinen langen, geschickten Fingern aus dem Papierkorb des Alten gefischt hat. Wir brauchen einen Experten.«

Jastrau hörte die Rattenwache im Hintergrund lachen.

»Aber Vuldum …«

»Aber vielleicht interessiert es dich ja auch gar nicht?«, wurde kühl gefragt.

»Doch, doch …«

Es ertönte ein Klicken. Vuldum hatte aufgelegt.

Jastrau blieb einen Augenblick in dem dunklen Wohnzimmer stehen. Jetzt spürte er, wie anstrengend die letzten Tage gewesen waren. Sein Kiefer zuckte nervös. Die Dunkelheit flimmerte. Er hatte Vuldums Stimme im Ohr, hineingedrückt wie ein Dorn. Und dann sagte er zu Johanne, die im hell erleuchteten Esszimmer saß. »Ich muss noch mal rüber.«

»Wer war das?«

»Die Rattenwache.«

»Ach, wegen denen musst du doch nicht losrennen.«

»Doch, die haben im Büro des Alten einen Brief gefunden, den muss ich sehen. Auf jeden Fall. Es kann sein, dass es sehr wichtig ist.« Er blieb an der Tür stehen, und plötzlich schlug seine Stimme um, und er bemitleidete sich selbst: »Man kann bei diesem Blatt aber auch nie sicher sei. Ich habe ein Gefühl im Rücken, als würde ständig jemand mit einem Dolch hinter mir hergehen. Ich bekomme noch Rückenmarkkrebs davon. Nein, ich muss rüber und mir diesen Brief ansehen.«

Sie blickte auf.

»Sie nehmen dich auf den Arm«, bemerkte sie unglücklich; aber als sie seine Nervosität bemerkte, fügte sie mit einem Seufzen hinzu: »Aber es ist wohl das Beste, wenn du rübergehst.« Sie stand auf. »Und komm bald nach Hause, nicht so wie die letzten Abende, ja? Du musst mal ausschlafen. Du bist ja so nervös, dass du zitterst. Also komm bald zurück.«

Ihr standen Tränen in den Augen.

Jastrau griff nach Hut und Mantel, versprach, sofort zurückzukommen und ging.

Wie immer lebte er auf der Straße auf. Die kühle Nachtluft, der Verkehr und die Lichter stimulierten ihn. Aber sein Herz klopfte immer noch heftig. Gleich würde er Vuldums Gesicht sehen, diese verschlossene, weiße Maske. Er tauchte in den Verkehr ein. Eine Schlange von Menschen, die im Gänsemarsch über die Istedgade zum Bahnhof strömten, alle auf demselben Bürgersteig. Also fuhr jetzt einer der Mitternachtszüge ab. In der Reventlowsgade ließ die lange, dünne Schnur von Glühbirnen die »Bretterhütte« wie einen illuminierten Garten erstrahlen. Halb lief er, halb ging er in dieser lächerlichen Gangart eines gepeinigten Schulmeisters, der ständig zu spät kommt. Vuldum! Jetzt musste es zu einer Aussprache mit Vuldum kommen! Er würde ihm die Beschuldigung direkt an den Kopf werfen! Was war das aber auch für eine Schweinerei? Die Vesterbrogade putschte ihn auf. Theaterbesucher, die in Taxis stiegen. Flüchtige Eindrücke von Abendtoiletten, nackten Hälsen mit Pelzen, funkelnden Steinen, weißen Hemdbrüsten und Zylindern am Eingang von »Wivel«. Es musste bald zwölf sein. Geschäftige Menschen. Ein paar junge Männer johlten. Ein Bettler am Straßenrand. Düster und traurig. Frauen, die langsam im Zickzack durch das Gedränge gingen und es diskret aufhielten. Ein zögernder, musternder Blick. Das stramme Profil weißer Seidenbeine vor den dunklen Fassaden.

Nein, jetzt sollte es sein. Er würde Vuldum direkt in die Augen sehen. Aber das verlangte ein starkes Herz. Ja, das hatte er. Kühle? Die Luft war kalt. Stärke? Die Fahrbahn glänzte wie Lack, so blank war sie von Benzin, während die Scheinwerfer der Autos über sie hinwegfegten. Ja, es war stimulierend! Der rote Schriftzug des »Scala« glühte. Das blaue Licht des »Stadil« verblaste diskret. Und hoch oben am schwarzen mitternächtlichen Himmel schielten die verschwommenen gelben Augen der Rathausuhr.

Die nächtliche Vesterbrogade hatte auf Jastrau immer die Wirkung einer erfrischenden Dusche, doch als er den Rathausplatz überquerte, schwanden sein Mut und seine Energie. Er steuerte auf eine unbezwingbare Macht zu: Das Eckgebäude des »Dagbladet« mit der jagenden Laufschrift, die sich wie ein Feuerband unter dem Dach entlangzog. In der dunklen Seitenstraße, wo sich in demselben Gebäude ein Kino befand, das man leicht vergaß, ein Leuchtreklameblitz und an der Ecke der Name der Zeitung in roten, lateinischen Buchstaben – so rationalistisch wie der Geist des Blattes, wenn er am klarsten war. Vuldum nannte dieses Haus sein Zuhause.

Als Jastrau die Vorhalle betrat, saßen die drei Kollegen von der Rattenwache mit Arne Vuldum am grünen Tisch. Der grüne Filz auf dem Tisch und die gelbe Farbe der Wände gab ihnen einen offiziellen Habitus, als wären sie Richter, obwohl sie die solide, aber nachlässige Kleidung der Journalisten trugen: abgetragen von den Reisen und der Lauferei, mit aufgeblähten Jackentaschen, von Manuskripten ausgebeulten

Innentaschen, fleckig von undichten Füllfederhaltern, in gewisser Weise aber eine Uniform. Nur Vuldum war elegant, aber er gehörte der *vigilia ratis* auch nur zum Vergnügen an. Für die drei anderen war diese Institution bitterer Ernst.

Ansonsten war die Redaktion leer. Im Büro des Redaktionssekretärs brannte noch eine Lampe; er selbst aber war oben in der Setzerei und würde nicht wieder herunterkommen, bevor die Zeitung im Druck war. Das Licht im Eckzimmer des Chefredakteurs war gelöscht. Redakteur Iversen war gegangen. Und nur aus dem Zimmer des Sportredakteurs erklang Husten und verworrenes Murmeln.

»Das ist Eriksen. Wie gewöhnlich«, bemerkte Vuldum.

»Besoffen?«

Vuldum nickte und fügte stichelnd hinzu:

»Du warst ja gestern mit ihm unterwegs. Lundbom hat mir erzählt, dass er euch rausschmeißen musste.«

»Wir haben hoffentlich kein Unheil angerichtet?«, erkundigte sich Jastrau nervös. Bereits jetzt hatte er gegen Vuldum verloren. Es würde keine Auseinandersetzung geben.

»Ach, nichts von Belang. Ein paar Gläser sind kaputtgegangen, nichts weiter«, tröstete Vuldum ihn von oben herab.

Jastrau sah ihn ängstlich an.

»Aber wir haben hier diesen Brief«, unterbrach sie Gundersen mit den schmalen Händen. Er trug eine schwarze Hornbrille und einen schwarzen Schnurrbart über einem Paar rotblauer, wulstiger Lippen. »Du müsstest ihn deuten können. Dein Name wird darin erwähnt.«

Vorsichtig schob er einige Schnipsel eines zerrissenen Briefs über den grünen Filz. Die Schnipsel waren zusammengelegt, aber der Brief war nicht vollständig.

»Du bist aber auch ein Trottel, dass du nicht den ganzen Brief gefunden hast«, bemerkte Rostrup. Er hatte Haare wie schimmliges Stroh und glich einem halben Teufel, weil er immer einen Pickel auf der Stirn hatte, der aussah wie ein Horn. Seine Aufgabe bei der Rattenwache bestand darin, jeden Abend gegen zwölf, wenn Redakteur Iversen gegangen war, die Schreibtischschublade des Redakteurs zu durchwühlen und alles zu lesen, was er fand.

»Das war alles«, wurde Gundersen vom dritten Mitglied der Rattenwache entschuldigt, dem siebenundzwanzigjährigen grauhaarigen Høysgaard. Da er sehr gründlich war, hatte man ihm nicht nur das Pult des Redakteurs als seine Domäne zugeteilt, sondern auch alles, was auf dessen Schreibtisch herumlag, und das war nicht wenig. Briefe von alten und neuen Mitarbeitern, Briefe von Abonnenten und Freunden der Zeitung, Kritik, Gejammer, Lob und Diffamierungen. Alle Briefe wurden in der Rattenwache laut verlesen. »Ich habe ihm geholfen«, fügte er hinzu.

»Das hättest du dir auch sparen können, Høysgaard«, bemerkte Vuldum ironisch. »Der Papierkorb erfordert nämlich Geschick und lange, dünne Finger – wie Gundersens.«

Gundersen fühlte sich geschmeichelt. Wie alle jüngeren Mitarbeiter bewunderte er Vuldums idyllisch-saloppe Bosheit.

Jastrau beugte sich währenddessen über das Brieffragment und las:

er Stefani!
danke Ihnen für Ihr vortreffli
tikel. Seinen Tiefsinn und mensch
sehr, und ich verstehe nicht, wie
esser; aber Kritik verstehe ich als
Aber es gibt einen ande
Sohn, ahnte ich nicht. Das
ne weiteren Gedichte. Ich habe persön
unschön, nicht getragen vom Idea
rau, mein Literaturreda

Recht, noch ziemlich jung
Prinzip der Zeitung ist es
ch meine

In der Redaktion war es vollkommen still. Die Mitglieder der Rattenwache und Vuldum starrten Jastrau gespannt an und tauschten Blicke aus.

Im Zimmer des Sportredakteurs hustete Eriksen und knurrte wie ein Tier.

»Verstehst du das?«, fragte Vuldum.

Jastrau hob den Kopf, aber er hatte nicht die Kraft, einen von ihnen anzusehen. So wie sie an dem grünen Tisch saßen und beobachteten, wie er sich quälte, glichen sie Vernehmungsrichtern, oder schlimmer noch, der Inquisition.

»Ja, wir kommen damit nicht zurecht«, erklärte Gundersen. Es klang geheuchelt.

»Nicht?«, fragte Jastrau und versuchte, ihm in die Augen zu sehen, obwohl es vor seinen Augen tanzte und flimmerte. »Tja, da steht, dass der Alte über Stefanis Buch froh ist, dass man von Stefanis Sohn keine weiteren Gedichte annimmt, und dass ich als Kritiker dieses verfluchten Organs bald ausgespielt habe.«

»Bravo! Gut gelesen!«, rief Vuldum. »Aber Letzteres ist nun eine recht kühne Interpretation.« Er legte die Hand auf Jastraus Schulter. »Da steht doch bloß, dass du zu jung bist.«

Jastrau erhob sich. Es war die einfachste Art, sich dem Schulterklopfen zu entziehen.

»Entschuldigt mich einen Augenblick!« Er ging in den hinteren Teil der Redaktion, wo sich die Toilette befand.

Aber er schlich weiter, öffnete vorsichtig eine Tür und entkam über die Hintertreppe der Redaktion auf die Straße.

Anders ließ sich seine Niederlage nicht verbergen. Er musste flüchten.

Als er zu Hause den Schlüssel in die Wohnungstür steckte, öffnete Johanne von innen.

»Du bist ja doch schon zurück!«, rief sie zärtlich.

»Ja, selbstverständlich.«

Sie schloss die Augen und ließ sich von ihm küssen.

II

SEHT, WELCH EIN MENSCH

I

Ein Jahr später im Mai.

Bei Sonnenschein und stürmischem Wind ging Ole Jastrau zum Rathausplatz. Unter dem Arm trug er ein kleines, nachlässig mit zerknittertem Seidenpapier eingeschlagenes Päckchen.

Die an Paris erinnernden Boulevardbäume der Vesterbrogade wogten in langen Dünungen aus goldenem Laub, und eilige, kurze Frauenröcke wurden mal zu Ballons aufgeblasen, dann wieder über Hüften und Lenden gespannt.

Vor der raschelnden Efeuhecke und den Lorbeerbäumen des Café »Paraplyen« begegnete er dem langen Arne Vuldum, der wie ein nachdenkliches, elegantes Gespenst mit seinem knochigen, weißen Gesicht unter der korrekten, steifen Peterskuppel einherstolzierte.

»Willst du in die Redaktion, Jastrau?«, fragte er und lüpfte die Kuppel mit stilvoller Ironie.

»Ja, ich versuche gerade, mich zusammenzureißen.«

»Dann könntest du doch, während du dich zusammenreißt, passenderweise ein Glas Bier ausgeben.«

Er wies mit dem Kopf auf das Straßencafé des »Paraplyen«. Und sie traten hinter die wogende Efeuhecke und setzten sich an einen Tisch mit einer flatternden Tischdecke.

»Ich bin übrigens gerade auf dem Weg zu Pater Garhammer«, bemerkte Vuldum und legte ein Buch auf den Tisch, damit der Wind nicht unter das Tischtuch fuhr.

»Wieso triffst du dich eigentlich so oft mit den Katholiken?«

»Um mir den Sinn für das Ewige zu erhalten. Das braucht man, wenn man wie ich in einer Pension wohnt. Ein wenig intellektuelle Bewegung.«

»Hätte ich nicht gedacht, dass du so etwas vermisst.«

»Nicht?« Vuldum hob spöttisch den Kopf. »Kannst du mir etwa sagen, wo ich sie sonst finden soll? In der Bibliothek? Nein! Dort zerfallen wir alle doch vor Gelehrsamkeit. Ehrlich gesagt, kann uns dort nur ein wirklich guter Kriminalroman noch anregen. Du hättest uns sehen sollen, als ›Der singende Knochen‹ erschien. Selbst die Älteren unter uns konnten sich nicht entsinnen, dass es seit Ibsens Dramen einen solchen Wirbel gegeben hätte. Und drüben bei der Zeitung? Tja, ich weiß nicht, ob du das intellektuelle Beweglichkeit nennst. Seit Kryger zu ›Danmark‹ gegangen ist, gibt's doch bald niemanden mehr, mit dem man reden kann. Na ja, es gibt dich, aber sonst?«, fügte Vuldum galant hinzu.

»Kryger? Mit Kryger habe ich eigentlich nur einmal geredet«, antwortete Jastrau lächelnd.

»Oh, ja, als er ›angeln‹ ging. Ja, aber das war lustig. Er ist herumgelaufen und hat herausfinden wollen, wie viele konservative Mitarbeiter es bei uns gibt, um sie dann mitzunehmen.«

»Ha, ha, er fand nur Høysgaard und den kleinen Michael …«

»Ja, und mich«, unterbrach Vuldum, »aber ich bin geblieben.«

Zwei riesige Gläser Bier wurden jetzt vor sie auf den Tisch gestellt. Der Wind fuhr in den Schaum, dass er Vuldum ins Gesicht spritzte.

»Sehen wir zu, dass wir diesen Schauer aufhalten«, rief er und packte sein Glas mit einem festen Griff. Man brauchte Kraft in den Fingern, um es anzuheben.

»Wir sehen ihn übrigens am Donnerstag«, fuhr er fort und wischte sich den Schaum aus dem Gesicht.

»Wen?«

»Kryger.«

»Am Donnerstag?«

»Ja, kommst du denn nicht auch zu Eivind Krog? Das hat er jedenfalls gesagt.«

Jastrau sah Vuldum erstaunt an.

»Ja, aber …«

»Doch, doch, sowohl Kryger als auch ich kommen. Und dann habe ich endlich einmal die Gelegenheit, deine reizende Frau kennenzulernen – endlich.«

»Hauptsache, du wirst nicht enttäuscht. Sie ist gerade mit ihrem Bruder in seinem Auto auf Reisen, das kann sich hinziehen. Ich bin momentan Strohwitwer.«

»Du spielst diese Rolle ziemlich oft, finde ich«, bemerkte Vuldum.

Jastrau führte sein Bierglas zum Mund. Es war groß genug, um sich dahinter zu verstecken. Und als er es wieder abstellte, antwortete er: »Nein, da irrst du dich. Das kommt äußerst selten vor.«

»Tja, ihr Ehemänner!« Vuldum nahm eine Zigarette aus dem Etui und klopfte die Spitze auf die Tischdecke, bevor er sie anzündete. Funken flogen. »Möchtest du auch eine?«

Jastrau schüttelte den Kopf.

»Zigaretten haben nur einen Fehler, man bekommt davon einen braunen Zeigefinger«, bemerkte Vuldum und inspizierte seine Finger.

»Was ist das übrigens für ein Buch, das du da hingelegt hast?«, erkundigte sich Jastrau.

»Ach, bloß ein Geschenk für Pater Garhammer. Poul Helgesens Schriften. Ich habe es in einem Antiquariat gefunden. Aber was hast du da?«

Jastrau lächelte verlegen. »Das ist nur ein Bild. Aber du kannst es dir gern ansehen.« Vorsichtig entfernte er das Seidenpapier.

Es war das Gemälde einer sehr jungen Frau mit dichtem, dunklem Haar. Eine gestreifte Bluse. Sehr schlicht. Die Bluse wurde von einer Brosche über der Brust zusammengehalten. Beinahe ärmlich. Das war die ganze Kleidung. Doch die großen dunklen Augen und der breite Nasenrücken verrieten eine besondere Kraft, allerdings lag ein Zug von Bitterkeit um den jungen Mund.

Vuldum kniff sachkundig die Augen zusammen und presste die Lippen aufeinander.

»Das ist eine Verwandte«, sagte er enttäuscht.

»Ja, es ist meine Mutter. Ich war gerade bei meinem Halbbruder und habe es ihm abgejagt.«

Vuldum legte das Bild vorsichtig auf den Tisch. »Ein hübsches Bild«, sagte er mit ruhiger Sachkenntnis, und mit einem beinahe unmerklichen Übergang ins Herzliche fügte er hinzu: »Sie ist tot, oder?«

»Ja, seit vielen Jahren.«

»Kannst du dich an sie erinnern?«

»Nur sehr vage. Ich war erst drei Jahre alt, als sie gestorben ist.«

Lange sagte Vuldum nichts. Er hatte eine bestimmte Art, im Profil steif dazusitzen und nachzudenken. Dann ähnelte er einem Florentiner.

»Das ist nicht gut«, sagte er schließlich.

»Was ist nicht gut?«, fragte Jastrau, der das Bild wieder eingepackt hatte. Es sollte nicht ungeschützt auf einem Cafétisch zwischen Biergläsern liegen.

Vuldum sah ihn an. Sein Lächeln hatte etwas mitleidig Ironisches.

»Na ja, die eigene Mutter sollte möglichst lange leben, bis man entdeckt, dass sie bloß eine Frau ist, sonst hat man sein ganzes Leben Probleme damit.«

»Ich verstehe nicht, was du meinst.«

Vuldum lachte: »Ich könnte mir denken, dass du ein ehrerbietiger Erotiker bist, ist es nicht so, Ole?«

»Was?«, kam als Protest.

»Ein Madonnenverehrer. Ein Ritter des Ordens der ewigen Anbetung. Aber da kommt ja dein Freund, der Bolschewik. Er ist ganz sicher kein Madonnenverehrer. Das sieht man schon an dem kleinen Mädchen, das bei ihm ist.«

Jastrau blickte auf und sah Stefan Steffensens lange, knochige Gestalt. Wie gewöhnlich steckten die Hände in den Hosentaschen, Jacke und Hose flatterten im Wind. Das Oberleder seiner Stiefel war eingerissen und hatte vermutlich lange kein Lederfett mehr gesehen. Er bemerkte weder Jastrau noch Vuldum.

Hinter ihm ging eine Frau. Es sah ihm ähnlich, dass er nicht mit ihr redete, sondern sie nur hinter sich herschleppte.

Ihr Gesicht konnte Jastrau nicht erkennen, der Wind hatte ein paar Strähnen über ihre Augen geweht; sie warf den Kopf herum, strich mit der Hand über die Stirn und versuchte vergeblich, die Haare unter den Hut zu stecken. Jastrau hatte den Eindruck einer schwarzen Pferdemähne.

Aber der Körper, den der Wind mit dem braunen Kleid und dem hellen, ein wenig schäbigen Mantel umhüllte, fiel ihm auf. Es war ein gedrungener, rundlicher Körper, der mal hilflos bei einem plötzlichen Windstoß stehen blieb, mal trotzig ein stämmiges Bein vorschob.

Vuldum starrte sie mit zusammengekniffenen Augen an.

»Begreifst du, dass ein junges Mädchen mit dem etwas zu tun haben will?«, bemerkte er.

Jastrau betrachtete die Frauengestalt indes mit einem Lächeln. Sie hatte für ihren Mantel einen Gürtel, der ihr tief auf den Oberschenkeln hing, sodass sie von hinten lächerlich breit zu sein schien.

»Ach was«, antwortete er nachsichtig, »so hübsch ist sie nun auch wieder nicht.«

»Ein schweres Mädchen, aber keine schlechten Beine.«

Jastrau zuckte mit den Schultern, als Steffensen mit seiner Begleiterin im Café verschwand.

»Jetzt bestellt er einen Kaffee und eine Scheibe Weißbrot für sie und ein Bier für sich«, philosophierte Vuldum, »was hältst du übrigens davon, uns noch ein Glas zu bestellen? Ich habe eine Krone bares Geld, die ich gern beisteuere.«

Jastrau nickte geistesabwesend. Er hatte Steffensen nicht mehr gesehen, seit er ihn hinausgeworfen hatte; aber nun standen ihm die Tage mit einem Mal wieder klar vor Augen, die Tage, die der Beginn einer großen Unsicherheit gewesen waren. Noch immer war er der Chefkritiker des »Dagbladet«, aber wie lange noch? Noch nie hatte es so viele Auseinandersetzungen mit Dichtern gegeben, die sich benachteiligt fühlten, wie im vergangenen Herbst. Sie spürten offenbar, dass sein Stuhl wackelte. Die Rattenwache hatte Briefe aus dem Papierkorb gefischt, Briefe von älteren, bedeutenden Dichtern, die Redakteur Iversen in gemessenen Formulierungen vorwarfen, einem so jungen Mann die Literaturkritik zu überlassen. Oh, es waren die Tage, als …

Und Jastrau drehte langsam den Rücken in den Wind. Das gab immer Kraft. Während Vuldum mit dem Gesicht im Wind saß.

»Hör mal, Vuldum«, sagte er lauernd und sanft, »warum hast du mir damals eigentlich den Streich mit der Rezension von Stefanis Buch gespielt. Das hat mir ziemlich geschadet.«

Vuldum sah ihn erstaunt an, aber ihm blies ja der Wind ins Gesicht. Es verzog sich in einer Grimasse.

»Ja, aber lieber Ole. Verstehst du das denn nicht? Du hast doch wohl nicht im Ernst angenommen, dass ich dir schaden will? Warum sollte ich? Wenn ich dänische Literatur rezensieren wollte, dann …«

Er breitete elegant die Arme aus.

Jastrau sah ihm eine kurze Sekunde direkt in die Augen.

»Ich habe es auch nie verstanden.«

»Aber Ole«, sagte Vuldum sanft, »warum hast du nie mit mir darüber geredet? Hast du dich tatsächlich ein ganzes Jahr damit gequält? Du bist viel zu misstrauisch. Aber du, ehrlich gesagt, glaube ich nicht, dass du mich leiden kannst.«

Ironisches Verständnis lag in Vuldums Blick.

»Sowohl als auch«, antwortete Jastrau verlegen.

»Hör zu, Ole, in gewisser Weise verstehe ich dich ja gut. Aber trotzdem würde ich gern hören, was du an mir nicht leiden kannst?«

Jastrau hätte eine Antwort am liebsten vermieden. Er zuckte mit den Schultern.

»Na ja …«

Vuldum bedachte ihn mit einem spöttischen Lächeln.

»Magst du den Bolschewiken, den wir gerade gesehen haben, lieber?«

Jastrau blinzelte nervös.

»Ja und nein.«

»Tja, du hattest schon immer einen perversen Geschmack«, rief Vuldum und legte Jastrau die Hand auf die Schulter, »und jetzt musst du mir versprechen, mir nicht schlagfertig zu erklären, dass du mich genau deshalb gut leiden kannst. Aber da kommt das Bier. Der Oberkellner persönlich. Können wir mehr verlangen? Ist es nicht ein herrlicher Anblick, so ein älterer, distinguierter Herr mit zwei riesigen Gläsern Bier – noch dazu bei Sturm? Schau dir mal die weißen Haare an!«

»Bier!«, sagte Jastrau kurz angebunden und dachte an Steffensen.

Als sie sich zugeprostet und einen kräftigen Schluck getrunken hatten, stierte Vuldum lange in sein Bier.

»Trotzdem solltest du ein bisschen wählerischer sein, was deinen Umgang betrifft, Ole«, sagte er schließlich.

»Auf wen spielst du an?«, fragte Jastrau.

»Auf ihn, den jungen Stefani!« Vuldum nickte in Richtung Café.

»Ihn! Oh, ihn habe ich schon vor langer Zeit vor die Tür gesetzt«, erklärte Jastrau, hatte aber gleichzeitig das Gefühl, einen Freund im Stich zu lassen. Wieso hatte er bei Steffensen stets das Gefühl, ein schlechtes Gewissen haben zu müssen?

»Dann hast du also auch begriffen, dass er ein Verbrecher ist?«

»Na ja, was heißt Verbrecher, doch nicht mehr als du und ich.«

Als Zeichen seiner Unschuld hob Vuldum seine beiden großen, bleichen Hände.

»Ich habe jedenfalls noch nie eine Frau angesteckt. Ich weiß nicht, wie das bei dir ist?«

»Was sagst du da? Hat Steffensen …«

»Ja.« Vuldum kniff die Lippen zusammen.

»Woher weißt du das?«

»Von seinem eigenen Vater.«

Jastrau antwortete nicht. Er hatte eine Vermutung. Er meinte, Bescheid zu wissen.

»Der alte Stefani hat es mir selbst erzählt«, fuhr Vuldum fort. »Ausgesprochen nachsichtig übrigens. Aber es muss für einen Vater auch traurig sein. Er hat es selbst gesagt: ›Ja, wenn ein Vater sich eingestehen muss, dass sein Sohn ein Verbrecher ist, dann verstehen Sie wohl …‹, und dann eine vielsagende Pause.«

»Ich glaube nicht, dass es stimmt«, protestierte Jastrau leise, beinahe betrübt.

»Aber wenn der Vater es sagt? Ein Dienstmädchen in ihrem eigenen Haus hat es erwischt. Sie ist dann weggelaufen, vollkommen durcheinander, unglücklich und krank. Wo sie abgeblieben ist, weiß niemand. Wahrscheinlich ist sie vor die

Hunde gegangen. Aber ein Dienstmädchen in einem reichen Haus. Du weißt doch, es gibt nichts Leichteres für den Sohn des Hauses, als so eine kleine Hausmaus zu verführen. Immer müssen sie zum Ausprobieren herhalten. Aber dann so eine Gemeinheit. Er hatte gerade angefangen zu studieren. Puh!« Vuldum verzog das Gesicht und spülte sein Unbehagen mit einem Schluck Bier hinunter.

»Vermutlich wusste er nicht ...«

»Ach, das ist noch nicht alles. Es gab eine Menge Ärger, als er noch zu Hause in Aarhus wohnte. Er ist ein Tier.«

Vuldum rümpfte die Nase und schüttelte den Kopf.

»Ich dachte, du bist nicht moralisch.«

»Nein, bin ich auch nicht, aber es gibt etwas, das nur tierisch genannt werden kann. Es gibt schließlich bestimmte vage Werte.«

Jastrau verzog höhnisch den Mund.

»Aber hör mal, Ole, lass uns austrinken, ich muss Pater Garhammer dieses Buch bringen. Ach, übrigens, hättest du Lust mitzukommen? Es kann uns gewiss nicht schaden, in reinere Sphären zu kommen.«

Jastrau nickte und rief den Kellner. Vuldum suchte zum Schein in seiner Westentasche nach seiner Messingkrone, aber Jastrau schüttelte lächelnd den Kopf.

»Danke für die Einladung.« Vuldum stand auf und verbeugte sich galant.

Nachdem Jastrau bezahlt hatte, machten sie sich auf den Weg in Richtung Vesterbro, den Wind und die Sonne in den Augen.

»Aber sag mal, wolltest du nicht eigentlich in die Redaktion?«, erkundigte sich Vuldum und beugte sich schräg nach vorn, wobei er krampfhaft seinen steifen Hut festhielt.

»Schon.« Jastrau verzog das Gesicht in der Sonne. »Aber die Bücher laufen nicht weg. Ich kann sie immer noch holen.

Und um diese Uhrzeit ist gewöhnlich der Alte da, und ich ertrage sein Gesicht nicht mehr. Wenn er einen anderen für meine Stelle hätte, würde ich augenblicklich rausfliegen.«

»Glaubst du?«

»Ja, weiß Gott, das glaube ich. Ich bin nicht mehr neu. Die Zeitung braucht Abwechslung. Oh, wenn ich es mir nur leisten könnte, ihm den ganzen Mist an den Kopf zu werfen.«

»Das wäre zweifellos das Klügste«, bemerkte Vuldum leise und eindringlich, als sollte sich dieser Gedanke klammheimlich in Jastraus Hirn festsetzen. »Vier, fünf Jahre, so lange bist du doch schon da, oder? Aber das ist ja auch ganz normal. Waren deine Vorgänger denn länger auf ihren Posten?«

»Ach, durch diese Unsicherheit wird man noch zum Idioten«, zischte Jastrau, »und dann soll man ein ruhiger, unparteiischer Kritiker sein – und unbestechlich. Feinde macht man sich an allen Ecken. Das ist schlimmer, als ernsthaft in eine Hure verliebt zu sein.«

Sie waren bis zur Stenosgade gekommen.

»Siehst du die Reklame für Bettfedernreinigung dort oben?«, fragte Vuldum geheimnisvoll und zeigte auf ein Fenster in der ersten Etage des Eckgebäudes. Hinter der Scheibe wirbelten unablässig Federn, sodass es wie ein kosmischer Nebel aussah. »Die hat eine größere Bedeutung für die Patres, als man meinen sollte. Es ist die wissenschaftliche Weltsicht, sagen sie, und dann lachen sie. Du solltest sie mal sehen. Sie sind wie kleine Jungen, wenn sie auf solche Ideen kommen. Aber vermutlich weißt du nichts über den katholischen Humor. Eigentlich ist er ganz nett.«

Der Eindruck der kurzen Stenosgade war verwirrend, bis sie vor der Herz-Jesu-Kirche mit dem Turm und den Spitzbogenportalen standen. Da war die Straße plötzlich leicht zu erfassen, die in die Reihe der Wohnhäuser geschobene rote Kirche, die roten, klosterähnlichen Häuser, links das Pfarrhaus und die Schule, rechts ein privates Wohnhaus, aus dem – offenbar vom Katholizismus angesteckt – eine unmotivierte Turmspitze emporragte. Die spitzbogenartige Anmutung schien nur darauf zu lauern, ihre fromme Miene über die ganze Seite der Straße auszubreiten.

Die protestantischen Privathäuser auf der anderen Straßenseite standen dort wie im Zwielicht.

Vuldum kannte sich aus, er ging die Steintreppe zu dem roten Pfarrhaus hinauf und klingelte, und durch die Fensterscheiben sahen sie einen servilen Pförtner mit gesenktem Kopf und Hundeaugen, der auf sie zulief, um ihnen zu öffnen.

Mit einem süßlichen Lächeln fragte Vuldum nach Pater Garhammer, und sofort wurden er und Jastrau ins Sprechzimmer geführt. In Jastrau breitete sich augenblicklich ein Gefühl der Enttäuschung aus. Was hatte er erwartet? Etwas vollkommen anderes. Nackte Kalkwände. Asketisches Mobiliar. Nur nicht diesen ovalen Tisch und die rosafarbene Visitenkartenschale mit Goldrand. Nur nicht diesen hässlichen und unheimlichen Garderobenständer, der sich in der Ecke wie in einer Kneipe lümmelte. Das war die banalste Bürgerlichkeit, abgewetzt und ordinär, viel zu nüchtern für unruhige und dürstende Seelen, die von Kirchenfenstern und Weihrauchduft träumten.

Jastrau setzte sich, beklommen. Er hatte das Gefühl, sich auf fremdem Territorium zu befinden, und starrte beinahe sehnsüchtig auf die dunklen Häuser auf der anderen Straßenseite, diese weltlichen, alltäglichen Häuser mit Geschäften, während Vuldum ungeniert in der Schale mit den Visitenkarten kramte, Karten herauszog und las.

»Entsetzlich hier, findest du nicht?«, sagte er abfällig zu Jastrau.

In diesem Moment öffnete sich die Tür, und der kleine Pater Garhammer trat in einer langen, schwarzen Jesuitenkutte mit einem breiten schwarzen Gürtel ein. Etwas betreten und verlegen, bis er seine Würde und sein Lächeln wiedergefunden hatte und sich ihnen zuwandte. Er hatte einen kleinen Kopf. Das Gesicht sah südländisch und dunkel aus, sodass das Lächeln um die breiten Lippen äußerst auffällig war. Er lächelte wie eine Pensionswirtin, herzlich und gewitzt, und zog dabei den Kopf ein.

Vuldum verbeugte sich wie ein Kind und stellte seinen Freund vor, Redakteur Ole Jastrau, und sofort bemerkte Pater Garhammer mit einem deutlichen deutschen Akzent, dass er Jastraus Artikel sehr gut kannte.

»Allerdings sind wir durchaus nicht einer Meinung«, sagte er mit milder Ironie, die der Akzent in Koketterie verwandelte. »Aber setzen Sie sich doch und sagen Sie mir, was Sie zu mir führt«, rief er dann und nahm auf einem der Stühle Platz – mit einer Bewegung, die an eine Dame auf Besuch erinnerte. Sein breites Lächeln strahlte beichtväterlich.

»Heute möchte ich Ihnen eigentlich nur eine Kleinigkeit überreichen, die ich gefunden habe, ein kleines Geschenk, obgleich es unglaublich klingt, die Schriften Poul Helgesens. Sie wissen doch, der dänische Katholik aus der Zeit der Reformation«, antwortete Vuldum und legte ein Buch mit einem dunklen, abgegriffenen Einband auf den Tisch.

»Das ist sehr nett von Ihnen«, sagte der Pater und schlug das Buch anstandshalber auf. »Aber das ist doch wirklich nicht nötig, Herr Vuldum. Sie haben ein gutes Herz.«

Vuldum senkte höflich sein langes, totenschädelartiges Profil.

»Ich freue mich darauf, es zu lesen«, fuhr der Pater fort. »Und in der Bibliothek werden sie sich ebenfalls freuen. Es kommt natürlich in unsere Bibliothek.«

Seine dunklen Augen wandten sich jedoch rasch von dem Buch ab und sahen Jastrau erstaunt an. Etwas Fragendes lag in seinem Blick.

»Ja«, sagte Vuldum selbstherrlich und zog die Hosenbeine hoch. Er hatte den Blick bemerkt. »Ich habe meinen Freund mitgebracht, damit er sieht, wie gemütlich Sie es hier haben. Es tut so einem Mann des Fortschritts bisweilen ganz gut.«

Pater Garhammer richtete sich mit einem Ruck auf.

»Sie glauben an den Fortschritt?«, fragte er, augenblicklich hellwach.

»Nun ja«, antwortete Jastrau ausweichend und sah im selben Moment, wie Vuldum gleichsam größer wurde und mitleidig auf ihn herabsah. Er hatte das Gefühl, dass Vuldum ihn sofort im Stich gelassen hatte.

»Dann glauben Sie also an einen irgendwann begonnenen Weltprozess«, argumentierte der Pater schnell und klar. Er lächelte jetzt nicht mehr. Er erwartete einen blitzenden Ausfall seines Gegners.

»Ich habe mich nie mit der Erschaffung der Welt befasst«, lachte Jastrau. Vuldum saß stumm und teilnahmslos daneben.

»Aber wenn Sie an den Fortschritt glauben wollen«, erklärte der Pater eifrig und diskussionsfreudig. »ist das eine zwingende Notwendigkeit, Herr Jastrau.«

Jastrau sah ihn verständnislos an.

»Aber natürlich«, fuhr der Pater hastig fort, »denn wäre der Weltprozess unendlich gewesen, dann wäre doch schon alles vollbracht. Dann müssten wir jetzt in der größten Vollkommenheit leben – und ich glaube – das ist nicht so«, endete er ironisch. Vuldum schmunzelte einverständig.

Jastrau wand sich.

»Ach, der Fortschritt ist ein oberflächliches Problem«, antwortete er ein wenig irritiert. »Er interessiert mich nicht. Ich glaube nur an Veränderung.«

»Nicht an die Identität?« Garhammer klang überrascht.

»An Nietzsches ewiger Wiederkehr ist vielleicht doch etwas dran«, mischte sich Vuldum jetzt ein und schob Jastrau behutsam beiseite wie jemanden, der imstande ist, um davon etwas zu verstehen.

»Ja, das ist dann die Hölle«, gab Pater Garhammer zu; wieder setzte er sich wie eine Dame auf dem Stuhl zurecht und sah Jastrau an.

»Sie interessieren sich also nicht für den Fortschritt, Herr Jastrau, was interessiert Sie dann?«

Diese Art zu denken war so unwirklich. Und Jastrau schien es, als würde sich diese Unwirklichkeit ausbreiten. Die Häuser auf der anderen Straßenseite wurden zu aufziehenden Regenwolken; der ovale Tisch, die Schale mit den Visitenkarten und der Garderobenständer standen ebenso unwirklich herum wie vom Gerichtsvollzieher auf den Bürgersteig gestellte Möbel. Vuldum und Pater Garhammer saßen auf diesen Stühlen, die auf dem Bürgersteig standen, und mit einem Mal fiel Jastrau auf, wie feminin beide waren: Vuldum groß und unerbittlich, wie es nur Rothaarige sein können; der Pater, klein, schwarz und gierig nach einem neuen, blutleeren Problem, immerfort auf seinen breiten Lippen kauend – aber wer ist grausamer und unversöhnlicher als zwei alte Jungfern?

»Ich interessiere mich eigentlich nur für mich selbst«, antwortete Jastrau vorsichtig und wich Vuldums kaltem Lächeln aus. »Ja, also für Psychologie, was auf dem Grund der Seele ist, und dann … ja, es interessiert mich, wie ich eine objektive Welt aufbauen kann, eine Wirklichkeit.«

Während Jastrau langsam und mühsam einen Schritt vor den anderen setzte, änderte Pater Garhammer sein Verhalten. Er wurde freundlicher. Er nickte väterlich, als wollte er Jastrau auf den rechten Weg helfen.

»Ja, das ist auch ein schwieriges Problem«, sagte er mit einer Pause nach jedem Wort. Durch den Akzent hatte jede seiner Äußerungen eine hintergründige Bedeutung; doch nun lächelte er unablässig, allerdings ein wenig zu wohlwollend, ein bisschen zu herablassend.

»Aber Sie haben doch die Wissenschaft, Herr Jastrau.«

»O ja«, lächelte Jastrau skeptisch, und dieses Lächeln führte zu einem verständnisvollen Aufblitzen bei Pater Garhammer, der erneut aufmunternd nickte und nachfragte: »Die haben Sie doch, oder etwa nicht? Und Sie haben die Logik.«

Wieder lächelte Jastrau. Er erinnerte sich an seine unüberwindliche Abscheu gegen die Logik bei seiner Vorprüfung in Philosophie während des Studiums. Nur die Ethik war ihm möglicherweise noch tiefer zuwider gewesen.

»Sie haben doch die Logik, nicht wahr?«

»Sicher, sonst würde man zum Idioten.«

Vuldum gab sich keine Mühe, ein hochmütiges Gähnen zu verbergen. Doch Pater Garhammer nickte wie ein Lehrer und fuhr langsam und eindringlich fort:

»Sie bauen also auf Axiome, die Sie akzeptieren, weil der Zusammenhang zeigt, dass diese Axiome richtig sein müssen. Ja, das stimmt. Dieser Ansicht sind wir auch. Es ist eine Naturerkenntnis.«

Jastrau sah ihn mit einem kleinen, lauernden Schmunzeln an.

»Ja, und nun kommen Sie mit den Dogmen, Pater Garhammer, ich weiß, ich weiß.«

»Ja, aber das ist nicht einfach das Gleiche. Wir akzeptieren die Dogmen, aber wir verstehen sie nicht, jedenfalls nicht mehr als die Naturgesetze; wir akzeptieren sie, weil wir aus dem Zusammenhang erkennen, dass sie richtig sein müssen. Wir wollen keine Idioten sein, verstehen Sie, keine moralischen Idioten, denn ich meine durchaus, dass man Sünder so bezeichnen kann.«

Die ganze Zeit hatte der Pater dieses nachsichtige Lächeln beibehalten.

»Aber wenn ich die Logik nun nicht anerkenne«, wandte Jastrau ein.

»Tja, dann sind Sie ein Idiot.«

Der Pater neigte verschmitzt den Kopf, als er diese letzten Worte mit einem so fremdartigen Charme aussprach; mit seiner schwarzen Kapuze glich er einer netten, alten Tante, sodass Vuldum und Jastrau lachen mussten.

»Ja, diese Probleme können auch ganz amüsant sein«, murmelte Pater Garhammer vor sich hin und schaute plötzlich wie ein Kind vom einen zum anderen. Er war ebenso erstaunt und glücklich über seinen Scherz, wie Jastrau es gewesen wäre, hätte er unbeabsichtigt einen Syllogismus zustande gebracht.

»Aber es ist nun einmal die Logik, die falsch ist«, bemerkte Jastrau kurz darauf.

»Meine nicht, Herr Jastrau. Ich bin kein Idiot«, entgegnete Garhammer und lachte erneut. Er schüttelte den Kopf und wiederholte: »Nein, ich bin kein Idiot. Ha, ha, ha.«

»Ich meine, wir sind viel zu stolz auf diese Schachspielregeln, die wir Logik nennen«, widersprach Jastrau. Im Gegensatz zu dem Pater konnte er sich nicht darüber freuen, dass diese Probleme auch komisch sein konnten.

Aber Garhammer lachte noch immer: »Ja, ha, ha, das meinen Sie; aber dann sind Sie wirklich ein Idiot.« Durch seinen deutschen Akzent wurde das Wort dick, rund und gutmütig. »Ha, ha, ha«, gluckste er.

»Aber ist es nicht seltsam«, fuhr er fort und wandte sich mit einem Mal ernst an Vuldum, »dass genau dies ein Problem für uns ist? Dem Katholizismus fällt es schwer, Frauen an sich zu binden. Der Katholizismus ist zu logisch. Und Logik mögen Frauen nicht. Ist das nicht eigenartig?«

Vuldum schmunzelte: »Und da glauben wir hier in Dänemark, der Katholizismus sei bloß Gold, Weihrauch und Myrrhe.«

»Ja, das ist ein großer Fehler«, antwortete der Pater.

Sie unterhielten sich wie zwei Männer, die genau Bescheid wissen. Jastrau fühlte sich gedemütigt.

Doch dann entdeckte er ein verschmitztes Blinzeln in Vuldums Augen und richtete sich auf.

»Hören Sie, Pater Garhammer, ich wollte Sie schon lange etwas fragen«, sagte Vuldum mit einem kleinen Lächeln. »Hat Jesus jemals eine Sünde begangen?«

»Nein, nein, nein«, erwiderte Pater Garhammer entsetzt.

Jastrau spürte, wie ihm das Blut in die Wangen stieg. Wollte Vuldum ihn nun wieder quälen? Er spielte doch auf das Buch von Stefani an. Aber warum? Wieso? Weshalb den Fliegen Beine ausreißen?

»Ich denke an die Geschichte mit dem Feigenbaum«, fuhr Vuldum unbarmherzig fort. »War das nicht übereilt?«

Jastrau sah ihn an, unglücklich, verständnislos.

»Aber der trug schließlich keine Früchte«, erwiderte der Pater.

»Vielleicht hätte er Früchte tragen können, wenn man sich um ihn gekümmert hätte.«

»Nein«, entgegnete der Pater entschieden.

»Aber man kann nie wissen«, widersprach Vuldum und lächelte grausam.

Pater Garhammer ignorierte das Lächeln, das er ohnehin nicht verstand.

»Doch, man kann. Seine Zeit war abgelaufen. Wenn Sie so argumentieren, wäre es auch übereilt, wenn Gott am Tag des Jüngsten Gerichts die Böcke von den Schafen trennt.«

»Aber die Geschichte mit dem Feigenbaum sieht so aus, als hätte sich Jesus einen bösen Scherz erlaubt«, beharrte Vuldum.

»Aber das war kein Scherz«, erwiderte Garhammer, »es war ein Gleichnis. Jesus erzählte Gleichnisse. Normalerweise. Aber hier führte er ein Gleichnis aus – er machte ein Gleichnis«, wiederholte er den letzten Teil des Satzes auf Deutsch.

Vuldum lächelte zufrieden.

»Es gibt ein Buch von H. C. Stefani, das mich an diese Geschichte denken ließ«, erklärte er entschuldigend.

»Ach, dieses Buch.« Der Pater breitete die Arme aus. »Das ist ein richtig … ein richtig übles Buch. Sie hätten nicht so freundlich darüber schreiben sollen, Herr Jastrau«, fügte er plötzlich an Jastrau gewandt hinzu.

»Verflucht, das war ich nicht«, protestierte Jastrau empört, plötzlich hatte er einen roten Kopf. »Bitte entschuldigen Sie, Herr Pater, Entschuldigung.«

»Nun ja, Umgangssprache, nicht wahr?«, erwiderte Garhammer freundlich. »Aber nun müssen Sie mich vielmals entschuldigen, ich muss gehen. Die Pflichten rufen.«

Er stand auf und reichte beiden eine Hand.

»Und danke. Vielen Dank für das Buch und vielen Dank für Ihren Besuch. Kommen Sie recht bald wieder.«

Als Jastrau und Vuldum wieder die Vesterbrogade entlang gingen, sagten beide kein Wort. Jastrau sah hinunter auf den Bürgersteig und spürte, dass Vuldum ihn mit heimlichem Triumph beobachtete.

An der Freiheitssäule wollte er direkt in seine leere Wohnung zurückkehren. Er hatte keine Lust, in die Redaktion zu gehen, er hatte zu überhaupt nichts Lust.

»Willst du nach Hause?«, erkundigte sich Vuldum.

Jastrau nickte.

»Ja, du hast gut lachen. Du hast ein Heim, während ich in meine Pension muss«, fügte Vuldum bedrückt hinzu. Plötzlich blieb er stehen und wog die Kronenmünze in der Hand, die er im Café gesucht hatte.

»Wenn ich es wagen würde, dich zu bitten, mir zwei Kronen zu leihen, dann hätte ich genug für einen kleinen Happen und ein Bier.«

Er hielt die Münze mit ironischer Melancholie ins Sonnenlicht und ließ sie blitzen – ein erbärmliches Blitzen.

»Das Trinkgeld würde ich schuldig bleiben.«

»Ich habe leider nur einen Fünfer«, antwortete Jastrau und zuckte mit den Schultern.

»Na, ja, ja. Dann muss ich mich eben damit begnügen.«

Nachdem Vuldum das Geld bekommen hatte, verschwand er aufrecht und geschmeidig in Richtung Rathausplatz, einen steifen Hut größer als die Menge.

Die Peterskuppel war noch lange zu sehen.

II

Jastrau hatte sich den ganzen Tag in seiner leeren Wohnung eingeschlossen. Ans Telefon war er nicht gegangen, so laut es auch klingeln mochte. Nichts hatte ihn bedrängen und stören können.

Und doch es war seltsam. Solange er an der täglichen Rezension und anderen journalistischen Texten arbeitete, hatte er die leeren Zimmer nicht wahrgenommen. Sobald er seine Arbeit jedoch beiseitelegte und einen Haufen beschriebener Blätter hervorzog – einen Roman, an dem er seit über einem Jahr arbeitete und den er in den letzten sechs Wochen nicht angefasst hatte –, bedrückte ihn die Leere. Dass seine Frau mit ihrem Bruder eine Autofahrt durch Nordseeland unternahm und die Schwiegereltern sich um Oluf kümmerten, bedeutete keine Ruhe, sondern Leblosigkeit. Statt zu arbeiten, hatte er sich eine Pfeife angesteckt und wanderte in den leeren Zimmern auf und ab, um sie mit sich selbst zu bevölkern, während er rauchte und vor sich hin summte. Ein Selbstzerfleischen in Träumen und Gedanken – streitbaren, lauernden, siegreichen, versöhnlichen.

Als er sich schließlich wieder an den Schreibtisch setzte, dämmerte es bereits. Die tristen Hoffassaden vor dem Fenster seines Arbeitszimmers färbten sich langsam blau. Nun hätte er eigentlich aufstehen und das elektrische Licht einschalten müssen. Aber er schob es noch einige Minuten vor sich her, einige lange, schummrige Minuten.

Unentschlossen blätterte er in den beschriebenen Bögen. Vergilbtes Papier. In der Dämmerung bekam es einen grünlichen Stich. Die Tinte hatte eine alte, dunkle Farbe. Und er untersuchte peinlich genau sämtliche Unregelmäßigkeiten bei den Buchstaben, die er vor Monaten geschrieben hatte.

Da rutschte ein Blatt Papier aus dem Stapel, ein Gedicht, von einer fremden Hand geschrieben. Es war das Gedicht, das Stefan Steffensen damals vergessen hatte. Stefan Steffensen. Gestern hatte er ihn mit einem jungen Mädchen drüben im »Paraplyen« gesehen. Er las:

Diminuendo

Müde von deiner Umarmung, erlöst und glücklich,
lebe ich nur in einem Kuss auf deinen Mund,
spüre, wie deine Lippen sich verlieren,
formlose Küsse, liebeswund.

Müde von deinen Küssen, muss ich dich liebkosen,
die Brüste, die Lenden, fest an meiner Hand,
geschaffen vom Dunklen, eine dämmernde Vase,
hell wie dein Körper und leicht wie der Liebe Gewand.

Müde vom Liebkosen, spüre ich, wie deutlich
die Stille des Meers betont deine sanfte Form,
seh ich dein Antlitz in den Kissen verborgen,
getragen vom Haar wie Tang nach dem Sturm.

Müde vom Sehen, vom Spüren und Lieben,
muss ich verlassen dein Bett insgeheim,
wandere suchend in der Kammer umher
und spüre dich hier in dem ruhigen Reim.

Anna Marie, du lebst in den Dingen.
Anna Marie, liegst warm dort im Bett.

Anna Marie, nun suche ich Kühle,
Anna Marie, hier am Fensterbrett.

In der Dämmerung verschwammen die Worte auf dem grünlichen Blatt, und Jastrau spürte, wie sich ein Schleier über seine Augen legte. Er rieb sie und legte das Gedicht mit einer müden Bewegung beiseite. Er wollte nicht mehr an Stefan Steffensen denken.

Wie blau der Himmel über den Dächern und den schattigen Schornsteinen doch war, eine intensive, seelenvolle Farbe! Aber nein, das Gedicht ging ihm nicht aus dem Kopf. Wie würde es Steffensen wohl vorlesen? Wie betonte seine grobe, höhnische Stimme wohl diese Worte? Natürlich gab es Dichter, die ihre eigenen Gedichten niemals vorlasen, sondern irgendjemandem lediglich ein Blatt Papier voller Schriftzeichen hinhielten; ein seltsamer, stummer Typus mit einem rebellischen, weißen Blick und einem grauen Gesicht. Jastrau kannte diese Art Dichter genau. Aber gehörte Stefan Steffensen zu ihnen?

An diesem Abend gelang es Jastrau einfach nicht, das Bild dieses langen, knochigen Kerls zu verdrängen, der die Jackenschöße zur Seite streifte, um die Hände in die Hosentaschen zu stecken. Und mit einem Mal stand da ein gedrucktes Wort. Es war gedruckt. Wo? In der Luft, in der Erinnerung? Er konnte es lesen. *Ansteckungsgefahr!* Jeden Buchstaben sah er. Sie strahlten Grauen und Grausamkeit aus. Und vermutlich konnte Jastrau Steffensen deshalb so deutlich vor sich sehen, so deutlich wie auf einem Verbrecherfoto, im Profil und von vorn, entlarvend bis hin zum Schädel.

Da klingelte es an der Wohnungstür.

Jastrau zuckte zusammen. Es klang so erschreckend in der Dämmerung. Er bekam Herzklopfen.

Langsam erhob er sich und ging in den Flur, der völlig im

Dunkeln lag. Nur ein verschwommenes weißes Licht fiel durch die sandgeblasenen Scheiben, dahinter ein Schatten.

Er öffnete und schnappte im selben Moment nach Luft. Eine große, gebückte Gestalt, die Hände in den Hosentaschen.

»Das ist ja eine Überraschung«, rief Jastrau mit einer heiseren Stimme, wie man sie in der Dämmerung so leicht bekommt. »Bist du es, Steffensen?«

»Ja, deine Frau ist doch nicht zu Hause, daher habe ich mich hochgewagt«, sagte Steffensen leise. Seltsamerweise flüsterte er.

»Ja, bitte, komm doch herein.«

Jastrau hatte vergessen, dass er ihn seinerzeit hinausgeworfen hatte; die schleichenden, langen Schritte, mit denen Steffensen eintrat, weckten jedoch flüchtige Erinnerungen.

»Hast du gedacht, ich würde dich rausschmeißen?«

»Man kann ja nie wissen«, antwortete Steffensen still. Er benahm sich beinahe wie ein Vagabund in einer vornehmen Wohnung, verhalten und mysteriös.

»Darf ich mich setzen?«, fragte er und stellte sich vorsichtig an einen der Rokokostühle.

»Ja, ja«, lachte Jastrau.

»Puh«, schnaufte Steffensen und setzte sich. »Du hast nicht zufällig eine Zigarette?«

»Ich habe was Besseres, eine Zigarre.«

»Das ist nicht gut auf nüchternen Magen«, murmelte Steffensen. Der Schatten eines Lächelns zeigte sich auf seinem grauen Gesicht.

»Hast du heute schon etwas gegessen?«

»Nein, seit langem nicht mehr.«

»Aber ich habe dich doch gestern im ›Paraplyen‹ gesehen.«

»Ja, das war tatsächlich eine Ausschweifung«, grinste Steffensen leise. »Den Kaffee und das Plundergebäck kann ich noch immer schmecken. Ich ernähre mich vom Rülpsen.«

Jastrau hatte sich auf den Diwan gesetzt, vornübergebeugt saß er da und sah Steffensen aufmerksam an. Eine Gestalt, deren Gesicht gleichsam zweigeteilt war, eine dunkle Hälfte war dem Zimmer und eine helle Hälfte dem schwindenden Tageslicht der Fenster zugewandt.

»Eine Zigarre verträgst du bestimmt«, erklärte Jastrau ungerührt und schob ihm die Zigarrenkiste und eine Schachtel Streichhölzer hin.

»Na ja, gut«, grinste Steffensen. Sein Lachen hatte etwas Wahnsinniges, und als er die Zigarre anzündete, fiel der rote Schein der Flamme auf eine clowneske Fratze, die in sinnlosem Grinsen bebte.

Einen Augenblick später hüllte eine weiße Rauchwolke sein Gesicht ein.

Jastrau starrte noch immer ins Halbdunkel. Wie verkommen Steffensen aussah! Seine Kleidung war zerknittert, als würde er ständig darin schlafen, und seine Jacke schob sich in den Nacken, sodass es aussah, als würde die Brust unter einem darüber hängenden Gewicht zusammensinken.

»Oh, diese Zigarre kratzt ganz schön im Hals«, stöhnte Steffensen, der zusammengekauert dasaß und dämlich lachte. »Ich hab im Winter dermaßen gehungert, und dann hatte ich sie ja auch noch am Hals, Anna Marie.«

Er hustete.

»Anna Marie, wer ist das?« Jastrau blieb bei seiner Frage reglos sitzen.

»Ach, so'n armseliges Dienstmädchen von zu Hause«, gab Steffensen abfällig zur Antwort. »Ich wohne mit ihr zusammen … hä … in gewisser Weise zumindest. Aber das ist platonisch …«, er grinste, »keine Liebe und nichts zu essen. Sie ist krank, das sage ich dir, deshalb kann ich mich zurückhalten.«

Jastrau zuckte zusammen, dann stand er plötzlich auf und ging auf Steffensen zu.

»Du siehst selbst ziemlich armselig aus«, sagte er vorsichtig.

»Ach, halt's Maul«, erwiderte Steffensen, aber weniger grob, als man es hätte erwarten können, dann grinste er wieder, halb verlegen. »Ja, ich sehe schäbig aus. Ich habe Hunger. Und morgen werden wir auf die Straße gesetzt. Keine Mäuse. Puh, ich bin total pleite. Den ganzen Winter über habe ich nach Hause geschrieben, um Geld und die Ermahnungen meiner Mutter zu bekommen, damit es überhaupt weiterging. Aber jetzt geht's nicht mehr. Jetzt ist es vorbei. Keinen Penny mehr von zu Hause! Nur einen Brief … von meinem Vater … übermoralisch … ich sollte mich jetzt mal zusammenreißen … und bla, bla, bla. Verdammt, das konnte ich mir doch nicht gefallen lassen – doch nicht von ihm.« Er schüttelte grinsend den Kopf. »Aber wieso glotzt du denn so?«

»Ich denke daran, dass in der Küche Smørrebrød steht«, bemerkte Jastrau mit einem strahlenden Blick.

»Was sagst du da? Oh, du …« Steffensen hob flehend die Arme.

»Ich war heute Nachmittag drüben im Smørrebrødladen an der Vesterbrogade, du weißt schon, gegenüber der Freiheitssäule«, fuhr Jastrau fort.

»Ja, ja, ja. Aber du? Könnte ich nicht …«

»Aber das schmeckt alles gleich, egal ob es mit Wurst oder Aal belegt ist, deshalb wollte ich es nicht essen.«

»Willst du mich piesacken?«, schrie Steffensen und richtete sich auf.

Jastrau antwortete nicht, sondern blieb nur stehen und sah ihn mit demselben strahlenden Ausdruck in den Augen an.

»Ja, vielleicht will ich das«, stieß er plötzlich aus und zuckte zusammen. »Aber jetzt hole ich das Smørrebrød.«

Steffensen sah ihm verständnislos nach.

Kurz darauf kam Jastrau mit ein paar Scheiben Smørrebrød

auf einem Teller zurück und stellte den Teller und eine Flasche Bier auf den Tisch.

»Ich habe keine Lust, das Licht einzuschalten«, bemerkte er.

Steffensen antwortete nicht. Sofort zog er den Stuhl heran, legte rücksichtslos die brennende Zigarre auf die Tischkante und fing an zu essen. Jastrau hörte, wie er kaute, er sah die Bewegungen seiner dunklen Arme mit den mattleuchtenden Händen, doch Steffensens Gesicht ahnte er nur als einen ovalen, leuchtenden Fleck, und von den Augen nahm er bloß ein Schimmern wahr. Denn jetzt war es vollkommen dunkel.

Zwischen den beiden Fenstern erhob sich die Wand wie eine breite, schwarze Säule gegen den flackernden Himmelsraum, der sich vor den Fensterscheiben öffnete. Drüben bei den Nachbarn brannte ganz gewiss Licht hinter einer heruntergelassenen Gardine, gemütlich und vertraulich, doch über den Dächern stand ein Feuerschein am Himmel, der wie bei einem Nordlicht mit einer eigenen, stoßweisen Bewegung abnahm und zunahm, schwächer und stärker wurde, schwächer und stärker, je nachdem, wie die Leuchtreklamen über Vesterbro sich ein- oder ausschalteten.

»Ich bitte dich vielmals um Entschuldigung«, sagte Jastrau, von der Dämmerung milde gestimmt. Er hatte die Ellbogen auf den Tisch gestützt und verfolgte Steffensens dunkle Bewegungen.

»Wofür?«, fragte Steffensen mit vollem Mund. Seine Haltung hatte etwas Abwartendes, Lauerndes.

»Weil ich dich … gepiesackt habe.«

»Ach, sonst nichts?«, lachte Steffensen und aß weiter. »Ich dachte, du wolltest dich dafür entschuldigen, dass du damals das Gedicht unter dem Namen Stefani hast drucken lassen, denn damals warst du ein richtiges Arschloch.«

»Das war nicht meine Schuld«, wehrte sich Jastrau vorsichtig.

»Nicht meine Schuld«, äffte Steffensen ihn nach und trank einen Schluck aus der Flasche. »Das war der Streich eines Lumpen, jawohl, und das werde ich dir noch heimzahlen.«

»Deinem Ton ist anzuhören, dass du allmählich satt bist«, erwiderte Jastrau mit plötzlicher Bosheit.

Steffensen gluckste vor Lachen.

»Aber wenn du so verdammt viel zu entschuldigen hast, könntest du mir eigentlich auch ein bisschen Geld leihen«, grinste er.

»So? Du erinnerst dich offenbar nicht daran, dass du beim letzten Mal rausgeschmissen wurdest.«

Sie saßen sich in der Dunkelheit gegenüber und konnten den Gesichtsausdruck des anderen nicht erkennen. Sie kämpften miteinander, als hätten sie Masken vor dem Gesicht.

»Oh doch, daran erinnere ich mich. Aber heute Abend ist deine Frau ja nicht zu Hause.«

»Woher weißt du das eigentlich?«

»Das habe ich drüben im ›Paraplyen‹ aufgeschnappt. Ha. Ich hatte Anna Marie dorthin geschleppt, um ihr die Speisekarte vorzulesen. Damit sie sich satt denken konnte, die Hure. Und dann habe ich hinter der Hecke deine Stimme gehört. Du hast mit diesem Rothaarigen zusammengesessen. Er hat meinem Alten übrigens zweihundert Mäuse abgeknöpft, ha.«

»Was sagst du da?«

»Ja, das sag ich. Hat er gut gemacht. Aber da habe ich gehört, dass deine Frau nicht zu Hause ist. Glaubst du, ich wäre sonst gekommen? Nein, du. Ganz bestimmt nicht.«

»Wie viel willst du haben?«

»Vierzig Kronen.«

»Bist du verrückt?«

»Ja.«

Jastrau tastete in der Dunkelheit nach der Zigarrenkiste, nahm eine Zigarre heraus und zündete sie an.

»Geht das?«, fragte Steffensen lauernd.

»Nein«, kam es zögernd.

»Dann gib mir noch eine Zigarre, denn jetzt vertrage ich sie bestimmt.«

Jastrau streckte eine Hand mit der Zigarre ins Dunkel, bis sie auf Steffensens Hand traf. Dann wurde ein Streichholz angerissen, und Jastrau sah, dass der Teller leer war.

»Na«, sagte Steffensen. Nur die rote Zigarrenglut und ein Schein um Mund und Nase waren von ihm zu sehen. »Morgen wird man also hinausgeworfen. Tja, na ja. Mir ist's egal. Aber für Anna Marie ist es bitter.«

Jastrau schwieg und legte sich auf den Diwan. Ansteckungsgefahr! Er sah dieses Wort in gedruckten Buchstaben. Und Steffensen paffte geräuschvoll seine Zigarre.

»Du kannst die vierzig Kronen übrigens gern haben«, bemerkte Jastrau plötzlich und pustete eine Tabakwolke in die Luft. Sie wogte im Schimmer der Zigarrenglut.

Das Angebot klang absolut beleidigend.

»Danke. Her damit. Dann kann ich ja wieder gehen«, erwiderte Steffensen höhnisch, aber Jastrau drehte sich faul auf die Seite.

»Nein, du kannst gern bleiben. Du hast mir ja ohnehin den Abend verdorben.«

»Glaubst du vielleicht, ich sitze gern hier und dämmere vor mich hin«, versetzte Steffensen, »… und womöglich soll ich auch noch über die Seele reden?«

»Du bekommst vierzig Kronen dafür.«

»Bekommen? Ha, ha! Nein, ich leihe sie mir.«

»Das ist doch das Gleiche.«

»Na gut«, rief Steffensen und lehnte sich demonstrativ auf seinem Stuhl zurück. »Über welche Art von Seele wollen wir reden?«

Jastrau blieb auf dem Diwan liegen, ohne sich zu rühren.

Aber er war jetzt wachsam und auf dem Sprung, jeder Muskel angespannt, ohne dass er seine Haltung verändert hatte. Er starrte auf diesen kantigen, finsteren Block, der Feindseligkeit ausstrahlte.

»Beim letzten Mal hast du ein Gedicht vergessen«, sagte er leise, als wollte er sich bei Steffensen anschleichen, um ihm etwas Seelisches wie einen nassen Lappen ins Gesicht zu schleudern.

»Willst du das auch in der Zeitung bringen?«, erkundigte sich Steffensen wütend.

Jastrau lachte. »Nein danke, vielen Dank. Aber schreibst du viele Gedichte in dieser Art? Vermutlich schon?« Jastrau reagierte geschmeidig.

»Willst du mir etwa helfen, einen Gedichtband zu veröffentlichen?«

»Ja, könnte schon sein.«

»Hä, du bist gut, wirklich«, grinste Steffensen. »Glaubst du, ich will Lyriker sein und von Kantaten und Schönschreiberei wie ihr leben? Was? Glaubst du, ich will in die Literaturgeschichte eingehen?«

»Man kann nie wissen«, erwiderte Jastrau.

Steffensen schüttelte sich.

»Nee, du. Ich hab nichts davon, ins Geistesleben zu kommen. Das ist nichts für mich. Schluss damit! Sieh dir doch bloß meinen Vater an!«

Jastrau lachte kurz auf. Aber Steffensen hörte nicht auf. War es Angriff oder Verteidigung? Er stieß die Worte aus wie grobe Klumpen. Seine heisere, fanatische Stimme entfachte eine solche feindliche Hitze, dass die Worte ins Schlingern gerieten.

»Ja, du kennst ihn ja auch ein bisschen. Er ist doch nett, oder? Puh, was dieses Aas kaputtgemacht hat. Alle schönen Worte haben in seiner dreckigen Schnauze wie in einer Schlammkiste gelegen, und, verflucht, ich kann sie nicht reinwaschen. Man arbeitet mit unreinem Material, du, die ganze Sprache ist von unseren Vätern besudelt. Hast du mal gehört, wie der Alte einen Vers vorträgt? Pfui, Teufel! Er schleckt ihn ab. Man muss sich selbst eine ganz neue Sprache schaffen, du.«

»Das geschieht doch auch«, wandte Jastrau ein.

»So?«, entgegnete Steffensen spöttisch. »Macht ihr das? Nee, ihr übernehmt doch alles, was die Alten versaut haben, genau das tut ihr. Aber nicht mit mir. Ich hasse den ganzen Schwindel, der Worte heißt. Die Sprache ist eine Schlampe, jawohl. Die Menschen hätten sich nie mit ihr einlassen sollen. Sie hätten nie lernen sollen zu sprechen, niemals. Denn genau das hat das Leben zerstört.«

Jastrau starrte boshaft auf diese dunkle, gesichtslose Masse, etwas schwarz Fließendes, ein Arm in Bewegung.

»Was willst du dann?«, wollte er wissen.

»Leben. Nichts anderes als leben. Wie ein Tier – ohne Worte.«

»Tust du das denn?«, kam es ironisch.

»Nein, du, das ist ja das Wahnsinnige«, gab Steffensen zur Antwort. Es war eine merkwürdige Art der Vertraulichkeit, eine feindliche Form. »Genau wie all ihr anderen bin ich an eine Kette von Worten gefesselt. Aber, Teufel noch mal, ich werde sie schon sprengen, und wenn ich dafür ein Verbrechen begehen muss. Verbrechen! Äh, schon wieder so ein Wort. Diese blöden Worte versperren die Unendlichkeit, sag ich dir. Wenn man leben will. Zu leben, heißt das etwa zu denken? Was? Oder etwas zu sagen? Worte? Heißt das nicht eher Auto zu fahren … mit hundertzwanzig Stundenkilometern … warum sollte man dann denken? Oder sich prügeln … oder ein Mädchen vergewaltigen.«

»Ist es das, was du willst?«, fragte Jastrau mit einem leisen Lachen. Er wollte Steffensen nicht recht geben. Niemals! Er hatte eher das Gefühl, boshaft zu reagieren, und lächelte spöttisch.

»Ja.« Steffensen lachte ebenfalls.

»Dann musst du aber aufpassen, dass du nicht im Knast landest oder Hals über Kopf einer Religion verfällst.« Jastrau argumentierte listig und geschickt.

»Religion – niemals!«, antwortete Steffensen rüde und bewegte sich so heftig wie ein Stein, der sich nachts von einem dunklen Abhang löst.

»Ist auch nicht sonderlich angenehm, das kann ich dir sagen«, erwiderte Jastrau, plötzlich mit einer gewissen Arroganz. »Ich war gestern in der Stenosgade und habe dort einen Jesuiten erlebt, der wie beim L'Hombre die Ewigkeit in der Hinterhand hatte. Aber glaubst du, dass er überhaupt an die Ewigkeit dachte? Er saß nur da und hoffte, gegen einen guten Gegner zu spielen, so eine richtig gute Partie Karten. Glücklicherweise habe ich ihn enttäuscht. Ich mache mir nichts aus Kartenspielen.«

»Aber ich spiele gern«, protestierte Steffensen.

»Kannst du ein Pik-Ass wirklich ernst nehmen?«

»Natürlich. Also, wenn's zu meinem Spiel passt. Genauso wie ein Gedicht.«

Jastrau erhob sich gereizt.

»Ach, ich habe keine Lust, mir das noch länger anzuhören!«, rief er so grob und rücksichtslos, als wäre es Steffensen selbst.

»Auch gut. Vielleicht gibst du mir jetzt die vierzig Kronen«, erwiderte Steffensen, der ebenfalls aufstand. Als sie sich in der Dunkelheit so direkt gegenüberstanden, spürten beide, wie diese eigenartige, unmotivierte Feindseligkeit sich in ihnen konzentrierte. Sie spürten es wie zwei Strolche, die zufällig nebeneinander auf demselben Bürgersteig gehen. Keinen hätte es verblüfft, wenn der andere ihn mit der Schulter angerempelt hätte.

Doch dann schaltete Jastrau das Licht ein. Das Licht der Lampe stach ihnen so plötzlich in die Augen, dass sie sie reiben mussten. Auch eine gewisse Verlegenheit rieben sie fort. Und sie wussten nicht recht, wie es zu dieser elektrisch aufgeladenen Atmosphäre gekommen war, die in der Dunkelheit geherrscht hatte, dieser ziellosen, ungeschlachten Feindseligkeit, die eine Form hatte finden wollen.

»Bitte sehr.« Jastrau zog vier Zehnkronenscheine aus seiner Brieftasche.

Steffensen nahm sie wortlos entgegen, knüllte sie gleichgültig zusammen und steckte sie in die Westentasche.

»Und jetzt gehen wir«, erklärte Jastrau.

Sie hatten sich nicht ein einziges Mal angesehen, seit Jastrau das Licht eingeschaltet hatte. Nun schaltete er es wieder aus, und sie brachen auf.

Aber unten auf der Straße kamen sie nicht voneinander los. Jastrau fand keinen Vorwand, er hätte die langweilige Istedgade hinuntergehen müssen, um seinen Gast loszuwerden.

Jetzt trieb es ihn aus alter Gewohnheit in Richtung Rathausplatz. Und Steffensen lief ihm hinterher, ohne darüber nachzudenken. Die Treppe hinaus zum Bahnhofsvorplatz. Hinüber zur Brüstung, von der aus man die unterirdische Bahnlinie sehen konnte. Und weiter zur Vesterbrogade.

Keiner der beiden sagte ein Wort.

Es war ein milder Frühlingsabend. Der Himmel wölbte sich schwarz und sternenklar über die Vesterbro-Passage und das alte Eisenbahngelände mit dem Gewirr der niedrigen Buden. Es war eine sich weit ausbreitende Kuppel, ähnlich einem Himmel auf dem Land, die von dem Gebäude des Panoptikums und dem Komplex in der Reventlowsgade wie von zwei dunklen Vorgebirgen flankiert wurde. Und vor diesem tiefen Raum holten beide unwillkürlich Luft, ein tiefer Atemzug des kühlen Himmelsdufts – und doch gewürzt mit Benzin, Parfüm und dem säuerlichen Gestank vieler Menschen. Eine Atmosphäre aus Eisen, Abgasen und dem versengten Geruch der unterirdischen Bahn; ein leichter Rausch von giftigen Likören, Frühling in der Großstadt.

Mit einem Mal blieb Steffensen vor einem geheimnisvollen Eingang mit einer Portiere stehen. In einem schmalen Fenster schimmerte mystisch ein vergoldeter Buddha, und mit einer Stimme voller Weisheit erklärte Steffensen:

»Man braucht einen Whisky.«

Und Jastrau betrat mit ihm ein sehr kleines Lokal in einem verschrobenen orientalischen Stil.

Hinter einer halbrunden Bar stand ein Hochaltar mit Flaschen und einigen hässlichen Buddhas, in deren Augen bunte Glühbirnen lüstern glimmten; und in dieser plumpen Götterwelt bildete die kleine Figur einer nackten, rosafarbenen Frau mit Brüsten und anderem Zubehör das appetitliche Zentrum. Hinter dem Tresen stand ein Barkeeper mit einem runden, hellroten Kopf und einem vagen buddhistischen Lächeln und unterhielt sich mit ein paar buntscheckigen Priesterinnen, deren Brüste über der Theke hingen. Ihr übriger Liebreiz quollen über den Rand der Barhockersitze. Ein diskretes Grammophon miaute in einer Ecke. Es roch nach staubigem Mobiliar. Man fühlte sich in eine Schachtel mit alten Lumpen und weggeworfenem Talmischmuck gesteckt.

Sofort kam es unter den Priesterinnen zu einer gewissen Unruhe. Ein paar dunkle, feurige Blicke! Als Zeichen eines unsagbaren Dursts wurde ein leeres Whiskyglas an einen roten Frauenmund gehoben, eine verführerische Pantomime! Ein Kleid glitt weit übers Knie nach oben, über den kritischen Punkt, wo der fleischfarbene Strumpf aufhörte, wobei das Wesen sich anmutig auf dem hohen Hocker umdrehte! Erneut eine verführerische Pantomime! Jastrau und Steffensen setzten sich jedoch unbeirrt auf eine Erhöhung an einen achteckigen Tisch. Orientalisch.

Als sie Whisky bestellt hatten, war das Wesentliche überstanden. Sie hatten deutlich gemacht, dass sie gekommen waren, um zu trinken, nichts anderes. Rasch kehrten ihnen die Priesterinnen wieder den Rücken zu. Die Kette schloss sich. Eine Reihe geschmeidiger Frauenrücken, wiegender Hüften oder strotzender Lenden versperrte die Aussicht auf das rosarote Lächeln des Barkeepers.

Aber noch immer verspürten Jastrau und Steffensen keine Lust, sich zu unterhalten. Stumm ließen sie sich vom Grammophon und der stickigen Luft einlullen. Der doppelte Whiskysoda beruhigte. Die Umgebung nahm langsam Form an.

»Wie langweilig das Leben doch ist!«, ertönte eine betrunkene Stimme. »Wir brauchen tatsächlich einen neuen Weltkrieg.«

Ein schrilles, wenngleich verlegenes Lachen der Damen. Ein tiefes »Hört, hört!« von einem Herrn im Hintergrund.

»Damals haben die Mädchen noch zu leben gewusst. Der Whisky floss in Strömen!« Es polterte. Der betrunkene Herr wäre beinahe vom Stuhl gefallen.

Dann ertrank der Monolog im Lärm. Stimmen aus den orientalischen Zellen an den Wänden. Klirren. Prosten. Spitze Schreie. Herren und Damen in intimen, beinahe arabesken Verschlingungen, deren Stellungen dem Stil des Lokals entsprachen.

Und plötzlich erkannte Jastrau eine dünnhaarige Frisur mit dem grafischen Aufriss eines akkuraten Scheitels über dem puppenartigen Schädel, dazu den kleinen, höflichen Strich eines Lächelns in einem kindlichen Gesicht. Das war doch Lille P.!

Aber womit wedelte er da? Es sah aus wie ein Reiseprospekt. Er blätterte darin, lachte verwirrt und schüttelte den Kopf.

Ein korpulenter Herr mit einer vierschrötigen, blauen Nase streckte die Hand danach aus.

»Dreihundert sind geboten! Dreihundert!« Und der korpulente Herr reckte drei Finger in die Luft, als wollte er einen Eid ablegen.

Dann verschwand die kleine Auktion hinter dem schwarzen Rücken eines Kellners im Frack.

»Der Whisky wird warm!«, rief Steffensen.

Jastrau riss sich los und nickte ihm zu.

»Das tut richtig gut, aus deiner Höhle raus zu sein.« Steffensen setzte sein Glas an den Mund.

»Du hättest nicht zu kommen brauchen«, erwiderte Jastrau lächelnd und prostete ihm zu. »Dies hier gefällt dir also besser als die Seele.«

»Ach, lass uns nicht schon wieder damit anfangen, davon kriegen wir bloß schlechte Laune«, brummte Steffensen.

Jastrau lehnte sich zurück und starrte auf Steffensens verhärmtes, graues Gesicht und das wirre, blonde Haar. Ja. Er glich einem Strolch. Ohne Jastraus Begleitung wäre er sicherlich nicht bedient worden.

»Hör mal«, sagte er unvermittelt. Doch dann hielt er inne. Es war eigenartig. Gestern hatte Vuldum ihm dieselbe Frage gestellt. Seltsam.

»Ja, was ist denn?«, wollte Steffensen wissen.

»Wieso … ja, wieso kannst du mich nicht leiden?«

Es war lächerlich. Sentimental. Das Bedürfnis nach Sympathie? Er sah Vuldums scharfgeschnittenes Gesicht vor sich. Den unfruchtbaren Mund.

»Ja, warum nicht?«, wiederholte Jastrau.

Aber plötzlich bekamen Steffensens Augen diesen weißen, emailleartigen Glanz, und die trotzig vorgeschobenen Lippen erstarrten in einem unerklärlichen Zorn.

»Weil ich dachte, du würdest wahrhaftig die Rebellion verkörpern. – Aber reden wir nicht mehr davon«, fügte er bittend hinzu und sank zusammen.

»Doch, lass uns jetzt darüber reden«, sagte Jastrau sanft. Er wollte ihn erobern. »Du hast geglaubt, ich würde tatsächlich die Revolution verkörpern?«

»Ja.« Steffensen richtete sich wieder auf. »Ich dachte, jemanden wie den brauchen wir. Weil wir ihn nie hatten. Und stattdessen habe ich einen feisten Bürger mit Familie und so kennengelernt.«

»Aber ich war gut genug, wenn du Geld gebraucht hast«, fuhr Jastrau fort, noch immer freundlich.

»Ja, warum nicht. Wenn Bürger einen sentimentalen Drang haben, die Kunst zu unterstützen, dann soll man sie zur Kasse bitten … Aber … aber lass uns jetzt nicht weiter darüber reden.«

Wieder bat er inständig, hob das Glas und prostete, um ihn abzulenken.

»Du trinkst ja gar nicht«, fügte er freundlich hinzu.

Jastrau trank.

»Dreihundertfünfundzwanzig sind geboten! Und jetzt keine Øre mehr.«

»Mach's doch, Lille P.!«, hörten sie eine Frauenstimme. »Oh, nur wegen mir. Du darfst nicht verreisen, mir zuliebe. Oh, Lille P.«

»Was machen die da eigentlich?«, fragte Steffensen und deutete mit dem Kopf auf Lille P.

»Keine Ahnung.«

»Hör mal, wir brauchen noch ein Glas. Ich geb einen aus.«

»Du?«, fragte Jastrau überrascht. »Du hast doch kein Geld.«

»Nicht?«, grinste Steffensen, zog die vier zusammengeknüllten Zehnkronenscheine aus der Westentasche und warf sie auf den Tisch. »Die habe ich einem bürgerlichen Idioten abgeknöpft, ha, ha.«

»Aber Anna Marie?«

»Was geht mich das an?«

»Aber morgen wirst du doch rausgeschmissen.«

»Dann ziehe ich eben zu Sanders.«

Jastrau zog die Brauen zusammen, doch Steffensen redete weiter: »Sanders ist schon in Ordnung. Er hat Geld. Und wenn er Geld hat, hat ein anderer auch Geld. Man kann bei ihm wohnen. Seine Tür ist nie verschlossen. Ich war dabei, als wir zu fünft in seiner Bude gepennt haben, eine ganze Woche haben wir dort gewohnt. Er ist der einzige echte Kommunist im Land. Auf sein Wohl, du! Kellner, wir brauchen mehr Whisky! So solltest du sein. Wie Sanders.«

»Und Anna Marie? Nimmst du sie mit zu ihm?«

»Weiß ich noch nicht. Was geht sie mich an?«

In diesem Moment brach in der ganzen Bar Jubel aus. Die Mädchen sprangen so plötzlich von den Hockern, dass die Stühle umfielen. Und der Barkeeper in seiner weißen Jacke kam mühsam hinter der Theke hervor und schloss sich dem Triumph an. Die Damen und Herren erhoben sich.

»Dreihundertfünfzig. Dreihundertfünfzig. Lille P. bleibt. Hurra!«

Über den Köpfen der Gäste zeigte sich Lille P.s kleines Gesicht. Unter dem Jubel verbeugte er sich lächelnd nach allen Seiten.

»Oh, Lille P.!«, hörte man eine schrille Damenstimme. »Dann verreist du nicht, oh.«

Und Lille P. machte eine beruhigende Armbewegung und knisterte mit einigen Geldscheinen in der Luft.

»Ich schmeiße eine Lokalrunde!«, rief er mit seiner zarten Stimme. Es fiel dieser innerlich unbeteiligten Person sichtlich schwer, mit der Begeisterung und der Volksgunst, die ihn umtoste, umzugehen. »Ich gebe einen aus!«, piepste er. »Lokalrunde!«

»Den hast du aber drangekriegt!«, rief jemand dem Großhändler mit der blauen Nase zu.

»Geschäft ist Geschäft«, grunzte der. »Ich habe auch einen Sohn, dem Kanada gut tun würde.«

»Was ist hier eigentlich los?«, erkundigte sich Jastrau beim Barkeeper.

Und der Barkeeper lächelte buddhistisch und schmierig.

»Ach, Lille P. hat sein Ticket nach Kanada verkauft, weiter nichts. Sein Zug ist vor einer Stunde abgefahren.«

Allmählich kehrte wieder Ruhe in dem Lokal ein. Die Gäste fanden zurück zu ihren Plätzen. Der Großhändler war sofort aufgebrochen.

Lille P. hingegen ging mit einem kleinen, unverrückbaren Lächeln auf den blutarmen Lippen durch das Lokal und nahm die Glückwünsche entgegen. Die Herren schlugen ihm auf die Schulter, die Frauen küssten ihn auf beide Wangen und mitten auf den Mund, bis er vor Jastraus Tisch stand, zerknittert und verwirrt wie eine Schaufensterpuppe, die man quer durch den Laden gerollt hatte.

»Was? Du hier, Meister?«

Angesteckt von der allgemeinen Begeisterung, umarmte Jastrau ihn herzlich,.

»Du bleibst, Lille P.! Stell dir vor, Steffensen, er bleibt. Er verreist nicht. Er bleibt.«

»Ja, ich bleibe«, antwortete Lille P., der Jastraus Freudentaumel nicht recht verstand. »Es gibt hier in der Bar keine Uhr, daher ist der Zug ohne mich abgefahren. Aber, Meister, ich sitze dort drüben mit einer hinreißenden jungen Dame. Ihr würdet mir eine große Freude bereiten, wenn Ihr euch zu mir an den Tisch setztet.«

Jastrau ließ sich schnell überreden. Und Steffensen folgte ihm schwerfällig. Er verzog keine Miene.

Ein kleines Fräulein Caja mit einem herzförmigen Mund. Sie bekam regelrecht Angst beim Anblick von Steffensens schmutziger, schäbiger Kleidung. Zum Glück gab es noch einen ovalen Herrn Dieterding mit einer weichen Stimme, bei dem sie Schutz suchen konnte. Ein glühendes Fräulein Bubi mit schweren Brüsten. Sie beugte sich entweder über Lille P. oder einen Cocktail, in dem ein schauerliches Eigelb in einer trüben Brühe schwamm.

»Sieht aus wie eine Abtreibung«, bemerkte Steffensen. – Und er durfte in Ruhe trinken, ohne von weiblicher Nähe gestört zu werden.

Unablässig kamen neue Gläser. Die feuchten Getränkebons häuften sich. Lille P. schenkte allen ein Lächeln und nahm jedes Mal, wenn er einen Schluck trinken wollte, die dreihundertfünfzig Kronen in die linke Hand, und wenn er anschließend zur Ruhe kam, wieder in die rechte Hand. Er sah aus, als wollte er mit dem Geld ins Bett gehen.

»Hierbleiben ist schön«, fiepte er hin und wieder.

Dann erlaubte sich der ovale Herr Dieterding, seine Meinung zur Literatur zu äußern, und Jastrau trank ein paar Gläser Whisky auf das Wohl der Meinungen.

Steffensen leerte die Gläser, die ihm hingestellt wurden, doch abgesehen von seiner bloßen Anwesenheit bemerkte man ihn nicht.

Allerdings war es keine allzu starre Gesellschaft. Sie ähnelte eher flüchtigen Wolken. Zum einen erschienen einige Herren, joviale Menschen, die *»For he is a jolly, good fellow«* sangen, zum anderen tauchten einige Damen auf, die sich über Lille P. beugten, dessen Kinderlächeln in dem zerfließenden Gesicht immer heimatloser wurde. Und es kamen immer mehr Menschen in die Bar.

Jastrau sog diesen Duft menschlicher Nähe in tiefen Zügen ein, er verspürte ein Glücksgefühl. Ein paar Frauenfinger, die seine Schenkel hoch Klavier spielten. Oh, es gab keine Leere! Leben! Leben! Eine in Seide gehüllte Frauenbrust strich ihm über seine Nase und das Auge, schloss es.

Oh, Fülle, Fülle. Ewig ist nur die Fülle. Und menschliche Nähe! Und menschliche Nähe! Das Einzige, wofür es sich zu leben lohnt.

Nur Steffensen saß einsam inmitten dieser Gesellschaft und trank. Schweißtropfen perlten über seine unnatürlich hohe und bleiche Stirn.

»Wieso hasst du mich?«, entfuhr es Jastrau, als er mit ihm anstieß.

Steffensen reagierte mit einer arroganten Handbewegung.

»Ja, wieso? Warum nur?«, wiederholte Jastrau.

»Aber hier hasst sich doch niemand«, verkündete Lille P. in schmächtiger Allväterlichkeit.

»Warum sollte man auch hassen?«, unterstützte ihn der ovale Herr Dieterding.

Und dann wurde die menschliche Nähe zu Wellen, zum Meer, zu einem Element, in dem es natürlich erschien, einander zu umarmen. Freundschaft. Oh, teures Gefühl! Whisky. Whisky. Tauche ein in Whisky und glaube an deine Freunde – mit Leib und Seele. Und Jastrau hatte den Arm um Lille P.s Schulter gelegt. Sie saßen auf den hohen Hockern mit dem Rücken zum Tresen und starrten hypnotisiert auf die Frauen, die miteinander tanzten – oh Sappho! –, auf fleischfarbene Beine und zierliche Schuhe, die sich in taktfesten Tanzschritten über den Teppich bewegten, Ferse nach innen, Ferse nach außen, spitze Winkel, stumpfe Winkel und unzählige Figuren auf Zehenspitzen, unablässig.

Und die beiden jungen Damen spielten mit ihren kleinen roten Zungenspitzen auf ihren bemalten Lippen, als wollten sie sich gegenseitig Zeichen geben.

»Hierbleiben ist schön«, fiepte Lille P.

Doch nun war es nicht der höfliche Lille P., der sich freundschaftlich an ihn schmiegte. Nun waren es zwei weiche, zappelige Mädchen. Nicht die Tänzerinnen. Zwei andere. Und sie bewegten sich mit weiblichen Hüften, weiblichen Brüsten, Händen und Knien.

»Ah, bei euch wird man zum Menschen«, rief Jastrau und umarmte beide.

»Man wird mehr als ein Mensch.«

Aber warum kniete sie nicht nieder, sie da, diese Caja, und salbte seinen Fuß? Mit einem Alabasterkrug. Narde oder einem anderen Wohlgeruch? Wieso diese Verschwendung? Und trocknete ihn mit ihrem langen Haar. Ha, ha. Nein! Mit ihrer kurzen, ihrer struppigen, ihrer strubbeligen Pagenfrisur.

Weibliche Wärme. Menschliche Wärme. Man ist ein Menschenfreund, wenn man eine Frau fest an sich drückt. Oder etwa nicht? Des Menschen … Sohn.

Mädchen. Frauen. Wird viel vergeben. Hat viel Liebe gezeigt.

Ewiglich Whisky!

Und dann stand er im Halbdunkel. Schlecht beleuchtet. In einer Toilette im Keller. Und wusch sich die Hände. Warum sahen seine Hände immer so aus, als wäre er über den Boden gekrochen? Und dann entdeckte er sich in einem Spiegel. Feist. Bleich. Aufgedunsene, karmesinrote Lippen in dem gelben Gesicht. Das dunkle Haar klebte an der Stirn.

Ein Mensch! Seht, welch ein Mensch! Du verdammte Mongolenfresse! Ecce Homo!

Ächze … Homo, stieß er mit spöttisch verzerrter Stimme aus.

III

»He, nebenan is so'n Laffe, 'n Theveloge.«

Die Stimme war rauer als all die anderen verwirrten Laute, die ertönten. Ein paar Wolken aus Träumen und unklaren Erinnerungen trieben davon. Und dann lag Jastrau wach in der Dunkelheit. Die Schulter schmerzte. Seine Beine waren verdreht, als wäre er ungeschickt gefallen und anschließend so liegen geblieben. Und dann war da noch dieses merkwürdig flache, harte Gefühl am Ohr und an der Wange. Er richtete sich auf, um sich bequemer hinzulegen, und bemerkte, dass er vollständig bekleidet war. Hinten saß die Hose allerdings etwas locker, es zog regelrecht herein. Und – wo war er eigentlich?

Eine Holzpritsche. Das Kopfkissen ein schräges, mit einem Wachstuch bezogenes Stück Holz. Etwas lag auf ihm. Es fühlte sich an wie eine Pferdedecke.

»Biste wach, Theveloge?«, ertönte die Stimme wieder. Sie kam von der anderen Seite einer Wand.

Jastrau brummte und tastete mit den Händen. Der Fußboden war bequem zu erreichen. Es war Stein.

»Hübsche Loschi, was? Nur so verdammt teuer. Na, was haste verbrochen?«

Jastrau knurrte.

»Hör bloß auf, dich so anzustellen. Warst besoffen, wa, war ich auch. Aber scheiß drauf, wenn du keinen Bullen verprügelt hast, is das egal.«

»Oh-oh-oh!«, stöhnte ein zweiter auf der anderen Seite.

»Tja, du. Jetzt biste verratzt, aber warum haste dich auch nich zurückgehalten?«

»Aua-au, meine Nase«, jammerte es.

»Ha, ha, kannste se nich finden?«, erkundigte sich der Geschwätzige.

»Do-och, do-och, aber ich glaub, sie is gebrochen. Wenn ich bloß sehen könnte, ob se blutet.«

»Ah, ha, ha.«

»Ja, du hast gut lachen. Au! Au-a! Mein Arsch! Au! Die haben mir aber auch 'ne Abreibung verpasst«, hörte Jastrau es stöhnen.

»Verflucht, du hättst es ja auch sein lassen können«, fauchte der Erste. »Die Polente verprügeln. Das wird teuer. Frag bloß mal den Kaplan da nebenan.«

»Verflucht, ich bin kein Pastor!«, rief Jastrau irritiert und stand auf. Er ahnte, wo er war. Ein schmaler Streifen Licht fiel neben dem Kopfteil seiner Pritsche durch ein vergittertes Fenster in der Wand.

»Was zum Teufel biste dann, du hast doch im Schlaf von Jesus gequatscht. Ich dachte, so was machen bloß Paster. Und hier lag eben einer andächtig da, hat zugehört und sich gedacht, na, so pennt also 'n Paster. – Du! Gummikolben! Der da drüben sacht, er wär kein Paster; weiß der Teufel, wasser is, heilig is er.«

Jastrau spürte, wie er in der Dunkelheit errötete, eine widerlich drückende Hitze breitete sich auf seinen Wangen aus. Er hatte in der Ausnüchterungszelle gelegen und im Schlaf über Jesus geredet. Wieder kauerte er sich zusammen. Er wollte nicht nachdenken. Aber was bedeutete das? Wo war … wer? Jesus. Nein. Aber was? Oh, Steffensen! Gestern! Lille P.! Und er hatte im Schlaf über Jesus geredet. Ein Gefühl wie schmieriges Wasser. In einer Bar, zwei Mädchen an sich gedrückt, und dann dieses schwüle, gütige Gefühl, gegenüber den Mädchen menschenfreundlich zu sein. Ein Gefühl wie Abwaschwasser! Jesus unter den Huren. Na, auf diese Weise wollte sein Kinderglaube in ihn einsickern! Ein trüber Kanal. Whisky und Geilheit flossen darin, und dann kamen noch diese lauwarmen Ströme dazu: Sentimentalität, Menschenliebe, Christentum. Ecce Homo!

Aber er konnte nicht weiterschlafen. Sein ganzer Körper war unrein. Seine Kleidung war zerknittert, und etwas quälte ihn, quälte ihn geradezu wollüstig. Sollte er fragen?

»He, du da drüben, hör mal!«, rief er der Wand zu. »Wo kann man hier sein Wasser lassen?«

»Ha, ha, is'n Gebildeter, hörst du. Ja, du da drüben, da is'n Loch im Boden, da kannste reinpissen.«

Jastrau erhob sich in der Dunkelheit und tastete sich mit den Füßen vor. Wo? Wo? In diesem Moment spürte er einen Luftzug, die Hose rutschte langsam hinunter. Als er sie festhielt und hochzog, schob sich das Hemd unter der Weste heraus. Was war das? Die Weste. Falsch geknöpft! Und die Hosenträger? Wo waren die Hosenträger?

Es traf ihn wie etwas Verhängnisvolles, wie ein Unglück. Wo waren die Hosenträger? Er musste tief gefallen sein, dass er jetzt dastand und seine Hose verlor!

Damit man sich in der Zelle nicht erhängte, wurden jedem die Hosenträger abgenommen. Ja, davon hatte er gehört. Aber nie darüber nachgedacht, was es bedeutete. Der Kragen war ebenfalls verschwunden. Die Taschen leer. Keine Messer. Keine Schneidwerkzeuge. Die Pulsadern! Man hatte schlimme Geschichten gehört.

Jastrau krümmte sich zusammen, er schauderte, während er sein Geschäft verrichtete. Hier stand er nun. Das Hemd kroch hinten hoch, die Hose wollte ständig rutschen. Es war unmöglich, wieder Mut zu fassen. Zusammengeknüllt! Auf den Müll geworfen!

»Na, das hat geholfen, wa?«

Jastrau antwortete nicht.

»Könntest wenigstens danke sagen, wa?«

Aber Jastrau antwortete nicht. Er dachte an die Hosenträger. Dass jemand es gewagt hatte, ihn anzufassen und ihm die Hosenträger wegzunehmen – und ihn dann mit rutschender Hose sich selbst zu überlassen. Es lief ihm eiskalt den Rücken hinunter. Scham. Entrüstung. Ohnmächtige Wut. Die Hose rutschte schon wieder.

Vorsichtig setzte er einen Fuß vor den anderen. Gut, dort war die Pritsche, nur einen Schritt entfernt. Darauflegen. Es war nicht so einfach, auf den harten Holzbrettern zu schaudern. Es war unmöglich, sich auf dem Wachstuch oder unter der Pferdedecke zu verstecken. Sollte er die Stiefel ausziehen? Aber er wollte sich hinlegen, damit die Hose an ihrem Platz blieb. Oh, verschwinden, einschlafen!

In der Zelle neben ihm unterhielten sie sich. Sollte er sich mit ihnen einlassen? Irgendetwas Unflätiges rufen? Ja, das wäre schön. Man spürt das Christentum in sich aufsteigen, wenn man eingeklemmt zwischen zwei Mädchen in einer Bar sitzt, und man spürt das heilige Gefühl der Kameradschaft in einer Ausnüchterungszelle. Abwaschwasser!

In diesem Augenblick zeigte sich ein rötliches Licht, und es ertönte das Rasseln von Schlüsseln. Er hob den Kopf. Ja, das Licht kam eine Treppe hinunter. Er konnte es durch das Gitter sehen. Eine Gittertür. Wie in einem Käfig. Draußen konnte man vorbeigehen und sich die Tiere ansehen.

»Oh, könnte ich wohl ’n Schluck Wasser kriegen?«, stöhnte es aus der Nebenzelle.

»Ja, warte einen Augenblick«, brummte es.

Währenddessen wurde ein Schlüssel ins Schloss gesteckt, die Gittertür geöffnet, und der Mann mit der Lampe näherte sich Jastrau. Es war ein blendendes Licht, Jastrau musste die

Augen zusammenkneifen. Er nahm nur einige große, schattenhafte Umrisse wahr.

»Na, haben Sie Ihren Rausch ausgeschlafen?«

»Puuhh.«

Jastrau stützte sich auf die Ellbogen wie einer der Verdammten in der Hölle. Er erinnerte sich an ein Bild, Jesus im Reich der Toten. Oh, Jesus! Warum musste aber auch alles in Unreinheit ineinanderfließen?

»Ja, es war schlimm. Wir konnten aus Ihnen nicht herausbekommen, wie Sie heißen. Kein Wort. Aber wir brauchen ja Ihren Namen. Verstehen Sie, bevor Sie gehen, müssen wir beim Einwohnermeldeamt anrufen.«

Jastrau gab ihnen die notwendigen Informationen.

»Hören Sie, was habe ich eigentlich getan?«, erkundigte er sich.

»Weiß ich nicht. Nichts weiter. Aber der da drüben …«, der Schatten hinter der Lampe nickte der Wand zu, »für ihn sieht es übel aus. Aber das ist wieder dieser Alkohol, dieser Alkohol. Wieso können die Leute nicht maßhalten?«

Er stampfte verärgert auf den Steinboden, sodass die Lampe hin und her schwang und der viereckige, halb erleuchtete Raum in eine schaukelnde Bewegung geriet.

»Dummheiten«, knurrte er.

Dann trottete er hinaus, klapperte mit einem Blechgefäß und ging in die Zelle nebenan.

»Ja, Sie sehen ja nett aus«, hörte Jastrau ihn mit einer deutlichen Empörung in der Stimme brummen. »Was würde Ihre Mutter wohl dazu sagen, wenn sie Sie jetzt sehen könnte.«

»Ha, ha. Mit dem Kolben! Sie würd ihn nich mal erkennen.«

»Was ist los? Glauben Sie etwa, Sie hätten hier was zu melden?«

»Nee, um Himmelswillen. Nein, nein, nein.«

Dann wurde die Gittertür zugeworfen, und der Mann mit der roten Lampe stieg wieder die Treppe hinauf.

Die ins Schloss geworfene Tür und das rasselnde Schlüsselbund, das sich entfernte, ließ Jastrau verzweifelt zurück. Es klang nach Gefängnis. Und im selben Moment spürte er eine unerklärliche Wut in sich aufsteigen. Er war eingesperrt. Er allein. Alle hatten ihn im Stich gelassen. Steffensen. All die anderen. Die Kellner. Der Barkeeper. Ihn im Stich gelassen. Sonst würde er nicht hier liegen. Es war feige von ihnen. Na ja, vielleicht hatte er sie auch verlassen. Vielleicht ahnten sie überhaupt nichts. Es war trotzdem feige. Er sollte sich rächen. Und plötzlich war er davon überzeugt – er wusste es –, dass die Beamten ihm gegenüber grob gewesen waren. Etwa nicht? Warum sollte sonst dieser Zorn aus seinem Unterbewusstsein aufsteigen? Sie waren beschränkt. Er kannte sie, diese feisten Viecher. Wie oft schon hatte er ihre billige Überlegenheit gegenüber einem Betrunkenen erlebt! Und dann wird dem armen Kerl plötzlich der Arm umgedreht. Fort mit ihm! Ja, er kannte das. Er hatte es schon oft gesehen. Und so waren sie natürlich auch mit ihm umgesprungen. Wenn er sich doch nur daran erinnern könnte. Genau! Wie sie ihn behandelt hatten. Oh, es war zum Verrücktwerden. Dunkelheit! Dunkelheit! Keinerlei Erinnerung. Und doch hatten sie sich so verhalten. Doch sie sollten entlarvt werden, ganz gewiss. Er würde sich nicht aus der Ausnüchterungszelle entfernen lassen, er würde sich weigern, weigern, weigern, sich auf freien Fuß setzen zu lassen, so leicht sollten sie nicht davonkommen. Er würde hier bleiben, wo er war. Standhaft. Und dann Skandal. Untersuchung. Scherereien in den Zeitungen. Ganz gewiss war es nicht gemütlich hier. Aber was soll's? Man lag ausgezeichnet auf einer Holzpritsche. Es war gesund. Es härtete ab.

Er war eingesperrt. Er spürte es wie ein Festzurren des Gehirns. Es wurden Ringe darum gespannt.

Sollte er aufstehen und in der Zelle auf- und ablaufen? Den Gefängnistrab! Wurde es nicht so genannt?

Da sah er die graue Wand. War es inzwischen so hell? Mit Bleistift hatte jemand eine kleine, heitere Inschrift hinterlassen: »Peter Boyesen grüßt alle munteren Jungs.« Und ein bisschen weiter ein tief empfundener Ausbruch: »Noch immer besoffen. Noch immer besoffen.«

Es wirkte auf diesen nackten Wänden wie ein Sonnenstrahl. Wie das Lächeln eines feisten Mannes. Oh, ruhig, ruhig! Nur die Ruhe! Das Ganze ist doch bloß komisch. Peter Boyesen grüßt alle munteren Jungs!

Jastrau starrte liebevoll auf die Schrift.

Peter Boyesen grüßt alle munteren Jungs!

Wie diese Worte summten. Ein stiller, leiser Klang. Ein kleiner, betrunkener Ruf vielleicht. Noch immer besoffen, noch immer besoffen! Nein, es war nicht zu verstehen. Es könnte verzweifelter Jubel sein. Es könnte Reue sein. Aber es sang jetzt auch. Es war eine sanfte, singende Wand.

Da rasselte es wieder an der Gittertür. Diesmal ohne Lampe. Oh, der Tag graute. Warum dachte er so poetisch. Graute!

»Sie können jetzt gehen!«, hieß es.

Und von nebenan: »Puh, Schwein gehabt!«

Jastrau erhob sich unbefangen, doch sofort rutschte ihm wieder die Hose. Er hatte es vergessen. Er steckte die Hände in die Taschen, um die Hose am Körper zu halten. Aber mit der Haltung war es vorbei. Er schlurfte wie ein Subjekt. Eine halbdunkle Steintreppe hinauf in einen großen und leeren Raum. Durch ein paar Fenster sah man hinaus auf einen graugelben Hof. Morgendliche Tristesse.

Hinter einer Schranke saß ein bärtiger Herr in Polizeiuniform und blickte auf ein maschinenbeschriebenes Blatt.

»Herr Redakteur Ole Jastrau?«

Jastrau stand vor der Schranke und sank zusammen. Die

Hose wollte noch immer rutschen. Er fühlte sich schuldig, weil sie ihm die Hosenträger abgenommen hatten. Und er war bereit, fotografiert zu werden, Profil, en face, Verbrecheralbum, Steckbrief, schließlich hatte er keinen Kragen.

»Ihre Sachen liegen dort hinter dem Wandschirm. Sie können gehen.«

»Aber … aber …«, Jastrau konnte die Frage nicht formulieren.

»Na ja, es gibt nichts«, erklärte der bärtige Oberwachtmeister. »Es liegt nichts weiter vor. Ein bisschen öffentliche Ruhestörung. Weiter nichts. Die zwölf Kronen Strafe können Sie am Montag beim Ordnungsamt bezahlen. Nee, sonst nichts weiter.«

Ob dieses ständig wiederholte »nichts weiter« Enttäuschung oder Trost bedeutete, blieb ungewiss. Der Bart war jovial. Aber der Blick war ebenso leer wie der Raum mit den Schranken, den Schreibtischen und den polizeilichen Bekanntmachungen an den Wänden. Nüchterne morgendliche Tristesse.

Und dann ging Jastrau hinter einen Paravant und fand seine Hosenträger und seinen Filzhut. Im Hut lagen die Uhr, sein Füllfederhalter, die Brieftasche, einige Briefe, ein paar ungarische Münzen, die er als Glückspfennige aufbewahrte, und sein Geld in einem verschlossenen Umschlag. »Drei Kronen und siebzehn Øre« hatte man mit Tinte auf dem Umschlag notiert. War wirklich nicht mehr übrig geblieben? Wie viel Geld hatte er bei sich, als er mit Steffensen losgezogen war? Drei Kronen und siebzehn Øre hatte die Polizei bei ihm gefunden. Ja, aber …

Es war eigenartig, den Inhalt seiner Taschen dort liegen zu sehen. Es hatte etwas Schamloses. Es sah aus, als wären die Seele oder schlüpfrige Bekenntnisse in einen Hut geschüttet worden. Hastig steckte er die ungarischen Münzen in die linke Westentasche, das Geld in die rechte, den Füllfederhalter in die linke, die Uhr in die rechte Brusttasche – die Seele in Ordnung, das Innere verteilt, wie es sein sollte. Ihn überkam ein Schwindelgefühl, und er fühlte sich desorientiert, als er kurz den Hut vor dem Oberwachtmeister zog, den Raum verließ und einige Treppen hinunter ging. Er stand in einem großen Tor im Durchzug und wusste nicht, ob er nach rechts oder nach links gehen musste. Dann bemerkte er rechts einige von der Toröffnung umrahmte Häuser, die er trotz des fremden Rahmens wiedererkannte, und trat wie selbstverständlich hinaus in den frühen Morgen, als käme er jeden Morgen aus Kopenhagens monumentalem Gerichtsgebäude.

Das Sonnenlicht war golden, und doch waren die Häuser grau.

Einen Moment später befand er sich auf der Strøget. Aber an diesem Morgen waren die Häuser seiner Ansicht nach falsch platziert. Sie standen nicht an ihrem rechten Ort. Und er kannte sie doch eigentlich in allen alltäglichen Illuminationen. Um sechs Uhr morgens, wenn der Rathausplatz mit seinem weißen Schimmer am Ende der dunklen Frederiksberggade strahlte; um zwölf Uhr mittags, wenn die Sonne direkt über der Straße stand und barhäuptige Büroangestellte in ihrer Mittagspause in einem Café einkehrten und ebenso barhäuptige Verkäuferinnen in die Stadt liefen; um vier Uhr nachmittags, wenn die Sonne über Vesterbro die Spaziergänger blendete oder ihnen wie ein Windhauch behaglich auf den Rücken schien; um sechs Uhr abends, wenn das Licht blasser geworden war und das Gewimmel der Radfahrer, die alle auf dem Weg in die Vororte waren, seinen Höhepunkt erreichte; und dann der Abend und die Nacht, wenn Jastrau am Tempo der Menschen und dem Glanz der Lichter gleichsam die Uhrzeit ablesen konnte. Aber acht Uhr morgens, und so spät war es jetzt, war ihm fremd. Das vormittägliche Licht kannte er nicht, die Schatten fielen anders. Die Büroangestellten fuhren auf Fahrrädern zur Arbeit. Er war in ihren morgendlichen Schwarm geraten. Jastrau blickte in diese ausgeschlafenen, aber noch verschlossenen Gesichter. Ein Radfahrer nach dem anderen schoss an ihm vorbei. Sie wirkten wie Holzfiguren oder graue Gestalten in einem Film, die das Leben noch nicht erregt, noch nicht mit Blut erfüllt hatte. Wie grau die Welt doch war. Trotz der goldenen Blitze der Morgensonne und der silberblauen Blitze der Fahrradlenker, die sich in der Luft kreuzten. Das kräftige Licht war gespenstisch. Hat man eine ganze Nacht gesoffen, kann sich im Goldenen durchaus etwas Graues zeigen. Das Licht wirkte kränklich.

Er grüßte einen jüngeren Reichstagsabgeordneten, der an ihm vorbeifuhr, einen energischen, grauen Radfahrer mit hölzernem Gesichtsausdruck. Er grüßte höflich und distanziert zurück. Eine Maske grüßte eine Maske. Aber vielleicht waren es die Erinnerung an die unheimliche Ausnüchterungszelle und dieses Gefühl der Erniedrigung tief in Jastraus Innerem, die ihm auf der morgendlich goldenen Strøget mit all den grauen Menschen das Gefühl von Unwirklichkeit und Leere vermittelten. Was wussten die Leute über ihn? Wussten sie, woher er kam? Und was wusste er über sie? Sie alle waren Masken, es war ein Vorhang mit Bildern von Häusern, Läden, Schaukästen, Bürgersteigen, Fußgängern und Radfahrern, der vor die Wirklichkeit gezogen worden war.

Als er nach Hause in seine leere Wohnung kam, verspürte er zunächst ein Gefühl der Erleichterung. Jetzt war die Tür geschlossen. Niemand konnte herein. Die Zimmer waren eine große Maske, die er vor sein Dasein gehängt hatte. Und Johanne kam erst morgen. Zum Glück. So konnte er ausschlafen. Noch sollte es keine Begegnung von Angesicht zu Angesicht geben. Nur das Foto seiner Mutter im Mahagonirahmen, diese ganz junge Frau, und das Foto seines Sohns im Goldrahmen, die Haare in der Stirn des Jungen mit Wasser lächerlich glattgekämmt. Beide standen im Regal und starrten ihn an. Auch sie hatten Gesichter, und man wusste nie, was sie sahen. Er musste sie umdrehen. Im Augenblick waren sie realer als seine abwesende Frau.

Seine Frau! Er konnte ausschlafen, bevor sie kam. Er konnte zu allem Abstand gewinnen. Obwohl er die Holzpritsche noch immer an seinem Körper spürte. In ihrer ganzen harten Form war sie präsent. Und obwohl er noch immer dieses seltsame Gefühl im Rücken empfand, als würde er keine Hosenträger tragen.

Ziellos wanderte er umher.

Wie laut eine Tür in einer leeren Wohnung zufallen kann! In der Speisekammer gab es nichts zu essen. Nur ein bisschen Kaffee in einer Dose. Aber wie war das, wie kochte man Kaffee? Ach ja, man musste den Kaffeefilter ausspülen … und all das. Nein, dazu fühlte er sich nicht in der Lage. Auf einem Stück Papier fand sich ein bisschen Butter, charakterlos, zerlaufen, weil sie in der Sonne gestanden hatte, daneben auf einem Teller ein paar trockene Schwarzbrotscheiben, deren Ränder sich wölbten. Ein Messer, mit dem er gestern das Brot geschmiert hatte, lag noch immer auf dem Küchentisch, außerdem ein paar benutzte Teller mit Eierschalen und Heringsresten … nein, wie aufdringlich diese toten Dinge doch waren! Ständig bedrängten sie ihn, mit Unordnung, mit Chaos, ständig mussten sie bekämpft und klein gehalten werden. Und er konnte sich einfach nicht zusammenreißen und sich darüber klar werden, ob dieser Kampf überhaupt die Mühe wert war.

Jastrau nahm eine Scheibe trockenes Schwarzbrot und biss davon ab. Es war lächerlich. In einer Vierzimmerwohnung nagt ein Mann an einer Brotrinde. War es Faulheit? Nein, die Welt war so unüberwindlich.

Ins Bett gehen! Im Schlafzimmer war es gleißend hell.

Vormittäglicher Sonnenschein. Keine versöhnlichen Schattennuancen über dem ungemachten Bett, dem zerwühlten Laken, dem Kissen mit dem zwei Tage alten Abdruck seines Kopfes. Es gab keine Versöhnung. Auch nicht unten im Hof. Dort wurden Teppiche geklopft, und das Geräusch, das mit jedem Schlag aufstieg, pendelte zwischen den Fassaden des Hofs hin und her. Hart und klar war dieses vormittägliche Dasein, so klar, dass ein Blick in den Spiegel verhängnisvoll gewesen wäre.

Sollte er sich rasieren? Nein, der Spiegel! Ecce Homo! Nein. Aber er konnte sämtliche Kleider ausziehen und seinen ganzen Körper mit einem kühlen, feuchten Schwamm abreiben. Sofort hatte er das Gefühl, die Ausnüchterungszelle noch weiter hinter sich zu lassen. Sie ließ sich abwaschen.

Nackt kroch er ins Bett. Obwohl es nicht gemacht war, beruhigte es ihn. Unter die Bettdecke. Die grelle Sonne ausblenden, die ihn so tief in seiner Seele quälte. Das grelle Licht eines Krankenhauses! Und dann ganz verschwinden.

Doch in der Dunkelheit begann es sofort zu flimmern, als hätten seine Augenlider nervöse Zuckungen. Lag er in einer Kajüte und blickte auf die Lichtreflexe, die von den Wellen durch ein Bullauge an die Decke geworfen wurden? Ja, so war es hinter den geschlossenen Augen. Aber die wogenden Linien, die ihn ohne Unterlass überspülten, waren nicht weiß, sondern bronzegolden. Und auf dem Wasser schwammen unbekannte Blumen über ihn hinweg. Pausenlos.

Er musste sich den Nacken reiben, so unruhig war er. Die Hand war schweißnass. Er spürte es. Und als er sich den Schweiß von der Stirn wischte, spritzte es. Als hätte er den Zeigefinger in klebriges Wasser gesteckt. Und es wurde immer schlimmer. Schweiß! Schweiß! Aber noch schlimmer war diese quälende Unruhe im Rücken, die ihn zwang, sich hin und her zu werfen. Lag er auf einer Folterbank? Es war unmöglich, ruhig dazuliegen. Außerdem lauerte im Hinterkopf eine Ohnmacht. Etwas hatte ihn im Nacken gepackt. Liegen bleiben war unmöglich.

Im nächsten Augenblick stand er splitternackt auf dem Fußboden. Selbstverständlich hatte er vergessen, die Vorhänge vorzuziehen, und selbstverständlich hing gegenüber eine jüngere Frau aus dem Küchenfenster. Sollte sie doch! Peter Boyesen grüßt alle munteren Jungs. Peter Boyesen grüßt alle munteren Mädel. Das leuchtende Lächeln eines feisten Manns. So musste das Leben gelebt werden!

Rein in die Klamotten! Sollte er sich rasieren? Nein, das sollte ein Barbier übernehmen. Drei Kronen und siebzehn Øre! Er brauchte einen Vorschuss. Das Handtuch war nass, nachdem er sich die Stirn abgewischt hatte.

Aber Bier!

Kurz darauf saß er in einer Kneipe, in die er normalerweise nicht ging. Er saß an einem kleinen viereckigen Tisch am Fenster, sodass er durch die fadenscheinigen Gardinen die Straße übersehen konnte. Jedes Mal, wenn eine Frau im Sonnenschein vorüberging, überkam ihn eine heftige Nervosität. Er musste ihr nachsehen. Und waren es hübsche Formen und schlanke Beine, war es geradezu zum Verzweifeln; er hatte das Gefühl, verrückt zu werden, und spürte, dass er seine Lippen nicht mehr unter Kontrolle hatte. Ein alberner oder etwas lächerlicher Gang erschien ihm hingegen wie eine Befreiung.

Und dann musste er trinken. Es beruhigte ebenfalls. Vielleicht war es lediglich eine Illusion, weil der Schweiß auf seiner Stirn trocknete, wenn er Bier trank. An der Theke beruhigte sich der Kellner in seiner weißen Jacke auf die gleiche Weise.

Aber es war eine öde Welt. Ein Billardtisch, eine Tafel, auf der mit Kreide ein paar Zahlen notiert waren, eine Reihe von

Queues, ein Spucknapf. Sand auf dem Boden – alles sah aus wie Theaterkulissen nach einer Vorstellung, leblos und sinnlos.

Plötzlich bemerkte der Kellner die Zahlen und wischte sie aus.

»Oh, diese Drecksau!«, murmelte er.

Das war das einzige Ereignis.

Mit einem Mal hatte Jastrau jedoch genug von der Gesellschaft des Kellners, denn der hatte ein violettes Gesicht, und das Zucken seiner dicken Unterlippe deutete darauf hin, dass er sich gern näher über das Weibsstück geäußert hätte.

Jastrau stand auf, bezahlte und ging.

Auf der Straße hatte er das Gefühl, als hätte jemand unterdessen einen Schleier weggerissen. Jetzt betrachtete er die Frauen nicht mehr durch eine Gardine. Und doch musste er wie unter Zwang auf ihre Beine schauen, hastige Fantasien durchleben und sich nach ihnen umdrehen, ihnen nachsehen. Es war geradezu krankhaft, es gelang ihm nicht, es zu verbergen. Hinter der Gardine hatte er nervös Ausschau gehalten, und jetzt, jetzt war er ebenso unbeherrscht, obwohl jeder es sehen konnte. Er entdeckte Frauenbeine aus weiter, weiter Ferne, weit entfernt in einer Seitenstraße vielleicht, und dann musste er stehen bleiben. Und plötzlich bog er ab und ging hinterher. Am helllichten Tag. Im Zickzack durch die Straßen. Es war ebenso unerträglich wie ein Albtraum, allerdings ohne das graue, besänftigende Zwielicht eines Traums.

Wie lange er in diesem Teil von Vesterbro umherstreifte, wusste er nicht. Als würde er nicht herausfinden. So viele Frauen liefen über die Straße, und ein Irrtum war bei ihnen ausgeschlossen. Allerdings hatten sie ein Sahnekännchen oder eine Tüte mit Plundergebäck in der Hand. Und es gab auch andere Frauen. Ja, er konnte sich irren. Junge Frauen. Dienstmädchen. Mit einem Korb. Oder einem Sahnekännchen. Eine komplizierte Welt mit vielen verschiedenen Zielen und

Absichten. Während er noch die Nacht in sich spürte und ihn nur die einzige Sehnsucht der Nacht beschäftigte – mitten im grellen Tageslicht.

Doch etwas in dieser Wirklichkeit war schon wie ein Traum. Warum hätten die hohen, grauen Häuser sonst eine solche Bedeutung für ihn haben sollen? Die Mauern sahen porös aus, sie waren aus dem gleichen grauen Stoff wie der Hintergrund von Träumen. Er musste ihre Fassaden von oben bis unten betrachten. Hotel garni. Und Hotel garni. Dieses Wort hatte eine magische Kraft, wie Buchstaben, an die man sich aus Träumen erinnert, bevor man erwacht. Und Gardinen. Majolikatöpfe. Alle Dinge waren symbolisch. Er konnte sich von diesem Viertel und seinen berüchtigten Pensionen nicht losreißen. Nein, gegen diese Unruhe half kein Bier. Wurde man denn von dem verdammten Whisky ein anderer Mensch? Eine sinnlich erregende Hitze stieg in seinem Körper auf. Ein paar helle Frauenbeine in einem Torweg! Er musste stehen bleiben. Nein, geh vorbei! Es war verrückt. Er ging vorbei. Er ging vorbei. Ein Werwolf, der ins Tageslicht entkommen war.

Auf der Vesterbrogade fuhren die Straßenbahnen leise und surrend, gelb und prosaisch, mit dem flirrenden Sonnenlicht in den großen Scheiben und steifen, nüchternen Menschen, Rücken an Rücken. Aber diese Welt war für ihn unerreichbar. Sie war klar wie ein Spiegelbild im Wasser. Er kam nicht in sie hinein. Menschen eilten davon. Und wich er zurück in die andere Welt – die er glaubte, gerade verlassen zu haben –, stellte er fest, dass die Leere sie bereits erobert hatte. Ging er wieder in eine Kneipe, war sie leer. Es wurde sauber gemacht. Schlenderte er in eine Bar, »Orient« oder wie sie nun hieß, war es ein Missverständnis. Der farbige Zierrat, die bunten Lampen und Portieren wirkten verloren und staubig. Der Kellner rieb sich den Schlaf aus den Augen und gähnte schlecht gelaunt. Alles war so überflüssig.

Dann hielt er sich doch lieber an die Vesterbrogade. Obwohl er in einem anderen Tempo ging als die Menschen, die sich tagsüber auf der Straße aufhielten. Die Füße taten ihm von dieser Rastlosigkeit weh. Hauptsache, er ließ sich nicht wieder in die nächste Seitenstraße ziehen, weil er glaubte, weit, weit entfernt auf einem Bürgersteig oder beim Überqueren der Straße Beine in Seidenstrümpfen entdeckt zu haben, eine fleischfarbene Hoffnung, die ganz unten am Halmtorvet winkte. Bloß nicht …

Wenn die Sonne irgendwann unterging, würde er Ruhe finden, das wusste er. Der Abend würde Heilung bringen. Und die Nacht Abkühlung. Aber bis dahin waren es noch viele Stunden, viele Stunden mit Sonne, und er musste von Unruhe getrieben herumlaufen, vollkommen rastlos. Fühlte man sich so, wenn man ein Verbrechen begangen hatte? Ein ähnliches Gefühl wie ein schlechtes Gewissen? Aber er hatte kein schlechtes Gewissen. Es war eine physische Wahrnehmung, natürlich, es war der Whisky im Leib; aber verflucht, es war der Seele sehr ähnlich.

Jastrau ließ sich in irgendeinem Friseursalon mit einer hohen Decke rasieren, er schob sich auf einen Stuhl, vermied es aber, in den Spiegel zu blicken. Ecce Homo! Als er den Kopf zurücklehnte, um sich barbieren zu lassen, spürte er wieder die Leere und das Schwindelgefühl im Nacken, trotzdem musste er sich ruhig verhalten. Es war so gut wie unmöglich. Sein Herz pochte. Und dann erlebte er diese unheimliche Fantasie, die viele moderne Menschen empfinden, ein neurasthenisches Entsetzen. Der Anblick des langen, gefährlichen Rasiermessers, das in der Sonne blinkte, und ein einschmeichelndes Kräuseln der weichen Lippen des Friseurs lösten diesen Schrecken in ihm aus. Er war glücklich, als er es überstanden hatte.

Danach ging Jastrau zum »Dagbladet« und bat um einen Vorschuss von hundertfünfzig Kronen. Ein schwarzhaariger junger Mann schlug das Kassenbuch auf und warf einen schrägen Blick auf das Konto. »Fangen Sie jetzt auch damit an?«, bemerkte er mit einer mürrischen und bekümmerten Stimme. Und Jastrau trieb den Ton noch eine jammernde Oktave nach oben. Er selbst hörte, wie fremdartig es klang, und eigentlich schämte er sich dafür – aber das Geld bekam er.

Und wieder war er zu Hause in der leeren Wohnung. Die Zahlungsaufforderung einer Feuerversicherungsgesellschaft lag in der Post. Er konnte ebenso gut gleich dorthin gehen und bezahlen, dann war es aus der Welt.

Einen Moment stand er mit dem Geldbündel in der Hand da. Nachdenklich blätterte er darin wie in einem Buch, dann legte er hundert Kronen in eine Schublade, schob sie fest zu, drehte auf der Stelle um und verließ – den Rest an Zehn-Kronen-Scheinen gleichgültig in der Hand schwenkend – die Wohnung, die Treppe hinunter, fort.

Die Büroräume der Versicherungsgesellschaft. Das scharfe Sonnenlicht, das durch die großen Fenster fiel. Glas. Glas. Glas. Das Blitzen der Schreibmaschinen. Die Frisuren der weiblichen Büroangestellten, die wie Glorien im Sonnenlicht strahlten. Die blanken, weißen Blätter der Journale, über die der Lichtschein wie ein bläuliches, flüssiges Feuer tanzte. Und der schimmernde Glanz der gebohnerten Böden. Glänzende grelle Flächen. Ein verwirrendes Raumgefühl wie in einem Spiegelkabinett. Und alles in einer fließenden Bewegung, die nur zu ahnen, nicht zu spüren, nicht zu sehen war. Und mit dem Gefühl, als ragte ein Teil seines Ichs in eine neue Dimension, bezahlte er die Feuerpolice.

Welch ein Schwindelgefühl im Hirn!

Sollte er jetzt in die »Bar des Artistes« oder irgendwo anders hingehen, wo es um vier Uhr nachmittags wohltuend schummrig war? Die Portieren schließen sich. Die Sonne ist fort. Der alltägliche Verkehr ist fern und unwirklich wie der

Lärm in den Kulissen hinter einem heruntergelassenen Vorhang. Das Tempo ist anders. Ein Grammophon spielte einen langsamen, näselnden Foxtrott. Das Klirren der Gläser. Das Knistern des Eises in dem schimmernden Shaker. Die Kühle. Das Summen des Ventilators. Menschen, die sich entspannen.

Doch dann wurde ihm klar, dass er dort zehn Stunden bleiben würde.

Nein, er war vernünftig und ging in ein Restaurant für Abstinenzler, um etwas zu essen. Selbstverständlich lag das Restaurant in einem Hinterhaus, es sah aus wie ein Vereinslokal auf dem Land, mit Säulen und Balkon. Und hier unterhielt man sich nicht. Man las Zeitungen. Die Gäste sahen ausgesprochen vernünftig aus. Strebsame junge Menschen mit einfältigen Hirnen, vor Nüchternheit klaren Augen, blassen Nasen und blauer Kleidung, die an den Handgelenken zu kurz war. Junge Mädchen, die Haare im Nacken zu Knoten gebunden und mit einer Spange festgesteckt. Oder mit Mittelscheitel. Fleißige Mädchen. Mit Standpunkten. Und festem Schuhwerk. Damen mit langen Uhrketten und einem krummen Barthaar auf dem Kinn. Lorgnons. Scharfe Moral in der Luft. Und keine Sonne. Keine Reflexe von Spiegeln. Keine Vergoldungen. Nur graues, reinliches Licht.

Hier sollte er warten, bis die Sonne unterging.

Er las sämtliche Zeitungen. Er trank reichlich von dem hellen Alkoholfreien, mehr als es sich in diesem Lokal gehörte. Er schüttete es in sich hinein. Und als er die zweite Flasche zum Essen bestellte, lächelte er der Serviererin zu, als wäre es ein unglaublicher Witz, in einem Restaurant für Abstinenzler zu sitzen, doch sie verstand ihn nicht.

Dennoch gelang es ihm, hier lange sitzen zu bleiben, und das war gut so, denn auf der Straße begegnete er zu oft Bekannten, und begegnete er Bekannten, wurde er zu oft zu Whiskysodas eingeladen. Sie liefen auf der Straße herum und schlugen es vor.

Als er schließlich das Lokal verließ, wurden die Häuser der Vesterbrogade in der Dämmerung von einem bläulichen Schimmer überzogen.

Konnte er jetzt nicht nach Hause gehen, die Gardinen vorziehen und sich ins Bett legen? Seine Füße waren so müde, der ganze Körper erschöpft. Er hatte das Gefühl, als würde er mit krummen Knien gehen und die Beine hinter sich herschleppen. Aber in den Augen der Frauen war das Licht der Dämmerung. Der Verkehrslärm hing so lange in der Luft. Es gab Raum und Klang. Ein kleines Lachen perlte so befreiend in dem Gedränge der Menschen vor ihm auf.

Er ging an einer Frau in einem braunen Kostüm vorbei. Sie stand ruhig an der Bordsteinkante. Die Beine in den hellen Strümpfen standen so hübsch beieinander. Schuh neben Schuh. Sie richtete sich auf. War das eine Aufforderung?

Er drehte um und ging zurück, strich dicht an ihr vorbei. Sie hatten sich kaum in die Augen gesehen. Aber er spürte etwas Unvermeidliches. Er musste. Und sie sollte es sein. Nun wollte er nicht länger herumlaufen. Sonst … Oh, er wusste es. Sonst würde er sich die Füße wund laufen, Frauen anstarren, wollen, nicht wollen, und gehen, gehen, gehen, bis er kurz vor dem Zusammenbruch war. Er nickte.

Und dann ging er langsam die Straße entlang und bog um eine Ecke.

An der Ecke hatte sie ihn eingeholt. Er sah sie an. Sie richtete sich auf. Das Gesicht war breit und vulgär. Aber ihre dunklen Augen hatten Tiefe.

»Na«, sagte sie leise.

»Wie viel?«, fragte er und starrte geradeaus.

Sie gingen weiter, Seite an Seite, als würden sie sich kennen. Sie trat mit dem anderen Fuß zuerst auf, sodass sie im Gleichschritt gingen.

»Zehn«, sagte sie ebenso leise.

Er nickte, und sie gingen schneller.

Jetzt konnte er sich unmöglich zurückziehen, es wäre zu lächerlich. Sie ging schließlich in einem bestimmten Takt neben ihm. Es war abgemacht. Ihr Tempo war schicksalsschwer, fand er. Als verfolge man mit angehaltenem Atem einen Sekundenzeiger und würde plötzlich erkennen, welche Bedeutung jeder einzelne Ruck eigentlich hat.

Sie wechselten ein paar Worte über das Wetter. Darüber hinaus blieb es merkwürdig still und nüchtern zwischen ihnen.

»Ist es noch weit?«

»Nee, gleich da vorn. Ich wohne bei meiner Schwester.«

Warum umgaben sich diese Frauen immer mit einem Schein von Familienleben? Es war wieder eine dieser bürgerlichen Repliken, die so typisch sind. Vielleicht war es ihr Ideal. Er musste lächeln. Doch dann blickte er sie plötzlich an. Er wollte doch wissen, wie sie aussah. Sie war schwarzhaarig. Unter den Augen hervortretende Wangenknochen. Der Mund war breit und kräftig, die Nase plebejisch. Er meinte, sie schon einmal gesehen zu haben.

»Ich glaube, ich kenne Sie vom Sehen«, sagte sie im selben Augenblick.

»Mich? Nein? Ich bin nicht von hier«, erwiderte er beiläufig.

Sie blieben vor einem alten Haus mit Steintreppe und Kellerhals stehen. Im Hochparterre gab es eine Briefmarkenhandlung, als Junge hatte er – trotz der Gefahr, in den Keller zu fallen – oft auf den Zehenspitzen gestanden, nur um sich die hübschen Briefmarken aus Bosnien und Herzegowina anzusehen. In dieser Stadt tritt man auf Erinnerungen! Ärgerlich!

»Komm schon.«

Sie ging voraus.

Er blickte auf ihren Rücken, als sie die Treppe hinaufging. Schließlich musste er sich doch für ihr Aussehen interessieren. Eine trockene Hitze stieg ihm ins Gesicht. Ja, er war erregt, aber gleichzeitig war es ihm so egal, dass es an Trübsinn grenzte. Sie hatte einen fülligen, weißen Nacken. Diesen Nacken, ja natürlich, den hatte er schon einmal gesehen.

Sie wohnte in einer dieser alten Kopenhagener Wohnungen mit kleinen, viereckigen Zimmern und niedrigen Decken. Auf dem Türschild stand »E. Kopf, cand. pharm«. Es erschien rätselhaft. Aber im Übrigen war in der Wohnung alles vollkommen plausibel. Ein Diwan ragte schräg aus einer Ecke. Alles, Gardinen und Tapeten, alles war kleingemustert, vor den Fenstern durchsichtige Vorhänge. An der Wand hing ein Bild einer Dame in einem Empirekleid und eines Herrn, die unter einem Baum ruhten, glückselig im Schoß der Natur. Natürlich in einem ovalen, vergoldeten Rahmen. Oval!

»Ja, hier wohne ich«, sagte die junge Frau und wiegte sich in den Hüften.

»Ist sehr nett hier«, antwortete Jastrau und sah sich um. Das ovale Bild rührte ihn. Aber er wurde unterbrochen.

»Äh, fünfzehn, dann zieh ich mich ganz aus.«

Ein üblicher Trick, das wusste er.

Er nickte.

Als sie sich ausgezogen hatte, bemerkte er an ihrem Hals eine Bernsteinkette. Ihre kühle, gelbe Farbe auf der matten Haut, die im Dämmerlicht, das durch die Gardinen fiel, einen träumerisch goldenen Schimmer bekam, wirkte so reinlich. Sie wollte die Kette unbedingt anbehalten. Und es stimmte Jastrau mild, denn mit diesem Schmuck war es leichter, sie für schön zu halten, und für fünfzehn Kronen wollte er doch ein bisschen Schönheit, ein ganz klein wenig. Er fand ihren Körper hübsch und lächelte begeistert und betrübt.

»Aber um Himmels willen, du bist ja schüchtern. Das hätte ich nicht gedacht«, lachte sie und zupfte ihn übermütig am Ohr.

IV

Heute musste Johanne kommen, denn am Abend waren sie zum Essen bei Eyvind Krog eingeladen. In Frack und weißer Binde. So spät im Jahr. Es war fast Frühsommer.

Aber Ole Jastrau vermochte nicht so weit zu denken. Johanne kommt! Nur bis dahin. Es war unmöglich, weiter als bis halb elf zu denken. Da saß er vermutlich bei Dr. E. Rambusch. Ja, und dann …

Er ging rasch die Strøget hinunter, aufrecht und mit durchgedrücktem Rücken, doch ihm glühte der Kopf. Merkwürdig, dass ihm die Szene mit Vuldum in der »Bar des Artistes« durch den Kopf ging. Dieser slawische Zug in ihrem Gesicht, breit und vulgär. Der Auslöser seiner Erinnerung. Wie war das doch gleich gewesen? Ja, richtig, und dann war ein kleiner, demütiger Mann in einer zu kurzen Jacke durch das Lokal gegangen. Er hatte einen Korb mit Blumen unter dem Arm und in der Hand drei blassrote Rosen.

»Wieso kommen Sie auf die Idee, hier Blumen verkaufen zu können? Sie sehen doch, dass es keine Damen im Lokal gibt.«

Er hatte das Gefühl, Vuldums scharfe Stimme hier mitten im Gewimmel auf dem Bürgersteig vor dem »Bernina« hören zu können. Jedes Wort dröhnend wie Metall, obwohl es über ein Jahr her war.

Schwarzes Kleid. Ein fetter, weißer Nacken. Füllig war er in jedem Fall. Das, das war sie. Es war sie. Wie hatte Vuldum sie doch genannt? Schwarze …? Schwarze …? Und Jastrau ging unwillkürlich schneller, hinüber auf die andere Straßenseite, unter die Linden an der Heilig-Geist-Kirche.

»Kennst du etwas Schlimmeres als eine überpuderte Wunde?« Eine überpuderte Wunde. War das nicht die Bemerkung, die Vuldum gemacht hatte? Er hatte das Gefühl, die Worte, die Worte und ihren Klang hören zu können, er erinnerte sich an sein physisches Unbehagen. Oh, Hauptsache, Dr. Rambusch hatte heute Sprechstunde. Denn sie musste es sein, sie war es. Schwarze …? Schwarze Eva, Ellen …? Sie war es.

Und plötzlich spürte er wieder die Angst, dass ihm beinahe der Atem stockte. Er schnappte in der Sonne nach Luft. Oh, dieses frische Wetter! Die Sonnenflecken auf den Platten des Bürgersteigs. Die weißen Vogelkleckse, die aussahen wie Kalkspritzer. Sonnenschein! Und heute Abend sollte er Frack und weiße Binde tragen, er sollte konversieren. Suff und Ausnüchterung, Mädchen, Doktor und Geldstrafe, alles verborgen hinter einer weißen Hemdbrust. Ecce Homo!

Vor dem Haus, in dem Dr. Rambusch wohnte – es lag in einer diskreten Seitenstraße –, sah er sich vorsichtig um, bevor er zur Haustür schlich. Seltsamerweise schienen sämtliche Nachbarhäuser matte Fensterscheiben zu haben. Es war die Rückseite von beeindruckenden Kopenhagener Bürogebäuden. Sie wandten ihm höflich den Rücken zu, und niemand sah, wie er sich hineinstahl.

Welch ein Glück! Es war Sprechstunde, auf einem Schild stand »Bitte eintreten«. In dem braunen, tristen Wartezimmer saß nur ein sonnengebräunter Mann, der mit geistesabwesendem Blick in einem der dicken Jahrgänge des »Familienjournals« blätterte. Auf einer Hand war ein blauer Anker tätowiert.

Jastrau versuchte, ihn so teilnahmslos wie möglich anzusehen. Ein »Guten Tag« blieb beiden heiser im Halse stecken. Es klang wie ein Grunzen. Jastrau hängte seinen Hut an einen vielarmigen Garderobenständer.

Ein hässlicher und unheimlicher Garderobenständer, der wie in einem Wirtshaus in einer Ecke seine Arme ausstreckte – wie in einer Ecke im Empfangszimmer der Stenosgade. Oh, überall, wo Menschen Hilfe suchten, stand es offenbar, dieses Monstrum, dieses Ungeheuer. Es glich einem altertümlichen Folterinstrument, dem Rad, auf das Menschen geflochten wurden.

Immer gab es ein drohendes Urteil, und zwar mit mittelalterlicher, barbarischer Strenge. Was half da die moderne Humanität? Nichts. Gar nichts. Überall saßen Menschen an hässlichen Tischen und erwarteten ein Urteil oder eine Offenbarung, und nur die Schalen für die Visitenkarten oder alte Jahrgänge des »Familienjournals« trösteten das Auge, während sie warteten und warteten.

Eine Tür wurde geöffnet, und ein Arzt in einem weißen Kittel erschien. Hinter ihm strahlte die Sonne ins Sprechzimmer, und einen Moment erreichte ein schräger Lichtstrahl die im Halbdunkel Wartenden. Dann stand der Seemann auf und ging hinein – was würde ihn dort erwarten? Es wurde wieder dunkel. Und Jastrau selbst? Warum wollte er hinein – in ein paar Minuten? Nichts konnte jetzt schon diagnostiziert werden, das wusste er. Aber vorbeugen, vorbeugen war glücklicherweise möglich. Dass Dummheiten aber auch so viel Geld kosteten! Ein Zehnkronenschein riss den nächsten sinnlos mit sich.

Und dann wurde die Tür wieder geöffnet. Der Seemann hatte glühende Augen, als er vorbeiging. Und Jastrau war an der Reihe.

Dieser Dr. Rambusch war ein blühender Mann. In seinem weißen Kittel sah er so frischgewaschen und rotwangig aus. Die hellen Augenbrauen verliehen ihm ein schelmisches Aussehen.

»Und Sie?«, fragte er und hielt seine vom vielen Waschen roten Hände in die Sonne, die durchs Fenster fiel. »Womit kann ich Ihnen dienen?« Jastrau hatte das Gefühl, als würde ihn diese Routinefrage auf der Stelle beruhigen. Das Ganze war nur eine unpersönliche, sachliche Affäre, die überstanden sein wollte.

»Ach, es ist bloß eine kleine Dummheit.«

»Das Übliche, ja, ja, nun. Wie lange ist es her?«

»Äh, gestern.«

»Na, dann kommen Sie ja rechtzeitig. Diese Bolschwiken werden wir schon aus der Welt schaffen. Darf ich Sie nun freundlich bitten, dort auf dem Lager der Freuden Platz zu nehmen.«

Und mit einer einladenden Handbewegung zeigte er in ein kleines Zimmer, in dem eine Bank aus Glas stand.

»Ja, so etwas ist schon eine dumme Sache«, murmelte Jastrau und legte sich hin.

»Oh ja«, erwiderte der Doktor gesprächig und rollte Watte um ein dünnes Stäbchen.

Dann verspürte Jastrau einen kurzen, ätzenden Schmerz.

»Es ist immer sinnvoll, das Brennen sofort zu ertragen«, bemerkte der Doktor lächelnd. »Ich habe nie erlebt, dass Patienten wiedergekommen sind und sich nach dieser Behandlung beschwert haben.«

Alles war so sonnenklar, so selbstverständlich.

Von einem Sonnenstrahl und einem Arzt in einem leuchtendweißen Kittel, so weiß, dass es ins Gelbe und Blaue changierte, wurde Jastrau zurück in das dunkle Wartezimmer geführt; er hatte das Gefühl, von einem Lichtstrom fortgespült zu werden, er vergaß vollkommen, dass der Garderobenständer wie ein Folterwerkzeug aussah. Er nahm seinen Hut und ging, beinahe lachend.

Peter Boyesen grüßt alle munteren Jungs!

Die Sonne floss in das Laub der Ulmen auf dem Kongens Nytorv, die Häuser erschienen fern, luftig und in klaren Farben. Es war noch immer Vormittag. Ein frischer Duft vom Bürgersteig. Eine Klarheit in den blitzenden Fensterscheiben. Und er fühlte sich so erleichtert! Hin und wieder zuckte er unter einem kleinen, ätzenden Schmerz zusammen und richtete sich lächelnd auf. Es war eine Kur, über die man nur lachen konnte. Peter Boyesen grüßt …! Sollte man das Leben denn nicht so nehmen? Das strahlende Lächeln eines feisten Manns.

Aber man stelle sich vor, da hatte er in der Ausnüchterungszelle gelegen und im Schlaf über Jesus geredet. Wie lange das her war. Hier im Sonnenschein schien es sehr lange zu sein, ein dunkler Punkt in seiner Vergangenheit. Aber weshalb hatte Jesus in seinen Gedanken herumgespukt? Lag es an dem Besuch in der Stenosgade? Oh, nein, ein kleiner schwarzer Mann, der mit Gedanken jonglierte wie mit Messern, eine scholastische Zirkusnummer. Hatte ihn das so tief beeindruckt? Nein! Und nochmals nein! Und dennoch, vielleicht. Lag der schwarze Pater wie ein Schatten über seinen Gedanken? Merkwürdig, wie sich alles in der Seele festsetzte, ohne dass man es bemerkte. Nichts wurde vergessen, nichts. Aber Peter Boyesen grüßt …

Verloren in einer eigentümlich lächelnden Stimmung schlenderte Jastrau über die Strøget, nahm eine Abkürzung durch einige Seitenstraßen und kam zum Gebäude der Zeitung, ging durch ein Tor und stieg die Hintertreppe hinauf.

Und plötzlich begriff er, mit welchem Widerwillen er hierher kam. Er hatte das Gefühl, als würde sich ein anderer Geist seiner bemächtigen, ein trägerer, aber auch ungestümerer Geist. Die Gegenwart, die Aktualität, die Wirklichkeit waren so flüchtig.

In der Säulenhalle und der Vorhalle war es dunkel. Nach dem sonnenhellen Tag im Freien schien es hier zu dämmern. Nur aus der angelehnten Tür zum Büro des Chefredakteurs fiel ein langer Streifen gelben Lichts. Jemand hustete darin.

Jastrau ging hinter die Schranke und bückte sich, um einige

Rezensionsexemplare an sich zu nehmen, die für ihn zur Seite gelegt worden waren, als die Tür sich ganz öffnete und Redakteur Iversens große, vornübergebeugte Gestalt erschien.

»Hallo, da haben wir ja Jastrau!«, rief er überrascht und starrte den Literaturkritiker seines Blattes geistesabwesend an. »Ich dachte, Sie sind im Ausland – in Marokko.«

Jastrau lehnte sich verlegen gegen die Schranke. Er ahnte einen Hinterhalt.

»Nein, Herr Redakteur, davon kann wirklich nicht die Rede sein«, erwiderte er höflich.

»Tja, das hatte ich geglaubt«, sagte der Redakteur mit seiner schleppenden Stimme und blickte ausdruckslos in den Raum. Er erinnerte in diesem Grabkammerdunkel an einen Wiedergänger, während draußen die Sonne schien. »Irgendwo in Afrika, dachte ich. In der Zeitung sieht man ja nie etwas von Ihnen.«

Nun wusste Jastrau Bescheid. Er sollte unsichtbar gemacht werden. Es war das sicherste Zeichen von Ungnade.

»Die Literaturseite wird einfach nicht gedruckt«, verteidigte er sich irritiert. »Sie liegt jetzt seit über drei Wochen in der Setzerei. Inzwischen ist der Stoff verstaubt.«

Er wurde von einem kurzen, stechenden Schmerz unterbrochen.

»Seit über drei Wochen, ist das so?«, fragte der Redakteur mäßig interessiert und strich über seinen Schnurrbart. »Ja, das ist eine lange Zeit. Aber stellen Sie sich vor, wir sollen jetzt jede Woche eine Radiobeilage bringen – jede Woche«, wiederholte er in sich gekehrt. »Das interessiert die Leute.« Und plötzlich leuchtete der Hauch eines Lächelns hinter dem herabhängenden Schnauzbart auf, seine Augen leuchten für einen Moment. »Sogar der Geschäftsführer unserer Zeitung hat daran Interesse. Er hört Radio, hi, hi, sobald Wellen in der Luft sind, dreht er regelrecht durch.«

Iversen blickte auf den Boden. Sein langer, zusammengekrümmter Körper schüttelte sich vor Lachen.

»Hi, hi, er glaubt, die Annoncen würden nur so hereinströmen – von den Engeln.«

Dann blickte er Jastrau mit einem naiv philosophischen Ausdruck in den alten grauen Augen an.

»Aber das ist die Zukunft.«

Und mit einem Ruck richtete er sich auf.

»Sie sollten trotzdem zusehen, dass diese Literaturseite gedruckt wird … und dann … gute Reise nach Marokko.«

Langsam verschwand Iversen wieder in seinem Eckzimmer; doch noch lange danach war der Atmosphäre im Halbdunkel anzumerken, dass er dort gewesen war. Wie ein Raubtier hinterließ er eine Spur in der Luft, etwas Beißendes, Gefährliches. Es ließ sich nicht eliminieren. Verbittert schob Jastrau sich die Bücher unter den Arm. Seine Zeit bei dieser Zeitung war bald zu Ende. Genau das bedeutete es! Allerdings wusste er das doch bereits seit über einem Jahr. Warum musste es nur so langsam versiegen, versickern, weshalb spannte man ihn auf die Folter? Er ging durch die Schwingtür hinaus.

Wurde man bei dieser Zeitung denn nie rausgeschmissen?

So ging das jetzt schon ein ganzes Jahr. Letzten Herbst, zur Hochsaison der Buchproduktion, hatte es noch ganz gut ausgesehen, und er hatte die schwache Hoffnung gehegt, wieder festen Boden unter die Füße zu bekommen; aber nach Neujahr hatte sich die alte Hoffnungslosigkeit wieder eingestellt: Artikel lagen monatelang herum und wurden nicht gedruckt – »an den Nagel gehängt«, hieß es –, Ideen zerrannen, Vereinbarungen lösten sich in Luft auf.

Jastrau überlegte kurz, in die »Bretterhütte« zu gehen und ein Mittagessen mit einem eiskalten Schnaps zu sich zu nehmen. Doch dann erinnerte er sich daran, dass er sparen musste. Er kaufte ein paar Eier, einige Scheiben Roggenbrot und ein Viertelpfund Butter im Milchladen und ging dann in die Wohnung, um sich ein einfaches Mittagessen zuzubereiten.

Dort saß er dann. Merkwürdig, wie unordentlich Teller, Messer und Gabel über den Tisch verstreut lagen, wenn keine Frau den Tisch gedeckt hatte. Er konnte die Tischdecke so sorgfältig auflegen, wie er wollte, es sah trotzdem provisorisch aus.

Ein Fenster stand offen. Die Sonne schien auf die Fenster der Nachbarwohnung mit den ewig vorgezogenen Vorhängen. Vorhänge. Eine nackte Frau mit Bernsteinperlen! Jetzt musste Johanne bald kommen. Alles würde sich fügen, sobald er ihr Gesicht sah und das Gefühl hatte, sich nicht zu verraten. Aber er wusste nicht, ob er stark genug war. Und morgen kam Oluf zurück, und das war gut, denn dort am Fenster stand sein Spieltisch, und die Spielsachen, die sinnlos darauf herumlagen – ein paar Aufziehpuppen, eine Ente auf Rädern, eine Schachtel mit Wäscheklammern –, könnten auf die Dauer gefährlich werden. Tote Dinge, in denen etwas zum Ausdruck kam! Schnell könnten sie eine religiöse Bedeutung bekommen, wenn sie allzu lange unbenutzt herumlagen und zu Symbolen und Maskottchen wurden. In der Ecke stand eine große, gefährliche Fastnachtsrute mit dem Glanzbild eines Heinzelmännchens an der Spitze. Jastrau fühlte sich bei ihrem Anblick bisweilen regelrecht eingeschüchtert. Gut, dass Oluf morgen zurückkam und alles auf den Boden werfen würde.

Da hörte er durch das offene Fenster einen Knall. Eine Autotür wurde zugeworfen. Und in der leeren Straße ertönte eine heitere Stimme: »Na, dann auf Wiedersehen, Schwesterchen.« Das war der Schwager, dachte Jastrau hämisch, ohne am Tisch aufzustehen. Doch dann hörte er eine andere Stimme, zögerlich und zärtlich. »Leben Sie wohl, gnädige Frau, und vielen Dank.« Das Blut schoss Jastrau in den Kopf. Das war … ja, er kannte diese einschmeichelnde Stimme, die sich um die Ohren schlängelte und kitzelte. Joachim Michelsen! Ihre Jugendliebe. Sie hatte nichts davon gesagt, dass er auf den Ausflug in das Ferienhaus des Schwagers bei Tisvilde mitkommen würde, nicht ein Wort.

Langsam legte er Messer und Gabel beiseite und starrte, ohne den Blick abzuwenden, auf die weißen Vorhänge der Wohnung auf der anderen Straßenseite. Im Tageslicht wurden sie zu Flammen, und ohne dass er es wirklich wahrnahm, loderten sie in seinen Gedanken. Sie *wurden* zu seinen Gedanken.

»Ach, hier sitzt du!«, rief Johanne. Sie stand lebhaft und rotwangig vor ihm. Ein Hut, eher eine Haube, saß stramm über ihrer Frisur und den Ohren, sodass ihr Gesicht nackt zu sein schien. Der Fahrtwind hatte ihre Augen tränen lassen. Das Rötliche, das Kaninchenhafte war nicht zu übersehen.

Jastrau stieg all die frische Luft in die Nase, die aus ihren Kleidern strömte. Es kühlte ihn für einen Moment ab.

»Und, wie ist es dir so ergangen?«, erkundigte sie sich und zog die Haube ab. Ihr Haar entfaltete sich in einem widerspenstigen, goldenen Nebel.

»Na ja, ging so.«

Ihre Stimme klang so kühl, so distanziert. Dem Ausdruck ihrer Augen nach war sie in der Wohnung noch überhaupt nicht richtig angekommen.

»Hier sieht's aber sehr staubig und trostlos aus.« Sie sah sich wie eine Fremde um, während Jastrau sich vorbeugte und sie musterte. »Hier muss mal wieder richtig Ordnung gemacht werden. O ja!« – und dann gähnte sie und reckte die Arme in die Luft. »Und schon ist man wieder zu Hause in seinem alten Trott.«

»Langweilst du dich bereits?«, fragte Jastrau bitter.

Sie wandte sich ihm abrupt zu. Die engsitzende Jacke und das zerzauste Haar – ja, eine Amazone.

»Musst du gleich wieder eine Staatsaktion daraus machen!« Ein leicht vulgärer Klang in ihrer Stimme. Ein zynisches Zucken zog sich über ihr fülliges Kinn.

»War es nicht ein bisschen einsam dort oben?«, erkundigte sich Jastrau lauernd.

»Ach was, an den Strand haben wir ein Grammophon mitgenommen, da langweilt man sich nie.«

»Tja, die Natur ist schön«, erwiderte Jastrau ironisch.

Ein kleiner scharfer Schmerz durchfuhr ihn.

»Oh, du bist unerträglich. Du machst es einem wirklich nicht leicht!«, entfuhr es ihr. »Aber nun muss ich Oluf anrufen. Man ist schließlich keine Rabenmutter.«

Spielte sie Komödie? Hielten sich beide nun mit scheinheiligen Grimassen in denselben Zimmern auf, ganz nah beieinander? Mit Masken? Und konnten nicht voneinander lassen? Sie … hatte … Michelsen … mit … keinem … Wort … erwähnt.

»Oluf will auch mit seinem Vater sprechen!«, rief sie am Telefon aus dem Wohnzimmer.

Er erhob sich langsam und ging hinüber.

»Guten Tag, Oluf!«, sagte er freundlich in die Sprechmuschel.

Und als er die helle, klare Stimme des Jungen am Telefon hörte, hatte Jastrau das Gefühl zu frieren.

»Guten Tag, Papa! Wo wart ihr denn so lange?«

»Wir … wir sind hier … zu Hause«, antwortete er. Er empfand es wie einen zarten Sonnenstrahl in einem dunklen, feuchten Keller.

»Jetzt lass mich auch noch mal«, unterbrach ihn Johanne energisch und griff zum Hörer. Darin perlten noch ein paar muntere Laute, die Jastrau aber nicht mehr verstand.

Also ging er zurück ins Esszimmer und setzte sich auf seinen alten Platz. Und ihm gegenüber loderten die weißen

Vorhänge. Sie warfen einen hellen Feuerschein in das dunkle, nach Norden ausgerichtete Zimmer.

Vorhänge. Eine nackte junge Frau mit Bernsteinperlen. Aber nichts war mehr real. Die Stimme des Jungen am Telefon. Ebenfalls unwirklich. Und doch gab es einen kleinen ätzenden Schmerz, einen Stich.

Johanne telefonierte im Wohnzimmer. Jetzt hatte sie offenbar seine Schwiegermutter am Apparat. Worüber sprachen sie? Über den Haushalt im Ferienhaus des Bruders. Die Aussicht über das Meer. Zu kalt, um ins Wasser zu gehen. Joachim Michelsens Namen erwähnte sie nicht.

Sein Gemüt verdüsterte sich mehr und mehr.

Schließlich legte sie auf und warf die Jacke auf den Spieltisch.

»Ich hatte übrigens unerwarteten Besuch«, bemerkte Jastrau.

»Ach, wie amüsant. Wer war es?«

»Steffensen.«

»Wer?«

»Dieser Kommunist, Steffensen.«

»Den du rausgeschmissen hast?«, rief Johanne spitz. »Du hast ihn doch wohl nicht in die Wohnung gelassen?«

»Doch.«

»Du bist doch wirklich so etwas von inkonsequent …«, und plötzlich schlug ihr Ton um: »Dann warst du also betrunken.«

»Na ja …«

»Ja, du zögerst, aber glaub ja nicht, ich wüsste das nicht. Dieser Kerl hat einen schlechten Einfluss auf dich. Das habe ich schon damals bemerkt. Und du, ein erwachsener Mann. Lässt sich von so einem Bengel verführen.«

Sie begann aufgebracht auf und ab zu gehen.

»Du warst wieder betrunken, Ole. Du kannst es ebenso gut zugeben.«

»Nein, verdammt, kann ich nicht«, erwiderte er unerbittlich.

»Er ist dein böser Geist.«

»Blödsinn.«

Und plötzlich erhob er sich und schrie: »Du solltest lieber daran denken, dass wir heute Abend bei Krogs eingeladen sind, statt mit unangemessenen Beschuldigungen zu kommen.«

Warum schleuderte er ihr nicht Michelsens Namen an den Kopf? Warum wich er aus und wurde immer wütender? Eine launische, boshafte Wut.

»Im Übrigen darf ich dir verraten«, fuhr er aufgebracht fort, »dass wir den Gürtel bald enger schnallen müssen. Ich hatte eine Auseinandersetzung mit Redakteur Iversen. Oh doch, ich hatte es sehr gemütlich hier, während du dich am Sandstrand geaalt hast. Verstehst du?«

Doch sie ging immer schneller auf und ab, hin und her. Jedes seiner Worte beschleunigte nur ihre Schritte oder löste eine heftige Bewegung bei ihr aus, sie schnappte sich die Serviette, die auf dem Tisch lag und klatschte sie wütend an die Tür, gegen die Wand, gegen die Stühle, während sie weiter auf und ab wanderte, unablässig wanderte, immer schneller und schneller, ohne ein Wort zu sagen.

»Ich werde dort bald entlassen. Hörst du?«, schrie er.

»Das will ich gerne glauben«, antwortete sie rücksichtslos, warf den Kopf in den Nacken und ging hinaus in die Küche.

Jastrau hingegen saß im Wohnzimmer und begann, Rezensionsexemplare aufzuschneiden. Er sah, wie ihm die weißen Papierflocken über die Hose schneiten. Am liebsten wäre er gegangen, aber er hatte das Gefühl, es sei unangemessen. Er hätte zurückkommen müssen. Denn sie mussten bei Krogs erscheinen. Diesmal konnten sie ihn nicht versetzen. Sie mussten unbedingt dort auftauchen. Und er in Frack und weißer Binde, obwohl er sich so schäbig fühlte.

War es Reue? Es war eher ein Gefühl, nicht sauber, nicht gewaschen zu sein. Ganz einfach. Es war keine Reue, sondern die Angst, sich frei zu bewegen, er selbst zu sein und dies in alle Winde zu schreien – und genau das quälte ihn am meisten.

Und dann dieser kleine unreinliche Schmerz.

Und er sollte in Frack und weißer Binde erscheinen!

Die Stunden vergingen. Johanne kam herein und schaute in die Schublade mit dem Geld.

»Die Feuerversicherung ist übrigens bezahlt«, teilte er mit.

»Hätte das nicht warten können?«

Er antwortete nicht.

Gegen sechs nahm die Nervosität zu. Nun mussten sie sich umziehen. Das Schweigen zwischen ihnen wurde mehrfach gebrochen. »Wo ist denn bloß dieser Kragenknopf?« »Meinst du, ich kann die champagnerfarbenen Schuhe zu diesem Kleid anziehen?« »Zu welchem Kleid?«

Die Fragen wurden hastig gestellt, und die Antworten fielen nicht immer sanft aus, während sie von Zimmer zu Zimmer eilten, in den Spiegel blickten, sich herrichteten, die Kleider bürsteten. Doch das Ganze war so unwirklich im Glanz des hellen Sonnenscheins auf dem Dach gegenüber. Es war eine Art von Maskerade, bei Tageslicht in Frack und weißer Binde herumzulaufen. Jastrau fühlte sich wie ein Oberkellner. Es war der reinste Karneval, Johanne in dem schwarzen Kleid mit den großen, goldfunkelnden Pailletten zu sehen, der Schlangenhaut, wie Jastrau es nannte.

»Wie sehe ich darin aus, Ole?«. »Ausgezeichnet. Potzblitz.« Aber er sagte nicht, dass sie darin ein wenig zu herausfordernd aussah. Obwohl, war es tatsächlich so? Lag die Herausforderung in einem solchen Kleid nicht eher in ihrem Charakter? Stramme Formen. Schwellende Brüste. Straffe Beine. Alles an ihr war so gefährlich. Merkwürdig unbändig.

»Ausgezeichnet«, wiederholte er und war plötzlich verlegen. Hier hatte er es mit einer Macht zu tun, die er nicht im Griff hatte, einer Weiblichkeit, einer Sinnlichkeit, die nicht bezähmt war. Warum war es denn nur so grau zwischen ihnen?

Er hielt sich noch immer für unerfahren, und sie war eine reife Frau.

Einen Augenblick später saßen sie in einem Taxi und fuhren die Vesterbrogade hinunter. Jastrau spürte bereits den Schweiß auf seiner Stirn.

»Es ist aber auch ein Blödsinn, um diese Jahreszeit zu einer Gesellschaft einzuladen«, bemerkte er und schaute hinaus in den Sonnenschein, der in Myriaden von Fahrradlenkern blitzte.

»Aber das ist doch deine Schuld«, erklärte Johanne, »er hat es schließlich deinetwegen immer wieder verschoben.«

»Ja, ja, aber Sonnenschein und Frack und weiße Binde finde ich einfach unerträglich.«

»Du bist aber auch eine Mimose.«

»Ja, ich schwitze.«

Das Taxi hielt vor einer Villa in Frederiksberg, oder besser, vor einem großen, hässlichen Gebäude, das viel zu pompös für den Garten war. Ein paar hohe Kastanienbäume verschatteten den Rasen, der in der modrigen Erde verkümmerte.

Ein kleiner Herr in Frack und weißer Binde stand an der Pforte und blinzelte kurzsichtig hinter seiner Lorgnette.

»Ah, da seid Ihr ja. Endlich. Endlich. Endlich ist es gelungen, ihn vom heimischen Herd loszureißen. Aber mit Ihnen als Gemahlin, nicht wahr, wird selbst ein Seeräuber zum häuslichen Menschen. Ja, wer hätte das von dir gedacht, du alter revolutionärer Idiot. Aber sei willkommen. Die Einstein-Drinks sind noch nicht eingegossen, aber die Cocktails stehen schon da und frieren … richtig eiskalt … kleine Eskimos, ha, ha, ha. Aber da kommt ja noch ein Wagen. Weitere Gäste. Wer das wohl sein mag?«

Er kniff die Augen zusammen und beugte sich vor. Seine spitze Wolfsnase witterte.

»Guten Tag, Krog, und vielen Dank, dass wir kommen dürfen.«

Ein mittelgroßer Herr im Abendanzug und einem offen stehenden Sommermantel stieg aus dem zweiten Taxi und kam auf sie zu. Sein Blick war lethargisch und arrogant. Das Lethargische setzte sich im Weißen seiner Augen fort.

Hinter ihm erschien eine kleine Dame in einem Abendmantel, der ihr bis hoch in den Nacken reichte. Sie schauderte und sah aus, als wollte sie die ganze Zeit ihre spitze Nase verbergen.

Sie wurden vorgestellt. Es handelte sich um Richter Asmussen und seine Ehefrau.

»Gehen wir lieber hinein«, rief Krog, »sonst sieht es noch wie eine Menschenansammlung aus, und wenn wir hier stehenbleiben, riskieren wir eine Geldstrafe wegen öffentlicher Ruhestörung, nicht wahr, Herr Richter?«

Jastrau zuckte zusammen und sah den Richter nervös an. Wusste er etwas? Aber der Richter wischte sich nur den Mund mit einem Taschentuch ab.

»Ich brauche jetzt einen Whisky, lieber Krog. Seit gestern habe ich keinen Tropfen mehr angerührt«, behauptete er.

»Oh, du musst nicht immer mit deiner Trinkerei prahlen, Asmus«, protestierte seine Frau. Dann hob sie die Nase in Johannes Richtung. »Wir haben tatsächlich nicht einen Tropfen zu Hause. Es sei denn, wir haben Gäste, natürlich.«

»Du lügst doch, Strik«, lachte der Richter heiser. »Ich liebe es, betrunken zu sein, und Krog hat mein Laster bestimmt berücksichtigt, wenn ich ihn recht kenne.«

Sie gingen gemeinsam durch die Gartenpforte.

»Ich liebe Alkohol, das sage ich Ihnen«, fuhr er an Jastrau gewandt fort und fasste ihn stöhnend unter den Arm.

Krog, der als Anwalt die Zulassung zum Obersten Gerichtshof hatte, wohnte in der ersten Etage.

Seine Gattin, ein träges Geschöpf mit einer dunklen Madonnenfrisur, begrüßte sie herzlich mit einem schlaffen Händedruck. Ein Spiegel im Korridor. Man war geradezu gezwungen, sich darin zu betrachten. Ecce Homo! Jastrau korrigierte den Sitz seiner Hemdbrust und schaute in sein allzu bekanntes, gelbes Gesicht. Er wusste, was sich dahinter verbarg.

Um ihn drängten sich die anderen. Auf der Konsole des Spiegels verteilten sich Kämme, Puderquasten und Lippenstifte.

Schließlich waren sie bereit einzutreten. Die Strahlen der Abendsonne blendeten ihre Augen, als sie die Tür des dunklen Korridors öffneten. Die niedrigen Mahagoniregale entlang der Wände schimmerten. Ein Klavier stand im Schatten, und daran lehnte Vuldum, kreideweiß, in einem Abendanzug, mit leicht gebeugtem Rücken. Er unterhielt sich mit einer kleinen Dame mit Madonnenfrisur, der Schwester der Hausherrin, die auf dem Klavierhocker saß.

Ein schlanker Herr mit einem finsteren, bedrohlichen Blick und einer rötlichen Narbe am Kinn sprang aus einem Sessel, in dem er über einem seiner Lackschuhe gegrübelt hatte.

Zu Jastraus Entsetzen kniff Vuldum die Augen zusammen und musterte Johanne unbefangen, bevor er grüßte.

»Jetzt sind wir bald vollzählig«, rief Krog und rieb sich die Hände. »Uns fehlt nur Kryger. Aber zu warten ist gar nicht so schlecht, dann ist der Hunger umso – formidabler. Komm mal her, Jastrau, du musst dir diese Platon-Ausgabe ansehen, die ich gerade erworben habe.«

»Was für ein Prahlhans dieser Mensch doch ist«, bemerkte Vuldum laut.

Krog lächelte verlegen.

»Er ist neidisch«, teilte er mit.

»Nein, Krog, was glaubst du wohl. Ich sammele keine Bücher, ich lese sie nur.« Und galant wandte er sich wieder der Dame zu. »Es ist eigentliche eine Unart. Aber ich bin nun einmal stinkfaul, mein Fräulein, ich lese viel.«

Die Worte glitten über den Kopf der Dame hinweg, und er warf einen verächtlichen Blick auf ihre Frisur.

»Sie ähneln einer Helena«, bemerkte er übergangslos, als würde er die Worte auf ihren Scheitel fallen lassen.

»Wem?«, fragte sie überrascht, zuckte zusammen und errötete.

Mehr hörte Jastrau nicht von diesem Gespräch. Schwerfällig und verlegen stand er da und blätterte in einem Band einer deutschen Platon-Ausgabe, deren weiße, schimmernde Blätter unberührt waren.

»Ich lese ihn in der Reclam-Ausgabe«, erklärte Krog eifrig, in diesem Augenblick wurde er jedoch unterbrochen.

»Hör mal, Krog, ich kriege vor Hunger gleich Fieberfantasien«, rief der schlanke Herr mit der Narbe. Es war Agner Raben, der Sekretär des Stadtgerichts.

»Ja, mir geht es genauso«, erwiderte Krog. »Aber nun requiriere ich die Cocktails. Kryger muss außerdem bald hier sein.« Und er verschwand im Esszimmer.

»Ja, her mit dem Alkohol«, lachte der Richter heiser. »Wir Juristen haben immer Durst.«

Die Damen standen als Grüppchen am Fenster. Die Abendsonne zeichnete blitzende Konturen um ihre Abendtoiletten und legte verschwommene Glorien um ihre Frisuren und nackten Arme. Es gab so viel Nacktheit. Wie die Mode es forderte, glichen die Frauen jungen Mädchen. Die engen Kleider reichten nur von der Brust bis zum Knie; es waren geschmeidige, glitzernde, über den Körper gezogene Röhren, einfach geschnitten wie Puppenkleider aus Papier, viereckig, mit Öffnungen für den Hals und die Arme.

»Wenn es uns doch nur gelänge, die Schönen zu trennen«, bemerkte Krog, der wieder hereingekommen war. »Wer ist der Mutige? Kannst du das nicht übernehmen, Jastrau? Du bist doch ein Mann der Damen.«

Jastrau lächelte müde.

»Ja, ich kann doch nicht zulassen, dass die Frauen so zusammenkleben. Vuldum, kannst du? Aber nein, hier haben wir den Mann, dem es gelingen wird.«

In diesem Moment wurde die Tür geöffnet. Eine jüngere Dame mit nervösen grauen Augen trat ein. Sie trug ein graues Seidenkleid. Unruhig und knisternd grau. Und sie blinzelte in die Sonne.

Sie ging voran, doch mit einer Demut, die zur resignierten Gewohnheit geworden war, wich sie für ihren Mann zur Seite, dem kleinen Kryger mit den dunkel schimmernden, blauschwarz glänzenden Haaren und einem strahlenden Lächeln über den weißen Zähnen.

»Guten Tag allerseits!«

Alle lebten auf. Von seiner Gestalt ging eine unheimliche, leuchtende Energie aus.

»Und nun können die Cocktails kommen!«, rief Krog.

Alles stand auf, alles regte sich, man mischte sich. Ein Dienstmädchen in einem schwarzen Kleid, einer weißen Haube und einer kleinen weißen Schürze kam mit den graugoldenen Cocktails auf einem Tablett herein.

»Wie geht es dir?«, erkundigte sich Vuldum, der sich dicht neben Jastrau gestellt hatte.

Ein ätzender Stich!

Jastrau lächelte unentschlossen.

»Lapis!«, flüsterte er plötzlich.

Vuldum sah ihn einen Augenblick an. Dann weiteten sich seine Nasenlöcher, er krümmte sich zusammen und lachte lautlos.

Der Cocktail in seiner Hand zitterte.

Doch im nächsten Moment bereute Jastrau seine unmotivierte Offenherzigkeit, denn Vuldum betrachtete Johanne mit einem grauen, bodenlosen Blick.

»Und nun bitte zu Tisch!«, rief Krog.

V

Am späten Abend wurde das Esszimmer leer geräumt. Inmitten eines Haufens von Schallplatten stand ein Grammophon in einer Ecke auf dem Fußboden und näselte sentimentalen Jazz. Allerdings tanzte nur ein einziges Paar still und intim dazu. Es waren der finstere Raben und Frau Krogs jüngere Schwester.

Alle anderen hatten sich im Wohnzimmer versammelt, wo das stumme Klavier stand. Der Tisch stand voller Gläser und Flaschen, großer Siphone, viereckiger Whiskyflaschen, Portwein und Madeira für die Damen. Richter Asmussen saß mit roten Flecken im Gesicht auf dem Sofa, er hatte den Arm um Krogs Schulter gelegt und lachte.

»Ich finde, wir trinken ja gar nicht. Skål!«, krakeelte er.

Frau Asmussen, Frau Kryger und Frau Krog hatten sich zu einem vertraulichen Dreieck zusammengefunden und unterhielten sich eifrig über das Skotterup Badehotel. Sie hatten einen Moment Ruhe vor dem eleganten, lebhaften Kryger, der sich zu Jastrau gesetzt hatte.

»Na, mein Alter«, begann er lächelnd und schlug Jastrau aufs Knie. »Noch immer so radikal?«

»Ich habe kein Interesse an der Politik.«

»Also immer noch genauso unschädlich.«

Jastrau war nicht in der Stimmung, eine ein Jahr alte Diskussion wieder aufzunehmen. Die Erinnerung daran hatte seit damals wie ein Splitter in ihm gesteckt. Hin und wieder warf er einen Blick in eine dunkle Ecke, in der Vuldum sich mit Johanne unterhielt. Sie amüsierte sich offenbar. Bisweilen krümmte sie sich vor Lachen und schüttelte ihr blondes Haar. Bestimmt war Vuldum witzig und vertraulich. Er saß zurückgelehnt da und hatte seinen Arm diskret auf die Rückenlehne von Johannes Stuhl gelegt.

Jastrau rutschte unruhig hin und her. Warum war er auch Vuldum gegenüber so offenherzig gewesen?

»Mein Standpunkt ist ganz einfach ehrlich«, wandte er sich an Kryger. In seiner Stimmung schwang Verbitterung mit. Aber lag es nicht eher daran, dass Vuldum nun sachkundig Johannes Brust betrachtete? Und in der Dunkelheit dort drüben sah es aus, als würde Vuldum verschwimmen, als würden die Konturen von Joachim Michelsen sich beunruhigend und wogend über die dunkle Silhouette von Vuldums Gestalt legen, obwohl die beiden nicht die geringste Ähnlichkeit hatten.

»Missverstehen Sie mich nicht«, antwortete Kryger mit einem breiten Lächeln. »Ich werfe Ihnen nicht Unehrlichkeit, sondern Blindheit vor.«

»Auch wenn ich nicht beim ›Dagbladet‹ wäre, würde ich diese Ansicht vertreten.«

»Aber Sie *sind* beim ›Dagbladet‹, und das heißt, sie stehen genau wie ich an der bürgerlichen Front.«

»Oh, Sie argumentieren wie ein Kommunist«, entgegnete Jastrau heftig und trank einen großen Schluck Whisky.

In diesem Moment nahm er aus der dunklen Ecke ein unruhiges Blitzen in Johannes Augen wahr. Vuldum hatte ihr die Hand auf die Schulter gelegt. Doch, Jastrau sah es genau. Und Johanne? Sie erwiderte seinen Blick und rutschte nun mit einem Ruck zur Seite, dass Vuldums Hand schlaff hinunterglitt.

»Warum kommt ihr nicht tanzen?«, ertönte eine Stimme an der Tür. Es war Frau Krogs eifrige Schwester mit der Madonnenfrisur. Hinter ihr ahnte man Rabens Gestalt in dem dunklen Zimmer, das zwischen dem Wohnzimmer, in dem die übrigen Gäste saßen, und dem erleuchteten Esszimmer lag.

Johanne war von Vuldum abgerückt, aber hätte sie es getan, wenn … wenn …

»Ach«, antwortete Frau Kryger und hob ihren grauen Kopf. »Sie trinken und reden über Politik.«

»Das ist eine Lüge«, rief der Richter und lachte so jovial wie möglich. »Wir trinken, ja, aber … wir trinken nicht genug.«

»Klingt nach Philosophie«, kommentierte Vuldum.

»Ja, ha, ha.«

»Na, dann Skål allesamt«, brüllte der kleine Gastgeber so laut, dass man ihn für breitschultriger hätte halten können.

Alle hoben ihre Gläser. Nur Jastrau hatte das Gefühl einer ätzenden Erinnerung. Noch immer. Noch immer. Ständig wurde er daran erinnert.

»Oh, hören Sie, Herr Richter, ja richtig« – wieder hatte die Schwester der Hausherrin das Wort ergriffen –, »ich habe ganz vergessen, mich bei Ihnen für neulich zu bedanken.«

»Ja, das stimmt«, unterstützte sie Frau Krog.

»Ha, ha, ja«, lachte Asmussen. »Ist es bei uns im Gericht nicht gemütlich?«

»Im Rathaus und im Gerichtsgebäude? Kommt man denn da herein?«, erkundigte sich Frau Kryger, ihre grauen Augen funkelten. »Das klingt interessant.«

»Ja«, und der Richter lachte, dass sein kleines rundes Bäuchlein hinter der perlengrauen Weste hüpfte. »Wissen Sie, was ich den Damen gezeigt habe, Herr Kryger?«

Jastrau lief es kalt den Rücken hinunter.

»Nein, was denn?«, fragte Kryger und richtete sich höflich auf.

»Die Ausnüchterungszelle.«

Eine Sekunde Pause.

Da brach Vuldum in der Ecke in so lautes Gelächter aus, dass die anderen ihn erstaunt ansahen. Jastrau umklammerte sein Glas und lachte stoßweise.

»Die Ausnüchterungszelle«, wiederholte der Richter langsam, er hatte seinen Spaß.

»Aber leider war niemand drin.« Es hörte sich wie eine gedämpfte, weibliche Klage an. Es war Frau Krog mit der Madonnenfrisur.

»Na, Sie sind aber genusssüchtig, meine Liebe«, bemerkte Vuldum liebenswürdig und rückte näher. »Ein sentimentales kleines Raubtier!« Seine Schmeichelei ging im allgemeinen Gelächter unter.

Nur Jastrau beteiligte sich nicht daran, ihm war durch die Wendung, die das Gespräch genommen hatte, heiß geworden, er war nervös. Er kaschierte es, indem er trank.

»Raubtier«, erwiderte Frau Krog mit blasierter Entrüstung, wenngleich auch ein wenig geschmeichelt. »Aber man sieht ja eigentlich auch gar nichts, wenn da kein betrunkener Halunke eingesperrt ist.«

»Eingesperrt ist aber ein starkes Wort«, wandte Krog ein.

»Na ja, dann eben verhaftet.«

Die drei Juristen unter den Gästen brachen in lautes Gelächter aus. Vuldum lächelte verständnisvoll.

»Wie kannst du nur so etwas sagen, Anna«, rief ihre Schwester, die sich nicht durch die Nuancen des dänischen juristischen Vokabulars verwirren ließ. »Es war so schon unheimlich genug, dieser kleine, dunkle Raum, die beiden Pritschen und diese ungemütlichen nackten Wände.«

Vier mitleidige Falten zeigten sich auf ihrer Stirn.

»Ich muss Sie vielmals um Entschuldigung bitten, aber wir sind noch nicht dazu gekommen, die Gemälde aufzuhängen«, erklärte Raben zynisch und steckte den Kopf grinsend aus dem dunklen Zimmer.

Großes Gelächter. Jastrau rückte seinen Stuhl vorsichtig von den anderen ab.

»Aber die kommen noch!«, brüllte der Richter mit hochrotem Kopf, »sie kommen noch – bei unserer humanen Rechtspflege. Seien Sie dessen versichert!«

»Und Betten mit Sprungfedermatratzen«, sekundierte Vuldum.

»Und wei-heibliche Bedienung«, kicherte Krog und sah sich mit seinem kurzsichtigen Blick nach allen Seiten um.

»Ja, wir behandeln sie tatsächlich zu gut«, fügte der Richter hinzu. Er meinte es ernst. »Es ist ja das reinste Erholungsheim.«

Dieser Ansicht waren sie also. Und hier saß er, der Redakteur Ole Jastrau, in Frack und weißer Binde.

»Aber ich würde es trotzdem gern mal sehen, wenn jemand da drin liegt – uh ja«, ertönte Frau Krogs singende Stimme, genießerisch zog sie dabei die Schultern hoch.

»Na ja, tja«, seufzte der Richter komisch, und Raben lachte, »dann bleibt wohl nichts anderes übrig, als die ganze Gesellschaft zur Besichtigung unserer Ausnüchterungszellen einzuladen – wohlgemerkt, wenn Tiere im Käfig sind.«

Jastrau erhob sich lautlos. Er hatte unter ihnen plötzlich das Gefühl, verkleidet zu sein, traurig wie ein nüchterner Narr beim Karneval. Hatte er geglaubt, hierher zu gehören? Warum war die Erinnerung an die beiden Strolche, die in der Ausnüchterungszelle neben ihm gelegen hatten, so vertraut, so familiär? Gehörte er dorthin, so ganz gemütlich auf den tiefsten Punkt des Daseins? Wollte er vor die Hunde gehen? Er wollte, ja, er wollte, er musste sogar … und er empfand Befriedigung bei diesem Gedanken. Befreiung. So könnte er derjenige sein, der er wirklich war, so könnte er sein wahres Ich zeigen.

»Wir nehmen Sie beim Wort«, schrie Frau Kryger freudestrahlend und hysterisch.

»Ja, ja, selbstverständlich, aber dann brauche ich die Adressen und Telefonnummern aller Anwesenden«, lachte Asmussen. »Raben, mein lieber Sekretär. Sie müssen sie notieren.«

Unter allgemeinem Gelächter setzte sich Raben an den Tisch und begann, in sein Notizbuch zu schreiben. Gut gelaunt drängten sich alle um ihn. Johanne reckte den Kopf über Rabens Schulter und achtete genau darauf, dass er die Adressen korrekt aufnahm.

Jastrau starrte sie an und spürte, wie er langsam immer zorniger wurde. Auch sie war maskiert. Ja, natürlich! Nur trug sie ihre Maske besser als er. Er, er, in Frack und weißer Binde, und vielleicht mit Krankheitsbazillen in sich, giftigen Fäden, die sich auf der Stelle so vermehrten wie ein Volk in tausend Jahren. Aber trotz seiner plötzlichen bleichen Angst und seinem Kälteschauder war er ebenso gut wie die anderen. Es war nicht fair, dass er allein sich in dieser Gesellschaft schäbig vorkommen sollte – in jeder Hinsicht, er als Einziger.

In selbstgerechtem Zorn schenkte er sich einen neuen kräftigen Whisky ein.

»Dreifache Wände«, lachte Kryger.

Jastrau nickte vieldeutig und setzte das Glas an den Mund.

In diesem Moment zerschnitt Asmussens heiseres Idiom das Stimmgewirr: »Aber hören Sie, meine Damen und Herren, was sollen wir machen, wenn sich nun ein prominentes Tier in der Zelle befindet, ah, ha, ha?«

»Anständige Leute kommen doch nicht dorthin«, behauptete Frau Krogs Schwester naiv. Es passte zu ihrer Madonnenfrisur.

»So?«, erwiderte der Richter.

Eine neue Welle von verschmitztem Gelächter, dann schrien alle durcheinander.

»Was halten Sie von Doktor Harren?«, fragte Raben ironisch.

»Ingenieur Ivan Cramer«, trumpfte Krog.

»Rechtsanwalt Tingslev, zugelassen am Obersten Gerichtshof«, übertrumpfte ihn Vuldum gelassen und scharf.

War das wirklich so? Jastrau trank und lächelte mit einem Mal. Peter Boyesen grüßt alle munteren Jungs!

»Professor Geberhardt«, prahlte Krog mit aufgerissenen blassen Augen hinter dem Lorgnon.

»Nein, ich protestiere«, rief Kryger eifrig und erhob sich. »Diesem Laster ist er nicht …«

Er sah sich unter den jubelnden Damen um.

»Tja, das ist wohl wahr, schließlich ist er ja Mitarbeiter der Zeitschrift ›Danmark‹. Hatte ich glatt vergessen.« Und Krog lachte ausgelassen.

»Doch nicht deshalb«, rief Kryger und breitete überlegen die Arme aus. »Aber er hat uns verlassen und ist nach Berlin gereist.«

»Was hat er?«, erkundigte sich Vuldum neugierig. Seine grauen Augen leuchteten auf.

Kryger nickte.

»Aber die Universität? Was ist damit? Was ist damit?«, stammelte Krog verwirrt.

»Wirtschaftswissenschaften will er nicht mehr unterrichten.«

»Das ist doch endlich mal eine Sensation«, stieß Asmussen aus.

Alle starrten Kryger an, der sich lächelnd auf die Lippe biss.

»Ja, eigentlich sollte das noch nicht publik werden«, sagte er vorsichtig und zog eine Uhr aus der Tasche. »Aber was soll's, jetzt können die anderen Blätter die Meldung sowieso nicht mehr bringen, es ist also egal. Wir melden es morgen.« Und er lächelte erleichtert.

»Es war ja auch ein Skandal, diesen Bolschewiken auf einem

Lehrstuhl des Landes sitzen zu lassen«, empörte sich Krog. »Lehrstuhl des Landes« wurde mit großer Würde ausgesprochen.

»Aber er ist ein Konservativer«, wandte Kryger ein.

»Der Teufel ist er«, lachte Asmussen.

»Aber warum will er nicht …« Krog beendete den Satz nicht.

»Auch heutzutage kommt es vor«, unterbrach ihn Kryger lächelnd und zuckte mit den Schultern, »dass Menschen plötzlich alles hinwerfen und keine Lust mehr haben.«

In diesem Moment stellte Jastrau sein Whiskyglas so unüberhörbar auf den Tisch, dass mehrere Gäste ihn anstarrten. Seine Augen schimmerten vom Alkohol.

»Ja«, sagte er mit rauer Stimme.

»Jetzt ist Jastrau besoffen«, flüsterte Vuldum Raben zu, der kundig nickte.

Johanne runzelte die Stirn.

Aber Jastrau biss die Spitze einer Zigarre so ungestüm ab, dass sie zerfaserte. Sein Blick war böse und fern.

Und mit einem Mal verließ er die Gesellschaft und zog sich in das dunkle Zimmer zurück. Ja, er hatte zu viel getrunken. Die Dunkelheit flimmerte vor seinen Augen. Er musste zur Ruhe kommen. Er stellte sich ans Fenster und starrte hinunter auf die leere Straße mit den nächtlichen Laternen.

Professor Julius Geberhardt! Er kannte ihn von Fotos aus den Zeitungen, dieses knorrige und zugleich pfiffige Gesicht mit der unordentlichen Frisur, den Haarsträhnen hinter den Ohren, den herabhängenden Kragen und dem schiefen Schlips mit Gummizug. Professor. Verwaltungsmitglied. Experte im Aktienrecht. Ein ausgesprochen unbequemer Herr, den die Hochfinanz vergeblich als geistesgestört abzustempeln versucht hatte. Und nun war er es endgültig leid und hatte alles hingeschmissen, Stellung und Titel.

Hieß das nicht vor die Hunde gehen?

»Stehst du hier und träumst?«, rief Krog und tauchte grinsend in der Dunkelheit auf. »Ein schöner Abend, nicht wahr, wenn ich es selbst sagen darf.« Er rieb sich vergnügt die Hände. »Und jetzt gibt's noch ein bisschen Smørrebrød mit Bier und Schnaps, du. Ah!«

»Diese Geschichte mit Professor Geberhardt …« Jastrau kam nicht davon los. Die Dunkelheit flimmerte unruhig. »Geberhardt«, wiederholte er.

»Ja, Herrgott, welch eine Erleichterung. Aber ich muss in die Küche. Ein Gastgeber muss sich schließlich kümmern.«

Eine Erleichterung! So wurde das also gesehen. Jastrau kniff die Augen zusammen. Eine Erleichterung! Einer der wenigen Männer, die gegen die kapitalistische und politische Zersetzung kämpften. Nur lästig. Er ist gegangen, und Herrgott, welch eine Erleichterung.

Eine kleine schmerzhafte Erinnerung meldete sich leise wie ein Teufel, der etwas ins Ohr flüstert. Doch nun bedeutete es nichts Lächerliches mehr. Es bedeutete etwas Revolutionäres. Er war aus einem anderen Holz geschnitzt als die übrigen Gäste. Chaotisch formten sich die Gedanken in ihm zu einem Aufstand gegen jedwede Heuchelei. Er richtete sich auf. Dieses kleine desinfizierte Leiden war eine Auszeichnung. Er war ehrlicher als …

Die Gesellschaft ging zu dem Tisch mit dem Smørrebrød, man unterhielt sich und plauderte. Aber Jastrau kniff die Augen böse zusammen. Sein Schweigen war auffällig. Johanne schaute ein paar Mal beunruhigt zu ihm hinüber.

Es gab Smørrebrød mit Hering, und es gab Schnaps. Vielleicht würde es helfen.

Die Unterhaltung war fahrig. Ein gewisses Ungleichgewicht. Als die Gäste einen Schnaps, nur einen einzigen, getrunken hatten, erschlafften plötzlich die Gesichter. Ja, nach all dem Whisky half der Schnaps. Hängende Unterlippen, glänzende Augen, gegensätzliche Ansichten.

Aber worüber redeten sie? Über Professor Geberhardt. Alle äußerten sich ausgesprochen unverblümt.

Und doch wirkte es unbeherrscht, als Jastrau ein paar heftige Worte einschob.

»Es gibt keine Meinungsfreiheit in diesem Land.«

Ungesellig war sein Ton, nicht seine Ansicht. Er verriet einen unberechenbaren Fanatismus, ein fremdartiges Gefühl.

Und außerdem saß jetzt Vuldum schon wieder so intim neben Johanne.

»Nein, die gibt's einfach nicht«, wiederholte Jastrau wütend, als hätte jemand protestiert. Aber es gab niemanden, der protestierte. Sie wichen bloß zurück. Kryger rückte mit seinem Stuhl ab und musterte ihn von der Seite.

»Oh, nun wollen wir doch nicht schon wieder über Politik reden«, beklagte sich Frau Kryger.

»Nein, jetzt müssen wir zusehen, dass wir heim ins Bettchen kommen, nicht wahr? Das kann ich Ihren Augen ansehen, gnädige Frau«, bemerkte Richter Asmussen. Er hatte den Schnaps nicht angerührt.

»Schon!«, entfuhr es Kryger unbesonnen.

»Du bist aber auch unermüdlich, Otto«, reagierte seine Frau mit einem hoffnungslosen Lächeln in den grauen Augen.

»Nicht alle haben Ihre Kondition, Herr Redakteur«, seufzte der Richter.

»Und denk dran, du hast morgen einen wichtigen Fall«, warnte ihn seine Frau und hob die Nase.

»Ja«, erwiderte er träge.

Doch als die Gäste sich schließlich verabschiedet hatten und im bläulichen Laternenlicht auf dem leeren Bürgersteig standen, um in die Taxis zu steigen, schien Krygers Wesen erst richtig aufzuleben. Seine Augen funkelten.

»Wollen wir nicht noch in den ›Guldalder-Saal‹ gehen«, schlug er eifrig vor.

Die Gastgeber standen an der Haustür.

»Unermüdlich«, rief der Gastgeber und unterdrückte ein Gähnen. »Aber ihr wollt mich hoffentlich nicht dabeihaben. Ein andermal … ein andermal gern.«

Jastrau lehnte an einem der Taxis. Er nickte matt.

»Sie gehen doch mit, gnädige Frau«, biederte Vuldum sich bei Johanne an.

Sie warf ihrem Mann, der müde an dem Wagen lehnte, einen verstohlenen Seitenblick zu.

»Nein, Ole muss nach Hause.«

Hände wurden geschüttelt. Und plötzlich saß Ole Jastrau im Auto. Er grüßte zum Abschied mit dem Hut. Johanne saß neben ihm und nickte den dunklen Gestalten auf dem Trottoir zu.

»Ole muss nach Hause«, wiederholte Jastrau lauernd. »Ole muss nach Hause.«

Dann fuhren sie los.

»Was hast du eigentlich damit gemeint?«, fragte er böse.

»Na ja, dass du nach Hause und schlafen musst«, antwortete sie müde und sank in ihrem Abendmantel zusammen.

»Ich? Schlafen? – Du glaubst wohl, ich bin besoffen?«

»Na, na, na, der Fahrer kann uns hören«, entgegnete sie leise, beinahe zischend.

»Wie edelmütig du doch bist.«

»Was meinst du?«, fragte sie und richtete sich ruckartig auf.

»Dass du auf Vuldums Gesellschaft verzichtest, um deinen versoffenen Ehemann ins Bett zu bringen.«

Man hätte es kaum für möglich gehalten, dass Jastrau betrunken war, so ausbalanciert in seinem Hohn, so scharf, nüchtern und böse war der Satz. Die Augen in seinem gelben, verlebten Gesicht waren schmal und mongolisch.

Johanne sah ihn entgeistert an.

»Sag mal, bist du wahnsinnig geworden?«, stieß sie aus.

»Ich habe gesehen, was ich gesehen habe …« Er kam ihr mit seinem heißen Gesicht näher. »Und ich habe gehört … was ich gehört habe.«

»Du sprichst in Rätseln. Puh, und hör auf, mich anzuhauchen.«

»Ich habe gehört, was ich gehört habe«, wiederholte Jastrau und zog den Kopf zurück; aber plötzlich ging es mit ihm durch. »Ich habe gehört, was ich gehört habe … ja … ich habe heute Joachim Michelsens Stimme gehört. Glaub nur nicht, dass du mich zum Narren halten kannst. Ich hab es gehört. Ich … ich …«

Er schnappte nach Luft. Sein Herz zog sich schmerzhaft zusammen.

»Nein, ich kann nicht mehr. Ich will nicht.«

Johanne zog ihren Mantel dicht um sich zusammen, ohne ihn zu berühren. Ein Raum öffnete sich zwischen ihnen, und er spürte, wie sie erstarrte. Er sah sie nicht an.

Doch dann kam es.

»Warum hast du zu Hause die Fotos umgedreht?«, fragte sie schneidend.

Und er sah es vor sich, wie er ruhelos und verkatert in den Zimmern auf und ab gelaufen war, die Nachwirkungen des Whiskys im Leib gespürt und plötzlich das Gefühl gehabt hatte, von den Fotografien seiner Mutter und seines Sohnes, von ihren beiden Gesichtern gequält zu werden. Als hätten sie ihn durchschaut – da hatte er sie umgedreht.

Johanne hatte es also bemerkt.

Und nun saß sie in der Ecke des Taxis, leichenblass und unüberwindlich, und er spürte seine Ohnmacht und verzweifelte daran. Es musste etwas passieren. Aber sprechen konnte er nicht.

Mit einem Mal beugte er sich vor, klopfte an die Scheibe und signalisierte dem Fahrer wütend anzuhalten.

»Was hast du vor? Bist du jetzt vollkommen verrückt geworden?«, rief Johanne verwirrt.

Der Wagen fuhr noch ein kurzes Stück weiter und hielt dann. Jastrau hatte die Tür bereits aufgerissen, Luft strömte hinein. Dann stand er mit einem Satz auf der Bordsteinkante.

Ratlos schaltete der Fahrer im Wagen das Licht ein. Johanne saß nur blass und stumm in ihrem schwarzen Abendmantel. Sie regte sich nicht, sie schwankte bloß wie eine Büste, da das Taxi so abrupt gebremst hatte, hatte aber ihr Gleichgewicht rasch wiedergefunden.

Aber Jastraus Lippen bebten. Er wünschte, er könnte seine überstürzte Reaktion rückgängig machen. Er wollte wieder in den Wagen steigen. Aber es galt, dieses siegessichere Schweigen zu überwinden. Er musste, er wollte siegen. Ein törichter Sieg. Was dachte der Fahrer? Und dann fasste er in die Tasche, griff nach seinen Schlüsseln, warf sie in den Wagen, zog seine Brieftasche heraus und warf sie den Schlüsseln hinterher. Unerklärlich. Eine stumme und heftige Szene. Johanne saß in dem matten Licht. Wie eine Sterbende starrte sie vor sich hin.

Ohne ein weiteres Wort drehte Jastrau sich um und ging die nächtliche Vesterbrogade hinunter. Der Schein der Bogenlampen, diese breite, schimmernde Fahrbahn, die dunklen Gestalten an den Straßenecken, die weißen, blitzenden Beine, Frauen, und über den Dächern der blauschwarze Nachthimmel und ein paar Sterne; er empfand die Straße als eine Erweiterung der Seele, als eine Bestätigung, dass etwas Entscheidendes passiert war, als eine merkwürdige, nicht greifbare Ruhe. Und hinter sich hörte er, wie ein Auto angelassen wurde. Es musste Johannes Taxi sein. Es gab im Augenblick keine anderen Autos auf der Straße. Er wollte sich nicht umdrehen. Er wollte geradeaus gehen. Dann könnte das Taxi an seine Seite fahren und halten. Dann könnten sie zusammen reden, denn das Taxi musste kommen.

Doch das schnurrende Geräusch entfernte sich immer mehr, und schließlich musste er sich doch umdrehen, um nachzusehen.

Das Heck eines Autos. Die roten Rücklichter wie Punkte. Und jetzt bog der Wagen am Vesterbro Torv ab und verschwand.

Und entschwand.

Jetzt umgab ihn die Nacht, und wieder überkam ihn diese unerklärliche Ruhe, eine Woge seelischer Kälte, als hätte er sein ganzes Leben lang gewusst, dass es so kommen würde. Was weiterhin geschah, waren Details. Was in den letzten Tagen passiert war, waren Details, äußere Bilder, die für sich genommen keine Bedeutung hatten, deren Verkettung aber ahnen ließ… was ahnen ließ?

Hatte er sie betrogen? Betrogen! Er konnte sich kaum daran erinnern. War es ein Erlebnis gewesen? Nur ein Bild? Und die Ausnüchterungszelle. Nur ein Bild. Peter Boyesen grüßt … Ein Ton.

Aber Oluf? »Wo wart ihr denn so lange?« Eine helle Jungenstimme in einem Telefon, eine unwirkliche Form der Wirklichkeit, sein lebendiger Sohn aufgelöst in verschwindenden Geräuschen. Ein Ton. Denn nun würde er Oluf wohl nicht mehr sehen.

»Wo wart ihr denn so lange?«

Ein festes Ziel, der »Guldalder-Saal«, das beruhigte. Nun war er wieder eiskalt, eine Welle aus Nachtluft zog über ihn hinweg. Und mit flatterndem Mantel, dass die weiße Hemdbrust blitzte und sich kräuselte, ging er in Richtung der dunklen Frederiksberg Allé. Er ahnte sie als eine dunkle Nacht hinter dem hellen Licht des Kiosks an der Kreuzung des Værnedamsvej.

Eine Frau blieb stehen. Aber er ging mit flatterndem Mantel unangefochten weiter, als flöge er auf einem festen Kurs, hinaus, hinaus auf die Frederiksberg Allé mit ihren jungen, dünnen Bäumen, die sich lächerlich wie Reisig sträubten, hinaus, hinaus. Wie herrlich die Fahrbahn war, schön wie ein heller nächtlicher Himmel, wenn das Licht der Autoscheinwerfer in jagender Hast die Dunkelheit von ihr schaufelte. Lang. Unendlich. Und da vorn gab es so viel Weltraum über dem schwarzen Frederiksberg Have und den dämmernden, gelben Pförtnerhäusern, viel Himmel mit Sternen und einem Hauch von Natur und Offenheit.

Hinter den Bäumen, die zum Garten des »Lorry« gehörten, leuchtete eine kleine und unansehnliche Tür in einem niedrigen Vorstadtgebäude, und nur die lange Reihe von Autos am Straßenrand verriet den Nachtclub.

Ein Portier blickte misstrauisch durch eine Scheibe, als Jastrau an der Türklinke rüttelte; der Anblick des bekannten Journalistengesichts wirkte indes beruhigend. Nachdem er seine Mitgliedskarte vorgezeigt hatte, glitt er an einer Reihe freundlicher und skeptischer Blicke vorbei. War er betrunken? Schätzten sie höflich seinen Zustand ein? Er grüßte brüderlich.

In diesem Moment hörte er ein klagendes Saxofon aus dem Tanzsaal. Nun konnte er seine aufregende Flucht getrost beenden, und die Beklemmung, die er die ganze Zeit in seinem Herzen gespürt hatte, war auf der Stelle wie ausgewischt. Ein Naturgeräusch, ein Schrei und ein Weinen, vielleicht ein klagender Ruf in der Ferne, möglicherweise ein Tier oder eine Frau in der Nähe. Jetzt konnte er sich der Trauer hingeben und doch die Ruhe spüren, denn kein Schmerz hatte die Kraft eines Saxofons.

Vom Jazz erquickt, stelle er sich an die Tür zum Tanzsaal. Ein Banjo teilte sämtliche Sorgen in feste Rhythmen ein. Ein

Gitter. Die Melancholie der Virtuosität zitterte im Raum. Ein Klavier ohne Pedale. Er sah sich unter den Tanzenden im Saal um, in dem die Dichter des Goldenen Zeitalters wie in riesigen, dunklen ovalen Medaillons an den hellen Wänden hingen; aber gerade als er den langen, düsteren Raben entdeckte, der hier seinen intimen, lang dahingleitenden Tanz mit Frau Krogs Schwester fortsetzte, die ihre Madonnenfrisur zärtlich an seine weiße Hemdbrust gelegt hatte, hörte er jemanden rufen:

»Hallo Schwager!«

Nervös blickte Jastrau zur Seite, und dort saß, rotwangig und mit Schlagseite, sein lieber Schwager Adolf Smith-Jørgensen, ein einziges großes Maul, und neben ihm der hübsche blonde Architekt Joachim Michelsen mit den blauen, melancholischen Mädchenaugen und dem weichen, geschwungenen Mund. Die blauen Augen starrten ihn mit einer überzeugend wirkenden Tiefe an, er zog den Arm zurück, den er um den Rücken eines Mädchens in Rosa gelegt hatte und erhob sich betont herzlich.

»Wie amüsant, Sie zu sehen«, sagte er gedämpft, mit einer Stimme, die klang, als wäre sie mit Musik unterlegt.

Gegenüber diesem schlanken Menschen spürte Jastrau sofort sein Gewicht. Sanft und wie aus weiter Ferne lächelte er ihn an, wie er es bei allem Schönen tat.

»Hier strömt der Champagner«, grölte sein Schwager.

»Oh, das ist aber ein süßer Schwager«, maunzte ein Mädchen in Braun und schmiegte den Kopf zärtlich an Adolfs Schulter, während sie Jastrau mit runden, glasigen Babyaugen und hektischen Weinflecken auf den rundlichen Puppenwangen anblickte. »So ein Süßer! Warum hast du mir nie erzählt, dass du einen Schwager hast?«

»Einen Schwager, ach was«, grinste Adolf. »Hier wimmelt es doch von Schwägern.«

Ein flüchtiges Lächeln glitt über Michelsens Lippen, ein

bisschen zu klebrig für Jastraus Geschmack, doch die beiden Mädchen brachen in hysterisches Gelächter aus.

»Aber er hier ist doch so süß«, beharrte die Braune. »Willst du dich nicht setzen?«

Und Jastrau setzte sich mit dem Gefühl, eher linkisch als süß zu sein.

»Ich suche meine Gesellschaft«, erklärte er.

»Wo ist denn Johanne?«, erkundigte sich der Schwager. »Ach, zum Teufel mit ihr. Kommt doch so selten vor, dass wir zusammen um die Häuser ziehen. Ist sie nicht süß, die Kleine hier? Sie heißt Gunhild.«

Jastrau meinte, erklären zu müssen, dass Johanne müde gewesen wäre und schon nach Hause gefahren sei.

»Ach, zum Teufel mit ihr«, wischte der Schwager seine Erklärung beiseite. »Ich habe sie in den letzten Tagen oft genug gesehen. Veränderung macht Spaß, nicht wahr, Joachim?« Und dann wandte er sich grinsend Gunhild zu. »Der ist doch auch ein süßer Schwager. Hier sind alle verschwägert.«

Seine Augen klebten zusammen, die Wangen glühten.

Jastrau, der nach dem Spaziergang wieder einen klaren Kopf hatte, fiel es sofort auf.

Joachim hingegen war nüchtern und nur an dem rosaroten Mädchen interessiert.

»Wir sind doch alle verschwägert.«

In diesem Moment erhielt Jastrau einen harten Tritt ans Bein, er schrie auf.

»Was ist denn los, Schwager?« Adolf blickte ihn unter schweren Augenlidern verständnislos an.

»Mich hat jemand getreten.«

»Was? Getreten? Trittst du etwa, kleine treulose Gunhild? Hier wird nicht getreten! Ganz ruhig.«

Gunhild protestierte.

»Du bist ja ein ulkiges Mädchen«, ertönte Michelsens sanfte

Stimme. Er sprach mit der Rosaroten. »Wenn man dich küssen will, machst du die Augen zu. Du hast ja keine Ahnung, wie verrückt mich das macht.«

Die Augen schließen? Die Augen schließen? War dies ein Albtraum? Johanne! Johanne! Sie schloss immer die Augen. Es war das Schamhafte und die Kraft in ihrem Wesen, es war ihr Geheimnis als Frau, und hier wurde es irgendeinem zufälligen Mädchen einfach so hinterhergeworfen. Zwei Saxofone heulten und klagten. Sämtliche Instrumente setzten ein. Eine Tuba blies jedes Raumgefühl fort und füllte den Saal mit dichten, widerspenstigen Tönen. Weg mit allem!

Ein Glas Champagner wurde vor Jastrau hingestellt, er tastete danach, als wäre er betäubt.

Sämtliche Worte hatten in dieser Nacht eine doppelte Bedeutung. Er war umgeben von teuflischen Bemerkungen. Sie machten ihn verrückt. Verfolgungswahnsinn. So musste Verfolgungswahn sein. Alles bekam eine lauernde Nebenbedeutung. Jedes einzelne kleine Wort war von einem Satan erdacht. Die Augen schließen! Die Augen schließen! Ein tiefes erotisches Geheimnis preisgeben!

»Hier sitzt du ja!« Eine Gestalt in Frack und weißer Binde lehnte sich mit seinem ganzen herzlichen Gewicht auf seine Schulter, drückte ihn hinunter, hielt ihn auf. Kryger.

»Ich habe nach dir gesucht. Johanne ist nach Hause gefahren.«

»Gut, dass du gekommen bist. Gut, dass du gekommen bist«, sang Kryger durch die Nase und schwankte ein wenig. Seine Augen waren rotgesprenkelt. »Aber bei was für einer reizenden Dame sitzt du denn da?«

»Sie … Sie dringen in eine geschlossene Gesellschaft ein«, fuhr Adolf ihn verärgert an und warf albern den Kopf in den Nacken.

»Und dann sitzt du auch noch bei einem so netten Herrn.«

Jastrau stellte sie vor, und Adolfs lautstarke Großspurigkeit veränderte sich in ein serviles Lächeln. Es fühlte sich wie etwas Feuchtes an.

»Aber dann kommt doch alle zusammen mit«, sang Kryger weiter. »Wir sind so viele, eine glänzende Gesellschaft, ein Flor von Frauen. Kommt alle zusammen mit. Und Jastrau, du sorgst dafür, dass sie zu uns kommen, sonst vergesse ich es, denn ich bin betrunken, und Gott weiß, wie sehr ich Frauen liebe.«

»Mir eine große Ehre, Herr Redak...« Weiter kam Adolf nicht, denn Kryger hatte die Frau in Braun untergehakt.

»Oh, wie nett du bist«, war zu hören.

Die Abendgesellschaft saß in dem kleinen Raum an der Bar, ergänzt durch fremde und eher zweifelhafte Elemente. Mit Frau Kryger konversierte nicht nur Vuldum, bleich unter dem leuchtend roten Haar, sondern auch ein vollkommen unbekannter Herr, der einer aufgeblasenen, roten Papiertüte glich, die vor einen runzligen kleinen Saugrüssel gebunden war. Aber sie benahm sich hektisch und nervös, mal gewagter als die jungen Mädchen, die wie eine Reihe Wellensittiche an der Messingstange der Bar saßen, mal damenhaft und streng, wie es sich für eine verheiratete Frau gehörte. Das Flirten ihres Mannes schien ihr nicht aufzufallen.

Rabens Narbe flammte rot auf, ein Gefahrensignal auf der Wange, und die kleine Madonna schmiegte sich an ihn.

Und dann gab es noch einen Haufen Journalisten, Schauspieler, Geschäftsleute, gutgekleidete Existenzen und junge Mädchen. Jastrau überhörte die Namen. Zu ihnen gehörte auch ein Herr mit glatten Haaren und weißen Schläfen.

»Wir sind viele!«, jubelte Kryger, nahm Jastrau unter den Arm und schleppte ihn mit sich.

»Wo ist denn der Richter?«, wollte Jastrau wissen.

Raben lächelte spöttisch.

»Ich dachte, er liebt den Alkohol?«, fügte Jastrau hinzu.

»Leere Worte«, erwiderte Raben. »Er sagt das nur so.«

»Ach ja, wenn es einem doch nur genauso ginge«, nuschelte Kryger, »auch mit den Frauen. Ja, mein Eheweib, stell dir vor, man könnte sich einfach damit begnügen, es zu behaupten.«

Frau Kryger antwortete mit einem viel zu lauten Lachen.

Und dann schleppte er Jastrau zur Bar. »Hier sind zwei durstige Herren.«

Sie steckten die Köpfe in die Reihe der Wellensittiche. Jastrau spürte Schultern und Frisuren. Er schwamm in weiblicher Anmut, spürte sie an allen Seiten wie etwas Nachgiebiges, Weiches; und als er den Arm nach dem Whiskyglas ausstreckte, das mit perlendem und schäumendem Inhalt auf der Theke stand, begegnete er Krygers breitem, wildem Lächeln. Es strahlte eine dunkle Wärme aus. Gehörte es zu Kryger? Diesem kleinen, eleganten, überheblichen Journalisten?

»Skål!«

Seine Contenance hatte er abgelegt. Was jetzt aufblitzte, war also die Stärke unter Krygers offizieller Maske.

Aber der Blick war rotgesprenkelt wie bei einem Tier.

»Sitzt ihr hier und nippt am Mineralwasser, ihr armen Dinger«, biederte sich Kryger bei den Mädchen an. »He, Barkeeper, sie sollen alle einen ›Blue Moon‹, ›Red Devil‹ oder ›White Lady‹ bekommen. Mein Eheweib, mein Eheweib! Pass bloß auf, dass ich nicht zu viel Geld ausgebe!«, rief er hinter sich.

»Ist ja ein toller Bursche, dieser Redakteur.« Adolf riss sein großes Maul direkt vor Jastraus Augen auf. Ein Eckzahn mit Goldkrone blitzte tief unten in der Dunkelheit auf.

Jastrau nickte. Ein Frauenhals. Die helle Haut unter einem errötenden Ohr. Alles umarmt vom brausenden Jazz.

Er konnte gerade noch den Kopf aus diesem Meer an Rausch und überströmenden Gefühlen stecken und sagen: »Ja, Schwager.«

Dann hörte er ein albernes Grinsen.

»Hier sind wir alle verschwägert.«

In diesem Moment blickte er zur Tür. Dort stand der hübsche Michelsen, der Architekt, und half seiner Dame in den Mantel. Er selbst hatte seinen Mantel über den Arm gelegt.

»Sein Verbrauch ist groß«, flüsterte Adolf, die feuchten Lippen dicht vor Jastraus Gesicht. »Aber egal … wir sind alle verschwägert.«

Alles war hermetisch. Es gab keinen leeren Raum. Parfüm lag wie eine Hand auf dem Gesicht.

»Wenn man sich nur damit begnügen könnte, es zu behaupten«, lachte Kryger und verschwand zwischen zwei Frauen. Die eine hatte einen blauen, züchtigen Blick. Jastrau erinnerte sich, sie hier bei jedem seiner Besuche gesehen zu haben.

Plötzlich war Geschrei und Jubel zu hören. Auf Wunsch wurde eine Jazzmelodie wiederholt.

Jastrau tanzte – ein gewagtes Manöver. Mehrfach stieß er mit jemandem zusammen, empfand das als Angriff und wich seitwärts aus. Die Dame, mit der er tanzte, lachte. Es war die mit den Babyaugen.

An einem Tisch saßen zwei einsame Damen mit einem leeren Lächeln. Ein betrunkener Herr unterhielt sich mit ihnen. Er schwankte.

»Kein schöner Abend für euch, oder?«

Es war Krygers Stimme. Durch die Nase.

»Bist du es, Jastrau?«

»Ja, bist du hier gelandet?«

»Ja, du, ich ertrage all diese einsamen Frauen nicht, die an der Wand sitzen. Sie haben keine Einnahmen. Also muss ich mich ums Geschäft und den Umsatz kümmern. Daher bekommen sie jetzt einen Whisky. Ich kann sie schließlich nicht alle lieben … heute Abend. Also bekommen sie Whisky, den bekommen sie, allesamt. Sie sollen nämlich fröhlich sein, ja, das sollen sie. Die Menschen …«

Jastrau unterbrach ihn und umarmte Kryger: »Geht's dir auch so?«

»Ja, mir geht's auch so«, antwortete Kryger mit erloschenem Blick.

Doch in diesem Moment fiel sein Blick auf eine einsame Dame an einem anderen Tisch. Die Tischdecke mit dem einsamen Kaffee sah traurig aus.

»Deflation«, murmelte er und wankte hinüber. Jastrau folgte ihm, getreu bis in den Tod, aber warum, war ihm vollkommen unklar.

»Und hier wollen wir auch einen Whisky haben, nicht wahr, mein Fräulein?«, fragte Kryger.

Sie setzten sich zu ihr. Sie war vollbusig und stolz, ließ sich aber zu einem Lächeln herab.

»Geht's dir auch so, Kryger? Denkst du auch an Jesus zwischen den Huren«, brach es aus Jastrau heraus.

»Keine Blasphemie.«

»Ich bin nicht blasphemisch.« Jastrau schlug so ungestüm auf den Tisch, dass die Gläser zitterten. Die vollbusige Dame hatte er völlig vergessen. »Aber mir geht's so. Ich kann Jesus unter den Huren nicht vergessen. Je mehr ich saufe und trinke, desto näher ist er mir. Mitten in all diesem Absturz steht er in mir wieder auf, in meinem Inneren.«

»Sie sollten sich wirklich schämen«, rief die Dame verärgert.

»Wenn man sich bloß damit begnügen könnte, es zu behaupten«, sang Kryger mit einem herzlichen und verständnislosen Lächeln. Das schwarze Haar hing ihm in die Augen.

Ein erloschener Blick.

VI

Ein Kellner traf Jastrau rüde mit der Ecke eines Blechtabletts an der Schläfe.

Die Imagination einer roten Grotte tauchte auf. Papiergirlanden verwirrten den Raum und drohten, sich wie eine anschwellende Wolke herabzusenken. Und in diesem Moment zog eine Pause durchs Lokal, die Stimmen wurden leiser und ertranken, und ein tristes, ewiges Plätschern erfüllte die Leere. Im grauen Morgenlicht vor der Tür regnete es. Ein Haus auf der anderen Seite der Straße glänzte dunkel vor Nässe.

Und Jastrau kippte ein Glas bitteres Bier in sich hinein.

Zwei Gesichter kamen plötzlich ganz nah. Er saß mit ihnen am Tisch. Ein blonder Bursche mit einer viereckigen Kinnpartie und Cowboyhut, und ein dunkelhaariger Herr mit blauen Wangen und einem schmierigen Lächeln. Der Dunkelhaarige zeichnete mit einem Bleistift auf dem Tischtuch.

»Zum Teufel, ist nicht viel drin in so'm Glas«, sagte der Cowboy und blickte in sein leeres Bierglas.

Jastrau sah sich desorientiert um, müde und betrunken, der einen Tag alte Alkohol in ihm fühlte sich an wie stillstehendes, fauliges Wasser; schließlich ahnte er jedoch etwas in seinem benebelten Hirn. Er saß in einer Morgenkneipe. Ja, natürlich. Vor ihm schwamm ein Spiegelei in Bier auf einem flachen Teller. Offenbar hatte jemand ein Glas umgekippt. Über den ganzen Tisch.

»Du könntest noch 'ne Runde spendieren.«

»Ja, meine Freunde«, rief Jastrau, Dunst und Herzlichkeit

flossen ineinander, »wir brauchen noch ein Glas. Herr Ober, mehr Bier.«

Väterlich legte er seine Hände auf ihre Schultern, so schwer, als würde er gleich vornüber fallen.

Der Dunkelhaarige nickte beifällig.

»Weil ich euch gut leiden kann, ihr zwei, das sage ich euch«, fuhr Jastrau fort, »wegen eurer Gesichter. Richtig menschliche Gesichter.«

»*Yes, allright*«, antwortete der Cowboy.

»Ja, die habt ihr.« Jastraus Stimme klang beflissen und heiser, gleichzeitig aber auch ein wenig erstaunt und starrsinnig. Denn er saß hier zwischen zwei Zuhältern, zwei Luden. Und da er die ganze Situation wie ein Bild vor sich zu sehen glaubte, machte er sich breit. Ein Tisch. Und er selbst, allväterlich und würdevoll, schwankend und betrunken in der Mitte, und die beiden Zuhälter jeweils an seiner Seite, denn genau das waren sie, er nannte sie Zuhälter, sonst wäre es schließlich kein menschliches Bild, sonst hätte es nicht diese Tiefe, dieses typisch Biblische, das er unbewusst ausdrücken wollte. Und vor verwirrter Menschenliebe lodernd rief er: »Denn ihr seid Menschen. Ihr lebt dieses Leben, das ihr leben müsst. Ihr folgt eurer Natur.«

»*Sure*«, antwortete der Cowboy. Er sprach Amerikanisch.

»Ihr habt Gesichter, ihr zwei, hinterlistige, durchtriebene, lasterhafte …«

»Na, na!«, grinste der Dunkelhaarige.

»Ihr ahnt ja nicht, wie ich euch liebe, ihr Menschen, denn ihr seid Menschen.«

»Ja, ist schon gut«, warf der Cowboy lustlos ein.

»Jesus würde …«

»Na, na, na!«, rief der Dunkelhaarige und grinste. »Aber da kommt unser Bier. Kannst du jetzt mal die Schnauze halten und sie ins Bier tauchen?«

Jastrau sank betrübt zusammen. Die Hemdbrust, die einen gehörigen Knick aufwies, hatte sich nach oben geschoben, als hätte er einen Busen.

»Ihr versteht mich nicht«, jammerte er.

»Doch, du bist besoffen«, grinste der Dunkelhaarige und biss in den Bleistift.

»Ihr seid so ehrlich«, murmelte Jastrau vor sich hin und starrte auf das Spiegelei in der Bierlache.

Der Cowboy nickte seinem Kameraden zu. Sie erhoben sich und verließen grinsend das Lokal.

Im hinteren Bereich der Kneipe ertönte schallendes Gelächter. Jastrau richtete sich auf.

»Wollen Sie das Spiegelei nicht mehr essen, mein Herr?«, erkundigte sich ein Kellner. »Hier ist die Rechnung.«

Jastrau gehorchte mechanisch. Vorsichtig versuchte er, etwas nasses Spiegelei zum Mund zu balancieren. Das Eigelb tropfte auf die Manschette seines Hemdes.

»Die Rechnung, mein Herr«, wiederholte der Kellner.

Jastrau griff in die Taschen. Sie waren leer. Mühsam erhob er sich und untersuchte seinen Mantel. Ach ja, natürlich. Die Brieftasche mit dem ganzen Geld. Ins Taxi zu Johanne! Hatte er sie geworfen! Und jetzt, jetzt musste er nach Hause. Heim zu Johanne – und Oluf. Er musste … Der Kellner wartete noch immer, allein seine Anwesenheit war beleidigend.

»Ich hab kein Geld«, murmelte Jastrau, dann rülpste er.

»Das würde ich Ihnen aber dringend raten.« Die Antwort klang unerbittlich.

»Aber die beiden anderen Herren …«

»Die sind gegangen, und im Übrigen haben Sie die Bestellungen aufgegeben, mein Herr.«

»Ja, ja, ja, ja. Gut, ich habe bestellt … aber jetzt lassen Sie mich in Ruhe«, jammerte Jastrau müde und ließ sich auf den Stuhl vor sein widerspenstiges Spiegelei fallen.

»Aber hier ist die Rechnung, mein Herr.«

»Ja, nun lassen Sie mich doch mal nachdenken«, murmelte er und stopfte sich den Mund voller Ei.

Der Kellner verschwand, sein breiter Nacken sah aus, als könne er jeden Moment platzen.

Eine Weile saß Jastrau da und fummelte mit Messer und Gabel. Neben ihm lärmten zwei vornehm gekleidete Herren und ein paar junge Mädchen, im Hintergrund war hinter ein paar Spanischen Wänden ein Stimmengewirr zu hören, eine heisere Zote, eine Schwedin schwafelte etwas von Streichhölzern, gefolgt von einem heiseren Frauenlachen.

Wenn sie still waren, drang das Geräusch des plätschernden Regens bis tief ins Lokal.

Aber noch immer lag dort die Rechnung. Jastrau zog sie heran, und in der tristen Beleuchtung der morgendlichen Dämmerung und der elektrischen Lampen, in der es aussah, als würden der Tag und das Licht in einem gespenstischen, vom Regen verdunkelten Tabaknebel verschwinden, rechnete er sie mühsam zusammen.

Siebenundzwanzig Kronen und fünf Øre.

Für Bier und ein Spiegelei in einer Morgenkneipe.

»So, wird das jetzt noch mal was?«, ertönte die überhebliche Stimme des Kellners.

Jastrau blickte mit einer schläfrigen Gerissenheit zu ihm auf.

»Ein Telefon?«, fragte er übernächtigt.

Er wollte Kryger anrufen. Aber … Er wollte … Aber war, war Kryger schon wach? Jetzt, so früh?

Er riss sich zusammen und schwankte zum Telefon.

»Ja, das … ich bin's, ich … Jastrau.«

»Wer? Was? Jastrau? Du lieber Himmel, bis du denn noch nicht zu Hause?«, erklang Krygers morgendlich frische Stimme. »Höre ich da etwa Lärm hinter dir?«

»Ich habe kein … kein … Geld«, erwiderte Jastrau trübsinnig und erklärte mit komischer Umständlichkeit und Melancholie seine Situation.

Kryger lachte, dass es im Telefonhörer schnarrte, und versprach zu kommen.

»So, gleich kommt das Geld«, lallte Jastrau und lehnte sich an den Kellner. »Noch … ein … ein Bier.«

»Aber gern.« Der Kellner musterte ihn flüchtig und fing plötzlich an zu kichern.

Und kurz darauf servierte er ihm mit einer ausladenden Bewegung ein Bier, das zur Hälfte aus Wasser bestand.

Im Laufe des Vormittags leerte sich das Lokal allmählich. Draußen glitten die Straßenbahnen vorbei. Regenschirme wogten und drehten sich. Und über das Fenster zur Straße zogen Regenspritzer lange, schräge Streifen.

Wurde die Tür geöffnet, wehte ein feuchter Luftzug in die Kneipe.

Jastrau dachte einen Moment daran, sich an die Tür zu stellen, um sich vom Regen abkühlen zu lassen, aber als er den Mantel anzog, eilte der Kellner misstrauisch herbei.

»Sie wollen doch nicht etwa gehen?«

»Nein, ich wollte nur ein bisschen frische Luft schnappen.«

»Das sollten Sie nicht tun. Sie erkälten sich bloß.«

Niedergeschlagen setzte Jastrau sich wieder, den Mantel behielt er an, als sei er in ihn hineingefallen.

Es fiel ihm schwer, einen klaren Gedanken zu fassen. Sie wurden zu Gelee. Im Lokal waren kaum noch Gäste.

»Na, hier sitzt du also, ha, ha!«

Kryger stürmte herein.

»Und du hast ja noch den Frack und die weiße Binde an. Mein Gott, wie du aussiehst. Herr Ober, ein Bier.«

Kryger war munter und ausgeruht, nur die Augen waren ein wenig rotgesprenkelt von dem Gelage der letzten Nacht.

»Auf einmal warst du verschwunden. Pu-ha, ja. Aber ich hab's eilig, zu Hause wartet meine Stenografin. Du weißt schon, mein Buch über die dänische Industrie. Also lass uns die Rechnung begleichen, dann bringe ich dich nach Hause.«

»Ich will nicht nach Hause«, brummte Jastrau und kauerte sich verbissen zusammen.

»Tja«, erwiderte Kryger, gab sich einen Ruck und zeigte plötzlich ein breites Lächeln. »Dann komm eben mit zu mir. Du kannst ja auf dem Diwan schlafen.«

»Nein«, kam es trotzig.

»Ja, was dann? Hier kannst du nicht bleiben. Und du brauchst etwas Schlaf, Mann. In diesem Zustand kannst du nicht am helllichten Tag in der Stadt herumlaufen – noch dazu in Frack und weißer Binde. Ha, ha, lass mich mal sehen.«

Er schlug Jastraus Mantel auseinander.

»Tja, du bist mir ja ein feiner Zeitgenosse. Zerknickte Hemdbrust. Fingerabdrücke. Genug für einen Raubmord. Ha, ha. Da hat irgendjemand etwas mit einem Bleistift draufgeschrieben. Aber was? Was steht denn da? Ha, ha. *Danke fürs Bier*, steht da. Nein, weißt du was, ha, ha, nein, du musst versteckt werden. Ich sperre dich besser in ein Hotel.«

Jastrau versuchte, an sich hinunterzublicken, doch die Hemdbrust beulte sich noch immer durch den Knick. Dann strich er mit der Hand darüber.

»Was … was ist los?«, lallte er.

Schließlich bugsierte ihn Kryger in ein Taxi. Der Regen spritzte ihm einen Augenblick um die Ohren.

»Wo ist dein Hut?«

Keine Antwort.

Und im Wagen sank Jastrau vollkommen zusammen.

Aber was geschah nun? Erneut Platzregen, ein Bürgersteig, von dem die Regentropfen wie weiße Irrlichter in die Luft hüpften, eine glänzende Hoteltür, einige Gesichter mit Uniformmützen hinter einer schaukelnden Scheibe, ein schnurrender Fahrstuhl. Und dann saß er auf der Bettkante, fiel hintenüber und knallte mit dem Hinterkopf gegen die Wand, weil irgendein Idiot an den Stiefeln zerrte, außerdem versuchte wohl jemand, ihn zu erwürgen, dann eine Erlösung, den Kragen ab und ein Hemd über den Kopf, ein Gepolter und dann ein Gelächter, und schließlich wurde ein Rollo surrend heruntergezogen.

Wie lange?

Sein Erwachen erlebte er wie ein Schaudern, das ihm kalt den Rücken hinunterlief. In einem Bett und nur mit einem Wollunterhemd bekleidet. Eine graue Tapete mit einem Gewimmel aus Blumen. Eine weiße Zimmerdecke, seltsam geformt. Beinahe eine Abstellkammer. Und hinter einem dunklen Rollo goss es ohne Unterlass. Oh, dieses ewige Geräusch! Er hatte ihm lange zugehört wie einer schicksalsschweren Musik, wie unheilschwangeren Violinen. Der Regen. Der Regen.

Aber weshalb klang dieser Regen, als hätte er einen Sinn? Er platschte in einen Hof. Das Wasser stürzte aus einem Fallrohr und sang in den Gullys. Doch dieses Geräusch bedeutete etwas, etwas ganz Bestimmtes.

Mit einem Satz sprang er aus dem Bett, um diese bedrohliche Symbolik zu verscheuchen, und blieb in seinem kurzen Wollunterhemd verwirrt mitten im Zimmer stehen. Es zog. Er fror an seinen bloßen Schenkeln. Aber sicher war es das Beste, die Jalousie aufzuziehen und dieses Fenster zu schließen, das ständig gegen den Fensterhaken schlug.

Und er rollte das Rollo hoch und blickte auf einen vom Regen schwarzen Himmel, auf tropfnasse Dächer und eine Hoffassade mit geschlossenen Fenstern und einheitlichen Gardinen in sämtlichen Etagen, gleichsam uniformiert. Es war eindeutig ein Hotel. Und nun erkannte er den Hof. Unten im Erdgeschoss lag die »Bar des Artistes«. Hier also.

Jastrau schloss das Fenster und kehrte zum Bett zurück. Aber wie ging es weiter? Auf einem Stuhl lag das weiße Hemd mit dem geknickten Brustteil, schmutzig. Und was stand darauf, mit Bleistift geschrieben? Danke fürs Bier. Er kratzte sich nachdenklich am Kopf und erinnerte sich an ein verschwommenes Bild, ein biblisches Gefühl, das so lächerlich gewesen war, dass er unwillkürlich den Mund verzog. Er wusste, dass er sich zum Narren gemacht hatte, alles zog sich zusammen. Danke fürs Bier!

Verwirrt und beschämt sah er sich um. Das Hemd und die weiße Weste hingen wie die Parodie eines Krüppels schief über einem Stuhlrücken; sie waren fleckig und schmutzig, mit einer langen Eigelbspur an der Manschette, auf der Schulter Frauenhaare und ein weißer Puderfleck. Unglücklich kratzte er an den Flecken. Als hätte man seine Seele besudelt. Und die Hose? Hing an der Türklinke, schamlos offen und mit schlottrigen leeren Hosenbeinen. Stiefel und Strümpfe waren über den zerschlissenen Teppich verstreut. Es waren die Reste von ihm. Er fing an zu frieren. Ihm war jämmerlich zumute. Die Festbekleidung war zu einem Narrenkleid geworden, mit Inschriften wie auf einem Bretterzaun. Danke fürs Bier! Und hier hing er, als hätte man ihn zerstückelt, eine Zumutung auf dem Stuhl, die andere auf dem Fußboden. Aber plötzlich stellte er sich die Reste als etwas Ganzes vor. Und das war noch unheimlicher. So hatte er also ausgesehen. Ein moderner Narr in Frack und weißer Binde, besudelt und verhöhnt. Und nun musste er diese entwürdigende Tracht wieder anziehen, es war notwendig, denn er musste ja nach Hause. Dieser Aufzug schien ihm die schlimmste Demütigung überhaupt zu sein.

War es nicht besser, wieder ins Bett zu kriechen, zu schlafen und sich selbst aus dem Verkehr zu ziehen, da Denken einfach unerträglich war? Und doch musste er in diesen Klamotten nach Hause. Alles in ihm sträubte sich dagegen. Und Johanne. Ach, Johanne. Jetzt hatte sie endgültig gesiegt. Er sah es vor sich, wie ihre Gestalt sich aufrichtete und versteifte und ihre blauen Augen vor Verachtung weiß wurden. Aber sie war nicht überwindbar. Er musste nur durchhalten. Doch in diesem Aufzug? Mit einer Inschrift auf der Brust: Danke fürs Bier! O Johanne, du hast einen versoffenen Ehemann, jawohl. Warum musste er auch jedes Mal über die Stränge schlagen, wenn er trank? Sonst war er doch eigentlich ruhig und besonnen – und fleißig. Oder etwa nicht? Ja, sicher, er lebte unter unmöglichen Arbeitsbedingungen. Man konnte nicht ganz ehrlich sein, wenn man Geld verdienen musste. Aber war er nicht ehrlich, ehrlich in seinen Rezensionen? Doch, doch. Er machte sich Feinde damit. Aber weshalb hatte er ein schlechtes Gewissen, denn das hatte er? Es war wie eine Strafe, die ihn aus seinem Inneren heraus traf. Und sie hatte ihn in dem Moment getroffen, als er Kritiker beim »Dagbladet« wurde. Ach, wenn Gott ihn doch herausfinden lassen würde, welcher Sünde er sich schuldig gemacht hatte. Er war ehrlich gewesen, grundehrlich; aber warum hatte er sich dann festgefahren, warum lag er brach, warum?

Und dann hatte er angefangen zu saufen. Ja, er war ein Säufer. Warum es nicht offen aussprechen. In seiner Verwirrung war er dazu geworden. Wenn er betrunken war, hatte er schließlich nicht das Gefühl, brach zu liegen, der Rausch war der Dampf der Gedichte, die hätten geschrieben werden sollen, und so entzog er sich der Strafe, aber welcher Strafe, Strafe wofür? Gleichzeitig machte er sich jedoch lächerlich, ja. Ein moderner Narr in allen Kopenhagener Kneipen, ein besudelter Narr in einem verdrecktem Frack und weißer Binde. Oh, er hätte schreien mögen. Er, Jastrau, ein ernsthafter Kritiker, höchstes Gericht des Kopenhagener Geisteslebens. Er wollte doch nur ein Mensch sein, und doch war er in zwei Teile zerrissen, zwei Masken.

Oh, Johanne! Wenn es doch nur schon überstanden wäre! Er könnte zu Hause zur Tür hineinstürmen, wild, unbesonnen, das wusste er, er konnte sie überrumpeln, Heulkrämpfe bekommen. Ja, ja, ich bin ein Trinker, könnte er sagen, es zugeben, bekennen, bereuen. Bereuen! Pfui, zum Teufel! Aber ja – er könnte heulen, schreien, ihr den Atem nehmen! Es war ihm bewusst! War er berechnend? Nein, nein, denn es quälte ihn. Er wollte, er musste seinen Kopf in ihrem Schoß hin und her wälzen, er hatte doch solche Angst, solche Angst. Die Eifersucht! Joachim Michelsen und Vuldum. Er hatte doch Grund zum Trinken. Unfug! Oder war es nur ein Vorwand, weil er kürzlich diese Dummheit begangen hatte, diesen Seitensprung, an den er sich kaum erinnern konnte. Er wollte seinen Kopf in ihrem Schoß hin und her wälzen, jawohl, er wollte auf die Knie fallen, sich der Länge nach auf den Fußboden werfen … in Frack und weißer Binde … in diesem besudelten Frack mit weißer Binde … oh, danke fürs Bier!

Aber wenn Oluf nun nach Hause gekommen war? »Wo wart ihr denn so lange?« Wenn er nun mit runden, erschrockenen Augen mitten im Zimmer stand. Ja, was dann …? Und wenn Johanne mit diesem unbeugsamen, unnachsichtigen Nacken dasaß? War es dann unmöglich? Aber warum benahm er sich auch immer so wahnsinnig und unberechenbar, wenn er getrunken hatte. Sein Charakter veränderte sich. Whisky veränderte den Charakter. Er wollte ihn nicht mehr anrühren. Keinesfalls.

So wahr …

Er legte sich im Bett auf den Rücken.

So wahr …

Aber was könnte ihn binden? Welcher Eid?

Bei Gott schwören?

Er reckte den Arm mit den kurzen Ärmeln des Wollunterhemds in die Luft und spreizte drei Finger; aber das bedeutete ja Vater, Sohn und Heiliger Geist, und wenn er nun nicht gläubig war? Nein, so konnte er nicht schwören. Es war so eine Theatergeste, über die er oft gelacht hatte. Auf diese Weise konnte er nicht schwören. Aber worauf solle er schwören? Auf welche Eidesformel?

Leg den Finger aufs Auge und bitte den Teufel zuzuschlagen!

Er krümmte sich unruhig zusammen. Warum gerieten humoristische Redensarten in seine ernsten Überlegungen? Er wollte keinen Whisky mehr anrühren. Aber welcher Eid? Falls es Gott gibt, werde ich, so wahr es Gott gibt …falls, falls! Wo war ein Eid, der fürchterlich genug war?

Sein erhobener Arm schwankte hin und her. Die Hand war flach ausgestreckt. Aber das war doch der Gruß der Faschisten.

Ein Eid, ein Eid, ein Eid!

Bei Johanne? Liebte er sie? Ob sie ihn nach der Szene im Auto wohl verlassen hatte?

Bei Oluf? Er sträubte sich. Es war zu sentimental. Und hier lag er in einem viel zu kurzen Wollunterhemd auf einem Hotelbett und zeigte einen feierlichen Faschistengruß, und konnte aber nicht … bei meinem Sohn, bei meinem Sohn, es waren Alkoholtränen. Es gab keinen Eid, der fürchterlich genug war. Sämtliche Worte verflüchtigten sich im Raum.

Jastrau ballte die Faust. Ein ausgestreckter nackter Arm mit geballter Faust. Es erinnerte ihn an ein französisches Kriegerdenkmal, das er auf Fotos in der Zeitung gesehen hatte. Er hatte darüber gelacht. Sämtliche Gebärden waren verhunzt durch schlechte Kunst. Aber er wollte schwören, er wollte schwören, er wollte es unbedingt.

»So wahr …«, rief er und hielt inne. Der Schrei klang so albern in diesem Hotelzimmer. Und wenn nun draußen auf dem Flur das Zimmermädchen vorbeiging und es hörte.

»So wahr …«, sagte er mit seiner normalen Stimme, und in diesem Moment fügte sich die Eidesformel Wort für Wort.

»So wahr ich die Syphilis fürchte, werde ich keinen Whisky mehr trinken.«

Es klang, als würde er mit jemandem sprechen, nicht laut und exaltiert, sondern ruhig. Nur eine belanglose Bemerkung.

Gestärkt erhob er sich. Jetzt musste er sich waschen und anziehen. Der Eid war abgelegt. Die Zukunft lag klar vor ihm.

Aber es war unheimlich, das Narrenkostüm wieder anzuziehen. Jedes Kleidungsstück fasste er voller Ekel nur mit den Fingerspitzen an und drehte und wendete es. Es war ein Stück Vergangenheit, das noch an ihm klebte. Und dann musste er nach Hause gehen. Er spürte, wie nervös sein Herz allein bei diesem Gedanken klopfte. Nach Hause. Nach Hause.

Da entdeckte er einen Zettel auf dem Tisch:

> *Habe Deine Frau angerufen und gesagt, dass Du im Hotel schläfst. Der Portier hat dreißig Kronen für Dich, damit Du Zimmer, Essen und dergleichen bezahlen kannst. Du schuldest mir dann insgesamt fünfundsiebzig.*
>
> *Kryger*

Im selben Moment hörte Jastraus Herzklopfen auf, er verspürte ein Gefühl der Erleichterung. Johanne wusste, wo er war. Möglicherweise glaubte sie, er schliefe noch. Dann musste er nicht sofort anrufen oder direkt nach Hause gehen. Er konnte warten, es verzögern, es hinausziehen. Vielleicht glaubte sie, er schliefe noch, weil er Schlaf dringend nötig hatte.

Vor dem kleinen Spiegel über dem Waschtisch untersuchte er sein Gesicht. Tiefe, schräge Krähenfüße unter den Augen, die Wangen waren aufgedunsen. Oh, immer dieses Gesicht. Ecce Homo. Dieses … dieses Verbrechergesicht! Aber er musste sich nicht rasieren, das hatte er gestern Nachmittag getan, unmittelbar bevor sie zu dem Fest bei Krog aufgebrochen waren. Etwas kaltes Wasser ins Gesicht, und dann dieses verdammte weiße Hemd anziehen. Danke fürs Bier! Er las es spiegelverkehrt, so schien es gar nicht mehr so blamabel zu sein. Aber trotzdem stand es da: Danke fürs Bier.

Zum Glück gab es ja noch den Mantel. Den musste er über das zerknitterte und schmutzige Hemd und die Inschrift ziehen. Der Hut? Nein, kein Hut. Er war verschwunden. Wo? Er schüttelte den Kopf und konnte sich an nichts erinnern.

Es war eine sonderbare Gestalt, die die Hoteltreppe hinunterschlich, barhäuptig und in einen Mantel gehüllt, der bis zum Hals zugeknöpft war.

Der Portier lächelte unter seinem kurzen Schnurrbart, als er ihm die dreißig Kronen aushändigte, und dann stand Jastrau einen Augenblick zögernd im Foyer und wusste nicht, ob er im Restaurant zu Mittag essen oder durch die linke Tür in die »Bar des Artistes« gehen sollte.

In der Bar war es dunkler. Außerdem konnte er dort seinen Mantel anbehalten, als hätte er es eilig und müsste gleich wieder los. Und er sah an der Uhr sofort, wie spät es war.

Die Vernunft siegte.

In der Bar waren die Vorhänge zugezogen, und das elektrische Licht hatte Lundbom bereits eingeschaltet, um das melancholische Tageslicht zu verscheuchen. Das Grammophon übertönte das Plätschern des Regens auf dem Bürgersteig.

Jastrau ging in seinem Mantel durch das Lokal. Es gab nur einige wenige Gäste am Nachmittag.

»He, bist du noch nicht abgereist, Meister?« Lille P. hob seinen dünnbehaarten Vogelkopf mitfühlend aus einem der tiefen Sessel. Wie gewöhnlich saß er an dem runden Tisch neben der Kasse. Und Kjær saß ebenfalls dort, breit, rotfleckig, mit schwerem Kopf; aber er war offenbar in verschwommene Gedanken vertieft, denn er starrte stumpf in ein Cocktailglas und schnaufte, dass die feuchten Lippen in einem gedämpften »Brr« vibrierten.

»Abgereist? Ich?«, fragte Jastrau und blieb misstrauisch stehen. Er dachte sofort an die Ausnüchterungszelle. Sie waren an jenem Abend ja zusammen gewesen.

In diesem Moment ertönte es von einer anderen Seite: »Sieh an, guten Tag, Herr Jastrau. Aber ist denn der Herr Redakteur noch nicht abgereist?«

Es war Lundboms schwedisches Organ. Sein rotes Satyrgesicht mit den feuchten, betrübten Augen lächelte höflich unter der bleichen Uhrscheibe der Bar.

Jastrau sah sich misstrauisch um und lächelte freundlich. Offensichtlich wurde er von allen Seiten mit Mystifikationen angegriffen. Verbarg sich dahinter etwa irgendeine Anspielung auf seinen Aufenthalt in der Ausnüchterungszelle?

»Ja, sicher, nach Kanada«, fuhr Lundbom fort. »Davon sind wir ausgegangen.«

»Unfug«, erklärte Jastrau erleichtert und lachte.

»Aber ich habe dir doch mein Ticket verkauft«, erwiderte Lille P. zweifelnd, seine leeren Gesichtszüge spiegelten sein Erstaunen.

»Unfug«, wiederholte Jastrau und setzte sich an den Tisch. Er zog den Mantel sorgfältig um sich zusammen.

In diesem Moment regte sich der schwere, bewusstlose Kjær mit einem nervösen Zucken. »Wer ist das?«, fragte er, als würde er im Schlaf sprechen, und starrte Jastrau mit glasigen Augen an. »Ist es jemand, der würdig ist, an meinem Tisch zu sitzen?«

Und sofort sackte er wieder zusammen.

»Ich fürchte, es ist ein Unwürdiger«, murmelte er, als würde er gleich wieder einschlafen.

Hinter der Theke gab Lundbom dem kleinen Kellner stumm nickend einen Auftrag.

»Habe ich denn nicht dir das Kanada-Ticket verkauft?«, fragte Lille P. erneut. Seine trüben Augen schimmerten verständnislos.

Jastrau schüttelte beharrlich den Kopf.

Schließlich sah es aus, als gehe Lille P. ein Licht auf. Er lächelte glücklich und stupste Jastrau mit dem Zeigefinger auf den Ärmel.

»Du«, rief er und blickte Jastrau an, »dann habe ich sie wohl einem anderen verkauft.« Er sah aus, als hätte er ein Rebus gelöst. »Und ich habe Gott und der Welt erzählt, du seist abgereist, he, he.«

Marokko, schoss Jastrau durch den Kopf, der sich unbewusst über einen unsichtbaren Schnurrbart unter der Nase strich. Marokko, hatte Redakteur Iversen gesagt. So rasch verbreiteten sich also die Ringe eines Gerüchts.

In diesem Moment trat der kleine Kellner in Begleitung eines großen muskulösen Kellners aus dem Restaurant energisch an den Tisch. Sie steuerten direkt auf Kjærs Sessel zu.

»So, nun müssen Sie auf Ihr Zimmer, Herr Kjær.«

Kjær hob seinen schweren Kopf. Er glich einem Greis. Und für den Bruchteil einer Sekunde schien er bereit zu sein und nickte.

Die beiden Kellner hoben ihn aus dem Sessel, als wäre er ein Krüppel. Er schwankte in ihren Armen und sah sich mit einem starren, trüben und kurzsichtigen Blick um – doch mit einem Mal flammte ein weißes Licht in seinen Augen auf, die Wangen bliesen sich auf, als würde er erdrosselt, und sein schwerer Leib taumelte nach links und drohte, den kleinen Kellner unter sich zu erdrücken.

Jastrau zuckte zusammen und erwartete mit zusammengekniffenen Augen einen unmittelbar bevorstehenden Todesfall.

»Mein Stock«, keuchte Kjær halb ohnmächtig.

Der kleine Kellner, der ihn noch immer stützte, griff nach einem dicken, knotigen Stock, der an einem Haken hing.

Kjær umklammerte den Stock mit einer unbewussten Verzweiflung, dass seine fleischige Hand anschwoll, er stemmte ihn hart auf den Boden, richtete seinen Koloss von Körper auf und begann, auf drei Beinen zu stolpern. Die Kellner begleiteten ihn umsichtig auf beiden Seiten, bereit ihn zu stützen, wenn es notwendig werden sollte. Dann verschwand die Invalidenprozession.

»He, Kjær ist pünktlich«, bemerkte Lille P. mit einem zynischen Quaken. »Es ist halb fünf.«

Nur der dicke Lundbom seufzte hinter seiner Theke: »Ja, ja, ja, ja. Es ist schade, denn eigentlich ist er so ein netter Mensch.«

Seine betrübten Fischaugen rannen ihm beinahe aus dem Kopf.

»War Kjær denn bereits betrunken?«, erkundigte sich Jastrau. Vor Herzklopfen war er blass geworden.

»Ach, heute Abend kommt er wieder runter«, erwiderte Lille P. ungerührt und winkte mit seiner bleichen Hand ab. »So ist er jeden Tag, regelmäßig wie ein Uhrwerk. Aber dieser Lundbom-Cocktail ist auch ganz schön stark. Gin und Absinth. Übrigens, willst du auch einen?«

Jastrau sah ihn verlegen an. »Nein, du, ich trinke nicht mehr – zumindest keinen Whisky«, fügte er hinzu, verwundert, denn was war denn das? Er spürte entsetzt, wie eine leere Tiefe sich vor ihm auftat. Der Eid, die Eidesformal hatte nur den Whisky umfasst, sie hatte eine Lücke, und diese Lücke öffnete sich lautlos, sie wurde größer und größer. Ja, aber der Sinn, gemeint war doch jede Art von Alkohol. Der Sinn, der Sinn, jawohl. Aber der Sinn schien zerbröselt zu sein. Ein Eid waren Worte, magische Wortlaute, und was außerhalb dieser Worte war, wurde von dem Fluch nicht erfasst. Zauberei war äußerst pedantisch.

»Das ist kein Whisky, Meister. Das ist nur Absinth und Gin«, grinste Lille P.

»Nein, du, nein, und wenn man sich dann Kjær ansieht …«

»Ja, er, aber er säuft ja auch, das ist was ganz anderes«, entgegnete Lille P. empört. »Aber sollen wir deshalb etwa keinen Cocktail trinken? Wir können ja darum knobeln.«

Er zog ein paar Streichhölzer aus dem Streichholzbehälter und reichte Jastrau drei.

»Ich muss erst einmal etwas essen«, wandte Jastrau ein.

»Das geht mir übrigens genauso, Meister. Also, knobeln wir um ein Smørrebrød mit Tartar?«

Jastraus Protest war nicht sonderlich energisch. Der kleine Kellner, der das Gespräch verfolgt hatte, tauchte sofort mit der Speisekarte auf.

»Soll ich Herrn Jastrau nicht aus dem Mantel helfen«, bot er an und beugte sich über Jastraus Schulter.

»Nein!«, lehnte Jastrau schroff ab.

»Was ist denn los, Meister?«, stutzte Lille P., aber plötzlich krähte er: »He, he, noch im Eveningdress, he, he. Na, so sieht's also aus bei dir? Dann hast du wirklich einen Lundbom-Cocktail nötig.«

Jastrau wand sich unter Lille P.s verständnisvollem Blick. Hier saß er, als hätte er ein Schild auf der Brust. Danke fürs Bier! Mit einem angespannten Gesichtsausdruck warf er Lille P. einen Seitenblick zu und verkroch sich in seinen Mantel.

Einen Augenblick später standen zwei Gläser mit einem grünen Cocktail vor ihnen.

»Skål, du!«

Wie feige, wie leicht man sich doch um einen Eid mogeln konnte! Tat er es bewusst? War er berechnend? Aber man entkam so einfach den Qualen und der Erniedrigung. Und die zerknitterte Hemdbrust, den besudelten Frack, die Narrentracht vergaß er. Es wirkte erlösend, alles klärte sich. Die nächste Stunde war vorhersehbar. Und dann, dann würde er zu Hause anrufen.

»Aber ich trinke keinen Whisky«, vertraute er Lille P. an.

Lille P. lächelte und streckte eine Faust aus. Heimlich versteckte Jastrau ein einzelnes Streichholz in seiner Hand, dann war er auch bereit.

»Wie viele?«, fragte Lille P.

»Drei.«

»Eins.«

Sie öffneten gleichzeitig die Hände. Lille P. hatte zwei Streichhölzer und Jastrau eins.

»Die gehören dir«, lachte Lille P. schadenfroh und schob Jastrau die Getränkebons zu.

Dann knobelten sie ums Smørrebrød.

Ohnehin war Knobeln wesentlich einfacher als Reden. »Sechs.« »Vier«. »He, he, da habe ich dich schon wieder angeschmiert, Meister.« »Wollen wir nicht den Cocktail probieren?« »Schau mal, der sieht doch wie der Atlantik aus, finde ich, obwohl nein, puh, die Farbe erinnert an Kanada.« Und Lille P. schüttelte sich in seinem schwarzen Jackett, als wäre ihm kalt.

Oh, diese Gesamtstimmung. Das Grammophon summte. Der Ventilator schnurrte. Die Luft vor Gemütlichkeit zum Schneiden dick. Ein paar Stammgäste setzten sich auf die hohen Hocker an der Bar. Breite Rücken, um die Lendengegend ausladend. »Na, wie sieht's aus, Lundbom?« Es waren die Versicherungsleute, die immer gegen fünf erschienen. Nette Menschen! »Hello, Charley.« »Braver, alter Junge!« »Hattest du ein paar Stuten im Stall?« »Nein, ich bin anständig. Ich trinke nur.« Es folgte ein gewaltiges Gelächter.

Ja, alles war in vollem Gange. Auf dem Grammophon wechselten sich die Platten rasch ab.

Und dann kam das Smørrebrød, und nun musste ernsthaft um den Schnaps geknobelt werden.

Jastrau lehnte sich zurück und genoss mit betäubten Ohren den fließenden Zustand, in dem er sich befand. Ein perlender Glanz spielte im Messing, dem Glas und dem blankpolierten Holz. Nicht unähnlich der Meeresstille. Aber drohende Unwetter konnten plötzlich über die spiegelblanke Fläche stieben und ebenso plötzlich wieder verschwinden. Er spürte den Drang, sich auszuruhen und alles dahinfließen zu lassen, um dann unversehens zu handeln, Feind zu sein, Freund zu sein, und ebenso schnell wieder zu vergessen. Stimmungen ohne Widerhall, Handlungen ohne Echo. Die Konsequenzen waren außer Kraft gesetzt. Er war in eine andere Welt versetzt, in der die amerikanischen Melodien des Grammophons die strömende Fülle des Lebens waren. *I'll sing a little tune.*

»Hier ist es besser als in Kanada«, bemerkte Lille P., der es sich bequem gemacht hatte.

»Meinst du?« Jastrau kniff die Augen zusammen, denn nun wurde ihm plötzlich schlagartig bewusst, dass er diesen blutarmen Grafen, diese kleine Ameise, eigentlich verachtete. Er saß bloß mit ihm zusammen, weil er es nicht wagte, zu Hause anzurufen. Das war alles. Mit irgendjemandem musste er ja zusammensitzen. Aber er könnte ihm den Kopf waschen, in der Tat!

»Puh-ha, ja!« Lille P. schüttelte sich. »Dort drüben in der *Dominion of Canada*, dort muss man arbeiten, heißt es – und das hat mein Alter gehört, deshalb sollte ich deportiert werden. Pu-ha.«

»Tja, pu-ha.«

»Aber Gott sei Dank hat sich das ja erledigt. Kannst du dich an mein Heimweh an diesem Abend erinnern? Was? Es überkam mich, sobald das Auto an der Freiheitssäule abgebogen war. Aber dieses Thema ist so trostlos. Trinken wir lieber noch einen Schnaps.«

»Lieber nicht.«

»Wollen wir darum knobeln?«

»Nei-ein, dann geb ich ihn lieber aus. Ich muss im Übrigen meine Frau anrufen.«

»He, he«, lachte Lille P., »die Pflicht ruft, wie es im Volksmund heißt?«

»Ja, so ist es, du Schmachtlappen«, brach es böse aus Jastrau heraus, der sich so ungestüm über den Tisch lehnte, dass Lille P. erschrak. »Ja, mich ruft die Pflicht, so ist es, die verdammte Pflicht. Und darüber hast du nicht zu lachen. Warte nur, bis du verheiratet bist! Dann hat es sich hier ausgeknobelt. Dann wirst du an den Ohren nach Hause gezogen, mein Junge.«

»Und so ist das bei dir?«, fragte Lille P. spitz. Er musste sich verteidigen und sticheln, allerdings verriet der glasige Blick seine Nervosität.

»Bei mir? Nein?« Und Jastrau hielt inne, als wüsste er nicht recht, ob er glücklich oder unglücklich verheiratet war. Er schüttelte den Kopf. »Nein! Nein! Aber richtig ist es trotzdem nicht. So.«

Und dann stieg ein Gefühl der Herzlichkeit in ihm auf. Er wurde vertraulich, es schien, als wolle er Lille P. hätscheln und seine Sympathie gewinnen, und die Augen des kleinen Vogelkopfes sahen ihn wieder unbesorgt an; Lille P. ließ es geduldig geschehen.

»Sie ist schon in Ordnung«, fuhr Jastrau in seinem glühenden Drang nach Vertraulichkeit fort. »Aber eine Ehe, weißt du, die nützt nur den Kindern, den Erwachsenen schadet sie. Aber sie, also meine Frau zu Hause, könnte schon in Ordnung sein, wenn sie nur nicht mich geheiratet hätte. Das ist der Punkt. So ist das. Sie will ein großes Haus führen, elegant sein, eine gefeierte Ehefrau, verstehst du, Gesellschaften geben – und ich, was will ich? Jedenfalls nicht das, nein. Und daher … ja, das ist verdammt noch mal wahr, du … ich erwische mich immer wieder dabei – ich wünsche mir so oft, dass das Ganze ganz einfach in die Binsen geht, je eher, desto besser, bevor ich zum Idioten werde.«

Er redete hektisch. Schaum stand ihm vor dem Mund.

Ohne nachzudenken, griff er nach der Schnapsflasche und goss sich ein, ein Glas, zwei Gläser, drei Gläser, trank sie aus.

»Sollen wir nicht lieber zum Whisky übergehen, Meister, und deine Ehe runterspülen?«, erkundigte sich Lille P. mit einem triumphierenden Glitzern in den Augen; doch als er in diesem Moment den Kopf hob, wurde sein Blick stier.

Jastrau hatte das unangenehme Gefühl, als würde jemand hinter ihm stehen, er drehte sich abrupt in seinem Sessel um.

Es war Bernhard Sanders, rank und dunkel wie ein Schatten. Wie im vergangenen Jahr trug er den eleganten Raglanmantel, allerdings war er nass und sah ein wenig fadenscheinig aus.

»Dacht ich mir's doch, dass ich die Stimme kenne«, bemerkte Sanders, und ein sarkastisches Lächeln, ein Reflex von Lenins berühmtem Gesicht, hellte seine dunkle Miene auf.

Jastrau sah ihn widerwillig an.

»Ja, für gewöhnlich besuche ich solch mondäne Orte wie diesen hier nicht«, entschuldigte sich Sanders süffisant. »Aber Steffensen hat heute zu wenig Geld von zu Hause erhalten, wie er meint, und daher hat er mich in seinem gerechten Zorn auf einen Whiskysoda eingeladen.«

Er lächelte arrogant.

»Steffensen, ist er hier?« Jastrau sah Sanders misstrauisch an. Warum lächelte er? Hatte er die Unterhaltung mitangehört? Oder – ja, es war die Ausnüchterungszelle, offenbar wusste er davon. Steffensen hatte es ihm erzählt. Denn Steffensen musste es wissen. Er war ja an jenem Abend mit ihm zusammen gewesen.

»Lille P.«, sagte Jastrau, »du erinnerst dich sicher noch an den, den ich …«

»Nee«, unterbrach ihn Lille P. unwillig und rümpfte die Nase, als würde er sich an einen üblen Geruch erinnern.

»Aber du entschuldigst mich doch einen Moment. Ich muss mit ihm reden.«

Lille P. breitete edelmütig die Arme aus.

Und Jastrau stand auf, schwankte ein wenig und folgte Sanders dann ans andere Ende des Lokals. Er musste wissen, woran Steffensen sich erinnerte, koste es, was es wolle.

Steffensen saß in einer Ecke. Er hatte sein langes, knochiges Gesicht zurückgelegt und lehnte sich mit dem Hinterkopf an der Wand an, sodass sich seine Mütze hochgeschoben hatte. Seine Jacke war dunkel vom Regen.

»Puh«, stöhnte Jastrau und setzte sich. »Ja, ich ziehe um die Häuser.«

Steffensen sah ihn mit einem ernsten Gesichtsausdruck an. Erst als er Jastraus Bekleidung musterte, schimmerte in seinen harten Emailleaugen der Widerschein eines Lächelns auf.

»Hähä, im Schlafrock«, grinste er.

Jastrau erstarrte, zog das Revers seines Mantels um den Hals zusammen, damit sie die weiße Krawatte nicht sahen.

»Trinkst du einen mit?«, fuhr Steffensen fort und legte eine Zeitung beiseite. Jastrau registrierte flüchtig das Foto von Professor Geberhardt, und sofort überkam ihn eine merkwürdige Unruhe.

»Nanu, Sanders trinkt auch Whisky?«, versuchte er es mit einer verlegenen Bemerkung, die wie eine Spitze klingen sollte.

»Ich bin kein Sklave des Alkohols«, entgegnete Sanders würdig, »und ich habe keinen Grund, ihn zu meiden – persönlich.«

»Ach so.« Jastraus Ton hatte sich nicht verändert.

»Nein, nicht ›ach so‹«, fügte Sanders heftiger hinzu. »Ein Verbot ist sozial gesehen natürlich das einzig Richtige, und wenn die Revolution zu einer neuen Gesellschaftsordnung führt, werde ich es selbstverständlich vorschlagen und für die Einführung arbeiten.«

»Sepp…verständlich«, äffte Steffensen ihn nach.

Sanders war irritiert. »Aber … aber ich trinke nie so viel, dass ich in den Bars der Stadt herumtaumele und über meine privaten Verhältnisse schwafele«, spottete er mit seiner melodischen Stimme, und seine dunklen Augen glühten rötlich.

Jastrau richtete sich auf.

»Was geht dich das an?«

»Eben nichts«, erwiderte Sanders moralisierend. »Nur lässt es sich nicht vermeiden, zum Mitwisser zu werden, wenn du damit lauthals in einer Bar hausieren gehst. Und wenn ich dir meine aufrichtige Meinung sagen soll, so finde ich das schofelig.«

»Was tust du?« Jastrau überkam ein Schwindelgefühl. Er war zu betrunken, um zu begreifen, was hier passierte.

»Ja, schofelig gegenüber deiner Frau«, wiederholte Sanders entrüstet.

Steffensen schüttelte sich vor Freude.

»Habt ihr mich hergebeten, damit ihr mich beschimpfen könnt?« Jastrau rang um Atem.

»Wir haben dich um gar nichts gebeten«, erwiderte Sanders.

»Verflucht, dann will ich hier auch nicht sitzen bleiben.«

»Habe die Ehre«, gab Sanders zur Antwort, erhob sich und verbeugte sich ironisch.

Blass vor Verbitterung, außer sich und dennoch mit einem Hauch von aufblitzender Klarheit sorgte Jastrau dafür, dass sein Stuhl krachend umfiel, als er aufstand und zu Lille P. zurückging.

Der kleine Kellner eilte erschrocken herbei, wurde jedoch sofort beruhigt.

Lille P. lächelte glücklich und breitete die Arme aus.

»Wir brauchen ein paar Gläser Whiskysoda!«, stöhnte Jastrau. Seine Augen waren schmal wie Striche.

»Wollen wir darum knobeln?«

Und sofort knobelten sie weiter.

Jastrau verlor ununterbrochen. Er war zu abgelenkt. Ihm glühte der Kopf vor Wut. Wie konnte Sanders es wagen! Wirrer Moralist! Was ging ihn das an? »Keins.« »Zwei.« »He, he, keins. Wer kann hier knobeln?« Aber er musste jetzt zu Hause anrufen. Gott weiß, was Johanne sich dachte? Möglicherweise hatte sie den ganzen Tag gewartet. Er musste anrufen. Er musste anrufen. Aber vermutlich war seine Stimme zu belegt. Johanne würde sofort hören, dass er betrunken war. Es war wahrscheinlich nicht klug, jetzt sofort anzurufen. Und die Vernunft siegte.

»Eins.« »Keins.« »Na, endlich hast du mal gewonnen, Meister. Sehr gut.« Und die Vernunft siegte. Stunde um Stunde verging, und später gingen sie ins Restaurant und knobelten auch um das Abendessen. Allerdings war die Beleuchtung zu grell. Es gab zu viele weiße Tischtücher, die ins Auge stachen, und zu viele helle, nüchterne Gesichter mit klaren Blicken, ein viel zu kräftiges Licht wie Eis und Schnee im Sonnenschein. Obwohl sie sich diskret in eine Ecke gesetzt hatten, starrten sämtliche Gäste Jastrau an, der seinen Mantel nicht ausziehen wollte.

Erst als sie wieder in der Bar mit ihren dunklen, braunen und roten Farben und dem monotonen Grammophon saßen, inmitten all der lärmenden Menschen, ging es ihm besser.

Hier wollten sie zusammen den letzten Whisky des Abends trinken.

Das Abendessen hatte Jastrau gestärkt. Er hatte das Gefühl, nüchtern und mutig zu sein. Nun sollte es passieren, und als er ausgetrunken hatte, stand er auf, stellte das Grammophon ab und griff zum Telefon. Sein Herz klopfte heftig. Plötzlich spürte er es. Ganz nüchtern war er also doch noch nicht. Aber nun hatte er gewählt. Nun sollte es passieren. Sonst würde nie etwas daraus.

Sie nahm ab.

»Bist du es, Ole?« Es klang wie müder Hohn.

»Ja«, antwortete er heiser.

»Wie kannst du nur so sein?« Er hörte eine gewisse Selbstgerechtigkeit bei ihr.

»Was, was meinst …«

»Ich weiß, was ich weiß.«

»Ja aber, aber was denn!« Jastrau fing an, sich mehr und mehr aufzuregen. Obwohl er in einer Bar saß, in der alle ihn hören konnten.

»Nein, lass es«, entgegnete sie traurig und überheblich am Telefon. »Wir können ein andermal darüber reden. Ich fahre jetzt zu meinen Eltern – heute Abend.«

»Willst du …« Er hielt inne.

Im Lokal war lautes Gejohle zu hören.

»Ich höre doch, dass du in einer Bar bist … Aber ja, ich will mich scheiden lassen«, lautete die Antwort am Telefon.

Und Oluf, der Junge, der Junge. Jastrau wollte fragen. Die Stimme versagte. Er starrte in den vollgequalmten Raum mit den vielen lärmenden Gestalten.

In diesem Moment schritt der ewige Kjær, durch den Schlaf zehn Jahre verjüngt, mitten durchs Lokal und wurde von allen Seiten begrüßt und umjubelt. Er rieb sein glattrasiertes Kinn und lächelte.

Wie bei einer Huldigung reckten die Gäste ihre Arme in die Luft. Und Lundbom nickte vor Wiedersehensfreude, während er den blitzenden Shaker in seinen Händen schüttelte, dass das brüchige Eis knisterte. Es war ausgesprochen gemütlich.

»Dann leb wohl«, sagte Jastrau. Er konnte nicht nach Oluf fragen, er hatte das Gefühl, als sei seine Stimme in diesem Moment von Kummer und Trunkenheit eingerostet.

»Dann leb wohl!« Er stand auf und nickte dem kleinen Kellner zu. Das Grammophon konnte wieder eingeschaltet werden.

VII

Nach dem Regenwetter des vergangenen Tages schimmerte der Vormittag im Sonnenschein, und die Häuser der Reventlowsgade atmeten eine frische Kühle aus.

An der Ecke zur Istedgade blieb Jastrau nachdenklich stehen und blickte hinauf zu den Fenstern seiner Wohnung in der vierten Etage. Die Scheiben spiegelten traumhaft und unschuldig den klaren Himmel, doch das Mauerwerk um sie herum hatte nach dem gestrigen Regen noch immer diesen verwüsteten, dunklen Ausdruck. Es war eine finstere Nordfassade mit alten, lasterhaften Fenstern, die himmelblau und wenig vertrauenswürdig aufblitzten.

Jastrau fror.

Er wollte nicht länger hier stehen bleiben, in seiner zwei Tage alten Festbekleidung, der weißen Krawatte, die ihm welk um den Hals hing, und der zerknitterten Hemdbrust mit der unter dem Mantel verborgenen Inschrift. Er wollte kein Aufsehen erregen, weil er hier ohne Hut stand und glotzte. Aber diese himmelblauen Fenster! Was war wohl dahinter passiert? Wer war dort gewesen und hatte Johanne von ihm erzählt? Wer? Und was hatte er erzählt? Gestern am Telefon hatte sie eine so müde, so traurige und selbstgerechte Stimme gehabt, die gar nicht zu ihr passte. Kaum dass er sie wiedererkannt hatte.

Wie sonderbar war es, jetzt durch dieses Tor zu gehen. Die gelben Wände waren mit einem Mal so bedeutend, so historisch, und das Treppenhaus hatte die Patina eines gelebten

Lebens. Sogar das Loch in der Fensterscheibe, durch das die Luft einen Sommer und einen Winter ungehindert hindurchgeweht hatte, war zu mehr als einer Nachlässigkeit geworden, nun war es ein Charakterzug des Gebäudes, ein durchtriebenes Lachgrübchen.

Während Jastrau langsam die Treppe hinaufging, pfiff er die ganze Zeit eine dieser Jazzmelodien aus der »Bar des Artistes«, deren Rhythmus nun eine Tiefe hatte, weil er in den Stunden, in denen sie in seine Ohren gedrungen war, so viel erlebt hatte. Er wusste nun, sie würde das ganze Leben in seinem Hirn haften und immer und ewig Scheidung und Ende bedeuten. Gestern hatte er diese Melodie den ganzen Abend gehört, bis er hinaufgegangen und sich zum Schlafen auf das Hotelbett gelegt hatte. Und nun würde er sie nie wieder vergessen.

Als er vor seiner Wohnungstür stand, fiel ihm plötzlich ein, dass er keinen Schlüssel hatte. Die hatte er irgendwann in einer weit entfernten Vergangenheit Johanne ins Auto geworfen. Doch er pfiff gleichmütig weiter. Diese Melodie, *I wonder, I wonder, I wonder …* sang noch immer in ihm. Sie war zur überschäumenden Fülle des Lebens, zum verrinnenden Schicksal geworden, *I wonder, I wonder …* Und ruhig, wie im Rhythmus der Melodie und des Schicksals, bückte er sich, hob die Fußmatte und fand darunter die Schlüssel. So umsichtig und klar denkend war Johanne gewesen.

Doch der Anblick der Wohnung, der Zimmer und Möbel, mit denen er einige Jahre gelebt hatte, verschlug ihm beinahe den Atem. Dort standen die beiden unseligen Rokokostühle mit dem gelben Bezug. Und da, auf dem Tisch, der dunkle afrikanische Fetisch, vielleicht hatte der ihm Unglück gebracht. Wer wusste schon, was im Laufe der Jahre an dunkler, ekstatischer Seele an diesem Stück Holz kleben geblieben war und welche Macht es ausüben konnte? Und dort das glänzende Telefon, unheimlicher als all die anderen Dinge im

Wohnzimmer. Darin hatte er die Stimme seines Sohnes zum letzten Mal in diesem Leben gehört: »Wo wart ihr denn so lange?« Und dann einige gurgelnde Geräusche, als wäre Oluf ertrunken und verschwunden – er *war* verschwunden. Oh, diese Telefone! Und gestern! Johannes Stimme am Telefon, die entscheidenden Worte, und dann war sie ebenfalls verschwunden. Metallische Echos von Stimmen, Unwirklichkeiten, und dann waren die wirklichen Menschen fort; denn was half es, dass er sie wiedertraf, sie wiedersah, mit ihnen redete, jetzt waren sie jedenfalls zwischen all den Menschen verschwunden, denen man zufällig begegnet, mit denen man sich unterhält. Es war schlimmer als ein Todesfall, es war eine Trauer, bei der man sich keine Tränen oder schwarze Kleidung erlauben durfte, denn das würde als hysterische Schwäche ausgelegt. Man hatte nicht das Recht, sich dieser Trauer hinzugeben, weil sie falsch war.

Und mit immer schwerer werdenden Schritten wanderte er durch die Zimmer.

Zärtlich ließ er die Hand über Tische und Stühle gleiten, über Olufs Spieltisch am Fenster, die große glitzernde Fastnachtsrute, die sie in die Ecke gestellt hatten – er dachte daran, dass sie ebenso groß wie Oluf war. Vor langer Zeit hatte er sich einmal den Spaß gemacht, sie zu messen, lang war es her. Und er musste, er war geradezu gezwungen, über alles mit der Hand zu streichen, und mit tränenerstickter Stimme murmelte er irgendetwas. »Lebt wohl, all ihr lieben Dinge«, war hingehaucht und heiser zu hören, und er wiederholte es wieder und wieder, bis sein Hals trocken war. »Lebt wohl, all ihr lieben Dinge.«

Selbst wenn er zwischen ihnen wohnen bliebe, würde es dennoch ein Abschied für immer sein, denn er wusste, er fühlte, dass er schon bald nicht mehr derselbe sein würde. Die Dinge würden ihn schon bald nicht mehr wiedererkennen.

Könnte er jemals wieder sorgsam mit ihnen umgehen? Irdische Güter. Etwas anderes waren sie nicht. Dinge, die zerfielen, zerbröselten, zerbrachen und an die man sich keinesfalls binden sollte. Irdische Güter waren es, irdische Güter.

Er setzte sich an den Tisch, einsam in seiner Vierzimmerwohnung. Den Mantel hatte er noch nicht ausgezogen, denn behält man den Mantel nicht an, wenn man auf einer Ruine oder in einem verfallenen Museum sitzt?

In der Nachbarwohnung gegenüber leuchteten die weißen Vorhänge in der Sonne und zogen ihn sehnsüchtig an. Er spürte, dass er in einem dunklen, nach Norden ausgerichteten Zimmer saß, einer Höhle, deren Eingang einem Widerschein zugewandt war.

Seine Hand berührte die Zeitungen, die er in der Manteltasche mitgebracht hatte, er zog sie heraus. Vielleicht brachten sie ihn auf andere Gedanken. Das »Dagbladet« von gestern, die Literaturseite war endlich erschienen, eigentlich hätte er sich darüber freuen, es als einen Akt der Gnade empfinden sollen, doch sie war einfach zu spät gekommen. Und »Danmark« von gestern, ein Interview mit Professor Julius Geberhardt, sein Foto, die weißen, flackernden Augen, die unreine Haut, die zerzausten Haare, als würde er sie sich ständig raufen. Und dann diese Antwort, die er dem Interviewer gegeben hatte, diese bodenlose Antwort: »Bisweilen empfindet man Ekel, ein aktiver Teilnehmer an der unseligen Entwicklung dieser Welt zu sein, und ich verspüre diesen Ekel so intensiv, dass ich meines Weges gehe.«

Und in der bleichen, durchsichtigen Ruhe und dem hellen Schein der Vorhänge der Wohnung auf der gegenüberliegenden Straßenseite sanken diese Worte tief in Jastraus Seele.

Nein, nein, was war das nur für ein Entschluss, der durch diese zufälligen Worte eines wildfremden Mannes in seiner Seele Gestalt annahm?

Er schob den Stuhl vom Tisch zurück und stand auf. Es musste sich jetzt etwas ändern. Er konnte nicht hier sitzen bleiben, träumen und zulassen, dass sich unberechenbare Ideen in ihm festsetzten. Aber wer hatte es Johanne erzählt? Und was? Er hatte ihre Stimme nicht wiedererkannt. So war sie nicht. Aber hatte sie sich nicht so angehört, als wäre jemand bei ihr gewesen? Hier hatte jemand gesessen, hier in diesen Zimmern. Das letzte, entscheidende Gespräch hatten sie geführt, während andere zugegen waren, er in einer Bar, und sie, sie …?

Hin und her, auf und ab wanderte er, trabte er. Es gab genügend Zimmer, viel zu viele. Aber die Gedanken verwirrten sich, Impulse und plötzliche Ideen schossen ihm durch den Kopf, doch Zusammenhänge wollten sich nicht ergeben. Wer, wer? Und was? Rätselhaft wie ein Mord. Der Gedanke war unheimlich, dass in diesen Zimmern eine unbekannte Person gesessen hatte. Denn so musste es gewesen sein. Nun wusste er es mit Bestimmtheit. Sonst hätte sie nicht so langsam und leidend gesprochen. Das tat sie nur, wenn es Zuhörer gab.

Im sonnenhellen Schlafzimmer blieb er plötzlich an Olufs leerem Eisenbett stehen. Die Bettdecke und das Kopfkissen waren so klein, und mit einem Mal konnte er ihre Größe nicht ertragen. Sein Herz verkrampfte sich, er musste niederknien, sich über das Bett beugen und sein Gesicht in der Kinderdecke verbergen, es musste sein. Und er musste weinen, doch es kam nur ein trockenes Schluchzen. Warum lag er hier auf den Knien? Als sähe er sich selbst in einer lächerlichen Situation.

Und dann erhob er sich energisch und warf den Mantel auf das gemachte Doppelbett. Es war gemacht. Auch der Fußboden war gewischt. Sie war bis zum Schluss ihren Pflichten als Hausfrau nachgekommen. Und dann zog er den Frack, den Kragen, das weiße, zerknitterte Hemd aus. Es half. Dort lag es mit seinem verwischten, spöttischen Dank fürs Bier. Jetzt war er ein freier Mann.

Die Alltagskleidung beruhigte ihn. Sein Körper gelangte wieder in die gewohnten Bahnen, die Seele richtete sich auf. Die Narrentracht stopfte er rücksichtslos in eine Schublade. Sie gehörte der Vergangenheit an.

Jetzt wollte er arbeiten. Schließlich mussten Rezensionen für eine neue Literaturseite geschrieben werden.

Doch als er zurück ins Wohnzimmer kam, nahm er seine rastlose Wanderung erneut auf. Wie sollte er in seinem Arbeitszimmer Ruhe finden, das so eng und schmal wie ein Flur war, mit der Aussicht auf eine gelbe Brandmauer, die sich wie eine Bergwand von rechts vor das Fenster schob, ihn bedrängte, ihn erdrückte. Alles war hier so unergiebig und unbarmherzig.

Keine Ruhe, nirgendwo, keine Muße.

Im Wohnzimmer begann er mit einem Mal, auf- und umzuräumen. Wenn er die braune Portiere zum Esszimmer vorzog und die Tür zum Arbeitszimmer schloss, sah das Wohnzimmer bewohnbar aus; die gelben und braunen Farben strahlten Ruhe aus, die Decke bildete ein ruhiges Viereck, alles entspannte sich. Und dann wollte er mit einer energischen Bewegung die Fotografien seiner Mutter und seines Sohnes umdrehen, ein schmerzliches Zucken hielt ihn jedoch zurück. Wie eine Anklage aus längst vergangenen Tagen standen sie noch immer mit der Rückseite zum Zimmer. Er hatte sie mit schlechtem Gewissen umgedreht, weil er ihnen nicht länger in die Augen sehen konnte.

Wie Flecken war die Vergangenheit überall zu sehen. Aufzuräumen fiel schwer. Nein, es war nicht zu ertragen. Im Esszimmer stand nur das Grammophon. Es musste Trost spenden können, ein sägender Jazz nach dem anderen, Sentimentalität und Zynismus in einem unablässig tanzenden Rhythmus. Gab es eine andere Methode, den Kummer zu ertränken, denn er musste ertränkt werden, es musste rasch überstanden sein? *I wonder, I wonder, I wonder.*

Die Schallplatte wurde aufgelegt, und er begann nun seine improvisierten Tänze, die nur hinter verschlossenen Türen aufgeführt werden konnten. Nun tanzte er seinen Kummer und das Gefühl eines Lebens, das zu bersten drohte. Die Schritte waren ein Wirrwarr aus Onestepp, Black Bottom und Charleston. Kummer, Trauer.

Er fühlte sich wie ein Wahnsinniger, der sich unbeherrscht seinen improvisierten, eckigen und sinnlosen Bewegungen überlässt. Und dann erklang tief und klagend ein Saxophon und erlöste alles Hemmende.

Und Jastrau schrie.

Dem Schrei folgte ein Echo. Er hielt überrascht inne. Die Jazzmelodie ließ nicht nach, die schwarze Platte drehte sich unerschütterlich weiter. Diese mechanische Bewegung, diese mechanische Erlösung seines Kummers hatte etwas Teuflisches.

In diesem Moment klingelte es an der Tür, er stellte das Grammophon ab.

Wer konnte das sein? Jastrau spürte Herzklopfen, es war ihm peinlich, dass er geschrien hatte. Hatte es jemand gehört? Sollte er öffnen?

Dieser Schrei hatte so wild geklungen. Er war noch immer erschöpft.

Als es erneut klingelte, entschloss er sich zu öffnen.

Vor der Tür stand sein Schwager, höflich, korrekt, mit Bowler und einem blitzenden Spazierstock, und hinter ihm ein kleiner Mann mit einem schiefen Gesicht. Selbst der Schnurrbart sah aus, als wäre er ständig Wind von der rechten Seite ausgesetzt gewesen.

»Hast du Besuch?«, erkundigte sich der Schwager. »Ich meine, ein Grammophon gehört zu haben?«

Jastrau schüttelte den Kopf.

»Na, so vertreibst du dir also die schweren Gedanken, was?

Das ist ja wirklich eine hübsche Geschichte. Aber, sag mal, darf ich hereinkommen? Ich habe einen Möbelpacker mitgebracht, der das Bett des Sohnemanns abholen soll.«

Jastrau verbeugte sich gastfreundlich, und der Schwager trat mit prüfendem Blick ein. Er sah sich um, als wollte er den Preis der Möbel taxieren. Sein schweinchenrotes Gesicht strahlte überheblich.

»Sie können hier warten«, sagte er zu dem Möbelpacker. »Nur einen Moment.«

Er selbst schritt ins Esszimmer, legte den Spazierstock und die Handschuhe auf den Tisch und setzte sich auf den Stuhl am Ende des Tisches.

»Tja, ich denke, wir sollten uns ein wenig über das Praktische unterhalten«, begann er mit einem kleinen Seufzer.

Jastrau zuckte mit den Schultern und setzte sich so, dass er den Möbelpacker im Wohnzimmer im Blick behielt.

»Ts, ts, ts«, seufzte der Schwager und starrte vor sich hin. Er hatte den Hut aufbehalten. »So musste es ja kommen, aber dass es schiefgehen würde, konnte ich doch nur mit einem halben Auge sehen.«

»Ach ja?«, bemerkte Jastrau irritiert.

»Ja, das war wahrlich nicht sonderlich schwer. Du becherst ja nicht schlecht, lieber Schwager, und den einen oder anderen netten Käfer hier und da hast du sicher auch nicht verschmäht, oder?« Er kniff ein Auge zu. »Aber was soll's, ich sollte wohl der Letzte sein, der dir Vorwürfe macht …«

»Ach, jetzt hör schon auf!«, rief Jastrau. »Ganz ehrlich, ich habe keine Ahnung, warum Johanne gegangen ist.«

Wie durch eine Nebelwand sah er in diesem Augenblick, wie der Möbelpacker im Wohnzimmer beim Anblick des schwarzen Fetischs das Gesicht verzog.

»Hast du nicht? Du hast doch in einer Bar gesessen und dich in den höchsten Tönen über deine Ehe beklagt, und damit will sich Johanne nicht abfinden, was man ja auch verstehen kann. Schließlich tratscht die ganze Stadt darüber.«

Jastrau rutschte auf seinem Stuhl herum.

»Woher weiß sie das? Wer hat es ihr erzählt? Was ist das ...«

Der Schwager lehnte sich lächelnd zurück, die Hände hatte er in die Taschen gesteckt.

»Zum Teufel, woher soll ich das wissen?«, erwiderte er. »Sie kam gestern Abend mit einem Herrn, einem äußerst höflichen, aber mittellosen jungen Mann, wenn ich Mama richtig verstanden habe. Aber wie auch immer, Johanne will also nicht mehr, sie will nicht. Sie sagt, sie hat es satt, nur dein Dienstmädchen zu sein, und dagegen lässt sich kaum etwas sagen. Darf ich dir eine Zigarre anbieten?«

Jastrau war blass geworden. Er starrte vor sich hin. Der Möbelpacker setzte sich im Wohnzimmer vorsichtig auf einen der Rokokostühle. Es sah aus, als wagte er nicht, den Stuhl mit seinem Hinterteil zu berühren. Dieser verwirrende Anblick setzte sich in Jastraus Gedächtnis fest, allerdings erinnerte er sich erst später wieder daran; im Augenblick war ihm alles viel zu verworren. Es konnte nur Sanders gewesen sein. Aber nein, ein Kommunist, ein Genosse! Dann musste er aus der Bar direkt hierher gelaufen sein. Ein Kommunist, ein Genosse, nein, nein, nein. Gedankenverloren griff er nach der Zigarre.

»Aber um auf das Praktische zurückzukommen, wie teilen wir die Möbel?«, fragte der Schwager und zog ein Notizbuch heraus.

»Es waren doch deine Eltern, die uns dabei geholfen haben.«

»Na ja, weißt du, dieser Meinung bin ich ja auch. Also ...«

Jastrau lächelte müde: »Die Bücher und der Tisch, an dem ich schreibe, ein Stuhl und ein Diwan, mehr brauche ich vermutlich nicht in dieser Welt.«

»Nun gut, so weit das«, bemerkte der Schwager und warf

sein Notizbuch auf den Tisch. »Übrigens, was ist das für eine Geschichte? Hast du das über diesen Professor gelesen? Was für ein übergeschnappter Bursche. Du kannst dir nicht vorstellen, wie wir an der Börse gelacht haben.«

Aber Jastrau hatte keine Lust, dieses Thema zu diskutieren.

»Wollen wir nicht erst einmal das Praktische klären«, erwiderte er und steckte die Zigarre in den Mund, ohne sie angebrannt zu haben.

»Brauchst du Feuer? Bitte sehr.« Der Schwager zündete höflich ein Streichholz an. »Zieht sie nicht? Na, na. Doch, jetzt brennt sie. Ja, außerdem geht es noch darum, dass du wohl nichts dagegen hast, wenn meine Schwester künftig bei meinen Eltern wohnt?«

Er sagte es auffallend laut, sodass Jastrau dem Möbelpacker einen Blick zuwarf. Er hörte im Wohnzimmer zu.

»Nein«, erwiderte Jastrau sanft. »Aber du hast den Möbelpacker doch nicht etwa als Zeugen angeheuert?«

Misstrauisch kniff er die Augen zusammen.

»Nein, nein, nein«, krähte der Schwager und seine fleischigen Hängebacken wurden puterrot. »Wie kommst du denn darauf?«

»Ich gebe es dir schriftlich«, erklärte Jastrau und zog die Police der Feuerversicherung und einige andere Papiere aus der Tasche.

»Soll ich mich nicht um diese Police kümmern?«, rief der Schwager und streckte blitzschnell seine Hand danach aus.

»Nein!«

Jastraus Hand schlug resolut auf die Police.

»Ja, aber die Möbel …«

»Und die Bücher. Du bekommst jetzt von mir eine schriftliche Bestätigung, dass Johanne nicht von zu Hause fortgelaufen ist, obwohl es ja objektiv so ist«, entgegnete Jastrau boshaft.

»Sie hat es dir doch am Telefon mitgeteilt?«

»So, und wer will das bezeugen?«

»Es *gibt* einen Zeugen.«

»Aha, also saß hier jemand, als ich mit ihr telefoniert habe«, brach es wütend aus Jastrau heraus.

»Ja.«

»Und du weißt, wer es war?«

»Ja.«

»Wer war es? Wer war es?«

»Das ist nicht von Belang«, erwiderte der Schwager. Seine wässrigen blauen Augen glitzerten hart.

»Tja, dann will ich mal die schriftliche Bestätigung zu Papier bringen«, seufzte Jastrau und zog seinen Füllfederhalter heraus.

»Und dann kommen wir zum Unterhaltsbeitrag«, bemerkte der Schwager mitleidlos.

»Sollten wir das nicht besser den Anwälten überlassen, sonst kriegen wir uns nur in die Wolle.«

Der Schwager breitete elegant die Arme aus, sodass die Armbanduhr aufblitzte.

»*Enfin.*« Er seufzte erleichtert.

Danach gab er dem Möbelpacker Anweisungen, und Jastrau paffte seine Zigarre, während Olufs Eisenbett aus der Wohnung getragen wurde.

»Könnte eigentlich ganz interessant sein, an seinem eigenen Begräbnis teilzunehmen«, wandte er sich lächelnd an seinen Schwager.

»Wie meinen?«

Jastrau wollte sich nicht wiederholen, sondern paffte weiter.

»Na, ich denke, ich verschwinde dann mal.« Der Schwager zeigte höflich die Zähne. »Aber wir begegnen uns sicher hin und wieder – draußen auf den ewigen Jagdgründen, ha, ha, und dann soll's an einem kleinen Rachenputzer nicht fehlen.«

Er schlug Jastrau auf die Schulter, aber Jastrau betrachtete mit einem traurigen Lächeln diesen blankgescheuerten Wucherbengel, der so viele Jahre jünger war als er.

»Soll ich dich hinausbegleiten?«

Beide lachten leutselig. Im Flur wurden sie plötzlich jedoch wieder ernst, denn an der offenen Tür zum Treppenhaus stand Stefan Steffensen auf der Schwelle, die Hände in den Taschen. Hinter ihm ein ärmlich gekleidetes junges Mädchen.

»Na, ich muss mich beeilen«, erklärte der Schwager mit einem boshaften Lächeln. Er grüßte flüchtig, als würde er Steffensen nicht wiedererkennen.

»Mach's gut. Bis bald. Wir sehen uns.«

Der Schwager verschwand hastig.

»Na, das war doch dein Schwager«, sagte Steffensen grinsend in seinem schleppenden Tonfall. »Guten Tag, du. Darf ich vorstellen: Das ist Fräulein Jensen, und das ist Herr Jastrau, und so weiter. Wir zwei würden gern mit dir reden.«

Jastrau blicke in ein Paar große, erschrockene Mädchenaugen. Die blauen Irisringe öffneten sich und wurden tief unten weiß, sodass der Blick merkwürdig zerflossen wirkte. Milchig.

»Ja, kommt, herein.«

»Tja, du, Jastrau«, begann Steffensen sofort. Fräulein Jensen lief ihm ergeben nach. »Siehst du, Jastrau, Anna Marie und ich würden gern ein paar Zimmer bei dir mieten. Zum Teufel, was willst du als alleinstehender Mann mit all dem Platz?«

Er wedelte mit der Mütze durch die Luft, um zu zeigen, dass die Wohnung viel zu groß sei.

»Woher weißt du denn …«

Jastrau trat einen Schritt zurück, nun war ihm alles klar, wie durch einen Blitzschlag erleuchtet.

»Ja, natürlich, aber was kann ich dafür, dass Sanders so ein pathologischer Vollidiot mit einer verkorksten Kommunistenmoral ist. Ich habe versucht, ihn daran zu hindern; aber er war so edelmütig, es sei seine Pflicht und all dies Gerede, und deine Gattin, er sagte Gattin, sei ein viel zu wunderbarer Mensch. Sie solle ihr Leben nicht auf einer Lüge errichten und tralalajuchhe ...«

»Stefan, du sollst nicht so über Bernhard herziehen«, wandte Anna Marie mit einem singenden ostjütischen Akzent ein.

»Da siehst du's, Jastrau. Die Frauen halten ihn für edel.«

»Er hat uns doch geholfen«, verteidigte sie Sanders eifrig und ballte die kleinen Hände.

Aber Jastrau hörte nicht zu.

Er starrte auf die beiden heruntergekommenen Gestalten. Es war schließlich die Jugend, die ihm entgegenkam, und er hatte das Gefühl, ihnen nun auf Augenhöhe zu begegnen.

Einen Augenblick glaubte er, dies sei ein Ziel, um das er unbewusst gekämpft hatte.

Doch dann lief es ihm plötzlich kalt den Rücken hinunter, eine Ahnung seines verzweifelten Schicksals.

III

FÜR IMMER

I

Langsam zerriss Ole Jastrau ein Dokument und ließ die weißen Papierschnipsel im Wind flattern. Sie flogen durch das Eisengitter ins Tivoli und rieselten wie Konfetti auf das grüne Gebüsch herab.

Aber wenn ein Neugieriger die Papierschnipsel nun aufsammelte und wieder zusammenlegte! Tja, na und? Hatte es denn noch irgendeine Bedeutung, dass man den Redakteur Ole Jastrau in stark alkoholisiertem Zustand angetroffen hatte, als er Passanten auf der Frederiksberggade belästigte? Hatte er dieses illustre Dokument nicht aus altem, bürgerlichem Schamgefühl vernichtet und den staubigen Büschen des Tivoli überantwortet? Er hätte es aufbewahren sollen, ja sicher. Herrgott, es war ja nur ein Beweis dafür, dass er bezahlte, was er schuldig war. Fünfzehn Kronen wegen öffentlicher Ruhestörung! Er hätte es mit dem Postnachweis aufbewahren können, als er die fünfundsiebzig Kronen an Kryger geschickt hatte. Versoffen, aber rechtschaffen! Anständiger Redakteur! Nein, ziemlich blöd.

Langsam ging er in Richtung Tietgensbroen. Sobald man das rote Postgebäude hinter sich gelassen hatte, weitete sich der Blick. Dann übersah man ein dunkles, lebendiges Eisenbahngelände. Man blickte auf Wagenreihen, Wachtürme, lange Stahlbrücken, alles geschwärzt vom Qualm der Lokomotiven. Und in der Ferne schwarze Kräne und Wasser. Der im Sonnenschein glitzernde Wind wehte hier herein.

Er spürte, dass er nicht mehr jung war. Als Student hatte er so oft hier gestanden und Ausschau gehalten. Das nannte man wohl Sehnsucht. Er hatte auch oft auf der anderen Seite der Brücke gestanden und auf die Bahnsteige des Hauptbahnhofs hinuntergeblickt, auf die Dächer der Waggons direkt unter seinen Füßen. Zu einer bestimmten Zeit am späten Abend fuhr der Expresszug nach Berlin ab. Er hatte die Uhrzeit vergessen, aber damals, damals hatte es zu den Ausschweifungen seiner Seele gehört, im Schein der Laternen hier auf der Brücke in der Nachtluft zu stehen und zu erleben, wie der Expresszug abfuhr. Jugend. Jugenderinnerungen nannte man so etwas.

Er blieb stehen und verbiss sich in eine lange, dürre Strophe, die er nie beendet hatte:

Große Zerstörung, Tatenlosigkeit habe ich erfahren.
Wie unbeantwortete Briefe, so die Erinnerungen nagen.

Aber jetzt …

In diesem Moment ging ein schmerbäuchiger Herr, dem eine schwarze Brille halb auf die Nase gerutscht war, an ihm vorbei, nervös und unruhig, über den Gläsern flackerte der Blick. Sein vierjähriger Sohn, ein Junge mit einem kleinen Sonnenhut, den er stramm über die Ohren gezogen hatte, sodass der Kopf aussah wie ein prall aufgepumpter Fußball, hatte sich von ihm losgerissen, und der Vater hatte offensichtlich Angst, dass der Junge auf die Fahrbahn laufen könnte.

»Komm her, Mogens.«

»Nein, Papa. Deine Hand ist so feucht und heiß.«

Jastrau schüttelte sich plötzlich. Hatte er sich bereits bei Steffensens rüpelhaften Schulterbewegungen angesteckt? Erschrocken warf er dem Jungen einen Blick zu. Ja, der Junge hatte ebenfalls Schwierigkeiten beim Gehen. Und die Kinderstiefel! Genau dieselbe Größe. Heruntergerutschte Strümpfe.

Nein, nein, Jastrau musste den Blick abwenden, er musste über die Wagenreihen und Wachtürme, über den Hafen in der Ferne blicken.

Hoffentlich waren sie bald an ihm vorbeigegangen. Er spürte, wie ihm ein Kälteschauer den Rücken hinunterlief. Doch, jetzt! Dann musste er dem Jungen dennoch hinterhersehen. Es war die gleiche würdige Haltung des runden Kopfes über den unsicheren Beinen. Der herausgestreckte Bauch. Die ranke, aufrechte Haltung.

Jedes Mal dieser Schmerz, wenn ein kleines Kind an ihm vorbeiging. Und es gab so viele Schmerzen! Kinder! Sie liefen auf dem Bürgersteig vorbei und strahlten in seine Seele wie eine rote, verhangene Sonne hinter den Stäben eines Lattenzauns.

Besser er dachte an die leere Vierzimmerwohnung in der Istedgade, die allmählich verkam. Viel zu groß für ihn. Und die Untermieter, die sich aufgedrängt hatten. Stefan Steffensen! Mochte er ihn eigentlich? Ja und nein. Es war ein Mensch, der im Augenblick den gleichen Weg hatte wie er, nichts anderes, also konnten sie ihn ebenso gut gemeinsam gehen. Und die zwielichtige Anna Marie?

Und plötzlich überquerte Jastrau entschlossen die Fahrbahn und ging von der Brücke hinunter zum Hauptbahnhof.

In dem Viertel um die Reventlowsgade und die Istedgade hatte man das Gefühl, als zöge eine Wolke vor die Sonne, es war ein abgelegener Ort mitten im Zentrum Kopenhagens, mit Schlupflöchern, Geheimgängen und Torwegen, die Wohnungen im Erdgeschoss dunkel vor Feuchtigkeit, die Gardinen an den Fenstern bürgerlich und anständig wie getarnte Bordelle.

Ein Baum stand in diesem tiefen Loch von einer Straße, die Wurzeln eingeklemmt zwischen den Pflastersteinen, in der grünen Krone lärmten Spatzen. Immer hatte Jastrau ein wehmütiges Lächeln für diesen Baum übriggehabt, heute jedoch streifte er sein Unterbewusstsein nur wie ein grünes Aufblitzen, das ganz tief aus einem trüben Wasser kam.

Denn es war unerhört. Steffensen hatte am späten gestrigen Abend ein junges Mädchen mit nach Hause gebracht. Wollte er Anna Marie quälen? Jastrau hatte alles mit angehört. Er selbst war eine halbe Stunde früher nach Hause gekommen, von Whisky und Tabak halb benommen, schwankend, aber dennoch klar. Und dann war es passiert. Anna Marie hatte leise, ganz leise geweint. Steffensen hatte offenbar nichts gehört. Oder er wollte es nicht hören. Zu sehr war er mit dem jungen Mädchen beschäftigt. Aber in der Wohnung, in der die Zimmer im Schein der hellen Nacht so gespenstisch verblassten, war das anhaltende Weinen einer Frau, das Echo eines verhaltenen Schluchzens hinter geschlossenen Lippen, immer deutlicher und in seiner Monotonie an den Kräften zehrend zu hören gewesen. Ihr Körper hatte gezittert, sodass der Diwan, auf dem sie lag, nicht aufhörte zu knarren, ein unerträglich quietschendes Geräusch. Schließlich hatte Jastrau wütend einen Stiefel gegen die Flügeltür geworfen und sie gebeten, die Klappe zu halten.

Nein, er wollte sich damit nicht abfinden. Er wollte Steffensen und Anna Marie nicht länger bei sich wohnen haben. Aber wenn er sie jetzt hinauswarf, würden die Räume unendlich, dann müsste er allein in allen vier Zimmern, der Dienstmädchenkammer, der Küche und den beiden Fluren herumspuken, von Raum zu Raum, mit Türen zu neuen Räumen, von einer Leere zur anderen – und dann, er wusste es, würde er vor Angst zusammenbrechen. In leeren Zimmern gab es Geister. Unfug. Aber so war es! Türen gingen von allein auf. Die Klinke wurde von einer unsichtbaren Hand bedächtig heruntergedrückt, dann sprang die Tür auf. Leere Wohnungen vermehrten sich, pflanzten sich fort. Und schließlich sah man sich selbst, leibhaftig, auf einem Stuhl sitzen. Ach, guten Tag, Jastrau. Dasselbe verlegene Lächeln.

Aber er wollte sich das nicht länger bieten lassen.

Er lief die Treppe hinauf. Noch immer das Loch in der Scheibe zum Hof. Sollte er eine Beschwerde an den Hauswirt schreiben? Seit anderthalb Jahren zog es durch dieses Loch.

Hastig schloss er die Wohnung auf.

Steffensen lag auf Jastraus Diwan und rauchte Pfeife. Eigentlich hatten sie sich darauf verständigt, dass dieses Zimmer Jastrau vorbehalten war. Die Zimmerdecke war ein ruhiges, wohltuendes Quadrat in gelben und braunen Farben, sanft und die Nerven beruhigend wie ein leiser Regen.

»Was hast du hier verloren?«, erkundigte sich Jastrau gereizt.

Steffensen nahm die Pfeife aus dem Mund und gähnte, sein Gesicht war blass.

»Ah ja, hast wohl schlechte Laune. Ich bin übrigens hungrig.«

»Soll ich dich vielleicht auch noch füttern?«

»Nee. Aber Anna Marie, das hysterische Weibsstück da drin hat auch Hunger, und ich kann mir nicht vorstellen, dass du vorhast, dir den Bauch allein vollzuschlagen.«

Jastrau ließ sich schwer auf einen der Stühle fallen, starrte auf den Boden und fasste sich.

»Nicht nur ein Dach über dem Kopf, sondern auch noch etwas zu essen«, sagte er langsam mit einem lauernden Unterton. »Allerdings gibt es in dieser Speisekammer nicht einmal mehr eine Brotkante«, fügte er wie mit einem Peitschenhieb hinzu.

»Sie könnte doch was holen.«

»Wer?«

»Na, sie da drin, statt rumzuliegen und zu jammern, kann sie sich doch mal nützlich machen«, erwiderte Steffensen schroff.

»Du bist ein Lump.«

Es war ihm plötzlich herausgerutscht. Jastrau richtete sich auf. Jetzt würde er zuschlagen! Doch er konnte den Blick nicht von Steffensens reglosem, brutalem Mund abwenden. Er glich einem Schrei. Seine Augen wollten nicht auf Steffensens emailleweißen, schimmernden Blick treffen, der stets unbegreiflich war. Er konnte nicht zum Angriff übergehen. Verlegen auf den Schlips eines Mannes starren und dann unerwartet zuschlagen. Nein.

In diesem Moment lief jedoch ein sanftes Zucken über Steffensens Mund.

»Na, ja, vielleicht«, gab er leise zu.

Jastrau starrte auf den Staub, der den Fußboden grau aussehen ließ, und auf die Tischdecke, die um den Fetisch und das Telefon ziemliche Falten warf. Und dieses plötzliche Gefühl, auf einem Wrack zu sitzen, stimmte ihn versöhnlich. Eigentlich konnte man nur darüber lächeln, denn bei einem gemeinsamen Untergang brauchten natürlich alle etwas zu essen.

»Ich werde mal mit ihr reden«, sagte er sanft, und es schien ihm, als zeige sich mit der Sanftmut tief in diesem Verfall ein Lichtschein. Hatte Jesus nicht lange, sanfte Handbewegungen gehabt?

Anna Marie lag im Esszimmer auf einem Diwan, den er mit Steffensen dorthin geschleppt hatte. Für dieses Arrangement waren die hellen Eichenholzmöbel, Erbstücke der Schwiegereltern, ans Fenster geschoben worden, und die ehemals so bürgerliche Symmetrie – die Anrichte wie ein Altar an der Mitte der Wand und der elektrische Kronleuchter mitten an der Decke – hatte sich in ein System mit verwirrender Schlagseite verwandelt, wie der Einsteinsche Raum.

Anna Marie kehrte ihm träge ihren breiten Rücken zu und blies Zigarettenrauch gegen die Tapete.

»Hören Sie, Fräulein Jensen«, begann Jastrau.

»Fräulein Jensen«, wiederholte sie und lachte die Tapete an. Der füllige Rücken bebte.

»Ja, wie soll ich Sie denn sonst nennen?«, entschuldigte sich Jastrau verlegen.

Anna Marie antwortete nicht. Eine weiße Wolke aus Zigarettenrauch kroch die Wand hinauf.

»Ich möchte Sie bitten, uns zu helfen, etwas zu essen zu machen, wir haben nämlich Hunger.«

»Sie bitten mich?« Unvermittelt drehte sie sich mit großen aufgerissenen Augen um. »Sie bitten mich?«. Und dann lachte sie mit klangvoller Stimme und Aarhuser Akzent.

Gleichzeitig setzte sie sich auf, stützte die Ellbogen auf die Knie und schüttelte sich. Ihre Augen waren ein bisschen zu ungerührt auf Jastrau gerichtet. Sie strahlten etwas Wildes aus.

»Bitten Sie mich wirklich?«

»Ja, was sollte ich denn sonst tun?«, erwiderte Jastrau mit einem unsicheren Lächeln, denn sie sah ihn an, als könnte sie ihm jeden Moment einen Kopfstoß versetzen. Und er breitete langsam und sanft die Arme aus.

»Fräulein Jensen!«, wiederholte sie, und nun spiegelte sich sein Lächeln auf ihrem Gesicht. »Hätte ich doch nur einen hübscheren Nachnamen, denn Sie haben das so schön gesagt.« Dann strich sie sich die Haare aus der Stirn, als würde sie erwachen, und erhob sich resolut: »Ach, ihr beiden armen Teufel. Na, mal sehen, was ich tun kann.«

Auf dem Weg in die Küche hielt sie sich deutlich aufrechter als sonst.

Jastrau setzte sich unterdessen und sah sich einen großen Kamm an, der auf dem Tisch lag. Sie war ihm ein Rätsel.

Als Anna Marie wieder auftauchte, machte er eine fragende Gebärde, lang und sanft. Warum lang und sanft? Doch in diesem Augenblick wurde ihr Körper plump und dienstmädchenhaft, er fiel zusammen, Brüste und Lenden kamen ihm gröber vor. Wie in einem Spiegel sah er ihrer Gestalt an, dass Steffensen unbemerkt ins Zimmer getreten war und hinter ihm stand.

»In der Küche gibt's nichts Essbares«, erklärte sie und hielt den Blick starr auf Jastrau gerichtet, als wollte sie nur ihn sehen.

Jastrau holte ein paar Geldscheine aus seiner Hosentasche, glättete sie erst sorgfältig an der Tischplatte und gab sie Anna Marie.

»Wie hast du sie denn dazu gebracht?«, wollte Steffensen wissen, als ihre eiligen Schritte auf der Treppe zu hören waren. »Sie macht doch sonst nie irgendwas und hängt nur rum … schwer wie jemand, der gerade aus dem Wasser gezogen wurde, nasse Klamotten und so … schwer.«

»Keine Ahnung. Aber legen wir lieber etwas auf die Tischplatte, der Tisch gehört meiner Frau«, sagte Jastrau. Er zeigte noch immer dieses unsichere, sinnlose Lächeln, das unruhig flatterte, als hinge es an einer Schnur.

»Hier, eine Zeitung!« Steffensen warf ihm eine Ausgabe zu.

Jastrau breitete die Seiten auf dem Tisch aus. Mit einem Mal hielt er inne. Das war ja das alte Exemplar von »Danmark« mit dem Foto von Professor Julius Geberhardt und dem Interview. Er strich mit der Hand darüber, als hätte es eine Bedeutung.

»Das ist doch auch so ganz gemütlich. Ich will nämlich kein Tischtuch benutzen«, erklärte er. »Tischtücher sind irdisches Gut und gehören daher meiner Frau.«

»Ist gemütlicher«, brummte Steffensen, setzte sich und stemmte sofort beide Ellbogen auf die Zeitung. »Aber jetzt sag schon, wie zum Teufel hast du es hingekriegt, dass Anna Marie jetzt spurt?«

»Du benimmst dich ihr gegenüber wie ein Schuft.«

Steffensen presste die Lippen auf die Pfeifenspitze.

»Aber lass uns das Thema wechseln und das Grammophon anstellen, sonst verkrachen wir uns nur noch«, fügte Jastrau hinzu.

Steffensen nickte steif.

Jastrau zog das Grammophon auf und legte eine verkratzte Platte von »The Revellers« auf. Zunächst knackte es. Doch rasch erhoben sich die summenden und heulenden Stimmen, lautmalerisch, sinnlos miauend. Mal glitten sie über in sentimentale Refrains, die von großen, weichen, vor Liebe dahinschmelzenden Lippen gesungen wurden. Mal ruhten sie sich auf den Tönen aus. Der Klang wurde übermenschlich und metallisch. Die Lungen schienen so kräftig wie Blasinstrumente zu sein. Und dann fielen andere Stimmen ein. Töne wehten hinaus in die Luft und brachen abrupt ab. Alles hörte sich so munter und virtuos an und war von einer überströmenden Schönheit, die man nur auf eigenes Risiko ernst nehmen konnte.

Und in Jastraus Gliedern zuckten die Rhythmen. Er war ein schlechter Tänzer, leider, leider, sonst wäre er glücklich gewesen. Seine Beine bewegten sich dennoch in ungeschickten Charleston-Schritten – Versuche von Glück.

Steffensen blickte mit einem spöttischen Grinsen in das andere Zimmer.

»Was ist denn so komisch?«, fragte Jastrau, als die Platte zu Ende war.

»Ach, nur all deine Heiligenbildchen da drinnen.«

»Was für …«

Jastrau unterbrach sich. Er hatte die beiden Fotografien von seiner Mutter und Oluf auf einen Tisch gestellt. Nun fühlte er sich entlarvt. Hatte Steffensen ihn belauscht? Jastrau betrieb ja tatsächlich einen Kult mit den beiden Fotos, und war er allein, gab er ihnen ein heimliches Zeichen, wenn er an den Fotos vorbeiging.

»War'n hübsches Mädchen, deine Mutter«, bemerkte Steffensen.

Irritiert richtete Jastrau sich auf.

»Zum Teufel, sie ist doch 'ne Frau, oder?«, rief Steffensen.

»Sie ist tot.«

»Ja, jedenfalls war sie es«, erklärte er sarkastisch. »Du bist ziemlich chaotisch mit deinen Definitionen.«

Jastrau antwortete mit einem schrillen Jazz aus dem Grammophon.

»Das hat was von Untergangsstimmung«, sagte er, um über etwas anderes zu reden.

»Ja. Dummes Zeug gibt's genug, aber der sägt richtig gut im Kopf.«

Und nun ging es los, eine Platte folgte der anderen, sodass beiden das Blut in den Kopf stieg. Steffensen saß stoisch da und biss in seine Pfeife, doch jedes Mal, wenn eine ausgeklügelte Dissonanz durch das Zimmer gellte, glitt ein amüsiertes Grinsen, ein Zucken über sein unbewegtes Gesicht.

»Herrliche Logik«, murmelte er.

Jastrau hingegen stand auf und improvisierte Tänze. Etwas Vernünftiges wurde nie daraus. Er stand bloß da und erlaubte sich eine temperamentvolle Armbewegung nach der anderen. Zwischen seinen Füßen zerbarst der Rhythmus. Er spürte es, doch er war recht robust. In seiner eigenen Fantasie war er mal ein allzu schlanker Tänzer, mal ein allzu dicker Cakewalk tanzender Gentleman, und seine Tanzschritte schwankten zwischen Wildheit und Verlegenheit, in ihnen zeigte sich etwas höchst Unvollendetes, etwas in seinem Gemüt, das sich niemals erfüllen konnte. In solchen Momenten glaubte er an eine leichte, tanzende Seele in einem plumpen und unbeholfenen Körper, und dann spürte er die Verzweiflung und die Polarität, die übertönt, betäubt, berauscht werden musste.

In diesem Moment sah er die Fastnachtsrute in der Ecke.

Sie verspottete ihn, weil er einen Sohn verloren hatte. Und alles vereinte sich zu einem Schrei. Der Schrei! Aber da kam Anna Marie mit einem Korb voller Bierflaschen und Tüten zurück, und mit tänzelnden Schritten – das Grammophon krakeelte noch immer – glitt er auf sie zu, nahm ein paar Flaschen aus dem Korb und schwang sie im Takt.

»Oh, Bournonville!«, rief Steffensen. »Tableau mit Bier. Bring mir mal eins.«

Jastrau setzte sich schnaufend.

»Ja, es ist schwer, aufs Bier warten zu müssen«, tröstete ihn Steffensen.

In diesem Augenblick war die Platte zu Ende, und Jastrau musste sofort eine neue Platte auflegen.

»Wir brauchen einen festangestellten Plattenwechsler«, schlug Steffensen vor.

Als die Eier gekocht waren und das späte Mittagessen auf dem Tisch stand, wurde Anna Marie das Grammophon anvertraut. Es sollte unablässig spielen. Sie wollten sich beim Essen nicht durch die Leere der Wohnung stören lassen.

Aber Anna Marie war jetzt nervös. Ihr Blick war unstet, die Haut flammte unruhig auf und sah dennoch kränklich und blass aus. Sie fummelte an ihrem Ei herum, die kurzen Finger mit den plebejischen Nägeln fassten den Löffel falsch an.

Es ertönte ein ungleichmäßiges Scharren, ein Schlingern. Die Nummer war zu Ende.

»Das Grammophon«, befahl Steffensen grob und kniff die Augen zusammen.

»Ja, ja«, erwiderte sie nervös in ihrem jütländischen Tonfall und erhob sich. Jastrau musste das Ei und den Eierbecher greifen, die sie beim Aufstehen beinahe umwarf; in diesem Moment streifte er ihren weichen, nackten Arm – und da wurde ihm stärker als je zuvor bewusst, dass sie krank war, dass sie unantastbar war. Er musste ihren untersetzten, soliden Körper in diesem armseligen Kleid mit dem Ledergürtel betrachten, der ihr zu tief auf den Hüften saß. Fleischlich, sinnlich war sie, bis hin zu den verwischten Lippen, die sie sich angemalt hatte. Sonst schminkte sie sich nicht. Dieses fleischliche Wesen war unantastbar.

Er glättete die Zeitung. Irgendetwas musste er streicheln und zärtlich berühren. Und dann ertönte eine neue Jazznummer.

»Tja, ich muss wohl langsam an die Arbeit gehen«, sagte Jastrau und schaute auf seine Uhr.

»Erst mal ein Bier«, erwiderte Steffensen. Jeder hatte vier Flaschen vor sich stehen.

Steffensen setzte eine an den Mund, obwohl neben seinem Teller ein Glas stand.

»He, ja, du musst arbeiten.« Er wischte sich den Mund ab. »Aber du bist ja auch fest angestellt. Bürgerlicher Kritiker – der Kunst. Hatt ich glatt vergessen.«

»Sonst gäbe es jetzt nichts zu essen«, erwiderte Jastrau.

Anna Marie nickte zustimmend.

Steffensen trank noch einen Schluck.

»Du, was glaubst du, wie lange dauert es, bis sie dich da drüben rausschmeißen?«, fragte er, als er die Flasche lautstark absetzte.

Ein nervöses Aufblitzen in Anna Maries Augen. Das Grammophon gellte mit der vollen Kraft der Blasinstrumente.

Jastrau antwortete nicht. Er hatte diesen müden, verschleierten Blick.

»So kann's doch nicht weitergehen«, fuhr Steffensen fort und sah ihn mit glänzenden Augen an.

»Nein, ich entgleite der Bürgerlichkeit«, erwiderte Jastrau singend. Seine Worte wurden vom Jazz getragen. »Ich nähere mich endlich der Jugend. Bald sind wir auf Augenhöhe.«

Er nickte Steffensen zu.

»Ich nähere mich euch an, ja, wirklich«, fuhr er fort, »denn ich will wissen, was in euch steckt, was die Jugend ist, was die Zukunft ist. Ich will euch ebenbürtig sein.«

Der Jazz trug seine Worte. Er hielt sie für die Wahrheit. Es gab ein Schicksal, ein großes Schicksal in seinem Leben. Er spürte jetzt das Bier. Das war die Freiheit, die er suchte, diese unendliche Seele. Aus diesem Grund war all dies geschehen. Jetzt wusste er es. Der Jazz erzählte es ihm.

»Wieso willst du darüber reden, Stefan. Du siehst doch, dass Herr Jastrau das nicht mag«, wandte Anna Marie ein.

»Kümmere du dich ums Grammophon, Flittchen. Du hast vergessen, es aufzuziehen. Es jault ja.«

Jastrau zuckte beim Klang von Steffensens brutaler Stimme zusammen. Und ihm schoss durch den Kopf: Wehrlose Frau! Verteidigen! Aber sie war bereits aufgestanden.

Dann ließ er, gleichsam als Wiedergutmachung, seinen Blick über ihren Kopf gleiten. Er hätte sie gern gestreichelt. Wie ein krankes Tier, dem man nicht helfen kann.

Und plötzlich sah Jastrau Steffensen mit festem Blick an.

»Hast du das Interview mit Professor Geberhardt gelesen?«, wollte Jastrau kurz darauf von ihm wissen.

»Kenn ich nicht.«

Jastrau lächelte herablassend und unterstrich mit dem Fingernagel nachdenklich ein paar Zeilen in der Zeitung.

»Na, und was ist mit ihm?«, fragte Steffensen.

»Bisweilen«, las Jastrau vor, »empfindet man Ekel, ein aktiver Teilnehmer an der unseligen Entwicklung dieser Welt zu sein, und ich empfinde diesen Ekel so intensiv, dass ich meines Weges gehe.«

Steffensen hob den Kopf mit einem triumphierenden Grinsen.

»Kündigst du beim ›Dagbladet‹?«, fragte er unverblümt.

»Natürlich nicht. Wer behauptet das denn? Ich lese dir nur etwas vor, das hilfreich für dich sein könnte.«

Es zuckte in Steffensens Schulter, und plötzlich brach er in ein gekünsteltes Gelächter aus.

»Ja, du gehst vor die Hunde, natürlich, und alles andere, was du von dir gibst, ist Unfug.«

»Nein, nein«, rief Anna Marie spontan aus.

»Doch, doch«, erwiderte Jastrau, wobei er ihre Stimme traurig und sanft parodierte.

»Gut, dass du das selbst erkennst«, grinste Steffensen.

»Fräulein … Fräulein Anna Marie«, sagte Jastrau, der Steffensen nicht antworten wollte. »Offensichtlich ist die Platte zu Ende.«

Sie nickte.

»Fräulein Anna Marie«, wiederholte sie leise und ließ ihre Worte nachklingen. Jetzt war nichts Träges mehr an ihren Bewegungen. Sie zog das Grammophon auf, als hätte sie Spaß daran.

»Sonst hätt'ste dich doch nicht damit abgefunden, dass wir dir so auf die Pelle gerückt sind«, fuhr Steffensen fort, der noch immer seinen schimmernden Blick auf Jastrau gerichtet hatte. »Aber ich hab 'ne Nase für so etwas, weißt du.« Er nahm sich eine Flasche Bier. »Skål!« Sie kreuzten die Flaschenhälse und stießen an. »Sobald Sanders …«

»Ich will nicht über ihn reden!«, stieß Jastrau aus.

»Ach was, das musste doch passieren«, brummte Steffensen, »und selbst wenn's seine Schuld ist, dass der Karren in den Dreck gefahren ist, ja, na und? Das wäre sowieso passiert.«

Auf der neuen Jazzplatte heulte die ganze Zeit über ein nicht zu definierendes, schneidendes Instrument, und Jastrau spürte, wie dieser geblasene Ton ihm kalt den Rücken hinunterlief. Es war Schicksal, Fatalismus.

»Und kaum hatte er mir erzählt, was für eine Geschichte er da angezettelt hat, also Sanders, war ich auch schon hier.« Ein durchtriebenes Grinsen spielte auf Steffensens zusammengepressten Lippen. »Ich habe es regelrecht vor mir gesehen, wie du in dieser großen Wohnung davonschwimmst. Ein verlassenes Wrack, das hochherrschaftlich davontreibt. Und da konnte ich nicht widerstehen; deshalb bin ich mit diesem Flittchen da an Bord.«

Anna Marie presste die Lippen aufeinander, ihr ängstlicher Blick ließ Steffensen nicht aus den Augen.

»Und es hat ja funktioniert. Du hast uns nicht rausgeschmissen. Wir sitzen hier. Aber ich hab auch 'ne Nase dafür, wenn jemand vor die Hunde geht«, prahlte Steffensen. Plötzlich hörte Jastrau, wie jung er war. »Ich hab das Ganze wie ein Bild gesehen, weißt du, wie eine Geschichte oder ein Gedicht oder was zum Teufel du willst. So ist das eben bei mir. Es hilft der Logik.«

»Ist Logik etwa auch dein Metier?«, erkundigte sich Jastrau ironisch.

»Ich bin schließlich kein Idiot«, lautete die Antwort.

Jastrau starrte ihn an. Diese Antwort, diese Diskussion hatte er schon einmal erlebt. Nein, dieses dunkle Nordzimmer, die von der Sonne beschienene Fassade auf der gegenüberliegenden Seite, dieser gespenstische Nachmittag, diese beiden Menschen, die Grammophonmusik, unablässig, unablässig, und die Bierflaschen auf dem Tisch, herumfliegende Flaschenkapseln, nein, er konnte das keinesfalls schon einmal erlebt haben. Aber schlagartig stand ihm die Situation plastisch und unvergesslich vor Augen. Diese beiden Gesichter. Dieser ausgehungerte, fanatische Student, denn Steffensen war … Student, nichts anderes, ein wahnsinniger Student; und dieses Dienstmädchen, das weder mit ihrem Körper noch ihrer Seele etwas anzufangen wusste.

Und Jastrau saß wieder am Tischende und legte die Hände zusammen, als wollte er ein Brot brechen. Emmaus! Mit dieser Gebärde glaubte er, alles zu verstehen, und vertraute auf ein eigenes inneres Licht.

Und Steffensen sprach weiter.

»Ein Bild, weißt du. Mir ging es nämlich immer so, als würde diese Wohnung in der Luft schweben.« Er trank einen Schluck aus der Flasche. »Ich musste die Wohnung nur betreten, und schon hob alles ab. Die Wohnung, die Zimmer hier segelten … wie ein himmlisches Schiff, weißt du … so ist es jetzt auch. Besonders beim Jazz, ja. Und jetzt hatte ich die Idee, dass sich das Ganze in der Luft hält … hoch oben, weißt du, hoch oben, über all dem Scheiß … wenn wir … wir sind die Passagiere … was soll ich sagen … bloß alles geschehen lassen, alles. Also, wenn wir die Unendlichkeit herrschen lassen. Aber …«

Jastrau beugte sich vor und starrte Steffensens blasses, verwüstetes Gesicht an, diese unheimlich hohe Stirn, diese glänzenden Augen, diesen mechanischen Mund. Ja, er war wahnsinnig. Der letzte Winter hatte ihn gezeichnet. Aber der Gedanke, die Metapher faszinierte ihn noch mehr als dieses erstarrte Gesicht.

»Ja, ich verstehe«, erwiderte Jastrau, als Steffensen ihn voller Unruhe ansah. »In dem ganzen Verfall findet sich auch ein Gefühl der Unendlichkeit.«

»Ja!«

Und Steffensen schwieg. Er glotzte auf eine Bierflasche, als hätte er eine Erscheinung.

In diesem Moment war der Jazz zu Ende.

Einen Augenblick lang waren alle erstarrt. Jastrau wartete darauf, wie es weiterging, aber Anna Marie rührte sich nicht.

Plötzlich griff Steffensen nach seinem Bierglas und warf damit nach Anna Marie.

Es streifte ihre Schläfe und zersprang an der Anrichte.

»Wie oft soll ich dir noch sagen, dass du dich um das Grammophon kümmern sollst, Flittchen!«

Ihr standen große Tränen in den Augen.

In diesem Moment flimmerte es vor Jastraus Augen. Er sah nur den Widerschein der weißen Vorhänge in der Nachbarwohnung auf der anderen Straßenseite.

»Weil du sie angesteckt hast, musst du sie nicht auch noch misshandeln.«

Er hörte die Worte. Sie waren deutlich ausgesprochen worden. Von seiner Stimme. Und doch hatte er das Gefühl, als wären die Worte erst einige Zoll vor seinem Mund geboren worden. Sie wurden von der Luft geboren.

Steffensen war erstarrt. Die Haut über den Kieferknochen war kreideweiß, als wäre gerade eine Totenmaske von seinem Gesicht abgenommen worden.

Anna Marie war aufgestanden. Ihre Augen funkelten Jastrau an. Sie schnappte nach Luft, etwas Brutales ging von ihrem groben Körper aus. Der Gürtel schob ihr Kleid hoch, es schlug Falten wie das Hemd eines Mannes, der einen Koppelgürtel trägt.

»Und so etwas sollen wir uns gefallen lassen? So etwas sollen wir uns von einem Menschen bieten lassen, den wir nicht kennen? Ja, wir sind arm und kriegen das Essen geschenkt. Aber sollen wir dann auch noch auf uns herumtrampeln lassen? Nein, nein, nein.« Sie keuchte. Das Haar war über eines ihrer Augen gefallen. Der Hals und die Wangen waren rot entflammt, die tote Hautfarbe rund um ihre Augen trat nun umso deutlicher hervor. Aber diese Augen waren furchtlos, groß und einer Kuh nicht unähnlich. Ihre Seele war ein einziger, unbändiger Angriff, ein blinder Sprung mit dem weitaufgerissenen Blick einer Schlafwandlerin.

Jastrau erhob sich unglücklich, er wollte ihr beruhigend die Hände auf die Schultern legen, aber sie riss sich los. Unter der Haut ihrer nackten Arme zeigten sich die Andeutungen einer unweiblichen Muskulatur.

»Lassen Sie mich in Ruhe, Sie. Hilf mir gefälligst! Beschütz mich, Stefan!«, schrie sie in einem sinnlosen, wüsten Ausbruch.

»Ach, das ist doch alles vollkommen verrückt«, erklärte Steffensen in seinem schleppenden Tonfall. Seine Wangen hatten wieder Farbe bekommen. »Zieh das Grammophon auf.«

Anna Marie warf ihm einen flüchtigen Blick zu. Mit einer Handbewegung und einer raschen Drehung ihres Kopfes. strich sie ihr Haar zurück. Doch nun waren die Nervosität in ihrem Gesicht und der verschmierte Mund so unübersehbar, dass alles, was sie sagte, aufdringlich, ja, fast schon zu intim wirkte.

»Oh, ich kann nicht denken«, stöhnte sie und kam Jastrau mit ihrem Gesicht sehr nahe. Er fürchtete, ihr Körper könnte auf ihn fallen. »Ich weiß weder ein noch aus.« Sie starrte ihm direkt in die Augen. Aber ihr Blick hatte sich wieder aufgelöst vor Angst, der Ring um die Iris öffnete sich milchig, der Ausdruck ihrer Augen verlor sich in einem Nebel. »Ich weiß nichts. Ich bin dumm. Ich bin dumm. Ich bin dumm.«

Und mit einem Mal fasste sie mit beiden Händen seinen Kopf.

»Aber Sie sind gut«, nickte sie ernst. »Sie sind ein guter Mensch. Aber Sie glauben doch hoffentlich nicht, dass ich krank bin? Also krank auf diese Weise. Nein, nein, denn dann müsste ich mich ja schämen, dann könnte ich doch nicht eine Sekunde mehr hier bleiben. Oder? Das ginge doch nicht?«

»Stell jetzt das Grammophon wieder an«, wiederholte Steffensen gereizt.

Erschöpft setzte sich Jastrau wieder an den Tisch.

»Woran denkst du?«, fragte er Steffensen geistesabwesend, der seine Pfeife stopfte.

»Ich denke logisch.«

»Ha!«

Steffensens Augen schimmerten.

»Ich denke daran … angenommen, ich wäre so ein … sagen wir Lump … tja, was dann? Wir fliegen der Unendlichkeit entgegen. Oder? Wir lassen alles geschehen. Wir sind unendliche Seelen, nicht wahr?«

Er blickte stier vor sich hin.

»Aber dann müssten wir uns doch ganz ins Verbrechen stürzen, und dann ist das, was ich … ihr angetan habe … dann ist das doch gar nichts.«

»Ist das wahr? Hast du so etwas …«

Mehr brachte Jastrau nicht heraus, denn Anna Marie lief schreiend zum Diwan, warf sich darauf und bekam Weinkrämpfe.

»Ich mach das schon«, erklärte Steffensen und stand widerwillig auf.

Und Jastrau verließ die Wohnung und ging die Treppe hinunter.

Ohne Hut und mit den Händen in den Taschen schlenderte er in Richtung Rathausplatz.

II

Barhäuptig ging Ole Jastrau auf das rote Gebäude des »Dagbladet« zu. Auch das war leer. Er sah es an den Fenstern. Auch dieses Gebäude war in einer einzigen Nacht im Meer versunken und unwirklich geworden. Und er selbst trieb willenlos dahin, aufrecht wie ein Ertrunkener.

Noch immer hatte er die Hände in den Taschen und eine Pfeife zwischen den Zähnen, als er im Sonnenschein vor Straßenbahnen und Autos auf die Schwingtür des »Dagbladet« zutrieb. Er hatte jetzt das Gefühl, entspannt und in einer Stimmung zu sein, in der alle Ereignisse zum Schauspiel und alle Menschen zu Masken wurden. Er fühlte sich seltsam frei, als hätte ein anderer ihm sämtliche Entscheidungen abgenommen.

In der Redaktion nickte er dem Redaktionssekretär zu. Dann sagte er ein paar nette Worte zu der Dame, die Redaktionswache hatte. Und mit einem Mal wusste er nicht mehr, warum er eigentlich gekommen war.

Er schlenderte in die Säulenhalle.

Wie in einem Verschlag saß Eriksen in einem schmalen Büro und trank auffallend energisch Kaffee, während er an einem Artikel schrieb.

Warum sollte sich Jastrau nicht an den Türpfosten lehnen und ihm zusehen?

»Hej, bist du es, Jazz«, grinste Eriksen und vergoss dabei ein paar Tropfen Kaffee auf sein Manuskript. »Uha, was eine verdammte Sauerei. So was passiert auch nur mit Kaffee.«

Wütend griff er nach einem Tintenlöscher und drückte ihn auf die Tropfen. »So eine Ferkelei auf sauberem Papier. Verflucht, wieso stehst du eigentlich da und glotzt?« Er warf den Tintenlöscher auf den Boden. »So lang, wie du bist.«

Doch plötzlich fing er hustend an zu lachen.

»*Never mind*, Jazz. Mach mal die Tür zu.«

Kaum hatte Jastrau die Tür geschlossen, holte Eriksen mit einem verschwörerischen Grinsen ein Glas Portwein aus einem Versteck hinter einem Stapel Telefonbücher hervor und räusperte sich.

»Du kriegst nichts. – Ah!« Er leerte das Glas und versteckte es sorgfältig. »So was kommt während der Arbeitszeit eigentlich nie vor.« Eriksen wurde immer wütender. »Bei meiner Ehre! Niemals.« Dann drehte er sich aufgebracht auf seinem Stuhl herum. »Glaubst du mir etwa nicht?«

»Doch, doch«, antwortete Jastrau beruhigend und setzte sich.

Urplötzlich wurde Eriksen wieder freundlich. Er legte den Kopf schief und zwinkerte verschmitzt mit seinen dreieckigen Augen. Seine Augenbrauen zuckten nervös wie bei einem Hund.

»Ja, entschuldige, dass du nichts bekommen hast. Aber jeder denkt nun mal an sich selbst zuerst, oder? Du kennst das, ja, du verstehst das, Jazz, nicht wahr? Du bist ja schließlich selbst Trinker.«

»Ich bin Trinker?«, rief Jastrau. »Na ja, vielleicht.«

»Nein, nein, nein«, protestierte Eriksen empört, hob die Hände in die Luft und schüttelte sie mit gespreizten Fingern wie ein Ertrinkender. »Du *bist* Trinker. Sei mal ehrlich, Jazz. So geht man am besten vor die Hunde. Ehrlichkeit! Glaubst du, wir wissen nicht, dass du trinkst? Bei dieser Zeitung wissen wir alles. Ein Nachrichtenblatt erster Klasse. Wir wissen, dass du Trinker bist. Wir wissen es seit langem. Wir wissen alles. Und es nützt nichts, wenn du es dementierst. Und wir wissen auch, dass deine Frau dich verlassen hat. Du wirst geschieden, so ist es doch. Kleines Ferkel. Na ja, du weißt doch, wie hier im Blatt mit Dementis umgegangen wird. Loyal, Gott bewahre. Sie erscheinen in Petit ganz hinten im Blatt, in meiner Rubrik ›Hier und da‹. Es ist die langweiligste Rubrik der ganzen Zeitung, die von niemandem gelesen wird und die – auch – nicht – gelesen werden *soll*, verstehst du. Dafür ist sie da. Aber du bist Trinker. Gedruckt in Versalien. Trinker.«

Und um es zu unterstreichen, schlug er mit der Faust auf den Schreibtisch, dass der Kaffeebecher schepperte. Das Weinglas hinter den Telefonbüchern verriet sich mit einem schwachen Klirren.

»Trinker, sage ich.«

Dann saß er eine Weile da und rang heftig um Atem, während Jastrau ihn anstarrte. Ein heiseres, raspelndes »Rrruu« war zu hören.

»Ach ja«, seufzte Eriksen dann. »Aber ich bin ja auch vom Leben gezeichnet. Hi, hi«, fügte er verschmitzt hinzu.

»Und ist das ein Vorteil?«, erkundigte Jastrau sich desorientiert.

»Bist du verrückt, aber sicher«, grinste Eriksen. »Sonst hätte man mich doch längst ausgemustert. Aber ich bin vom Leben gezeichnet, sagt der Alte im Eckzimmer. Hi, hi. Meine Frau liegt im Krankenhaus. Ich war mal ein reicher Mann – während des Krieges, da ließ sich das gar nicht vermeiden – und ich bin auch mal Vagabund gewesen – nach dem Krieg – als sich das auch nicht vermeiden ließ. Und als Vagabund kam ich mit meinem ersten Artikel hierher. ›Durchaus möglich, dass Sie der Mann von der Straße sind‹, hat der Alte gesagt. Hi, hi, er wartet noch immer auf den Mann von der Straße. Ich bin der Mann, der zuletzt von der Straße gekommen ist, und das vergisst er mir nie – bis der nächste kommt. Hab ich nicht recht?«

In ihren eckigen Winkeln strahlten die rotgesprenkelten Augen vor Glück.

»Aber du«, Eriksen machte eine wegwerfende Handbewegung, »du bist auf der Universität gewesen, und die kann der Alte nicht leiden; er sagt, die können nicht schreiben. Hi, hi, na ja, du kannst schreiben. Aber, aber du sollst geschieden werden, und das *kann* er nicht begreifen. Privatleben – Gott bewahre –, ein bisschen was Pikantes schadet nie – aber Scheidung? Dazu ist nichts zu sagen, weil er es nicht verstehen *kann*. Es gibt doch genügend Mädchen, und alle sind sie gut genug, jede auf ihre Art, die eine ist groß, die andere dick, warum sollen sich die Leute denn scheiden lassen? Das sage ich auch.«

»... und dann trinkst du, du Schwein«, fügte er nach einer Pause hinzu.

Jastrau erwiderte kein einziges Wort und nickte. Warum hatte er nur das Bedürfnis, sich Eriksens hektischen Wortschwall anzuhören? Und doch hörte er zu, er hörte zu, als würde ein Wunsch in Erfüllung gehen.

»Aber verdammt, mach dir nichts draus, Jazz«, fuhr Eriksen fort und stand auf. Tröstend legte er eine Hand auf Jastraus Schulter, beugte sich hinunter zu seinem Ohr und flüsterte ihm heiser etwas zu. Der scharfe Portweinatem glitt wie eine Wolke über Jastraus Gesicht.

»Zum Teufel, mach dir nichts draus. Wichtig ist nur, dass du es systematisch angehst. Die meckern hier zwar, aber du musst nur regelmäßig deiner Arbeit nachgehen, jeden Tag erscheinen, deinen Mist schreiben und dann um sechs den Laden schließen. So mache ich das. Es ist sechs Uhr. Ein Eisenbahnunglück in Vigerslev? Kümmert mich einen Scheiß, antworte ich. Ich sitze drüben bei Sommer, mir geht's gut, ich spiele mit einer Flasche Portwein. Nicht in der ›Bar des

Artistes‹. Dieses Grammophon, nein. Da trete ich bloß als spanische Tänzerin auf. Zum Teufel. Zum Teufel noch mal. Da will ich Lebensfreude, da will ich schimpfen. Nein, Sommer. Dort ist es gut. Um neun bestelle ich gewöhnlich noch eine halbe Flasche. Zehn Uhr – gibt's nicht – existiert nicht. Und um elf verfrachtet Sommer mich in ein Taxi. Und dann nach Hause. Und am nächsten Morgen arbeitsfähig.«

Er richtete sich auf und streckte die Brust heraus.

»Ich bin zwar gezeichnet vom Le-he-ben«, sagte er in einem feierlichen Ton, »aber ich setze meine Forderungen als klassenbewusster Trinker durch. Mit harter Hand! Nach sechs Uhr abends bin ich betrunken. Aber du, du versackst den ganzen Tag. Und du weißt, dass ich dich mag. Verflucht! Ich kann dich verdammt gut leiden.« Er griff nach Jastraus Hand und drückte sie. »Und ich sage dir. Trink nicht mal einen Behe-cher, solange die Sonne über Vesterbro steht.«

Dramatisch hob er die linke Hand.

»Nicht mal – hä.« Er hatte einen roten Kopf bekommen. »Nicht mal einen Be-he-he-cher.«

In diesem Moment verschwand die rote Farbe, sein Gesicht lief blau an. Eriksen ließ Jastrau los, presste plötzlich beide Hände auf die Brust und knickte unter einem unheimlichen, rauen Husten zusammen.

»Geh jetzt, geh«, stöhnte er zusammengekrümmt und winkte mit einer Hand, dann begann er wieder zu husten. Der Husten riss jedes Wort auseinander und schüttelte Eriksens kleinen, breiten Körper.

Jastrau stand auf und wollte ihn fragen, ob er ein Glas Wasser holen sollte, aber Eriksen richtete sich auf, rot und blau, Tränen rannen ihm aus den Augen, er hustete, dass der Speichel floss.

»Verschwinde, verdammt …« Ein neuer Hustenanfall. »Ich … habe … zu tun.«

Jastrau ging und schloss die Tür zu Eriksens Zimmer. Doch das hohle Husten drang noch durch die geschlossene Tür, das Geräusch eines Menschen, der sich selbst überlassen war.

Aus zwei leeren Büros, deren Türen weit offen standen, strömte die Sonne in die Vorhalle. In der Ecke, im Eckzimmer war es indes dunkel. Vermutlich war Redakteur Iversen in seinem Büro.

In diesem Augenblick begegnete er dem Redaktionssekretär.

»Ole Jastrau, haben Sie einen Moment Zeit?«, fragte er und ließ seinen dunklen, höflichen Blick auf Jastrau ruhen.

»Nein, ich bin leider sehr beschäftigt«, antwortete Jastrau verlegen wie ein Schuljunge.

Hier standen sich zwei Menschen gegenüber, die sich einfach nicht verstanden. Daher fühlte Jastrau sich klein. Er hätte sich auch überlegen fühlen können.

»Ich würde gern einmal mir Ihnen reden, denn so kann es einfach nicht weitergehen«, erklärte der Redaktionssekretär.

»Womit?« Jastrau klang verständnislos.

»Sie nehmen Ihre Chancen nicht wahr, und das wissen Sie genau. Es geht dabei nicht um Ihre Arbeit. Aber Sie haben kein sonderlich enges Verhältnis zur Zeitung. Sie teilen Ihr Schicksal nicht mit uns, Ole Jastrau, und dabei könnten wir doch einen großen Mann aus Ihnen machen. Aber Sie wollen nicht.«

»Do-och«, antwortete Jastrau gedehnt.

Der Redaktionssekretär schüttelte traurig und gleichzeitig amüsiert den Kopf.

»Nun, ich würde in den nächsten Tagen gern ein ernstes Gespräch mit Ihnen führen, Ole Jastrau. Vergessen Sie es nicht«, endete er schulmeisterlich. Sie lächelten sich an. Verstanden sie in diesem kurzen Moment, wie hoffnungslos es war?

»Nein, nein«, erwiderte Jastrau in einem singenden Tonfall, der wenig glaubwürdig klang, dann war zur Tür hinaus.

Großer Mann! Als würde er das wollen. Was hatte es mit

der Unendlichkeit der Seele zu tun, der Seele hinter den Meinungen, mit dem Menschen? Jeden Tag einen Artikel über das Geistesleben schreiben! War man dann ein großer Mann? Wenn man wusste, wie es um die Redaktionsintrigen und Verlagsinteressen bestellt war, wenn man das Privatleben der dänischen Geistesfürsten und ihre Freunde und Feinde kannte und Bescheid wusste, an welchen Strippen man ziehen musste! – Großer Mann?

»Ekel an der unseligen Entwicklung dieser Welt«, sagte er, als er die Treppe hinunterging. Er führte laute Selbstgespräche, allerdings klang es wie ein Zitat.

Und als er ohne Hut vor dem »Dagbladet« auf dem Bürgersteig stand und sah, wie die Sonne sich in Fahrrädern, Straßenbahnen und Autos spiegelte – große glitzernde Spiegelflächen glitten im flirrenden Sonnendunst vorbei, lichten vornübergebeugte menschliche Gestalten, Frauen mit runden Waden –, da fiel ihm plötzlich die Dunkelheit vor der geschlossenen Tür von Redakteur Iversens Eckzimmer wieder ein.

»Ich gehe meiner Wege.« Das war auch schon beinahe ein Zitat.

Sollte er wieder hinaufgehen, ins Eckzimmer stürzen, in den großen Raum wie gegen einen Wasserfall aus Sonnenschein, und mit dem langen, vornübergebeugten Schatten reden, der dort saß und träge in die herabstürzende Masse aus Sonne, Sonne, Sonne blinzelte? Mit ihm reden und kündigen, jetzt, sofort. Und fortgespült werden.

Jastrau stopfte seine Pfeife, während er auf dem Bürgersteig stand. Der Wind fuhr ihm in die Haare. Ein blaues Auto glitt vorbei. Er ahnte, dass eine Frau ihm zuwinkte, und er nickte geistesabwesend, lächelte wie durch einen Schleier. Wer war das? Keine Ahnung.

Nun hob ein Herr einen kleinen Jungen in eine Straßenbahn. Einen kleinen Junge. Nein, vermutlich war es ein kleines Mädchen. Es musste ein kleines Mädchen sein! Jetzt keine Schmerzen! Alles im Sonnenlicht verschmelzen lassen. Ein Pressefotograf grüßte. Die dürren Kastanien an den Verkehrsinseln blinkten mit ihrem grünen Laub und den roten Blüten.

Die Pfeife war jetzt gestopft.

Sollte er sie nicht besser in die Jackentasche stecken, sofort wieder hinaufgehen und es zu Ende bringen? Die Treppe hinauf, hinein ins Eckzimmer! Aber man konnte doch nicht mit den Händen in den Hosentaschen … direkt von der Straße, barhäuptig und mit wild flatternden Haaren hineinstürmen und seinen Abschied nehmen. Der Alte würde husten vor Lachen, in den Papierkorb spucken und in ein meckerndes Gelächter verfallen. Es war schließlich eine ernsthafte Angelegenheit mit Vertrag und dreimonatiger Kündigungsfrist. Und man musste einen Hut tragen, um ihn auf den Schreibtisch legen zu können, bevor die Verhandlungen begannen.

Er musste nach Haus, einen Hut holen. Der würde ihn auch in seinem Entschluss bestärken. Sonst würde er das Ganze vielleicht sogar vergessen.

Ruhig und zielbewusst ging er die Vesterbrogade hinunter und bog am Hauptbahnhof zur Istedgade ab. Jetzt würde er kündigen. Und die Zukunft? Kannte niemand. Er berauschte sich an seinem Schicksal und fing an zu pfeifen.

Als er in seine Wohnung kam, war es seltsam still. Er ging pfeifend durch den halbdunklen Flur. Sollte er die Mütze nehmen oder den Filzhut? Seltsam still! Natürlich den Filzhut. Und den Spazierstock. Der Stock war gut. Darauf konnte man sich stützen und vertrauenerweckend aussehen. Aber warum war es so still? Waren Steffensen und Anna Marie gegangen? Anna Marie. Er lächelte, als er den Hut aufsetzte.

Pfeifend ging er ins Wohnzimmer. Mechanisch gab er den beiden Fotografien auf dem Tisch das heimliche, kultische Zeichen. Er hatte es sich selbst ausgedacht. Oder besser, es war ein flüchtiger Einfall gewesen. Linke Hand schräg über die Brust. Damit ließ sich immer eine Gefahr abwehren. Doch das triste Tageslicht, das durch die Fenster fiel, die seit einer Weile nicht mehr geputzt worden waren, dämpfte ihn sofort, ohne dass er es bewusst bemerkte. Ein Wetterumschwung! Er hörte auf zu pfeifen.

Da hörte er Anna Marie ausrufen: »Ach, das kann doch gar nicht aufgehen!« Gefolgt von einem Klatschen.

Jastrau schob die Tür zum Esszimmer auf. In diesem Moment roch er einen fremden Duft, etwas Weiches und Betäubendes in dieser Atmosphäre aus Verfall und Staub.

Auf dem Tisch standen Rosen.

»Was …?« Er blieb mit offenem Mund stehen.

Anna Marie hatte Spielkarten in der Hand und legte Patiencen, und Steffensen lag mit den Händen unter dem Kopf auf dem Diwan.

»Idylle«, brummte Steffensen mokant.

»Ja, aber was haben die Rosen zu bedeuten?«

Anna Marie schüttelte den Kopf und sagte »plemplem«, um eine momentane Verwirrung der Sinne anzudeuten.

»So ist es«, bestätigte Steffensen. »Aber hast du ein bisschen Tabak für mich? Ich kann nicht denken.«

»Aber die Blumen?«

»Ach«, murrte Steffensen, »ich hatte einen sentimentalen Anfall. Und wurde auch sofort dafür bestraft. Eins auf die Schnauze. Ich habe meinen Alten getroffen, direkt hier auf der Straße. Was hat der hier wohl zu suchen?«

»Dein Vater! Dein Vater! Das hast du gar nicht erzählt, Stefan!«, rief Anna Marie hektisch und sprang von ihrem Stuhl. »Oh, dein Vater. Kommt er hierher? Das halte ich nicht aus. Wieso? Weshalb? Nein, ich kann hier nicht bleiben. Ich, ich …«

Jastrau stützte sich auf seinen Stock und starrte sie verständnislos an. Weshalb waren ihre Augen so aufgelöst vor Angst, aufgelöst in einem trüben Lichtschein?

»Und gerade schien alles gut zu werden. Einigermaßen gut. Aber es wird niemals richtig gut.« Sie setzte sich, als würde sie zusammenbrechen, und legte den Kopf auf die Arme, sodass ihre Haare wie in einer Welle hinunterfielen.

»Nie wirklich gut, nie wirklich gut. Ich werde wahnsinnig, wahnsinnig, wahnsinnig«, stöhnte sie.

»Jetzt hör schon auf, Anna Marie«, sagte Steffensen müde und erhob sich widerwillig. »Er hat mich nicht gesehen. Wahrscheinlich hatte er es auf irgendein Mädchen hier im Viertel abgesehen. Das sähe ihm ähnlich.«

In diesem Moment hob Anna Marie den Kopf und schrie, dass es vermutlich im ganzen Haus zu hören war: »Und jetzt schlägst du mich wieder. Jetzt schlägst du mich.« Ihr Gesicht stand in Flammen, die Züge waren verzerrt. »Aber ... aber ... ich werde«, zischte sie, die weichen Lippen hatte sie brutal vorgeschoben. Und plötzlich verlor sie die Kontrolle, die Lippen erschlafften, Mund und Kinn wurden zu einem einzigen weichen Teig, und in drei langen Tönen – nein, nein, nein – senkte sich ihre Stimme zu einem demütigen Flehen: »Du darfst mich nicht schlagen, Stefan. Nicht schlagen. Nicht schlagen. Alles andere. Nur nicht schlagen. Dann haue ich lieber ab, das mach ich gern.«

Jastrau schüttelte verlegen den Kopf. Was ging hier in seiner Wohnung vor? Etwas Wildes, Unverständliches, ein Privatleben, das ihm so nahe kam, dass er es riechen konnte. Und sein eigenes Leben und dessen Umstände waren verschwunden. Was hatte in diesen Räumen gelebt, was denn? – ein paar Worte am Telefon – »Wo wart ihr denn so lange« – und eine müde Frauenstimme, die dann verschwunden war, und nun nur noch diese beiden fremden, schreienden Menschen. Er durfte es nicht vergessen ...

»Er trug übrigens Trauer, mein Alter. Zylinder!«, lachte Steffensen.

Den Filzhut hatte Jastrau noch auf dem Kopf. Er durfte es nicht vergessen, nicht vergessen. Er wollte doch mit Redakteur Iversen sprechen, er umklammerte den Stock in der Hand.

»Ihr solltet ein bisschen spazieren gehen«, schlug er betreten vor, »und euch wieder vertragen.«

Sanfte Worte! Wie Jesus Christus! Jastrau hörte selbst, wie dumm es aus seinem Mund klang.

Steffensen lächelte höhnisch, ein kurzes, hartes Aufblitzen. Aber Anna Marie richtete sich auf und schüttelte den Kopf.

»Ich gehe vor keine Tür.«

Jastrau hatte Angst vor ihren Augen.

»Nein, selbstverständlich nicht«, sagte Steffensen.

»Und du auch nicht, du auch nicht. Stell dir vor, du triffst ihn«, rief sie und warf sich mit ihrem schweren Körper gegen den Tisch. Hysterisch rang sie um Atem, ein langes, gefährliches Geräusch, als näherte sich ein erneuter gewaltsamer Ausbruch. Es sang in ihrer Brust.

»Wollen … wollen … wir das nicht vergessen«, schlug Jastrau versöhnlich vor, Menschensohn mit Filzhut und Spazierstock. Ich hole Portwein, und dann vergessen wir's.«

Er wollte doch kündigen. Wenn er nun aus reiner Vergesslichkeit Chefkritiker des »Dagbladet« bliebe …

»Ja, vergessen, vergessen, vergessen«, sang Anna Marie und setzte sich erschöpft auf einen Stuhl. Jastrau war erstaunt über ihr Gesicht. Stimmungen und Ausdrücke aller Art flossen darin zusammen, ihr Kinn verschwand auf eine geradezu unheimliche Weise in ihrem fülligen Hals.

»Du bist doch verrückt, Anna Marie!«, rief Steffensen.

»Mir kann der Alte nichts tun, aber dir …«

Er schnaubte höhnisch.

Anna Marie öffnete die Augen, riss sie mit einem Ruck auf und starrte Steffensen mit einem Blick an, aus dem abgrundtiefe Angst leuchtete.

»Stefan, Stefan«, jammerte sie leise.

»Ja, ja, ich hab's doch nicht so gemeint.«

Steffensen verhielt sich sonderbar sanft. Plötzlich verstand Jastrau die Rosen. Ein Duft von Versöhnlichkeit in diesem gnadenlosen Verfall.

»Ich hole jetzt den Portwein«, wiederholte Jastrau, nun wieder ganz er selbst mit Filzhut. Er war glücklich, ein Heilmittel gefunden zu haben. Bloß betäuben! Bloß betäuben! Ein denkendes Gehirn war eine schmerzhafte Krankheit.

»Ja, mach das. Ich kann sowieso nicht nachdenken«, sagte Steffensen.

»Du denkst nach?« Wieder dieses alte Aufblitzen von Hohn.

»Ja, ich bin gerade dabei, einen notwendigen Gedanken zu fassen, kurz davor.« Steffensens Gesicht war wieder erstarrt, die abnorm hohe Stirn sah aus, als wollte er damit geradewegs gegen eine Wand laufen, die Augen hatten diesen erbarmungslosen Emailleglanz.

Jastrau ging hinunter und kaufte in einem Tabakladen auf der anderen Straßenseite drei Flaschen Portwein, dann fiel ihm ein, dass auch Tabak fehlte.

Als er mit den drei Flaschen und dem Tabak ungeniert wieder in den Torweg bog, stand dort der rothaarige Hausmeister und schmunzelte verschmitzt. Er war etwas jünger als Jastrau.

»Das ist doch mal was Sinnvolles«, meinte er und seine unschuldigen blauen Augen blinzelten feucht.

»Wollen Sie nicht mit hochkommen?«, erkundigte sich Jastrau in einer spontane Eingebung.

»Danke für die Einladung.« Der Hausmeister schaute grinsend an sich herunter. Er trug einen blauen Overall. »Ich bin keiner, der nein sagt. Nie. Aber soll ich nicht tragen helfen? Irgendwie bin ich eher dazu geboren.«

Einen Augenblick später lief der Hausmeister in seinem raschelnden Blaumann und seinen Plattfüßen leicht und tänzelnd die Treppe hinauf.

»Meine Laune steigt«, erklärte er bei jedem Treppenabsatz. »Oh, wie sie steigt.«

Vor der Wohnungstür blieb er jedoch mit einem bedenklichen Gesichtsausdruck stehen.

»Was wird denn Ihre Frau dazu sagen?«, flüsterte er.

»Sie ist fort«, antwortete Jastrau und zuckte mit den Schultern, »und kommt auch nicht wieder … Ach, zum Teufel, geschieden.«

Der Hausmeister staunte.

»Ach … so. Und … der kleine Junge auch? Na ja, so kann's kommen, so ist das, was soll man da sagen. Tja, man hat doch nur das Vergnügen, für das man selbst sorgt. Aber Sie wollen doch die drei Flaschen um Himmels willen nicht etwa allein trinken? So verrückt sind Sie doch nicht, Herr Jastrau, oder? Sie haben vermutlich Gäste?«

»Oh ja. Aber kommen Sie doch herein.«

Der Hausmeister trottete verlegen in die Wohnung. In dem blauen Overall glich sein Gang dem eines Bären. Verlegen stellte er die Flaschen ab.

»Ich heiße Edwin Jacobsen und bin der Hausmeister dieses Grundstücks.«

Anna Marie wischte sich die Augen aus. Sie hatte geweint. Sie begrüßte den Hausmeister mit einem Knicks.

Steffensen streckte eine Hand über den Tisch und brummte seinen Namen. Er stieß dabei beinahe die Rosen um.

»Na bitte, nehmen Sie Platz, Herr Hausmeister«, forderte Jastrau ihn auf.

»Ha, ha!« Der Hausmeister hüpfte geradezu vor Freude

auf seinem Stuhl. »Da steht man im Torweg und denkt, der Schnaps ist weit weg. Man wagt nicht mal, davon zu träumen, und dann kommt jemand direkt von der Straße und hat ein, zwei, drei Flaschen im Arm. Tralalalala.«

Steffensen saß teilnahmslos daneben. Als die Flaschen entkorkt waren, stellte er eine vor sich hin. Sein Gesicht war verschlossen. Die Augen tränten.

Anna Marie übernahm die Pflichten der Hausfrau und holte die grünen Gläser.

»Ach, da ist ja das Grammophon, Herr Jastrau«, rief der Hausmeister und grinste schlitzohrig. »Ja, ich hab's ein paar Mal mitten in der Nacht gehört.« Er musste reden, denn er hielt ein Glas Portwein in der Hand. »Nein, das macht gar nichts, Herr Jastrau. Skål! Aber im Bett ist das so anregend, nur kann ich mir im Augenblick nicht noch mehr Kinder leisten, daher müssen Sie mir versprechen, es nur hin und wieder laufen zu lassen, nur kurz ... Autsch! ... Entschuldigen Sie, Fräulein, ich habe nicht daran gedacht ...«

»Das macht überhaupt nichts«, erwiderte Anna Marie keck.

Er lächelte verlegen.

»Aber wollen wir nicht eine Platte hören?«

Jastrau zog das Grammophon auf.

»He, he, ist das eine Art?«, rief der Hausmeister aufgebracht. »Es so in sich reinzukippen.«

Jastrau drehte sich um und sah, dass Steffensen die Portweinflasche an den Mund gesetzt hatte und in langen Zügen austrank. Über dem weichen Kragen ragte sein Adamsapfel wie eine geballte Faust hervor.

»Was für ein versoffener Kerl«, grinste der Hausmeister. »Ich hab ja schon viel gesehen, wirklich, das habe ich. Aber so einen Säufer habe ich nur mal in Riga erlebt, der hat bis zum Umfallen gesoffen, aber das war kein Mensch, das war ein Russe ...«

Steffensen focht es nicht an. Nach dem großen Schluck nahm er die Flasche vom Mund und stellte sie lautstark ab.

»Ha, ha, was für ein versoffener Kerl.« Der Hausmeister schlug sich lachend auf die blauen Overallschenkel.

Steffensen warf ihm mit einem ungerührten, durchtriebenen Grinsen einen Blick zu, sagte aber nichts.

»Stefan!«, entfuhr es Anna Marie. Sie wollte eingreifen, schüttelte dann aber plötzlich den Kopf. »Nein, es hat keinen Sinn«, seufzte sie und trank ihr Glas aus.

Jastrau schob vor Eifer den Hut in den Nacken und stellte das Grammophon an. Er durfte es nicht vergessen. Der Jazz erklang mit einigen Disharmonien, der Rhythmus dominierte. Es riss ihn mit. Nicht vergessen. Er musste sich unbedingt daran erinnern, seinen Vertrag mit der Zeitung zu kündigen. Oh, *Evening Star*.

Der Widerschein der Nachmittagssonne fiel durch die schmutzigen Fensterscheiben.

»Tanzen Sie, mein Fräulein?«, erkundigte sich der Hausmeister, der sich galant erhoben hatte und auf den Füßen wippte.

Anna Marie strich sich das Haar aus der Stirn.

»O ja«, schnaufte sie, »aber ist es hier nicht fürchterlich heiß, oder ist das bereits der Wein?«

»Portwein sollte man nie im Sonnenschein trinken«, erwiderte der Hausmeister aus Erfahrung und grinste, dann führte er Anna Marie in einem raschen Bärentrapp im Zimmer auf und ab. Weiche, nachgiebige Knie.

»Und da hat man geglaubt, dass heute Frikadellen auf dem Tisch stehen würden«, betrieb er Konversation. »Um sechs sollte es oben bei mir Frikadellen geben. Aber das kann ich vergessen.«

Der Jazz klang durchs Zimmer. Jastrau versuchte sich an ein paar missglückten Steppschritten und schlug mit dem Spazierstock den Takt. Eigentlich hätte er umgehend aufbrechen sollen. Aber Steffensen hatte in aller Stille die Flasche wieder an den Mund gesetzt und den Kopf in den Nacken gelegt.

»Versoffener Kerl«, kicherte der Hausmeister und beendete ihr Traben. »Aber man wird durstig vom Tanzen.«

Unter seiner sonnengebräunten Haut glühte das Blut.

Jastrau legte eine neue Platte auf. Er hörte Anna Marie stöhnen: »Uha, ich kann's schon merken.«

Dann stand der Hausmeister neben ihm.

»Die Wohnung werden Sie wahrscheinlich kündigen, oder?«, erkundigte er sich leise und zwinkerte.

»Ja, ich habe dem Vermieter bereits geschrieben.«

»Und all die schönen Möbel, die verkaufen Sie dann vermutlich?«

Seine treuherzigen Augen schimmerten in einem noch intensiveren Glanz.

Die Möbel! Jastrau hatte noch nicht darüber nachgedacht. Sie waren so unwirklich. Sie standen in einer Wohnung, die in den Himmel schwamm, einer Arche Noah mit Wrackteilen aus seiner Vergangenheit, Schnaps und tanzenden Menschen, die er nicht kannte.

»Mein Reich ist nicht von dieser Welt«, erwiderte Jastrau.

»Ha, ha«, lachte der Hausmeister vertraulich. »Ich glaube auch nicht an Gott.«

Jastrau antwortete nicht. Er hatte das Gefühl zu schweben. Und Steffensen war auf seinem Stuhl bereits zusammengesunken.

»Skål!«, rief Jastrau. »Ich finde, wir trinken ja gar nichts!«

Anna Marie sah mit einem apathischen Blick zu ihm auf und schüttelte den Kopf.

»Das geht so schnell«, seufzte sie und umklammerte ihr Glas mit dem Mut der Verzweiflung.

»Eigentlich ist das ein schönes Grammophon«, bemerkte der Hausmeister und strich mit der Hand darüber. »Und schöne Platten. Eine Schande, dass man so gut wie nichts dafür bekommt, wenn man's verkauft. Nein, man kriegt nichts dafür, Herr Jastrau«, fügte er betrübt hinzu.

»Haben Sie mich völlig vergessen, Hausmeister?«, schrie Anna Marie.

»Nein, niemals«, rief der Hausmeister in seinem Overall pathetisch und breitete die Arme aus. »Sie ist eine wunderbare Frau«, grinste er Jastrau zu und baute sich in einer allesumarmenden Bärenhaltung auf, als Anna Marie sich in seine Arme warf.

Jastrau legte den Spazierstock beiseite, um bequemer trinken zu können.

»Hä«, lachte Steffensen unmotiviert auf. Es zuckte in seinem langen, knochigen Körper. »Roter Hausmeister in Blau, hä!«

Und dann brummte er und griff wie ein geistig Zurückgebliebener nach der Flasche.

Neuer Jazz! Neues Saxofon! Zu den tiefen, klagenden Tönen erhob sich das Unterbewusstsein in dunkle Wolken. Ein wimmerndes Instrument klärte und reinigte die Musik zu einem klaren, schneidenden Rhythmus ohne Seele.

»Das ist ein schönes Grammophon!« Wieder stand der Hausmeister neben ihm. »Tatsächlich habe ich mir schon oft ein Grammophon für wenig Geld gewünscht, ja, wirklich.« Ein gedämpftes Seufzen.

»Dann werden Sie irgendwann auch mal eins bekommen, Herr Jacobsen«, rief Jastrau und schlug ihm auf die Schulter.

Neuer Jazz! Gospelgesang! Refrain! *Doo – doo – de – doo – doo! Wob – li – wob! I love you so dearly!*

»Oh, Ole!« Plötzlich hing ihm Anna Marie am Hals und presste ihre schweren Brüste gegen ihn. Sie legte den Kopf in den Nacken und starrte ihn mit glasigen Augen und verschmiertem Mund an. »Du denkst doch nichts Schlechtes von mir? Du glaubst doch nicht, dass ich krank bin? Oh – ich könnte dich knutschen.«

Und mit einem Mal schielte sie.

»Ha, ha, ha, ist das nicht lustig? Wieso lachst du nicht? Ich könnte dich lieben«, schrie sie mit schriller Stimme.

Dann schubste sie ihn mit einem heftigen Stoß von sich und blieb schwankend stehen.

»Hausmeister, warum verführen Sie mich nicht?«

»Nee, lassen Sie uns damit lieber noch einen Moment warten, mein Fräulein«, antwortete der Hausmeister und zwinkerte Jastrau zu.

Anna Marie schwankte. Sie war leichenblass und tastete nach einem Stuhl.

Im selben Moment fiel ein Glas um. Steffensen streckte seine langen Arme nach einer weiteren Flasche aus.

»Jetzt wird's hier gemütlich«, bemerkte Jastrau. Er verspürte eine qualvolle Melancholie und glaubte, er sei nüchtern. Doch irgendetwas bewegte sich im Zimmer, als würde ein Lichtschimmer sich über den Möbeln kräuseln.

»Mir ist so schlecht, oh«, stöhnte Anna Marie und stützte sich auf den Stuhl. »Oh, hier, hier, direkt unter der Brust.«

»Sie sollten sich auf den Diwan legen, Fräulein«, schlug der Hausmeister vor. »Ich mach das schon«, nickte er Jastrau zu. »Aber holen Sie mal einen Eimer.«

Jastrau lief in die Küche, blieb an der Spüle aber stehen und pfiff eine Strophe. Es war grauenvoll falsch. Dann wollte er umdrehen und wieder hineingehen. Aber der Eimer! Er wollte doch den Eimer holen. Er griff unter die Spüle und warf einen trockenen, stocksteifen Putzlappen auf den Küchentisch.

Im Esszimmer lag Anna Marie leichenblass auf dem Diwan. Die Lippen hingen herab, ihr Gesicht wirkte schwammig.

»Nein, ich kann mich nicht übergeben«, fuhr sie den Hausmeister an, der ihr zu helfen versuchte.

»Versuchen Sie's mal, versuchen Sie's, kleines Fräulein«, redete er sanft auf sie ein und stellte den Eimer neben das Kopfende. »Stecken Sie sich einen Finger in den Hals, kleines Fräulein, dann geht das. Sie werden sehen, wie das erleichtert.«

In diesem Moment erhob sich Steffensen, mit einem stieren Blick, gelb im Gesicht. Mit beiden Händen griff er nach den Rosen in der Vase, quetschte die Blumen zwischen seine Finger und trug den Strauß wie einen Weißkohlkopf zum Diwan. Wasser tropfte von den Stielen.

»Geliebte«, lallte er und warf die nassen Rosen über sie. »Ge…lie…« Er wollte neben dem Diwan knien, sank aber zusammen. Von seinen Lippen kam ein Schluchzen, als würde er in Tränen ausbrechen. – Dann wurde er ohnmächtig.

»Was für ein versoffener Bursche«, rief der Hausmeister und stieß ihn empört mit dem Fuß an. Doch dann konnte er sein Lachen nicht zurückhalten. »Ah, ha, ha. Tja, man hat doch nur das Vergnügen, für das man selbst sorgt. Aber, Herr Jastrau, sollten wir ihn nicht auf den anderen Diwan schaffen?«

Jastrau schwankte, als sie Steffensen dorthin schleppten. Aber den Filzhut hatte er noch immer auf dem Kopf.

III

Es dämmerte in den Höfen.

Jastrau lag auf dem Bett und starrte auf das matte Viereck der Decke, das so sonderbar über ihm schwebte. Alles schwebte. Steffensen hatte recht. Sie waren an Bord eines Schiffs, das in die Unendlichkeit segelte, ins Grenzenlose. Durch das offene Schlafzimmerfenster wehte ein kühler Luftzug herein.

In die Unendlichkeit? Aber hieß das, sich durch Trinken zu betäuben? Oh, ja, es hatte etwas Religiöses, sich um Sinn und Verstand zu saufen. Jegliches Gefühl der Leere verschwand. Man erfüllte den Raum mit seinem lärmenden, lallenden, betrunkenen Ich, den ganzen Raum.

Allerdings wäre es gut, wenn er jetzt schlafen könnte. Er konnte nicht. Er konnte nicht. Im Esszimmer lag Anna Marie, glücklich und bewusstlos. Und im Wohnzimmer lag Steffensen, als hätte man ihm mit einer Keule einen Schlag vor die Stirn versetzt. Ebenfalls glücklich. Und von oben ertönte eine nicht enden wollende Gitarre. Vermutlich hatte der Hausmeister seine Frikadellen bereits verdaut und spielte nun, um seinen Kopfschmerzen und Nachwehen zu entkommen und von einem billigen Grammophon zu träumen.

Er lauerte auf leichte Beute, der rote Fuchs!

Jastrau kniff boshaft die Augen zusammen. Aber daraus würde nichts werden! Er war kein Wrack, das man plündern konnte, auch wenn eine Vierzimmerwohnung mit hübschen Möbeln an Bord von Wind und Wellen abgetrieben wurde. Ach, Unfug! Vielleicht verdächtigte er ihn zu Unrecht. Er war doch sehr nett, der rote Kerl. Ein idealer Hausmeister. Wie viel Ärger und Krach es auch im Haus gab, er kam damit klar. Und je verrückter, desto besser. Spielte er die Gitarre? Trampelte er dort oben im Takt auf den Boden? Ein Seemann, ein Vollmatrose, an Bord dieser Schute auf dem Weg in die Unendlichkeit.

Ja, ja. Entweder Musik oder total besoffen. Das Leben wurde so unendlich. Ein kurzer Landurlaub.

Doch der augenblickliche Zustand war nicht zu ertragen. Wach. Weder nüchtern noch betrunken. Innerlich verklebt von altem, abgestandenem Suff, der erst noch verdampfen musste. Und zermartert von praktischen Gedanken. Er musste daran denken, seinen Abschied zu nehmen, er durfte es nicht vergessen. Aber das hatte er verschoben, weil er unbedingt seinen Hut tragen wollte.

Der Hut hing am Bettpfosten.

Aber warum? – Ja, natürlich, er wollte doch kündigen. Auf diese Weise konnte er eine ganze Schicht an Meinungen von sich abkratzen. Er wollte kein festangestellter Produzent von Meinungen mehr sein. Die Unendlichkeit, war sie nicht das Ziel seiner Suche? Er wollte ein unendlicher Mensch sein, ein kultischer Mensch. Ach, halt die Klappe! Jetzt ließ ihn die funkelnde Musik in dem dämmrigen Sommerabend wieder lügen. So blau und schön war der Himmel über den schwarzen Dächern – blauviolett und lockend. Lackschwarz und scharf waren die Konturen der Schornsteine. Wie ein Panzerkreuzer auf der Reede …

Irgendwann einmal sollte daraus ein Gedicht werden, irgendwann, wenn Gedichte für ihn wieder wichtig werden könnten. Im Augenblick waren sie Lügen. Dieses Gefühl hatte Steffensen vermutlich auch.

Wie ein Panzerkreuzer auf der Reede …
Auf der Fahrt in die Unendlichkeit …

Alles war Lüge, durchsichtig wie eine Meinung.

Meinungen? Nun aber Sanders, dieser Idiot! Meinungen! Wieso war Sanders von der Bar direkt zu Johanne gegangen und hatte getratscht? Vermutlich hatten Meinungen ihn dazu getrieben. Oder?

Aber es war schäbig, es war gemein! Was sagt man nicht alles, wenn man betrunken in einer Bar sitzt. Man ist doch unter Kameraden, der Bruderschaft des Whiskysodas. Alle, die an der Messingstange der Bar sitzen und trinken, sind doch Freimaurer wie man selbst.

Er könnte aufhören, in Bars zu gehen. Oh, Ruhe, Ruhe! Es war Bequemlichkeit und Erlebnis zugleich. Warum hatte er das Gefühl, nur zur Ruhe zu kommen, wenn er sich an eine Bar lehnte? Zu Hause! Ach, zur Hölle damit! Ein Junge, ein Sohn! Hatte man ihm weggenommen, nur weil dieser Kommunist seine Klappe nicht halten konnte … Was ging ihn das an? War er verliebt in Johanne? Oh, dieser dunkle Sirup, Sanders' Stimme.

Er konnte Sanders' Entschuldigungen regelrecht hören. Widerlich. Eloquent. Aber er *wollte* sie hören. Jetzt wollte er sie hören. Etwas musste passieren. Angenommen, Sanders' Stimme wäre tränenerstickt, eine bestimmte Steigerung des Tonfalls, voller Süße, und dann ein Bruch. Allerliebst. Jastrau schauderte.

Er musste es hören. Er brauchte die Erinnerung an diesen Bruch in der Stimme, um diesen Bruch zu hegen, zu pflegen, und um zu hassen, hassen …

Steffensen wusste, wo Sanders wohnte!

Jastrau sprang aus dem Bett und lief durch die dunklen Zimmer. Die Lichtschwaden der Leuchtreklamen über Vesterbro warfen einen schwachen, unruhigen Schein durch die Fenster, sodass er die Möbel erkennen konnte. Anna Marie lag als ein dunkler Haufen auf dem Diwan. Ihre Atemzüge erfüllten das Zimmer mit einer tiefen Stille, ähnlich dem Wellenschlag an einer Küste.

In der Dunkelheit stieß er gegen ein paar Flaschen, die auf dem Boden standen. Sie wachte nicht auf. Und er verspürte mit einem Mal ein sanftes Gefühl, wie einem schlafenden Kind gegenüber. Dieses kleine, kranke Kind sollte nicht geweckt werden.

»Was ist denn?« Im Wohnzimmer war Steffensen aufgewacht.

»Du weißt, wo Sanders wohnt. Kommst du mit?«, flüsterte Jastrau hektisch.

»Was zum Teufel willst du von ihm?«, murmelte Steffensen schlaftrunken und rieb sich die Augen. Jastrau stand in der Flügeltür.

»Ich will mich rächen.«

»Was du nicht sagst«, rief Steffensen überrascht und sprang mit einem Satz auf den Boden, er schwankte.

»Ich bin immer noch besoffen«, stellte er fest.

»Kommst du mit, Steffensen?«.

»Hm, ja, du.«

Benommen wankten sie die Treppe hinunter. Sie vergaßen, auf den automatischen Lichtschalter zu drücken.

»Ich bin noch immer besoffen«, murmelte Steffensen verdutzt und blieb außer Atem in der Toreinfahrt stehen. Er lehnte sich gegen die Wand und fuhr sich über die Stirn.

»Lass mich mal überlegen«, stöhnte er. »Ja, genau. Du willst Bernhard verprügeln. Ja, genau. Oh-oh. Aber ich brauch erst mal ein Bier …«

»Das könnte dir so passen, und dann sitzen wir da und vergessen das Ganze«, erwiderte Jastrau irritiert und nervös.

»Hm, nein, ich vergesse das nicht. Wir wollen Bernhard verprügeln. Oh, du …«, und Steffensen stieß sich von der Wand ab, »aber ich brauche erst mal ein Bier, sonst kann ich mich nicht erinnern, wo er wohnt.«

Ein geistesabwesendes Grinsen glitt über sein Gesicht.

Sie fielen in eine kleine Kneipe in der Istedgade ein. Ein paar Arbeiter in blaugestreiften Hemdsärmeln standen nachdenklich und majestätisch um einen Billardtisch herum. Ein Kellner mit violettem Gesicht und weißer Jacke tauchte auf.

Jastrau erinnerte sich, dass dieser Kellner jemanden einmal als Drecksau beschimpft hatte. Aber das war schon so ewig lange her!

Der Kellner musterte sie eine Weile skeptisch, wieso? Schließlich entschied er sich hochnäsig, sie zu bedienen.

In diesem Moment warf Jastrau Steffensen einen Blick zu. Er hatte rotgesprenkelte Augen, in den Augenwinkeln hatte sich ein Tropfen Blut gesammelt. Das Haar hing ihm wirr in die Stirn.

»Wie siehst du bloß aus!«, bemerkte Jastrau.

»Meinst du, du siehst besser aus«, grinste Steffensen. »Wie ein Rumpudding, in den jemand reingetreten ist.«

Jastrau hatte keine Lust, sich im Spiegel anzusehen. Er wusste sofort, dass Steffensen recht hatte. Sein Gesicht war verschwitzt. Die Wangen hingen schlaff und schwer herab. Ein schwappendes Gefühl.

»Aber sag mal«, begann Steffensen heiser, als sie sich an den kleinen Tisch am Fenster gesetzt hatten. »Ist das wirklich dein Ernst, die Sache mit Bernhard?«

»Ja-a«, antwortete Jastrau langsam. Ein sonniger Tag. Frauen auf dem Bürgersteig. Ja, es war dieser Tisch gewesen. »Ja-a, ich will wissen …«

»Ach, nur wissen«, äffte Steffensen ihn höhnisch nach und stürzte ein Glas Bier hinunter. »Mehr nicht? Aber eins kann ich dir sagen: Er hat es getan, um die Gesellschaft reif für die proletarische Revolution zu machen, weißt du. Jede bürgerliche Ehe, die in die Brüche geht, ist ein neuer Beweis für die ewige Wahrheit des Kommunismus und so weiter und so fort.

Und was es sonst noch so alles an Geschwätz gibt. Willst du dir das wirklich anhören?«

Jastrau presste ungehalten die Lippen zusammen.

»Ich will ihn sehen, dieses Vieh!«

»Und dann?«

»Weiß nicht. Aber ich will ihn hier vor mir haben und sehen, wie er sich windet. Denn ein Kommunist ist er vielleicht, aber ein Genosse …«

»Und dann?« In Steffensens blutunterlaufenen Augen lauerte der Emailleglanz.

»Ich weiß nicht, was ich tun werde.« Jastrau rang um Atem.

»Das einzig Logische ist, ihn zu verprügeln.«

»Ach, du mit deiner Logik …«

»Denn du kannst es dir doch gar nicht erlauben, mit ihm zu reden. Nein, weißt du was?« Steffensen hatte das Wort »reden« mit einer spöttisch verzerrten Stimme ausgesprochen und verbesserte sich. »Dich mit ihm zu unterhalten. Oder? Das fehlte noch!«

»Sieh zu, dass du austrinkst, damit wir loskommen«, unterbrach ihn Jastrau ungeduldig und stand auf.

Sie liefen durch die dunkle Abel Katrinesgade, überquerten die Vesterbrogade mit ihrem leuchtenden, strömenden Verkehr, eine Feuerader in der Nacht, und verschwanden in der dunklen Stenosgade. Rechts von ihnen ragten die dunklen Mauern der katholischen Kirche in der Dunkelheit auf. Das Spitzbogenfenster eines der Sprechzimmer war erleuchtet.

»Sieh mal, da drinnen, da reden sie über Logik«, bemerkte Jastrau boshaft, als sie vorbeigingen. »Das ist doch was für dich.«

Steffensen antwortete nicht, sondern lief weiter, die Hände in den Hosentaschen.

»Jetzt sind wir gleich da«, murmelte er.

An der Ecke des Vodrofsvej stießen sie auf ein Durcheinander aus niedrigen Häusern, einer morschen Gartenlaube, die einem baufälligen Musikpavillon glich, und einigen Bretterzäunen. Ein kurzer, holprig gepflasterter Weg führte zu einem vierstöckigen Gebäude, das sinnlos und ohne jedes Verhältnis zu seiner Umgebung senkrecht errichtet worden war – in der dunklen Vorahnung, dass es hier irgendwann einmal eine hohe Bebauung geben würde. Hinter dem Haus lag ein Garten von der Größe eines Grabens, eingeklemmt zwischen dem Gebäude und der Böschung des »Svineryggen«.

Es war eine dieser unzähligen verworrenen, chaotischen Vorstadtflecken nahe der Kopenhagener Innenstadt.

Steffensen lief vor Jastrau die Treppe hinauf und öffnete auf dem Dachboden eine Tür, ohne anzuklopfen. Ein makabrer, grüner Lichtschein fiel auf den dunklen Treppenabsatz, und der dichte Tabakrauch, der aus dem Zimmer strömte, erinnerte an den Dampf einer Wäscherei, so bleich war er in diesem sonderbaren Licht. Das murmelnde Geräusch von Stimmen, das sie bereits im Erdgeschoss als eine Art Summen gehört hatten, steigerte sich nun zu einem Brausen.

Dort waren Menschen.

Hatte Jastrau erwartet, Sanders allein anzutreffen? Hatte er davon geträumt, ihn in einer öden Dachkammer mit nackten Wänden vor sich zu haben, die aussah wie der trostlose Schauplatz eines Mordes? Er hatte vergessen, dass Sanders nie allein war.

Steffensen war nicht stehen geblieben. Jastrau ging ihm nach. Und nun standen sie in einem kleinen Zimmer, das an ein Kabuff im übervölkerten Moskau erinnerte. Hier war niemand allein.

Ein paar Sofas, auf denen junge Menschen sich wanden und schlängelten wie Kreuzottern in ihrem Nest. Kissen auf dem Fußboden. Auch darauf Menschen. Junge Studenten und Arbeiter mit zurückgekämmten Haaren und Schillerkragen von zweifelhafter Sauberkeit. Junge Mädchen mit Pagenfrisuren und spöttisch-selbstbewusster Haltung. Überall Zigarettenstummel. Teetassen auf dem Fußboden und in den Regalen, zwischen die Bücher geschoben. An den Wänden Fotos von Eisenkonstruktionen, moderne Schönheit, und ein gewaltiges Lenin-Porträt, der große, massive, heilige Kopf mit diesem sardonischen Lächeln.

Sanders stand auf, eine einzige aufrecht stehende Gestalt in dieser wimmelnden, beweglichen Masse, die wie Gezücht umherwuselte. Der Schein der Lampe mit dem grünen Schirm, die auf einem niedrigen Tisch stand, warf seinen Schatten riesengroß an die Wand, sodass der Kopf an der Decke in einem rechten Winkel abknickte.

»Was wollt ihr?«, fragte Sanders herrisch. Als stünde er auf einem Sockel über den Menschen.

»Mit dir reden«, antwortete Steffensen verbissen und schob sein blasses Gesicht vor. All die vielen Köpfe hoben sich, von dem grünen Licht gnadenlos ausgeleuchtet. Neugierde. Erlernte Verachtung.

»Ihr dringt in eine Redaktionssitzung ein. Geht es um die ›Aktion‹ oder ist es privat? Aber ich denke, es ist vermutlich privat«, endete Sanders sarkastisch, und Lenins Lächeln verdoppelte sich und funkelte weiter, es vervielfachte sich, die ganze Gruppe lächelte sardonisch, sogar die Frauen mit den Pagenfrisuren.

»Ja, es ist privat«, sagte Jastrau leise. Das Auftreten dieser Gruppe überwältigte ihn.

Sanders richtete seine dunklen, schwelenden Augen auf ihn und wies mit der Hand auf die ganze Redaktion. Der Schatten an der Wand ließ die Geste noch weltumspannender werden.

»Wie du siehst, Ole, sind wir nicht allein«, sagte er. »Aber du hast ja auch sonst keine Angst, dein Privatleben öffentlich zu verhandeln«, merkte er ironisch an.

»Und du hast keine Angst, die Worte eines betrunkenen Manns in einer Bar auszunutzen, zu ihm nach Hause zu gehen und alles brühwarm seiner Frau zu erzählen. Nennst du das als Genosse etwa Kameradschaft?«, fragte Jastrau in einem plötzlichen Wutanfall. Das grüne Krankenhauslicht blendete ihn bis tief in seine Seele. Einen Moment glaubte er, blind vor Wut zu sein, es war ein gewaltiger, verschwommener Lichtschein.

»He, was soll das?«, rief ein junger Arbeiter vom Fußboden und stützte sich auf den Ellbogen. »Was geht uns dieses Weibergeschwätz an? Schmeißen wir sie raus!«

Die Menge wurde unruhig. Jastrau sah dunkle, stechende Augen durch das flimmernde Licht, das noch immer vor seinem Blick tanzte.

»Nein, nein.« Sanders breitete abwehrend die Hände aus. Sein Schatten glich der Statue eines Seehelden. »Das ist Redakteur Jastrau, und er hat mir mal einen Dienst erwiesen, den ich ihm nicht vergesse.«

»Schmeiß sie raus!«, riefen einige.

»Wer soll hier rausgeschmissen werden?«, fauchte Steffensen und packte mit einem langen Arm einen der Studenten am Schillerkragen. Der Student wandte sich ruckartig zur Seite und riss sich los. Arme reckten sich zu Steffensen hinauf, die Menge geriet in Bewegung. »Oh!«, schrie eines der Mädchen und fasste sich an den Kopf. Ein paar Tassen klirrten.

Jastrau hatte sich indes beruhigt.

»Lass gut sein, Steffensen«, sagte er.

»Sicher ist es am besten, wenn wir hinausgehen und uns einen Augenblick privat unterhalten«, rief Sanders, »aber ihr könnt ruhig weitermachen. Ich komme gleich wieder.«

Er trat über die Redaktionsmitglieder hinweg, fasste Jastrau unter den Arm und führte ihn auf den Gang. Steffensen folgte ihnen mit hängenden Schultern.

»Warum um alles in der Welt hast du das getan?«, wollte Jastrau wissen, als sie die dunkle Treppe hinuntergingen. Er hatte sich behutsam von Sanders' Arm befreit, spürte ihn aber noch immer.

»Was denn bloß? Ach so, dass ich es deiner Ehefrau erzählt habe.« Sanders lachte freudlos. »Muss ich das wirklich verteidigen?«

»Du hast mir wirklich übel mitgespielt.«

»Uuh«, brummte Steffensen hinter ihnen. »Statt diesem Gerede solltet ihr lieber runtergehen und euch ein paar Ohrfeigen verpassen.«

»Ja, ehrlich gesagt gern«, rief Jastrau plötzlich und drehte sich zu Sanders um.

Sie konnten sich auf der dunklen Treppe gerade noch erkennen.

»Ja, von mir aus, aber wem soll das nützen?«, fragte Sanders in einem Tonfall, als zuckte er mit den Schultern. Und Jastrau sah es ein. Was half eine Prügelei?

»Von meinem Standpunkt aus«, fügte Sanders hinzu, »verstehe ich absolut nicht, was du von mir willst, das sage ich dir. Was ist mir denn vorzuwerfen? Zwei Menschen, die ich beide schätze, reiben sich in einer schlechten Ehe auf, und ich – ja, was soll ich sagen –, es ist vollkommen verrückt, dass ich hier stehe und mich erkläre. Deine Ehefrau war zu nett, als dass sie in Unwissenheit hätte leben sollen – das ist es.«

»Ja, jetzt geht das wieder los«, brummte Steffensen gereizt. »Hab ich es nicht gesagt?«

Jastrau lehnte sich ans Treppengeländer. Dann ging er unschlüssig eine weitere Stufe hinunter.

Vom Dachboden war ein Murmeln zu vernehmen.

»Aber was ging dich das überhaupt an, Sanders?«, fragte er bitter.

»Die Ehe …«, begann Sanders zu dozieren.

»Ach, jetzt komm mir nicht mit deinen Theorien«, unterbrach ihn Jastrau irritiert.

Steffensen setzte sich mit einem tiefen Seufzen auf die Treppe.

»Was soll ich denn machen?«, erkundigte sich Sanders ironisch. »Wollen wir wirklich hinuntergehen und uns Ohrfeigen geben?«

»Da ging es nicht um Theorie«, stieß Jastrau wütend aus und versuchte, Sanders in die Augen zu sehen. Nur ein schwarzes Glimmen im dunklen Treppenaufgang. »Nur dein verdammter beschissener Charakter ist an allem schuld. Sobald du Frauen riechst, wirst du pathologisch.«

Steffensen grinste beifällig.

»Tja, na und?«, fragte Sanders. Seine Stimme triefte vor singendem Hohn. »Worauf willst du hinaus, Ole? Ich gebe gern zu, dass ich pathologisch bin. Das ist übrigens ein starkes Wort. Aber was folgt daraus, Ole? Ich gebe es zu. Aber dann musst du auch zugeben, dass deine Ehe miserabel war.«

»War sie das?« Jastrau blieb stehen. »Aber was ging dich das an?«, rief er erneut.

»Ja, und was ging das all die anderen in der Bar an«, stellte Sanders irritiert die Gegenfrage. »Aber wir drehen uns im Kreis, Ole, und dafür haben weder du noch ich Zeit. Deine Ehe lief miserabel, das wollte ich sagen, weil die Ehe nun einmal eine schlechte Form des Zusammenlebens ist.«

Er beugte sich zu Jastrau vor. Sie standen auf den Treppenstufen und diskutierten wie auf einer modernen Bühne. Über ihnen saß Steffensen in einer unschönen, zusammengekauerten Haltung, weil Treppen nun einmal nicht zum Sitzen da sind. Er gähnte lauthals.

»Genau das habe ich gemeint, Ole. Lass mich pathologisch oder irgendwas anderes Vornehmes sein. Was heißt das schon? Und lass die dort oben« – er wies mit dem Kopf hinauf – »ein

Haufen Rindviecher sein, was sie im Übrigen auch sind. Aber das ist auch vollkommen egal. Denn natürlich werden wir siegen. Wir müssen siegen. Das sagt der gesunde Menschenverstand, und das sieht jeder Idiot, wenn ihm erst einmal die Augen dafür geöffnet sind. Lenin hat gesagt, er sei nur ein Apparat, und ich, ich bin möglicherweise ein schlechter, ein miserabler Apparat, aber ich arbeite mit, der Weg ist derselbe. Verstehst du jetzt, Ole, dass ich dich und deine Ehegeschichte nicht ernst nehmen kann. Ich kann es nicht. Es ist nur eines von Millionen Symptomen, die zeigen, dass wir recht haben, ja, wir, die Rindviecher dort oben und ich. Und dass es dich schmerzt, ja, ja, das mit dem Jungen, den du verloren hast, das verstehe ich gut. Aber jetzt war ich nun einmal der Pathologe, der etwas zerschlagen hat, das ohnehin zu Bruch gegangen wäre … denn du hast mich doch wohl nicht verdächtigt, in deine Frau verliebt zu sein?«

»Wenn es nur so gewesen wäre«, entgegnete Jastrau müde. Er trat eine Stufe hinunter, er wollte gehen. Auch Steffensen setzte sich eine Stufe tiefer. Er folgte sitzend. »Dann hätte ich dich besser verstanden«, fügte Jastrau hinzu.

Sanders lachte höhnisch.

»Ja, selbstverständlich. Ein bürgerliches Liebesdrama mit einem dämonischen Verführer, das hättest du verstanden. Aber dass etwas zu Ende ist, das verstehst du nicht.«

»Nein, ich verstehe überhaupt nichts«, erwiderte Jastrau unwirsch.

»Aber wenn ich gewusst hatte, dass es zu diesen Konsequenzen führt, verstehst du …«

»Nein, verstehe ich nicht.«

»Ole …« Sanders' Stimme bekam jetzt einen weinerlichen Klang. Sie stieg wie ein Musikstück an, als wäre er den Tränen nahe, und Jastrau spitzte die Ohren; er horchte, horchte hinaus in die Dunkelheit. Durch ein Fenster sah er hinunter auf das dunkle Pflaster, auf dem sich Licht und Schatten im Schein einer Straßenlaterne abwechselten.

»Ole, sind wir jetzt …«, die Stimme brach, »… zerstritten?«

»Ja.«

Im selben Moment drehte sich Sanders um und ging die Treppe wieder hinauf. Die Schritte klangen schwer und nachdenklich. Dann wurden sie rasch schneller, geschwinder. Er näherte sich der Redaktionssitzung. Man hörte, dass er jetzt an sie dachte, nur an sie. Ein plötzliches Rauschen von Stimmen, als die Tür geöffnet wurde, dann wieder leises Murmeln.

»Das hätten wir uns auch sparen können«, bemerkte Steffensen, stand von seiner harten Sitzgelegenheit auf der Treppe auf und streckte die Beine.

»Bist du jetzt klüger?«, fuhr er fort und hielt sein verhärmtes Gesicht in den Schein einer Straßenlaterne, als sie an der Ecke des Gammel Kongevej standen. Er war inzwischen nüchtern.

»Na ja, doch, vermutlich schon«, gab Jastrau zur Antwort und starrte auf die Straße. Wortlos war eine Entscheidung gefallen. Nicht gerecht, nicht ungerecht, aber notwendig und klar. Und das war so lautlos geschehen wie damals in seiner Kindheit, wenn er im Katalog eines Antiquars ein Buch ankreuzte, das er sich brennend wünschte, und die Begierde im selben Moment unmerklich verschwunden war. Er hatte Sanders mit einem Kreuz versehen. Und augenblicklich waren die Rachegelüste gestillt. Keine Hitzewellen. Keine impulsiven, unberechenbaren Wutausbrüche. Jastrau spürte ein Gefühl der Erleichterung.

Steffensen lief mit langen, schlingernden Seemannsschritten neben ihm, die Mütze tief in die Stirn gezogen.

»Das hatte etwas Unlogisches«, brummte er.

»Ach, du mit deiner Logik. Geh in die Stenosgade. Ja, wir können ja nachsehen, ob im Sprechzimmre noch Licht brennt«, erklärte Jastrau munter. Ein Gefühl der Freude und

Erlösung breitete sich in ihm aus. Der Sommerabend war hell. Die Laternen strahlten.

Sie bogen in die Stenosgade und blieben auf dem Bürgersteig gegenüber der katholischen Kirche stehen. Jastrau reckte sich und sprang in die Luft, um etwas in dem erleuchteten Sprechzimmer zu erkennen. Saß Pater Garhammer da drinnen? Er konnte es nicht erkennen. Er hatte den Eindruck, als säße ein Jesuit mit dem Rücken zu ihnen, aber das Fenster war zu hoch, und eine Spitzengardine verhinderte neugierige Blicke.

»Siehst du, worüber die da drinnen reden, das ist Logik.«

»Ja, das hast du jetzt oft genug gesagt«, protestierte Steffensen, der sich seine Pfeife stopfte. »Aber was ist das für eine Logik?«

»Die Logik der Ewigkeit, Steffensen. Glaubst du an einen Weltprozess, der irgendwann in der Zeit begonnen hat, was Steffensen?«, zog Jastrau ihn auf. »Oder war der Weltprozess unendlich? Na Steffensen? Du interessierst dich doch für Logik, da muss das doch etwas für dich sein.«

Steffensen zündete sich sorgfältig seine Pfeife an.

»Das ist doch keine Logik«, knurrte er, ohne die Pfeife aus dem Mund zu nehmen. »Das sind bloß dumme Fragen, die mich nicht interessieren.«

Jastrau lachte.

»Ja, das glaubst du. Aber hör mal. Wenn du an einen ewigen Weltprozess glaubst, an einen Weltprozess, der keinen Anfang hat, dann musst du auch daran glauben, dass diese Welt, in der wir leben, vollkommen ist.«

»Ach, leck mich …!«

»Oder glaubst du an eine ewige Wiederholung, immer wieder dasselbe? Was ist, Steffensen? Es ist doch ein amüsanter Gedanke, wenn es sich bis in alle Ewigkeit wiederholen wird, dass ihr, du und Anna Marie, in meiner Wohnung in der Istedgade wohnt …«

Steffensen nahm langsam die Pfeife aus dem Mund.

»Bist du verrückt geworden?«

»Nein, Steffensen.« Jastrau fing nun an, den Gedanken weiterzuspinnen. »Hör mir bloß weiter zu. Hat der Weltprozess keinen Anfang, dann muss er sämtliche Möglichkeiten der Veränderung durchlaufen haben, oder?«

»Ach was.«

»Und unter den unendlichen Möglichkeiten gibt es auch die Möglichkeit der Wiederholung, und gibt es die Möglichkeit einer Wiederholung, muss es auch die Möglichkeit für unendliche Wiederholungen geben, sonst wäre der Weltprozess nicht unendlich. Lirum, larum Löffelstiel, Steffensen, nenn es Logik oder Leierkasten – meinetwegen kannst du es nennen, wie du willst.«

Jastrau lachte übermütig, aber Steffensen war stocksteif stehen geblieben.

»Und dann?«, fragte er langsam.

»Glaubst du, dass wir in einer vollkommenen Welt leben?«

»Ha.«

»Nee, so einfach kannst du es dir nicht machen, Steffensen. Entweder glaubst du daran, oder du glaubst an die ewige Wiederholung?«

»Pfui, zum Teufel.«

»Tja, da siehst du's. Und wenn du beides nicht willst, dann musst du daran glauben, dass der Weltprozess irgendwann im Laufe der Zeit begonnen hat.«

»Na, und dann …«

»Tja, und dann ist er also aus dem Nichts entstanden, er wurde erschaffen, mein lieber Steffensen, und damit sind wir beim Schöpfer angekommen – wir glauben, wir alle glauben an Gott, trara.«

Steffensen antwortete nicht. Er starrte mit einem müden Blick auf die erleuchteten Fenster des Sprechzimmers und die dunkle, geschlossene Kirche. Dann schickte er eine weiße Rauchwolke in die Abendluft, als würde er nachdenken.

»Na, gehen wir lieber nach Hause und schlafen, alter Logiker«, schmunzelte Jastrau.

Steffensen nickte stumm, und sie gingen die Vesterbrogade hinunter. Jastrau schaute den Frauen nach. Seine Laune war klar und glitzernd wie Wasser. »Schau dir mal die an«, sagte er spielerisch, wenn ein stilles Frauenzimmer, das den milden Abend genoss, vorüberglitt und eine Atmosphäre aus Körperlichkeit und Parfüm um sich verbreitete. Die Dunkelheit verhalf den Mädchen zu großen Augen.

An der Vesterbro-Passage blieben Jastrau und Steffensen an der Ecke des breiten Bürgersteigs stehen, der gegenüber der Helgolandsgade wie eine Landzunge herausragt. Der Obelisk der Freiheitssäule erhob sich schwarz über dem schimmernden Asphalt, in dem der Schein der Laternen und Bogenlampen schwamm, und die beiden gelben Uhrscheiben des Rathauses standen weit entfernt vor der blauen Sommernacht und sahen aus dieser Perspektive aus, als wären sie oval und schielten.

»Ich habe so einen Drang nach Erweiterung, nach einem unendlichen Besäufnis«, bemerkte Jastrau seufzend. Diese Aussicht auf den Rathausplatz mit den wenigen hohen Häusern, die in der Nacht als unregelmäßige Blöcke erschienen, mit dem Licht der über den Asphalt jagenden Scheinwerfer und dem dunklen Gewimmel der Menschen auf den Bürgersteigen empfand er als schmerzhafte Sehnsucht. »Aber nein, lass uns nach Hause gehen und schlafen. Ich muss ausgeschlafen aussehen, wenn ich morgen mit Redakteur Iversen reden will.«

»Worüber?«, fragte Steffensen geistesabwesend.

»Über die Zeitung«, erwiderte Jastrau ausweichend. Er wollte sich nicht lächerlich machen. Wenn er nun doch nicht kündigte …

Sie gingen durch die Helgolandsgade nach Hause. Mit einem Gefühl von Charakterstärke.

»Du«, rief Steffensen plötzlich, »auf der Strøget gibt's ein Automatencafé.«

»Nein, das ist um diese Uhrzeit geschlossen. Selbst wenn wir wollten, kommen wir da nicht mehr rein.«

»Unsinn! Außerdem gibt's das gar nicht mehr. Da ist jetzt ein Schuhgeschäft drin«, entgegnete Steffensen. »Aber ich bin oft dort gewesen, in den ersten Jahren, als ich studiert habe.«

»Aha, Jugenderinnerungen!«

»Ach, hör auf. Aber wenn man in dem Café auf einem bestimmten Platz am Fenster saß, hatte man einen Spiegel im Rücken und einen anderen direkt vor sich – so was müsste wirklich verboten werden –, und wenn man sich selbst im Spiegel betrachtete, dann waren da unendlich viele Spiegelbilder hintereinander. Steffensen von vorn und Steffensen von hinten, pfui Teufel … Also bis ins Unendliche, du weißt schon … Darüber habe ich oft nachgedacht.«

»Ha, dich plagt der Jesuit«, grinste Jastrau und schwang spielerisch ein Bein über die Bordsteinkante, »aber du kannst dich damit trösten, dass in den letzten Jahren auch die Zeit zu einer Dimension geworden ist, ha, ha, ha. Jetzt finden sich selbst die Jesuiten nicht mehr damit zurecht.«

Steffensen zog an seiner Pfeife.

»Du wirst sehen, alles wird sich wiederholen, auch in all dem Neuen, das man erfunden hat.«

Und plötzlich spuckte er wütend auf den Bürgersteig.

IV

Jastrau und Steffensen saßen sich am Mittagstisch gegenüber. Das Grammophon leierte eine Jazzmelodie.

»Langsam wird's knapp mit dem Geld«, bemerkte Jastrau und zerdrückte nachdenklich eine leere Eierschale.

»Du tust ja auch keinen Handschlag«, erwiderte Steffensen.

»Gibst du jetzt den Moralischen?«

Steffensen glotzte ihn mit einem kleinen, stummen Lächeln an.

Anna Marie brachte Kaffee und wechselte die Platte auf dem Grammophon. Ihr Gesicht war angeschwollen, als hätte sie geweint. Sie sah verzagt und jämmerlich aus.

Jastrau lächelte ihr zu, aber ihr Lächeln war nervös und unglücklich, sie verschwand so rasch wie möglich wieder in die Küche, als wollte sie sich verstecken.

Steffensen schlürfte den Kaffee und sagte kein Wort.

Dann stopften beide ihre Pfeifen.

Wie lange sollte es noch so weitergehen? Steffensen konnte reglos und beharrlich stundenlang dasitzen, ohne etwas zu tun. Es war ihm gestattet, weil andernfalls die Zimmer leer waren, und in der leeren Wohnung lauerte der Wahnsinn; in der Leere würde sich der Verfall in Schmerz verwandeln. Die Anwesenheit von Menschen verlangsamte den Verfall, ebenso wie der Jazz der zerkratzten, krächzenden Grammophonplatten. Aber diese Gestalt mit der Hand an der Wange, der aus dem Mund hängenden Pfeife und dem schmutzigen Hemdkragen, dieses Bild der absoluten, schnöden Verachtung – wenn er sich nicht bald rührte und beweglich, ja, zu einem Menschen wurde, dann würde die Leere wieder vordringen, und dann würde er selbst, Jastrau, nur zu einem Ding, das die Leere nicht aufhalten konnte. Dann bräche die Feindschaft aus.

»Woran denkst du, wenn du so dasitzt und glotzt?«, wollte Jastrau wissen, boshaft vor Nervosität.

»Ich bin gerade dabei, einen Gedanken zu fassen.«

Die vage Antwort irritierte Jastrau.

»Gerade dabei? Kommt denn was dabei heraus?«

»Ja, sicher. Ich denke an einen Bürger mit einem steifen Hut.«

»Machst du Witze?«, sagte Jastrau. Aber weshalb wurde Steffensens Blick plötzlich so unsicher? Die unerschütterliche Gestalt bewegte sich.

»O nein, bestimmt nicht«, erwiderte Steffensen zögernd. »Aber stell dir mal vor, man könnte einem menschlichen Schädel den Deckel abnehmen – genau wie einen steifen Hut – und dann in seine Gedanken hineinsehen. Ha. Was für eine Welt, du. Ich habe mal jemanden sagen hören, Gedanken seien die Wirklichkeit. Ha!«

Jastrau hörte genau hin. Steffensens Stimme klang ein wenig heiser, als wollte er sich ihm anvertrauen.

»Ja, warum nicht.«

»Nee, warum nicht.« Steffensen lachte matt. »Ich denke an meinen Alten, den ehrbaren Apotheker aus Aarhus. Wenn das alte Aas nicht einschlafen kann, überlegt er sich, wie man ein Verbrechen begehen kann, ohne entdeckt zu werden. Das ist doch rührend, oder? Bürgerliches Geistesleben, nicht wahr?«

Steffensen betrieb Konversation, Jastrau starrte ihn an. Wieso hatte er so verbrecherisch viele Zähne im Mund? Das war nicht der Mund eines Menschen. Aber warum redete er? Offenbar wollte er etwas verdrängen. Irgendetwas wollte er aus dem Weg gehen.

»Worauf willst du hinaus?« Jastrau fragte in einem energischen Ton, um Steffensen festzunageln.

Der Anflug eines Lächelns glitt über Steffensens zusammengepresste Lippen, dann stand er mit diesen seltsam lautlosen Vagabundenbewegungen auf, die Jastrau schon früher an ihm aufgefallen waren, und ging zur Tür, um zu hören, was in der Küche vor sich ging.

Das Grammophon war stehengeblieben. Sie hörten, dass Anna Marie abwusch.

Dann grinste Steffensen durchtrieben. Jastrau beobachtete ihn, er empfand keinerlei Sympathie für ihn, dennoch war er vollkommen besessen von dessen mystischen Bewegungen. Was den Sohn der Aarhuser Bourgeoisie in dieses Schmarotzerdasein getrieben hatte, wusste Jastrau nicht, er ahnte es nur. Unbefleckt war er dabei zumindest nicht geblieben. Das war ihm anzusehen. Er war kein reiner Mensch.

Steffensen war zu dem Diwan gegangen, auf dem Anna Marie für gewöhnlich lag.

»Hast du das gesehen?«, flüsterte er verschlagen und hob die Decke an, die auf dem Diwan lag. Ein Loch war hineingebrannt.

Jastrau zuckte mit den Schultern. »Ja, na und?«

»Sie ist eine Sau, sie raucht Zigaretten im Liegen und schmeißt sie weg, ohne sich um die Glut zu kümmern. Sie meint, das sei bourgeois.«

Steffensen grinste, aber Jastrau sah ihn verständnislos an. Wieso wechselte er so sprunghaft die Themen? Das bleiche, knochige Gesicht war unheimlich. Die Stirn wirkte nackt und abnorm.

»Möchte wissen, ob es die Seele erweitert – hast du das nicht so genannt? –, wenn man ein Verbrechen begeht«, fuhr Steffensen versonnen fort. »So wirklich erweitert – oder ist es mit Mord wie mit Whisky? Wenn man einen getrunken hat, will man mehr … und jetzt sind wir wieder beim Thema … Wiederholung, du … diese verdammte Wiederholung. Warum hat man aber auch nicht mal mit einem Mörder darüber geredet?«

»Fantasierst du, Mann?«, rief Jastrau beunruhigt.

»Nee-e«, flüsterte Steffensen listig und bedeutete Jastrau mit einer Vagabundengeste, still zu sein. »Aber wenn man sie nun erwürgen und den Diwan anstecken würde, die ganze Scheiße. Sie besäuft sich doch bis zur Besinnungslosigkeit, raucht im Liegen und schmeißt die Zigarettenglut weg, oder? – Wer könnte es beweisen? Und die Gewissensbisse hinterher …«, er hob die Stimme und bekam ein weißes Glimmen in die Augen, »… ich würd gern wissen, wie Gewissensbisse aussehen. Ob man ein Gefühl in den Händen behält …« Er streckte die großen Hände aus, die Finger gekrümmt. »Also, ob man noch immer ihren Hals spürt … ich meine, in den Händen … oder ob man sie vor sich sieht … Halluzinationen, du … oder erträgt man es nicht, den Tatort zu sehen, die Möbel, die toten Dinge … oder …«

Jastrau folgte seinen kantigen Bewegungen, die umso unheimlicher erschienen, weil sie seine übliche Unbeweglichkeit durchbrachen und lautlos waren; allerdings mochte er dieser flüsternden Stimme nicht wirklich glauben und schüttelte den Kopf.

»Ich habe übrigens keine Zeit, mir deine Fantasien anzuhören«, bemerkte er und stand auf, als wollte er diesen Eindruck abschütteln.

»Fantasien – nein, das ist mein verdammter Ernst, du.«

Jastrau sah ihn ungläubig an.

»Ich muss in die Redaktion«, erklärte er.

»Aber es ist mein Ernst!«, rief Steffensen und packte ihn fest am Arm. »Verstehst du das denn nicht? Hätte ich eigentlich gedacht. Wenn ich klar und konsequent denke, also logisch, dann begreifst du es nicht, das weiß ich, oder es interessiert dich einen feuchten Kehricht. Aber das hier, du – ich denke scharf nach, lege harte Fakten zusammen, und dann … tja, dann komme ich immer an einen weichen Punkt …«

»Hör mal, Stefan …«, sagte Jastrau. Mit einem Mal wurde ihm klar, wie verkommen Steffensen war. Er starrte ihn an.

Aber Steffensen fuhr fort: »Ein weicher Punkt … und dann muss etwas passieren … ich werde getrieben, sage ich dir, unbarmherzig … du weißt nicht warum … aber das ist die Logik darin … Logik, die Amok gelaufen ist. Und ich muss, ich muss eine Lösung finden … eine Lösung im Unendlichen.«

»Wofür?«, fragte Jastrau beunruhigt und warf einen Seitenblick auf die Tür zur Küche.

»Ja, sie … ja, das, du«, nickte Steffensen.

»Jetzt bin ich genauso klug wie vorher.«

»Bist wohl neugierig, was?« Es klang boshaft.

Und Jastrau gab es auf: »Hör zu, Stefan, für so was habe ich jetzt keine Zeit. Ich muss rüber ins Blatt. Und du wirst nicht hier bleiben. Ich will das nicht.«

»Nein«, klang es plötzlich heiser.

»Komm jetzt mit.«

Sie standen im Flur, und Jastrau versuchte, in Ruhe nachzudenken. Der Filzhut. Nun wurde es ernst. Und der Spazierstock. Ein leises Lächeln zeigte sich auf seinem Gesicht. Jetzt wollte er mit Redakteur Iversen reden.

»Du«, rief Steffensen auf einem der Treppenabsätze und hielt Jastrau fest. »Ich kann dich gut leiden … Ich kann übrigens, ach, den Teufel kann ich … Aber wenn *du* mich nicht verstehst, dann kann mich kein Schwein verstehen, das spüre ich.«

»Aber was soll ich denn verstehen?«, erkundigte sich Jastrau vorsichtig. Er ahnte es.

»Nein, kannst du nicht. Du bist ebenso bürgerlich wie alle anderen, und du wirst bloß lachen – oder sentimental werden.«

Er blieb auf der Treppe stehen.

»Denn ich bin lächerlich, du, erbärmlich lächerlich«, platzte es mit einem Mal aus ihm heraus.

Und dann ging er die Treppe hinunter, ohne auf Jastrau zu warten.

»Ich habe keine Lust, dich zu begleiten«, sagte er ohne Umschweife, als sie aus dem Tor traten. Jastrau schwang ironisch den Stock in der Hand. Aber Steffensen ging bereits die Istedgade hinunter. Von hinten sah er aus wie ein Ganove aus Nyhavn.

Diese Proletarierattitüde hatte etwas Irritierendes. Einige Künstler der Nachkriegszeit hatten sie kultiviert. Es war eine Modeerscheinung.

Aber bei Steffensen war es vermutlich mehr als nur eine Attitüde. Es handelte sich um einen alles umfassenden Protest. Aber es blieb trotzdem eine fixe Idee.

Oder etwa nicht? Jastrau war beunruhigt. Wenn er es ernst meinte, dann bereitete er vielleicht ein Verbrechen vor. Doch das war eine fixe Idee, nur eine fixe Idee, und Jastrau stieß den Stock auf den Bürgersteig, während er die Vesterbrogade hinauf zum Rathausplatz ging.

War es nicht aufdringlich, andere so mit dem eigenen Privatleben und dessen Problemen zu behelligen, wie Steffensen es tat? Ob *er* Anna Marie angesteckt hatte oder *sie* ihn, denn das war ja wohl das Unglück – das wusste er –, war das nicht vollkommen egal? In jedem Fall war Steffensen lächerlich, und das hatte er nicht ertragen. Typischer Fall von Amok.

Aber wer war denn nicht lächerlich? Er selbst, Jastrau, jetzt. Hier ging er und hatte endlich einen eleganten Filzhut auf dem Kopf und einen Spazierstock in der Hand. Sonst könnte er seinen Abschied nicht nehmen. Er nahm seinen Hut und verabschiedete sich.

Jastrau begann zu pfeifen. Die Bänke unter den grünen

Bäumen entlang der Vesterbrogade waren so gemütlich. Vor dem »Wivel« saßen nur vereinzelte Gäste. Der Nachmittag hatte seine funkelnde Reife noch nicht erreicht.

Seine Absicht, zu kündigen, war durchaus kein neuer Gedanke. Er war ihm an dem Tag gekommen, als er die Stelle als leitender Rezensent des »Dagbladet« angetreten hatte. Vielleicht hatte er es sogar zu einem der Mitarbeiter gesagt. »Wann wird mir wohl der Dolch in den Rücken gestoßen?« Er meinte, diese Worte irgendwann formuliert zu haben. Hatte es nicht auch geheißen, ein dreißigjähriger Mann bliebe auf so einem exponierten Posten normalerweise nur vier Jahre? Hatte er nicht selbst gelassen und zynisch diese Äußerung fallen lassen? Bestimmt! »Also, wie entkomme ich ohne den Dolch zwischen den Schulterblättern?« Ja, das hatte er irgendwann einmal zu Vuldum gesagt. Und Vuldum hatte ihn nicht getröstet, ganz im Gegenteil. »Da sitzen alte Männer und spielen uns gegeneinander aus«, hatte er gesagt.

Diese vier, fünf Jahre! Dieses Gefühl der Unsicherheit!

Und plötzlich blieb Jastrau stehen. Im Tivoli sah es so gemütlich aus. Spatzen hüpften auf den asphaltierten Wegen.

Aber dieser Gedanke! Zu wissen und klar zu sehen, ist eine Stärke. Wer hat diesen Unfug gesagt? War es etwa nicht genau dieses Bewusstsein, das ihn als Dichter unsicher und unproduktiv hatte werden lassen? Vier Jahre hatte er nichts veröffentlicht. War es etwa nicht genau dieses Bewusstsein, irgendwann einmal wie all seine Vorgänger geopfert zu werden, das ihn ausgehöhlt hatte? Angenommen, man wüsste das Datum seines Todes. Aber er hatte doch Frau und Kind. Damals. Er hatte ja an ihr Auskommen denken müssen.

War dieses Gefühl der Unsicherheit vielleicht nicht auch daran schuld, dass er ins Schlingern geraten war? War es etwa nicht der Grund, dass er trank? Denn er trank doch, oder? Aber dann lächelte er das gleiche Lächeln wie im Tivoli auf der Achterbahn. Heißa, juchhe. Es gab viele Gründe, o ja, o ja. Es gab auch den Grund, dass Whisky gut schmeckte.

Aber all das war gleichgültig. Er hatte sich jetzt entschieden. Wie er zu diesem Entschluss gelangt war, wusste er nicht mehr. Er war plötzlich durch dichtes Gebüsch gebrochen und hatte sich auf einer Böschung hoch über dem Meer befunden. War das falsche Romantik? Hans Christian Andersens »Die Glocke«? Aber er hatte es so empfunden. Und er empfand es auch jetzt so. In Worten: »In funkelndem Sonnenschein ging er pfeifend über den Rathausplatz – ›komm lieber Mai und mache‹ –, zum ›Dagbladet‹ und erklärte hochmotiviert seinen Abschied.« Hochmotiviert? Er konnte zwanzig Gründe nennen.

Aber er konnte jetzt auch, in diesem Augenblick, um zehn Minuten nach zwei, an dieser Ecke, vor dem Café »Paraplyen«, seine Meinung ändern und Chefrezensent des »Dagbladet« bleiben.

Unglaublich, wie die Sonne in einem vernickelten Fahrradlenker blitzte!

Pfeifend vor Freude und Wehmut, ja, auch Wehmut, überquerte Jastrau den Rathausplatz. Alle Häuser waren schön und verklärt. Ja, es war einfach schön. Die roten Farben der Backsteine, das Rathaus, das Paladshotel, das Hotel Bristol! Die roten Kastanien! Der Platz erschien ihm so heimelig wie ein Wohnzimmer, wie sein Wohnzimmer. Und er fühlte sich so wohl, als wäre er eine prominente Person, die täglich den Platz überquert, ein Kopenhagener. Hoppla, da geht doch Jastrau!

Sollte er auch davon Abschied nehmen? Nein, nicht heute. Aber bald. Und in vielen Jahren würde er wiederkommen und den Platz mit fremden Augen betrachten.

Das Eckgebäude des »Dagbladet« war ihm ans Herz gewachsen. Sogar die Buchstaben, die auf der Ecke standen. Es waren klare, unsentimentale Buchstaben. Einst hatte er sie mit Ehrfurcht angesehen. Nun war ihre Form eine Erinnerung, bereits jetzt. Er sah es ihnen an.

Und die Schwingtür. Und die Treppe mit dem blankpolierten Geländer. Und das Fenster mit der Aussicht auf den asphaltierten Hof, der immer voller parkender Fahrräder stand. Alles blinkende Erinnerungen.

Er pfiff gedämpft vor sich hin. Mit der Melodie wollte er all diese Dinge ein letztes Mal einsaugen. Leise huschte er in die Redaktion. Ganz alltäglich. Die Tür zu Redakteur Iversens sonnenhellem Eckzimmer stand offen. Ja, er war da.

Und dort saß er im Sonnenschein, den sagenhaft langen Rücken hatte er über den Schreibtisch gebeugt, als wollte er ihn umarmen; die enormen Arme umfassten Manuskripte und Dokumente, während eine heisere Stimme etwas auf die Schreibtischplatte flüsterte. So sah es jedenfalls aus. Denn dort hielt er den Telefonhörer in der Hand, sodass sein Oberkörper in dieser vornübergebeugten Position ausruhen konnte, während er zuhörte oder ein paar Worte in die Telefonmuschel hustete. Sein langer, tierartiger Schädel mit dem knorrigen Nacken zeichnete sich als scharfe Silhouette gegen das Licht ab. Der Schnauzbart hing herab und tauchte in die Telefonmuschel ein.

Jastrau blieb an der Tür stehen und räusperte sich, und der Arm des Redakteurs erhob sich mit einer großen Hand wie ein Schlangenhaupt aus dem gewaltigen Bündel des Körpers und winkte, Ruhe gebietend.

Als er das Gespräch zu Ende geflüstert hatte, tauchte schließlich sein Kopf ganz auf, die Gliedmaßen zogen sich zusammen, er sank in seinen Stuhl und fand wieder zu seiner normalen Größe. Die langen Arme und Beine wurden diskret untergebracht.

»Aber, hi, hi, das ist ja Jastrau, mein literarischer Redakteur«, rief er mit komischem Erschrecken. Seine Augen waren matt. »Es ist doch wohl nichts passiert? Sie sehen so feierlich aus, hi, hi, als wären Sie eine ganze Deputation.«

Jastrau legte seinen Hut auf den Schreibtisch, nahm umständlich Platz und stützte sich auf den Spazierstock.

»Sind Sie verärgert?«, erkundigte sich der Redakteur leicht amüsiert.

»Nein, überhaupt nicht; aber ich komme, um meinen Abschied zu nehmen«, so die deutliche Antwort.

Der Redakteur beugte sich ein wenig vor, um dieses Phänomen ein wenig näher in Augenschein zu nehmen. Dann strich er sich über den großen, hängenden Schnauzbart, und sein Gesicht sah aus, als wäre es gerade aus dem Wasser aufgetaucht.

»Ich muss schon sagen«, murmelte er nach einer Pause. »Das überrascht mich. Kommt es nicht auch ein bisschen plötzlich? Ich meine, für Sie selbst?«

»Eigentlich nicht«, erwiderte Jastrau. Er spürte nun, dass es ein alter Entschluss war. Er hatte ihn tatsächlich in dem Augenblick gefasst, als er vor fünf Jahren die Stelle antrat.

»Haben Sie sich über irgendjemanden geärgert?«

»Nein.«

»Ist es das Geld?«

»Nein.«

»Ich muss schon sagen. Das ist eine Überraschung.« Der Redakteur senkte seinen langen Schädel und kratzte sich im Nacken. »Aber jetzt kommen ja ganze drei lange Sommermonate, in denen Sie nichts zu tun hätten«, fügte er voller Hoffnung hinzu.

»Ja, die habe ich mit eingerechnet. Ich habe ja drei Monate Kündigungsfrist.«

Jastrau saß steif da. In ihm funkelte es.

Redakteur Iversen veränderte langsam seine Sitzposition. Es

war ihm unangenehm, dass er sich nun auch mit so etwas befassen sollte.

»Aber der Sommer ist lang«, sagte er mit einem Mal, erleichtert, diesen Ausweg gefunden zu haben. »Da kann noch viel passieren.«

»Das hilft nichts.«

»Nicht?«

»Nein, denn bis September bin ich vor die Hunde gegangen, und dann kommt die Herbstsaison, und all diese Bücher, nein …« Jastrau schüttelte vorausahnend den Kopf.

»Eigenartig«, antwortete Redakteur Iversen apathisch.

»Ich möchte lieber jetzt aufhören und die Arbeit, die ich geleistet habe, nicht durch etwas Schlechtes verderben. Ich habe das Gefühl, dass ich zu dem, was ich getan habe, stehen kann«, erwiderte Jastrau rasch.

»Ja, das können Sie«, entgegnete der Redakteur höflich. Unter seinen Augen hatten sich dunkle Flecken gebildet. Die bekam er immer, wenn ihn eine feierliche Ansprache rührte, Jastrau hegte ihnen gegenüber jedoch das größte Misstrauen. Dennoch begann es auch in seinen eigenen Augen zu glitzern. Tränen?

»Ja, Ihre Arbeit hat Ihnen zu großer Ehre gereicht«, erklärte der Redakteur langsam und wie aus weiter Ferne, mit dieser schleppenden Stimme, die in der Redaktion alle nachahmen konnten. Es klang so ehrlich, dass es nun in Jastraus Augen kräftiger glitzerte.

»Und wenn Sie nun ein Jahr Urlaub bekämen?«, schlug Iversen vorsichtig vor.

Jastrau richtete sich auf. Er hatte Gerüchte gehört, dass Redakteur Iversen sich innerhalb des nächsten halben Jahres zurückziehen wollte, und das bestärkte ihn.

»Nein, es hilft nichts.«

»Eigenartig. Sie *wollen* also gehen. Aber mit wem soll ich denn Ihre Stelle besetzen?«

»Das weiß ich nicht. Keine Ahnung.«

»Sie würden mir einen großen Gefallen tun, wenn Sie es mir sagen könnten«, erklärte der Redakteur ernst.

»Ich denke nicht, dass mir die Entscheidung über meinen Nachfolger zusteht, wirklich nicht«, erklärt Jastrau prinzipienfest.

»Wenn Sie es doch tun würden.« Der Redakteur klang müde, seine matten Augen ruhten freundlich auf Jastrau, sie hatten einen dunkleren Farbton als sonst, etwas zutiefst Menschliches. »Wenn Sie mir einfach alle Entscheidungen abnehmen würden. Mehr können Sie doch von uns nicht verlangen. Wir kommen Ihnen doch entgegen, so weit wir können.« Und mit betrübter Ironie breitete er seine großen Hände aus. »Außerdem würden Sie mir einen großen Gefallen tun.«

Jastrau lächelte.

»Ich kann doch meine Stelle nicht mit einem Mann besetzen und dann zurückkommen und ihn wieder rausschmeißen, wenn es mir irgendwann in den Sinn kommen sollte, wieder normal zu werden.«

Der Redakteur strich sich erneut über die Kinnpartie.

»Ja, es täte mir jedenfalls nicht leid, wenn Sie das tun würden, hi, hi.« Und eine drollige Gewitztheit zeigte sich im Gesicht des alten Mannes. »Sie sollten wirklich darüber nachdenken, und dann – hi, hi –, dann könnte es ja sein, dass Sie selbst bleiben. Wollen wir nicht so verbleiben?«

Er sah zufrieden aus. Eine Entscheidung ins Ungewisse aufgeschoben, das gefiel ihm am besten.

Aber Jastrau nahm sich mit einem Ruck zusammen: »Nein, bis September bin ich völlig am Ende.«

»Wie kann man denn so etwas sagen?« Iversens schleppende Stimme klang verständnislos. »Das ist doch sehr bedauerlich.«

»Es ist etwas, durch das ich hindurch muss«, erklärte Jastrau mit singender Stimme. »Und in dieser Zeit bin ich zu nichts zu gebrauchen.«

Jastraus Haltung war entspannt. Er saß mit übereinandergeschlagenen Beinen da und benötigte nicht länger den Stock, um sich darauf zu stützen.

»Ja, dann ist es wirklich sehr bedauerlich – aus meiner Sicht«, antwortete Redakteur Iversen schwerfällig. »Und ich dachte eigentlich, Sie wären auf dem Weg nach oben – und nicht nach unten.«

Jastrau zog die Brauen zusammen.

»Ja, denn Sie gehen doch recht häufig in die Stenosgade zu den Katholischen, höre ich.«

»Nein, das stimmt nicht«, entgegnete Jastrau entschieden.

»Das ist aber eigenartig«, sagte Iversen geistesabwesend. »Sie waren das nicht? Aber dann muss es ja jemand anderer gewesen sein. Man sitzt hier wie ein Vater und hört von allen, und man wird alt und bringt es durcheinander. Eigentlich hatte ich es geglaubt. Und ich hätte es auch gut verstanden – besser, als wenn Sie mir sagen, Sie würden bis September vor die Hunde gehen, so wie unsereiner sagt, am Donnerstag fahre ich nach Kregome, hi, hi.«

Er lächelte vor sich hin und schüttelte den Kopf.

»Haben Sie übrigens gehört, dass die Bauern dort wollen, das Dorf solle Krejme heißen, weil sie es so aussprechen, hi, hi«, fügte er hinzu.

Jastrau saß still da und starrte ihn an.

»Krejme«, wiederholte Iversen, versonnen lächelnd.

Dann stand er auf und ging mit gesenktem Kopf zu einem Schreibpult, öffnete eine Schublade und nahm ein Blatt Schreibpapier heraus.

»Sie wollen also Ihren Abschied nehmen«, murmelte er dem Schreibpult zu. »Es tut mir wirklich sehr leid. Es betrübt mich – aufrichtig.«

Und mit einem Mal hatte er das Schreibpapier vergessen und ging langsam zu dem großen Eckfenster, durch das man auf den sonnenbeschienenen, belebten Rathausplatz sehen konnte.

»Es ist ein so schöner Tag.« Die lange Gestalt stand am Fenster, zusammengesunken, die Hände in den Taschen. »Hier ist es übrigens immer schön. – Kommen Sie, sehen Sie, Jastrau!«

Jastrau erhob sich. Er wusste, dass es sich um einen großen Gunstbeweis handelte, wenn der Chefredakteur seine Aussicht mit einem seiner Mitarbeiter teilen wollte. Zusammen mit ihm am Fenster zu stehen, war so, als stünde man mit dem Staatsoberhaupt auf einem Balkon.

»Ich schätzte diese Aussicht sehr«, fuhr Redakteur Iversen langsam und herzlich fort, versunken im Selbstgespräch. Jastrau stand nun neben ihm. »Ich kann mich nicht daran sattsehen. Also stehe ich oft hier und denke, dass ein armer Junge, ja, sehen Sie, da kommt einer um die Ecke, der mit der Trage, dann denke ich, dass er vielleicht einmal auf meinem Stuhl sitzen wird. Sehen Sie, er schaut zu uns hinauf, hi, hi. Ja, und nun bin ich es, der hier steht. Daran wird er sich vielleicht einmal erinnern.«

Die Stimme klang gerührt, allerdings konnte sie sich jeden Moment in Ironie hinüberretten. Doch Jastrau hatte das Gefühl, sehr gewichtige und bedeutungsvolle Worte zu hören, zumal der Redakteur ihm in diesem Augenblick den Arm um die Schulter legte und seinen großen, knochigen Körper auf ihn stützte. Öffnete sich da ein Mensch?

Es war ein sonderbarer, unsicher flimmernder Moment. Der Platz dort unten, der nun ausgestreckt vor ihm lag, eine sanfte, weißliche Fläche, schräg wie ein Meer, das man von einem Steilhang aus betrachtet, würde Jastrau immer in Erinnerung bleiben, und er würde sich an den dunklen Querstreifen des Menschenstroms von der Vesterbrogade zur Strøget erinnern, diese ständige Bewegung, all diese hellen, lichten Frauen. Und in diesem Augenblick verschmolzen der große, vornübergebeugte Redakteur mit den matten Augen und dieser lebendige Platz dort unten zu einem Bild, der Journalistik, dem Lebendigsten überhaupt, allerdings mit einem müden und desillusionierten Blick.

»Ja, so ein Junge war ich auch. Und jetzt stehe ich hier. Aber wie lange noch? Daran denke ich sehr oft.«

Redakteur Iversens Tonfall hatte etwas Naives, wenn er philosophierte. Ein volkstümlicher Gedanke folgte dem nächsten, in abrupten, abgehackten Stößen. War er gerührt, glich er seinem Publikum.

»Ja, der Tod! Man wird schließlich alt, Jastrau.« Er sah auf ihn herab. »Aber wie jung müssen Sie sein, dass Sie mit aller Gewalt vor die Hunde gehen wollen. Hi, hi! Aber vermutlich denken Sie nicht so häufig an den Tod. Jemand wie ich wird ständig daran erinnert. Das kann übrigens manchmal recht komisch sein …«, er kicherte, er hatte sich jetzt von seiner Rührung befreit, »… obwohl es so traurig ist«, fügte er doch noch hinzu, um sich abzusichern. »Gestern bekam ich Besuch tatsächlich von H. C. Stefani … Sie kennen ihn … in Trauer und einem Zylinder mit seidenem Trauerflor … seine Frau war Norwegerin … dort oben nennen sie solche Hüte ›Floshat‹.«

Jastrau erstarrte unter dem Gewicht von Redakteur Iversens Arm. Sollte er diesen Abschied von fünf Jahren seines Lebens etwa nicht in Ruhe begehen dürfen? Warf Steffensens Anwesenheit schon wieder einen Schlagschatten auf seinen Weg? Er ahnte, was geschehen war.

Der Redakteur fuhr indes fort. Er genoss es, eine weitere Anekdote zu erzählen, befreit von traurigen Gedanken.

»Ich kannte sie recht gut … ein stattliches Frauenzimmer. ›Sie sind ein hübscher Bursche, wenn Sie einen Floshat tragen‹, hat sie mal zu mir gesagt, da waren wir auf einer großen

Beerdigung … Dort oben in Oslo heißen solche Zylinder Floshat …Aber gestern kam Stefani zu mir … er war vollkommen verstört … seine Frau ist gestorben … er hatte sie in einer Urne mitgebracht … sie stand tatsächlich in einer Einkaufstasche in der Vorhalle.«

Iversen blickte mit fernem Blick in die blaue Luft.

»Er hat sogar geweint … über die Einkaufstasche.«

Steffensens Mutter war tot. Jastrau sah sie als einen großen schwarzen Schatten mit groben Konturen. Aber warum fiel dieser Schatten auf diesen klaren Augenblick? Hatte Jastrau nicht das Recht, sein eigenes Leben ganz auszuleben? Er hatte jetzt gekündigt und wollte nicht an andere denken.

»Hi. Ja, das ist komisch, wenn man Stefani kennt … also näher kennt. Er hatte immer ein Problem, sobald er einen Rock sah, und sie war eifersüchtig, heißt es. Ein stattliches norwegisches Frauenzimmer, die darüber hinaus eifersüchtig ist … aber nun hatte er sie in der Einkaufstasche, *bon* … Und dann weinte er … Er tat mir wirklich leid.«

Jastrau bewegte sich.

»Wollen Sie gehen, Jastrau?«, erkundigte sich der Redakteur. »Na – dann sind wir uns also einig, dass Sie es sich noch einmal überlegen. Sie sind so ungestüm, Jastrau.«

Jastrau sah ihn an. Unter dem Schnauzbart spielte dieses jungenhafte Lächeln.

»Nein, heute kündige ich.«

Der Redakteur knickte ein wenig ein. Wieder zeigten sich diese dunklen Flecken unter seinen Augen.

»Sie waren immer ein honetter Mensch, und ich finde es dumm von Ihnen, vor die Hunde gehen zu wollen. Sie sollten lieber verreisen und nach Ihrer Rückkehr ein bedeutender Mann werden. Aber es ist redlich von Ihnen, dass Sie lieber gehen als irgendwelchen Dreck schreiben wollen. Hä. Davon haben wir schon genug. Hä.«

Jastrau lächelte verlegen. Wieder schimmerte es in seinen Augen.

»Aber nun möchte ich mich verabschieden«, bemerkte er.

»Jetzt soll es also sein? Wir müssen aber nicht feierlich werden, oder? Es sind noch ganze drei Monate, um sich die Hand zu drücken. Na, auf Wiedersehen.« Er winkte schelmisch mit der Hand.

Jastrau verbeugte sich und ging gerührt zur Tür.

»Ah, endlich«, rief ein Journalist, der in der Vorhalle gesessen und gewartet hatte. Es war Gundersen mit der schwarzen Brille und den wulstigen Lippen. »Du hast ja ewig mit dem Rhinozeros gequasselt. Wie ist seine Laune?«

»Glänzend«, grinste Jastrau. »Wir standen am Eckfenster und hatten beide Tränen in den Augen.«

»Das ist gut. Dann lass mich mal rein.«

Und Gundersen klopfte an die offene Tür.

Jastrau ging langsam weiter. Er wollte mit niemandem reden, so erfüllt war er vom Gefühl seiner Unverwundbarkeit. Leise pfeifend ging er hinaus.

Ein kleines Lächeln spielte um seine Lippen. Lebewohl. Lebewohl. Als er die Treppe hinunterging, blinkte und funkelte in ihm die Gewissheit, dass er jetzt ruhig vor die Hunde gehen konnte. Er ging die Treppe hinunter zu den Hunden. Lebewohl. Lebewohl.

Steffensens Mutter war tot. Sollte er es ihm erzählen? Nein, warum? Alles glitt jetzt so still dahin – wohin? – nach unten? Alles geriet ins Rutschen.

Und als er auf dem Bürgersteig stand, verspürte er ein überwältigendes Bedürfnis, sich selbst zu belohnen. Er hatte es verdient. Wahrlich! Und natürlich bog er rechts ab und ging in die »Bar des Artistes«.

Drinnen war es dunkel und leer. Nicht ein Mensch. Es war ja auch erst drei Uhr.

Die rote Portiere schlug hinter ihm zusammen und schloss mit einem gedämpften Rauschen die Sonne aus. Mit einem Schlag kam der Tag dem Abend um viele Stunden näher, die Dämmerung setzte ein. Im Inneren der Bar blinkte die große Ansammlung von Flaschen und Gläsern und der Tresen mit der Messingleiste wie ein geheimnisvolles, alchimistisches Laboratorium.

Der kleine Kellner hatte die Portiere vor der Tür zum Hof ein wenig zur Seite gezogen und krümmte sich vor Lachen.

»Kommen Sie, sehen Sie sich das an, Herr Jastrau«, kicherte er. »Herr Kjær zieht sich gerade einen Backenzahn.«

Jastrau musste es sich ansehen. Draußen auf dem asphaltierten Hof entdeckte er einen feisten Gentleman in einem eleganten graugrünen Anzug, der einen sonderbaren, einsamen Tanz aufführte. Die Bewegungen erinnerten vor allem an einen verunglückten Hampelmann, der nur noch mit einem Bein zappeln kann.

»Womit machte er das denn, Arnold?«

»Mit einer Kneifzange natürlich. Wir haben eine alte, verrostete gefunden.«

Und nun sah Jastrau, wie der ewige Kjær dort draußen den Kopf in den Nacken legte, als würde er verzweifelt zu dem kleinen Viereck des blauen Himmels aufschauen, und ein paar Mal auf einem Bein umherhüpfte.

Jastrau und der Kellner lachten.

Und plötzlich drehte sich Kjær um und schwang triumphierend die Kneifzange in der Hand.

»Heureka!«, rief er schweißtriefend, als er in die Bar trat. »Hast du schon mal solch einen Zahn gesehen?«

Er präsentierte ein schwarzes, blutiges Ding mit drei gekrümmten Wurzeln.

»Wieso bist du nicht zum Zahnarzt gegangen?«

»Nee«, entfuhr es Kjær, der erschrocken die Hände hob,

»da hätte ich nie hingefunden, und wenn ich erst einmal da gewesen wäre, hätte ich nie wieder hierher zurückgefunden. Ich bin kein Entdeckungsreisender.«

Er setzte sich an den runden Tisch und hielt sich den Zahn philosophisch vor Augen.

»Willst du ihn dir mal ansehen, Jazz? Der hat Ausdruck.«

Und er reichte ihn hinüber zu Jastrau.

»Siehst du das nicht? Der sieht aus wie mein Anwalt.«

Jastrau konnte nichts erkennen und schüttelte den Kopf.

»Das liegt daran, dass du deinen Lundbom-Cocktail noch nicht bekommen hast. Arnold, zwei davon.«

Und dann seufzte er und starrte Jastrau mit seinen glasigen blauen Augen an.

»Warum siehst du heute so heiter und untalentiert aus?«

»Oh, ich habe hart für mein Recht gekämpft, vor die Hunde zu gehen – und heute habe ich gewonnen.«

Kjærs ganzer Körper schüttelte sich in einem lautlosen Gelächter.

»Das ist Blödsinn«, kicherte er. »Denn es ist absolut unmöglich, vor die Hunde zu gehen, Jazz. Man stirbt vorher. Das ist genauso schwer, wie nach Kanada zu kommen. Jetzt hat Lille P. sein Billett schon wieder verkauft. Er sitzt in Esbjerg fest.«

Kjær zog einen blauen Umschlag heraus.

»Hier, hör zu. Er will sich Geld von mir oder dem Wirt hier leihen, damit er zurückkommen kann. Ich glaube, wir machen es. Er sehnt sich ja nach uns, der arme Tropf.«

V

Der ewige Kjær war betrunken und sein Gesicht so aufgedunsen, dass sein Grübchen im Kinn das einzige Charakteristikum war, von dem sich noch eine Spur fand. Ab und an stieß er den wurmstichigen Zahn an, der auf dem runden Tisch herumflog, und murmelte etwas von seinem Anwalt. Jastrau schwieg. Die Lundbom-Cocktails summten in seinem Kopf, aber er fühlte sich in der gemütlichen Dämmerung der Bar wohl. Nur wenn die Portiere zur Seite glitt und ein Schimmer der sonnenblauen, emsigen Straße wie ein Scheinwerfer tief durch das dunkle Lokal strich, zuckte er nüchtern zusammen.

»U-uh«, brummte der zusammengesunkene Kjær und schüttelte den Kopf. Sein Blick war verwirrt. Die Pupillen bewegten sich nicht. Und mit dem typischen Egoismus eines Menschen, der getrunken hat, sah Jastrau sich diese Unregelmäßigkeit plötzlich mürrisch an, erhob sich in zunehmender Verärgerung und ging langsam durch das Lokal, um sich nach anderen Bekannten umzusehen.

»Hallo, Herr Jastrau«, ertönte eine Herrenstimme.

»Ja, guten Tag, Herr Jastrau«, klirrte eine Frauenstimme, und er traf auf einen leuchtend grauen Blick aus den müden, aber gleichzeitig neugierigen Augen einer erfahrenen Frau.

Es waren Frau Kryger und der düstere Herr Raben, die einen nachmittäglichen Aperitif tranken.

»Wollen Sie uns nicht die Freude machen und einen Drink hier an unserem Tisch nehmen?«, frage Raben leutselig und erhob sich. Die Narbe an der Wange stand ihm, fand Jastrau.

»Ja, danke«, erwiderte er mit einem kleinen, humoristischen Seufzen und stützte sich höflich auf einen Stuhlrücken, »er muss aber sehr sanft sein.« Er zog die Augenbrauen hoch. »Sonst könnte es unangenehm enden, fürchte ich.«

Im Halbdunkel der Bar wirkte Frau Krygers Gestalt wie ein Lichtschein, dieses aschfarbene Haar, die grauen Augen und ein grauschimmerndes, elegantes Kleid, alles in derselben Farbe. So geschliffen konnte nur ein stürmischer Morgen am Meer sein, Wellen wie eisiges Silber und eine grau leuchtende Wolkenmasse, in der die Sonne sich aufgelöst hatte.

»Sie führen vermutlich ein sehr hartes Leben, Herr Jastrau«, bemerkte sie und beugte sich interessiert zu ihm vor.

»Ein etwas unruhiges vielleicht«, antwortete er und setzte sich. Seiner Ansicht nach war sie nicht mehr die Jüngste. Aber weshalb funkelte es so in ihren tiefen Ehegattinnenaugen?

»Es heißt, Sie trinken sehr viel«, fuhr sie aufdringlich fort.

»Es heißt auch, ich sei Katholik«, lautete die Antwort.

Warum hingen ihre Augen die ganze Zeit an ihm?

»Das glaube ich allerdings nicht«, lachte sie. »Aber ich begreife nicht, woher Sie die Zeit nehmen, so viele Gerüchte in Umlauf zu setzen, wie Sie es tun. Sie scheinen ein wahrer Renaissancemensch zu sein. Und dann müssen Sie auch noch all diese Bücher lesen und rezensieren. Ich lese Ihr Kritiken im Übrigen mit großem Interesse.«

»Ich ganz sicher nicht«, warf Raben trocken ein. Gab es bereits ein Moment der Rivalität?

»Du nicht? Sie sind doch glänzend geschrieben. Es ist immer das Erste, wonach ich suche, wenn das ›Dagbladet‹ morgens kommt.«

Sie duzen sich, dachte Jastrau. Also waren die tiefen Blicke und die eifrig gestikulierenden Hände möglicherweise nur Koketterie, um Raben zu erregen. Aber Jastrau musste trotzdem in ihre grauen Augen starren. Er ahnte, dass ihre Knie unter der grauen Seide spitz waren.

»Sie haben so etwas Subjektives und Unentschiedenes«, erwiderte Raben überheblich.

»Finden Sie die Juristerei objektiver?«, konterte Jastrau und kniff die Augen zusammen.

Frau Kryger lachte.

Wenn sie lachte, sah man an ihrem Hals, dass sie nicht mehr die Jüngste war.

»In meinem Wörterbuch bedeutet objektiv dasselbe wie langweilig«, zwitscherte sie. »Wenn ihr Männer erst anfangt, objektiv zu reden, dann danke ich meinem Gott und Schöpfer, dass ich eine Frau bin.«

»Wenn Frauen Herz und Schönheit besitzen, was brauchen sie da mehr?«, antwortete Raben ironisch.

»Sind Sie auch dieser Meinung, Herr Jastrau?«, fragte sie keck.

In diesem Moment wurden ihnen drei Dubonnet serviert.

»Ich verstehe nichts von Frauen, ich habe nur eine Schwäche für sie.« Jastrau amüsierte es, mit einem Scherz zu antworten und ihr dabei tief in die Augen zu sehen. Sie wusste, dass seine Scheidung bevorstand – oh, dieses Wissen funkelte in ihren Augen. Er entblößte die Zähne zu einem Lächeln.

»Da sehen Sie es, Herr Raben, endlich ein kluger Mann«, lachte sie. »Aber Sie sind ja auch Kritiker.«

Ihr Lachen klang bewusst nach einem jungen Mädchen.

»Übrigens hätte ich gedacht, ein Kritiker wäre strenger und gelehrter – so in seinem ganzen Wesen«, fügte sie hinzu und wippte übermütig mit dem Fuß.

»Aber so bin ich doch auch.«

Alle drei lachten.

»Uha, eigentlich habe ich ja ganz großen Respekt vor Kritikern.« Jastrau hörte, dass sie herumalberte. »Und ich begreife nicht, woher sie wissen, dass sie das Richtige über ein Buch schreiben.«

Raben lachte laut krähend auf.

»Das muss doch übrigens eine wichtige Position sein, gut bezahlt, würde ich meinen«, bemerkte er dann beinahe wohlwollend und richtete seine dunklen Augen auf Jastrau.

Jastrau hatte Lust zu spielen. Etwas in ihm hatte sich verändert.

»Ja, glänzend«, erwiderte er und streckte die Beine aus. »Ich lebe sorglos. Und ich gebe gern noch drei weitere Dubonnet aus.«

»Aber man verschafft sich doch auch Feinde?«, warf Frau Kryger ein.

»Wie könnte ich es sonst aushalten zu leben.« Jastrau fühlte sich wie ein Virtuose. Es war egal, was er spielte, Hauptsache, er spielte. »Gibt es etwas Unterhaltsameres?«, fügte er hinzu. »Ich bin bereit zu schwören, dass nirgends ein besseres Dänisch geschrieben wird als bei einem Verriss in der Zeitung. Man kann geradezu hören, wie die Sprache in diesen Artikeln braust. Haben Sie das noch nie bemerkt?«

»Ja, Macht ist etwas Schönes«, seufzte Raben.

»Ja, Macht ist großartig«, lachte Jastrau triumphierend. Erst jetzt wurde ihm klar, welch wichtige und verantwortungsvolle Position er gehabt hatte. Der Gedanke erfüllte ihn mit Freude. Er wollte gern prahlen und starrte Frau Kryger spielerisch und lauernd in die Augen.

»Ich hätte Sie nicht für so blutrünstig gehalten«, wandte sie ein.

»Blutrünstig, gnädige Frau« – er bleckte wolfsartig die Zähne – »Blutdurst regt die Fantasie an, Blutdurst schärft die Sprache, den ganzen Stil. Nehmen Sie die lobenden Rezensionen eines Kritikers und seine Verrisse, legen Sie sie nebeneinander und Sie werden sehen, dass die Verrisse einfach besser sind. Stramme Syntax, keine Abschweifungen. Vornehm und glatt, und überraschende Bilder, neu und ausgesucht garstig. Und dann heißt es, Bosheit sei nicht schöpferisch. Die lobenden Artikel hingegen, das sind fast immer Waschlappen, schwammig geschrieben.«

Und er lachte.

»Ja, Macht muss etwas Schönes sein.« Raben rieb sich die Hände.

Aber Frau Kryger beugte sich vor und legte die Hand auf Jastraus Arm.

»Ich denke, Sie glauben kein Wort von dem, was Sie sagen.«

»Warum sollte ich nicht?«, fragte Jastrau ironisch. »Was glauben Sie, weshalb ich Jahr für Jahr für ein mäßiges Gehalt meine Stellung halte? Glauben Sie, weil ich von denen geliebt werden will, die ich lobe? Ha, ha, das ist nur recht und billig, finden die Dichter. Aber lobe ich auch ihre Kollegen, bin ich ein Schlappschwanz. – Nein, ich bleibe, weil Streit gut ist. Ich höre Skræp's Gesang so gern, König Vermunds Schwert. So ist das. Und sollte ich mich jemals zurückziehen oder rausgeschmissen werden – das möge spät geschehen –, möchte ich meinen Namen oben auf der Namenssäule lesen. Sie kennen doch diese Säule, nicht wahr, gnädige Frau? Ich weiß, dass ich mich nach diesem Geräusch sehnen werde, diesem ganz bestimmten Brausen in der Sprache: hier hat Skræp gesungen.«

»Idealisten seid ihr nicht gerade«, wandte Raben mit einem kleinen verächtlichen Lächeln ein.

Aber Jastrau spielte weiter.

»Es gibt Kritiker, die laufen den ganzen Tag herum und pfeifen wie kleine Schuljungen, wenn sie an einem Verriss sitzen. Ja, man hat viel Freude und manche glückliche Stunde.«

Er lehnte sich zurück und bleckte wieder die Zähne, in seinem Inneren funkelte es. Er hätte jedes seiner Worte singen können, so wenig hatten sie mit der Wirklichkeit zu tun.

Doch Frau Kryger saß noch immer vorgebeugt da und starrte ihn an. Er konnte sich diesem Blick nicht entziehen. Was wollte sie?

»Das glauben Sie doch selbst nicht«, sagte sie mit spitzen Lippen.

»Warum denn nicht?«, erwiderte er in seinem singenden Tonfall.

In diesem Moment waren jedoch einige unregelmäßige Schritte zu hören, das Scharren eines wegrutschenden Stocks, und jemand flüsterte: »Hast du ordentlich zugepackt?« Frau Kryger zuckte zusammen. Eine breite Gestalt wankte aus dem Hintergrund des Lokals heran. Es sah wie eine Schlägerei aus.

»Was …«, stieß sie atemlos aus.

Die Gestalt, deren Arme auf den Schultern der beiden kleinen, im Frack gekleideten Kellner lagen, kam näher. Es war der ewige Kjær, blind vor Trunkenheit. Er wäre direkt gegen die Wand gelaufen, wenn man ihn nicht geführt hätte. Langsam und vorsichtig schritt die Prozession vorbei.

»Wer war denn dieser alte Mann?«, erkundigte sich Frau Kryger und kauerte sich fröstelnd zusammen.

»Alter Mann?« Jastrau lachte. »Er ist nicht älter als fünfundvierzig.«

Und lächelnd blickte er zur Uhr über der Bar. Ja, genau! Es war halb fünf.

»Uha, das wird mir nicht aus dem Kopf gehen«, erklärte Frau Kryger, die am ganzen Körper zitterte. »Ich friere regelrecht.«

Raben lachte.

»Nein, so einfach darfst du es dir nicht machen«, rief sie nervös. Und plötzlich sah sie Jastrau mit einem scharfen, beinahe boshaften Blick an. »Werden Sie auch einmal so, Herr Jastrau?«

Jastrau lächelte.

»Glaub ich kaum. Ich habe kein so regelmäßiges Naturell wie Kjær.«

Raben schlug sich auf die Schenkel.

»Wie Kjær?«, wiederholte Frau Kryger, in deren Augen plötzlich Entsetzen stand, ein rascher Wechsel von leuchtenden grauen Farben. »Kennen Sie ihn etwa?«

Und Jastrau beugte sich zu ihr vor, spöttisch und intim.

»Er ist einer meiner allerengsten Freunde«, behauptete er.

Dann schüttelte sie den Kopf. »Es ist seltsam, wie Männer mit so etwas umgehen. Ich bin immer noch nicht darüber hinweg. Wollen wir nicht lieber gehen? Ja, wir gehen, nicht wahr? Hier ist es so dunkel.«

Draußen auf dem sonnenbeschienenen Bürgersteig hakte Frau Kryger beide unter und schüttelte sich zwischen ihnen.

»Beim Sonnenschein vergisst man«, lachte sie. »Es ist merkwürdig. Ich habe mich in dieser Bar sonst immer sehr wohl gefühlt.«

»Du hättest einen Cocktail trinken sollen«, bemerkte Raben herablassend.

Jastrau blinzelte. Er spürte den Alkohol. Den Verkehr um sich herum erlebte er als eine einzige strömende Masse. Gedanken und Worte verschwammen, das Leben ein Wasserfall. Er lächelte vor sich hin.

»Hören Sie, das wollte ich Sie übrigens fragen«, sagte Frau Kryger und drückte seinen Arm. »Sie haben doch neulich über ein modernes irisches Buch geschrieben, nicht wahr? Es ging um Odysseus, glaube ich?«

»Vuldum hat die Rezension geschrieben«, antwortete Jastrau. »Das war Joyce, Ulysses.«

»Kennen Sie es?

»Nein, aber ich hab es.«

»Sie haben es? Dürfte ich es mir wohl leihen?«, fragte sie eifrig.

Jastrau warf ihr einen ironischen Blick zu.

»Sind Sie physisch stark genug?«, erkundigte er sich spöttisch und betrachtete ihre schmächtige Gestalt.

»Eine eigenartige Frage!«, rief sie.

»Nein, denn es ist dick und schwer, unergründlich und berühmt. Man braucht Muskeln, um dieses Buch zu lesen.«

»Aber darf ich es mir leihen?«

»Ja, weiß Gott, das dürfen Sie.«

»Na, hier ist Ihre Zeitung«, bemerkte Raben. Sie standen vor dem Gebäude des »Dagbladet«. »Jetzt müssen wir wohl Abschied nehmen.«

Ob das eine vornehme Aufforderung war zu verschwinden, wusste Jastrau nicht, aber er beschloss, die Bemerkung so zu verstehen.

»Ja«, sagte er, »ich muss in die Redaktion.«

Er verabschiedete sich. Und wieder ruhten Frau Krygers graue Augen musternd auf ihm. Was wollte dieser Blick? Oh, Herrgott! War er etwa interessant? Und doch ließ er sich von diesem schimmernden, erfahrenen Blick in Bann ziehen, er musste ihr in die Augen sehen, lächeln und sich berauschen lassen, aber nur für eine flüchtige Sekunde.

Dann riss er sich los und ging zum Schein durch die Schwingtür, einmal herum und wieder hinaus. Frau Kryger und Raben waren bereits verschwunden. Sie flirtete. War es der Trieb? Raben? Ach was, weg damit! Bloß einmal mit der Schwingtür im Kreis! Weg mit all dem! Gehabt euch wohl damit!

Hier stand er, ein paar Schritte über die Straße, und er konnte frank und frei vor die Hunde gehen. Es war ein geradezu bewusstseinserweiterndes Gefühl. Wie schmerzfrei doch alles in diesem Augenblick war, nur weil er sich in sein Schicksal ergab.

Jetzt wollte er nach Hause. Nach Hause? Ein kleines, verschmitztes Lächeln glitt über seine Lippen, während er über den Rathausplatz schlenderte. War es denn zu Hause? Ein paar Zimmer, die ihn beherbergten – und in denen er hauste. Steffensen! Anna Marie!

Ein hübsches Mädchen leuchtete im Tor des »Scala« auf. Sehr hübsch, rank und schlank. Sollte er umdrehen und sie ansprechen? Ach, all dieses dumme Gerede, das man dann von sich geben musste! Allerdings spürte er, dass er asketisch lebte. Die Mädchen flammten zu heftig im Straßenbild auf.

Nun schon wieder. Er lachte in ein Paar Mädchenaugen und sagte: Pss-sst! All dieser Unfug, der auch dazugehörte. Und hier ging er, der frank und frei vor die Hunde gehen durfte, und nützte es nicht einmal aus.

Ein Fisch im in der Sonne glitzernden Wasser. Klare Konturen von Häusern und Verkehr. Irgendwo in seinem Hirn schimmerte ein Cocktail.

Eine Dame in Schwarz stieg aus einer gelben Straßenbahn.

Steffensens Mutter war tot. Wieder ein harter Schlag. Über Steffensens Schicksal lag eine eigenartige Starre, etwas, das sich weder lösen konnte noch sollte.

Jastrau verzog den Mund.

Wieso sollte er sich mit dem Schicksal eines anderen Menschen befassen? Es war gut, es war wohltuend, einen Abend lang zu hören, wie ein Mensch sich öffnete, wie er heiß und intim atmete. Es war berauschend. Aber Steffensen öffnete sich nicht. Er war in seiner Verschlossenheit arrogant wie ein Rätsel. Ha, ha! Ein Rätsel? Nein, nichts anderes als ein irritierendes Kreuzworträtsel, das so gut wie gelöst war. Und wenn Steffensen und Anna Marie nun zu Hause saßen, dann … wieder eine Szene. Warum hatten sie ausgerechnet seine Wohnung für ihre ewigen Szenen gewählt? Nein, er musste sich möglichst bald davon befreien. Es war nicht zu ertragen.

Er fühlte sich so einsam hier im Schatten der Reventlowsgade, er streifte die Fahrbahn und ging im Zickzack auf dem Bürgersteig, als würde er lieber auf der anderen Straßenseite laufen. Er wäre nur so hoffnungslos allein, wenn … Ja, das war's. Er brauchte diese beiden Menschen um sich herum, sonst … sonst hätte er kein Leben, nichts, wofür es sich zu leben lohnte, ha, ha, ha. Meine Güte! Konnte er sie nicht entbehren? Es war zu komisch. Steffensen? Oh, ja, das ging sogar. Aber Anna Marie. Sie war krank, sie *war* krank. Verliebt? Die weichen Formen. Eine Frau. Etwas, das einen ein wenig umsorgt. Etwas … das war es vielleicht … etwas mit Angst in den Augen, und …

Etwas, das man nicht anrührt.

Das war's. Seine Mutter war früh gestorben. Unberührbares Frauenideal.

Ein Gedanke! Beinahe ein Gedanke, eine Lösung!

Am Tor stand der rothaarige Hausmeister.

»Ich habe einen Käufer für Ihr Grammophon!«

»Ja, aber ich will es nicht verkaufen«, antwortete Jastrau ironisch.

»Ich dachte …«

»Nee, nee«, sang Jastrau spöttisch und ging unbekümmert die Treppe hinauf. Ein Gedanke war ihm entgangen.

Anna Marie war allein zu Haus.

Etwas mit Angst in den Augen. Sie nähte an einem Kleid … Etwas Unberührbares!

»Haben Sie zwei Kleider?«, erkundigte sich Jastrau lachend und setzte sich ihr gegenüber. »Das hätte ich nicht gedacht.«

Sie blickte erschrocken zu ihm auf.

»Wo ist Stefan?«, wollte sie wissen.

»Keine Ahnung.«

»Seid ihr über Kreuz?«

»Nein, leider nicht.«

Sie legte das Kleid in den Schoss und sah ihn an.

»Mögen Sie Stefan nicht?«

Jastrau zögerte mit der Antwort. Er sah ihr spöttisch und empfindsam zugleich in die weißlichen Augen. Warum öffnete sich ihr Irisring so milchig? Ein blasses Frauengesicht, das gewissermaßen nicht zu Ende geformt war? Wie leicht man sie quälen konnte! Steffensens Mutter war tot. War das nicht ein Messer, mit dem sich spielen ließ?

»Mögen Sie ihn?«, fragte er mit einem Mal.

Eine unregelmäßige Röte flammte über ihren Hals und den unteren Teil ihrer Wangen, als hätte sie sich verbrüht. Der Mund verzog sich, die Lippen hingen herab. Nichts Festes. Tränen standen ihr in den Augen.

»Wie kann ich das wissen?«, antwortete sie. Der Aarhuser Akzent klang so bedrückt, so hoffnungslos.

Jastrau lächelte mild. Etwas anderes brachte er nicht übers Herz.

»Nein, das kann man wirklich nicht wissen.«

»Doch, man sollte es wissen, aber ich weiß es nicht, ich weiß es nicht, ich weiß es nicht.«

Eine Träne blitzte in ihren Augen.

Verlegen wandte Jastrau den Blick ab und schaute auf die Tischplatte. Sie war staubig. Man konnte mit den Fingern darauf zeichnen.

»Ich bin heute bester Laune«, sagte er übergangslos. »Begleiten Sie mich ins Tivoli?«

Er sah sie. Sein Lächeln fand er selbst fade.

»Aber ich habe gar kein Kleid, das ich anziehen kann«, rief sie verwirrt.

»Sie haben doch gleich zwei.«

»Nein. Sie dürfen mich nicht auf den Arm nehmen«, flehte sie. »Aber ein Dienstmädchen – und Sie – im Tivoli?«

»Es ist nicht das erste Mal, dass ich mit einem Dienstmädchen ins Tivoli gehe«, lachte er. Sie musste lächeln.

»Ich habe im Moment so gute Laune«, fügte er hinzu, um sie zu überreden, »und jetzt kommen Sie schon mit, ehe ich's mir anders überlege.«

»Aber Stefan …?«

Jastrau zog ironisch die Augenbrauen hoch.

»Wird er eifersüchtig?«

»Oh, er wird alles Mögliche.«

Darüber musste Jastrau lachen: »Ja, das ist vermutlich das Einzige, womit sich sein Gemütszustand charakterisieren lässt. Alles Mögliche.«

Anna Marie warf ihm einen verständnislosen Blick zu.

»Aber dann mache ich mich wohl besser zurecht«, sagte sie.

Als sie gemeinsam die Treppe hinuntergingen, schmunzelte Jastrau über ihren Anblick. Jacke und Kleid waren verblichen und abgetragen, die Hacken ihrer Schuhe schief. Um den Hals trug sie ein lila Tuch, das dunkel und fadenscheinig war. Aber sogleich musste er sie unterhaken, denn er bereute sein Lächeln.

»Hauptsache, Sie haben kein Loch im Strumpf«, sagte er merkwürdig ekstatisch und lachte.

Sie zog nervös ihren Arm zurück.

»Oh, nein.«

Aber er lachte weiter: »Denn sonst verliebe ich mich noch in Sie.«

»Ich gehe nicht mit«, erwiderte sie rasch und scharf.

»Unsinn.«

»Sie wollen mich nur zum Narren halten«, sagte sie ängstlich.

Da legte Jastrau die Hände auf ihre Schulter, drehte sie brutal zu sich herum und sah ihr direkt in die Augen.

»Sehe ich aus wie ein Mensch, der sich lustig machen will?«, fragte er aufgebracht. Ihre Augen wichen ihm aus.

»Nein, nein«, erklärte sie mit heißem Atem; doch in diesem

Moment blitzte es erfahren in ihren Augen auf, und sie hob keck den Kopf. »Sie sehen eher so aus, als wollten Sie mich küssen.«

Und dann küsste er sie behutsam. Ihr Rücken knickte ab, als hätte sie einen saugenden Kuss erwartet.

Daher blieb es bei einem sanften Streifen der Lippen, etwas Unverbindlichem.

Etwas Unberührbarem.

»So!«, sagte Anna Marie,

Aber Jastrau blieb stehen und betrachtete sie mit einem milden Blick. Plötzlich strich er ihre linke Augenbraue zu einem gleichmäßigen Bogen.

»Dann lass uns gehen, meine Kleine«, sagte er langsam.

Anna Maries Haltung war aufrechter, als sie die Straße hinuntergingen.

»Du bist nur ein großer, dicker Junge«, sagte sie lachend und blickte auf ihre Zehenspitzen.

Mit viel weißem Asphalt zwischen den grünen Bäumen lag das Tivoli im späten Sonnenschein. Die Stämme waren staubig und grau, und über den Wegen hing die Sommerhitze der Stadt in einem seichten Dunst, einer trockenen, elektrisierenden Luft.

»Das also ist das Tivoli«, rief Anna Marie und atmete tief durch. Vor Überraschung sprach sie in ihrem singenden Aarhuser Dialekt. Und Jastrau wurde mit einem Mal klar, dass sie doch ein kleines Mädchen aus der Provinz war. Wahrscheinlich war sie noch nie hier gewesen. Hatte nur als Kind vom Tivoli gehört.

»Sind Sie noch nie hier gewesen?«

»Aber nein«, und dann schwatzte sie los. Ja, es sei ein Erlebnis für sie. Ihr Vater habe ihr davon erzählt, eine prachtvolle Geschichte aus seiner Zeit beim Militär. Gott weiß, wie ihr Vater aussah! Jastrau brachte es nicht übers Herz, sie nach seinem Beruf zu fragen. Ein ungelernter Arbeiter? Wieder lächelte er mitleidig. Ein Loch im Strumpf! Und erneut breitete sich dieses gefährliche, schillernde Mitleid in seinem Wesen aus, dessen Süße so leicht zur Erotik wurde.

Sollte er ihr das Tivoli zeigen? Es gab das Rondell der Künstler mit der Tribüne im griechischen Tempelstil. Ein paar schwarzrot gekleidete Akrobaten mit strammen, runden Hinterteilen und angespannter Beinmuskulatur wirbelten durch die goldene, blaue Luft. Sollten sie im Publikum stehen bleiben und gaffen? Jastrau grüßte einen jungen Universitätsprofessor, der Anna Marie mit veilchenblauen Augen hinter seiner Brille musterte. Rätselhaft, oder? Jastrau lächelte. Und dann stellte er sich dicht und sanft neben Anna Marie, die die Akrobaten bewunderte.

Die Zuschauer standen dicht gedrängt. Sieh mal! Sieh mal! Ein Gesicht blickte aus dem Himmel nach unten. Es war blau und blutrot, als würde es jeden Moment zerplatzen. Die Zähne hielten einen großen Apparat, der in einem silberglänzenden Rad und mehreren Ringen endete – und in den Ringen führten vier Akrobaten, zwei Herren und zwei Damen, das Vogelnest vor, während die Ringe herumwirbelten.

Anna Marie war aufgeregt und neugierig.

Und auch Jastrau hatte den Eindruck, als sähe er den Garten in einem neuen Licht. Oder in einem anderen Licht, dem Licht seiner Kinderjahre. Anna Marie und er gingen weiter. Sieh nur, dort ist das Pantomimentheater mit dem Pfauenschwanz. Sie gingen die übliche Runde entlang der asphaltierten Wege und mischten sich unter die Spazierenden. Dort war der Konzertsaal im maurischen Stil. In diesem Garten geht man immer langsam, ein lustvolles Tivoli-Schlendern. Und dort der Chinesische Turm.

Noch waren die Konturen der Gebäude in der Dämmerung nicht verwischt. Rein und klar standen sie da, ganz offenkundig künstlich im rötlichen Schein des Sonnenuntergangs, doch genau das war ja das Schöne und Spannende an ihnen – sie waren eben nicht wirklich. Die Alpenlandschaft der Achterbahn strahlte viel zu koloriert. Es waren nicht die Alpen. Und die Lampions in den Blumenbeeten und entlang des Sees wurden mit ihren Stängeln aus rostigen Eisenrohren grell entlarvt – sie waren noch keine Feuerblumen.

Die großen Illuminationsbögen, die sich über die Wege wölbten und wie entblättert zwischen den Baumkronen hingen, erinnerten am ehesten an ein kompliziertes Krocketspiel für gigantische Kinder.

»Sie haben meinen Sohn noch nie gesehen«, bemerkte Jastrau,

»Nein.«

»Na ja, aber – weg damit!«, rief Jastrau, einen Augenblick verzweifelt und zynisch. »Er verschwand in einem Telefon«, fügte er scherzend hinzu. »Alles verschwindet. Nur ich bin heute richtig glücklich. Daran muss ich mich immer wieder erinnern.«

»Sind Sie das?«, fragte Anna Marie. Sie meinte, etwas sagen zu müssen.

»Ja, weiß Gott, das bin ich. Ich habe heute eine der größten Dummheiten meines Lebens begangen, eine wirklich große Dummheit.«

»Und davon wird man glücklich?«

»Ja.«

Sie hatten das Spiegelkabinett betreten und sahen sich selbst verzerrt in den Vexierspiegeln. Sie wurden fett und rund und lachten; sie wurden schlaksig in die Länge gezogen und schnitten asketische Fratzen, sie bekamen lange Stelzen und kurze Oberkörper, und dann lange Oberkörper und kurze Dackelbeine. Und schließlich war es die schiere Erleichterung, sich in einem normalen Spiegel zu sehen und die Verzerrungen abzuschütteln. Anna Marie wurde in diesem Spiegel eigentlich ein ganz nettes Mädchen, etwas plump vielleicht, und mit diesem unglücklichen fliehenden Kinn; aber hätte sie nicht eine so krankhafte und fahle Haut, hätte sie so rote Wangen wie eine Butterverkäuferin, mehr nicht, dann wäre es beinahe ein Glücksfall gewesen, mit ihr spazieren zu gehen. Und als Jastrau ihr die Hand auf die Schulter legte und sie vom Spiegel wegdrehte, konnte er gerade noch einen flüchtigen Blick auf sich selbst werfen: die helle, kleinkarierte Hose und die schwarze Jacke, eine Mischung aus schwarzem Jazzmusiker und Schiffskoch auf Landurlaub, etwas schwergewichtig, ja, das konnte er gerade noch sehen, und das war auch genug.

So sahen sie also aus.

»Und ich habe jetzt gute Laune«, erklärte Jastrau sanft.

Im Garten war es dunkel geworden. Der Abendhimmel leuchtete blau zwischen den schwarzen Baumkronen und verströmte Veilchenduft. Und in den Restaurants und Vergnügungsetablissements wurden die elektrischen Lampen eingeschaltet.

Durch die Menschenmenge ging ein kräftiges Rauschen wie durch einen Wald bei Sonnenuntergang. Blanke Schuhe und blanke Augen schimmerten in der Dunkelheit. Und Anna Marie ging dicht neben ihm.

Aber warum wurde er nun auch so väterlich und fasste sie unter den Arm? Schuld war die kühle Dunkelheit der Baumkronen. Und wohl auch der Zusammenprall der Melodien verschiedener Orchester, die wie ein Nebel schwirrender Insekten durch die Abendluft waberten, vielleicht auch das Gemurmel der Menschen, all dieses Unklare und Lebendige, das sich zwischen Licht und Dunkelheit abspielte, ja, es waren wohl auch die Menschen, die daran Schuld hatten. Er verhielt sich wie alle anderen.

Und sie verliefen sich in einer kleinen, künstlichen Felslandschaft des Gartens – mit ihren Höhlen und Grotten ein komisches Stück Rokoko und Gartenarchitektur. In den dunklen Grotten brannte gedämpftes, rotgrünes Licht, dort gab es große Aquarien mit vorbeigleitenden Fischen, und die Menschen standen fasziniert und still davor und hatten einen blaßgrünen und bleichroten Schimmer im Gesicht wie düstere arme Leute vor einem Schaufenster.

»Da sind Fische«, rief Anna Marie wie ein Kind und schleppte Jastrau vor eines der Aquarien.

Ein paar große, rote Fische verfolgten einander und schnappten sich mit weichen Mäulern, und ihnen folgte ein ganzer Schwarm von kleinen, gestreiften Barschen, ein Gewimmel von Fischschwänzen und Flossen in Bewegung, während Blasen durch das grüne, beleuchtete Wasser aufstiegen. Ein langer Aal hing mit seinem hellen Körper wie ein Pflanzenstängel im Aquarium herab.

Und einen Moment später war Jastrau ebenso hypnotisiert von den gleitenden Bewegungen der Fische wie all die anderen Zuschauer.

Er zuckte zusammen. Mitten im Bassin stand ein perlgrauer Fisch in einer reglosen, schrägen Position, der seinen schnabelähnlichen Kopf dem Sandboden zugewandt hatte. Seine Unangreifbarkeit strahlte eine unheimliche Stärke aus. Er war sich seiner Macht bewusst.

Es war unbegreiflich, dass Jastrau ihn nicht sofort bemerkt hatte. Er stand im Zentrum, fürchterlich, unbeirrbar. Und als der Fisch ein Auge bewegte, lediglich ein kurzes Aufblitzen, hatte Jastrau das Gefühl, als würde ihm ein elektrischer Schlag versetzt.

Es war ein Hecht.

»Wieso werde ich den nie vergessen?«, fragte Jastrau, als sie weitergingen.

In der langen Reihe der Lauben, die zum Restaurant »Diwan II« führte, waren die Lampen eingeschaltet. Spaliere und festlich wallender wilder Wein, ein leichtes, schwärmerisches Rokoko.

»Ich lade Sie zu Hummer ein, und dann müssen Sie mir zu meiner heutigen Dummheit Glück wünschen«, erklärte Jastrau ausgelassen und tat so, als würde er gegen irgendetwas treten.

»Bei so etwas wünscht man doch kein Glück«, antwortete sie nüchtern.

»Doch, das macht man so, denn mindestens einmal im Jahr sollte man den Göttern eine Dummheit als Opfer bringen.«

Und dann saßen sie an einem der Tische, zwischen sich einen gewaltigen Hummer und Weißwein. Das Weinlaub zitterte leise in der kühlen Abendbrise. Und die ferne Musik stand wie ein Mückenschwarm in der Luft und drang bisweilen wie ein einzelnes zartbebendes Insekt an ihre Ohren, ganz, ganz fein.

Anna Marie hatte den Blick einer Schlafwandlerin und schaute starr und verloren an Jastrau vorbei.

»Ich verstehe nicht …«, sagte sie hilflos und hielt inne, als könnte sie zu keiner Erkenntnis kommen.

Jastrau streichelte ihre kurze Hand, die auf der Tischdecke lag.

Ihr Blick streifte ihn prüfend, als würde sie gerade erwachen.

»Bitte glauben Sie mir, ich bin sehr unglücklich … und …« Ihre Augenbrauen zucken nervös. »… und … im Augenblick merke ich nichts davon. Wie kann das sein?«

»Das liegt daran, dass Sie mit mir zusammen sind«, scherzte Jastrau.

Anna Marie lächelte angestrengt und fuhr sich über die Stirn.

»Wollen wir nicht lieber etwas trinken?«, schlug Jastrau sanft vor.

»Ja, ja, ich sollte Ihnen ja zu irgendeinem Unfug Glück wünschen«, erwiderte sie und sah ihn an. Ihre Augen waren unstet, mal aufmerksam, mal fern.

»Nein, zu einer Dummheit«, lachte Jastrau.

»Ja, zu einer Dummheit, das war's … aber ich bin so dumm, ich …« Und im selben Moment brach sie in ein etwas zu lautes Gelächter aus, schaute sich plötzlich erschrocken um und zog den Kopf ein.

Jastrau hob das Glas mit dem schimmernden Wein und lächelte. Neben dem roten Panzer des Hummers leuchteten ihre vom Scheuern abgearbeiteten Hände weißlich auf. Aber derartige Gedanken sollte er sich vermutlich nicht machen. Ästhetik und Überlegenheit! Sie war eine kleine, lebendige Frau, ja, sicher. Eine Sünderin! Wie kam er jetzt auf dieses Wort? Weinlaub, Kühle und Rausch! Aber dieses Wort?

Er prostete ihr zu.

Und sie nickte linkisch.

Dann schloss sie ihre Hand fest um das Glas, es hatte nichts Schwebendes, nichts Spielerisches, und auch nichts von einem Blumenstängel.

Anschließend schien sie wieder geistesabwesend zu sein.

»Jetzt bin ich hier mit Ihnen zusammen«, sagte sie plötzlich, starrte jedoch noch immer an seinem Ohr und den Wänden der Lauben vorbei, hinaus in den Raum. »Aber wieso denke ich die ganze Zeit daran, dass ich nicht in Sie verliebt bin?«

»Oh, oh, oh«, antwortete Jastrau klangvoll, allerdings mit einem liebevollen Lächeln.

Sie hatte die Augen aufgerissen.

»Nein«, sagte sie. »Aber …«

Und eine Sekunde sah sie ihm in die Augen, ein unsicherer Kontakt von Licht und Seele, zitternd und bebend, wie zwei Scheinwerferstrahlen, die versuchen, sich gegenseitig zu überdecken.

»Ich hatte mal eine Freundin, sie hieß Agnes«, fuhr sie fort und wandte den Blick ab. »Sie war verlobt mit einem jungen Mann. Einem … Musiker. Aber … sie betrog ihren Verlobten … mit dem Vater ihres Verlobten.« Anna Marie aß einen Bissen Hummer. »Wenn sie mit dem Vater zusammen war, dann liebte sie ihn, und wenn sie mit dem Sohn zusammen war, liebte sie ihn«, fügte sie hastig hinzu. Daraufhin hielt sie einen Augenblick inne und tastete sich langsam vor: »Und dann meinte sie … Nein … sie sagte zu mir, jetzt würde sie ihren Verlobten erst richtig lieben.«

Jastrau blickte auf die Tischdecke, um sie nicht ansehen zu müssen.

»Kann das stimmen?«, erkundigte sie sich ganz sachlich.

»Wenn sie es sagt, muss es wohl stimmen«, erwiderte Jastrau.

Er wagte nicht, sie anzusehen. Ihn überkam eine überströmende Güte.

»Nein, was ich da sage, ist völliger Unfug. Ich verstehe überhaupt nichts«, bemerkte sie traurig.

Jastrau griff nach einer Scheibe Weißbrot.

»Sie sind …« Mehr brachte er nicht heraus, denn in diesem Moment bemerkte er, dass er das Brot zwischen seinen Fingern zerbröselte … dass er das Brot brach. Hastig legte er es beiseite, als hätte er sich verbrannt. Er brach das Brot! Er brach das Brot! Immer diese fromme Gebärde, wenn er Alkohol trank und mit Frauen zusammen war! Dieser Jesus saß ihm im Blut!

Nein! Ncin!

Und er kniff die Augen zusammen und starrte Anna Marie plötzlich an, starrte und starrte, als wäre es ihre Schuld. Nein! Nein! Sie sah ihn an. Und ihre Augen lösten sich vor Angst langsam auf und wurden hell. Sie konnte die Augen nicht von ihm abwenden. Sie war hilflos, preisgegeben, ihr Mund öffnete sich, das Kinn fiel herab.

»Wissen Sie, dass Steffensens Mutter gestorben ist?«

Der Satz fiel wie ein Schlag. Schluss jetzt mit Jesus! Keine Gefühlsduselei mehr gegenüber gefallenen Frauen! Maria Magdalena! Er wusste, wie er sich reinigen, wie er sich behaupten konnte!

Einen Moment sah er etwas Weißes. Das Aufblitzen eines Messers! Und er hörte, wie der Klang seiner eigenen Worte in den Raum tönte und Wirklichkeit wurde. Wissen Sie, dass Steffensens Mutter gestorben ist!

Und im selben Augenblick bereute er es geradezu schmerzhaft, er kniff die Lippen zusammen und hielt den Atem an, als ob er dadurch die Worte daran hindern könnte, sie zu erreichen, Dann wurde ihm das Unvermeidbare bewusst – Anna Marie verlor die Hummergabel –, und er ließ die Hände auf den Tisch sinken und blickte sie ohne jede Hoffnung an.

»Oh, nein«, stöhnte er.

Anna Marie saß wie erstarrt vor ihm. Eine heftige Röte breitete sich über ihrem lila Halstuch aus. Die Lippen schimmerten feucht und verschwommen im Schein der gelben Gartenlaterne.

»Dann wissen Sie alles«, flüsterte sie.

»Ja.«

»Dann wissen Sie, dass ich krank bin?« Ihr standen Tränen in den Augen.

»Ja.«

»Denken Sie, dass ich nie wieder gesund werden kann? Oh, Sie wissen es. Sie wissen so viel. Aber dass es auch passieren musste. Dass Hans Christian sich mit dieser ekelhaften Krankheit anstecken musste!«

»Hans Christian?«, fragte Jastrau nach. Er war nicht neugierig. Er war nur zutiefst unglücklich. Und nun musste er auch noch mit dieser Frage herausplatzen, als ginge es ihn etwas an. Er warf ihr einen flehenden Blick zu, aber sie hatte sich bereits in einen ganzen Strom verwirrender Worte und Gefühle gestürzt. Wie ein Schlafwandler war sie über den Rand getreten.

»Ja, Herr Stefani … und dann ich … und dann Stefan. Oh, was konnte ich denn dafür. Ich kam aus bescheidenen Verhältnissen und wurde von dem vornehmen Apotheker eingestellt. Frau Stefani, oh, ist sie tot? Sie hatte es nicht leicht. Sie war streng – aber gerecht. Sie *war* gerecht. Sie stapfte immer in so großen schweren Schneestiefeln herum. Hans Christian, den hatte sie sich genommen. Sie hat immer ihren Willen durchgesetzt.«

»Aber Sie müssen mir nichts erzählen«, unterbrach Jastrau sie abwehrend.

»Doch, denn was müssen Sie von mir denken, und ich bin doch nichts anderes als eine kleine dumme Göre. Stefan hat studiert. Er war genauso eingebildet wie jetzt, aber seine Haut war noch nicht so grau, so schmutzig und so rau. Nein, ich war nicht verliebt, aber er war Student und der Sohn des reichen Apothekers Stefani. Eines Abends kam er in mein Zimmer, als wir allein zu Hause waren. Ich war nicht verliebt, nicht die Spur. Vor ihm kannte ich einen Fahrer. Aber was müssen Sie bloß von mir denken? Sie sind so gut …«

»Unfug.« Jastrau drehte sein Weinglas in der Hand.

»Doch, das sind Sie, sonst würden Sie uns doch nicht bei Ihnen wohnen lassen. Ich war nicht verliebt in ihn, es war also nicht richtig von mir. Ich war auch nicht in Hans Christian verliebt. Nie. Aber er spendierte Likör, also, das war etwas ganz anderes. Aber mit Stefan hatte ich nur meinen Abendtee getrunken.«

Jastrau musste lachen. »Ja, das macht die Geschichte nur umso schlimmer.«

»Nein, nein.« Sie warf ihm einen erschrockenen Blick zu. »Sie dürfen mich nicht zum Narren halten. Und jetzt ist die gnädige Frau tot. Ich bin so unglücklich.«

»Wir sollten jetzt besser eine Tasse Kaffee trinken«, schlug Jastrau vor.

»Ja, aber was denken Sie von mir?«, brach es heftiger als zuvor aus ihr heraus. Ihre Augen schimmerten. »Ich hatte Stefan einen Monat gekannt ... ja, einen Monat, und dann eines Abends ... ja, da kam der gnädige Herr mit den Likören. Es waren teure Liköre, vornehme. Diese grünen. An die Namen kann ich mich nicht mehr erinnern. Sie schmeckten auch gar nicht gut ... fand ich. Aber ich habe sie trotzdem getrunken, weil es so lustig war. Und dann passierte es. Aber ich konnte nichts dafür, und ich traute mich auch nicht, es Stefan zu erzählen, ich wagte es nicht ... oh, es quälte mich ... Sie ahnen ja nicht, wie sehr ich gelitten habe ... der gnädigen Frau konnte ich nicht mehr in die Augen sehen ... und manchmal, beim Abendessen, guckte der gnädige Herr Stefan und mich so an, so von einem zum anderen. Er wusste alles. Und dann lächelte er so komisch. Warum hat er das getan?«

Jastrau zuckte verlegen mit den Schultern, und Anna Marie starrte mit leerem Blick auf die Tischdecke.

»Aber verstehen Sie«, fuhr sie wie in Trance fort und riss die Augen auf, in denen sich auf eine unheimliche Art und Weise das gelbstichige Weiß der Tischdecke spiegelte. »Verstehen Sie jetzt, dass ich mich da in Stefan verliebt habe? Ich konnte nicht anders. Ich habe ihn betrogen ... mit seinem Vater ... und dann konnte ich gar nichts anderes tun, als mich in ihn zu verlieben.«

Sie schaute ihn an und fügte hastig hinzu: »Das war sicher ziemlicher Quatsch, oder?«

»Nein, bestimmt nicht«, erwiderte Jastrau nüchtern.

»Und dann ... nein, nein, ich kann nicht ...« Sie wrang die Hände. »Sie können nicht verlangen, dass eine Frau so etwas erzählt.«

Sie sah ihn mit einem flammenden Blick an.

Und Jastrau schüttelte lächelnd den Kopf.

»Ich finde, wir sollten bezahlen und gehen«, sagte er leise.

»Aber dann brach die Krankheit aus«, entfuhr es ihr. »Diese ekelhafte Krankheit. Der gnädige Herr war in Kopenhagen gewesen. Und als er nach Hause kam … da … o nein … glauben Sie … nein, eine Frau *kann* nicht gesund werden. Bei einem Mann ist das was anderes. Für den ist das gar nichts. Aber bei einer Frau?«

»Gehen Sie zu einem Arzt?«

»Ach, es gibt nichts, was hilft. Ich weiß nie, ob ich gesund oder krank bin. Ich weiß überhaupt nichts. Ich habe nicht das Recht, wie andere Menschen zu leben. Und was habe ich getan? War das so schlimm? Ja? Ja, das war es … es war falsch, aber …«

Und plötzlich schob sie Teller und Gläser beiseite, verbarg den Kopf in ihren Armen und begann zu schluchzen.

Jastrau erhob sich, ging zu ihr und strich ihr behutsam über den Nacken. Was sollte er sagen?

Da hob sie ruckartig den Kopf und ergriff seine Hände.

»Sie dürfen Stefan nicht sagen, dass seine Mutter gestorben ist, denn dann schlägt und quält er mich wieder …« Ihr Mund verzog sich. Sie öffnete und schloss ihn wie ein Fisch.

»Wieso sind Sie eigentlich noch immer bei Stefan?«

»Er meint … nein, das … ja, er hält es für seine Pflicht.« Sie schrie das letzte Wort geradezu heraus. »Mir wurde doch gekündigt … sofort … obwohl es der gnädige Herr war … und dann ich … und dann Stefan. Ich wurde rausgeschmissen. So ein Luder … und bin ich denn etwas anderes?«

Sie stand auf, strich sich das Haar aus der Stirn und ließ hektisch und herausfordernd die Hüften kreisen.

»Bin ich was anderes? Bin ich was anderes? Ich will ins ›Arena‹ und tanzen, jawohl. Ich will mich amüsieren. Ich will mich total besaufen. Ich will … ich …«

Sie streckte die Arme aus und fiel Jastrau um den Hals.

»Und du sollst die ganze Nacht mit mir tanzen. Du bist so gut, so gut. Du sollst mit mir tanzen … Aber ich bin krank.«

Und schluchzend drückte sie ihr Gesicht an seine Brust.

Das Weinlaub um sie herum flatterte so festlich.

VI

Jastrau saß am Ende seines Esstischs und starrte durch die matten Fenster, die seit undenklichen Zeiten nicht mehr geputzt worden waren. Nach dem Regen, der schon vor einiger Zeit gefallen war, zogen sich lange Streifen wie Algen über das Glas, und bisweilen blitzte ein opalisierendes Licht in den schmutzigen Figuren der Fenster auf.

Ein Hauch von Bernstein, dachte Jastrau und träumte von den weißen Vorhängen der gegenüberliegenden Wohnung in der vormittäglichen Sonne, doch im selben Moment wurde ihm klar, dass die Farbe des Lichtscheins überhaupt nicht wie Bernstein aussah. Ein Hauch von Bernstein? Wie war er nur darauf gekommen?

Er fühlte sich befreit. Anna Marie war in die Küche gegangen und kochte Eier. Alles war ruhig in der dunklen Wohnung. Steffensen war und blieb verschwunden.

Wie staubig und verkommen es hier war! Er stand auf. Sollte er ausmisten? Die große Fastnachtsrute mit dem Glanzbild eines Heinzelmännchens an der Spitze. Sie musste raus. Aber er konnte es nicht. Noch nicht. Es gab Schmerzen, die ließen sich nicht ausmerzen … noch nicht. Irgendwann musste er sie aber hinter sich lassen. Jastrau steckte die Hände in die Tasche, drehte sich auf dem Absatz um und ging ins Wohnzimmer. Oluf! Nein, diese Fastnachtsrute musste noch dort in der Ecke stehen bleiben, so hatte er zumindest einen Ort für seinen Kummer, dort in der Ecke, ein festes, buntscheckiges Ding. Ein Kummer. Eine Fastnachtsrute.

Er könnte Staub wischen. Er zog ein Taschentuch heraus und wischte die Rahmen der beiden Fotografien ab, Mutter und Sohn, er hauchte gegen das Glas und putzte es blank, und schließlich stellte er die Bilder zurück auf ihre Plätze. Eine mystische Handbewegung, ein symbolisches Zeichen. Er musste sich den beiden Fotos gegenüber erkenntlich zeigen, vielleicht konnten sie ja ein Unglück verhindern.

Dann saß er eine Weile auf dem Rokokostuhl und blickte die afrikanische Fetischfigur an. Ein Schiff hatte Steffensen die Wohnung genannt. Eine verfallene Kapelle würde auch passen. Eine Kapelle für eine Religion, die aus den staubigen Möbeln um ihn herum emporwuchs, aus der fleckigen Kleidung, die er als schwarzer Jazzmusiker oder Schiffskoch trug, aus Menschen und Ereignissen. Aber er fühlte sich einfach erleichtert. Steffensen war verschwunden. Und plötzlich wusste er, dass Steffensen und er vor einer Auseinandersetzung gestanden hatten, geistig oder körperlich. Doch was war was?

Und nun war Steffensen verschwunden.

»Das Essen steht auf dem Tisch!«, rief Anna Marie aus dem Esszimmer, Jastrau ging hinüber. Er hatte das Gefühl, im Kleinen etwas Neues aufzubauen, Staubkorn auf Staubkorn, und er lächelte Anna Marie zu.

»Danke für den gestrigen Abend«, sagte sie wie ein gut erzogenes Mädchen.

Jastrau setzte sich.

Und bei Eiern, Brot und Kaffee wurde es richtig gemütlich.

»Wir könnten durchaus verheiratet sein«, bemerkte Jastrau schmunzelnd.

Anna Marie schluckte und wandte verlegen den Blick ab.

»Nein, lassen Sie uns über etwas anderes reden«, bat sie.

Jastrau legte die Hand auf ihren nackten Arm.

»Ja, Sie haben recht«, erwiderte er unglücklich. »Dieses teuflische … aber ich könnte Sie als meine Haushälterin einstellen.«

»Ja, dafür wäre ich sicher die Richtige«, rief Anna Marie und warf höhnisch den Kopf in den Nacken. »So dreckig, wie es hier ist.«

Sie sah sich die Fenster an.

»Wie die Scheiben aussehen«, fügte sie hinzu.

»Ach was«, lachte Jastrau. »Noch hat kein Vogel darauf gemacht.«

»Nein, denn das bedeutet Glück«, seufzte Anna Marie, »und Glück, nein, das gibt es hier nicht. Nein.«

Ihre Stimme war bedrohlich laut geworden.

»Doch, ich glaube, ich kann es ahnen«, widersprach Jastrau leise und goss sich Kaffee ein, »und nun werden Sie meine Haushälterin, und ich gehe rüber und nehme meinen Platz wieder ein.«

»Was machen Sie?«, fragte Anna Marie überrascht.

»Ich habe gestern meine Stellung beim ›Dagbladet‹ gekündigt«, antwortete Jastrau mit einem kleinen Lächeln. »Das war die Dummheit, die wir …«

»Ja, aber wovon sollen wir denn leben?«, entfuhr es Anna Marie. »Wir, ja, Sie, meine ich – selbstverständlich.«

»Ich könnte hinübergehen und weiterarbeiten«, überlegte Jastrau zögernd. Dann würde sich alles finden! Er genoss es wie eine kleine leuchtende Freude, wie eine Erleichterung.

»Aber das geht doch nicht.«

»Doch, bei mir geht das.«

»Oh, alle Menschen sind verrückt, Sie und Stefan …« Anna Marie schüttelte den Kopf, sodass ihr dichtes Haar in die Stirn fiel.

»Ja, Stefan hat mich mit seiner Verrücktheit angesteckt, aber jetzt ist er fort.«

»Wo ist er hin? Wissen Sie das nicht?«, erkundigte sich Anna Marie nervös. »Oh, Sie dürfen ihm um Gottes willen nicht erzählen, dass seine Mutter gestorben ist, sonst lässt er es an mir aus. Sie tun das doch nicht, oder?«

»Nein, nein, aber nun ist er ja nicht mehr da.« Jastrau versuchte, sie zu beruhigen.

»Aber er wird wiederkommen, er kommt, er kommt«, wiederholte sie hektisch. Wieder flammte ihr Hals rot auf, und sie strich sich mit einer ungestümen Handbewegung die Haare aus der Stirn.

»Aber nein, warum sollte er?«, fragte Jastrau ein wenig irritiert.

»Er kommt, um mich zu holen«, erklärte sie verzweifelt.

»Nein, nein.«

»Oh, dann haben Sie nicht ein Wort von all dem verstanden.«

Und sie senkte mit einem heftigen Ruck den Kopf und verbarg ihn in ihren Armen. Ein leises Schluchzen ließ ihre Schultern beben.

Jastrau stand auf und stopfte sich eine Pfeife.

»Ja, natürlich kommt er«, sagte er langsam und nachdenklich. »Aber jetzt sind wir zu zweit gegen ihn. Sie werden sehen, es wird schon gehen.«

Er fühlte sich sehr ruhig, gleichzeitig aber auch bedrückt, als er sich die Pfeife ansteckte.

»Jetzt sind wir zu zweit, nicht wahr, Anna Marie? Jetzt sind wir Jastrau und seine Haushälterin. Leider sind wir ja gezwungen, uns platonisch zu verhalten«, fügte er mit einem kleinen melancholischen Lächeln hinzu und streichelte seine Pfeife. Etwas Unberührbares ... vielleicht war dies das Glück. Ihre Gestalt war plump, ihre Lippen viel zu feucht. Etwas Unberührbares ... Unglückliches ... Weibliches.

Anna Marie hob den Kopf, behielt die Händen aber noch

immer an den Schläfen, sodass sie innerhalb einer Sekunde ihre Augen verbergen konnte. Ein paar Tränen blitzten auf.

»Und Sie gehen jetzt rüber zur Zeitung und nehmen Ihre Kündigung zurück«, rief sie mit einem feuchten, strahlenden Lächeln. »Nicht wahr? Das versprechen Sie mir! Das machen Sie doch?«

Ihre Augen strahlten vor Glück.

»Na ja-ah«, erwiderte Jastrau und seufzte tief. »Ich bin mir nicht sicher.«

»Doch, doch, das machen Sie. Sie versprechen es mir, oder? Es ist ein Versprechen, nicht wahr? Und Sie halten Ihre Versprechen doch immer?«

Jastrau lächelte müde.

»Ich werde versuchen, etwas Vernünftiges zu tun, wollen wir es nicht dabei belassen?«

»Das ist aber etwas eigenartig.«

»Ja-ah.« Jastrau zögerte. »Es könnte ja sein, dass ich … ja, dass ich … meine Kündigung zurücknehme. Es könnte ja sein … dass ich … es versuchen würde, aber ich weiß es nicht. Ich kann es nicht versprechen.«

In dieser Stimmung ging Jastrau kurz darauf zum »Dagbladet«.

Er könnte zu Redakteur Iversen gehen und erklären, seine Kündigung wäre übereilt gewesen. Er würde zum Gespött der gesamten Redaktion werden. Aber machte er sich nicht auch lächerlich, wenn er tatsächlich seinen Abschied nahm?

Auf der Treppe ging er an Bruun vorbei, der in Reitstiefeln auf dem Weg zu einem imaginären Pferd war.

Ein gnädiges »guten Tag, Jastrau«, eine königliche Geste, aber keine Frage. Das war eigenartig, denn Bruun war nicht herzlos. Es kam durchaus vor, dass er sich um die Zukunft seines Nächsten Sorgen machte.

Jastrau ging in die schummrige Vorhalle.

Die Redaktionswache schimpfte am Telefon. Ihr Gesicht war starr vor Wut. Gundersen stand an dem großen, grünen Tisch und erkundigte sich, ob es etwas Neues gäbe.

»Nein, alles beim Alten«, murmelte Jastrau philosophisch und ärgerte sich sofort darüber.

»Hast du getrunken?«, fragte Gundersen sachlich.

Sonst kein Wort. Als würde er in dem leeren Raum schweben. Nicht einmal der neugierige Gundersen, Vorstandsmitglied der *vigilia ratis*, fragte ihn aus. Wanderte er zwischen Schatten? Oder war er selbst ein Schatten?

Der Polizeireporter schlug ihm väterlich auf die Schulter und eilte weiter.

Die Tür zum Chefredakteur stand einen Spalt weit offen, sodass ein schmaler Sonnenstreifen in die Vorhalle fiel.

Der Redaktionssekretär saß in seinem Büro und hob den Kopf. »Ach, Sie sind's, Ole Jastrau«, grüßte er freundlich und beiläufig.

Und von hinten war aus der Redaktion Eriksens hohles Husten hinter der geschlossenen Tür zu hören.

Alles ging seinen gewohnten Gang. Niemand wusste, dass Jastrau gekündigt hatte. Es war verschwunden. Nicht passiert. Redakteur Iversen hatte es vergessen. Und vermutlich beugte er sich wie immer über seinen Schreibtisch, der Walrossbart hing ihm über dem Mund, der Blick war fern und verschwommen und seine Gedanken in Rangoon.

Aus alter Gewohnheit setzte Jastrau sich auf den Stuhl vor der Tür des Chefredakteurs, als wartete er darauf, vorgelassen zu werden. Wollte er denn zu ihm? Mit dem Hut im Schoß machte er es sich bequem und sah sich um wie ein Fremder; es erfüllte ihn mit einer wehmütigen Freude.

Die Redaktionswache hatte aufgelegt und beruhigte sich langsam. Kurz darauf stieg um ihren Kopf eine weiße Puderwolke auf.

»Es ist niemand bei Herrn Redakteur Iversen«, rief sie plötzlich durch den Raum. »Sie können gern hineingehen, Ole Jastrau.«

Jastrau erhob sich mit einem verlegenen Lächeln.

»Ich wollte gar nicht zu ihm«, sagte er leise. »Ich habe nur ein wenig geschlafen.«

»Sie waren heute Nacht wohl wieder unterwegs?«, erkundigte sie sich neugierig.

Jastrau nickte und schlich still in sein Büro. Er konnte ebenso gut diese Rezension schreiben. Er hatte Anna Marie versprochen, etwas Vernünftiges zu tun.

Es sollte also seine letzte Besprechung werden.

Die vier gelben Schreibtische glänzten in der Sonne. Jetzt war es egal, dass man ihm den schäbigsten zugeteilt hatte. Er hatte keinen Ehrgeiz mehr. Und die Buchstaben auf der Fensterscheibe – DAGBLADET in Spiegelschrift – zeichneten sich quer über das schräge Lichtfeld des Fensters als dunkle Schatten auf dem mit Firniss behandelten Fußboden ab.

Mit einem besonderen Gefühl des Abschieds formte er jeden Satz. Natürlich könnte er hinuntergehen und erklären, es wäre übereilt gewesen. Er könnte es tun, ja, sicher. Und trotzdem war es ein Abschied. Er wusste es. Es war unmöglich, den subjektiven Ton in seinem Artikel zu unterdrücken. Die Sprache hatte ihren Klang. Jedes Wort bekam eine doppelte Bedeutung. Nieder mit dem Gefühl! Härte! Ha, jetzt sah es nach Objektivität aus.

Jemand klopfte.

Jastrau sah hastig auf die Uhr. Es war halb fünf.

»Herein!«

Ja, es war wie erwartet Arne Vuldum, der gerade aus der Bibliothek kam. Leichenblass im Lichtermeer des Zimmers aus Sonne und glänzendem Firniss. Matt und grau im Gesicht.

Aber mit seinem eleganten steifen Hut, seinem Spazierstock und seiner unverzichtbaren Zigarette.

»Ich dachte mir, dass du hier sitzt. Ich wollte unbedingt mit dir reden. Besprichst du etwas Spannendes?«

Er setzte sich in das knarrende Sofa.

»Na ja, eine Übersetzung von Renan«, antwortete Jastrau. »Ich stelle ihn mir als Vater Renan vor und schreibe aus der Sicht des Sohnes, verstehst du?«

»Das passt zu ihm«, sagte Vuldum, »und es ist am einfachsten.«

Jastrau drehte sich auf dem Stuhl herum, sodass er Vuldum im Auge behalten konnte. Wusste er auch nichts? Aber Vuldum hatte nicht diesen grauen, bodenlosen Blick eines Tiers, mit dem er die Menschen normalerweise belauerte. Die schmalen Lippen pressten sich nicht um die Zigarette zusammen. Das harte Gesicht sah nur müde aus, sehr müde.

»Renan war in Wahrheit doch nur ein richtig grausamer Intellektualist«, bemerkte Jastrau.

»Nur?«, erwiderte Vuldum geistesabwesend.

Jastrau sah ihn misstrauisch an. Wollte er ihn anpumpen? Aber Vuldum bemerkte sofort Jastraus Blick, verstand ihn und versuchte es mit einem feinen Lächeln.

»Ja, eigentlich schon«, fügte Jastrau hinzu. Vuldum konnte seine Position nicht mehr unterminieren. Unverletzbar! Er musste bloß ablehnen, wenn er sich Geld leihen wollte. Vielleicht sollte er ihn dazu bringen, und dann …

»Ja, eigentlich schon«, wiederholte Jastrau in einem überheblich singenden Tonfall. »Sein Ideal war ja tief im Inneren eine intellektuelle Diktatur, hart und unbarmherzig – und überhaupt nicht als Übergangsform gedacht.«

Jastraus Augen glänzten spöttisch.

»Eine Diktatur des Geistes und der Schönheit, das ist doch ein schönes Ideal«, erwiderte Vuldum und hob die Augenbrauen. »Und ein bisschen Grausamkeit, ein wenig Blutdurst, warum nicht? … Wenn ich um sechs zu Hause an dem langen Tisch in meiner Pension sitze, werde ich in dem Gedanken schwelgen, glaube ich. Eine Tscheka der Schönheit. Hast du jemals in einer Pension gewohnt, Jastrau?«

»Ja, übergangsweise.«

»Übergangsweise«, wiederholte Vuldum langsam und boshaft. »Aber nicht fünfzehn – fünfzehn Jahre.«

»Nein.«

Vuldums Blick wurde scharf.

»Dann weißt du nicht, was Hass ist. Diese Tischdecke, sage ich dir! Die Menschen! Diese Reihe von Gesichtern, die sich über diese Tischdecke beugen! Du hast keine Ahnung. Man wird bösartig … Eine Tscheka der Schönheit würde über alle das Todesurteil fällen …« Er vollführte mit der flachen Hand eine Geste, als würde er eine Reihe von Köpfen abschneiden. »… und welch eine Erleichterung wäre das!«

»Du bist ziemlich blutrünstig«, rief Jastrau lachend.

»Ja, ich bin dadurch bösartig geworden. Denn man sitzt dort, unterhält sich mit diesen aufgereihten Köpfen und ist leutselig, und hinterher zieht man sich in sein Zimmer zurück, in ein Inferno im Stil der Skindergade, der Straße der Abdecker, und liest Mallarmé – Mallarmé in der hässlichsten aller Welten, der Pensionswelt. Huh!« Am ganzen Körper fröstelnd stand er auf. »Und dann! … ›lass triste Schornsteinröhren unablässig …‹« Er fing an, vor sich hin zu zitieren und stellte sich am Fenster ins Sonnenlicht.

»Du hast heute offenbar einen deiner schlechten Tage, Vuldum«, bemerkte Jastrau.

Vuldum warf ihm einen Blick zu, als erwartete er Verständnis.

»Ja, heute habe ich Besuch vom Henkersknecht. Dem Gehilfen des Meisters, der sein Fach nicht beherrscht. Ein elender Pfuscher. Er sollte wieder versuchen, mir den Kopf abzuhacken. Aber das Beil ging auch dieses Mal nicht durch … es sitzt hier im Nackenwirbel.« Gequält rieb er sich den Nacken. »Und jetzt steht er da und versucht, es herauszuzerren.«

»Nikotin«, lautete Jastraus unbarmherzige Diagnose.

Vuldum lächelte müde.

»Es ist nicht nur das Nikotin. Es ist das Leben. Weiß Gott, ich glaube, ich wäre ein anderer Mensch geworden, hätte ich ein Zimmer gehabt, in dem ich wohnen könnte – mit schönen Dingen um mich herum, nicht diese hässlichen Pensionsmöbel.«

»Ach, wir wohnen doch alle schäbig«, wandte Jastrau ein. Hin und wieder blitzte ein opalisierender Schimmer in den Regenstreifen auf, die über die Fensterscheibe liefen.

»Ja, wir armen Unsterblichen.« Vuldum breitete tragikomisch die Arme aus. »Wir, die wir unser Leben für einen hübschen Satz opfern.«

Er sah Jastrau melancholisch an, aber sein langes, hartes Gesicht mit dem kräftigen spitzen Kinn lud nicht zu Mitleid ein. Der Glanz des roten Haares in der Sonne blendete mit bleicher, eisiger Stärke.

»Lass uns in einem Café etwas essen gehen. Dann entkomme ich der Pension«, schlug er vorsichtig vor.

Doch da kniff Jastrau die Augen zusammen, als würde er in der Sonne eine Grimasse ziehen. Und dann schüttelte er lächelnd den Kopf.

»Ich habe noch viel zu erledigen.«

»Na, dann«, entgegnete Vuldum spitz und presste die Lippen zusammen. Einen Moment herrschte peinliches Schweigen. Früher hätte Jastrau es als Zwang empfunden, als würde sein Herz gepackt. Nun war es ihm egal. Er zuckte bedauernd mit den Schultern, Gott bewahre. Er wollte den Kopf süffisant auf die Seite legen, als Vuldum plötzlich einen Zehnkronenschein aus der Westentasche zog.

»Sag mal, könntest du den für mich wechseln, Jastrau?«

Jastrau schüttelte verwirrt den Kopf.

»Tja, ich muss jetzt gehen … Und du hast ja noch viel zu erledigen … Leben Sie wohl, mein Herr.«

Die Worte hatten diesen leichten Anklang an Metall, den Jastrau so gut kannte. Die Tür fiel knapp und diskret zu. Aber sie wurde doch zugeschlagen, oder? Und Vuldum war gegangen.

Jastrau wollte ihm nachlaufen. Er würde gern mit ihm essen gehen. Vuldum war müde. Er brauchte Gesellschaft. War es nicht so?

War es nicht so?

Er brauchte jemanden, mit dem er reden konnte … in dieser Pensionswelt. Er war müde und deprimiert. Er war schwach. Ein Anfall von Schwäche.

Jastrau stand auf und blieb ein paar Minuten am Fenster stehen. Der Henkersknecht! Er rieb sich den Nacken und hatte das unheimliche Gefühl, dass sein Nacken einschrumpfte. Und jetzt steht er da und versucht, das Beil herauszuziehen! Warum wussten die Menschen nie, wann sie sich helfen sollten?

Denn Vuldum hatte einen Anfall von Schwäche gehabt, natürlich! Doch! Nein, nein. Vuldum … schwach? Ha, nein, undenkbar.

Aber Herrgott! Jastrau ging in seinem Büro auf und ab. Er würde Vuldum vermissen.

»Ich ende noch als Menschenfreund«, knurrte er halblaut vor sich hin.

Mein Gott! Dieses Büro mit diesem blanken Firniss-Fußboden und den vier glänzenden Schreibtischen, den verkratzten Heizkörpern, an denen er und andere Journalisten ihre Bierflaschen geöffnet hatten, die Papierkörbe, die bisweilen voller leerer Flaschen waren – ein bekanntes Phänomen in allen Redaktionen –, und die trockene Luft der Zentralheizung! Sollte er sich von all dem verabschieden? Auf Wiedersehen, du liebes Telefon. Ein Abschiedsgedicht!

Selbstverständlich konnte er zu Redakteur Iversen hinuntergehen, nur eine Etage tiefer, und erklären, es sei übereilt gewesen. Das wäre möglich. Vielleicht erwartete es Redakteur Iversen sogar? Und auch Anna Marie – der Haushälterin! – hatte er versprochen, etwas Vernünftiges zu tun.

Er griff zum Telefonhörer und rief zu Hause an.

»Sind Sie es Anna Marie? Hier ist Ole Jastrau.«

Merkwürdig, dass er seinen Namen so förmlich nannte.

»Sind Sie es?«, hörte er ihre Stimme. Es überraschte ihn, wie unüberhörbar ihr Dialekt war. »Ja, Stefan ist wiedergekommen.« Sie hielt einen Augenblick inne. Und Jastrau wusste sofort, dass er nicht zu Redakteur Iversen gehen würde. »Er sitzt oben beim Hausmeister – und trinkt Bier.«

»Wo ist er denn heute Nacht gewesen?«, wollte Jastrau wissen. Nun kannte er sein Dasein wieder.

»Er hat bei Bernhard Sanders geschlafen.«

»Ja, natürlich, ich Trottel. Warum habe ich nicht gleich daran gedacht«, sagte Jastrau. Alles ist unendlich. Ein Skål auf die Unendlichkeit der Seele!

»Sie brauchen für mich nichts zu essen vorzubereiten, Anna Marie«, fügte er hinzu. »Ich komme später. Ich habe etwas Vernünftiges vor.«

Er lachte. Und ein Skål auf die Unendlichkeit der Seele! Also ist man seinen Freunden doch nicht treu. Oder, Steffensen? Denn Treue ist nicht das Gleiche wie Unendlichkeit.

»Ich habe etwas Vernünftiges vor«, trällerte er ins Telefon.

»Das glaube ich nicht«, hörte er ihre Stimme, leise, nervös.

»Das sollen Sie auch nicht.«

»Aber Herr Jastrau, Sie haben versprochen … Sie sagten … wir wären zu zweit gegen ihn, und jetzt bin ich allein«, jammerte sie.

Jastrau beugte sich über die Sprechmuschel, als wollte er Anna Marie auf die Stirn küssen. Wie ängstlich und unglücklich sie war! Er hörte es. Tränen traten ihm in die Augen.

»Aber ich komme doch, mein Kleines. Aber erst später. Ich komme ganz bestimmt.«

Das Geräusch unterdrückten Weinens wallte im Hörer auf.

»Wir sind zu zweit, nicht wahr? Zu zweit, oder? Ich verlasse mich auf dich. Ich habe niemanden sonst … Herr Jastrau. Sie kommen doch?«

»Ja, selbstverständlich.«

»Ich verlasse mich … auf Sie.«

Er legte den Hörer auf.

Wieso hatte er gesagt, er käme später? Er wollte doch nur die Rezension nach oben in die Setzerei bringen. Und dann … O ja. Er wollte Kräfte sammeln. Wofür? Ein Abendessen mit Schnaps und Bier, ganz allein. Nur das Gesicht ausruhen … Aber er durfte sie nicht im Stich lassen!

Nachdem er in der Setzerei war und eine rasche Anweisung gegeben hatte, verließ er still das »Dagbladet«.

An der Schwingtür begegnete er dem Redaktionssekretär.

»Hör Sie mal, Ole Jastrau, Sie können Vuldum doch nicht den ganzen Stoff wegnehmen.«

»Das habe ich auch gar nicht getan.«

»Na, das haben Sie wohl getan. Er war gerade bei mir und sprach über ein Buch, ich erinnere mich nicht von wem. Er hatte offensichtlich das Gefühl, übergangen zu werden.«

Jastrau lachte.

»Haben Sie jemals erlebt, dass ein Mensch stark genug ist, um Vuldum zu übergehen?«, fragte er.

Der Redaktionssekretär lächelte.

»Aber denken Sie beim nächsten Mal daran, Ole Jastrau«, bemerkte er abschließend und grüßte.

So still sollte Ole Jastrau also das »Dagbladet« verlassen und wie ein Schatten verschwinden.

Noch wusste niemand etwas.

Er konnte ein Schmunzeln über diese Lautlosigkeit nicht zurückhalten. Sie saß ihm in den Ohren.

Doch nun drängte es ihn zu diesem Abendessen mit Bier und Schnaps.

Wieder lächelte er.

Nicht im Stich lassen! Nicht im Stich lassen!

Vor dem Hoteleingang neben der »Bar des Artistes« standen zwei tiefe Korbsessel. Das Hotel spielte Sommer. In einem lag der Knobler Lille P. und machte eine blasse Handbewegung, als er Ole Jastrau bemerkte.

»Was machst du hier draußen – in all der frischen Luft?«, erkundigte sich Jastrau.

»Ich sitze hier ... und betrachte das Leben ... wie es vorübereilt«, kam es mit einem dünnen Stimmchen aus dem tiefen Sessel.

»Ich dachte, du bist in Kanada.«

»Nee, Meister. Ich bekam es mit der Angst zu tun, als ich die Nordsee sah. Das ist ein hässliches Meer.« Und er richtete sich auf. »Aber hör mal, Meister, wollen wir nicht reingehen und um einen Gin Tonic knobeln?« Er glättete sorgfältig seine dünne Frisur.

»Nein, ich muss was essen.«

»Na, aber vielleicht später«, sagte Lille P. mit einem Gedankenstrich von Lächeln. »Dann bleibe ich erst einmal noch hier sitzen ... und betrachte das Leben ... wie es vorübereilt.«

Seine leeren, glasigen Augen folgten einer Straßenbahn, die zum Rathausplatz fuhr. Es war eine ganz gewöhnliche Straßenbahn.

VII

Tralala! Ja, die Sonne geht unter.

Jastrau schlenkerte mit einem Bein. Helle, karierte Hose. Schwarzer Jazzmusiker oder Schiffskoch auf Landurlaub.

Istedgade! Unendlichkeit! Die Häuser lagen wie eine lange, blaue Schlucht vor ihm, die direkt in die letzte rote Lache des Sonnenuntergangs hineinführte. Die Fenster der vierten Etage spiegelten einen veilchenblauen Himmel.

Aber die Luft war voller Harfen. Die Geräusche ferner Straßenbahnen vibrierten im sommerlichen Abend. Zwischen den Dächern sangen die Engel, denn das Echo war dort oben so klar, so klar.

And where have you been, Billy Boy, Billy Boy?
And where have you been, charming Billy?

Nein, nicht er sang. Es *waren* die Engel. Ein heiseres Männerduett und ein näselndes Grammophon, ganz hoch oben zwischen den Dächern. Offene Fenster. Luft und Durchzug in seiner Wohnung. Eine Gardine hing heraus.

Oh, der Hausmeister und Steffensen! Beim Gelage. Ach ja.

Und Jastrau sang, als er die Treppe hinaufstieg. Sommerliche Abendstimmung in allen Treppenhausfenstern. Summend schloss er die Wohnungstür auf. Türen und Wände bebten von Getrampel und Gesang, das Grammophon hielt sie vom Schlaf ab.

And where have you been, Billy Boy, Billy Boy?

Und dann stand Anna Marie im dunklen Flur.

»Oh, gut, dass du endlich kommst«, flüsterte sie atemlos und schmiegte sich an ihn.

»Ja, ja, ja«, sang er.

»Aber ... hast du auch getrunken? Doch, ich kann es riechen«, rief sie verzweifelt und stieß ihn weg.

»Nein, nein, nein, ich habe gegessen«, summte er.

»Und ich dachte, wir halten zusammen«, jammerte sie. »Du hast es versprochen. Du hast es ganz fest versprochen.«

Sie lehnte sich an die Wand, und nur der Ausdruck ihrer Augen war in der Dunkelheit zu erkennen. Sie schimmerten wie Wasser in der Nacht.

»Kleines Mädchen, kleines Mädchen«, tröstete Jastrau sie und wollte ihre Wange tätscheln.

And where have you been, Billy Boy, Billy Boy? Sie grölten in den Zimmern. Stühle wurden beiseitegeschoben. Einer fiel um.

»Oh, die sind so besoffen«, seufzte Anna Marie.

Jastrau verströmte Schnapsdunst. »Ich werde dich schon beschützen«, rief er heiser. Es war schwer, nicht im Rhythmus von *Billy Boy* zu sprechen. Und dann stieß er die Tür auf und stand plötzlich in dem dämmerigen Wohnzimmer, in dem zwei Männer wie dunkle Schatten in einem bärenartigen Foxtrott umherstapften. Er setzte triumphierend einen Fuß auf den umgefallenen Stuhl, hob beide Arme in die Luft und schrie.

Steffensen schubste den Hausmeister von sich und stimmte in das Geheul ein, schrill und unartikuliert, und der Hausmeister, der in seinem blauen Overall vollkommen unförmig aussah und am ehesten einem Troll mit Elefantenbeinen ähnelte, brach vor Lachen zusammen und klatschte sich auf die Schenkel.

»Oh, was für ein Leben«, stöhnte er.

Auf dem Tisch standen drei Flaschen Portwein.

»Das ist dein Portwein«, grinste Steffensen. »Ich ha-habe ein paar von deinen Büchern verkauft.«

»Uha, die schönen Bücher«, seufzte der Hausmeister und breitete die Arme aus. Steffensen fiel wieder an seine Overallbrust, und der klumpfüßige Foxtrott dröhnte in der Dunkelheit weiter. *And where have you been, charming Billy?* Jastrau sah ihre Gesichter nur undeutlich als gelbliche Ovale, ohne Mienenspiel. Nur die Augen schimmerten, als würden sie in etwas Feuchtem schwimmen.

»Sie sind wahnsinnig«, flüsterte Anna Marie. Sie stand neben Jastrau an der Flügeltür.

»Und sie will nicht trinken. Sie ist sich zu fein dazu«, rief Steffensen höhnisch, während er stampfend weitertanzte. Ein kühler Sommerwind strich durch die Zimmer.

»Ja, ja, ja«, seufzte Jastrau, schenkte sich ein Glas Portwein ein und hob es.

»Ein Skål auf die Unendlichkeit der Seele!«, schrie er, in diesem Moment war jedoch die Schallplatte zu Ende, sodass sein Trinkspruch viel zu laut und zu heftig in den Raum prallte.

»Na, na«, flüsterte der Hausmeister. »Das geht nicht.«

Die Grammophonnadel schlingerte in exzentrischen Kreisen auf der Platte hin und her, und im Wohnzimmer breitete sich ein abstoßendes Geräusch aus, wie eine Straßenbahn auf abgenutzten Schienen.

Anna Marie nahm die Nadel von der Platte.

»Warum trinkt sie nichts? Was hast du mit ihr gemacht, während ich weg war?«, rief Steffensen.

»Psst, psst«, flüsterte der Hausmeister und hob mäßigend seine großen Pranken.

»Wir waren im Tivoli«, summte Jastrau und trank.

»Wo seid ihr gewesen?«, knurrte Steffensen.

»*And where have you been, Billy Boy, Billy Boy?*«, unterstützte ihn der Hausmeister wie eine Theatersouffleuse und grinste. »Oh, was für ein Leben! … Sollten wir nicht lieber die Fenster zumachen, ihr versoffenen Burschen?«

»Ganz sicher nicht. Dann kriegt man doch keine Luft hier«, schrie Steffensen.

»Psst, psst«, machte der Hausmeister.

»Psst, psst«, wiederholte Jastrau mechanisch.

»Verflucht, ich werd doch noch das Recht haben, den Mund aufzumachen!«, brüllte Steffensen.

»Du kannst den Mund so viel aufmachen, wie du willst, aber du solltest etwas hineinschütten«, flüsterte der Hausmeister beruhigend und legte ihm schwer eine Hand auf die Schulter. Ihre Gestalten verschmolzen brüderlich in der Dunkelheit.

»Wollen wir nicht das Licht einschalten«, schlug Anna Marie aus dem Hintergrund vor.

»Nein, zum Teufel noch mal«, rief Steffensen.

Ein gemeinsames »Psst«, schließlich ein flüsterndes »Skål« und ein stummes Austrinken.

Und dann bildeten plötzlich alle drei in dem schwachen Lichtschein am Fenster eine taubstumme Gruppe, als sie ihre drei elfenbeingelben Gesichter zusammensteckten. Sie zischten sich »psst« zu und beschwichtigten sich gegenseitig mit den Händen, sie gossen sich ein und prosteten sich mit lautlosen Gespensterbewegungen zu, öffneten und schlossen die Münder, als würden sie singen, während die Geräusche von Schritten auf den Bürgersteigen der Istedgade durch die offenen Fenster zu ihnen drangen.

Da ertönte ein heiseres Quaken aus Steffensens Kehle.

»Aber warum trinkt sie nichts?«

»Ist doch am besten, wenn die Mädels nichts trinken«, erklärte der Hausmeister, »umso mehr ist dann für die Durstigen da. Hi, hi.«

»Aber warum trinkt sie nichts?«, insistierte Steffensen stupide. »Du weißt das, Jastrau.«

»Lasst uns jetzt in Ruhe trinken«, antwortete Jastrau betrunken und versöhnlich.

»Aber dafür gibt's einen Grund. Was hast du mit ihr gemacht?«

»Ahaha«, lachte der Hausmeister gedämpft und drehte sich einmal im Kreis, sodass sein Overall rauschte und der Portwein im Glas überschwappte.

»Ich? Ich habe überhaupt nichts gemacht«, erwiderte Jastrau, aber in dem fahlen Licht ahnte er, dass Steffensen seine Augen boshaft zusammenkniff.

Und plötzlich näherte sich Steffensens Gesicht so ruckartig, als wollte er ihm einen Kopfstoß versetzen.

»Du hast dich nicht getraut«, fauchte er aus unmittelbarer Nähe.

»Hi, hi!«, kicherte der Hausmeister. Seine Augen blitzten neugierig, während er sich die Portweintropfen von den Fingern leckte.

»Ich traue mich alles«, rief Jastrau selbstgefällig mit einem flüchtigen Lächeln. »Al-les.«

In diesem Moment wurde die Tür krachend zugeworfen. Anna Marie war in die Küche gegangen.

»Al-les«, wiederholte Jastrau verwirrt. »Du brauchst gar nicht so höhnisch zu grinsen.«

In der Dämmerung ahnte er Steffensens erstarrtes Grinsen.

Der Hausmeister blickte verlegen auf die geschlossene Tür.

»Jetzt benehmt euch mal anständig, ihr beiden Saufbolde. Wieso stehen wir hier eigentlich rum und glotzen? Setzen wir uns doch. Man wird so müde, wenn man im Stehen trinkt …« Und als er sich schließlich gesetzt hatte, seufzte er: »Ja, das stimmt schon.«

Alle drei setzten sich an den Tisch und schwiegen. Niemand

konnte in der Dunkelheit sehen, was dem anderen durch den Kopf ging. Aber alle drei horchten.

Aus der Küche war kein Laut zu hören.

»Uha, davon wird man ja nüchtern«, sagte Jastrau heiser und griff nach einer Flasche. Sie war leer. Er griff nach einer anderen. Sie war ebenfalls leer. »Zum Teufel noch mal, in dieser Finsternis ist ja nichts zu erkennen. Der …«

Steffensen schnappte sich die dritte Flasche.

»Die Getränke sind viel zu schnell verschwunden«, erklärte der Hausmeister philosophisch.

»Wir brauchen mehr«, rief Jastrau. In der Dunkelheit gaben sie sich alle Mühe, darauf zu achten, dass der Portwein einigermaßen gerecht auf die Gläser verteilt wurde.

»Muss das denn sein«, warf der Hausmeister ein. »Der Radau wird nur umso schlimmer, und ich bin der Hausmeister. Ich trage schließlich die Verantwortung.« Er schlug sich auf die Brust. »Aber …« Mit seiner kurzfristigen majestätischen Haltung war es vorbei, er sackte zusammen. Sein Overall schlug Falten wie ein schlaffer Busen. »Aber … hast du Geld, Herr Jastrau, dann … könnte ich noch etwas Trinkbares besorgen … obwohl, muss es denn sein?«, fügte er anbiedernd hinzu.

Steffensen hatte die Ellbogen auf den Tisch gestemmt und starrte in die Dunkelheit. Die Konturen der Möbel blitzten auf. Ein diffuses Licht zeigte sich unter der Zimmerdecke. Es kam von den Laternen, die auf der Straße angezündet wurden.

»Man wird depressiv«, brummte er.

»Das Grammophon!«, schlug Jastrau vor und starrte auf den schimmernden, schwarzen Portwein in seinem Glas.

»Ich habe einen Käufer dafür«, warf der Hausmeister rasch ein.

»Unfug!«

»Na ja, dann nicht. Ist aber auch ein schönes Grammophon.«

»Unfug!«

»Ach, jetzt stell dich nicht so an, Ole«, rief der Hausmeister frech. »Du brauchst was zu trinken, oder, du versoffenes Schwein, hi, hi. Ich gehe gleich was holen.«

Er legte seine große Pranke offen auf den Tisch.

»Aber Vatern braucht Pinke!«, erklärte er überzeugend.

Seufzend gab Jastrau ihm einen Zehnkronenschein.

»Nicht so tragisch«, raunzte Steffensen. »Ich habe Durst. Und Edwin …«

»Uha, ha, ja, hat ganz unten im Hals 'nen trockenen Fleck«, grinste der Hausmeister und schloss die Hand langsam um den Zehnkronenschein, sodass es knisterte. »Ah!«, rief er bei dem Geräusch und stand auf.

Jastrau und Steffensen blieben in der Dunkelheit allein zurück und nippten an ihren Gläsern.

Anna Marie öffnete leise die Tür und kam herein.

»Warum willst du nichts trinken, Flittchen?«, fing Steffensen wieder an.

»Jetzt … jetzt behandelst du sie anständig, hörst du«, fiel ihm Jastrau mit rauer Stimme ins Wort.

»Bist wohl edelmütig geworden?«

Steffensen nahm die Ellbogen vom Tisch und wandte Jastrau sein Gesicht zu. In der Dunkelheit war das Gesicht eine schwarze Masse.

»Du hast dich nicht getraut.«

»Stefan!«, schrie Anna Marie, Jastrau zuckte zusammen. Man hatte den Schrei bis auf die Straße hören können.

»Du sollst … sie ordentlich behandeln …«, stammelte er.

»Das muss schlimm sein«, fuhr Steffensen feixend fort, »verliebt sein und sich dann nicht trauen.« Die Schultern der dunklen, sphinxartigen Gestalt bebten, als würde er sich köstlich amüsieren.

Aber Jastrau sprang plötzlich auf und schlug auf den Tisch,

dass die Gläser wackelten. Anna Marie hielt ihn von hinten fest.

»Nein, nein. Ihr dürft euch nicht prügeln. Keine Schlägerei«, schrie sie. »Dann gehe ich lieber selbst.«

»Du solltest besser Kaffee kochen«, grinste Steffensen.

Jastrau fühlte sich von dem ruhigen Vorschlag überrumpelt und sank zurück auf den Stuhl. Er kam sich kämpferisch und lächerlich zugleich vor.

»Soll ich? Soll ich das machen, Herr Jastrau?«

Anna Marie gestikulierte mit den Händen, als könne sich die Schlägerei zwischen ihren Armen verflüchtigen.

»Soll ich, Herr Jastrau?«, wiederholte sie.

»Herr Jastrau«, äffte Steffensen sie durch die Nase nach.

»Ja, ja, mach das«, erwiderte Jastrau und versuchte, sich zu beruhigen. »Und schalt auch das Licht ein.«

Es ertönte das Geräusch des Schalters, und sofort strahlte die elektrische Lampe an der Decke, dass es die Augen nadelte. Jastrau und Steffensen zuckten beide zusammen. Nur mit Mühe konnten sie einander erkennen. Sie blinzelten. Sie rieben sich die Augen. Sie versuchten, sich zu sehen. Dann traten ihre Gesichter klar hervor. Steffensen reglos und graugelb um die kräftigen Jochbeine, die Haare hingen ihm strähnig in die hohe, bleiche Stirn, die halb geöffneten Lippen hatte er wie bei einem brutalen Wutausbruch vorgestülpt. Jastraus Gesicht war gelblich, feist und schwammig an der Kinnpartie, die schrägen Augen kniff er leicht mongolisch zusammen. Zwei feindliche Gesichter, Steffensens bereit zum Angriff, Jastraus lauernd und unberechenbar, jedoch auf der Hut.

Anna Marie war in die Küche gegangen.

»Du hast dich ganz sicher nicht getraut«, fing Steffensen wieder an.

Jastrau antwortete nicht, er wandte nur den Blick ab, als suchte er einen schwachen Punkt, an dem er ihn treffen könnte.

»Weil ich sie beschlagnahmt habe«, knurrte Steffensen und kam mit seinem Gesicht näher. »Und sie angesteckt habe, du!«, fügte er unvermittelt mit einer Brutalität hinzu, dass es Jastrau in den Ohren klingelte.

Jastrau schlug blindlings zurück: »Das warst nicht du, sondern dein Vater.« Seine Mutter ist tot, ging ihm durch den Kopf. Eine Urne in einer Einkaufstasche.

Es ertönte ein kurzes Gurgeln. Jastrau musste ihn ansehen, und er traf auf einen Blick aus aufgerissenen Augen. Der emailleartige Glanz war beinahe weiß, als würde er lediglich ununterbrochen vor sich hinstarren, ohne einen Gedanken fassen zu können.

»Du weißt es also«, stieß er schließlich mit verzerrter Stimme aus. »Du weißt es … und …«, Steffensen stand ruckartig auf, »… und jetzt lachst du … wie alle anderen. Nicht wahr? Nicht wahr? Es ist ja auch zum Heulen komisch.«

»Ich lache nicht.«

»Doch, tust du. Alle tun es.«

»Nein.«

Steffensen setzte sich wieder, ein stieres, durchtriebenes Lächeln auf den Lippen.

»Dann liegt es daran, weil du in sie verliebt bist«, sagte er langsam.

Jastrau schüttelte den Kopf.

»Doch!«, beharrte Steffensen kurz und unbarmherzig. »Aber sie ist krank und wird nie wieder gesund.«

»Das weiß man nicht. Mag sein.«

Steffensen verzog den Mund und schwieg.

Lange, lange Minuten saßen sie wie erstarrt da. Die Arme bewegten sich, die Körper funktionierten mechanisch, aber ihre Gedanken waren erlahmt. Die Seele hatte für eine Sekunde eine feste Form angenommen und warf ihren Schatten in das leere Nichts. Steffensen zündete sich eine Pfeife an. Lange saß er da und spielte mit der Streichholzschachtel in seiner Hand. Jastrau ließ den Portwein wie ein alter Weinkenner im Glas kreisen, schnüffelte daran, um seinen Duft zu erleben, aber ohne ihn zu würdigen, ohne zu ahnen, was er eigentlich tat.

»Puh, wie ich sie hasse …«, erklärte Steffensen plötzlich. Er spuckte die Worte regelrecht aus. »Wie ich sie hasse … all diese alten Lumpen. Er hat sie genommen … weil er wusste … dass ich nachts bei ihr war. Das hat ihn aufgegeilt … den Alten … seinem Sohn Hörner aufzusetzen. So hat er seine Manneskraft zurückbekommen … sonst hätte er nicht … nicht … nicht gekonnt … Sein Lächeln! … Wenn wir am Tisch saßen … und Mutter!« Jastrau richtete sich sofort auf. Er musste den Mund halten. »Und Mutter!«, wiederholte Steffensen. »Hart, gelb vor Ärger und streng … ich bin ihr nicht unähnlich. Oh, nein, oh, nein.«

Er stemmte seine Brust gegen die Tischkante und wand sich vor Schmerzen. Jastrau blieb angespannt. Er durfte nichts sagen. Die Urne in der Einkaufstasche! Es kam ihm vor, als fiele ein besonderes Licht auf Steffensens Gesicht; jeder Zug bekam eine Bedeutung, wie bei Menschen in einem Totenzimmer.

»Oh … ich bin … bis in alle Ewigkeit zum Gespött geworden … Verstehst du, was ich meine? Für immer zum Gespött geworden. Mein Kummer ist zum Gespött geworden, lächerlich. Meine Gefühle, meine … Liebe, oh, zum Teufel. Ich komme nicht darüber hinweg … Ich muss irgendwohin, wo es verschwindet … Oder zu Rache wird! Rache, jawohl!«

Er rieb sich die Brust an dem Tisch und schob sich immer weiter vor. Jastrau kam es wie eine Erscheinung vor, eine Vision, wie immer, wenn er während eines Gelages nüchtern wurde. Steffensen hatte die Lippen über den langen, schmalen Zähnen hochgezogen, eine schwache Rötung brannte über den Augenbrauen; er war eine in schmerzlicher Komik erstarrte Grimasse, im Schein der hellgelben Eichenholzmöbel deutlich ausgeleuchtet und durchschaut. Und die Möbel erschienen so gespenstisch klar wie in einem nächtlichen Schiffssalon, wenn das dunkle Meer draußen hinter den Wänden braust.

»All das habe ich ihm an den Kopf geschmissen«, fuhr Steffensen leise und heiser fort. »Ich habe es getan. Tatsächlich. Seine Impotenz! Ich habe es ihm gesagt, als sie vor die Tür gesetzt wurde … denn natürlich wurde sie rausgeschmissen … und … dann … dann bin ich auch gegangen. Aber ich räche mich … oh … dieses alte Lumpenpack … sie haben uns zum Gespött gemacht … auf ewig!«

Nervös warf Jastrau einen Blick auf die Küchentür. Er hörte, wie Anna Marie Kaffeetassen bereitstellte.

Steffensen hatte gedankenverloren die Streichholzschachtel geöffnet und die Streichhölzer auf dem Tisch ausgeschüttet.

Da klingelte es.

»Ah, jetzt kommt er mit dem Portwein«, rief Steffensen erleichtert.

Jastrau ging hinaus und öffnete die Tür.

Aber es war nicht der Hausmeister. Es war ein kleines Mädchen von etwa vier Jahren mit einem runden Kopf und runden, glänzenden Augen. Sie hielt eine Portweinflasche im Arm, als wäre es eine Puppe, die Hand war um etwas Geld geschlossen.

»Ich soll von Vater sagen, dass er nicht kommen kann.«

Sie hielt inne, um zu überlegen.

»Und Geld zurück!«, rief sie eifrig und gab Jastrau zwei Kronen, die noch warm von der Kinderhand waren.

Jastrau nahm die Flasche entgegen. »Grüß deinen Vater!«

Doch als die Kleine ihren Auftrag erfüllt und sich an nichts weiter zu erinnern hatte, beugte sie sich neugierig zur Seite, um hinter Jastraus Beinen in den Flur zu schauen.

»Wo ist denn der kleine Junge?«, fragte sie und schaute Jastrau mit einem strahlenden Blick an.

»Er ist verreist.«

»Das sagt Vater auch«, erwiderte sie ruhig.

Nach dieser Bemerkung drehte sie sich auf der Stelle um und begann, sich mit Hilfe des Geländers die viel zu hohen Stufen hinaufzuziehen. Ihr kleines Kleid schob sich bei jeder Anstrengung bis zum Bauch hinauf.

Jastrau schnitt eine rasche Grimasse, um zu vergessen, zu vergessen.

»Hier ist der Wein«, sagte er, als er zurück ins Esszimmer kam. Es schien, als glänzte die Fastnachtsrute mit den bunten Papierblumen und dem Heinzelmännchen an der Spitze besonders intensiv. »Aber Edwin kommt nicht mehr.«

Anna Marie stand mit der Kaffeekanne in der Hand am Tisch.

»Äh, den hat seine Frau wohl an die Kandare genommen«, grinste Steffensen und griff nach dem Portwein. Anna Marie sah Jastrau einen Moment an. Ach, richtig! Er schenkte ihr ein zärtliches Lächeln. Ja, sie waren jetzt zu zweit. Er ließ sie nicht im Stich. Sie waren jetzt zu zweit, und Steffensen war nicht gefährlich.

»Was sollen wir mit Kaffee?«, knurrte Steffensen.

»Du hast doch selbst darum gebeten«, sagte Jastrau. Es quälte ihn. Ein kleines Mädchen hatte sich neugierig zur Seite gebeugt, um hinter seinen Beinen in den Flur zu schauen.

Währenddessen schenkte Anna Marie Kaffee ein und setzte sich an den Tisch. Ihr Mund stand halb offen. Sie war unsicher und suchte ständig Blickkontakt mit Jastrau. Er nickte ihr zerstreut zu.

»Ah!«, seufzte Steffensen, als er den Portwein eingoss. »Und jetzt musst du auch etwas trinken, Flittchen.«

Verwirrt schüttelte Anna Marie den Kopf und sah Jastrau

wieder fragend an. Verhielt sie sich nun auch richtig? Im selben Moment überkam sie jedoch eine Unruhe, denn Jastrau griff, ohne dass es ihm bewusst war, ungestüm nach der Portweinflasche. Vergessen, vergessen.

»Na, Gott sei Dank«, grinste Steffensen, der Jastraus hastiger Bewegung ebenfalls gefolgt war. Wie ein Tuberkulosekranker saß er zusammengesunken im Stuhl und lauerte. »Und jetzt skål – ein Skål auf – was hast du kürzlich gesagt – die Unmanierlichkeit der Seele. Hä.«

Jastrau lachte und trank.

»Aber warum trinkst du nicht?«, wandte Steffensen sich erneut an Anna Marie. »Warum trinkt sie nicht, was ist, Ole, alter Jas? Warum trinkt sie nicht?«

»Lass sie in Ruhe!«, entgegnete Jastrau. Er trank angespannt. »Lass sie gefälligst in Ruhe.«

»Ja. Ich werd sie schon in Ruhe lassen, ha!«, rief Steffensen, sodass ein Ruck durch den zusammengesunkenen Körper ging. »Aber … warum trinkt sie nicht? Was hast du …«

Plötzlich blieben seine schimmernden Augen an Jastraus Hand hängen, die Anna Marie beruhigend den Arm tätschelte.

»Ha!«

Und dann trank er und glotzte wie hypnotisiert über das Glas.

Einige Minuten war es still. Jastrau trank in fieberhafter Eile, abwechselnd Kaffee und Portwein.

»Pass bitte auf«, flehte Anna Marie ihn an.

»Ja-a«, erwiderte Jastrau.

Er ahnte, dass sie ihm aus ihren aufgerissenen Augen einen dieser hellen Blicke zuwarf, der ihre bodenlose Angst ausdrückte, und nickte.

»Ich könnte dich auf die Stirn küssen«, sagte er sanft.

»Ha!«, feixte Steffensen.

»Ich könnte es tun, ich könnte es«, fuhr Jastrau fort. Anna Marie wollte ihren Arm zurückziehen, doch er hielt sie geradezu fanatisch fest. »Ich könnte es tun.«

»Warum trinkt sie nicht?«, wiederholte Steffensen und richtete sich auf.

»Oh, du!«

Und Jastrau beugte sich vor und küsste Anna Maries Handgelenk.

»Was?« Steffensen riss sich zusammen. »Was? Aber sie ist …«

»Jetzt hältst du aber den Mund!« stieß Anna Marie wütend aus und stand auf. »Sonst verschwinde ich.«

Steffensen kramte in den Streichhölzern auf dem Tisch.

»Willst du sie haben?«, fragte er teilnahmslos.

Jastrau hörte es nicht. Er sah Anna Marie an. Seine Augen waren verschleiert.

Der Wind fuhr durch die offenen Fenster, als wären sie auf See.

Steffensen nahm ein paar Streichhölzer vom Tisch.

»Wir … wir könnten ja um sie knobeln«, schlug er vor.

»Stefan!«

Mehr brachte Anna Marie nicht heraus, denn in diesem Moment bemerkte sie weit hinter dem Schleier ein lebhaftes Licht in Jastraus Augen. Und er hatte nur Augen für Steffensen. Er starrte ihn an.

»Ja, du, wir könnten um sie knobeln.«

Anna Marie verstummte. Sie war unfähig, sich zu bewegen. Schlapp und reglos stand sie da wie eine Frau, die auf einem Sklavenmarkt verkauft werden soll, zusammengesunken, mit breiten Hüften, schlaff. Das konnte nicht wahr sein! Steffensen beugte sich vor und fummelte mit den Streichhölzern, und Jastraus Augen glänzten, es war ein gefährliches Schimmern aus der Tiefe, das sie nie zuvor erlebt hatte.

»Einer von uns muss ja ausprobieren, ob sie krank ist!«

Wer hatte das gesagt? Steffensen zuckte zusammen. Jastrau lag beinahe auf dem Tisch, gleichsam auf dem Sprung nach den Streichhölzern. Er, er hatte es gesagt. Und Anna Marie schrie. Sie schrie. Starrte von einem zum anderen. Jastrau wollte aufstehen. Plötzlich verstand er. Aber noch lag ein Lächeln von dem Hasardspiel auf seinen Lippen, ein grausames Glitzern.

Sie sah nichts anderes. Sie sah nur dieses zerfließende mongolische Gesicht. Weit entfernt in dem gelblichen Licht ahnte sie Steffensen, erstarrt, mit rotgesprenkelten Augen, und dort, wo gewöhnlich die Seele strahlte – ein Ausdruck von schmierigem Glanz. Aber es war nur dieses mongolische Gesicht, das sie sah … Und diesem Gesicht hatte sie vertraut!

»O Gott!«, stieß sie aus und presste die Hände aufs Herz.

Dann lief sie hinaus. In den Flur. Die Wohnungstür fiel zu. Jastrau stützte sich auf den Stuhl. Er hatte sie aufhalten wollen, er hatte bereuen wollen. Auf der Treppe waren eilige Schritte zu hören. Hoch oder runter? Es war nicht zu erkennen.

»Gut, dass sie weg ist. Sonst hätte ich sie umgebracht«, erklärte Steffensen leise.

Und Jastrau gab alles verloren. Er setzte sich wieder.

»Gut«, wiederholte Steffensen mit einem kleinen verlegenen Lächeln auf den starren Lippen und streckte die Arme aus, sodass ein Haufen Streichhölzer auf den Tisch geschoben wurde.

»Jetzt können wir in Ruhe trinken«, fügte er hinzu und nickte.

Jastrau stand erneut auf.

»Aber … wo ist sie hingelaufen? Wir müssen doch wissen …«

»Gut, dass sie …«

»Aber … aber … das war doch auch …«

»Das war gut, du.«

»Ja, ja, ja!« Jastrau schüttelte verwirrt den Kopf. »Aber wir sind doch wahnsinnig – vollkommen wahnsinnig!«

»Ja, was denn sonst.«

Steffensen hob teilnahmslos die Augen.

»Lass uns jetzt trinken.«

Und Jastrau ließ sich wieder schwer auf den Stuhl fallen.

Nachdem sie den Portwein ausgetrunken hatten, gossen sie Kaffee in die Gläser.

»Ich glaube, Edwin und ich haben noch ein paar Flaschen Bier mitgebracht«, bemerkte Steffensen. »Hä, Edwin!« Er zwinkerte.

»Die habt ihr vermutlich längst ausgesoffen!«

»Hja …« Steffensen zuckte in einem lautlosen Grinsen. »Aber wir können uns doch nicht mit Kaffee zuprosten – auf die Unmanierlichkeit der Seele?«

»Unendlichkeit«, korrigierte ihn Jastrau böse.

»Aha, darauf willste also hinaus?«

»Lass doch diesen dämlichen Jargon, denn es ist doch nur ein Jargon. Schließlich hast du … studiert!«

Jastrau packte in diesen Satz seine gesamte Härte und Aggressivität. Das Gehirn war scharf, allerdings außer Kontrolle. Die Worte formten sich boshafter als sonst. Steffensen musste sich wie vor einem Messerwurf ducken. Ein hasserfülltes Glitzern blitzte eine Sekunde in seinen Augen auf.

»Ah ja«, sagte er und beugte sich auf dem Stuhl vor.

»Das ist eine Manier«, schlug Jastrau erneut zu.

»Die Unmanierlichkeit der Seele, hä«, grinste Steffensen.

»Deine ganze verdammte Bockbeinigkeit, das ist Proletariats-Snobismus!«

»Wollen wir das nicht lieber auf eine andere Manier entscheiden?«, erwiderte der betrunkene Steffensen verbissen und legte eine Hand auf den Tisch. Langsam ballte er sie zur Faust. So hatte an diesem Abend schon einmal eine Faust dagelegen.

»Du bewunderst wohl deine Muskeln?«

Plötzlich lachte Steffensen jedoch versöhnlich: »Hätte nie gedacht, dass Kaffee dich so böse werden lässt.«

»Das ist nicht der Kaffee. Das ist die ganze Situation. Wir waren gemein zu ihr.«

»Du warst doch zärtlich.«

»Wenn du es so nennen willst.«

»Du hast so ekelerregend heilig ausgesehen.«

Jastrau stellte überrascht das Glas mit dem Kaffee ab und starrte Steffensen an.

»Konntest du das sehen?«, fragte er langsam. »Das ist Jesus.«

»Ah, ha, ha!«, lärmte Steffensen. »Oh, du Idiot.«

»Das stimmt. Wenn ich getrunken habe, oder wenn ich … mit Frauen zusammen bin … vor allem mit einer bestimmten Sorte … dann braucht, nee, taucht er auf … hier drin … von innen. Jesus und die gefallenen Frauen und all das, du weißt schon, das steckt im Blut… Dann trete ich auf wie er, ich … imitiere ihn.«

»Weiter bist du nicht?«, reagierte Steffensen höhnisch. Licht fiel auf das Durcheinander von leeren Flaschen und Gläsern, die Augen bekamen einen glasigen Glanz.

»Weiter? Ich meine es ernst«, rief Jastrau aufgebracht und eindringlich.

»Verflucht, ich auch. Und vor lauter Ernst brauche ich jetzt eine Pfeife Tabak.«

Steffensen fummelte an seiner Pfeife. Sie glitt ihm aus den Händen und fiel auf den Boden. Stöhnend hob er sie auf.

»Weiter bist du nicht?«, wiederholte er außer Atem.

»Was meinst du?«, fragte Jastrau hitzig.

»Ich meine, dass du doch alt genug sein solltest.« Steffensen verzog die Lippen. »Du quatschst von der Unendlichkeit der Seele … und dann … bist du nicht weiter als bis zu den Geschichten in der Bibel gekommen? Ha, ja. Das ist doch bloß dein Religionsunterricht aus der Schule, der … da aufgebraucht wird, du Trottel.«

»Nein, das ist nicht wahr, es ist …«

»Oh, doch, natürlich. Nee, du hast dich einfach nur an die biblischen Geschichten erinnert. Glaubst du, es hat etwas mit Seele zu tun, wenn du zurück in die Kindheit gehst? All dieser Quatsch, mit dem sie uns in der Schule abgefüllt haben, der taucht doch da auf, wenn wir … hä … uns auf die Unmanierlichkeit der Seele zuprosten … und dann werden wir rührselig. Das ist Seele, äh. Aber eigentlich ist das bloß Propaganda … aus der Schule, dieses ganze Seele hier und Seele da. Weiter bist du nicht?«

»Doch, ich bin weiter«, erwiderte Jastrau verzweifelt. »Denn das hier ist Chaos, die ganze Art und Weise, wie wir leben … huren und saufen und nichts anderes … und ein Tohuwabohu im Weltall. Ich gehe jetzt zu jemandem, den ich kenne.«

»Was machst du?«

»Ich gehe! Kommst du mit? Alles dreht sich ums Huren und Saufen, es ist nicht zu ertragen. Kommst du mit? Ich kenne einen Mann, der alles in ein System gebracht hat. Er kann alles. Kommst du mit?«

Sie sahen sich starr in die Augen, nüchtern und gleichzeitig wild vom Alkohol.

»Was ist los?«, wollte Steffensen wissen. Sein Gesicht veränderte sich. Seine starren Züge wurden weicher, doch in den Augenwinkeln sah man Blut.

»Ja, wir gehen zum Katholizismus. Bekehrung liegt in der Luft. Direkt in die Kirche. Dort unten in der Stenosgade brauchen sie dringend Leute, die sie bekehren können. Kommst du mit, Steffensen? Ich kenne einen Mann, der weiß alles über den gesamten Weltraum. Er hat alles im Griff. Und dann lassen wir uns bekehren, sofort, heute Nacht, wir gehen direkt in die Kirche, auf direktem Weg. Kommst du mit?«

»O ja«, antwortete Steffensen ruhig.

»Nee, du lässt mich nicht im Stich. Jetzt gehen wir. Hier ist es ja nicht auszuhalten. Sieh dir nur dieses Durcheinander auf dem Tisch an. Was für eine Schweinerei. Und wir erhoben uns vom Gastmahl, gingen hin und ließen uns bekehren. Und du gehst mit, nicht wahr! So bringen wir das in Ordnung!«

»Ja«, sagte Steffensen leise. Er legte ein Gelübde ab. Ein blasser Glanz umgab sein Gesicht.

Und durchs Wohnzimmer wehte ein leiser Luftzug, so schwach wie eine Brise, die ein Schiff durch die eigene Bewegung verursacht.

Sie segelten durch den veilchenblauen Himmelsraum.

»Ha, ha«, lachte Jastrau übermütig. »Das gibt morgen ein Theater. Bekehrt! Was wird dein lieber Vater sagen?«

»Mein Vater!« Steffensen zog das Wort in die Länge und schlug plötzlich mit der Hand durch die Luft, als wollte er eine Fliege fangen. »Ha, so kriege ich ihn zu fassen. Mit all seiner religiösen Neuorientierung. Ha! – Du, und dann zerquetschen wir ihn!«

Als sie die Treppe hinuntertaumelten, herrschte funkelnde Klarheit in ihren Köpfen. Das Hier und Jetzt war scharf umrissen. Ihre Körper schnell und animalisch. Die Bewegungen folgten dem Rhythmus der Gedanken, sie verschmolzen miteinander. Und in ihren Handlungen gab es kein Echo. Sie waren wie zwei lautlose Tiere, die auf dem Sprung in die Unendlichkeit durch die nächtlichen Straßen streiften – auf dem Sprung zu einer ewigen Entscheidung.

»Also, direkt in die Kirche«, sagte Jastrau eifrig gestikulierend. Den Körper Steffensen schräg zugewandt, lief er einen halben Schritt vor ihm.

Steffensen nickte stumm, während er rasch weiterging. Es

war der Laufstil der Diebe, den man in diesem Viertel so oft sieht. Hastig, eilig. Die Istedgade zeigte sich in klar blitzender Dunkelheit mit strahlenden Straßenlaternen.

»Schlafen die nicht schon?«, brummte er vor sich hin.

»Nein, katholische Kirchen sind nachts immer offen. Das weißt du doch. Und das ist auch das einzig Richtige, was soll man denn sonst machen, wenn man nun hingeht und bekehrt werden will – plötzlich.« Jastrau redete leise und hektisch. »Es gibt Menschen, die in eine Kirche gegangen sind und Gott erlebt haben – mit einem Mal.«

Vor der kleinen Kneipe blieben sie nicht stehen. Jetzt galt es, nicht zu überlegen, sondern zu handeln, und zwar sofort. Die Abel Katrinesgade! Dunkelheit, unregelmäßige Fassaden, als hätte man die Häuser falsch aufgestellt. Die Victoriagade! Gedämpfte Musik im Café Fatty. Die erleuchtete Vesterbrogade. Und nun hatten sie ihr Ziel erreicht.

Die Stenosgade lag dunkel und wenig einladend vor ihnen, als wäre sie nur eine berüchtigte Seitenstraße. Vor der Kirche ein niedriger Metallzaun. Aber sämtliche Pforten waren geschlossen. Die Kirche lag mit großen, geschlossenen Portalen da, als würde sie etwas ausbrüten – beschützt von einem Zaun, der für den Garten einer Villa gedacht schien. Seltsamerweise kein drohendes Schild: Freilaufender Hund nach achtzehn Uhr abends.

Wie ein Wahnsinniger rüttelte Steffensen an den Eisenpforten. »Was soll denn das?«, knurrte er böse. »Wir wollen doch da rein! Ist das etwa keine bürgerliche Institution?«

»Mach dir nichts draus«, tröstete Jastrau. Er hatte einen Geistesblitz. »Wir reden mit Pater Garhammer.«

Aber Steffensen hatte die Hände in die Taschen gesteckt und starrte böse zur großen, dunklen Kirche hinauf, die in die Nacht und die Ewigkeit ragte. Zwischen den Sternen segelte eine schwarze Spitze.

»Gottes Reich hat Angst vor Dieben und Räubern – nachts«, knurrte er verächtlich die unzugängliche, dunkle Gebäudemasse an.

»Sie werden uns schon noch aufmachen«, zischte Jastrau.

Und in einem animalischen Tempo eilten sie zur Treppe der Pförtnerwohnung und klingelten.

Sie hörten die Klingel in leeren Fluren und leeren Treppenhäusern.

»Noch mal!«, sagte Jastrau und drückte erneut auf die Klingel, stürmisch und anhaltend. »Wir werden sie schon wach kriegen!« Und er klingelte noch einmal. Warum kamen sie nicht angerannt? Es hätte sofort von schwarzen, flatternden Mönchsgestalten, Engeln, Teufeln und Jesuiten wimmeln sollen. Hörten sie denn nicht, dass etwas los war? Ein Dieb in der Nacht. Der Weltuntergang. Oder ein Feuer. Eine Katastrophe. Es klingelte und klingelte.

»Wahrscheinlich fürchten sie sich in der Dunkelheit«, brummte Steffensen. Er stand hinter Jastrau und lehnte am Geländer.

Endlich hörten sie langsame, schlurfende Schritte, ein Schlüssel wurde von innen ins Schloss gesteckt und die Tür vorsichtig einen Spalt weit geöffnet. Ein blasses, erschrockenes Gesicht zeigte sich und stammelte mit einem fremden Akzent etwas Unverständliches.

»Wir würden gern mit Herrn Pater Garhammer sprechen«, sagte Jastrau höflich mit dem Hut in der Hand und beugte sich dicht an die Tür, ohne an seine Alkoholfahne zu denken.

Der Pförtner blähte die Nasenlöcher auf, in seinen Augen blitzte plötzlich die pure Angst auf.

»We-e-hen soll ich melden?«

»Redakteur Ole Jastrau vom ›Dagbladet‹.«

Die Tür wurde hastig geschlossen, der Schlüssel sorgfältig

umgedreht. Und die schleppenden Schritte verschwanden auf den Fliesen des Korridors.

»Ein verschlossenes Haus«, knurrte Steffensen. »Und wir stehen hier.«

»Ja, warte doch, warte doch«, flüsterte Jastrau eifrig. »Und lass mich jetzt nicht im Stich. Direkt hinein. Heute Nacht konvertieren wir. Das fehlte noch.«

Hier standen sie in einer gewöhnlichen Kopenhagener Straße und wollten in die Ewigkeit springen. Es war so gut wie unmöglich still zu stehen.

»Kommt er nicht?«, fragte Steffensen ungeduldig.

Endlich ertönten wieder die schleppenden Schritte, und die Tür wurde noch vorsichtiger als beim ersten Mal geöffnet.

»Der Pater schläft«, wurde ganz leise geflüstert.

»Aber, aber …« Jastrau schnappte nach Luft.

Es kam ihm vor, als stürzte die Nacht in großen, schwarzen Brocken herab.

»Zum Teufel«, fluchte Steffensen verbissen, »ist Gottes Haus nachts etwa geschlossen?« Jastrau hörte nicht, wie heftig und blasphemisch Steffensens gedämpfte Flüche waren, er hörte nur die Tür, die lautlos geschlossen wurde, nur das Klicken eines Schlüssels, und verspürte ein Gefühl der Verschlossenheit, wo er Unendlichkeit erwartet hatte.

»Das lasse ich mir nicht gefallen«, beharrte Steffensen und klingelte erneut. »Die Ohren sollen ihnen sausen.« Wieder und wieder drückte er auf die Klingel.

Es war, als würde er in wilder Raserei auf einen Stein schlagen. Was nützte es, alle Patres zu wecken? Sie würden liegen bleiben und horchen. Was nützt es, ob ein geschlagener Stein eine Seele hat?

»Aber … aber … katholische Kirchen *sind* nachts offen. Sie *sind* offen. Komm, Steffensen!«

Sie liefen zu dem Metallzaun. Jastrau kletterte mühsam

darüber. Er war zu dick und hing einen Augenblick wie aufgespießt an den Eisenspitzen. »Ich glaube, ich habe mir die Hose zerrissen«, stöhnte er. Ein entwürdigendes Gefühl! Man zerreißt sich für die Ewigkeit und zerfetzt sich dabei die Hose. Es zieht hinein. Und man macht sich lächerlich, zum Gespött hier am Eingang zum Höchsten.

Aber Steffensen hatte den Zaun bereits überwunden, er lief umher wie ein Besessener, wie ein Affe im Käfig, rüttelte an den Pforten und Seitentüren, fluchte, drohte und hämmerte.

Schließlich war auch Jastrau auf der anderen Seite. Er spürte kalte Luft an der Innenseite des Schenkels. Auch er versuchte, die Pforten zu öffnen. Vielleicht war Steffensen nicht in der Lage, sie aufzuziehen. Oh, diese Mauerpfeiler! Sie behinderten die Bewegungsfreiheit. Man konnte nicht hin und her springen. Man musste sich hindurchwinden, hüpfen. Und es musste gehämmert werden, denn die Pforten wollten nicht nachgeben. Mit bloßen Fäusten, wo es einen Rammbock gebraucht hätte! Jämmerlich! Wie Kinderhände an einer Felswand. Und keinerlei Widerhall aus der Kirche. Sie hörten nichts. Alles blieb ohne Echo. Ihr vergeblicher Bekehrungsversuch. Ihr ohnmächtiger Angriff auf die Unendlichkeit traf auf dasselbe dunkle Schweigen.

Und Jastrau schlug sich die Finger wund, dass es schmerzte. Lächerlich, sich die Finger zu verletzen, doch die Pforten hatten schmiedeeiserne Beschläge, harte, kantige Beschläge. Diese Tore waren bewaffnet.

»Du, Steffensen«, sagte Jastrau wütend und beendete seinen Angriff. »Ich kenne eine Bar, die die ganze Nacht geöffnet hat.«

»*Allright*!«

Wieder kletterten sie über den Gitterzaun. Der Wind fuhr Jastrau in die Hose. »Ich kenne eine Bar, die die ganze Nacht geöffnet hat«, wiederholte er langsam und voller Selbstironie.

Steffensen war indes animalisch, er lief auf dem Bürgersteig hin und her. »Komm schon! Komm!« Und kurz darauf kamen sie an einem kleinen Schaukasten vorbei, in dem das »Nordische Wochenblatt für katholische Christen« ausgehängt war. Steffensen schwang ein Bein nach hinten. Die Nummer eines Akrobaten. Ein unglaubliches Kunststück auf einem Bein. Sein Absatz zerschlug treffsicher das Glas.

Jastrau blieb nicht stehen. Er war viel zu erregt. Sämtliche Handlungen blieben ohne Echo. Er hörte gerade noch, wie die Glasscherben auf den Bürgersteig klirrten, aber eigentlich dachte er nur an sein neues, bitteres Evangelium.

»Komm jetzt, Steffensen. Ich kenne eine Bar, die nie geschlossen ist.«

Und Steffensen folgte ihm gehorsam.

VIII

»Schalt bloß nicht das Licht ein!«, stöhnte Jastrau und sank auf einen Diwan.

Der Schein der Leuchtreklamen über Vesterbro trieb in einem gelblichen Nebel durch das dunkle Wohnzimmer.

»Das ist alles nur die Wiederkehr, du«, höhnte Steffensen. Boshaft und steif saß er auf einem der Rokokostühle.

Aber Jastrau schloss gequält die Augen und spürte, wie sein ganzer großer Körper bebte wie der Boden einer Maschinenhalle, eine große, weiche Masse, die unablässig zitterte. Das Herz arbeitete wie ein Dynamo, das Blut pulsierte tief in der Dunkelheit der Brust durch die Adern, bis hinein in die äußersten Häutchen der Augenlider. Ein rhythmischer, flirrender Strom aus Licht, der gelb und rötlich dahinfloss – goldene Tapetenblumen trieben auf einem von der Sonne beschienenen Bach, während er selbst auf dem Grund lag und mit geschlossenen Augen durch das wogende Wasser starrte. So verwandelte sich alles, und Nerven wurden zu Bildern. Seine Empfindsamkeit war übernatürlich. Sogar die chemische Arbeit seiner Eingeweide konnte er spüren, empfindlich und vorsichtig, und dann plötzlich so brutal, als müssten sich deren Funktionen jedes Mal mit einem Ruck zusammenreißen. Er lag auf einem glühenden Rost.

»Wiederkehr, weißt du!«, erklärte Steffensen erneut.

»Jetzt hör schon auf mit dem Katholizismus«, stöhnte Jastrau mit der Hand über den Augen. »Das haben wir doch hinter uns.«

»Wiederkehr. Hurra, hurra! Und einen Drink!«, feixte Steffensen. »Und einen schönen guten Tag, Alter! – Hast du dich amüsiert?«

»Ach, hör endlich auf!«, rief Jastrau und wand sich auf dem Diwan.

Sie hatten vierundzwanzig Stunden getrunken.

»Was für eine Bekehrung«, endete Steffensen.

»Aber ich finde …«, begann er kurz darauf erneut. Er vollendete den Satz nicht. Mühsam stand er von dem Stuhl auf und ging murmelnd durch die Zimmer. Jastrau hörte ihn im Schlafzimmer rumoren und leise grunzen. Irgendetwas klirrte.

»Hier sind die Bierflaschen vom Hausmeister, die wir vergessen hatten.«

Steffensen kam ins Wohnzimmer zurück und knallte die Flaschen auf den schwarzen Rokokotisch.

»Die trinken wir jetzt noch, und dann schlafen wir.«

Jastrau öffnete die Augen und sah, wie sich Steffensens lange, schwarze Gestalt wie der Schatten eines Wolfs auf einem Felsen über den Tisch beugte. Er stützte sich auf zwei Flaschen Bier wie auf ein Paar Vorderbeine.

Seufzend stand Jastrau vom Diwan auf. Ein Weltraum mit einer aufblitzenden, nebligen Milchstraße schoss während dieser Anstrengung durch sein Hirn. Dann griff er nach einer Flasche.

Kühle, beruhigende Flüssigkeit durchtränkte ihn. Die Glut unter dem Rost erlosch.

Ein tiefes Stöhnen erklang aus dem Rokokostuhl.

»Wiederkehr!«, knurrte Steffensen. Nun saß er wieder dort. »Das ist nichts anderes als Wiederkehr. *How do you do? Gin and tonic!* – Und wir wollten direkt in die Unendlichkeit, du.«

»Ja, was für ein Glück, dass wir nicht angekommen sind«, grinste Jastrau. Er befühlte den Riss in seiner Hose.

»Hast du Glück gesagt?«, fragte Steffensen boshaft. Die Flasche schimmerte im Wiederschein der Leuchtreklamen, als er sich aufrichtete.

»Ja, stell dir vor, wir wären bekehrt worden.« Jastrau schüttelte sich und trank. »Allein daran zu denken, ist ein Scheißgefühl.«

»Jetzt reicht's mir aber langsam!«, stieß Steffensen drohend aus und wollte aufstehen. Mit einem Stöhnen fiel er zurück auf den Stuhl.

Jastrau antwortete nicht. Etwas begriff er nicht. Steffensen konnte sich nach der langen Sauftour kaum rühren, aber er hatte etwas Entschiedenes an sich, etwas Entschlossenes.

»Jetzt reicht's mir langsam mit dir«, wiederholte Steffensen, es war ein Wutausbruch, der sich in Schüben vollzog. »Du bist genau wie mein Vater. Einmal habt ihr's mit Jesus, und dann wieder nicht.«

»Unfug«, zischte Jastrau müde und wollte das Gespräch mit einer Handbewegung beenden, doch Steffensen redete unbeirrt weiter. Seine Stimme wurde immer bissiger.

»Na gut, die Alten, lassen wir sie. Sie sind senil. Sollen sie die Sülze bereuen, in die sie die Welt verwandelt haben … Aber ihr senilen Idioten von dreißig Jahren … Pfui Teufel!!«

»Was ist denn mit uns?«, hakte Jastrau nach und beugte sich vor. In der Dunkelheit, die ihn umgab, sah er vereinzeltes Meeresleuchten. Der unermüdliche Steffensen ließ ihn nicht in Ruhe. »Was ist denn mit uns?«, wiederholte er lauernd und senkte die Stirn zum Angriff.

»Mit euch? Hä, ihr wollt doch auch nicht wirklich gründlich nachdenken«, knurrte Steffensen und schwang die Bierflasche, dass ein Schluck Bier mit einem sanften Klatschen auf den Teppich schwappte. »Hä!«, grinste er. »Ihr wollt euch auch nur durchschwindeln, hä, ein bisschen Gefühl, ein bisschen Gerechtigkeit, ein bisschen Verständnis nach allen Seiten.«

Jastrau wollte aufbrausen. Doch dann fiel ein Satz wie ein Aufblitzen in der Dunkelheit.

»Du hast mich die ganze Zeit verstehen wollen. Du hättest mich lieber rausschmeißen sollen – auch beim zweiten Mal.«

Und Steffensen wischte den Flaschenhals mit der hohlen Hand ab und trank gurgelnd.

Jastrau blinzelte mit einem nervösen Lächeln. Dann beugte er sich noch weiter vor, als wollte er zu der feindseligen, dunklen Gestalt auf den Stuhl kriechen.

»Du solltest dich daran erinnern, dass du zum Gespött geworden bist … auf ewig«, sagte er langsam und hinterlistig.

»Ich! … Ich!«, entfuhr es Steffensen in kurzen Stößen. »Aber … ich bin nicht so verdammt … sentimental wie du … mit diesem Kram!«

Gleichzeitig nahm er eine der Messingkapseln der Bierflaschen und warf sie über den Tisch, wo die Fotos von Mutter und Sohn wie helle Flecken in der Dunkelheit schimmerten. Der Verschluss schlug gegen das Glas, sodass eines der Fotos aus dem Rahmen fiel und auf die Tischplatte glitt.

Jastrau schrie auf, sinnlos.

»Du kannst dich glücklich schätzen, dass das Foto nicht heruntergefallen ist.«

»So, ich hab Glück gehabt?«, grinste Steffensen und warf noch eine Messingkapsel. Sie flog in die Ecke, in der der Kachelofen stand. »Sentimentalität!«, fügte er hinzu und stand auf. »Seine Mutter und sein Sohn! … Hä! … Heiligenbildchen … eine Kapelle! … Ich werde …« Und er streckte einen dunklen Arm nach den Fotos aus, aber sofort fuhr Jastrau vom Diwan auf. Seine Stimme gellte:

»Du weißt vermutlich nicht, dass deine Mutter tot ist!«

Schlagartig wurde es still. Jastrau und Steffensen standen einander in der Dunkelheit gegenüber und konnten den Atem des anderen spüren. Die Augen blitzten. Sie waren zwei einander bedrohende Schatten, die nicht lesen konnten, was im Gesicht des anderen geschrieben stand. Ihre Hände hatten sie ausgestreckt, als wollten sie sich im nächsten Moment die Kehlen zudrücken.

»Mutter ist gestorben?«, fragte Steffensen klagend, seine Hände sanken herab. »Das ist nicht wahr, oder?«, fügte er rasch und wild hinzu. »Das kann nicht wahr sein! Obwohl, der Alte …! Oh … deshalb hat er Trauer getragen, als ich ihn hier auf der Straße gesehen habe. Und du hast es mir nicht erzählt? Du hast es gewusst und … und … du … du …«

Er ging so unerwartet auf Jastrau los, dass beide auf den Tisch stürzten. Der Tisch kippte. Das Telefon rutschte auf den Fußboden, eine Metallplatte sprang heraus. Steffensen war eindeutig der Stärkere, hart und knochig. Aber Jastrau rollte weich ab, wobei sich allerdings die scharfe Kante des Tisches in seinen Körper bohrte. Eine Faust streifte seine Wange, es brannte. Wütend trat er gegen ein paar Beine. Noch einmal trat er zu. Und sprang brüllend in die Luft. Er hatte gegen ein Tischbein getreten.

Wo war Steffensen? Zwischen dem Tisch und dem Diwan war ein Stöhnen zu hören. Dann wurden Jastraus Beine gepackt. Es wuchs an ihm hoch. Als sollte er durch einen immer enger werdenden Fassreifen gezogen werden. Das wollte er sich nicht gefallen lassen. Ein Faustschlag hinunter in die Dunkelheit. Er traf eine Schulter. Es tat gut zuzuschlagen. Wer wollte es wagen, hierher zu kommen und sein Heim zu verwüsten? Kapelle! Er würde dem dort unten in der Dunkelheit schon seine Kapelle zeigen. Ja, sicher war es eine Kapelle, Ruinen, Heiligenbilder. Ein einziges Heiligenbild! Bitte sehr! Mitten ins Gesicht! Und noch mal! Und noch mal!

Ein stechender Schmerz im Oberschenkel! Jastrau schrie und wollte sich von Steffensen losreißen. Ein großer schwarzer Riesenblutegel erhob sich vom Fußboden, ein Körper, der eins war mit dem Teppich, der Dunkelheit und dem Diwan, ein unförmiges Tier, das sich nicht abschütteln ließ.

Steffensen hatte sich festgebissen.

Panisch vor Angst schlug Jastrau nach dem dunklen Kopf dort unten, schrie und schrie und schrie und trampelte mit den Füßen. Ein Tier ohne Gestalt! Das Tierische! Die Dunkelheit mit Zähnen.

Und dann stand Steffensen plötzlich in voller Größe vor ihm.

»Meine Mutter!«

Ein heiseres, unartikuliertes Brüllen. Die Stimme verzerrt bis zur Unkenntlichkeit.

Jastrau blieb nichts anderes übrig, als sich auf ihn zu stürzen, damit Steffensen seine langen, harten Arme nicht einsetzen konnte. So taumelten sie durch das dunkle Zimmer. Ein Stuhl zerbrach. Glas splitterte. Nun kippte der große Tisch mit den beiden Fotos ganz um. Ein Sakrileg! Gehörte sich das? Alles zu zerstören, auf allem herumzutrampeln. Sinnlose Zerstörung! Verwüstung, Absturz!

Sie wankten in den Flur, ineinander verschlungen, stöhnend. Jastrau spannte seinen weichen, runden Bauch an und ließ sich mit dem ganzen Gewicht seines schweren Körpers vornüber fallen, sodass Steffensen nachgeben musste. Er musste diese Bettdecke loslassen, die all seine Bewegungen erstickte. Und dann spürte Jastrau plötzlich, dass er seinen Fuß abstützen konnte. Eine Wand hinter ihm. Und das bedeutete Stärke, Unüberwindbarkeit. Es war ein archimedischer Punkt. Und mit einer bestialischen und alles umfassenden Kraft packte Jastrau Steffensens Schultern, hielt den ganzen Mann in seinen Händen und stieß ihn gegen eine der Scheiben der Wohnungstür. Steffensens Nacken zerbrach das Glas. Die Scherben fielen klirrend auf die Treppe.

Im selben Moment umarmte Jastrau seinen Feind, ängstlich und entsetzt, zärtlich strich er mit der Hand über Steffensens

Nacken und spürte in sich ein berauschendes Gefühl der Freundschaft, dazu Kummer und Mitleid und die Angst, Steffensen könnte sich ernsthaft verletzt haben. Er erwartete, dass seine Hand nass vor Blut war.

»Du bist hoffentlich nicht verletzt, mein Freund«, murmelte er stöhnend und sanft und zog Steffensen ins große Wohnzimmer, damit er nicht der Versuchung erlag, dessen Kopf auch noch unmotiviert durch die zweite Scheibe der Wohnungstür zu stoßen.

Steffensen war benommen und verwirrt.

Wieder und wieder strich Jastrau ihm mit der Hand den Nacken. »Du blutest nicht, mein Freund«, jubelte er begeistert und küsste ihn auf beide Wangen. Inbrünstig hielt er Steffensens Kopf in den Händen, Freundschaft und Herzlichkeit, uralte, unfassbare Freundschaft, und dann überkam ihn plötzlich doch wieder der Groll, und er versetzte Steffensen eine schallende Ohrfeige.

Da richtete Steffensen sich auf und verschaffte sich Platz. Jastrau wich zurück. Sein schwerer Körper, seine alles umfassenden Arme, sein Gewicht klebten nicht mehr an Steffensen. Er konnte zuschlagen. Und es kam zu einem einzigen Schlag. Hart und direkt. Genau auf Jastraus Kinn.

Jastrau fiel hintüber und stürzte ins Dunkle.

Es regnete Glassplitter, ein dünner Nieselregen. Eine Stimme flackerte im Dunklen. Jetzt waren es zwei Stimmen. Sie stritten sich wie zwei kämpfende Vögel in der Luft. Und über den Fußboden liefen nackte Füße.

»Versoffene Bande!«

In diesem Moment wurde das Licht eingeschaltet.

Jastrau kam einen Augenblick zu Bewusstsein und blinzelte. Das Wohnzimmer zerfloss in rötlichem Licht, und am Lichtschalter stand der rothaarige Hausmeister im bloßen Hemd. Er guckte böse.

»Halt dich bloß zurück«, fauchte er Steffensen an.

Dann stritten sie weiter.

Das rote Licht verschwamm in einem Nebel.

»Wir schleppen den armen Kerl jetzt auf den Diwan!«

Jastrau spürte, wie er hochgehoben wurde.

»Au!« Der Hausmeister grinste. »Man ist schließlich kein Barfußtänzer.«

Jastrau schlief ein.

»Ein Tanz auf Glasscherben, wenn ich es mal so ausdrücken darf. Hi, hi«, bekam er noch mit.

Und das Geräusch nackter Füße, bevor Dunkelheit und Stille über Jastrau zusammenschlugen.

IV

UND ERLÖSCHEN ALLE SONNEN

I

Jetzt klingelte das Telefon schon wieder.

Ole Jastrau öffnete die Augen. Ja, das Telefon hatte schon einmal geklingelt. In seinem Traum.

Aus alter Gewohnheit griff er danach. Der Tisch stand wieder. Doch der Apparat lag auf dem Boden. Oh, die Prügelei gestern! Er erinnerte sich an das Geräusch von Glas, unangenehm wie das Knirschen von Zucker zwischen den Zähnen. Im vormittäglichen Licht lagen die umgefallenen Stühle, die Tür zum Flur stand offen. Er sah das große, sternförmige Loch in der matten, grauen Scheibe, und der Lärm von der Treppe drang bis in sein Wohnzimmer.

Seine Hand streckte sich nach dem Hörer aus. Er wollte nicht denken, nicht denken.

»Ole Jastrau am Apparat!«, sagte er in die Sprechmuschel und blieb auf dem Rücken liegen. Das Tageslicht stach in die Augen.

»Vuldum hier. Ich rufe aus der Bibliothek an, denn es eilt.«

Die Stimme klang undeutlich. Hin und wieder klirrte es im Hörer.

»Sprich lauter«, antwortete Jastrau gereizt.

»Es geht um deine kleine Tour de Force in der Stenosgade, von der ich gehört habe.«

»Lauter!«

»Ich kann nicht lauter«, hörte er Vuldums leise Stimme. »Mit dem Apparat muss etwas nicht in Ordnung sein. Aber es kursieren so wüste Gerüchte über deinen Bekehrungsversuch, dass sie sogar mich erreicht haben. Das ganze katholische Wespennest summt.«

»Ha, ha, die mussten doch mal aufgeweckt werden«, lachte Jastrau.

»Du solltest das nicht so leicht nehmen, lieber Ole. Denk dran, das sind Jesuiten, und sie haben vor, eine ernste Angelegenheit daraus zu machen. Deshalb habe ich mich beeilt …« Die Stimme ertrank in unklaren, klirrenden Geräuschen.

»Ich verstehe dich kaum.«

»Was zum Teufel ist mit dem Telefon los? Ich höre dich deutlich. Aber … du solltest ihnen zuvorkommen.«

»Wem? Was?«

»Denen in der Stenosgade. Da wurde wohl eine Scheibe zerschlagen.«

»Ja, und?«

»Du solltest hingehen, dich bei Pater Garhammer entschuldigen und die Scheibe bezahlen.«

»Ach, rutsch mir doch den Buckel runter!«

»Tja, nun habe ich dich gewarnt«, sagte Vuldum langsam. »Aber ich könnte mir denken, dass es ein gutes Thema für die Blättchen ist. Denk dran, du hast es hier mit Jesuiten zu tun. Chefkritiker des ›Dagbladet‹, Bekehrungsversuch, eine zerschlagene Scheibe, das ist kein langweiliger Stoff für die Klatschspalte.«

Jastrau lachte. Er fühlte sich plötzlich befreit. Wie egal das alles war! Er konnte nicht mehr getroffen werden.

»Das könnte deine Position in der Redaktion untergraben, und die ist ja ohnehin nicht so gut.«

»Ja, untergrabt und begrabt mich«, lachte Jastrau.

»Nun ja, ich rufe schließlich in deinem Interesse an. Aber jetzt muss ich wieder in den Lesesaal. Na, mach's gut! Jetzt bist du jedenfalls informiert, und ich finde, ja, ich bin der Meinung, dass du dich unbedingt bei Pater Garhammer entschuldigen solltest. Gut, wir sprechen uns noch. Wiedersehen.«

»Tschüss und herzlichen Dank für deinen freundlichen Anruf«, erwiderte Jastrau ironisch. Er war jetzt unverwundbar. Alles, was ihn bisher bei der Zeitung gequält hatte, alles, was seine Position schwächen und untergraben konnte, war nichts als eine Stimme, die bisweilen in einem klirrenden Geräusch ertrank, eine sehr schwache Stimme in einem kaputten Telefon. Nichts, nichts konnte ihn mehr verletzen.

Er legte den Hörer auf den Boden und stand auf. Vuldum ahnte also noch immer nicht, dass er seinen Abschied genommen hatte, dass er endlich auf die andere Seite gekommen war. Es war beinahe amüsant! So ohnmächtig waren nun alle Menschen ihm gegenüber. Ihre guten Ratschläge, ihre Warnungen, ihre Schadenfreude, ihre Intrigen. Nur undeutliche Stimmen in einem defekten Telefonhörer.

Und diese Wirklichkeit, die ihn umgab, die umgefallenen Möbel, eine zerbrochene Stuhllehne, das zersplitterte Glas in der Wohnungstür, konnte er es überhaupt ernst nehmen? Um einen Menschen kann so viel zerschlagen werden, dass er es am Ende komisch findet. Gibt es im Tivoli nicht eine Bude, die »Die muntere Küche« heißt, und in der man für fünfundzwanzig Øre Teller zerschlagen darf?

In dieser Hinsicht war Steffensen wahnsinnig.

Aber hier war Jastrau der Stärkere.

Wie es Steffensen wohl ging? War er verschwunden wie Anna Marie? War die Zerstörung vollbracht?

Jastrau spürte ein Lächeln auf seinen Lippen. Schmierig wurde solch ein Lächeln genannt. Er ging ins Schlafzimmer.

Kräftig schien die vormittägliche Sonne herein.

Steffensen lag vollständig bekleidet auf dem Doppelbett. Die Sonne schien auf das helle Haar und ließ es kindlich und golden aussehen. Er schlief mit offenem Mund und schnarchte.

Jastrau blieb einen Moment stehen und betrachtete das reglose Gesicht. Es war nicht länger rätselhaft. Wütende Lippen. Viele schmale Zähne. Eine allzu hohe Stirn, hinter der sich eine Amok gelaufene Logik verbarg. Zudem war er unrasiert. Der Kragen über dem großen Adamsapfel war zu eng und glich einem schmutzigen Verband um eine geballte Faust.

Zum Gespött! Auf ewig!

Und Jastrau nahm sein Rasierzeug und ging wieder ins Wohnzimmer. Er seifte sich ein. Barfuß ging er auf und ab, nur mit einem wollenen Unterhemd und einer Hose bekleidet. Wo war Anna Marie? Er ließ den Rasierpinsel kräftig kreisen. Oh, dieses kleine verrückte Mädchen! Die Hosenträger baumelten um seine Beine. Er war ein lustiger Teufel. Jetzt irrte sie vermutlich durch die Straßen und Gassen. Er fing an, sich eine Wange vor dem Spiegel zu schaben. Und dann ging sie möglicherweise vor die Hunde! Jastrau schnitt eine Rasiergrimasse und spürte wieder, wie ein Lächeln über die verzerrten Lippen glitt. Schmierig nannte man es. Er war unverwundbar.

In diesem Moment klingelte es an der Wohnungstür, und irritiert winkelte er das Bein an. Es zog. Der katholische Riss in der Hose! Wo sollte er ihn nähen lassen?

Er drehte sich um.

Es war eine Dame, die entsetzt durch das große, sternförmige Loch in der Scheibe der Eingangstür schaute. Er konnte etwas von ihrem Gesicht erkennen. Ein paar helle, scharfe Augen. Und sie hatte ihn auch entdeckt. Er musste die Tür also öffnen, aber die eine Wange war weiß vom Seifenschaum, und er hatte nur ein wollenen Unterhemd und eine zerrissene Hose an, aber wer konnte schon sehen, dass dieser Riss das Ergebnis geistiger Kämpfe war? Aber er musste aufschließen. Wer war es?

Er öffnete und hob überrascht den seifentropfenden Rasierhobel.

»Nanu, sind Sie es, Frau Kryger?«

Sie war es. Sie stand in leuchtendem Grau auf der Treppe. Allerdings waren ihre Augen vor Entsetzen aufgerissen, beinahe blind, und ihr Körper neigte sich ihm entgegen, als wollte sie ihm im nächsten Moment in die Arme fallen.

»Dann bin ich doch richtig!« Sie blinzelte, und ihre Augen bekamen wieder diesen grauen, tiefen Ausdruck. »Ja, Ihr Name steht zwar am Türschild, aber …«

Jastrau verbeugte sich galant und lächelte. Die Seife begann einzutrocknen und zog die Haut an der Wange zusammen.

»Ja, entschuldigen Sie, gnädige Frau. Wie Sie sehen, lebe ich im Belagerungszustand.«

»Das sehe ich«, antwortete sie und atmete tief durch.

»Darf ich es wagen, Sie zu einem Besuch in den Ruinen einzuladen?« In Jastraus Hirn funkelte es. Das Sonnenlicht im Treppenhaus warf lange, schimmernde Lichtreflexe auf Frau Krygers graues Kostüm.

»Tja, ich weiß nicht recht, ob ich es riskiere«, sagte sie mit einem Lächeln, und plötzlich lachte sie. »Wäre es nicht besser, Sie schließen die Tür und reichen mir dieses Buch, das von Joyce, durch das Loch hier?«

»Das Buch ist zu dick, also wenn Sie es haben wollen, müssen Sie sich hereinwagen.«

Langsam trat Frau Kryger ein. Vorsichtig setzte sie den Fuß auf, als ginge sie auf morastigem Untergrund, und sah sich verloren und hilflos um. Sie blieb mitten im Wohnzimmer stehen, stellte die Füße nebeneinander und blickte an sich herab, als fürchtete sie, es könnte auf sie abfärben. Die umgestürzten Stühle, die Fotografien auf dem Fußboden, die Glasscherben, die Flaschen und die Bierkapseln ängstigten sie.

»Wie es hier aussieht!«

»Ja, hier hat eine Unterhaltung stattgefunden«, antwortete Jastrau und wedelte galant mit dem Rasierhobel durch die Luft. Es gibt ein Lächeln, das man schmierig nennt.

Peter Boyesen grüßt alle munteren Jungs!

»Ist es *so* schwer für einen Mann, allein zu wohnen?«, rief Frau Luise und musterte ihn. »Seid ihr so?«

Jastrau setzte sich auf den Diwan und fuhr sich verlegen durchs Gesicht, die Finger wurden klebrig von dem trocknenden Seifenschaum.

»Ich muss mich zu Ende rasieren«, erwiderte er hastig. »Wenn Sie es wagen, hier allein zu bleiben, dann werde ich rasch …«

»Doch, dieses Wagnis nehme ich durchaus auf mich«, entgegnete sie ironisch. »Aber ich kann nicht leugnen, dass ich mich wie eine Tierbändigerin fühle.«

Sie hielt sich sehr gerade, während sie lächelte.

Jastrau griff nach seiner Kleidung, Hemd, Kragen, Jacke und Weste, rollte sie zu einem Bündel zusammen und warf es ins Esszimmer.

»Ich bin gleich wieder da«, erklärte er. Hatte sie den Riss in seiner Hose gesehen, diesen entwürdigenden Riss? Es gab nichts Demütigenderes als ein Loch in der Hose. Doch, die Hosenträger. Ohne Hosenträger zu sein! Aber die hatte er an! Sie schlotterten wie ein lustiger Schwanz hinter ihm her, und er griff danach, bekam einen hochroten Kopf und flüsterte: »Ich komme sofort.« Dann schloss er die Flügeltür und war im Esszimmer allein.

In aller Eile rasierte er sich, wobei er unruhig auf und ab ging. Hoffentlich wachte Steffensen nicht auf! Während der Rasur stellte er sich an die Tür zum Schlafzimmer und horchte. Nein, er schlief. Jastrau hörte es. Aber er hörte auch sein eigenes Herzklopfen – vor Überanstrengung. Oh, hätte er bloß ein Bier! Und sie, Frau Kryger? Im Wohnzimmer wurde ein Stuhl aufgestellt. Das durfte sie nicht! Zum Teufel, sie hatte nicht aufzuräumen und die Hausfrau zu spielen. Aber er musste jetzt endlich fertig werden. Zum Waschen in die

Küche, um Steffensen nicht zu wecken. Hemd und Kragen anziehen. Weste und Jacke. Wenn er doch nur nicht diesen Riss in der Hose hätte. Was sollte er machen? Er musste in den Flur und seinen hellen Mantel anziehen.

Er musste sie zu einem Spaziergang einladen.

Im Sommermantel, den Filzhut auf dem Kopf und James Joyces dicken Roman unter dem Arm trat er zu Frau Luise ins Wohnzimmer. Sie saß auf einem der Stühle, der nun wieder stand, wo er hingehörte. Er sah, dass sie die Fotos von Mutter und Sohn auf den Tisch gestellt hatte und lächelte dankbar. Aber im selben Moment verspürte er einen Stich. Auf dem Foto des Sohnes zuckte ein Blitz über das Glas, es war gesprungen.

»Hier ist es so ungemütlich«, sagte er nervös. Der Blitz auf dem Glas glühte in ihm. »Wollen wir nicht lieber einen Schritt gehen?«

»Ja, liebend gern«, antwortete Frau Luise und stand auf. »Ah, das ist das Buch. Ja, das ist tatsächlich ein Brocken.«

Auf der Treppe begegneten sie dem Hausmeister, der ein paar Bretter schleppte. Als er Frau Luise erblickte, zwinkerte er Jastrau mit seinen wasserblauen Augen zu.

»Ja, ich wollte Ihnen nur sagen, dass ich ein paar Bretter vor die Tür nagele, um das Loch abzudecken, sonst kann ja jeder sozusagen aus- und eingehen, nicht wahr?«

Jastrau nickte.

»Ich habe auch den Glaser angerufen. Schließlich bin ich der Hausmeister, ha, ha. Aber ich will nicht stören.«

Kichernd schleppte er die Bretter weiter die Treppe hinauf.

»Wohin gehen wir?«, fragte Jastrau, als sie auf der Straße standen. Er spürte die ganze Zeit ihre grauen Augen auf sich ruhen.

»Nun ja, wohin Sie wollen. Ich habe Zeit genug. Mein Mann ist verreist, aber das wissen Sie ja.«

»Ist es nicht amüsant, zur Abwechslung mal Strohwitwe zu sein?«

»Das bin ich eigentlich immer«, erwiderte sie bitter und bekam plötzlich einen trockenen, alten Zug um den Mund.

Jastrau sah sie mit einem ernsten Gesichtsausdruck an, doch sie wandte den Blick ab.

»Gehen wir doch in den Frederiksberg Have!«, rief sie mit einem Mal. Sie sagte »Fresber Häwe« und bewegte den Mund wie ein Baby. »Wollen wir? Ja, das wollen wir. Ja, ja.« Eifrig griff sie nach seinem Arm, doch ihre Augen sahen ihn nicht an.

»Frederiksberg Have!«, wiederholte Jastrau langsam. Ob Oluf dort spielte? Die Schwiegereltern wohnten in der Nähe. Es gab einen Riss im Glas der Fotografie. Wie ein Blitz! Der getroffen hatte!

»Ja, das machen wir«, erklärte er seufzend und hatte das Gefühl, sich seinem Schicksal zu ergeben.

Im Vormittagsverkehr der Vesterbrogade stolperte er ein paar Mal. Er hatte das Gefühl, als wollten die Platten des Bürgersteigs sich vor seinen Füßen öffnen, als träte er direkt ins Leere. Er nahm den Hut ab und wischte sich nervös über die feuchte Stirn. Doch dann redete er weiter, ununterbrochen, um sein Schwindelgefühl zu verdrängen. Oh, ein Pils würde ihn beruhigen.

»Sie werden dieses Buch nie zu Ende lesen«, spottete er und schlug mit der Hand auf den Joyce. »Dafür ist eine Gebrauchsanweisung nötig.«

Frau Luise ging adrett und ruhig neben ihm her. Sie war recht schweigsam, und Jastrau fürchtete, sie könnte plötzlich Fragen stellen. Und diese Fragen, soviel war ihm klar, würden dann intelligent wie blinkendes Wasser auf ihn einströmen und ihre Lichtreflexe so tief in sein Ego werfen, diese dunkle Grotte, dass er sich verraten, ja ausliefern musste. Das graue

Kostüm leuchtete, die grauen Augen streiften ihn mit einem langen Aufblitzen und erloschen wieder, als würde sie sich verschließen und denken, nachdenken, während sie ruhig und mit einer bewussten Nüchternheit mit ihm Schritt hielt.

Die Frederiksberg Allé war von schwindelerregender Breite, wie die Aussicht über ein Meer. Es gab keine Straßenbahnschienen. Nur eine Fläche aus Asphalt. Er hatte nie darüber nachgedacht, dass Schienen eine Straße schmaler werden ließen. Nun spürte er es. In diesem Augenblick sehnte er sich nach Straßenbahnschienen.

Und der Eingang des Frederiksberg Have! Mit gelben Mauern, gelben Gärtnerhäuschen und Gittertoren im Stil des achtzehnten Jahrhunderts! Betrat man diesen Park, spürte man, dass man sich in einem kleinen europäischen Königreich befand. Man spürte die Schönheit dieser in ihrem gelben Schimmer schwebenden monarchistischen Illusion. Und die Statue des einfachen Mannes, des absolutistischen Spaziergängers, kam ihnen so vertraut entgegen.

»Dänemark«, lachte Jastrau unmotiviert.

»Ja, ich mag es«, erwiderte Frau Luise.

»Aber Sie sind ja auch mit einem konservativen Ehemann verheiratet.«

»Verhöhnen Sie mich, weil Sie selbst die Ehe hinter sich haben?«, fragte sie. Mit einem trockenen Tonfall, erschien es Jastrau. »Geht es Ihnen denn besser im Belagerungszustand?« Aber als fürchtete sie eine Antwort, fügte sie rasch hinzu: »Möglicherweise ist es ja so.«

Jastrau spürte, dass er das Thema nicht vertiefen sollte.

Dann bogen sie in den linken Gang ab. Die großen grünen Kronen der Bäume atmeten kühl über ihren Köpfen, und zwischen den ehrwürdigen Stämmen des Parks lockte Jostys kleines Restaurant im griechischen Tempelstil, grau und idyllisch, mit einem Anflug heidnischer Scheinheiligkeit.

Vor dem Josty, auf dem kiesbestreuten Platz zwischen den beiden Laubenreihen, wimmelte es von Kindern. Ununterbrochen wurden Kinderwagen hin und her geschoben, mechanisch geschaukelt von der Hand eines Kindermädchens, während sie mit der anderen die Kaffeetasse zum Mund führte. Viele Kinderwagen, und ständig die gleiche knirschende Bewegung. Wie viele Kinder es doch auf der Welt gab! Zwei kleine Jungen traten Kies auf die Platten des Gehweges, sodass es wie Wellengeplätscher klang. Hinter den Gitterstäben der Lauben wurde Verstecken gespielt; ein kleines, rundes Mädchengesicht mit Ponyfrisur, das aussah wie eine japanische Puppe, tauchte hinter dem Gebüsch auf, von den Tischplatten ertönte das leise metallische Knistern von den Krallen der zahmen Spatzen, die auf der Suche nach Kuchenkrümeln und Zucker unruhig umherhüpften. Und all diese Geräusche vereinten sich und stiegen in Jastrau plötzlich wie ein Gezeitenwechsel aus Kummer auf. Kinder!

Seltsam verzagt lud er Frau Luise in das Restaurant ein.

»Lassen Sie uns doch lieber draußen sitzen«, wandte sie ein. »Es ist so schön im Sonnenschein.«

»Nein, nein, nein«, antwortete er niedergeschlagen. Er wollte nichts erklären. Er ging voraus und suchte einen Tisch aus, der so weit wie möglich von den Kindern entfernt war.

»Sie müssen entschuldigen, gnädige Frau, dass ich ein Bier bestelle.« Er saß ihr gegenüber und sah ihr mit müder Ironie in die tiefen, grauen Augen. »Wie alle Trinker brauche ich mein morgendliches Bier, um mich zu beruhigen.«

»Trinker? Jetzt prahlen Sie aber?«, sagte sie mit einem funkelnden Lächeln und zog das dicke Buch von Joyce auf ihre Seite.

»Nein, das ist vermutlich das Einzige, was ich bin.«

»Aber Sie sind doch auch Kritiker – und sogar ein guter Kritiker.«

»Nein, das bin ich ganz sicher nicht. Ich bin ein Trinker.«

Frau Luise lachte.

In diesem Moment wurde ein Kaffee vor sie und ein Bier vor ihn gestellt, und sie betrachtete ironisch die grüne Flasche. Um ihren Mundwinkel zeigten sich viele erfahrene Andeutungen.

»Was heißt das, Sie sind ein Trinker? Was ist ein Trinker?«, fragte sie plötzlich mit einer scherzhaften Irritation. Als hätte sie sich mit einem Mal entschlossen, in ihn zu dringen; doch er hob das Glas mit dem schäumenden Bier, trank und verspürte eine traurige Ruhe.

»Ich will in mir selbst ruhen«, antwortete er, »und mir ansehen, was in mir aus der Tiefe auftaucht.« Weit entfernt hörte er den Lärm der spielenden Kinder und hatte das Gefühl, sich offenbaren zu müssen. Von der anderen Seite des Tisches starrten ihn diese intelligenten, grauen Frauenaugen an. »Frau Kryger, darf ich Frau Luise sagen? … Sie kennen vermutlich diese Grottenaquarien, nicht wahr, mit einem dunklen, grünen Licht und roten und grünen Fischen, die herangleiten. Und Algen, die davonschwimmen wollen. So will ich sein, und so geht es mir, wenn ich trinke.«

»Deswegen müssen Sie doch nicht trinken. So kann es uns allen gehen«, erwiderte sie.

Er lächelte.

»Aber wenn der Blick plötzlich auf das Unerwartete fällt, einen Fisch mit einem Kopf wie ein Schnabel oder einem Körper so scharf wie ein Messer, oder eher wie eine Feile, und mit bösen Augen – also all dem, wovon man nicht wusste, dass man es in sich trägt.«

»Dann geht man hinaus ins Tageslicht, und das Tier ist verschwunden.«

»Ist es so?«

»Nein, vermutlich nicht, aber man vergisst es.«

Ihre Antworten kamen so entschieden. Sie ballte ihre nervösen Hände, als wollte sie auf den Tisch schlagen, und redete doppelt so schnell wie er. Er sprach sehr langsam, bisweilen durch die Nase und mit einem leichten Kopenhagener Akzent.

»Finden Sie nicht, dass es ganz lustig sein kann, sich diese Tiere anzusehen?«, fragte er.

»Nein.«

»Ich schon, und ich bin auch der Ansicht, dass es das Einzige ist, das wirklich Spaß macht.«

»Deswegen müssen Sie doch kein Trinker sein, und das sind Sie ja auch nicht«, sagte sie beinahe wegwerfend.

»Aus dem einen oder anderen unerklärlichen Grund: doch! Denn ich sehe Tiere, die ich sonst nie bemerkt hätte. Ein Tier blinzelt, und ich bekomme einen elektrischen Schlag. In der letzten Zeit habe ich Jesus auf diese Weise erlebt.«

»Sie sprachen doch von Tieren«, bemerkte Frau Luise ironisch.

»Nun ja, dann sagen wir Gestalten oder Seelenformen oder was Sie wollen. Christus wird im Übrigen häufig von einem Fisch symbolisiert, nicht wahr? Aber ich habe ihn gesehen, seine Gestalt stand reglos in meiner Seele, unerschütterlich – deshalb habe ich auch ein Loch in der Hose«, fügte er als verzweifelten Witz hinzu. Er hatte gerade sein Bein bewegt und den demütigenden Luftzug am Schenkel bemerkt.

»Sind Sie verrückt?«, fragte sie ganz direkt und starrte ihn verständnislos an. Sie wurde unruhig.

»Nein, aber ich bin kein Kritiker. Die Gestalt Christus war also da und blinzelte mir zu.« Jastrau lachte. »Doch hat ein guter Freund mir erklärt, Christus sei natürlich eine Reminiszenz aus meiner Schulzeit – da hat mich Christus nicht mehr interessiert. Denn ich wollte gern ein Tier oder eine Seelenform erwecken, die aus der Tiefe des Aquariums kam.

Ein Fisch mit einem gepanzerten Kopf, scharfen Nähten und Kanten und Stielaugen. Kennen Sie das, wenn man sich selbst ins Auge piekt, um Erscheinungen zu sehen, Flammenerscheinungen?«

»Sie wollen zurück zu Ihrer Kunst«, antwortete sie beruhigt. Sie schloss die Lippen, als hätte sie verstanden.

»Nein«, erwiderte er entschieden.

»Aber mein Gott, was wollen Sie dann?«

»Es gibt etwas, das ich will – und wenn ich trinke, denke ich manchmal einen Moment, ich hätte es gefunden. Alkohol ist der einzige Ersatz für Religion, lassen Sie es uns so ausdrücken … zum Spaß?«

»Sie wollen vergessen, das ist es, was Sie wollen«, bemerkte sie resolut. Jastrau hörte, dass sie studiert hatte.

»Ja, Meinungen, all das Unwesentliche, ja. Und doch weiß ich auf der anderen Seite nicht, ob all das, was ich hier sage, nicht Dichtung ist – weil ich ganz einfach ein Trinker und durstig bin. Also eine Entschuldigung.«

Und er hob sein Bierglas und prostete ihr spöttisch zu. Frau Luise hatte seiner Ansicht nach so verständnisvoll ausgesehen. Das musste sich ändern!

»Ich will in aller Ruhe dasitzen, trinken und mir gleichzeitig einbilden, dass ich nach etwas strebe. Eine Alge, die glaubt, sie sei ein Fisch«, fügte er langsam hinzu, als er getrunken hatte. »Herr Ober, bitte noch ein Bier!«

»Sie sollten sich verlieben«, riet sie aus Erfahrung.

Jastrau warf ihr einen Blick zu und lachte: »O ja, neulich ist es übrigens beinahe passiert. Dieses Gefühl war in der Tat ein seltsamer Fisch. Er war beinahe nicht zu erkennen. Er wollte keine Form annehmen. Und so endete es damit, dass ein Freund und ich um sie knobelten.«

»Was haben Sie getan?«

Jastrau zog ein paar Streichhölzer aus dem Behälter auf dem

Tisch und erklärte sachlich die Spielregeln, während Frau Luises Augen immer größer wurden. Sie versteifte sich regelrecht vor Empörung, und Jastrau sah jetzt, wie schmächtig sie war. Ihm wurde plötzlich klar, dass sie trotz ihres intelligenten Flimmerns in ihrem Inneren verdorrt war.

»Und es ging um eine Frau, die Sie geliebt haben?«, empörte sie sich.

Nun steht sie auf und geht, dachte Jastrau.

»Ja, sehen Sie, das ist die Frage? Habe ich sie geliebt?«, antwortete er langsam. »Sehen Sie, Frau Luise, jeder normale Mensch hätte dieses Gefühl ergriffen und in die übliche Form gebracht, so wie er es bei anderen gelesen oder gesehen hat. Er hätte es Liebe genannt und sich so benommen, wie ein Verliebter sich nun einmal benimmt. Aber ich möchte, dass solch ein Gefühl seine eigene Form annimmt. Nicht zur Verliebtheit wird. Das ist ein Klischee. Verstehen Sie, was ich meine?«

»Nein.«

»Aber es endete ja auch komisch, wissen Sie? Es endete damit, dass wir geknobelt haben. Und so verhält es sich übrigens auch mit meiner Religiosität. Es endete mit öffentlicher Ruhestörung. Es endete komisch. Verstehen Sie?«

»Nein.«

»Verstehen Sie denn auch nicht, dass ich beim ›Dagbladet‹ gekündigt habe?«

Frau Luise beugte sich über den Tisch.

»Was sagen Sie da? Sie sind kein Kritiker mehr?«, fragte sie hektisch.

Jastrau schüttelte den Kopf.

»Aber wovon wollen Sie denn leben?«

»Natürlich fragen Sie danach. Gott weiß, wie oft ich mir das jetzt anhören muss.«

»Ja, aber warum haben Sie es denn getan?«, rief sie aufgebracht.

»Tja, da haben wir's. Vielleicht ist Ihr Mann daran schuld, Frau Luise. Er sagte an einem der Wahlabende, ich sei ein guter konservativer Kritiker. Es liefe darauf hinaus – so hat er es formuliert –, dass die Ästhetik die Illusion aufrechterhalte, im Land gäbe es Gedankenfreiheit.«

»Aber wir haben doch Gedankenfreiheit.«

Jastrau schüttelte den Kopf.

»Nein, es ist eine Illusion. Man kann meinen, was man will, ästhetisch, ethisch und was weiß ich, aber wenn man eine Ansicht vertritt, die ins Ökonomische eingreift, ist Schluss mit der Freiheit.«

»Ja, aber ihre Ansichten haben doch nicht ins Ökonomische eingegriffen«, wandte Frau Kryger ein. Ihre grauen Augen flackerten unruhig, als wollte sie sich der Diskussion entziehen.

»Nein, noch nicht. Noch nicht. Wie gesagt, ich habe keine Meinungen. Aber wenn …«

»Wenn, wenn!« Sie schüttelte den Kopf.

»Ja, wenn es mich nun eines Tages überkommen sollte, dass dieses und jenes richtig ist, und dieses und jenes falsch, und diese Meinung im Widerspruch zum Ökonomischen steht, dann …«

»Nein, das ist mir weiß Gott zu allgemein«, seufzte Frau Luise. »Wenn die Leute über das Ökonomische und über Kapitalismus reden, werden sie langweilig … auf der Stelle!«

Jastrau lächelte, fuhr aber unbeirrt fort.

»Ich glaube nun, es ist dieses ›wenn‹ … ich glaube, es ist die Möglichkeit, die Ahnung – von der Möglichkeit – des Zwangs, die mich aus all dem vertrieben hat.«

»Und ich dachte, ich säße mit dem Chefrezensenten des ›Dagbladet‹ zusammen, dem bekannten Kritiker«, rief sie in komischer Verzweiflung aus. Ihre Stimme hatte einen singenden Tonfall.

»Tja, und dann bin ich nur ein einfacher Mann, der ein

wenig mit der absoluten Seele und der absoluten Freiheit experimentiert … Vorläufig habe ich es also geschafft, zum Trinker zu werden.«

Seine Stimme war selbstironisch und melancholisch, und Frau Luise blickte auf und musste lächeln. Und plötzlich reichte sie ihm über den Tisch die Hand, freimütig und hektisch. Zögernd ergriff er sie. Sie drückte ihm sanft die Hand, eine unmotivierte Vertrautheit.

»Ich war kurz davor, auf Sie wütend zu werden«, sagte sie. Ein zärtliches Lächeln lag noch immer auf ihren schmalen Lippen. »Aber ich kann nicht. Nein, ich kann nicht. Ich sehe diesen Trinker vor mir, Ihren Intimfreund, diesen Apoplektiker in der ›Bar des Artistes‹. Und ich sehe Ihre Wohnung. Zerschlagene Möbel, Glasscherben. Und Sie sagen, Sie und der andere hätten das Los um eine Frau gezogen. Und doch wird daraus etwas anderes, wenn Sie darüber sprechen. Als wäre es eine Theorie.«

Jastrau verzog höhnisch den Mund, aber sie drückte ihm erneut die Hand.

»Sie müssen aus Ihrer Wohnung ausziehen, hören Sie. Sie dürfen nicht in all diesen Zimmer umhergehen. Wo werden Sie heute Abend essen? Kommen Sie zu mir! Ja, mein Mann …« Sie lachte. »Ach ja, ihm geht es sicher besser, als er es verdient hat. Aber Sie sollten kommen. Wirklich. Statt dort oben in Ihrer Wohnung zu sitzen. Uh, es war so ungemütlich. Oder statt in ein Restaurant zu gehen, Sie, Sie unverbesserlicher Trinker.«

Er versprach zu kommen.

Als sie sich kurz darauf am Ausgang verabschiedeten, sah er ihrer Gestalt lange nach, dem schimmernden, grauen Kostüm, den energischen Beinen. Er konnte sie noch lange auf der Allee sehen. Die dünnen, frisch gepflanzten Bäume ließen eine weite Aussicht zu.

Dann wollte er umdrehen und zurück in den Park gehen. Auf der rechten Seite gab es in der nördlichen Ecke einen Spielplatz, vielleicht spielte Oluf dort.

Langsam zündete er sich eine Pfeife an. Der Menschenstrom wurde hier am Ausgang dichter. Wenn Oluf nun auftauchte? Es gab so viele Kinder. Aber wenn er nun auftauchte! Die Menschen glitten in einem langsamen Parktempo an ihm vorbei. Eine Spielzeugkarre quietschte. Es hätte Olufs sein können.

Und plötzlich sah er sich mit einem frischen Blick um.

Frederiksberg Have! Es war der Park der Kinder und der einsamen Rentner. Und am Abend war es der Park der jungen Leute. Dann jagten sie sich im Dunkeln auf den asphaltierten Wegen. Das hatte er immer gewusst.

Aber war es nicht auch der Park der geschiedenen Männer?

Schlichen sie nicht hierher, um einen Blick auf ihre Kinder zu werfen? Standen sie nicht einsam und würdevoll am Rand der Kinderspielplätze? Sie kamen nicht näher, sie störten die Kinder nicht beim Spielen, sie blieben reglos stehen, um sich nicht durch eine sentimentale Handbewegung zu verraten.

Ein Park für geschiedene Männer!

Er betrachtete die Vorbeigehenden. Aber geschiedene Männer sind in einem öffentlichen Park nicht so leicht zu erkennen. Es ist leichter, wenn sie in einer Bar sitzen.

Doch es saßen auch Menschen auf den beiden langen, die »Schere« genannten Bankreihen. Er ließ seine Augen darüber schweifen. Mit einem Mal musste er den Blick jedoch abwenden, denn er war einem schwarzen, neugierigen Vogelblick begegnet, der interessiert seine Hände und die ungeschickte Art und Weise betrachtete, wie er seine Pfeife hielt. Der Vogelblick funkelte, und die Sonne blitzte in den Pailletten eines Kapotthutes auf weißen Haaren. Ein Schwarm schwarzer, neugieriger Blicke. Eine alte, schwarzgekleidete Dame.

Unangenehm berührt drehte sich Jastrau wie ein Soldat auf dem Absatz um. Er spürte, dass die alte Dame nun interessiert sein resolutes Manöver betrachtete. Aber er wollte nicht beobachtet werden! Er verließ den Park in Richtung Stadt.

Und plötzlich nahm er an der Allee ein Taxi und fuhr zur »Bar des Artistes«.

II

Im Halbdunkel der »Bar des Artistes« saßen sich Jastrau und der ewige Kjær apathisch gegenüber. Der Ventilator schepperte ohne Unterlass und saugte den blauen Tabakrauch auf.

»Gemütlich, dass du jetzt hier wohnst, Jazz.«

Und Kjær hob sein breites, aufgedunsenes Prälatengesicht und richtete seine wässrigen blauen Augen auf ihn.

»Ja, danke«, nuschelte Jastrau. »Hätte gestern bei einer Dame sein sollen – zum Abendessen, doch dann habe ich es glatt vergessen.«

Draußen war es ein sonniger Nachmittag, in dem schummrigen Lokal war es schwül.

»Man vergisst alles. Man vergisst alles«, keuchte Kjær prophetisch und wedelte mit der Hand.

Dann erschütterte ein lautloses Gelächter seinen Körper, das den Stuhl erzittern ließ.

»Aber ich kann nicht vergessen, Jazz, dass ich endlich den Anfang einer weißen Maus gesehen habe. Heute Morgen im Foyer … Sie lief dem Portier um die Füße herum. Scheuch sie weg, habe ich geschrien. Scheuch sie weg. Und dann hat er gegrinst, dieses uniformierte Aas.«

Plötzlich sprühte Kjær vor Lachen.

»Sie hatte noch keine Augen, die kleine Maus. Aber das kommt noch. Lass dir Zeit, lass dir Zeit, summt sie vergnügt – und schüttelt die kleinen Öhrchen«, sang er. »Lass dir Zeit, lass dir Zeit«, summte er weiter, wobei er den Takt mit einer qualmenden Zigarre schlug.

»Lass dir Zeit, lass dir Zeit«, stimmte Jastrau ein.

»Aber wir machen keinen Ärger!« Kjær hob warnend die Hand, sodass der Ärmel die saubere, blaue Manschette freigab. Er war wie immer tadellos gekleidet. Keine Spur von Verfall. Weder Asche auf der Weste, noch eine schiefe Krawatte oder ein fadenscheiniger Kragen. Nur das früh gealterte Gesicht mit den Furchen, der aufgetriebenen Haut und den blauen und braunen Farbübergängen verriet ihn.

»Ein großer, stiller Trinker zu werden, war immer mein Lebensziel, und das habe ich erreicht.«

Sorgfältig klopfte er die Asche seiner Zigarre ab.

»Schau nach vorn, aber nie zurück«, summte er leise und starrte Jastrau tief und apathisch in die Augen, während er heiser weitersang und die Zigarre wieder wie einen Taktstock bewegte, mit großen, wogenden Bewegungen:

Schau nach vorn, aber nie zurück! – Was das Herz begehrt,
wird dir einst vielleicht unter der Sonne beschert.

»Ja, ich habe übrigens auch Verse geschrieben«, fügte er mit einem kleinen, fernen Lächeln hinzu, »einmal vor fünfundzwanzig Jahren. Da war ich schlank.«

»Das sind wir nicht mehr«, seufzte Jastrau in sein Whiskyglas. Es war eine tiefsinnige Dämmerungsunterhaltung an einem Nachmittag mitten im Sommer. Am Abend zuvor hatten sie lange getrunken.

»Wir, wir«, kicherte der ewige Kjær. »Du bist doch nur ein junger Mann, der seinen dreckigen Schnabel halten und andächtig zuhören sollte. In deinem Alter – da war ich Theaterregisseur und Redaktionssekretär und habe in Charlottenborg ausgestellt. Aber es ermüdet, so begabt zu sein. Wozu auch? Vanitas … und jetzt habe ich den Anfang einer weißen Maus gesehen.«

Er breitete die großen gepflegten Hände aus, apathisch, resigniert und ironisch.

»So weit bringen es nicht alle Begabungen«, fügte er hinzu und seufzte. »Schau nach vorn, aber nie zurück! – Was das Herz begehrt …«

Und Kjærs heiserer, schleppender Gesang erfüllte diese Atmosphäre des Halbdunkels, in dem Flaschen und Messing hintergründig blitzten, mit einer eigenen Stimmung, wie der ferne, einsame Tenor eines betrunkenen Mannes in einer öden Gasse – als eine geschwätzige Stimme sich guttural einmischte.

»Hab ich's mir doch gedacht, dass du hier sitzt, Schwager. Ha. Ha. Hab ich's mir doch gedacht. Und warum Zeit vergeuden! Denk konsequent und handele entsprechend. Wenn getrunken werden muss, dann muss getrunken werden!«

Und Jastrau zuckte unter einem freundschaftlichen Schulterklopfen zusammen, das ihn allzu plötzlich überrumpelte. Es war Adolf Smith-Jørgensen.

Der ewige Kjær beugte sich drohend und finster über den großen, runden Tisch. Das Gesicht zerfloss, die Augen, in denen einzelne boshafte Blitze aufleuchteten, schwammen in blauer Melancholie.

»Ich verbiete diesem Mann, sich an unseren Tisch zu setzen«, stieß er aus und zeigte mit anklagenden Gesten auf den Schwager, der verdutzt einen Schritt zurücktrat.

»Entschuldigung, Entschuldigung, dass ich in Ihre Gesellschaft eindringe. Aber darf ich mich vorstellen?«

»Nein«, kam es donnernd. »Plebejer interessieren mich nicht.«

Und Kjær wandte sich still seinem Whisky zu, als wäre der Schwager gegangen.

Doch Jastrau erhob sich träge, schwankte ein wenig und folgte dem Schwager an einen anderen Tisch.

»Schlechte Gesellschaft, schlechte Gesellschaft«, murmelte der ewige Kjær und schüttelte betrübt den Kopf, während er auf die Tischplatte starrte. »Äußerst schlechte Gesellschaft, mein lieber Jazz«, ergänzte er noch und nickte dem Streichholzbehälter zu.

»Ich muss schon sagen! Was für ein Rüpel!«, überschlug sich die Stimme des Schwagers verärgert.

»Willst du sonst nichts von mir?«, erkundigte sich Jastrau teilnahmslos und hob den Kopf.

»Das ist doch unerhört«, fuhr der Schwager fort und legte die Handschuhe, den steifen Hut und seinen Stock ab. Nach und nach beruhigte er sich. »Aber vergessen wir den Flegel. Sehr richtig, wir müssen über etwas anderes sprechen. Wir müssen zusehen, dass wir – wenn wir uns nicht scheiden lassen –, dann doch in jedem Fall getrennt leben, aber darüber hast du gewiss noch nicht nachgedacht. Nicht wirklich, oder, Schwager? Tja, ha, ha. Du bist mir der richtige Suffkopp.«

»Muss man darüber nachdenken?«, fragte Jastrau und sackte müde zusammen.

»Johanne hat nicht eine einzige Øre von dir gesehen, und so geht das auf keinen Fall. Wir müssen das juristisch klären. Hast du den Brief von Johannes Rechtsanwalt nicht bekommen?«

»Rechtsanwalt?«, wiederholte Jastrau apathisch.

»Ja, sie lässt sich von einem Anwalt vertreten. Wir brauchen klare Linien. Das war immer mein Prinzip.«

»Klare Linien?«

»Dir ist es heute offenbar physisch unmöglich, klare Linien zu erkennen?«, rief der Schwager mit einem überheblichen Lachen. »Ha, ha. Aber hör zu. Johanne bekommt innerhalb der nächsten Tage vierhundert Kronen. Geht das in deinen stumpfsinnigen Schädel?«

»Vierhundert Kronen … ja, die müsste ich … wohl bei der Zeitung noch gut haben, ja, ich glaub schon. Und wenn ich die abgehoben habe … wenn ich die abgehoben habe … dann … dann … dann ist nichts mehr da.«

Der Schwager warf ihm einen raschen Blick zu.

»Kann ich nicht hinaufgehen und sie mir direkt abholen?«, fragte er in geschäftlichem Ton.

»Abholen, abholen, abholen«, brummte der zusammengesunkene Jastrau, doch plötzlich richtete er sich auf: »Dich soll der Teufel abholen!«

»Aber, aber.« Der Schwager trommelte nervös mit den Fingern auf dem Tisch. »Du kannst schließlich in diesem Zustand nicht zur Kasse gehen.«

Jastrau sank zurück in den Stuhl, das Kinn lag ihm auf der Brust.

»Nee, das kann ich bestimmt nicht«, murmelte er in seine Krawatte.

»Aber Schwager«, rief Adolf und schlug mit der flachen Hand auf die Tischplatte, dass die Gläser klirrten. Sowohl Jastrau als auch Kjær zucken zusammen. »Dieser Köter«, knurrte Kjær mit seinem schweren Kopf.

»Aber Schwager, wir müssen, wir müssen, wir müssen endlich Klarheit haben.«

Jastrau blinzelte erschrocken.

»Ich hab richtig Angst gekriegt … Aber ich bin ja ganz deiner Meinung. Wir müssen, wir müssen Klarheit haben. Ja, das müssen wir, müssen wir, müssen wir …«

Adolfs runde Wangen bliesen sich gefährlich auf, der Mund wurde klein und stramm.

»Ich gehe jetzt«, sagte er drohend. »Ich habe nicht die Zeit für dieses Geschwätz. Und du entschuldigst, wenn ich und Johannes Anwalt die Angelegenheit auf unsere Weise regeln. Apropos Anwalt, wie heißt dein Rechtsanwalt?«

Jastrau blickte verschwommen zu seinem Schwager auf und fing dann an zu kichern.

»Ja, mein Gott, wie heißt er denn?«

»Oh, du bist nicht zu ertragen. Aber – du – wirst – von – mir – hören. Und übrigens, weil wird gerade darüber reden, diese Feuerversicherung?«

»Die ist abgelaufen … hi.«

»Das ist doch gelogen.«

Jastrau zuckte mit den Schultern und schüttelte sich.

»Er sagt gelogen. Er sagt gelogen«, feixte er.

Und schneidig und forsch – ein Ausdruck edlen und gerechten Zorns, den steifen Hut hoch auf dem Kopf, Stock und spitze Handschuhfinger nach allen Seiten gespreizt – marschierte Adolf Smith-Jørgensen dem Ausgang entgegen.

Es geschah vollkommen überraschend.

»Grüß Michelsen!«, konnte Jastrau ihm gerade noch hinterherrufen.

In diesem Moment wurde das Grammophon in der Ecke angeworfen, und eine gedämpfte Hawaii-Gitarre ertönte. Der kleine Kellner mit der Stupsnase, der lautlos und ohne sich zu bewegen hinter der Bar stand, hatte es mit einem gewissen Sinn für Gemütlichkeit in Gang gesetzt.

Und Jastrau schwankte wieder hinüber zu dem ewigen Kjær.

»Jazz«, sagte Kjær vorwurfsvoll und hob seinen breiten Kopf aus der Teilnahmslosigkeit. »Das darfst du nicht! Das darfst du nicht!«

Jastrau murrte gereizt.

»Er ist allzu tief unter deinem Niveau, Jazz. Man muss anspruchsvoll sein.«

Und der breite Kopf sank wieder auf den Tisch.

Aber Jastrau stöhnte. Er hatte auf einmal das Gefühl, vor Hitze zu zerspringen. Das Halbdunkel quälte ihn. Dieses Gefühl von Gemütlichkeit wollte sich nicht wieder einstellen.

»Ich will raus«, erklärte er.

»Raus will ich, raus«, summte Kjær.

»Lass uns ein Taxi nehmen und wegfahren«, schlug Jastrau vor.

Kjær schüttelte den Kopf. Auf seiner Stirn zeigten sich besorgte Falten.

»Nein, ich bleibe«, sagte er und hob langsam und abwehrend die Hand.

»Nein, du kommst mit.«

»Nein, nein.«

»Doch.«

Kjærs gewaltiger Körper wand sich vor Verlegenheit.

»Aber es passt mir überhaupt nicht«, erklärte er.

»Hast du in diesem Jahr schon mal den Wald gesehen?«, fragte Jastrau hartnäckig.

»Es passt mir nicht.«

»Aber du sollst mitkommen!«, rief Jastrau.

»Was soll ich denn im Wald?«, jammerte Kjær. »Der ist doch bloß grün.«

»In diesem Jahr ist er blau.«

Kjær riss verblüfft die Augen auf: »Was sagst du da?«

»Ja-a, ja-a, die weinblauen Buchen.«

»Du bist betrunken, Jazz.«

»Ich möchte dich dabei haben, hörst du. Ich möchte es.«

»Arnold«, sagte der ewige Kjær und drehte sich langsam auf dem Stuhl um. »Sollte ich mit diesem betrunkenen Herrn dort in den Wald fahren? Er sieht blaue Buchen.«

»Ja, ich finde schon, Sie sollten es tun, Herr Kjær. Ein bisschen frische Luft.« Der Kellner breitete höflich die Arme aus.

»Na gut!«, rief Kjær und erhob sich stöhnend. Dann stand er in seiner ganzen feierlichen Opulenz stramm. »Wenn Arnold das sagt, dann muss ich wohl in den Wald.«

Kurz darauf marschierten sie leise summend Arm in Arm durch das Lokal. Die Portiere wurde zur Seite geschlagen, um sie herum explodierte das Sonnenlicht. Auf dem Bürgersteig schwankten sie einen Moment und rieben sich die Augen. Die Menschen, die an ihnen vorbeigingen, sahen merkwürdig durchsichtig aus, aber ihre Gesichter waren verschlossen. Diese Menschen machten zu kurze Schritte und zu kurze Armbewegungen. Und sie wichen ihnen aus. Um Jastrau und Kjær entstand ein Raum, ein großer Raum in der grellen Sonne.

Schließlich saßen sie in einem Taxi.

An der Tür zur Bar stand Arnold, am Eingang des Hotels der uniformierte Portier, und hinter den Fensterscheiben grinsten mehrere Gesichter, die die Abreise nach Charlottenlund miterleben wollten. Kjær grüßte mit ausladenden Gesten. Den Filzhut hatte er schräg in die Stirn gezogen.

»Oha«, sagte er, als das Taxi in die Farimagsgade bog. »Fremde Häuser. Mir gefällt das eigentlich nicht.«

Auf der rechten Seite zog der Park an ihnen vorbei. Die Zweige reckten sich über den langen, eisernen Gitterzaun, und der Bürgersteig und die Menschen kamen ihnen im Wechsel von Licht und Schatten unter dem Laub unruhig und flimmernd vor.

Langsam fing Jastrau an, sich zu erinnern. Der Wind sauste ihm um die Stirn, sie saßen in einem offenen Wagen. Plötzlich bemerkte er, dass seine Hände schmutzig waren. Als wäre er auf der Erde gekrochen.

In diesem Moment fiel Kjær auf ihn. Sie bogen gerade an der Kreuzung von der Farimagsgade in die Frederiksborggade ein. Der Hut rollte auf den Boden des Taxis. Und Kjær bückte sich stöhnend, um den Hut aufzuheben.

»Oh, oh«, seufzte er von unten. »Hat denn niemand Mitleid mit mir. Da, da ist er.«

Mühsam gelang es Jastrau, Kjær wieder auf die Rückbank zu helfen. Der Hut wurde ihm schräg auf den Kopf gesetzt.

»Wollen wir nach Kanada, Lille P. besuchen?«, fragte Kjær, dann lachte er verwirrt.

Nun fuhren sie über die Dronning Louises Bro. Zu beiden Seiten erstreckten sich die Seen mit ihren hübschen Steineinfassungen. Und weit entfernt leuchtete ein schönes Gelb in der Sonne, eine Farbe, die Jastrau als Junge geliebt hatte – es waren Häuser im fernen Østerbro, Eckgebäude an der Willemoesgade. Es war eine so schöne, so traumartige Farbe. So sollte es am Horizont leuchten.

»Wo ist denn Lille P.?«, wollte Jastrau wissen und richtete sich auf. Tief in seiner Erinnerung blitzte der Widerschein einer fernen Freude auf, Jastrau war geistesabwesend und klar zugleich. Allerdings begriff er die Doppelung dieser Autofahrt, dieses Erlebnisses nicht. Über den Häusern von Nørrebro lag der reale Sonnenschein, der Sonnenschein von heute, doch darunter gab es diesen schimmernden Glanz eines verschwundenen Sonnenscheins, blank und sentimental.

»Der alte Lille P. hat den jungen Lille P. abgeholt, er ist jetzt mit ihm auf dem Weg nach New York, ha, ha. Aber Lille P. kommt zurück in die ›Bar des Artistes‹, da bin ich ganz sicher.« Und Kjær nickte, dass der Hut wieder herunterzufallen drohte. »Er kommt, ja. Denn was soll er in diesem unzivilisierten, wilden Amerika? Unter Whiskyux-Indianern?«

Ein grüner Schimmer glitt über sein Gesicht, er zuckte zusammen. Sie fuhren die lange Nørreallé hinaus, zu beiden Seiten erhoben sich massive Baumstämme wie Säulen, deren Zweige sich oben zu spitzen Wölbungen und Bögen verflochten. Die Farbe erinnerte an Sonnenlicht, das durch bunte Scheiben fällt.

Der ewige Kjær stöhnte schwer.

In Jastraus Welt glich diese lange Allee jedoch einem Fernrohr mit einer grünen Innenseite, und in dem runden Loch weit, weit entfernt sah er einige Häuser und eine vorbeifahrende gelbe Straßenbahn.

»Wir haben die schönsten Straßenbahnen auf der ganzen

Welt«, sagte Jastrau und dachte gleichzeitig, blaue Kostüme schmeicheln blondem Haar. Doch der ewige Kjær hörte ihn nicht. Er hatte die Hände über dem dicken Bauch gefaltet, der Hut hing jetzt über dem rechten Ohr, und er sang:

Stell dir vor, irgendwann ist der Nebel verschwunden
stell dir vor, irgendwann ist der Nebel
irgendwann ist der Nebel verschwunden
stell dir vor, irgendwann ist der Nebel ver…schwun…

»Ach«, seufzte er tief, als sie die Häuser am Lyngbyvej erreichten. Er schob den Hut vom Kopf und wischte sich mit einem Taschentuch über die feuchte Stirn. »Oh, du, Jazz. Gott sei Dank! Jazz! Ich dachte, wir wären in der Kirche.« Er legte seine Hand schwer auf Jastraus Knie und holte keuchend Luft. »Ich ertrage solche Gemütsschwankungen nicht. Wie … wie spät ist es?«, fragte er plötzlich hektisch. Sein Gesicht war blau angelaufen, als stünde er kurz vor einem apoplektischen Anfall.

Jastrau zog die Uhr aus der Westentasche.

Es war halb fünf.

Und mit einem Mal sah er den Winkel der Zeiger auf der Uhr in der »Bar des Artistes« vor sich, und er sah die Prozession: Kjær mit den blinden Augen und dem schwankenden Koloss eines Körpers, und die beiden kleinen, in einen Frack gekleideten Kellner, die ihn stützten, um ihn im Gleichgewicht zu halten.

»Es ist drei Uhr«, antwortete Jastrau und atmete erleichtert auf, als er sah, wie der ewige Kjær sich mit erneuter Kraft aufrichtete.

»Ich dachte, wir wären in der Kirche«, wiederholte er mit halb geöffnetem Mund, vor Verblüffung staunend und lächelnd. »Aber wo wollen wir hin, Jazz? Ich bin durstig.«

Jastrau wies mit der Hand nach vorn. Sie flogen über Bahnschranken hinaus aufs offene Land, das sich schon bald in ein Villenviertel verwandelte – es war eine lange und gerade Straße.

Bisweilen rauschte eine Baumkrone über ihren Köpfen, manchmal sauste eine Straßenbahn mit einem langanhaltenden Singen in der Oberleitung dicht an ihnen vorbei, und in dem offenen Wagen schlug der Wind auf sie ein.

»Das … das ist so, als würde man ertrinken«, keuchte Kjær, der noch immer mit über dem Bauch gefalteten Händen dasaß. Er atmete unregelmäßig. »Es ist nicht zu ertragen«, stöhnte er. »Es ist widerlich mit all dieser frischen Luft. Wäre ich doch bloß wieder daheim in der Bar.«

Flehend legte er Jastrau eine Hand auf die Schulter: »Warum hast du mich hier rausgeschleppt? Ich will den Wald nicht sehen.« Und mit einem Mal stampfte er wütend mit dem Fuß auf. »Ich will den Wald nicht sehen. Ich will den Wald nicht sehen.«

Am Femvejen-Kreisel bogen sie auf die Jægersborg Allé mit ihren hohen, majestätischen Bäumen. Und als sie das wogende Geräusch der grünen Kronen über sich hörten, zog Kjær unwillkürlich den Kopf ein, faltete die Hände und summte:

»Stell dir vor, irgendwann ist der Nebel verschwunden … Nein, nein, es ist wahr.« Er fasste sich mit beiden Händen ins Gesicht. »Das sind Bäume. Aber das … das ist wie eine Kirche. Das sind Bäume.«

Beim Restaurant am Waldrand von Charlottenlund stand Jastrau im Taxi auf.

»Halten Sie hier!«

Eine gelbe Anemone! Nein, sie waren beide verrückt. Eine gelbe Anemone! Die trotzige Jungenstimme aus einer fernen Vergangenheit, in der das Leben anders war.

»So, das ist also der Wald«, stöhnte Kjær und erhob sich schwerfällig. »Gehen wir rein und trinken einen Absinth?«

Auf dem Fußweg blieb er einen Augenblick stehen und ließ die Augen über den Waldrand und die dunkelgrünen Baumkronen schweifen. Die breite Fahrbahn war ein heller, brutaler Einschnitt in Richtung Charlottenlund. Dann schüttelte er verwirrt den Kopf und fasste Jastrau lächelnd unter den Arm.

»*Allons, enfants de la patrie*«, brummte er, und sie marschierten in das kleine Lokal.

Den ersten Absinth kippten sie schweigend hinunter.

»Ich habe noch nie eine blaue Anemone gesehen«, seufzte Jastrau mit einem Mal. Er verspürte einen bodenlosen Kummer, der sich nie wieder gutmachen ließ.

Kjærs Blick war verschwommen und flackernd, seine Augen irrten durch das in seiner Eleganz provinzielle Lokal.

»Ich auch nicht«, antwortete er ebenso melancholisch. »Niemand hat so etwas gesehen. Eine blaue Anemone. Worauf willst du hinaus? Und was sollen wir überhaupt hier draußen?«, jammerte er. »Was, Jazz? Ich bin kein großer Reisender mehr. Ich bin alt und müde.« Und er stützte seinen dünnbehaarten Schädel in beide Hände und starrte auf die Tischdecke.

»Was sollte ich denn auch in der Fremde?«, stöhnte er.

»Ich habe noch nie eine blaue Anemone gesehen«, wiederholte Jastrau und trank den zweiten Absinth. »Was soll ich bloß machen?«

Kjær hob den Kopf und sah ihn an, unendlich traurig.

»Jetzt ist es aber genug!«, rief Jastrau, plötzlich energisch. »Ich halte es hier nicht aus. Ich will jetzt eine Dame besuchen, jawohl. Ich will eine Verabredung einhalten. Und du kommst mit. Du musst. Du brauchst Abwechslung.«

»Nein, keine Frauen«, erwiderte Kjær leise. »Das musst du mir versprechen.« Und er seufzte schwer. »Es ist schon schlimm genug mit den Bäumen. Ich dachte, ich wäre in der Kirche.« Er sprühte vor Lachen.

»Aber du musst!« Jastraus Armbewegungen waren größer

geworden, und er sprach so laut, dass es in dem leeren Lokal unheimlich klang. »Du musst!« Er schlug auf den Tisch. »Ich rufe sie jetzt an. Ich muss diese verdammte blaue, ekelhafte Anemone aus dem Kopf kriegen.«

Und mit einem ungeahnten Eifer sprang er vom Stuhl und fand ein Telefon an der Hintertreppe des Restaurants.

»Hallo, hier ist Ole Jastrau.«

Beinahe wäre er gegen das Telefon gefallen.

»Sind Sie es, Herr Jastrau? Und ich dachte, Sie würden mich versetzen«, erklang Frau Luises Stimme.

»Aber niemals!« Und Jastrau breitete mit übertriebener Eleganz einen Arm aus, sodass er wie ein Star auf einem Dachfirst erst zur Seite und dann zurück zum Telefon hüpfen musste, um das Gleichgewicht nicht zu verlieren.

Frau Luise lachte misstrauisch.

»Ich bin mit einem Freund in Charlottenlund.«

»Das ist doch wohl nicht Ihr Freund mit der Glasscheibe?«, erkundigte sie sich mit heiterem Entsetzen.

»Nein, nein, es ist ein Gentleman, einer der feinsten Menschen, die ich kenne. Und wir kommen.«

Er presste die Lippen aufeinander. Er hatte es geschafft, den Satz glücklich und ohne zu stolpern zu formulieren, jetzt richtete er sich auf, so energisch, dass er einen Schritt zurücktreten musste, einen Schritt und noch einen Schritt, soweit die Schnur reichte.

»Ach, herrjeh! Wer ist es denn?«

Jastrau näherte sich wieder der Sprechmuschel.

»Ein Gentleman«, erklärte er energisch. »Und … wir kommen.«

»Nun ja, ja«, sie gab auf, sie resignierte. »Und wann?«

»In dieser Minute.«

»Aus Charlottenlund?« Ihre Stimme klang jetzt reserviert. »Nun ja, ja.«

»Dann kommen wir.«

Und Jastrau legte sofort auf. Dann blieb er stehen und glotzte den Apparat an. Vielleicht sollte er Frau Luise besser nicht besuchen? Vermutlich nicht. Kam er zusammen mit Kjær … Kjær war ein Gentleman! Natürlich war er das! Aber hatten sie nicht zu viel getrunken? Diese verdammte blaue Anemone! Aber er hatte ihr versprochen zu kommen. Es war unhöflich, nicht zu erscheinen. Und gestern hatte er es vergessen. Unhöflich! Unverzeihlich! Er musste es wiedergutmachen. Und auftauchen.

Kjær saß beim dritten Absinth.

»Müssen wir noch in den Wald?«, fragte er, als wäre er ganz woanders. Sein Mund klebte zusammen.

»Sie wartet«, rief Jastrau und stürzte den neuen Absinth hinunter.

Kjær sah ihn verständnislos an.

»Sie? Sie? Eine Frau?«, Und dann schmunzelte er schläfrig. »Ja, Karl der Zwölfte wartet. Ja, lass uns aufbrechen. König Karl, der junge Held, er stand …« Er unterbrach seinen gedämpften Gesang und trank aus.

Langsam stolperten sie zum Taxi. Die Nachmittagssonne schien auf die Fahrbahn, dass es in den Augen brannte. Auf der anderen Straßenseite leuchtete ein weißes Hotel grell und verlassen.

»Nach Ovengaden neden Vandet!«

»Und keine Bäume«, jammerte Kjær.

Der Fahrer schüttelte den Kopf, aber Kjær beugte sich zu ihm vor.

»Ja, keine Alleen, verstehen Sie. Sie dürfen nicht durch Alleen fahren. Mein Kopf erträgt es nicht.«

Jastrau kroch ins Auto und sank auf die Rückbank. Grüne Baumkronen mit Sonnenschein. Ein funkelnder blauer Himmel. Weiße Häuser. Und es zog ein Sturm auf. Ein surrendes

Geräusch erfüllte den Raum. Und dann legten sie ab. Die angenehme Bewegung, wenn ein Schiff anfängt zu schaukeln. Weit, weit weg. Es ist kühl auf dem Meer.

Bruder Jakob! Bruder Jakob! Schläfst du noch?
Schläfst du noch?
Hörst du nicht die Glocken? Hörst du nicht die Glocken?
Ding-dang-dong! Ding-dang-dong!

Ein paar graue Hausfassaden. Altmodische Häuser mit soliden Mauern.

Bruder Jakob! Bruder Jakob! Schläfst du noch?
Schläfst du noch?

Es war die raue Stimme des ewigen Kjær. Während er sang, bewegte er rhythmisch die pummeligen Hände, und hin und wieder spürte Jastrau einen leichten Stoß. »Hörst du nicht die Glocken? Hörst du nicht die Glocken? Ding-dang-dong! Ding-dang-dong!« Das große aufgedunsene Gesicht mit den rotgesprenkelten Augen und den blaugrünen Schatten beugte sich über ihn, rötlich beleuchtet von der Nachmittagssonne, die feuchten Mundwinkel glänzten. »Bruder Jakob!«

Jastrau spürte, wie ihm ein kalter Schauder den Rücken hinunterlief, außerdem schmerzte die Schulter, weil er im Taxi schief gelegen hatte. Kjær sang noch immer aufmunternde Lieder, und hinter seinem Kopf ließen sich in einem seltsam schwebenden Abstand alte, braune Giebel ahnen. Eine frische Brise und das Geräusch eines leisen Schwappens weckten ihn. Er richtete sich auf.

Ein Kanal mit grünem Wasser. Er nahm die tiefgrüne Farbe in sich auf.

»Wir sind da«, lispelte er und kroch frierend aus dem Auto,

stützte sich ab, versuchte einen Schritt zu gehen. Der Bürgersteig drehte sich, ein Haus mit rauen, blaugrauen Mauern flimmerte vor seinen Augen, wieder musste er sich an dem Taxi abstützen. Endlich gab es etwas Breites und Solides, an dem man sich anlehnen konnte. Der ewige Kjær ging in angespannter Ruhe weiter, breit und schwer, er hatte Jastrau unter den Arm gefasst. Die Haustür gab unter ihrem doppelten Gewicht nach. Zwei schwergewichtige Gestalten. Dann torkelten sie ins Treppenhaus und schlurften und fummelten herum, bis sie an einem Geländer gelandet waren.

»Pu-ha«, stöhnte Kjær. »Ich muss für zwei denken.«

»Musst du nicht!«, fauchte Jastrau und zog sich am Geländer hoch. »Dort! Dort!«, Er zeigte auf eine Tür mit einem Namensschild, auf dem Otto Kryger stand. »Du musst klingeln. Sonst mach ich das.« Er wankte vom Geländer zur Tür, geriet mit dem Fuß unter die Matte und sank in die Knie, während er die Arme zur Klingel ausstreckte und läutete.

Im selben Moment wurde die Tür geöffnet, und in dem dunklen Flur leuchtete Frau Luises graues Seidenkleid. Ihr Gesicht erstarrte und wurde urplötzlich hager und deutlich älter. Nur die grauen Augen glänzten übernatürlich, als hätte sie Fieber.

»Vollkommen verrückt ist das, worauf wir uns da eingelassen haben«, brummte Kjær, der an der Wand lehnte. Er wollte sehr höflich die Hand zum Hut führen, gab es aber auf und ließ die Hand hilflos wieder sinken.

»Luise, Frau Lu-i-se«, säuselte Jastrau auf Knien und sank langsam vornüber, sodass die Tür sich nicht schließen ließ. Frau Luise trat erschrocken zurück, presste die grazilen Hände an die Brust und schnappte nach Luft.

»Aber … aber … aber …« Sie schluchzte.

»Ja, das ist vollkommen verrückt, gnädige Frau«, ertönte Kjærs Stimme, und wieder unternahm er einen missglückten Versuch zu grüßen. Seine Hand zitterte.

In diesem Moment waren aus der Etage über ihnen Schritte zu hören. Jemand war auf dem Weg nach unten. Ein ängstlicher Schatten glitt über Frau Luises Gesicht, ihre Augen leuchteten weiß, als wollte sie die Treppe hinauf durch alle Etagen sehen.

»So helfen Sie mir doch, Mann«, flüsterte sie Kjær hektisch zu. »Oh, wenn uns jemand sieht!«

Und sie ging in die Knie, packte Jastrau am Arm und zog. Kjær bückte sich schwankend und befreite den Fuß von der Matte, schob Jastrau in die Wohnung und ging ebenfalls hinein. Im selben Moment fiel die Tür hinter ihnen zu. Sie standen in dem dunklen Flur und rangen um Atem, erlöst. Die Schritte gingen draußen vorbei.

»Aber was mache ich jetzt bloß mit Ihnen beiden«, seufzte Frau Luise. Jastrau versuchte aufzustehen.

»Das ist vollkommen verrückt, gnädige Frau«, versuchte Kjær sie zu trösten.

»Wau, wau, wau, wau«, bellte Jastrau albern. »Ich bin ein Hund. Wau, wau, wau, wau.«

»Es ist vollkommen verrückt, gnädige Frau.«

Und plötzlich brach Frau Luise in Gelächter aus. Ein seltsames, unruhig flackerndes Gelächter. »Was für ein Wahnsinn!«, rief sie. »Und … und … was für ein Glück, dass ich meinem Dienstmädchen frei gegeben habe.«

»Ein Hund! Wau, wau.«

»Es ist verrückt, gnädige Frau. Verrückt.«

»Nein, es ist komisch!« Sie lachte mit weit aufgerissenen starren Augen. »Nein, wie lustig … und wild! Wild! Aber er kann da nicht liegen bleiben und bellen.«

»Wau.«

»Nein, das kann er nicht, das kann er nicht«, murmelte Kjær.

»Wau! Wau!«

»Ha, ha!« Und Kjær hob kindlich einen dicklichen Zeigefinger. »Und Karo lernt im Morgentau: w.a.u. bedeutet wau.«

Frau Luise hatte sich aber erneut gebückt und Jastrau am Arm gepackt, und nun kam ihr Kjær zur Hilfe. Mit Mühe bekamen sie Jastrau auf die Beine und führten ihn durch ein helles Esszimmer, in dem ein Tisch mit einem kalten Abendessen für drei Personen gedeckt war.

Beim Anblick des funkelnden Schnapses hielt Kjær unwillkürlich inne.

»Nein, wir müssen weiter, ins Arbeitszimmer meines Mannes«, befahl Frau Luise. Dann versuchte sie zu lachen, stöhnte aber unter Jastraus Gewicht.

»Tschuldigung!«, lallte Jastrau weinerlich. Eine Sekunde lang blitzte in ihm eine gewisse Klarsicht auf. Der grüne Kanal. Er erinnerte sich. Sie öffneten die Tür und führten ihn zu einem Diwan.

III

Morgendliches Licht fiel von einer unbekannten Zimmerdecke, und in dem weißen Schimmer tauchten drei schwarze Männer wie Teufel aus einer Schachtel auf. Sie hatten keine Arme. Und die schwarzen Jesuitenkutten, mit denen sie bekleidet waren, wuchsen und wuchsen, bis die drei mageren, verzerrten Gesichter mit dunklen, zusammengekniffenen Augen über Jastrau hingen.

Und dann spuckten alle drei, dass es in der Luft aufblitzte.

Jastrau spürte, wie sein Herz sich schmerzhaft verkrampfte, er richtete sich auf. Die Männer standen noch immer da. Es kam ihm vor, als würden sich die langen Gewänder am Boden wie drei Zweige an einem Stamm verbinden. Aber nicht deshalb klopfte sein Herz so heftig. Es lag an der Boshaftigkeit, die sich in den drei Gesichtern mit Runzeln, Falten und schmalen Augen zeigte, eine ätzende, asketische Bosheit, die keine Grenzen kannte – das Prinzip des Bösen in dreifacher Mönchsgestalt, verdorben von Frömmigkeit und Verachtung, der bleiche Teufel einer jesuitischen Hydra.

Die Lippen, die gespuckt hatten, waren stramm und standen noch offen, und er fürchtete, sie könnten noch einmal, noch einmal spucken, dass es in der Luft aufblitzte. Aber er wollte sich nicht ergeben. Sein Herz klopfte. Er wollte sich nicht ergeben. Er starrte sie unverwandt an, starrte und schrie, so sehr schmerzte es in seinem Herzen. Und da verblassten die Gesichter, die schwarzen Gewänder wurden durchsichtig, alles bekam eine feste Form. Zwei schwarze Regale. Eines sah er von der Seite. Und dazwischen das Bild eines jungen, blassen Mannes mit einem vornehm ovalen Gesicht und schwarzen, ekstatischen Augen, die Reproduktion einer idealen Männergestalt von El Greco.

Jastrau atmete vor Erleichterung auf. Seine Brust hob und senkte sich. Wo war er? Eine neue Angst! Die Ausnüchterungszelle. Nein, nein. Eine fremde Decke. Er fürchtete sie und wagte kaum hinaufzuschauen, er bekam davon Herzklopfen. Wo war er? Ein Kanal mit grünem Wasser. Bruder Jakob! Bruder Jakob! Er erinnerte sich und fing an, am ganzen Körper zu zittern. Er lag vollständig bekleidet auf einem fremden Diwan, sogar die Stiefel hatte er noch an.

Und wieder ließ er den Blick über die bedrohliche, weiße Zimmerdecke schweifen. Am Fenster blinkte es. Leuchtende Reflexe wogten über die Zimmerdecke, unruhig und schimmernd, mit der schlangenhaften Geschmeidigkeit des Wassers.

Eine Tür wurde geöffnet, und eine blasse Frau in einem rosafarbenen Pyjama, schmächtig, beinahe knabenhaft, stand mit aufgerissenen, grauen Augen in der Tür.

»Wieso haben Sie geschrien?«, fragte sie atemlos.

Er setzte sich ganz auf und starrte sie im morgendlichen Licht an. Sie hatte Ringe unter den Augen, und ihr Gesicht war von der nächtlichen Wache aufgedunsen. An den Wangen und am Hals hing die Haut schlaff und alt herab.

»Habe ich geschrien?«, fragte er, und ein Lächeln glitt über seine Lippen. Er spürte, dass sie trocken waren und brannten, und er ahnte ein Kribbeln der Haut aufgrund der wachsenden Bartstoppeln. Verlegen fuhr er sich durchs Gesicht und lächelte noch einmal, ein schmieriges Lächeln, eine verzweifelte Ironie.

Frau Luises Brust wogte heftig unter der leichten Schlafanzugsjacke.

»Oh, Sie haben mich so erschreckt«, stöhnte sie und rang um Atem.

»Ich hatte nur eine Halluzination«, erwiderte Jastrau, ohne sein Lächeln aufzugeben, als wären Halluzinationen ein alltägliches Erlebnis.

In diesem Moment blickte Frau Luise verschämt auf ihren Pyjama.

»Und ich stehe hier splitternackt«, lachte sie, »vor einem fremden Herrn.« Ihr Gelächter klang flatterhaft und unkontrolliert.

»Kompromittiert!«, rief sie und stellte die Beine in der rosafarbenen Schlafanzugshose sittsam nebeneinander. Er ahnte, dass ihre Beine mager und die Knie spitz waren.

»Nun ja!« Er ließ sich Zeit. Aber sie hatte sich hinter einer Portiere versteckt, sodass nur ihr Kopf mit der aschblonden, unfrisierten Jungenfrisur zu sehen war. Und wieder brach sie in ein schrilles, lautes Gelächter aus.

»Das ist doch verrückt!«, rief sie gellend.

»Wirklich?«, fragte Jastrau apathisch und zog die Brauen hoch, während er auf seine dreckigen Hände blickte. So sahen die Hände immer am Tag danach aus: schmutzige Haut, die Finger vom Nikotin verfärbt, die Nägel schwarz. Er konnte es riechen. Wie alte, verstaubte Kleider. »Meiner Meinung nach ist es nur lächerlich«, fügte er hinzu.

»Nein, jetzt ist es aber genug!«, rief sie. »Und Sie werden auch noch unverschämt. Lächerlich! Denken Sie denn überhaupt nicht an mich und die Situation, in die Sie mich gebracht haben?«

Jastrau hob den Kopf und sah in ihre grauen, schimmernden Augen, er wandte den Blick nicht ab, bis sich eine schwache Röte auf ihrem gepuderten Gesicht ausbreitete.

»Ja, eben«, sagte er und presste die Lippen ironisch aufeinander. »Für Sie ist es lächerlich … aber mir kann es egal sein.«

»Was meinen Sie damit?«, fragte sie aufgebracht und trat halb hinter der Portiere hervor. Die Pyjamajacke hatte sich geöffnet, und im Schein des hellroten Stoffs leuchtete ihre flache, deutlich zu erkennende Brust in einem frischen, jugendlichen Glanz. Er bemerkte die dunkle Brustwarze, sie fesselte seinen Blick mit ihrer animalischen Unverhältnismäßigkeit, so groß war der braune Hof.

»Ich denke, ich muss gehen«, sagte er, stand auf und ging auf die Tür zu.

Aber sie stellte sich ihm in den Weg.

»Nein, Sie müssen sagen, was Sie mit lächerlich meinen.«

Sie sah ihm mit einem wilden und hektischen Blick direkt in die Augen. Einem viel zu fanatischen Blick. Die Haut unterhalb ihres Kinns war alt. Als er ihren Arm fassen und sie beiseiteschieben wollen, berührte seine Hand ihre Brust. Hatte sie die Brust vorgeschoben? Durch den dünnen Pyjama spürte er Weichheit und Wärme, eine zarte, weibliche Form, und durch den hellroten Stoff sah er ihre Brust frisch und jugendlich im morgendlichen Licht. Und es war dieser Glanz von Jugend und Morgen, der wie ein Traum in ihm aufstieg. Er packte sie, küsste sie. Ihre Lippen bewegten sich nicht. Sie waren dazu nicht fähig. Aber ihr Gesicht war entschlossen. Das Gesicht einer Ehefrau. Und er hob sie hoch und trug sie zum Diwan, während sie nicht aufhörte, ihn anzustarren – mit aufgerissenen Augen, die so groß waren, dass sie gleichsam das gesamte im morgendlichen Licht liegende Zimmer, das Fenster und die Häuser auf der anderen Seite des Kanals einfingen.

Sie war lebhaft und viel zu hastig, nicht leidenschaftlich. Er war kein Blut, nur Bewegung, nur Erfahrung ohne Erkenntnis, es wurde eine Begegnung, kein Verschmelzen, keine Einheit, kein Rausch.

Aber sie redete. »Oh, das ist so verrückt!« – Es war nicht verrückt. »Liebst du mich? Sag es!« Sie strich ihm mit einer bebenden Hand über den Nacken, es war wie der Flügelschlag kleiner Vögel. »Oh, du barbarischer Mensch!« Sie rieb ihre Wange an seiner, die Bartstoppeln knisterten. »Und du bist unrasiert, du wilder Mann. Du willst nur den Rausch.« Sie redete sich in Ekstase und lachte. »Oh, du. Barbarisch und unbarbiert, du, du, du.«

»Jetzt ist es vielleicht nicht ganz so lächerlich«, sagte Jastrau und trat ans Fenster. Rosarote Morgenwolken trieben über einen blassblauen Himmel. Wolken wie ein Echo auf Frau Luises Pyjama. Die Häuser mit den altertümlichen Giebeln auf der anderen Seite des Kanals offenbarten ihre Farben, braun und gelb wie weiche Haut, und rot, wie durchschienen von Blut. Frau Luises Brust.

»Woran denkst du?«, fragte Frau Luise. Sie puderte sich.

»Ich bin nur still«, antwortete er. Ich bin nur dumm, hörte er ganz deutlich, jedes Wort von einer Stimme gesprochen, die er nicht kannte, vermutlich war es seine eigene. Eine Lauthalluzination.

»Ah, ja«, seufzte Frau Luise auf dem Diwan. Sie trug Lippenstift auf. »Das ist das Leben, leidenschaftlich.« Und sie lachte. Man hörte, dass sie sich anstrengte, um übermütig zu lachen. »Das Leben ist so vielfältig, trink, damit der Kopf wächst, wie Ihr Freund es ausgedrückt hat.« Und sie schlug heftig mit der Hand auf den Diwan.

»Wo ist Kjær?«, erkundigte sich Jastrau. Er stand noch immer am Fenster und blickte über den Kanal.

»Er hat ein Taxi genommen. Aber Ole!« Plötzlich stand sie hinter ihm, schlang die Arme um seinen Hals und hängte sich zappelnd an seinen Rücken. »Das war doch der alte Trunkenbold aus der Bar. Ich hatte solche Angst, und nun bin ich so froh, so froh. Er war höflich.«

»Das ist er immer«, erklärte Jastrau mühsam. Ihre Arme erdrosselten ihn beinahe.

»Und betrunken«, lachte sie, hängte sich wieder an seinen

Rücken und zog die Beine an, sodass er fast umfiel. »Aber ich hatte solche Angst. Du bist auf allen vieren gekrochen und hast gebellt, und ich war wütend, aber ich habe gelacht, denn ich wusste ja nicht, dass du meine, meine, meine Dänische Dogge bist. Schreist du nachts immer?«

Und nun bohrte sie ihren Kopf unter seinen Arm.

»Drück zu! Drück zu!«, rief sie in seine Kleider. »Ich hatte immer zu viel Hirn, ich will das nicht mehr. Zerquetsch es mir, hörst du.«

Er drückte sanft zu, fing aber in diesem Moment an zu zittern.

Die drei boshaften Gesichter. Er hatte die Dreieinigkeit der Bosheit gesehen, das Prinzip des Bösen. Und jetzt! Er war mit Otto Kryger befreundet. Er würde ihm nie wieder in die Augen sehen können.

»Oh, Sie!«, sagte er betrübt und streichelte ihr zärtlich über den Kopf, der noch immer unter seinem Arm steckte. Sie lachte halb erstickt in sein Jackett. Ihr aschblondes Pagenhaar sah aus wie ein Handfeger. »Das war eine richtige Dummheit!«

Sofort zog sie ihren Kopf zurück.

»Was meinst du?«, fragte sie unruhig und stellte sich vor ihn. Die Lippen hatte sie zu grell bemalt, sie wirkten hart und unbarmherzig. Ihre Trockenheit war rot kaschiert.

Und er sah auf die schmächtige Frauengestalt im rosafarbenen Pyjama herab, er sah auf sie herab, wie sie in dem klaren Tageslicht dastand, und ihm ging durch den Kopf, dass es an ihr keine runden, sanften oder anziehenden Formen gab.

»Es war eine Dummheit«, wiederholte er und blickte ihr direkt in die Augen. Sie waren grau und müde.

Aber tief in diesen grauen Augen erwachte etwas Dunkles, so etwas wie Verständnis. Sie wurde wieder sie selbst – mit diesen erfahrenen Augen einer Ehefrau. Und sie blickte auf den schweren Jastrau, auf dieses breite, unrasierte Gesicht, diesen desillusionierten, matten Mund und die rotgesprenkelten Augen, die jetzt bereits misstrauisch glänzten. Sie blickte auf die Wangen und die Fleischfalte am Kinn. Die gesamte untere Gesichtshälfte zerfloss in Unförmigkeit, obwohl sein Kinn ursprünglich einmal markant gewesen war. Das große Gesicht eines Trinkers. Trink, damit der Kopf wächst.

Und sie lachte und nickte: »Ja, das war es.«

Ihr Lachen flackerte nervös, und plötzlich drehte sie sich um. Sie ließ den Kopf mit dem zerzausten Pagenhaar hängen, als würde sie nachdenken.

»Sie müssen jetzt gehen, hören Sie«, sagte sie, als führe sie Selbstgespräche.

»Gehen?«, fragte er heiser.

Sie nickte eifrig, noch immer von ihm abgewandt.

»Ja, ja. Ich will Sie nicht mehr sehen«, erklärte sie entschieden.

Entglitt sie ihm? Bereits jetzt? Sollte er zupacken und seine Eroberung festhalten? Eroberung? Wenn er getrunken hatte, machte er Eroberungen. Eroberungen?

»Ja, das ist sicher das Beste. Tja, dann leben Sie wohl, Frau Luise, und …« Er hielt inne. »Und … und danke, du.«

Überrascht drehte sie sich um. Ein großes Lächeln breitete sich auf ihrem Gesicht aus, dann brach sie in Gelächter aus.

»Und dann bedanken Sie sich. Nichts zu danken, mein Herr.« Und plötzlich ließ sie die Arme sinken, verzog wehmütig den Mund und schüttelte den Kopf. »Es war nichts. Geh lieber … und … nein, nein, ich war es, die das große Erlebnis haben wollte. Nein, nein … leb wohl, du … sag Lebewohl zu einer kleinen vernachlässigten und übersehenen Ehefrau. Auf Wiedersehen! Geh jetzt! Sagen Sie der Gattin Ihres Freundes Lebewohl. Gehen Sie! Hören Sie nicht!«

Und sie lief zum Diwan und warf sich mit dem Kopf in das Kissen.

»Ja, dann gehe ich.«

Sie schluchzte nicht. Sie verbarg nur ihr Gesicht.

Und Jastrau schloss leise und nachdenklich die Türen.

Er ging.

An der Ecke der Torvegade zündete er sich eine Pfeife an. Die Straßen waren leer und leuchteten in den vielfältigen Farben der Steine, die sich auf den Platten und Fassaden leise entfalteten. Ein Wagen mit Obst und Gemüse aus Amager rumpelte einsam mit Pferd und Kutscher vorüber, eingehüllt in eine Atmosphäre aus morgendlicher Verdrießlichkeit. Die Hufeisen klapperten gemächlich, das Echo von den Häusern ließ sich Zeit.

Langsam ging Jastrau zur Knippelsbro. Er legte den Kopf in den Nacken, wie es die Angewohnheit aller morgendlichen Wanderer ist, folgte mit den Augen den rötlichen Wolken und den Linien der Dächer am blassblauen Himmel – Frau Luise –, lächelte und betrachtete die Spiegelungen des Tageslichts in den Fenstern der obersten Stockwerke. Alle vierten Etagen waren so leer und funkelnd wie Seifenblasen. Gardinen, Topfpflanzen und Menschlichkeit waren hinter flüssigen, feuchten Häutchen verschwunden, aufgelöst im Himmelsglanz der Fensterscheiben.

Aber er wollte nicht denken.

Er rieb sich die Hände, um das Gefühl zu haben, er selbst zu sein, und schlenderte langsam weiter, trat behutsam auf die Steinplatten des Bürgersteigs, spürte, wie seine Füße schmerzten. Hin und wieder trat er fest auf. Er war er selbst.

Die grünspanfarbene, gewundene Lindwurmspitze der Börse! Es gab viele Freuden am Morgen, klar und gleichsam jede für sich. Und die morgendliche Luft war so still, dass der Rauch seiner Pfeife dicht und gemächlich aufstieg.

Er hatte eine Frau erobert. Verschaffte es ihm Klarheit? Es verhalf ihm zu einem klaren Morgen. Als er das erste Mal mit einer Frau zusammen war, hatte er danach in der Rahbeksallé gestanden und in die Baumkronen gestarrt. Auch ein Morgenhimmel, aber dunkler. Ebenfalls Hausfassaden, weiß und morgendlich dämmernd. Und die gleiche klare Leere. Eine Fensterscheibe im vierten Stock, die den Sommerhimmel spiegelte, glänzend blank.

Der Højbroplads lag einsam da, bräunlich und einladend wie ein Wohnzimmer. Warum wollte er über die Strøget nach Hause gehen? Es war angenehm und hatte etwas Kopenhagenerisches. Die Strøget gehörte zu einem morgendlichen Spaziergang.

Die Ehefrau eines Freundes! Aber war das nicht hysterisch? Otto betete fremde Götter an. Verdiente er es nicht? Es war eine Strafe, die längst überfällig gewesen war.

Und auf den Dächern der Strøget gurrten die Tauben. Ein Blitz aus dem Atelierfenster eines Fotografen. Ein schwacher Schatten über der Straße, durchsichtig und braun. Die Hausfassaden und die Platten des Bürgersteigs glänzten. Und noch immer dieses rollende, gemütliche Geräusch der Tauben, als würde es in den Hinterhöfen von ihnen wimmeln. Hier und da ein heftiges Flattern, ein Sturz von Flügeln und weißen Federn durch die Luft.

Die Tauben gurrten wie in verlassenen Palästen. In den einsamen Höfen der Paläste. Kopenhagen an einem frühen Sommermorgen.

Auf der rechten Seite des Nytorv lag das Gerichtsgebäude mit seinen Riesensäulen, ein gelbbrauner Tempel, in dessen Mauern sich die Ausnüchterungszellen befanden.

Ein kalter Schauer fuhr ihm den Rücken hinunter.

Er trug seine Hosenträger. Die Hose saß stramm. Doch es gab viele Formen der Demütigung. Gut, dass das Zimmermädchen des Hotels gestern Morgen den Riss in der Hose genäht hatte, den katholischen Riss, eine Wunde nach geistigen Kämpfen. Wie lange war es her, dass er zu Hause in der

Istedgade gewesen war? Vorgestern, als der Hausmeister die Bretter hochschleppt hatte, um sie an die Wohnungstür zu nageln und das Loch in der Scheibe abzudecken. Wie lange war das her? Und nun kannte er Frau Luise.

»›Dagbla-det‹! ›Dagbla-det‹!« ertönte es in der dunklen Kluft, die in den Rathausplatz mündete, an dem die Häuser in einen weißlichen Dunst gehüllt waren. Frederiksberggade.

Als er auf den Zeitungsverkäufer stieß, kaufte er keine Zeitung. Merkwürdig! Er wollte sich die hektische Freude über die frische Zeitung abgewöhnen, die noch nach Rotationspresse roch.

Und dann über den hellen, schwindelerregenden Rathausplatz. Ein Mädchen mit einem weißen Gesicht huschte um die Ecke des »Paraplyen«. Er kannte sie vom Sehen. Nannte man sie in der Redaktion nicht »die Flöte«? Eine andere wurde »das Gesicht« genannt. Sie war es nicht.

Schließlich stand er mit schmerzenden Füßen vor dem Tor der Istedgade. Warum war er nicht ins Hotel gegangen? Weshalb? Steffensen schlief sicher noch, als wäre es seine Wohnung. War Anna Marie zurückgekommen?

Als er das schwere Tor öffnete, schloss er die Augen, so müde war er – im Dunklen rauchte es, Flammen schlugen aus. Eine Unruhe und eine Hitze, die in ihm auf der Lauer lagen.

»Hi, hi! Guten Morgen!« Vor ihm stand der Hausmeister mit rotgeränderten Augen, aus den Brusttaschen seines Overalls ragten zwei Flaschen Bier. »So geht das nicht mit dem Kriegswesen.« Er schwankte.

Jastrau nickte.

»Wir können ein Stück des Wegs gemeinsam gehen … die Treppe hinauf … wie man so sagt«, fuhr der Hausmeister fort. »Begleitung verkürzt den Weg.«

»Ich bin müde.«

»Ja, ich sollte mich auch ein wenig aufs Ohr legen … bis

morgen, was also heute ist. Ich habe mit dem Bäcker lange über Politik diskutiert, sozusagen. Das ist der, der gern Ihr Grammophon kaufen würde, aber ich will 'ne Provision, Jastrau. Ach, Jastrau, alte Saufnase.«

Sie stiegen die im morgendlichen Licht liegende staubige Treppe hinauf. Auch die Fenster mussten mal wieder geputzt werden.

»Alte Saufnase«, grinste der Hausmeister und schlug Jastrau auf die Schulter. »Und ich hatte gedacht, Sie wären so'n ganz Vornehmer, so'n Besserwisser, und dann sind Sie ein Mensch. Ein Mensch. Aber genau, wir sind ja per Du. Du kannst mir glauben, ich hab deine Wohnungstür ordentlich vernagelt. Hi, hi. Sieht aus wie nach 'nem Raubmord.«

Jastrau sah zu seiner Tür hinauf und blieb abrupt stehen. Die matten Scheiben mit dem Tapetenmuster, das große sternförmige Loch mit den explosiven Zacken und dahinter die rohen Bretter, die so angenagelt waren, dass kein Unbefugter seinen Arm durch das Loch stecken und die Tür von innen öffnen konnte, machten mit ihrer nüchternen Realität einen solchen Eindruck auf ihn, dass es ihm den Atem verschlug. Die Tür war demoliert, es war nicht zu übersehen, und der Hausmeister hatte recht: Es sah aus, als wäre hinter der verbarrikadierten Tür ein Raubmord geschehen.

»Ordentliche Arbeit, sozusagen«, rief der Hausmeister kichernd und schwankte auf ihn zu.

»Schläft er da drin?«, fragte Jastrau atemlos. Er konnte die Augen nicht von der ramponierten Tür abwenden. Es war der Eingang zu seinem Zuhause! Einem Zuhause!

»Der Säufer, ja. Der spielt den großen Herrn. Fräulein Jensen hat richtig Schiss vor ihm. Ist 'n übler Bursche, stammt aber aus 'ner guten Familie.«

»Fräulein Jensen?«, fragte Jastrau verwirrt und müde, er trat einen Schritt zur Seite, um sich am Geländer abzustützen.

»Ja, das junge Mädchen, das neulich nachts weggelaufen ist. Aber …« Der Hausmeister schwankte ein wenig, »ich schaff es nicht, mich hier auf den Treppenstufen gerade zu halten.«

»Dann setzen wir uns«, schlug Jastrau vor und setzte sich mit dem Rücken zu der unheimlichen Tür auf die Stufen.

»Gut, setzen wir uns«, rief der Hausmeister. »Pu-ha, so geht das nicht mit dem Kriegswesen. Nein, wirklich nicht.«

Jastrau starrte auf das Treppenfenster mit dem kleinen Loch hinunter in den Hof.

»Fräulein Jensen. Anna Marie«, sagte er leise. »Dann ist sie zu Ihnen gekommen?«

»Ja, nicht wirklich zu mir. Zu meiner Frau begreiflicherweise«, antwortete der Hausmeister grinsend, stützte die Ellbogen bequem auf die Stufen hinter sich und glotzte auf seinen ausladenden Overallsbauch. »Aber was sehe ich denn da auf meinem Bauch. Zwei Flaschen Bier … für zwei Herren. Als, als hätte ich so eine Vorahnung gehabt, dich auf der Treppe zu treffen. Bitte sehr«

Er riss die Verschlüsse ab und ließ sie die Treppe hinunterrollen. Dann stießen er und Jastrau mit den Flaschenhälsen an, prosteten sich zu und tranken.

»Du, Jastrau«, sagte der Hausmeister dann und stöhnte über dem Flaschenhals, sodass ein hohles Pfeifen aus der Flasche kam. »Willst du dieses schöne Grammophon nicht verkaufen … puh? … Was?«

Er nickte müde.

»Nein«, erwiderte Jastrau irritiert, »aber wohnt Anna Marie noch immer bei euch? Ist sie oben?«

Der Hausmeister kratzte sich die roten Haare.

»Anna Marie? Ach, Fräulein Jensen.« Er grinste nachdenklich. »Eigentlich habe ihr versprochen, es niemandem zu sagen. Aber man kann ja nicht einfach die Klappe halten, wenn man sich im Treppenhaus begegnet … auf dem Weg nach oben … jeder in sein Bettchen. Aah, dieses Bier hat gutgetan. Aber es ist gar nicht so einfach, weil das Bier immer noch schmeckt.«

Jastrau runzelte die Stirn.

»Das können Sie sich doch unmöglich leisten«, meinte er.

»Bier? Nee!«, antwortete der Hausmeister und sperrte den Mund auf. Und plötzlich steckte er die Flasche in den Mund, da er nun schon einmal offen stand.

»Aber was sein muss, muss sein«, schnaufte er und sah Jastrau mit einem verschmitzten Blick aus seinen tränenden und treuherzigen Augen an. »Hör mal, willst du nicht doch dieses Grammophon verkaufen – ein für alle Mal«, rief er plötzlich und versetzte Jastrau einen schelmischen Stoß.

»Ich meinte, du kannst es dir doch nicht leisten, sie bei euch wohnen zu lassen«, beharrte Jastrau, als wollte er seine eigene morgendliche Trägheit und die vagen Gedankensprünge des Hausmeisters mit einem Schlag beenden.

»Nee, das kann ich auch nicht, nee!«

»Was willst du denn mit ihr machen?«

»Hi, hi.« Der Hausmeister schlug sich auf die Schenkel. »Glaubst du, meine Frau ist damit einverstanden? Nein, da kennst du sie schlecht. Und sie selbst ist doch auch noch jung und frisch. Verflucht, das muss dir doch auch aufgefallen sein. Die kann einen Mann schon beschäftigen … und was das betrifft, reicht ein Mann vermutlich nicht. Oder? … Skål, du! Bier ist schon ein vortreffliches Zeug.«

Jastrau trank, ohne dass es ihm Freude bereitete. Er war apathisch.

»Ich verstehe das nicht«, sagte er und starrte auf die Treppenstufen.

»Ich auch nicht«, grinste der Hausmeister. »Und ich verstehe überhaupt nicht, was du … also … was du nicht verstehst. Ist es das Grammophon?«

»Ich verstehe nicht, wie du Anna Marie bei euch wohnen lassen kannst.«

»Anna Marie? Wer? Ach, Fräulein Jensen.« Der Hausmeister hob zur Erklärung die Flasche. »Na ja, sie hilft meiner Frau, und meine Frau hilft ihr bei der Stellensuche … in den In-se-ra-ten … pu-ha, ein langes Wort so früh am Morgen … und sie leiht ihr Klamotten … verstehst du … damit sie anständig aussieht, sozusagen, wenn sie sich vorstellt. Sie ist nämlich ein Herzensmensch, also meine Frau. Großes Herz! Große Titten! Große Hüften! Großer Hintern, alles groß. Hi, hi … Aber so sollte man wohl nicht über seine Frau sprechen?«

Jastrau stand auf und sah ihn an.

»Ihr seid anständige Leute«, sagte er. Er wusste nicht, ob er es ernst meinte, aber er verspürte ein vages Bedürfnis nach Herzlichkeit.

»Was? Willst du etwa frech werden?«, fragte der Hausmeister mit einem misstrauischen Zucken.

Jastrau war bereits auf dem Weg nach unten.

»Was? Und jetzt verschwindest du?«

»Ja, ich will da nicht schlafen«, antwortete Jastrau und nickte in Richtung seiner Wohnungstür. Mit einem Mal war es ihm klargeworden. Er wollte diese Tür nicht mehr sehen. Sie war unheimlich. Mit der zerbrochenen Glasscheibe und den Brettern würde er sie niemals, niemals vergessen können. Es war, als hätte er die Ruinen seines eigenen Lebens gesehen.

»Meine Gesellschaft passt dir wohl nicht mehr, was! Aber was ist mit den Rechnungen? Was?«

»Welche Rechnungen?«

»Der Glaser und die Bretter und all das. Hast du gedacht, das ist umsonst?«, rief der Hausmeister böse und streckte sein sommersprossiges Gesicht vor.

Jastrau war bereits ein paar Stufen unter ihm. Vorsichtig drehte er sich zu dem Hausmeister um, ganz steif und vorsichtig, um einen Blick auf die kaputten Scheiben der Wohnungstür zu vermeiden. Der Hausmeister saß noch immer breitbeinig auf den Stufen, das Gesicht aggressiv vorgereckt.

»Schick sie mir ins Hotel«, entgegnete er hochmütig.

Und der Hausmeister riss sich unwillkürlich zusammen.

»Jawohl. So wird's gemacht.«

Und dann versank er wieder in seine Welt.

Als Jastrau die Treppe weiter hinunterging, hörte er die Bruchstücke eines düsteren Selbstgesprächs.

»… weiß nie, woran man an denen ist … u-wu-wu … immer, wenn man gerade dasitzt … und es gemütlich ist … kommt bei denen das Vornehme wieder durch … u-wu-wu … zum Teufel … anständige Leute … sind wir selber … u-wu-wu … das schöne … Grammophon.«

Und kurz bevor er das Haus verließ, hörte er ein Stöhnen und Scharren. In diesem Augenblick rollten die beiden Bierflaschen polternd und klirrend Stufe für Stufe die Treppe hinunter.

Der Hausmeister war mühsam auf die Beine gekommen und ging nun hinauf in seine Wohnung, um noch ein wenig zu schlafen.

Mit dem Gefühl, viele Meilen gewandert zu sein, ging Jastrau langsam zurück zum Rathausplatz. An der Straßenbahnhaltestelle mitten auf dem leeren Platz stand eine junge Frau in glänzendem Schwarz, das wie lackiert um ihre üppigen Formen blitzte. Mit den fleischfarbenen Strümpfen und dem stramm sitzenden Rock sah sie aus, als trüge sie einen Badeanzug, glitzernd und feucht im morgendlichen Licht. Jastrau ging in einem Bogen dicht an ihr vorbei. Einen Augenblick war er erregt. Er war ein Fraueneroberer. Aber ihr Gesicht war stumpf vor Schminke, der rote Mund müde und unverfroren. Frau Luise hatte graue, intelligente Augen. Das alles war so fern und unwirklich.

Noch müder als zuvor trottete er zum Hotel.

Draußen hing das große, ovale Schild. Der Name »Bar des Artistes« stand darauf als ein Bogen über einem geraden Strich, so wie man eine Brücke malt. Das Wasser unter der Brücke war das verführerische Wort »Dancing«.

Er war zu Hause.

Und mit einem Gefühl der Ruhe ging er zum Hoteleingang und klingelte an der Glocke.

»Haben Sie es schon gehört, Herr Jastrau?«, flüsterte der Portier, als er ihn eingelassen hatte. »Vor einer halben Stunde kam Herr Kjær herunter, vollständig bekleidet und glattrasiert und wollte in die Bar. Er dachte, es sei ein Uhr.«

Der Portier verbarg seinen kleinen schwarzen Schnurrbart hinter der flachen Hand und lachte.

»Sie ahnen ja nicht, wie lange es gedauert hat, bis wir ihn überzeugen konnten, dass es früh am Morgen ist. Haha! Oh, ich muss lachen, wenn ich nur daran denke. Und wissen Sie, was er sagte? Ja, Sie erraten es nie. Er sagte, er hätte mit der Uhrzeit etwas durcheinandergebracht, weil er in der Kirche gewesen sei, das hat er gesagt, und er vertrüge ein derart unregelmäßiges Leben nicht. Er sei um halb fünf nicht betrunken gewesen. Ha, ha, ha! Er sagte übrigens auch, Sie hätten ihn in die Kirche geschleppt. Ist das wirklich wahr, Herr Jastrau?«

»Nein, wir waren im Wald. Als er die Bäume, die Zweige und die Kronen sah, bekam er es mit der Angst zu tun und glaubte, er sei in einer Kirche«, erwiderte Jastrau mit einem müden Lächeln.

»Ah … ja«, rief der Portier und knickte mit einem Kichern ein. »Was Sie nicht sagen. Ja, Herr Kjær ist unbezahlbar.«

Und dann: »Guten Morgen, Herr Jastrau!« Worauf der Portier formvollendet die Fahrstuhltür aufriss.

In diesem Moment fuhr auf der Straße eine Straßenbahn vorbei.

Der Tag begann.

IV

Zwei Tage später saß Ole Jastrau im Restaurant des Hotels beim Mittagessen. Durch die Gardine sah er in den schmalen Hof des Hotels und ahnte den funkelnden Sonnenschein hoch oben zwischen den Dächern; aber bis zu ihm drang lediglich ein blasser, kränkelnder Schimmer. Die Aussicht auf die ewige Brandmauer verstimmte ihn, nervös wischte er sich die Hände an der Serviette ab.

Es war ihm beinahe unmöglich stillzusitzen. Das Warten auf ein weiteres Gericht war unerträglich. Vor Ungeduld hätte er ein Brötchen zerkrümeln können.

Vorsichtig führte er den Schnaps zum Mund. Aber der Schnaps zitterte. Es waren die Hände. Unmöglich, sie ruhig zu halten. Er streckte eine Hand aus und betrachtete sie lange, dreißig Sekunden. Sie zitterten.

Er brauchte noch einen Schnaps.

Kjær war sicher noch nicht aufgestanden. Er vermisste ihn. Es kam ihm vor, als sei Kjær der einzige Mensch, den er kannte. Der einzige. Und sie gingen den gleichen Weg. Aber Kjær verfügte über ein Vermögen, verwaltet von einem Anwalt, diesem faulen Backenzahn. Vor die Hunde zu gehen, kostet Geld. Vor die Hunde? Unfug! Nun war sein dreimonatiges Gehalt beim »Dagbladet« abgehoben. Das meiste war für die Unterhaltszahlungen draufgegangen. Und der Rest? Sollte er sein Geld zählen? Ich kann mich nicht totsaufen, weil ich nüchtern sein muss, um das Geld zu verdienen, das ich versaufen will. Ich kann mir das Saufen nicht leisten, weil ich nüchtern sein muss, um mir das Saufen leisten zu können. Oder wie? Das könnte ein Aphorismus werden, wirklich. Aber ein Aphorismus ist erst gut, wenn sich der lange Satz wie ein Fernrohr zusammenschieben lässt. Aquavit ist Medizin. Und er schloss die Augen, als er ein weiteres Schnapsglas leerte.

»Telefon für Sie, Herr Jastrau.«

Ein Kellner verbeugte sich mit einem vertraulichen Lächeln. Ach ja, gestern Abend. Ja, ja. Er war gestern Abend hier im Restaurant gewesen, und zwar in *diesem* Zustand. Wer hatte ihn gesehen? Was hatte er gesagt? Das Lächeln des Kellners war vielsagend. Oh, er lebte aber auch in einer Atmosphäre von lächelnden Kellnern, sie kamen ihm viel zu nahe und ließen sich auch nicht verjagen – nur so mit einem Schlag der Serviette. Mücken! Es war das gleiche Lächeln, das den ewigen Kjær wie ein Schwarm umschwirrte, nachsichtig, vertraulich, intim, bedauernd, warnend.

»Ein Anruf? Danke!«, antwortete er und stand auf.

Aber wer kam auf die Idee, ihn anzurufen? Er blieb mitten in dem leeren Lokal stehen. Ein Franzose mit einem dichten weißen Bart wischte sich den Mund mit der Serviette ab. Er war der einzige Gast im Restaurant, ein Weinagent aus Bordeaux. Sie grüßten sich mit »*Bon jour, Monsieur*«. Bei jedem Mittagessen. Und dann lachten sie: Hehe, hehe!

Und dann war die Welt wieder leer und lag im Halbdunkel, während draußen auf der Straße, hinter den Gardinen, die Sonne schien. Immer hinter den Gardinen! Menschen, Fahrräder, Autos, Straßenbahnen, jagende Blitze. Aber wer könnte auf die Idee kommen, ihn anzurufen? Es könnte Frau Luise sein. Er hatte seither nichts mehr von ihr gehört. Seltsam! Verschwand denn alles? Was ist ein Erlebnis? Das Restaurant, die Bar und der ewige Kjær wiederholten sich, das Halbdunkel, die Grammophonmusik, ein Geschmack von Fünf-Øre-

Münzen auf der Zunge, ein Widerwille gegen Whisky – der jedoch jeden Tag verflog –, all dies kam unaufhörlich wieder. Es war der Strom, der Fluss. Vermutlich rief Frau Luise an? Und wenn sie es nun war, ja, was dann? Eine Stimme vom Flussufer, während man vorbeitreibt.

Treiben! Treiben! Treiben! Aber es würde von allein aufhören. Er müsste einen Artikel schreiben, um Geld zu verdienen … jetzt … heute … nein … nein … vielleicht erst morgen. Aber es würde von allein aufhören.

Verschmitzt lächelte er vor sich hin. Schmierig nannte man so ein Lächeln. Denn dieser Verfall musste automatisch aufhören. Tief in seinem Inneren wusste er es, es war sein hintergründiges, funkelndes Geheimnis.

Er griff zum Hörer.

»*De profundis clamo*«, hörte er eine tiefe Stimme sagen.

»Was zum Teufel?« Jastrau wollte sofort wieder auflegen.

»Ich bin es, der aus der Tiefe ruft. Vuldum.«

»Ach so«, antwortete Jastrau mit einem müden Gesichtsausdruck. Fing er jetzt wieder mit der Scheibe in der Stenosgade an?

»Ich finde es klug von dir, Ole«, fuhr Vuldum ohne weitere Umschweife fort. »Du bist rechtzeitig abgesprungen.«

»So, findest du wirklich?«

Endlich wusste Vuldum es. Und nun summte die gesamte Redaktion.

»Aber du hättest es mir schon etwas früher sagen können.« Vuldums Stimme klang ein wenig verärgert. »Ich hätte möglicherweise verhindern könnte, dass eine vollkommene Nullität dein Nachfolger wird. Jetzt weiß man nicht, woran man ist. Ein Mr. Nobody vielleicht.«

»Ja, da könntest du recht haben, Vuldum«, antwortete Jastrau teilnahmslos.

»Es verrät einen gewissen Mangel an Kollegialität bei dir,

das wirst du mir wohl zugestehen?« Die Stimme klang, als mache sie sich Sorgen um Jastrau.

»Schon«, erwiderte er.

»Selbsterkenntnis ist gut«, lachte Vuldum. »Aber wenn du das akzeptierst, kannst du vielleicht auch verstehen, dass Pater Garhammer auf eine Entschuldigung wartet. Ich weiß, dass bei ihm die Glaserrechnung liegt – für dieses Stück Glas –, sie beläuft sich auf vier, fünf Kronen, eine Bagatelle.«

»Ich soll nach Canossa gezwungen werden?«, fragte Jastrau lachend.

»Nein, Ole. Du sollst lediglich die übliche Höflichkeit zeigen. Schließlich bin ich es gewesen, der die Ehre hatte, euch einander vorzustellen.«

»Das klingt, als ob du dich für diese Angelegenheit besonders interessierst.«

»Oder besonders für dich, Ole. Ich weiß, dass Pater Garhammer dich jeden Tag erwartet. – Er ist immer gegen vier Uhr anzutreffen.«

Vuldums Stimme war sanft und eindringlich.

»Du solltest darüber nachdenken, Ole. Du verstehst doch, dass es mir nicht egal sein kann.«

Er will mich dorthin zwingen, dachte Jastrau, als er den Hörer aufhängte. Mich zwingen! Ich soll gedemütigt werden. In der Stenosgade. Zu Kreuze kriechen. Im Sprechzimmer sitzen und demütig zu Kreuze kriechen. Eine Übung im Beichten? *De profundis clamavi ad te, domine*! Ein reuiger Sünder, der ein Stück zerbrochenes Glas bezahlt. Bisher hatte Vuldum es immer eine Scheibe genannt. Und das Gerücht! Das Gerücht hatte daraus vermutlich ein Kirchenfenster mit Glasmalerei und Bleieinfassung werden lassen. Aber nun war es wieder zu einem Stück Glas geworden. Man kämpft sich langsam zur Erkenntnis der Wahrheit vor.

Wieder im Restaurant sah Jastrau sich flüchtig in einer Spiegelsäule, die gesamte Figur, das schwarze, stramme Jackett, die helle, karierte Hose, schwarzer Jazzmusiker oder Schiffskoch auf Landurlaub. Es wäre gut, man könnte sich wie ein Außenstehender ein Bild von sich selbst machen. Vielleicht würde es einem zu höchst notwendigen Erkenntnissen verhelfen. Aber es gab ja die Vexierspiegel im Tivoli. Mal war man fett und rund, mal wurde man lang und schlaksig und bekam eine asketische Fratze, mal gab's lange Stelzen und einen kurzen Oberkörper, und mal einen langen Oberkörper und kurze Dackelbeine.

Alles war ein Vexierspiegel? Oder etwa nicht?

Wie spiegelte er sich im Hirn der Dame am Buffet, dort hinter der künstlichen Palme? Das elektrische Licht war eingeschaltet, so dunkel war es im Lokal, und dort saß sie, fett und blass von den Ausdünstungen der Gerichte, und lächelte gnädig. Und wie spiegelte er sich in Anna Marie? Die Vexierspiegel im Tivoli! Hatte sie vor ihm ebenso große Angst wie vor Steffensen?

Und Frau Luise?

Da hörte er rasche, energische Schritte im Lokal und wandte sich unruhig um. Es war ein kleiner, dunkelhaariger Herr in einem eleganten, hellen Mantel. Er schwenkte seinen Hut in der Hand.

»Ach, hier bist du. Und bereits beim Schnaps. Ha, ha.«

Jastrau wurde leichenblass und verspürte ein Schwindelgefühl, als er ein gefühlvolles, strahlendes Lächeln wahrnahm.

»Guten Tag, Kryger«, sagte er heiser.

Kryger setzte sich ungeniert ihm gegenüber auf einen Stuhl, behielt den Mantel an, warf aber den Hut auf einen freien Tisch.

»Ja, ich hab's eilig. Herr Ober, ein Bier. Ja. Aber nichts zu essen. Nein. Und wie geht es dir, Jastrau? Miserabel, vermutlich.«

Jastrau blickte auf Krygers kräftige Hände, die harten Handgelenke und die blanken Manschetten. Mit diesen Händen streichelte er Frau Luise – und viele andere Frauen – viele.

»Ein Wrack leidet nie«, antwortete Jastrau. »Es gleitet dahin. Es gibt dem Widerstand nach.«

»Na – bist du in Begräbnisstimmung? Das passt auch zur Beleuchtung hier drinnen.« Er beugte sich vertraulich über den Tisch. »Ich soll dich übrigens von Luise grüßen. Sie mag dich.«

Jastrau musste Kryger in die Augen sehen. Sie waren schwarz und herzlich. Ein breites Lächeln blitzte auf.

»Das beruht auf Gegenseitigkeit«, antwortete Jastrau.

»Aber du, du siehst richtig beschissen aus«, fuhr Kryger fort und zog den Stuhl näher an den Tisch. »Hast du sämtliche Taue gekappt?«

»Ja, sozusagen.«

Krygers Krawatte hatte glänzende runde Kanten.

»Die Ehe?«

»Ja.«

»Auch der Junge?«

»Ja.«

Kryger knöpfte den obersten Westenknopf vermutlich nie zu.

»Auch das ›Dagbladet‹, habe ich gehört.«

»Ja.«

»Und jetzt willst du selbst schreiben und veröffentlichen?«

»Nein.«

Kryger hatte eine niedrige Stirn. Ein seltsamer Anblick. Über jedem Auge gab es eine leichte Erhöhung, die Wurzeln der Hörner.

Er lehnte sich zurück, hielt Blickkontakt mit Jastrau und entblößte die Zähne zu einem breiten, ironischen Lächeln.

»Was willst du dann? Trinken?«

Jastrau wandte rasch den Blich ab. Diese aufdringliche Herzlichkeit war ihm unangenehm. Kryger wirkte so blankpoliert, dass es in den Augen wehtat. Es war eigenartig, dass Frau Luise …

»Du solltest nicht länger hier wohnen. Damit ruinierst du dich bloß«, fuhr Kryger fort und zog zwei Zigarren heraus. »Bitte! Du solltest bei mir einziehen. In meinem Arbeitszimmer steht ein Diwan.«

»Du hast einen Diwan?«, fragte Jastrau langsam. Drei schwarze Gestalten wie drei Äste an einem Stamm. Drei spuckende Gesichter. Das Prinzip des Bösen. Wie verrückt das ist! Liebst du mich? Sag es! Sag es! Oh, du barbarischer Mensch! Unbarbiert!

»Das klingt, als würdest du mir nicht glauben, Jastrau.«

»Doch, ich glaube es«, erwiderte Jastrau bedrückt und starrte unablässig auf Krygers Hände.

»Du bist, gelinde gesagt, geistesabwesend – oder hast du einen Kater?«

Jastrau wusste, dass Kryger nicht dumm war. Aber war das möglich? War es so leicht, sich einem Menschen gegenüber überlegen zu fühlen? Man musste ihn bloß betrügen? Dann war man überlegen. Hatte die Hinterhand. Jastrau blickte Kryger direkt in die Augen.

»Was für einen wilden Blick du hast, Jastrau.«

»Ja, ich habe in letzter Zeit auch viel getrunken«, erwiderte Jastrau. Und er sah ihm noch immer in die Augen. Wie leicht es war!

»Aber so kann's doch nicht weitergehen, Mann«, rief Kryger und schnitt sorgfältig, beinahe grausam, die Spitze seiner Zigarre ab und blies die Krümel fort. Wieder glitten Jastraus Augen über seine Stirn und das hübsche glatte, blauschwarze Haar.

»Aber was willst du bloß?«, fragte Kryger erneut.

»Manchmal bilde ich mir ein, ich hätte ein philosophisches Ziel. Ich wollte hinter die Meinungen kommen, hinter meine eigenen Meinungen«, erklärte Jastrau. »Ich wollte sehen, was sich dahinter verbirgt.«

»Ja, und das waren Geschlechtstrieb und Trunksucht, nicht wahr«, lachte Kryger und zündete seine Zigarre an. »Bist du verliebt?«

»Nein«, antwortete Jastrau lächelnd, und plötzlich wagte er es. Es war anregend. Als würde man ein Instrument stimmen. »Es sei denn in deine Frau.«

»Na, na«, erwiderte Kryger, und seine Augen wurden größer. Ein Aufblitzen. Dann lächelte er ironisch: »Ich glaube übrigens nicht, dass du etwas von der Liebe verstehst, Jastrau. Das war immer meine Meinung.«

»Meinst du?«, sagte Jastrau lauernd und ließ plötzlich ein verzweifeltes Lachen hören. »Du hast übrigens recht, Kryger.«

Kryger nickte verständnisvoll.

»Bei Frauen gibt es für mich ganz eindeutig zwei Gruppen. Die einen, die man liebt, und die anderen, die man anbetet«, fuhr Jastrau fort. Er hatte das Bedürfnis, schonungslos ehrlich dem Mann gegenüber zu sein, den er betrogen hatte; er wollte sich selbst geißeln, bekennen, rücksichtlos sein, und trotzdem drum herumreden. »Es gibt Maria Magdalena, und es gibt Madonna, und es ist mir nicht möglich, die beiden miteinander zu vereinen.«

»Du warst doch verheiratet?«, fragte Kryger plötzlich.

Jastrau nickte.

»Warum wurdest du eigentlich geschieden?«

»Tja, das weiß ich auch nicht mehr. War ich untreu, oder war sie es?« Jastrau starrte mit leerem Blick vor sich hin. »Ich vermisse meinen Jungen sehr«, fügte er hinzu.

Kryger hatte die Zigarre aus dem Mund genommen und stieß einen Pfiff aus.

»Und deine Mutter?«

»Bin ich hier im Kreuzverhör?«, stellte Jastrau wütend eine Gegenfrage.

»Aber nein, nein«, antwortete Kryger freundlich, beinahe liebevoll. »Du musst es mir nachsehen, alter Junge, bitte. Ich habe nur über das eine oder andere nachgedacht, und dann habe ich mich vergessen. Ich wollte dich nicht verletzen. Ganz bestimmt nicht. Deshalb bin ich nicht gekommen. Du lieber, alter Idiot.«

Und er legte den Kopf herzlich auf die Seite und sah Jastrau freundschaftlich an. Seine langen, empfindsamen Lippen waren sanft wie die einer Frau.

Aber Jastrau stützte den Kopf in die Hand, blickte auf die Tischdecke und war kurz davor, in Tränen auszubrechen. Es hätte ihn erleichtert. Aber wären es nicht bloß Schnapstränen, Kopfschmerzen und unwürdige Reue gewesen? Außerdem sollte er heute auch noch in die Stenosgade. *De profundis clamavi! De profundis clamavi!* Er musste es hinter sich bringen, es loswerden. Aber wann hatte er sich dazu entschlossen?

Er fuhr sich mit der Hand durchs Gesicht und richtete sich mit einer höhnischen Grimasse auf. Er musste da durch!

»Ich wollte noch etwas ganz anderes mit dir besprechen«, sagte Kryger direkt. Er war wieder ganz augenzwinkernder Angriff und Überrumpelung. »Hättest du Lust, Sekretär von Professor Geberhardt in Berlin zu werden?«

»Sekretär?« Jastrau richtete sich ruckartig auf.

Kryger nickte: »Soweit ich mich entsinne, kannst du stenographieren. Ich erinnere mich, stenographische Zeichen in einer deiner Kladden gesehen zu haben.«

Jastrau seufzte.

»Ja, das stimmt schon, aber deshalb bin ich doch kein Wirtschaftswissenschaftler. Was soll Geberhardt mit mir anfangen?«

»Weiß ich doch alles«, erwiderte Kryger scharf. »Aber ich

korrespondiere mit Geberhardt, und in seinem letzten Brief bat er mich, ihm einen Sekretär zu besorgen. Ich werde heute Abend mit ihm in Berlin telefonieren, und dann kläre ich das. Denn du musst raus aus dieser verdammten Stadt hier. Das ist doch der springende Punkt.«

Mit einem müden Lächeln sah Jastrau ihn an. Er war von Krygers Edelmut peinlich berührt. Wenn er doch bloß ablehnen könnte! Wusste Kryger etwas? Wenn man doch nur nein sagen könnte.

»Da gibt es Probleme«, wandte er ein.

»Welche?« Kryger entblößte die Zähne.

»Meine Stellung beim ›Dagbladet‹. Die drei Monate sind noch nicht um.«

»Das regele ich. Du musst vor allem raus aus der Stadt. Das muss ich Redakteur Iversen gegenüber bloß andeuten. Glaubst du, es nützt der Zeitung, dass du dich hier in diesem Zustand herumtreibst?«

»Ich soll wohl ins Exil geschickt werden?«, sagte Jastrau wütend und kniff die Augen misstrauisch zusammen.

»Gibt's noch weitere Schwierigkeiten?«

»Ja, jede Menge. Ich finde mich in Berlin nicht zurecht.«

»Unfug!«, stieß Kryger aus. »Hast du etwas, worauf ich schreiben kann, dann gebe ich dir Professor Geberhardts Adresse.«

Jastrau suchte in seiner Brieftasche und seinen Taschen. Da war der Ausweis, den er immer bei sich trug, und da war die Police der Feuerversicherung.

»Du kannst ebenso gut darauf schreiben«, sagte er und schob die Police über den Tisch. »Du darfst auch darauf malen. Und sie verzieren.« Er lachte.

Kryger sah sich die Police an und notierte auf dem weißen Rand die Adresse des Professors. Landauerstraße, Berlin-Wilmersdorf.

»Wenn du die als Notizbuch benutzt, wird sie bald recht hübsch aussehen. Aber weitere Schwierigkeiten gibt es nicht, oder?«

»Doch, viele. Was sagst du zu meinem Trennungsjahr? Das ist noch nicht geklärt.«

»Auch das regle ich, Rechtsanwalt und all diese Dinge. Notwendig ist einzig und allein, dass du diese Stadt verlässt, die dich zerstört.«

»Seit wann bist du ein Moralist?«, erkundigte sich Jastrau und zwinkerte dem als Frauenheld bekannten Journalisten zu.

»Genau genommen hat das mit der Angelegenheit nichts zu tun«, erwiderte Kryger lächelnd. Er war vollkommen ungerührt, selbstsicher und wusste, was er wollte. Sein kleiner Körper steckte kerzengerade in dem hellen, locker sitzenden Sommermantel. »Weitere Probleme gibt es vermutlich nicht? Heute oder morgen Abend liegt eine Nachricht beim Portier, und dann begibst du dich spornstracks mit dem Expresszug in Richtung Süden. Etwas Wirtschaftswissenschaft wird dir guttun, ein paar Kenntnisse über die Struktur des Kapitalismus. Glaubst du nicht, dass das ebenso große Bedeutung hat wie die magische Richtung innerhalb der jüngeren Lyrik?«

»Ja, ebenso viel, aber nicht mehr«, antwortete Jastrau

Kryger lächelte ironisch.

»Dann ist das jetzt eine Vereinbarung, Jastrau? Ich hab's nämlich eilig.«

»Aber ich kann mir eine Reise nach Berlin nicht leisten.« Jastrau machte sich einen Spaß daraus, immer neue Schwierigkeiten zu benennen, doch Kryger warf mit einer hastigen Bewegung seine Brieftasche auf den Tisch. »Du bist ja ziemlich zuverlässig in Geldangelegenheiten, hier sind hundert Kronen.«

Jastrau nahm den Schein, faltete ihn geistesabwesend zusammen und steckte ihn in die Westentasche.

»Seit wann bist du so philanthropisch?« In der Frage schwang ein leiser Hohn mit.

»Mich irritiert der Anblick eines Wracks, um mal deinen eigenen Ausdruck zu benutzen«, kam die rasche Antwort. »Ich muss jetzt gehen, und du kannst ebenso gut gleich zum Reisebüro Bennett mitkommen und dir direkt eine Fahrkarte kaufen.«

Gemeinsam verließen sie das Restaurant.

Aber Jastrau konnte Kryger nicht wirklich ernst nehmen. Das Opfer. Das edle Opfer. Überlegen sah er auf Krygers elegante, kleine Gestalt herab und lächelte über dessen Achtung gebietende Haltung. Und als Kryger sich einen Augenblick nach zwei kleinen, barhäuptigen Bürodamen umdrehte und sie hingerissen anstarrte, musste Jastrau lachen. Den Filzhut hatte Kryger in die Stirn gezogen. Die beiden Erhöhungen, die Wurzeln des Geweihs, waren verborgen.

»Es fällt mir schwer zu glauben, dass du ein guter Mensch bist, Kryger«, sagte Jastrau und lachte noch immer.

»Die fünfundsiebzig Kronen hast du mir damals doch zurückbezahlt«, antwortete Kryger.

»Hat es dich überrascht?«

»Ich bin solche Art von Erlebnissen nicht gewohnt. Aber dort ist Bennett. Leb wohl und gute Reise!«

Sie standen in dem dichten Menschengewimmel an der Ecke der Strøget.

»Soll ich dir danken, Kryger?«, fragte Jastrau plötzlich mit einer verzweifelten Herzlichkeit. Er wagte nicht, ihn anzusehen, denn er spürte, wie ihm die Tränen in die Augen stiegen. Es war so verzweifelt, so verlogen. Es musste ein Ende haben. Durch einen glitzernden Tränenschleier sah er Krygers elegante Gestalt mit dem breiten, empfindsamen Lächeln und den warmherzigen Augen. »Mach's gut, du, und grüß deine Frau!«, sagte er. War es Hohn? Im selben Moment bereute er es. Es war wie ein Schnitt, das Aufblitzen eines Messers im Sonnennebel, der sich um die vielen Menschen gelegt hatte.

Eine winkende Hand. Kryger war verschwunden. »Gute Reise!« Der Klang der beiden Worte hing noch in der Luft. Ein großer Omnibus fuhr in diesem Moment um die Ecke. Alles wurde von Bewegung aufgesogen. Jastrau betrat das Reisebüro.

Ein junger Mann hinter der Theke näherte sich. Eine Fahrkarte nach Berlin. Aber konnte er sie von dem Geld kaufen, das er sich von diesem Mann geliehen hatte, Kryger. Den er mit einem höhnischen Fußtritt verabschiedet hatte. »Und grüß deine Frau.« Denn es war ein Tritt, auch wenn Kryger es nicht ahnte. Warum hatte er diesen höhnischen Gruß ausgesprochen? »Und grüß deine Frau.« Allgemeine Höflichkeit? Kryger war so klein und selbstsicher. Er war edel. Er hatte nicht nichts Besseres verdient als diesen unsichtbaren Tritt in den Hintern. Und doch sollte niemand versuchen, Jastrau zu zwingen, mit dem Geld dieses Mannes nach Berlin zu reisen. Kryger sollte es zurückbekommen, ganz sicher. Aber jetzt, jetzt wollte Jastrau in die Stenosgade gehen, er wollte da durch, mitten durch und auf der anderen Seite wieder herauskommen, und dann zurück ins Hotel, ein paar Artikel schreiben, sie verkaufen, Geld verdienen, und dann … und dann …

Die Gefahr, Kryger zu begegnen, bestand nicht. Er war in der Menschenmenge auf den Bürgersteigen der Strøget verschwunden.

Jastrau verließ das Reisebüro auf der Stelle, ging hinüber zum Taxihalteplatz und nahm ein Taxi zur Ecke Vesterbrogade und Stenosgade. Er lehnte sich zurück und pfiff. Nun musste er durch. Die Geschwindigkeit des Wagens empfand er als einen liebevollen Schauer. Frauen auf dem Bürgersteig. Immer Frauen. Die hübschen Gesichter und schönen Gestalten wurden von der Sonne gerufen.

De profundis clamavi. Aber wo war die Tiefe? Solange man ein hübsches Frauengesicht sehen kann, wird man von der Tiefe eines Sonnenstrahls gestreift. Sieh nur, ein unglaubliches Mädchen auf dem Bürgersteig, schwarzer Pony und Asta-Nielsen-Augen, ein Blitz. Aber er musste dieses elende Stück gesplittertes Glas bezahlen, und all diese katholischen Stimmungen sollten mit einem lächerlichen Blatt Papier ihr Ende finden, einer bezahlten Rechnung.

Wenn er bloß schon diese Rechnung hätte, wenn er sie nur schon in seiner Brieftasche hätte. Alles bezahlt! Alles bezahlt!

An der Ecke der Stenosgade sprang er aus dem Taxi und eilte auf das rote Gebäude zu.

Aber plötzlich hatte es den Anschein, als verschwände die Sonne hinter einer Wolke. Und er ging hastig an dem Gebäude vorbei, bis zum Gamle Kongevej. Es war eine Demütigung, man hatte sie bewusst genutzt, um einen Heiden zur Beichte zu zwingen. Er konnte nicht. Er wollte nicht. Aber Vuldums ständige Telefonanrufe umschwirrten ihn! Er musste vor ihnen fliehen, wie vor Wespen. Würde er nach Berlin reisen, wäre es etwas anderes. Er hätte reisen können. Aber er wollte nicht. Kryger sollte seine hundert Kronen zurückbekommen. Kryger sollte ihm jedenfalls nicht helfen. Es wäre zu gemein. Also musste er dieses Stück Glas bezahlen – bei der gewöhnlichen katholischen Kirche.

Wieder ging er durch die Straße, hinüber auf die andere Seite. Er blieb stehen und schaute auf die Spitzbogen-Fenster mit den Spitzengardinen, er ließ den Blick über die Kirche mit den geschlossenen Pforten schweifen. Warum waren Steffensen und er über den Gitterzaun geklettert und wie teuflische Schatten vor den Portalen herumgetorkelt? Schatten, Stimmungen, die an den Mauern der Kirche zu Schaum zerschlagen wurden, und nun schwappte ein kleines Blatt

Papier mit der Welle zurück, eine Rechnung. Er kannte diese schmutzigen, unsauberen Wellen mit Papierfetzen.

Hinter der Fensterscheibe der Tür tauchte ein bleiches Gesicht auf. Die dunklen Augen verweilten einen Augenblick auf ihm und starrten dann gleichgültig auf die Straße.

Jastrau fühlte sich beobachtet, aber er blieb stehen und ließ den Blick hinauf zur Spitze der Kirche gleiten. Das Gesicht war verschwunden.

Und dann ging Jastrau ein Stück zurück, er lief auf dem gegenüberliegenden Bürgersteig auf und ab.

Noch immer hatte er das Gefühl, beobachtet zu werden. Die Fenster hatten wachsame Augen. Jetzt konnte er erneut das Gesicht hinter den Gardinen im Sprechzimmer erkennen. Die schwarzen Augen folgten ihm. Wahrscheinlich war es der Pförtner. Aber der Pförtner hatte gewiss auch bemerkt, dass er entdeckt worden war, denn nun kam er zum Vorschein, vorsichtig zupfte er an der Gardine und starrte in den Himmel, als interessierte er sich für das Wetter. Langsam senkte er den Blick über die Hausfassade, bis er wie zufällig wieder bei Jastrau hängenblieb.

Mit einem Gefühl von Entrüstung und Unverfrorenheit starrte Jastrau zurück, heftig und unverschämt, und er behielt diesen Blick bei, bis sich der Pförtner zurückzog. Aber im Zimmer war noch immer ein schwarzer Schimmer zu ahnen, umgeben von einem Nimbus aus asketischer Blässe.

Warum musste Jastrau auch zurückstarren? Es war ein Dummejungenstreich, aus Ärger, beobachtet zu werden. Wusste der Pförtner, wer er war? Ja, aber dann war es ja unmöglich, sich zurückzuziehen, dann gab es nur einen Gang der Demütigung … nach Canossa.

Und er ging hinüber und klingelte.

Nach Canossa! Der Ausdruck lag wie ein kleiner bitterer und selbstironischer Zug auf seinen Lippen. Ein Stück zersplittertes Glas. Ein jämmerliches Canossa! Ja, er hatte es gesehen. Das »Nordische Wochenblatt für katholische Christen« hatte eine neue Scheibe in den Schaukasten einsetzen lassen. Nur ein Stück Glas, und deshalb sollte er gedemütigt werden. Es schwärte. Er war gezwungen worden, hierher zu kommen – zufällig? Waren Vuldums Anrufe Zufälle? Nein, er wusste es besser. Und dabei hatte nicht einmal er das Glas zerbrochen.

Wütend und nachdrücklich beugte er sich vor, als der Pförtner die Tür öffnete. Aber noch bevor er den Mund öffnen konnte, sagte der Pförtner: »Nun werde ich Sie Pater Garhammer melden. Möchten der Herr Redakteur nicht drinnen warten?«

Das Gesicht des Pförtners war vollkommen verschlossen, seine Augen demütig, seine Laienbruder-Gestalt untertänig. In seiner sanften Stimme lag nicht ein Hauch von Ironie. Und dennoch hatte Jastrau das klamme Gefühl, dass man ihn dringend erwartete. Der Pförtner hatte ihn erkannt.

Und dann saß Jastrau wieder im Sprechzimmer. Die Schale mit den Visitenkarten stand auf dem Tisch, und daneben lag ein katholischer Katechismus. Es war sicherlich nicht unhöflich, ihn aufzuschlagen.

Doch er vergaß es beim Anblick des unheimlichen Garderobenständers, der in der Ecke stand – wie in einer Kneipe – wie im Wartezimmer eines Arztes –, ein altertümliches Folterinstrument, eine Vorrichtung zum Rädern, und seine graue Mütze, die er daran gehängt hatte, glich einer gefolterten Leiche.

Ja, so gab es immer ein drohendes Urteil, und zwar mit mittelalterlicher, barbarischer Strenge. Was half da der moderne Humanismus? Nichts. Nichts. Überall saßen Menschen an hässlichen Tischen und warteten auf ein Urteil oder eine Offenbarung, und nur die Schale mit den Visitenkarten oder alte

Ausgaben des Familienjournals trösteten das Auge, während sie warteten und warteten.

Und öffnete sich nun eine Tür? Erschien ein Arzt in einem weißen Kittel? Und schien die Sonne ins Konsultationszimmer hinter ihm?

Da trat Pater Garhammer ein, klein und schmächtig, würdig und scheu in seiner schwarzen Jesuitenkutte, und Jastrau erhob sich und atmete tief durch. Die Dreieinigkeit des Bösen. Die drei schwarzen Gestalten in langen, schwarzen Gewändern, aber ohne Ärmel. Es war ein Trost, die Hände des Paters zu sehen. Der wrang sie verlegen. Es war ein Trost, das Gesicht des Paters zu sehen. Der Mund zuckte nicht, als würde er gleich spucken wollen. Blitzte da etwa Speichel in der Luft auf? Nein, es war ein Aufleuchten draußen auf der Straße!

Jastrau blickte den Pater nervös an und traf auf ein Lächeln. Das Gesicht zeigte auch nicht den Hauch eines Triumphes, und wenn Schläue darin lag, dann mischte sie sich mit der Sanftheit einer freundlichen Tante. Vielleicht war es falsch, hierherzukommen und sich demütigen zu lassen, den Bußfertigen zu spielen, um dieses kompromittierende Blatt Papier an sich zu bringen, diese Rechnung für zerbrochenes Glas.

»Es ist schön, dass Sie mich sprechen wollen«, sagte Pater Garhammer und setzte sich an den Tisch. »Bitte setzen Sie sich.«

Jastrau beugte sich über den Tisch. Er brachte kein Wort heraus.

»Wie geht es unserem Freund Vuldum?«, erkundigte sich der Pater. Auf seinem Gesicht zeigte sich noch immer dasselbe milde Lächeln. »Er kommt nur noch sehr selten hierher, das beunruhigt mich.« Er betonte »beunruhigt« auf eine Art und Weise, dass das deutsche Wort »unruhig« herauszuhören war.

»Na ja, er hat mich mehrfach angerufen.«

»Ah ja.« Pater Garhammer lächelte, als würde er an einen fernen Freund denken. »Ich glaube, er ist Ihnen ein sehr guter und wahrer Freund.«

»Nun ja!« Jastrau reagierte skeptisch.

Aber der Pater nickte. »Doch, ich bin davon überzeugt. Der liebe Vuldum«, er sprach das Wort »liebe« deutsch aus, »ach ja, er interessiert sich viel zu sehr für die *Reservatio mentalis.* Und das be-unruhigt mich seinetwegen. Dieses Interesse kann schädlich für seine Seele sein.«

Und der Pater wandte Jastrau sein Gesicht zu.

»Aber Sie haben es auch schwer, Herr Jastrau.«

Jastrau krümmte sich demütig zusammen.

»Ja, ja, ja«, sagte er und fand plötzlich die erlösenden Worte. »Moral lässt sich nicht mit einer wissenschaftlichen Grundlage begründen«, erklärte er betrübt.

Pater Garhammer tätschelte ihm die Hand.

»Das wissen Sie, Herr Jastrau? Ich hätte nicht gedacht, dass es Ihnen klar ist«, sagte er freundlich.

»Ich habe es immer gewusst«, erwiderte Jastrau leise und leidenschaftlich, »aber nun … nun fühle ich es, und das ist schlimmer.«

»Ja, das ist schlimmer. Aber Sie versuchen, edel zu sein, das denke ich von Ihnen, Herr Jastrau.«

Wieder spürte Jastrau Tränen in den Augen. Es war das zweite Mal heute, ein Tag der Demütigungen. Er musste sie weglächeln. Und er hob den Kopf und sah dem Pater ins Gesicht.

»Sie wissen, dass ich neulich nachts hier war und randaliert habe?«, sagte er mit einem Mal.

»Ja, das weiß ich«, antwortete der Pater mit seinem fernen Lächeln. »Sagen wir, Sie waren ein wenig gewalttätig.«

»Und ich habe etwas zerschlagen.«

»Nicht sehr viel, Herr Jastrau. Wenn man es schwer hat, kann so viel passieren.«

»Ich würde es gern bezahlen.« Seine Stimme klang beinahe barsch.

Pater Garhammer suchte in seiner schwarzen Kutte und zog eine kleine Rechnung hervor. Er hatte sie bei sich. Jastrau breitete das kleine Blatt Papier vor sich aus. Vier Kronen für das Einsetzen einer Glasscheibe. Ein Fetzen Papier. Und nun schwappte ein kleiner Schnipsel Papier mit der Welle zurück. Er starrte auf die krakelige Bleistiftschrift des Glasermeisters.

»Hat es nur vier Kronen gekostet?«, fragte er bedrückt.

»Ja, Sie waren nur ein ganz klein wenig gewalttätig«, antwortete der Pater mit einer Ironie, die in seinem fremden Akzent naiv und schön klang.

Jastrau schämte sich, einen Fünfkronenschein auf den Tisch zu legen, aber der patente Pater nahm den Schein unverblümt an sich.

»Ja, wir haben kein Geld bei uns, aber der Pförtner ... wird Ihnen gleich die eine Krone zurückgeben. Es war schön, dass Sie mich sprechen wollten. Übermitteln Sie bitte Herrn Vuldum meine Grüße. Ja, Sie müssen mich entschuldigen, ich muss mich sputen, ich muss gehen. Aber es war schön, sich mit Ihnen zu unterhalten, und es war schön, dass Sie das bisschen Glas bezahlen wollten. Das wäre nicht nötig gewesen. Wir haben Verständnis.«

Jastrau erhob sich und verbeugte sich kindlich.

»Auf Wiedersehen«, lächelte der Pater und verschwand.

Und wieder saß Jastrau allein im Sprechzimmer. Er rieb sich die Augen und sah sich um.

Dann ging er zu dem Garderobenständer und nahm seine Mütze, stellte sich ans Fenster und starrte auf die Straße, ruhig und gedankenleer, wie nach einer überstandenen Zahnoperation.

Die Glaserrechnung hatte er sorgfältig in seine Brieftasche gesteckt.

Kurz darauf klopfte es an der Tür. Der Pförtner trat ein, reichte ihm eine Krone und begleitete ihn mit unbewegtem Gesicht hinaus. Jastrau hatte beinahe den Rathausplatz erreicht, bevor er auf den Gedanken kam, sich eine Pfeife anzustecken.

V

Es war später Abend.

Die Hintertür der »Bar des Artistes« zum dunklen Hof des Hotels stand offen, damit eine leichte Brise in das stickige Lokal wehen konnte. Die sägenden Töne des Grammophons hatten eine betäubende Wirkung. Die beiden kleinen Kellner im Frack eilten hin und her. Unablässig klingelte die Registrierkasse. Und Lundbom schüttelte die Cocktailshaker mit großen Wellenbewegungen im Takt des Jazz, während der Schweiß von seinem runden, roten Satyrgesicht tropfte. Mit einem süßsauren Lächeln beherrschte er die Bar.

Mitten in diesem heißen Sommer war es unerwartet ein großer Abend geworden, das Lokal war erfüllt vom brausenden Lärm der Gäste.

Selbst der ewige Kjær, der an seinem gewohnten runden Tisch thronte, war entzückt. Er saß mit lethargischen, blauen Augen hinter der Lorgnette, doch das weiche Gesicht glühte, und immer wieder musste er väterlich die Hand heben und grüßen.

Jastrau lag ihm gegenüber zurückgelehnt auf einem Stuhl. Der Journalist Eriksen befand sich in einem Zustand, in dem er über alles in Wut geriet. Die Runzeln seines verwüsteten Gesicht waren so verwirrend wie ein zusammengeknülltes Blatt Papier, und mal zerrte er Kjær, mal Jastrau am Jackenaufschlag und erläuterte ihnen abwechselnd seine unvorbehaltene Meinung über sämtliche Dinge des Daseins.

»Das Leben ist die übelste Schweinerei, die mir je untergekommen ist, und es ist ungeheuerlich, dass Goethe diese Tatsache mit keiner Silbe erwähnt hat«, erklärte er.

»Ja, es ist zum Verrücktwerden, was Goethe alles nicht gesagt hat«, knurrte Jastrau, der nüchtern und mürrisch war.

Und der Vierte im Bunde, Kopenhagens größter Antiquariatsbuchhändler, der riesige Mogensen mit dem Mondgesicht, der den Spitznamen Bogensen trug, weil er mit Büchern handelte und von der Insel Fünen stammte, lachte, dass seine Wangen schwabbelten.

»Worüber lachst du denn so?«, fragte der kleine Journalist Eriksen und reckte sein Gesicht gereizt vor. »Du bist dem Leibhaftigen geradezu aus dem Gesicht geschnitten.«

»Der Ton, meine Herren«, warnte der ewige Kjær und hob mahnend die Hände. »Man muss sich doch nicht den Mund besudeln. Skål, die Herren!«

Aber der Antiquariatsbuchhändler prustete ins Glas, sein ganzer riesiger Körper schüttelte sich vor Lachen. Sämtliche Knöpfe seines Anzugs bebten noch lange nach.

Weiter hinten im Lokal schwelte indes schon länger ein Streit zwischen einem Anwalt und einem Anzeigenakquisiteur. Sie stritten sich immer. Deshalb suchten sie unweigerlich die Nähe des anderen, wie zwei tolle Hunde.

»Ist es wieder so weit?«, fragte Journalist Eriksen und drehte sich verärgert auf dem Stuhl um. »Reißen Sie denen die Schenkel aus und schmeißen Sie sie raus, Lundbom.«

»Na, na, nicht so streng, Herr Eriksen«, entgegnete Lundbom. Er war vor die Theke getreten, legte die Hand freundschaftlich auf die Schulter des kleinen Journalisten und ließ den Blick über das Lokal zum Unruhezentrum schweifen.

In diesem Moment fiel ein Stuhl um.

»Jetzt verstümmeln sie sich«, rief Eriksen und zappelte auf seinem Stuhl mit den Beinen.

Mit einem Mal standen jedoch der breitschultrige, pausbackige Kellner aus dem Restaurant und der uniformierte Portier des Hotels neben den beiden unruhigen Gästen.

»So, jetzt herrscht hier Ruhe.«

»Sie stören die anderen Gäste.«

»Was bildest du dir ein, du Lakai!«

Schlagartig herrschte atemlose Stille im Lokal, sogar an dem runden Tisch. Der pausbackige Kellner und der Portier hatten den erregten Rechtsanwalt unter die Arme gefasst und ihn höflich, aber bestimmt vor die Tür gesetzt. Alle Gäste waren einen Augenblick verstummt.

Jastrau führte erleichtert sein Whiskyglas zum Mund und bemerkte in diesem Moment, dass er durchaus nicht als Einziger trank. Es war eine Eingebung, die alle Gäste der Bar gleichzeitig hatten, Kjær, Eriksen, Bogensen, alle. Ein kollektiver Gedanke, ein unbewusstes gemeinsames Gelübde.

Und in diesem stimmungsvollen Gemeinschaftsgefühl wurde die Erinnerung an etwas Unangenehmes fortgespült. Das Grammophon gab wieder sägende Töne von sich, und Lundbom stand wieder hinter der Theke und führte seine feierliche, rhythmische Zeremonie mit dem blitzenden Cocktailshaker durch.

Ein kurze Woge des Glücks – und der ewige Kjær saß da und sang in seinem eigenen Takt.

Jastrau wurde immer aufmerksamer.

»Friede ruht über Stadt und Land«, summte Kjær mit sanften Handbewegungen, ohne sich vom rasenden Jazz des Grammophons aus dem Rhythmus bringen zu lassen. Er war taub für Synkopen.

Und dieser Zusammenstoß der Rhythmen beeindruckte Jastrau wie der Anblick eines schielenden Mannes.

»Noch eine Runde Whisky«, bestellte er.

»Jetzt hab ich's! Jetzt weiß ich, wem du ähnlich siehst!«, brüllte Journalist Eriksen jubelnd und zeigte auf Bogensens

Gesicht. »Ja, ganz genau«, er schlug sich auf die Schenkel, »du siehst aus wie ein bleicher Wal.«

Kjær schüttelte resignierend den Kopf. »Ein bleicher Wal! Ein bleicher Wal! Oh, ein Bleichwal«, kicherte er. Und Bogensen bebte am ganzen Körper, als wäre er harpuniert worden. Er amüsierte sich köstlich.

Nur Jastrau verzog säuerlich den Mund.

Er arbeitete an einer Gedichtstrophe. Immer waren nur ein paar einfache, flüchtige Zeilen herausgekommen. Es mangelte ihm an Konzentration, es war nicht mehr so wie in seinen jungen Jahren, als lange Gedichte nur so aus ihm herausströmten.

Früher dachte ich, die Sünde
Sei dunkel, schlammig, tief
Heute weiß ich, sie ist eben
Voll von Gewürm, trivial, naiv.

Sie kicherten und lachten noch immer, diese drei verwüsteten Tiergesichter, nass von Schweiß und Schnaps, rotfleckig, schwerfällig in der sommerlichen Hitze. Es war ein schwüler Abend. Und es gab keinen Spiegel, in dem er sich hätte selbst sehen können. Das vierte Tiergesicht.

»Ja, du bist schon okay«, sagte der große Bogensen in seinem singenden Tonfall und reichte Eriksen, der sich auf seinem Stuhl wand, ein Whiskyglas. »Das seid ihr allesamt, ihr Jungs vom ›Dagbladet‹. Ihr seid so gemütlich. Ich kenne auch Vuldum.«

»Hast du Vuldum gesagt?«, schrie Eriksen grimmig. »Du, Jazz, hast du das gehört, er hat Vuldum gesagt. Will er mich beleidigen, was, dieser Bleichwal aus Fünen – dieses Vieh aus der Offenbarung?«

Bogensen schüttelte sich vor verhaltenem Vergnügen. Seine Augen hingen bewundernd an Eriksen.

»Ist er denn kein netter Kerl?«

»Nett! Oh, oh, oh, naiver alter Kauz.« Eriksens Tonlage stieg. »Buchweizengrütze!« Reines Falsett. »Bogenseweizengrütze!« Aber plötzlich zog er die Brauen zusammen und hielt Bogensen eine Faust vors Gesicht. »Glaub mir, du elender Riesenfettfleck. Es gab Nächte, in denen ich auf meinen Knie ge-le-gen und gebetet habe, gebetet, ich sage gebetet, und das ist sonst überhaupt nicht meine Art. Jedes Mal habe ich zu Gott gebetet, er möge doch bald in seiner himmlischen Gnade diesen verdammten Vuldum von einer Straßenbahn überfahren lassen.«

Der ewige Kjær lachte leise, aber Jastrau kniff voller Verständnis die Augen zusammen und nickte.

»Ja, du verstehst mich, Jazz. Wir zwei sitzen im selben Boot. Ja, es hilft nicht, kleiner Ole, dass du über Bord gesprungen bist. Du bist trotzdem mit im Boot. Aber mein Gott, ich werde dich vermissen. Bestimmt. Ich kann dich verdammt gut leiden. Du bist ein Prachtkerl, aber mit dir ist nichts los.«

Seine dreieckigen Augen waren rotgesprenkelt, sie lauerten unruhig und schweiften umher.

»Jazz, Jazz, Jazz. Ich könnte heulen, so sehr fehlst du mir. Ich vermisse dich jetzt schon. Ja, das ist so. Teufel auch.«

Und er drückte Jastrau die Hand und schnitt eine schmerzliche Grimasse.

»Aber dieser Vuldum«, unterbrach Bogensen die herzliche Szene, »ist er nicht vertrauenswürdig?«

»Nicht vertrauenswürdig? Ah ha!«, schrie Eriksen und breitete dramatisch die Hände aus. »Das ist nicht der richtige Ausdruck. Nicht vertrauenswürdig! Worauf willst du hinaus, du aufgeblasener Protz? Er ist …« Und er ballte die Faust.

»Na, na, Eriksen«, warnte Kjær und richtete seinen müden Blick auf ihn. »Vuldum hat hier gesessen – heute Nachmittag – an diesem Tisch – an meinem Tisch.« Resolut hob er den großen, blonden Kopf. »Und ich will kein böses Wort über ihn hören.«

»Kein böses Wort? Es ist die Wahrheit, zum Teufel«, schrie Eriksen.

»An meinem Tisch will ich die Wahrheit nicht hören«, rief der ewige Kjær und schlug mit der flachen Hand auf die Tischplatte. »Die ist nicht stubenrein.«

Und dann kicherte er.

»Die Wahrheit ist nicht stubenrein, hörst du?«, wiederholte er.

»Aber kann man ihm vertrauen?«, wollte Bogensen wissen. »Das will ich doch hoffen.«

»Hast du ihm Geld geliehen, du Pottwal? Oh!« Eriksen lachte und wedelte mit der Hand durch die Luft, dass seine Finger aneinander klatschten.

»Nein, ich leihe niemandem Geld, aber ich habe ihm ein Buch auf Kredit verkauft. Poul Helgesens dänische Schriften ...«

Jastrau richtete sich auf.

»Das Geld siehst du nie, du Bartenwal«, schrie Eriksen. »Nie im Leben, niemals! Er hat es an einen deiner Konkurrenten verkauft.«

Und er krümmte sich zusammen vor Lachen.

Der ewige Kjær hatte sich selbstgefällig abgewandt, stützte die Ellbogen auf den Tisch und betrachtete das lebensgroße Gemälde der nackten Frau, Karl der Zwölfte.

»Ja, aber«, stöhnte Bogensen und starrte verzweifelt vor sich hin. »Aber, aber ...«

»Er ist ...«, begann Eriksen mit Stentorstimme, aber er wurde unterbrochen, denn plötzlich drehte sich der ewige Kjær um.

»Meine Herren«, erklärte er tief und heiser. »Er hat an diesem Tisch gesessen, und wenn ich die Wahrheit sagen soll, schreibt er besser als ihr alle drei zusammen, außerdem hat er an diesem Tisch gesessen.«

Mürrisch schloss er den Mund und sah herrisch von einem zum anderen.

»Er hat an diesem Tisch gesessen, und das sollte genügen. Würde ich mich mit den Erstbesten einlassen? Ich in schlechter Gesellschaft – undenkbar.«

»Dann will ich hier nicht länger sitzen!«, explodierte Eriksen. »Denn ich bin schlechte Gesellschaft. Da kannst du Gift darauf nehmen, dass ich schlechte Gesellschaft bin, du ahnst gar nicht, wie schlecht! Verkommen bis auf den Grund!«

Und Eriksen stand auf. »Ich brauche ein Taxi«, sagte er mit verbissenem Gesicht. Die Brauen hingen ihm über die Augen. »Uff!«, fauchte er und schüttelte sich. »Ich bin so was von schlechte Gesellschaft, Lundbom, und du ebenfalls, du alter schwedischer Giftmischer und Jugendverderber. Ein Taxi, hörst du, du Hurensohn.«

»Na, na, na, nicht so unnachsichtig, Herr Eriksen.« Lundbom kam breit und herablassend hinter dem Tresen hervor und begleitete Eriksen zur Portiere.

»Ja, unnachsichtig war er«, grinste Bogensen, zog ein Taschentuch von der Größe eines Lakens heraus und wischte sich übers Gesicht. »Glauben Sie, ich bekomme kein Geld für das Buch?«

»Hi!«, antwortete Kjær mit einer Handbewegung. »Hi, hi.«

»Ja, aber das Geld für das Buch, es war ein Buch aus meinem Laden …«

»Auf jeden Fall: Skål«, erwiderte Kjær und stieß mit ihm an.

Jastrau hatte sich an die Bar gesetzt, um die Beine auszustrecken, und knabberte Salzmandeln.

»Herr Eriksen ist sehr unnachsichtig«, seufzte Lundbom, der wieder hinter dem Tresen stand, mit seinem schwedischen Akzent. »Er trinkt mehr, als ihm guttut.« Und er legte den roten Satyrkopf menschenfreundlich zur Seite.

»Ja-a«, antwortete Jastrau und trank einen weiteren Whisky.

»Aber er ist sonst ein so feiner Mensch«, seufzte Lundbom.

»Ja, weiß Gott«, erwiderte Jastrau. »Oh, können wir nicht eine Nummer vom Grammophon hören?«

Unten am runden Tisch unterhielten sich der ewige Kjær und Bogensen, und Jastrau beobachtete sie. Ein Vers tauchte auf. Und ein weiterer über den Tierbestand in einer Bar. Damit müsste man arbeiten. Die aufgedunsenen, schweren Köpfe, die vor Hochdruck zu explodieren drohten. Puh, wie schwül es in dieser Nacht war. Noch einen kalten Whisky. Dann wollte er auf sein Zimmer schleichen. Doch dort war es auch schwül. Das Fenster zur Straße stand offen. Der ganze nächtliche Lärm drang herein. Es war nachts so laut auf den Straßen. Und dann die Zimmerdecke. Die Reflexe der Autoscheinwerfer darauf. Diese fremde Decke. Wann würde er eine Decke finden, vor der er keine Angst hatte, eine vertraute Decke, bei der er kein Herzklopfen bekam, wenn er sie sah. Oh, diese Zimmerdecken. Seit er diese Erscheinung der drei Männer hatte, dieser dreieinigen Bosheit, ging es ihm so. Jeden Morgen sprang er mit diesem Druck auf der Brust aus dem Bett. Nein, er wollte noch nicht auf sein Zimmer.

»Noch eine Platte, Lundbom.«

»Nein, es ist zu spät. Wir müssen bald schließen.«

»Noch ein Whisky.«

»Ja, ja, obwohl es schon spät ist. Die Polizei …« Und er neigte den Kopf.

»Oh, Sie sind ein Herzensmensch.«

»Na ja«, nickte Lundbom und lächelte verlegen, »finden Sie?«

»Sie sollen etwas zur Erinnerung an mich bekommen, Lundbom, denn ich sterbe bald«, faselte Jastrau und beugte sich über die Bar.

Lundbom nickte und schob ihm ein neues Glas Whisky zu.

»Wahrhaftig, Sie sollen ein Souvenir bekommen«, murmelte

Jastrau und wühlte in seinen Taschen. Er fand nichts. Doch, die Police der Feuerversicherung. Unten am Rand stand diese Adresse. In Krygers Handschrift. Ach, Berlin-Wilmersdorf.

Und Jastrau zog seinen Füllfederhalter heraus und schrieb auf die Police:

Gewidmet Herrn Arvid Lundbom.
Skandinaviens größtem Cocktailmixer.
Dem Meister mit der zarten Hand
von
Ole Jastrau.

»Bitte sehr, du Liebenswerter unter den Räubern«, rief er und reichte Lundbom die Police.

»Danke! Danke! Ich werde sie für Sie aufbewahren.«

»Die können Sie behalten«, sagte Jastrau schroff. »Und ich würde gern bezahlen«, fügte er hinzu und zog den zusammengefalteten Hundertkronenschein aus der Tasche.

Berlin-Wilmersdorf.

Er ließ die Beine baumeln und trat mit den Zehenspitzen gegen den mahagoniblanken Bartresen. Er trat Professor J. Geberhardt in einem leichtsinnigen Rhythmus. Landauerstraße 4, Berlin-Wilmersdorf.

Lundboms weiche Hand schob Geldscheine über das Linoleum des Tresens. Das Wechselgeld. Jastrau konnte noch immer reisen. Noch. Noch. Und er klopfte mit der Zehenspitze: Wilmersdorf, Berlin, Wilmersdorf, Berlin.

»Ist doch wohl noch nicht Zeit, ins Bett zu gehen«, sang es an seinem Ohr, und er ahnte Bogensens Riesengestalt hinter sich.

»Nein, nein. Nein, noch lange nicht«, ahmte Jastrau Bogensens singenden Tonfall nach und stützte die Ellbogen auf den Tresen.

»Kommst du mit ins ›Guldalder‹?«

Jastrau atmete erleichtert auf und nickte. Jetzt konnte das Hotelzimmer mit der graublauen, kleingeblümten Tapete, dem roten Plüschsessel und der unheimlichen, weißen Decke seinetwegen auf ihn lauern und warten, warten.

»Kommt Kjær auch mit?« Er drehte sich auf dem Barhocker um.

Aber der ewige Kjær saß reglos und betrunken an seinem Tisch. Ein Kellner schob ihm in diesem Moment die Rechnung zu. Kjær glotzte mit seinem erloschenen Blick darauf. »Das … das … basst«, murmelte er. »Sechs-un-sieb-zich, acht-un-acht, zwei-un-fünf. Basst.« Er fummelte nach dem Füllfederhalter in der Brusttasche, griff daneben und wieder daneben. Der Kellner half ihm, probierte den Stift aus, es war Tinte im Füller, und steckte ihn Kjær in die Hand.

Und mit einer hilflosen Schlafwandlerbewegung schrieb Kjær seinen Namen unter die Rechnung, drückte beim Punkt zu fest auf, verlor den Stift und fiel dann mit seinem gesamten Körpergewicht gegen den Tisch, als hätte er seine Stütze verloren.

Am nächsten Tag sollte die Rechnung wie gewöhnlich seinem Anwalt übergeben werden.

»Wir gehen«, sagte Bogensen widerwillig.

Und freundschaftlich gegeneinander gelehnt, wankten Jastrau und Bogensen hinaus zu einem Taxi.

»Ich finde, Kjær trinkt zu viel«, bemerkte Bogensen mit leiser Entrüstung in seinem singenden Tonfall, während sie durch die schwüle Sommernacht fuhren. Auf den dunklen Bürgersteigen gab es weiße, schwebende Gestalten, Unruhe und Freude, als könnte Kopenhagen nicht schlafen. Im Norden war ein schwacher Lichtstreif am Himmel zu sehen, als hätte die Hitze die Nacht sich an einer Seite angehoben und einen Weg eröffnet.

»Es ist sein Standpunkt«, grinste Jastrau träge und lehnte sich zurück.

»Du bist doch nicht etwa betrunken, oder?«

»Na ja, nüchtern bin ich nicht, aber die Nacht ist schwanger vom zarten Wohlgeruch.«

»Nach Hause gehen wir nie«, summte er dann und atmete den kühlen Fahrtwind ein.

Bogensen war still, bis sie die dunklen Baumkronen des Frederiksberg Have erkennen konnten. Sie wölbten sich tiefschwarz gegen den hellen Nachthimmel.

»Glaubst du, ich werde jemals das Geld bekommen?«, wollte er wissen.

»Welches Geld?«

»Für das Buch, das ich Vuldum verkauft habe.«

»Ha, nein.« Jastrau fiel gegen den dicken, weichen Bogensen, als das Taxi in den Park bog und vor dem erleuchteten Eingang des »Guldalder«-Saals hielt. »Ha, doch. Das kriegst du schon noch.«

Als sie die Tür öffneten, strömte ihnen sofort Jazzmusik entgegen, gedämpft und festlich. Jastrau spürte eine neue Kraft in seinen Gliedern und lachte laut auf.

»Nach Hause gehen wir nie«, wiederholte er.

Doch im Saal verschwand die Freude sofort, sie spürten, wie ihnen die Kräfte schwanden, so unüberwindlich war der Eindruck von Leere und Sinnlosigkeit. Zwei einsame Pärchen bewegten sich nichtssagend auf der Tanzfläche, und an den gelben Wänden, die vor Langeweile leuchteten, saßen einzelne Damen mit müden, herunterhängenden Gesichtern. Ab und an rutschten sie mürrisch umher und richteten überflüssigerweise ihre Kleider. Puppen in einem Schaufenster, an dem niemand vorbeiging. Nur die Musik versuchte wie immer zu spielen, doch es klang so unmotiviert. Große Tonmengen stürzten ohne Wirbel und schäumendes Brausen herab, und beim Refrain erhoben sich ein paar schüchterne Frauenstimmen furchtsam in dem öden, leblosen Lokal und piepsten lebenslustig:

Vergiss nur die Sorgen
Zumindest bis morgen …

Und in den Türen und Nischen hatten sich die Kellner wie Leichen im Frack vornehm an den Türen und Nischen aufgestellt.

»Das ist ja ein toter Abend heute«, sagte Bogensen in seinem Fünschen Dialekt zu einem der Kellner.

Der Kellner seufzte, wie nur ein Kellner seufzen kann. Der Überdruß der ganzen Welt spiegelte sich eine Sekunde lang in seinem gewöhnlichen Gesicht.

Jastrau schritt jedoch energisch durch den Saal, denn auf ihn wartete nur ein Hotelzimmer mit einer kleingeblümten Tapete, nichts anderes, nur Herzklopfen, wenn er im Bett lag und auf die fremde, weißgekalkte Zimmerdecke starrte.

Sie setzten sich und bestellen Smørrebrød. Bogensen sank stöhnend in sich zusammen.

»Und so etwas nennt sich nun Vergnügungslokal«, seufzte er.

Sie warfen den Frauen einen desinteressierten Blick zu. »Eine Reihe aufgehängter Masken«, urteilte Jastrau mürrisch, und Bogensens riesiger Körper bebte vor Kichern.

Eine Dame mit flachsgelben Haaren und einem Zug von altmodischer Noblesse nickte ihnen zu.

»Kennst du sie?«, erkundigte sich Bogensen.

»Nee – aber ich kann mir denken, was sie sagen wird. Dass sie ihr Haar mit Champagner wäscht und all so was.«

»Aber sie hat tatsächlich schöne Haare.«

»Ja, siehst du, und wenn du ihr das als Erstes sagst, hätten wir die Sache ins Rollen gebracht«, bemerkte Jastrau griesgrämig. Er kannte die Atmosphäre und wusste mit einem Mal, dass er sich in dieser Nacht nicht einmal betrinken könnte. Und auf ihn wartete das Hotelzimmer. »Der Pater hatte verdammt noch mal recht. An den Wiederholungen erkennt man die Hölle.«

»Was für ein Pater?«

»Ach, irgendein Pater.«

»Du wirst mir allmählich unheimlich, mein Freund«, bemerkte Bogensen in seinem singenden Tonfall.

In diesem Moment hörte die Musik auf, und sie hörten, dass doch zumindest eine muntere Gesellschaft im Lokal zu Gast war. Sie saßen in einer Ecke, einige Damen und Herren.

»Das sind Büroangestellte oder Taschendiebe«, behauptete Jastrau übellaunig. All der Whisky, den er in den letzten Tagen getrunken hatte, schwappte in ihm, alt und abgestanden wie ein Binnensee, und er hatte ein Gefühl von peinlicher Klarheit – klar, nicht nüchtern und auch nicht normal, sondern klar und boshaft.

Das Smørrebrød besänftigte ihn.

In der kleinen, lärmenden Gesellschaft erhob sich eine Dame. Mit den Händen an den Wangen lief sie unsicher durch den Saal. Jastrau sah ihr nach. Kannte er sie? Und mitten im Saal ließ sie die Hände sinken, schüttelte den Kopf und verschnaufte. Sie trug ein schwarzes Kostüm und eine Bernsteinkette.

»Die hat einen Schwips«, meinte Bogensen. »Kennst du sie?«

Jastrau nickte und sah ihr erneut hinterher, als sie plötzlich resolut auf die Garderobe zusteuerte. Der am Leben verzweifelnde Kellner half ihr, die Richtung beizubehalten.

»Sie ist niedlich.«

»O ja.«

»Kannst du sie nicht an unseren Tisch bitten?«

»Nein, lass uns unsere Ruhe haben«, antwortete Jastrau und zuckte mit den Schultern, und in diesem Moment fing der Flügel an zu hämmern, und kurz darauf stimmte ein Saxofon klagend in den Takt ein – ein neuer, verzweifelter Versuch der Betäubung.

Bogensen versuchte vergeblich, ein Gähnen zu unterdrücken.

»Ja, es nützt nichts«, bedauerte Jastrau. »Ich kann mich heute Nacht nicht besaufen. Manchmal bin ich so am Boden, dass ich nicht einmal dazu in der Lage bin. Es gab einen Moment in der Bar, da habe ich gehofft …«

»Dann bin ich immer am Boden«, antwortete Bogensen gleichmütig.

Jastrau sah ihn fragend an.

»Denn ich werde nie besoffen«, fuhr Bogensen fort, hob das Schnapsglas und lächelte mit seinen kleinen Augen, die tief in dem feisten Gesicht lagen.

»Dann gibt's leider auch keinen Grund für uns zu gehen«, seufzte Jastrau hoffnungslos. »Aber der Schnaps! Du hast recht.«

Sie prosteten sich zu und tranken.

»Da ist sie wieder«, rief der Mann aus Fünen.

Als Jastraus Blick die Wand entlang schweifte, entdeckte er die Schwarze Else, die sich vorsichtig von Tisch zu Tisch manövrierte. Plötzlich erwiderte sie Jastraus Blick und nickte träge, dann hatte sie es bereits wieder vergessen und der Ausdruck ihrer Augen verschwamm in einem Nebel. Sie lächelte in den Saal und an die Decke, nahm erneut Blickkontakt auf und kam auf ihn zu.

»Dich kenne ich gut«, sagte sie und hob unsicher einen Zeigefinger.

»Setzen Sie sich doch, mein Fräulein«, sagte Bogensen galant und erhob sich in seiner ganzen Korpulenz.

Die Schwarze Else hielt eine Hand ans Ohr und schnitt eine Grimasse. »Hast du Fräulein gesagt? Ich bin Frau … Frau Kopf.« Sie sprach »Kopf« deutsch aus und schwankte, als sie sich mit einem lebensgefährlichen Knicks vorstellen wollte.

»Frau Haupt«, sagte Bogensen, und seine Schultern bebten leise. »Setzen Sie sich. Das ist ein bisschen sicherer.«

»Ich kenne dich gut«, wiederholte sie und wandte sich träge an Jastrau. Sie setzte sich. »Wieso runzelst du die Stirn?« Beleidigt und wackelig lehnte sie sich auf dem Stuhl zurück. »Dich kenne ich gut. Aber wen hast du denn da dabei? Einen Dicken. Hat er Geld? Ich bin ja so besoffen. Ist er auch Journalist?«

Jastrau zuckte zusammen, und Bogensen lachte.

»Möchten Sie einen Whisky, gnädige Frau?«

»Ja-a«, antwortete sie, doch dann vollführte sie eine Handbewegung, dass sie beinahe vom Stuhl fiel. »Aber ich … habe da drüben auch einen Whisky stehen … Whisky stehen … dort drüben. Aber …« Sie nickte, als wollte sie ein Hicksen unterdrücken. »Ich … will hier auch gern einen haben.«

»Sie ist niedlich, aber langweilig«, bemerkte Bogensen.

»Was sagst du da, Dicker?« Wieder legte sie die Hand ans Ohr. Und dann wandte sie sich stumpf an Jastrau und fragte: »Ist er auch Journalist wie du … und Arne?«

»Arne?«

»Ja, dieser rote Affe. Siehst du, ich kenne euch, so voll bin ich dann auch wieder nicht.«

»Sie meint Vuldum«, zischte Jastrau Bogensen zu. »So, Sie kennen also Vuldum?«

Er kniff die Augen zusammen und sah sie scharf an. Ihre Wangen hingen schlaff herab, der breite, kräftige Mund war verhärmt.

Aber sie antwortete nicht. Stattdessen brach sie in schrilles Gelächter aus, griff zum Whiskyglas und leerte es in einem Zug.

»Aber nein, so geht das doch nicht«, rief Bogensen beunruhigt.

»Was sa-a…«

»Nein, hören Sie, gnädige Frau.« Jastrau stand auf. »Sollen wir Sie nicht nach Hause fahren, gnädige Frau. So geht das nicht gut.«

»Willst du mit mir nach Hause?«, fragte sie und hob den Kopf – unbewusst geschäftlich.

»Nein, nein, wir wollen Sie nur nach Hause fahren«, erklärte Bogensen und fügte leise hinzu: »Um Himmels willen.«

»Glaubst du, du kannst mitkommen?« Und sie beugte sich über den Tisch und lachte. Ein Kellner näherte sich, aber Jastrau nickte ihm beruhigend zu. »Der Dicke soll nicht mitkommen, puh, nein.«

»Nein, nein, er kommt nicht mit«, antwortete Jastrau gereizt und nüchtern, und Bogensen nickte, verzog aber säuerlich den Mund.

Jastrau hatte das Gefühl, klar, energisch und erstaunlich aufmerksam zu sein. Er erfasste alles in bösen, scharfen Konturen, in einer bleichen, grellen Beleuchtung, desillusionierend in höchster Potenz, und wenn ihn dieses Gefühl überkam, konnte er sich nicht betrinken. Dann handelte er rasch und mit einer Brutalität, die ihn irritierte, weil doch ohnehin alles keinen Sinn hatte.

Er erhob sich und führte sie hinaus.

Und dann saßen sie in einem Taxi. Sie in einem grauen Pelz. Der Park lag in gedämpftem Morgenlicht. Alle Nuancen in der Borke der Bäume, im Kies und im Laub traten weich und empfindsam hervor.

»Istedgade«, hatte sie mechanisch zu dem Fahrer gesagt.

»Istedgade?«, wiederholte Jastrau überrascht und wandte sich ihr zu. Aber im selben Moment begriff er, dass er von ihr keine vernünftige Antwort erwarten durfte. In dem natürlichen Licht, in dem die Bäume und Häuser lebendig wurden, verwandelte sich ihr Gesicht in eine Maske. An einigen zerfurchten Runzeln in den Augenwinkeln drohte das Puder abzubröckeln, und die beiden Flecken, die sie sich an die Stirn geschminkt hatte, um ihr Gesicht schmaler erscheinen zu lassen, wirkten lächerlich, als wäre das Wangenrouge durch einen Irrtum zu hoch geraten.

»Istedgade«, murmelte sie. Und Jastrau wurde nervös. Er wollte Fragen stellen. Aber er saß mit einer Tauben im Taxi. Der Fahrtwind kühlte ihre erhitzten Gesichter, als sie zum Frederiksberg Runddel kamen. Vielleicht kam sie noch einmal zu Bewusstsein. Wieso klopfte sein Herz so heftig? Die Kirche von Frederiksberg erhob sich wie ein Zelt in den Himmel.

Und er starrte vor sich hin. Wenn nun … wenn nun … wenn sie nun im Haus gegenüber wohnte? Die Fenster mit den Vorhängen. Der weiße Widerschein der Sonne, der all seine Gedanken aufgesaugt hatte, der selbst zum Gedanken geworden war, weiß und leuchtend. Wenn nun … wenn nun …

»Dann sind Sie umgezogen?«

»Hm.«

Ah ja, so war das, dann waren es also diese Fenster, es war diese Wohnung. Aber weshalb hatte er solche Angst? Das Herz? Er rauchte zu viel, er trank zu viel. Die Vorhänge, die mit ihrem weißlichen Schimmer so weit in sein Dasein geleuchtet hatten, ein bleiches Scheinwerferlicht, das ihn gesucht und erspürt hatte … in seiner … in seiner Trauer … was ist Trauer? Aber wenn die Schwarze Else dort wohnte, dann hatte es etwas zu bedeuten. Zum Teufel … Das war kein Zufall. Die ganze Symbolik sollte der Teufel holen!

Plötzlich brach die Schwarze Else zusammen. Sie begann zu schluchzen.

Hatte die kühle Morgenluft sie zu Bewusstsein kommen lassen? Irritiert rückte Jastrau von ihr ab. Ein nervöses Weinen, dessen Ursache Übernächtigung und Alkohol war. Er wollte sein Mitleid nicht darauf verschwenden. Kann man sein Mitleid verschwenden? Er kannte dieses Weinen. Es war typisch für diese Art von Frauen … Er dachte: diese Art von Frauen … Jesus war weit weg.

Und die Schwarze Else flüsterte: »Oh, ich bin so blau, und ich habe so viele Scherereien, ich habe so viele Sorgen. Oh, ich könnte euch allesamt verprügeln. Was wollt ihr von mir?«

»Nun ja, wir wollen Sie lediglich nach Hause fahren«, erklärte Jastrau als mageren Trost und drehte sich halb zu ihr um. Die Häuser am Ende der breiten Frederiksberg Allé kamen näher. Ein weicher, blaugrauer Ton lag über ihnen, die Fenster hatten einen verschlafenen Ausdruck.

»Blödsinn!«, sagte sie und schüttelte den Kopf. Tränen und Puder vermischten sich und liefen in die tiefe Falte unter den Augen.

Aber Jastrau nickte.

»Willst du nicht mit mir nach Hause kommen? … Bist du ein Kamerad?«

Und sie lehnte ihren Kopf an seine Schulter und begann wieder zu jammern.

»Ich habe so viele Sorgen. Das ist ein ganzer Roman. Du könntest ihn schreiben. Ich bin ein ganzer Roman. Das sage ich dir. Du ahnst ja nicht … Oh, aber ich möchte so gern reden … reden … richtig mit jemandem reden … Kommst du mit rauf? … Wir können zusammen reden, das spüre ich … Und ich brauche das so.«

Jastrau blickte über ihr im Fahrtwind flatterndes schwarzes Haar. Das Fenster der Bettfedernreinigung fesselte seinen Blick, dieser kosmische Nebel aus grauen Federn, die als Werbung für das Geschäft im Schaufenster herumwirbelten. Die Ecke der Stenosgade. Weit weg von Jesus. Ein roter Schimmer der katholischen Kirche und der Schule. Geistige Zahnklinik! Sie bogen in die Victoriagade.

»Du kommst nicht mit rauf?«

»Nein, nein.«

»Nein, also gehst du nicht mit rauf. Ich bin ja auch so blau. Aber ich möchte so gern mit jemandem reden … Aber morgen. Du kommst morgen. Das versprichst du. Ich brauche das so. Du fragst nach Frau Kopf. Nicht wahr? Du kommst.«

Und sie hob ihr geschminktes Gesicht und öffnete die Augen. Ein milchiger Film hatte sich darüber gelegt.

»Uh, ich bin so unglücklich, und dir ist es egal«, stieß sie aus. »Euch allen.«

»Ich verspreche, ich komme morgen«, erwiderte Jastrau so glaubwürdig, wie es eben ging.

In diesem Moment zog eine dunkle Wolke über seine Seele. Sie näherten sich dem Haus, in dem er gewohnt hatte, die düstere Fassade wurde immer größer. Er musste eine Sekunde zu den Fenstern seiner eigenen Wohnung hinaufblicken. Sie spiegelten den morgendlichen Himmel. Die Scheiben spiegelten den Himmel, Gott steh mir bei.

»Hier wohne ich«, erklärte die Schwarze Else mechanisch.

Sie hielten an.

Else stieg aus und schwankte zur Haustür.

»Soll ich behilflich sein?«, rief Jastrau aus dem Auto.

Aber sie antwortete nicht. Mit mechanisch-unbewussten Bewegungen öffnete sie die Tür, dann verschwand sie. Sie drehte sich nicht um. Sie winkte nicht. Sie ahnte nichts.

Also, die Fenster mit den weißen Vorhängen.

»Weiter, zum Rathausplatz!«, rief Jastrau dem Fahrer mürrisch zu. Dem Haus, in dem er gewohnt hatte, wandte er den Rücken zu.

VI

In den beiden Korbstühlen vor dem Hoteleingang saßen Jastrau und der ewige Kjær und betrachteten das Leben, wie es vorüberglitt, die Menschen, die es so merkwürdig eilig hatten, die Fahrräder, die Lastwagen und Straßenbahnen. Ein Pressefotograf fuhr in seinem kleinen grauen Auto vorbei und grüßte. Kjær legte die Hand würdevoll auf seine faltige Weste und nickte. »Friede sei mit ihm«, sagte er. Jastrau nahm die Shagpfeife aus dem Mund und grüßte zurück.

Allmählich fiel es ihm schwer stillzusitzen. Eigentlich hatte Jastrau keine Zeit dafür. Er musste einen Artikel schreiben und zusehen, dass er ihn verkaufte. Aber das konnte bis morgen warten. Jetzt kippte ein Fahrrad um. Es war aber auch eine Unsitte, es mit dem Pedal an der Bordsteinkante abzustützen. Ein Rad drehte sich, dass die Speichen blitzten. Eine schöne Erfindung. Ein Insekt!

»Herr Jastrau!« Es war der Portier mit dem schwarzen Oberlippenbärtchen. Er stand neben Jastraus Stuhl. »Eben hat ein Herr angerufen, von dem ich etwas ausrichten soll. Er sagte, es sei alles in Ordnung, Sie können heute Abend nach Berlin reisen.«

Kjær dreht ihm langsam und träge sein Gesicht zu und stieß einen ironischen Pfiff aus.

Jastrau bedankte sich, aber der Portier fügte mit verhaltener Stimme hinzu: »Darf ich mir erlauben, Ihnen die Rechnung zu präsentieren?«

»Willst du uns verlassen, Jazz. Brichst du deine Zelte ab?«, erkundigte sich Kjær und prustete vor Lachen.

Jastrau zuckte mit den Schultern.

»Genau wie Lille P., ha, ha. Es wird dir nicht gelingen.« Kjær lehnte sich in dem Korbstuhl zurück und blickte hinauf zu den Dächern auf der anderen Straßenseite, sodass der Himmel sich in seinem verschwommenen Blick spiegelte. Er glich einer stillen Sehnsucht. »Ich habe es auch mal versucht, Jazz. Aber man kommt unweigerlich zurück in die ›Bar des Artistes‹. Kennst du den Ameisenlöwen?«

»Ist das eine Kneipe?«

»Ha, nein. Das ist ein zoologisches Tier«, lachte Kjær, »das ein Loch mit schrägen Wänden in den Sand gräbt, sodass die Ameisen hinunterrutschen …«

»Ach, du bist tiefschürfend.«

»Nein, ich bin nur klug, aber wenn du die Weisheit des Meisters nicht hören willst, dann verschwinde und fahr nach Berlin – oder Kanada, ha.« Kjær hatte die würdevolle Haltung eines heidnischen Priesters eingenommen und lachte. »Ha, ich habe von Lille P. gehört. Er ist jetzt so eine Art Entdeckungsreisender. Er hat eine Bar in London gefunden, schreibt er. Ha.«

Jastrau antwortete nicht.

»Jetzt sitzt er dort und denkt nach, ach ja«, fuhr Kjær fort, versunken in Erinnerungen. »Und nun fährst du … nach Berlin. Aber ihr kommt zurück, ihr kommt, da bin ich ganz sicher …

und wenn ihr morgen kommt zurück,
erzählt mir alles, was ihr gesehen habt«,

summte er vor sich hin. »Du solltest dich für den Ameisenlöwen interessieren. Wirklich.«

In diesem Moment ertönte auf dem Rathausplatz eine fanatische Sirene. Der Verkehr vor ihnen stockte, die Straßenbahnen hielten, und ein Krankenwagen mit flatternder, gelber Fahne jagte in einem erschreckenden Tempo vorbei, so schnell wie ein kalter Schauer den Rücken hinunterläuft.

Sie sahen dem Krankenwagen nach, und als dessen Sirene sich an der Nørre Voldgade verlor, erhob Kjær sich stöhnend. »Ich glaube, ich werde den Ameisenlöwen in einem Lexikon nachschlagen«, seufzte er und humpelte mit vor Anstrengung blauem Gesicht auf seinen podagrischen Füßen zum Portier.

Aber Jastrau spürte das Geräusch des Krankenwagens in sich wie einen Schlag. Ein Unglück. Ein krächzender Vogel in der Luft. Als tanzte man zur Grammophonmusik, um sich zu betäuben, und plötzlich musste man schreien … Wenn es nun Oluf war, den der Krankenwagen abholen sollte. Aber er war in Richtung Nørre Voldgade gefahren, Oluf konnte es also nicht sein. Verschwunden. Unsichtbar. Der Junge, der Junge! Wenn ihm etwas zustieße, würde Jastrau es nicht erfahren. Es gab so viele Gefahren. Die Hände ausstrecken und ihn beschützen.

Unwillkürlich streckte er die Arme aus, mit zupackenden Händen, dann erkannte er mit einem Mal, wie lächerlich diese Bewegung war … als würde er zerstreut Selbstgespräche führen.

Hinter ihm schnaufte der ewige Kjær, eine Tür fiel zu. Er war nach der Kraftanstrengung mit dem Ameisenlöwen und dem Lexikon in die Bar gegangen. So war das, wenn man Geld hatte. Sein sorgenfreies Auskommen, wie es heißt. Wie man so sagt.

Und nun hatte all das bald ein Ende, ganz automatisch. Man muss es sich leisten können, vor die Hunde zu gehen. Aber dieser Artikel. Man könnte ihn schreiben. Was war aktuell? Nichts. Was war interessant? Man könnte einen Artikel über den Sommer in der Großstadt schreiben; heiß und staubig, poetischer Staub. Ach, Blödsinn. Nur die Seele war von Interesse, doch die Seele ließ sich nicht fassen.

Ein Skål auf die Unendlichkeit der Seele! Die Unmanierlichkeit der Seele, hatte Steffensen spöttisch gesagt. Wie ging es ihm? Wohnte er noch immer in der Wohnung, und gegenüber wohnte die Schwarze Else hinter den weißen Vorhängen. Sie war unglücklich. Nein, total besoffen. Er wollte kein Menschenfreund sein. Diese Art von zarten Gefühlen gehörte der Vergangenheit an, als Jesus im Aquarium der Seele aufgetaucht war und er dessen frommen Gesten nachgeahmt, imitiert hatte. *De Iminatione.*

Aber mit zupackenden Händen. Ein Junge steht an einem Abgrund, und dann kommen diese Hände und packen zu. Es wäre dasselbe. Vielleicht stand die Schwarze Else am Abgrund, vielleicht, und dann kamen seine zupackenden Hände … und Oluf … am Abgrund … und dann kamen … irgendwelche zupackenden Hände. Woher? Wer weiß. Aber warum? Doch, er wusste, warum. Weil er die Schwarze Else gepackt hatte. Hände. Hände. Der Raum ist voller Hände. Und sie ahmen nach, sie imitieren. Droht man, dann drohen alle Hände.

Jastrau stand auf. Er wollte die Schwarze Else besuchen. Seine Mütze hing noch in der Bar.

In der Dunkelheit der Bar flimmerte das Sonnenlicht noch vor seinen Augen und tanzte zwischen den Blitzen der bunten Flaschen auf den Regalen. Das naseweise, bleiche Kopenhagener-Gesicht des Kellners Arnold kam hinter dem Tresen hervor, und an dem runden Tisch saß der ewige Kjær wie von einer dunklen Regenwolke eingehüllt und beugte sich über seinen Lundbom-Cocktail.

»Na, was ist nun mit dem Ameisenlöwen?«, fragte Jastrau, als er zu seiner Mütze griff.

»Das ist ein langweiliges Tier«, murmelte Kjær und starrte in seinen Cocktail.

»Und es ist ein langweiliges Hotel«, fuhr er nach einer Pause fort. »Kein Lexikon … Und es ist eine langweilige Bar … Und ein langweiliger Cocktail.«

So wie er im Zwielicht saß, sah es abgründig um ihn aus.

Doch Jastrau schlug die Portiere zur Seite und trat wieder auf die sonnenhelle Straße. Er hatte den Eindruck, als stiege ein blauer, durchsichtiger Nebel vom Asphalt auf, oder war es das verdampfende Zwielicht der Bar?

Mit einem Mal stand ihm ein Bild von Kjær, der wie ein Frosch vor seinem Lundbom-Cocktail saß, ganz deutlich vor Augen. Ja, Kjær glich einem Frosch, verborgen im Schatten.

Sonderbar, wie ähnlich sich Mensch und Tier sehen.

Als Jastrau am Gebäude des »Dagbladet« vorbeiging, blickte er wie ein Fremder die roten Mauern hinauf. Würden sie ihm einen Artikel abkaufen? Aber nein, es würde verrechnet. Es blieb ihm also keine andere Möglichkeit. Er musste nach Berlin. Gezwungenermaßen, so wie er in die Stenosgade gezwungen worden war – von Vuldum. Die Schwarze Else kannte Vuldum. Ja, ein Blumenverkäufer ging mit drei roten Rosen in der Hand durch die Bar. Aber warum hasste Vuldum sie so inbrünstig? »Sie sehen doch, dass es keine Damen im Lokal gibt.«

Er konnte Vuldums Stimme hören.

»Kennst du etwas Schlimmeres als eine überpuderte Wunde?« Wieder deutlich, Wort für Wort, Vuldums Stimme. Aber hatte die Schwarze Else denn eine solche Wunde am Arm? War sie krank … krank … krank?

Ein Kino an der Ecke. »Geißel der Menschheit« stand dort mit großen Buchstaben. »Ein Film, den jeder sehen muss. Für Kinder unter sechzehn Jahren verboten.«

Auf den Platz um die Freiheitssäule schien die Sonne, sodass der Asphalt zu einer blanken Fläche verschmolz und das Dasein völlig offen war. Sonnenschein stürzte herab.

Schwarze Buchstaben. Geißel der Menschheit.

Er suchte die Schwarze Else nicht auf, um sich mit kostenloser Liebe belohnen zu lassen. So viel wusste er. War er edel? Zupackende Hände, um zu helfen …

Der Satz über die Wunde war für ihn ein Grund, Vuldum zu hassen.

Aber das Ganze war doch albern, lächerlich. Er ging zu einer Frau, um tiefschürfende Gespräche mit ihr zu führen. Hatte er etwas anderes erwartet? Eine Frau. Eine Frau. Eine Frau.

Und dann stand Jastrau in der Istedgade. Am Tor tanzte die Tochter des Hausmeisters mit einer Stoffpuppe im Kreis und sang – ein gellendes Echo der Lebensfreude. Er wandte sich ab. Er musste ihr schließlich den Rücken zukehren, denn er wollte ja in das Haus gegenüber. Die Symbolik mit den weißen Vorhängen musste getilgt werden! Sie gefiel ihm nicht. Nerven und Alkohol. Weiße Zimmerdecken, Vorhänge, Krankenwagen, Filmtitel, alles Hokuspokus! Da waren die drei schwarzen Männer doch eine ehrliche Halluzination gewesen. Gott weiß, wie es dem Anfang von Kjærs weißer Maus ging?

Er klingelte, und eine ältere Dame mit einem verblichenen Lächeln und allwissenden Augen öffnete. Sie hatte die Augenlider halb geschlossen, um ihre Neugierde zu verbergen.

»Ja, soweit ich weiß, ist Frau Kopf zu Hause. Wen darf ich melden?«

»Redakteur Ole Jastrau«, antwortete er aus alter Gewohnheit.

»Ich werde fragen.«

Und sie verschwand lautlos wie eine Motte.

Kurz darauf öffnete sich eine Tür zum Flur, und dieselbe einschmeichelnde Stimme ertönte.

»Sie können gern hereinkommen, aber es dauert ein bisschen, die gnädige Frau ist noch nicht aufgestanden.«

Jastrau trat in ein Zimmer mit mahagoniglänzenden Möbeln und einem schlichten Sinn für Luxus, sehr schimmernd und sehr überladen. Ein breiter Diwan mit einem Haufen Kissen sah aus wie ein billiger orientalischer Traum, wie eine

Woge des Wohlbefindens, und ein ovales Bild mit einem Herrn und einer Dame, die glückselig im Schoße der Natur unter einem Baum ruhten, streifte vertraulich sein Bewusstsein. Jastrau blieb stehen und starrte auf die Vorhänge. Sie nahmen seine ganze Aufmerksamkeit in Anspruch.

Nun war er endlich hinter den verschleiernden Vorhang gekommen. Wie in einem Nebel ahnte er seine eigenen Fenster auf der gegenüberliegenden Straßenseite. Wie unordentlich es dort drüben aussah! Die Gardinen waren schief vorgezogen. Die Scheiben matt vor Dreck. Es verschlug ihm den Atem. Schließlich waren es ja mal seine Scheiben gewesen. Er erkannte die Gardinen wieder. Wohnte Steffensen noch dort? Eigentlich müsste er Johanne informieren, dass sie die Möbel abholen lassen konnte. Aber ein Brief! Einen Brief zu schreiben, war unmöglich. Er schaffte es nicht.

Dort drüben stand eine rote Tabaksdose auf dem Fensterbrett. Ja, es war »Craven Mixture«. So würde das Leben also aussehen, sollte die Seele sich irgendwann einmal vom Körper befreien, so unordentlich, so abgestumpft und sinnfrei. Die einzige Erinnerung, die er hinterlassen hatte, war die Tatsache, dass er Tabak geraucht hatte, »Craven Mixture« in einer roten Dose. Nun konnte die Asche des Vesuv Pompeji gern bedecken! Er hatte eine Tabaksdose hinterlassen.

»Ach, du bist's nur«, hörte er hinter sich. Es war die Schwarze Else, die durch einen Türspalt aus ihrem Schlafzimmer guckte. »Frau Lund sagte, es sei irgendein Direktor, aber mit einem schmutzigen Kragen, und dann bist du es bloß. Dann gehe ich wieder ins Bettchen. Oh, ich bin so müde.« Er hörte ein Gähnen. »Du kannst gern reinkommen.«

Im Schlafzimmer war die Rollgardine heruntergezogen, sodass alles in ein bräunliches Licht getaucht war. Jastrau sah ein Himmelbett mit viel Weiß; es war vornehm und hatte einen Fransenvorhang, der oben spitz zulief. Auf dem Kissen dieses

Prinzessinnenbetts ruhte mit verschwommenen Zügen der Kopf der Schwarzen Else, doch in dem bräunlichen Licht sah sie aus wie ein Mädchen von dunkler Abstammung.

Jastrau verbeugte sich und lächelte. Solch ein Bett war also das Ideal. Wie das ovale Bild. Rokoko und Orient, Märchen und – Bürgerlichkeit. Er kam sich vor wie ein Vagabund.

»Du hast es ja seit dem letzten Mal zu einer vermögenden Dame gebracht«, sagte er. Aber daran konnte sie sich sicher nicht erinnern, obwohl …

»Na ja, damals«, erwiderte sie und rümpfte die Nase.

»Die Erinnerung gefällt dir nicht, wie ich sehe«, bemerkte er ironisch. Er blieb an der Tür stehen.

»Du glaubst doch wohl nicht, dass ich zu denen gehöre, die auf die Straße gehen? Von der Sorte bin ich nicht, das will ich dir bloß sagen.« Sie richtete sich im Bett auf, eifrig, ja beinahe empört. Die Bettdecke glitt zur Seite und entblößte einen knallroten Kimono.

Jastrau starrte sie verständnislos an, als sie weiterredete. »Ich hatte auf meinen Mann gewartet, und ich hatte keinen Cognac im Haus, und dann …«, sie breitete die Hände aus und lachte schrill, »dann bin ich schwach geworden und ging auf die Straße. Ich hatte keine Zeit, in eine Bar zu gehen, um mir einen Freier zu angeln, mein Mann konnte jede Minute kommen, und ich konnte doch nicht … oder? Aber ich verbitte mir, dass du herumläufst und erzählst, ich würde auf den Strich gehen, denn, weiß Gott, das mache ich nicht – eigentlich«, fügte sie pathetisch und aufgebracht hinzu.

»Also ein Zufall …«

»Aber was willst du eigentlich von mir? War das heute Nacht – oh!« Sie massierte müde ihre Stirn. »Ich war stockbesoffen, oder? Ich kann mich an überhaupt nichts erinnern. Wie bin ich nach Hause gekommen? Nein. Warst du dabei? Mit hier oben? Habe ich mit dir geschlafen? Nein, das habe ich sicher nicht getan. Aber wie blau war ich? Nimm dir einen Stuhl, du, egal, wie du heißt, setz dich und sei nett. Ich war vermutlich ziemlich voll, oder?«

»Ja, Teufel noch mal, das warst du tatsächlich«, antwortete er lachend, nahm sich einen Stuhl und setzte sich neben die Bettkante.

Die Schwarze Else schnitt eine gequälte Grimasse.

»Du darfst nicht fluchen, hörst du«, sagte sie nervös.

»Entschuldigung«, erwiderte Jastrau lächelnd.

»Na gut, also guten Tag«, sage sie plötzlich und streckte ihre Hand aus. »Wieso bist du eigentlich zu Besuch gekommen?«

Um ihren Mund zeigte sich ein kräftiger zynischer Zug, ein Anzeichen dafür, dass sie jegliche Sentimentalität ins Lächerliche ziehen wollte.

»Erinnerst du dich nicht, dass ich versprochen habe zu kommen?«, sagte Jastrau langsam.

»Hm, nein.« Sie schüttelte den Kopf.

»Du warst sehr unglücklich.«

»Hab ich geheult?«, fragte sie höhnisch. »Na, danke. Du musst mir nicht mehr erzählen. Und du hast versprochen, mich zu besuchen und mich zu trösten. Das ist nett von dir.«

Und sie sah ihn mit einem kleinen, schwebenden Lächeln an, als würde sie ihren eigenen Gedanken nachhängen. Dann legte sie sich wieder aufs Kissen, verschränkte die Hände hinter dem Nacken und starrte an den Betthimmel.

»Du!«, sagte sie, als führe sie Selbstgespräche. »Ja, ich weiß nicht, wie du heißt, aber du bist Journalist. Genau wie dieser Vuldum.« Sie sprach Vuldums Namen widerwillig aus.

»Ja, ihn kennst du ja.«

»Uha, nein. Aber stell dir vor, der hasst mich, uha, böse, ganz böse.« Sie sah Jastrau an. »Und nur weil ich ihn eines Nachts im ›Guldalder‹ einen roten Affen genannt habe. Du roter Affe, habe ich gesagt, was für ein roter Affe, da hättest du ihn sehen sollen. Aber der wird was erleben, dem werde ich den Marsch blasen, das sage ich dir.«

»Ja, ich saß mal in der ›Bar des Artistes‹ …«

»Das warst du? Dann weißt du's ja selbst, aber das lag nur daran, dass er so rothaarig ist, aber dafür kann er ja nichts.«

Jastrau ertappte sich, dass er auf ihren Arm starrte. Der Kimono war hochgerutscht und gab ihre markante Armmuskulatur frei, zu kräftig, zu heftig, zu fleischig. Aber er sah nur einen blauen Fleck. Einen Fingerabdruck. Irgendjemand hatte sie zu brutal angefasst.

»Aber was wollte ich sagen?« Sie suchte mit den Augen den Betthimmel ab. »Ja, jetzt weiß ich's wieder. Warum trinkst du so viel? Ich habe dich so oft betrunken gesehen, und das steht dir gar nicht.«

Jastrau zuckte mit den Schultern.

»Das ist dumm, das will ich dir bloß sagen«, moralisierte sie weiter. Der dunkelrote Mund wurde naiv. »Das kannst du anderen überlassen.«

Sie lag fromm und still im Bett, als wartete sie auf die Wirkung ihrer Worte, aber Jastrau konnte ihre Ermahnung nicht ernst nehmen. Er lachte.

»Ja, lach nicht, denn Vera sagt, du bist ein richtig anständiger Bursche, wenn du nüchtern bist.«

»Kenne ich nicht«, erwiderte Jastrau.

»Sie sitzt jeden Nachmittag drüben in der Bar am Bahnhof. Genau wie ich. Ich sollte übrigens längst dort sein. Wie spät ist es?«

Jastrau zog die Uhr heraus und blickte im Dämmerlicht darauf.

»Viertel nach vier.«

»Um Gottes willen! Ich kriege den Arsch versohlt, weil ich schwänze. Ha!«

Und dann lachte sie übermütig.

»Von … deinem Freund?«, erkundigte Jastrau sich leise. Es interessierte ihn rein sachlich.

»Freund?«, Sie lachte höhnisch. »Nein, du. Das ist längst nicht mehr modern. Aber ich habe auch keine Freundin. Alle anderen haben eine. Verstehst du, warum?« Sie richtete ihre fragenden, schwarzen Augen auf ihn. »Sie machen sich nichts aus Männern. Sie machen's nur fürs Geld. Oh, die sind vollkommen verrückt, sie kriegen nie eine Mütze voll Schlaf.« Sie schüttelte den Kopf. »Nein, der Kellner verpasst mir den Anschiss – und das muss er ja.«

»Das ist sicher nicht immer lustig.«

»Was ist nicht lustig?«

»Das Leben, das du führst«, sagte Jastrau sanft und hasste sich sofort für seinen Sanftmut.

Aber die Schwarze Else sah ihn nur spöttisch an. Dann zog sie die Bettdecke bis zur Nase und lachte. Jastrau fühlte sich wie ein Hinterhofmissionar.

»Entschuldige, dass ich gekommen bin«, sagte er leise.

»Nein, das war wirklich nett von dir. Männer halten eigentlich nie, was sie versprechen – aber das ist mir völlig egal«, fügte sie hinzu. »Aber willst du nicht eine Tasse Kaffee trinken. Ich werde nach Frau Lund klingeln. Findest du sie nicht auch reizend?«

»Sie ist ein Engel.«

Die engelsgleiche Frau Lund kam lautlos herein, sprach ein paar leise Worte und verschwand wieder.

Und die Schwarze Else lehnte sich aus dem Bett, zog Jastrau zu sich heran und flüsterte:

»Sie glaubt, ich hätte einen reichen Freund. Aber sie ahnt nicht, dass wir uns zerstritten haben, mein Freund und ich. Psst.«

»Aber … dann müssen Sie … dann musst du doch wieder auf die Straße?«, sagte Jastrau.

»Ich!«, rief die Schwarze Else empört. »Nein, niemals! So tief werde ich niemals sinken. Vorher würde ich, ach, ich weiß nicht was – mich erhängen.« Und sie ließ ihre Zunge weit aus dem Mund hängen, als hätte sie sich erdrosselt.

»Aber …«

»Du willst sagen, dass ich verrückt bin. Das bin ich auch. Und ich bin kotzwütend.« Sie strampelte vor Wut im Bett. »Und dann kam gestern mein Mann, dieser Trottel. Er ist ein Quartalsselbstmörder. Er hat mir eine Szene gemacht und sich dort drin auf den Fußboden geworfen, und ich habe die Tür aufgerissen und sie gegen seine weiche Birne geknallt, als er, so lang, wie er ist, dalag und jammerte. Und dann bin ich losgegangen und habe getrunken und getrunken und getrunken, und dann – na ja, das weißt du besser als ich.«

»Dann bist du noch immer verheiratet?«, fragte Jastrau ganz prosaisch. Er sah sie an wie ein seltsames Tier. Die Wangenknochen unter ihren Augen waren sehr markant.

»Gott, ja.«

»Und dein richtiger Freund? Weiß Herr Kopf davon?«

»Keine Ahnung, was Kopf weiß. Kopf ist eine trübe Tasse, mein Freund übrigens auch, eine richtig alte, total trübe Tasse, und genau das habe ich ihm gesagt. Psst!«

Frau Lund huschte lautlos mit einem Tablett herein.

»Würden der Herr Redakteur ein wenig beiseiterutschen.« Sie wollte einen kleinen Tisch zwischen ihn und das Bett stellen.

Jastrau rückte mit dem Stuhl zur Seite, dabei stieß sein Fuß gegen etwas Klirrendes. Hatte er etwas verloren? Er bückte sich. Es war ein Riemen. Er hob ihn auf.

Als Frau Lund leise schwebend verschwunden war, setzte sich die Schwarze Else im Bett zurecht.

»Mein Gott, wird mich der Kellner Jansen morgen anschnauzen«, sagte sie lachend und schüttelte sich in ihrem Kimono, während sie die dampfende Kaffeetasse an den Mund setzte.

»Du bist ziemlich leichtsinnig!«, bemerkte Jastrau und schüttelte resigniert den Kopf. »Auf diese Weise endest du noch auf der Straße.« Und um seinen Worten moralischen Nachdruck zu verleihen, schlug er mit dem Riemen auf den Tisch.

Hastig stellte die Schwarze Else die Tasse ab. »Was ist das. Lass mich mal sehen. Gib ihn mir.« Und sie griff nach dem Riemen, schaute ihn an, warf sich zurück ins Bett und lachte schallend.

»Was ist denn?«, fragte Jastrau nervös. Plötzlich war ihm die Situation unheimlich. In dem bräunlichen Zwielicht lag dieses Weib, das aussah wie eine Marokkanerin, und wälzte sich im Bett hin und her. Ihre üppigen Gliedmaßen zeichneten sich unter der Bettdecke ab. Sie war ein kräftig gebauter Typ, im Grunde genommen grob, ohne berauschenden Charme. Aber sie schwang den Riemen durch die Luft und verfolgte ihn mit glänzenden Augen.

»Wo hast du ihn gefunden?«

»Auf dem Boden.«

Wieder lachte sie und schwang den Riemen in dem schummrigen Licht. Es sah aus, als würde sie mit einer Natter spielen. Und es klirrte leise, ganz leise.

Jastrau fröstelte bei dieser unfassbaren weiblichen Hemmungslosigkeit. Sie wand sich wie von Krämpfen geschüttelt und lachte.

»Weißt du, wozu der gebraucht wird?«, japste sie.

Jastrau antwortete nicht. Er ahnte Schatten in dem braunen Halbdunkel, gedämpfte Angst und Ekel.

»Damit fessele ich den Apotheker«, lachte sie.

»Den Apotheker?«, wiederholte Jastrau, als litte er unter Atemnot.

»Ja, meinen reichen Freund. Er ist schon alt und so. Er braucht das …« Sie lachte und schwang den Riemen wild und ekstatisch hin und her, der Betthimmel bebte, und die Bettdecke klatschte unter den Schlägen, »… so … so … so. Ich fessele ihm damit die Hände auf den Rücken, außerdem habe ich noch eine Hundepeitsche. Die hat er mir geschenkt. Oh, er ist verrückt.« Und unter wüstem Gelächter schleuderte sie den Riemen durch die Luft, bis er an der Wand aufschlug und zu Boden fiel.

»Pu-ha, es ist widerlich.« Atemlos sank sie im Bett zusammen.

»Er ist Apotheker?«, wagte Jastrau die vorsichtige Frage.

»Ja, und steinreich. Von ihm habe ich die ganzen Möbel. Ist es nicht hübsch hier? Es ist beinahe herrschaftlich, findest du nicht? Hast du mein Wohnzimmer gesehen?«

Sie holte stöhnend Luft.

»Das macht mich total verrückt«, seufzte sie und presste ihre Hand aufs Herz, während sie mit offenem Mund dalag und lautstark Atem holte.

Jastrau wagte nicht zu sprechen. Er hatte Angst, dass seine Ahnung sich bestätigen würde und eine dunkle Gestalt sich über sein Leben beugte, ein Mensch, den er nicht kannte, ein Mensch aus dem Chaos der vorherigen Generation. Werden wir alle so? O Gott, er verbarg sein Gesicht in den Händen. Ist das die verdammte Unendlichkeit der Seele?

»Verstehst du, warum ich so rasend wütend geworden bin«, sagte die Schwarze Else, die noch immer um Atem rang. »Denn dann starb seine Frau …«

Jastrau beugte sich vor, noch immer das Gesicht in den Händen verborgen.

»… er kam hier herauf … in Schwarz … mit Zylinder …«

Da war dieser Schatten. Er war es. Das Zerrbild des Lebens. Und er schrieb über Jesus. »Warum hast du mich verlassen?«

»… und dann war er … wie ein Neunzehnjähriger …«

Ja, Steffensen hatte ihn gesehen. In Trauerkleidung. Er hatte nicht gewusst, dass seine Mutter gestorben war.

»… weil er in Trauer war, natürlich, dieses alte …«

Die Urne in der Einkaufstasche.

»… und hinterher wurde er dann sentimental und heulte über seine tote Frau, und ich konnte nicht mehr und habe ihm die Meinung gesagt. Ich konnte einfach nicht mehr.«

Jastrau richtete sich auf. Er wollte die Schwarze Else nicht sehen. Er wollte nichts.

»Aber ich war eine Idiotin«, stellte die Schwarze Else nüchtern fest, »denn seither habe ich nichts mehr von ihm gehört. Vera lacht auch über mich.«

»Aber du!«, rief sie plötzlich und richtete sich im Bett auf. »Ich bin so hungrig. Wollen wir nicht irgendwo was essen gehen?«

»Ich weiß nicht«, sagte Jastrau nervös. »Mein Geld … ich muss nach Berlin … ich weiß nicht, aber …«

Er holte die Brieftasche aus dem Jackett.

Aus alter Gewohnheit griff die Schwarze Else nach der Brieftasche, öffnete sie, zog die Geldscheine heraus und breitete sie auf der Bettdecke aus.

»Könnte mehr sein«, sagte sie und rümpfte die Nase, »aber scheißegal … ich hab selbst Geld … und wir müssen was essen.«

Sie gab ihm die leere Brieftasche zurück und schob die Scheine zusammen.

»Du bist doch ein Kamerad«, sagte sie freundlich und streckte die nackten Beine aus dem Bett.

»Ist das der moderne Ausdruck für …«

Sie sah ihn verständnislos an.

VII

Ein Knall wie ein Pistolenschuss – und das Klirren von Glas.

Jastrau erwachte benommen, registrierte den Geruch eines fremden Zimmers, eine duftende, dichte Dunkelheit um sich herum und spürte eine animalische Wärme in seiner Nähe, einen nackten, atmenden Körper. Und in der Dunkelheit lärmte und rumorte es, als ob irgendetwas tief unten vor sich ging. Stimmen ertönten mit einem Echo wie in Kellergängen. Und hinter all den Stimmen und dem Lärm hörte er ein verzehrendes Geräusch – ein Knistern wie bei einem Wettlauf über Reisig auf trockenem Waldboden –, das immer lauter wurde. Es war kein Traum. Einen Augenblick wirbelte die Dunkelheit herum. Doch dann war oben wieder oben und unten wieder unten. Der Lärm kam von der Straße, die Geräusche drangen ins Schlafzimmer, das zum Hof lag.

Die Schwarze Else bewegte sich unruhig im Schlaf.

Dann hörte er ein Heulen in der Nacht. Als fegten Schauer durch die Luft und entfachten Meeresleuchten in seinem Blut, während er in das dunkle Zimmer starrte und horchte. Das Blut rauschte davon. Laufen, Fahrradrennen, ein Junge, dem die Zunge aus dem Hals hängt, laufen, laufen – die Feuerspritzen.

Ruckartig setzte er sich auf. Es knisterte im Zimmer nebenan, und plötzlich entdeckte er einen dünnen, feuerroten Strich in der Dunkelheit, als hätte er zu lange auf einen glühenden Kohlefaden gestarrt. Er wandte den Blick ab, doch der feuerrote Strich blieb dort, wo er war, er folgte nicht den

Bewegungen der Augen, er war real. Die Türfüllung musste einen Riss bekommen haben.

»Es brennt«, schrie er, sprang aus dem Bett, stolperte beinahe über eine leere Portweinflasche, die über den Boden rollte – es war so gemütlich gewesen, im Bett zu sitzen und zu trinken! Erneut drehte sich die Dunkelheit wie eine von innen betrachtete Kugel – und er riss die Tür zum Wohnzimmer auf. Und im selben Moment blieb er stehen, geblendet von einem flammendroten, unruhigen Schein, von langen, leckenden Flammenzungen vor den Fenstern. Brannte es in der darunterliegenden Wohnung? Waren sie bereits von Flammen umzingelt? In einer Schale aus Feuer? Oder brannte es über ihnen?

»Was … ist das? Oh, um Gottes willen!«

Die Schwarze Else sprang nackt aus dem Bett.

»Es brennt! Es brennt! Hilfe!«

Aber Jastrau stand mit offenem Mund an der Tür und konnte seinen Blick nicht abwenden. Die Vorhänge wehten, die Flammen dahinter sahen bisweilen unwirklich und verschleiert aus; und er witterte diesen heißen, verbrannten Geruch, der in das offen stehende Fenster trieb.

»Es brennt drüben bei mir«, sagte er leise.

Mit einem Mal loderten die Flammen auf, als hätten sie neue Nahrung bekommen, und er sah einen Funken wie eine Feuerfliege in den Vorhängen tanzen. Sofort lief er dorthin, fing den Funken, zerquetschte ihn wie ein Insekt. Ein Stück verkohltes Papier flatterte wie ein schwarzer Schmetterling umher.

»Wir müssen das Fenster schließen!«, schrie die Schwarze Else.

Und er riss die Vorhänge zur Seite und warf das offenstehende Fenster zu, doch das Glas fiel aus dem Rahmen. Die Hitze hatte die Scheiben bersten lassen. Und er lachte. Denn was half es? Es war egal. Die Funken konnten trotzdem ins Zimmer fliegen und es in Brand setzen. Ein heißer Luftzug verschlug ihm den Atem. Es brannte auf seiner Brust. Er war nackt.

Doch dann vergaß er alles, nur nicht das Feuer.

Wie gebannt starrte er auf die roten Flammen. Schließlich brannte dort drüben seine Wohnung. Erst jetzt begriff er es wirklich. Etwas öffnete sich in seinem Inneren. Das Esszimmer war ein Flammenmeer, die lodernden Flammen rissen eine Klappe des Kachelofens auf. Und im Wohnzimmer wütete der Brand mal stärker und mal schwächer, die Flammen schlugen wie bei einem Vulkanausbruch in die Höhe, als eine Gardine Feuer fing, dann fielen sie wieder in sich zusammen und flackerten erneut auf, während schwarzer Rauch durch die geborstenen Fenster quoll und die Glassplitter herausbrach, die wie Schuppen hinunterrieselten. Und rein instinktiv und unbewusst griff er nach dem Vorhang und verbarg damit schamhaft seine Nacktheit, als wären die Flammen neugierig.

»Es brennt drüben bei mir«, wiederholte er wie in Trance.

Die Schwarze Else stand neben ihm.

»Bei dir?«, fragte sie verständnislos.

Er sah sie an. Die Hitze ließ seine Augen tränen, rote Schatten tanzten vor seinem Blick, Feuerschatten, Blutschatten. Der nackte Frauenkörper schwebte durch purpurrote Wellen schräg nach oben. Sie reckte die Arme in die Luft. In den dunklen Achselhöhlen lauerte eine grünliche Finsternis. Die Schwarze Else! Ihre Brüste wurden so breit, rote Reflexe flackerten über die gelbliche Haut. Weibliche Formen. Und in diesem Moment suchte eine Flamme sich ihren Weg nach oben zu einer neuen Gardine, ein lechzender Frauenarm, ein lechzender Frauenkörper, geschmeidig, lockend, verzehrend, ein loderndes Feuer. Ein Weib.

»Bei dir?«, wiederholte sie atemlos.

Er stand noch immer in den Vorhang eingewickelt da. Schämte er sich wegen ihr? Sie war erschreckendes, rotes Fleisch im Schein der Flammen, Fleisch wie in einem Metzgerladen, viel zu viel Brust.

»Ja, ich wohne da drüben«, keuchte er und begegnete ihrem Blick, der in der Hitze schimmerte. In den Tränen spiegelte sich das rote Feuer, unberechenbar und fließend. Alles schimmerte. Alles war unberechenbar und fließend.

»Der ganze Kram verbrennt«, sagte er und streckte dramatisch einen nackten Arm aus, als stünde er in eine Toga gehüllt. »Es brennt«, jubelte er, und seine Stimme schlug um, als würde er ein Gedicht vorlesen. »Alle Schiffe brennen.«

Seine Ohren waren noch immer betäubt vom Lärm der Straße, unaufhörlich, pausenlos, wie ein Geläut. Dort unten blitzte es auf. Polizeihelme, Feuerwehrhelme. Pflastersteine und Bürgersteige glänzten vor Wasser in einem dunkelroten Ton wie Mahagoni. Lange, graue Schläuche schlängelten sich über die Steine und spuckten an den undichten Stellen gurgelnde Fontänen aus. Und mitten auf der Straße stand eine Leiter auf Rädern senkrecht in der Luft und neigte sich langsam gegen die Mauer und die brennenden Fensterrahmen, wo die Flammen wie bleiche Nattern hin und her jagten und zwischen Steinen und Holz nach draußen drangen.

»Was sollen wir machen, gnädige Frau?«

Frau Lunds jammernde Stimme. Sie trug einen Frisierumhang. In ihren Haaren hatte sie ein Eulennest aus Lockenwicklern.

»Mein Gott, splitternackt!«

Sie verschwand mit einem tugendhaften Schrei.

»Nein, so können wir hier nicht stehen bleiben«, rief die Schwarze Else und lief ins Schlafzimmer. Aber Jastrau drehte sich lachend um. Das Wohnzimmer zerfloss in Rot und Grün. Seine Möbel, sein Heim, alles brannte. Juchhe! Das

Feuer spiegelte sich auf Elses Rücken. Das Fleisch bebte in roten Reflexen während ihrer lächerlich weiblichen Schritte. Es hüpfte, locker und unruhig.

Aber er konnte dort auch nicht stehen bleiben. Nackt zwischen fremden Möbeln. Laue Brisen strömten in Wellen über seine Haut. Die rauchgeschwängerte Luft fing an, seine Nasenlöcher zu reizen.

Hustend lief er ins Schlafzimmer. Und warf die Tür hinter sich zu.

In der Dunkelheit schlich Else umher. Jastrau hörte das Geräusch ihrer nackten Füße. Wie in einer Kajüte rollte die leere Flasche über den Boden. Er tastete nach seinen Kleidern.

»Du musst rübergehen«, stöhnte sie.

»Warum sollte ich?«, grinste er und stand auf einem Bein, um sich die Hose anzuziehen.

»Deine Möbel!«

»Das sind nicht meine.«

»Ich habe nie gewusst, dass du dort gewohnt hast.«

»Ha, ha, ha, ha.«

»Mein Gott, was sollen wir denn machen, was sollen wir bloß machen?«

Es war Frau Lund, die den Kopf hereinsteckte. Sie hatte im Flur das Licht eingeschaltet, ein schmaler Lichtstreifen fiel in das dunkle Schlafzimmer. Die Lockenwickler zeichneten eine scharfe Silhouette um ihre Schläfen – wie ein Kranz aus Weinlaub.

»Das brutzelt nicht schlecht, was, Frau Lund?« Jastrau tanzte auf dem anderen Bein umher. Er spürte noch immer den Portwein.

»Die Vorhänge könnten Feuer fangen«, stöhnte Frau Lund. »Die Funken fliegen direkt ins Fenster hinein.«

»Ja, ja. Ich bin gleich da. Verdammt, ausgerechnet, wenn man gerade so gut schläft.« Die Stimme der Schwarzen Else klang heiser.

Dann flatterte sie in ihrem knallroten Kimono davon. Jastrau sah sie mit einem flüchtigen Blick, als sie durch den Lichtstreif auf dem Flur huschte. Er bückte sich nach seinem Jackett. Wieder wurde die Tür zum Wohnzimmer aufgerissen. Der Schein der Flammen tauchte das Himmelbett in ein rosenrotes Licht, als er sich wieder aufrichtete. Oh, ihr Putten und Engelsflügel! Ein erstickender Qualm drang ein.

»Ihr werdet ersticken!«, rief er. »Ihr werdet ersticken.«

Nun hatte er Hemd und Hose an. Das Schicksal hatte ihn nackt erwischt. Er fing an zu pfeifen.

»Wieso kommst du nicht her und hilfst uns, du blöder Kerl«, schrie die Schwarze Else durch den Straßenlärm, der durch die zerborstenen Scheiben hereindrang. Sie und Frau Lund schwebten einen Moment wie schwarze Schatten vor dem roten, unruhigen und qualmenden Hintergrund. Sein Heim! Es brannte, es brannte. Nieder bis auf die Grundmauern! Welche Erlösung, Befreiung. Und er pfiff weiter, monoton und wild, im Rhythmus der wogenden Flammen, höher, höher. Und die beiden schwarzen Schatten balancierten auf Stühlen, lange Gardinenstangen neigten sich wie die Rahen eines Schiffs, die Vorhänge flatterten. Einen Augenblick strahlte ein Sternbild aus Funken auf und wurde von einem Vorhang gefangen. Eine winzige, gelbe Flamme zeigte ihre kleine Spitze. Ein Schrei! Dann war sie verschwunden. Und plötzlich fiel der Schein der roten Flammen grell ins Wohnzimmer. Die Vorhänge waren abgenommen, das Mahagoni schimmerte in der Dunkelheit, die Möbel spiegelten das Feuer, als stünde vergossener Wein auf ihnen.

Ein wildes, monotones Pfeifen. Es brannte, es brannte. Sämtliche Möbel, die gesamte Wohnung, Stühle, Tische, Bücher.

Es brannte.

Es gab eine Fotografie seiner Mutter. Sie brannte. Es gab

eine Fotografie seines Sohnes. Das Glas war zerbrochen. Wie eine Forke. Man hatte sie ihm ins Herz gejagt. Aber alles brannte. Waren neue Milchglasscheiben in die Wohnungstür eingesetzt worden? Das Grammophon, die Rokokostühle, die Fastnachtsrute, alles brannte lichterloh. Und die Eichenholzmöbel. Ah, ha, ha. Es brannte, es brannte.

Er konnte sich ebenso gut vollständig anziehen.

Und die Police der Feuerversicherung hatte er Lundbom gewidmet! Er durfte sie behalten! Ja, ja, lieber Schwager. Wo ist die Police der Feuerversicherung? Morgen, wenn du Zeitung liest, lieber Schwager, dann machst du das Maul auf und zu wie ein Fisch.

Jastrau pfiff unablässig weiter.

Die beiden Frauen verrückten die Möbel. Im blutroten Schein band Jastrau sich die Krawatte sorgfältig vor einem Spiegel.

»Du Idiot, wieso hilfst du uns nicht?«, stöhnte Else, die hilflos am Kopfende des Diwans stand, dessen Kissen so leicht in Brand geraten konnten.

»Jetzt …«

Mehr brachte er nicht heraus. Die Worte gingen in einem Hustenanfall unter. Schwarzer Rauch wirbelte aus den Flammen empor, eine Funken sprühende Verfinsterung, dicht, schwer und dick quoll eine Blase aus Ruß und Qualm aus dem mittleren Fenster, ein schwarzer Trabant, der beim Zusammentreffen mit der Straßenluft zerbarst und wie eine breite Fahne aus Fabrikrauch die Fassade schwärzte und das Dach verbarg.

Jastrau kam ihnen zu Hilfe. Doch er ging ausgesprochen leichtfertig zu Werk.

»Es brennt übrigens in seiner Wohnung«, bemerkte die Schwarze Else und nickte in Jastraus Richtung, während sie sich mit dem Tisch abmühte.

Frau Lund antwortete nicht. Sie verstand keinen Spaß. Sie stellte einen Eimer Wasser ans Fenster.

»Brennt das Dach?«, erkundigte sich Jastrau.

Er beugte sich vor und schaute durch die qualmende Rauchfahne, die am Himmel der Sommernacht flatterte. Hin und wieder stoben wirbelnde Funken auf, die rot und gelb zwischen den ruhigen, blassen Sternen umherirrten. Und der rotbraune Rauch schwoll unablässig an.

Und dann kochte und zischte es. Wasser schlug gegen die Fensterrahmen auf der anderen Straßenseite, weiße Dämpfe stiegen langsam auf. Er sah einen Kopf mit einem Feuerwehrhelm, ein Feuerwehrmann auf der Leiter.

»Nee, es sieht so aus, als würde es nur bei mir brennen«, stellte Jastrau fest.

Frau Lund antwortete nicht. Aber mit einem Mal wurde ihr klar, dass es sich tatsächlich um Jastraus Wohnung handelte. Es schmerzte wie eine Beleidigung. Sie warf ihm einen empörten Blick zu, drehte sich brüsk und ergrimmt um und schlug mit einem nassen Wischlappen auf einen Funken ein, der aufs Fensterbrett gefallen war.

»Was für ein Blödmann!«, rief sie.

In diesem Moment klingelte es.

Frau Lund eilte in den Flur. Diese Bewegung hatte eine erlösende Wirkung. Sie stöhnte.

Aber Jastrau und die Schwarze Else liefen hustend durchs Zimmer, das aussah, als würde es von einer schwachen roten Ampel erleuchtet, nun nur noch ganz schwach, denn gegenüber brannte es lediglich noch tief in den Zimmern, das Feuer war so gut wie besiegt. Durch die verkohlten Holzrahmen der Fenster stiegen jetzt Wolken aus Dampf und Rauch auf, nur hin und wieder ein sausender Wirbel aus Funken.

»Oh, meine Möbel«, stöhnte die Schwarze Else, spuckte aus und räusperte sich.

Jastrau rang um Atem. Der Geschmack des Rauchs schnürte ihm die Kehle zu.

Dann rückten sie die Stühle an die hintere Wand.

»Oh, sie werden so zerkratzt«, beklagte sie sich.

»Denk mal an meine Möbel«, entgegnete Jastrau.

»Ich weiß wirklich nicht, was ich von dir halten soll«, erwiderte sie irritiert.

Jastrau hustete.

Im Flur ertönten Männerstimmen, ein Feuerwehrmann trat ein. Die Rauchschwaden waren jetzt so dicht, dass das Zimmer im Dunkeln lag; aber der Feuerwehrmann schaltete eine Stablampe ein und ließ den bleichen Lichtkegel über den Fußboden und die Möbel gleiten. Er hielt bei dem Wassereimer inne.

»Vernünftige Vorkehrungen!«, sagte er schnaufend. »Diese verdammten Funken sind so unverfroren wie Fliegen.«

Er blickte auf die Rauchwolken gegenüber.

»Gott sei Dank haben wir es jetzt nur noch mit Rauch und der Wasserbrühe zu tun.«

Er blieb mit eingeschalteter Stablampe stehen und schnaufte wie ein müder Gaul. Er blieb stehen, als wollte er sich gern einen Moment ausruhen.

»Konnte denn irgendetwas gerettet werden?«, erkundigte sich Jastrau. Seine Stimme klang angespannt, aber ruhig.

»Das passt bei mir auf eine Hand.«

Sie ahnten die Hand, die in der Nähe des Lichtkegels eine beschreibende Geste vollführte.

»Es ist nämlich …«, entfuhr es der Schwarzen Else, die aber plötzlich einen Tritt ans Schienbein bekam.

Und dann fragte Jastrau hektisch, erregt und ohne Übergang:

»Ist denn jemand verbrannt?«

»Nee-e, nicht, dass ich wüsste.« Und der Lichtkegel glitt

weiter, der Feuerwehmann musste gehen. Das Licht fiel jetzt genau auf die Schwarze Else in ihrem roten Kimono. Sie rieb ihr nacktes Schienbein mit dem Fuß.

»Ja, sind Sie da ganz sicher?« Jastrau ging rasch auf den Feuerwehrmann zu und fasste ihn am Arm. Seine Stimme drohte sich zu überschlagen, als wollte er sich über irgendetwas beschweren. »Sind Sie auch ganz sicher, dass niemand umgekommen ist?«

»Nein – aber das wird untersucht«, erwiderte der Feuerwehrmann wichtigtuerisch und riss sich los.

»In der Wohnung ist nämlich alles möglich«, beharrte Jastrau und verfolgte ihn.

»Ja, so sieht's da auch aus«, erwiderte der Feuerwehmann und blieb noch einmal stehen. Er hatte nichts dagegen, ein bisschen länger zu verschnaufen. »Aber die Familie dort drüben ist offenbar verreist. Es soll sich um einen Journalisten handeln, ein ziemliches Nervenbündel, sagt der Hausmeister. Ha, ha, der Hausmeister, der hat sich vermutlich die Zehen versengt, seine Wohnung liegt direkt über dem Brandherd. Aber ich muss weiter – da ist vermutlich nicht mal ein Kanarienvogel verbrannt.«

»Wie ist es denn zu dem Brand gekommen?«, fragte Jastrau hektisch nach.

»Kurzschluss, wird vermutet. In den letzten Tagen ist niemand in der Wohnung gewesen. Auch nicht der Untermieter.«

»Ja, ja, ja. Ha, ha. Sind Sie da auch ganz sicher?« Wieder packte Jastrau den Feuerwehrmann am Arm. »Denn Kurzschluss – ha, ha, das wird doch immer gesagt, wenn sich die Ursache nicht finden lässt. Aber stellen Sie sich eine glühende Zigarette auf einer Diwandecke vor … nicht wahr? … sie liegt da und schwelt vor sich hin … nicht wahr, oder? … daraus könnte sich doch ein Brand entwickeln, oder? … Und stellen Sie sich vor, es liegt eine ermordete Frau auf dem Diwan …

dann ist sie verbrannt … dann wird der Mord … niemals entdeckt.«

»Pu-ha!«, stöhnte der Feuerwehrmann. »Mein Hirn ist von der Hitze auch schon ganz aufgeweicht.«

Aber Jastrau steckte die Hände in die Taschen und lachte, und in der Dunkelheit erklang auch das Lachen der Schwarzen Else, die in das Gelächter einstimmte, befreit und munter.

»O ja, was für ein Blödsinn«, sagte Jastrau.

»Genau das meinte ich«, antwortete der Feuerwehrmann ironisch und ging.

»Aber du bist ja wahnsinnig, Ole!«, entfuhr es der Schwarzen Else.

»Bin ich?« Jastrau schüttelte den Kopf. »Bin ich? Das kann schon sein. Aber nein … er sagte ja, der Untermieter wäre in den letzten paar Tagen nicht da gewesen. O ja … dann ist es nicht wahr. Ja … vielleicht. Hast du irgendetwas zu trinken für mich, Else?«

Sie standen jetzt im Dunklen. Aus den gegenüberliegenden Fenstern quollen nur noch schwarze Rauchmassen, und tief in der Wohnung ahnten sie einzelne, unruhige Flammen. Die Lichtstreifen der Lampen der Feuerwehrleute kreuzten sich wie Klingen. Noch immer hörten sie das zischende Geräusch von Wasser. Unten auf der Straße war es ruhiger geworden.

»Ah, etwas zu trinken.«

»Ja, gehen wir in die Küche und sehen nach«, sagte die Schwarze Else und fasste ihn halb lachend, halb beschützend unter den Arm. »Ich verstehe dich gut. Aber glaubst du nicht, dass es das Beste ist, wenn du rübergehst und dir ansiehst, wie viel verbrannt ist? Es muss doch fürchterlich sein. Stell dir vor, all deine Möbel. Aber ich wusste wirklich nicht, dass du dort drüben gewohnt hast.«

In der Küche schaltete sie das Licht ein, und Jastrau setzte sich erschöpft auf einen Stuhl. Schlapp und zusammengesunken saß er da.

»Mein Gott, was hast du nur für dummes Zeug zu dem Feuerwehrmann gesagt. Eine ermordete Frau auf dem Diwan. Weißt du überhaupt, was du da von dir gegeben hast?« Sie lachte und öffnete den Küchenschrank.

»Da könnte durchaus eine ermordete Frau liegen …«, seufzte er und blickte zu Boden. Schweiß tropfte ihm von der Stirn. »Ach, du hast ja keine Ahnung. Du ahnst nicht … wie ich gelitten habe. Dort *sollte* eine ermordete Frau auf dem Diwan liegen. Und …« Er hob die Stimme. »Dort *hat* eine ermordete Frau auf dem Diwan gelegen … und die Zigaretten … das ist ein teuflisch guter Plan. Das entdecken die nie. Oh, Else, Else. Ich werde noch verrückt.«

»Na, na, na«, tröstete ihn die Schwarze Else. »Trink jetzt diesen Cognac … obwohl du zu viel trinkst.«

Jastrau leerte das Glas.

»Ja, ich weiß genau, dass es Fantasien sind. Selbstverständlich sind es Fantasien.« Seine Stimme wurde ruhiger, hin und wieder ein bisschen lauter, bebend und unsicher, um dann wieder leiser zu werden. »Oh, du, oh, du, aber wir haben das seltsamste Leben in dieser Wohnung geführt. Etwas Seelisches … ja, ja … wollten wir finden; Steffensen … Stefanis Sohn … ah, ha, ha.,.«

»Du kennst Stefani?« Sie platzte mit der Frage heraus.

»Ja, ja.« Jastrau lächelte müde und nickte. »Ich kenne ihn, und er hat all die Prügel verdient, die du … oh, nein, nein. Aber das alles ist so hoffnungslos, so sinnlos.«

»Wusstest du, als ich es erzählte …?«

Wieder nickte Jastrau.

»Ja, ja, aber das ist doch vollkommen gleichgültig … alles … alles. Was geht mich das an … all das … all das. Es ist ebenso unwirklich wie die drei schwarzen Männer. Ich konnte durch sie hindurchsehen, und sie haben sich aufgelöst … und nun bin ich in der Lage, das Ganze zu durchschauen … und dann löst sie sich auf, diese ganze verdammte Halluzination. Und was geht es mich an, ob da eine ermordete Frau auf dem Diwan gelegen hat … oder auch nicht. Ich hefte nur fest meinen Blick darauf, dann löst sie sich auf und wird zu schwarzen Regalen und einem Gemälde von El Greco, und dann starre ich noch intensiver – und dann lösen sich auch die Regale und El Greco auf … einfach alles.«

Else sah ihn beunruhigt an. Sie glaubte, er hätte Wahnfantasien.

»Hör mal, willst du dich nicht lieber hinlegen und ausruhen?« Sie legte ihm die Hand auf die Stirn. »Wie heiß du bist! Deine Nerven sind überreizt. Du bist krank.«

»Nein, nein.« Er schüttelte den Kopf. »Lass mich hier sitzen. Dann sehe ich das Feuer nicht.«

»Aber das ist doch gelöscht. Du solltest dich besser in mein Bett legen, wirklich.«

»Ich ertrage es nicht, die Augen zu schließen. Es flammt auf. Lass mich lieber hier sitzen. Hier ist es kühl. Das Licht ist eingeschaltet. Und es gibt weiße Farben. Ja, sicher, manchmal bin ich wahnsinnig; aber lass mich einfach hier sitzen. Musst du Frau Lund helfen? Aber die Gefahr ist vermutlich vorbei.«

»Ich finde, du solltest dich hinlegen«, beharrte sie.

Aber Jastraus Stimme brach, er begann zu jammern. »Nein lass mich. Hör jetzt auf damit. Es schneidet mir ins Gehirn. Lass mich ein bisschen sitzen … ein bisschen … hier allein, dann …«

»Gut, dann gehe ich ins Wohnzimmer.« Sie zuckte mit den Schultern, ein wenig enttäuscht, aber sehr sanftmütig, und verließ ihn.

Weit entfernt war ein gedämpftes Summen zu hören. Ein paar Löschzüge hupten. Sie fuhren ab. Dann fiel sein Blick auf die Cognacflasche, und so schnell, dass er selbst überrascht war, sprang er auf, griff nach der Flasche und schenkte sich noch ein Glas ein.

Er war angespannt, hochkonzentriert.

In einem Satz war er an der Tür. Niemand war im Flur. Zurück an den Küchentisch. Das Glas geleert. Wieder zur Tür. Sie rückte mit Frau Lund die Möbel. Dort hing sein Hut am Garderobehaken. Er schlich hinaus und holte ihn. Wieder zurück in die Küche. Griff nach der Cognacflasche. Hinaus in den Flur. Öffnete lautlos die Wohnungstür. Schloss sie lautlos. Und lief mit langen Sätzen die Treppe hinunter. Die Flasche! Die Flasche! Er steckte sie in die Innentasche seines Jacketts und zog es sorgfältig um sich zusammen.

Er war unten. Öffnete die Haustür. Menschen standen auf dem Bürgersteig und gafften hinauf zu den qualmenden Fenstern. Ein Löschzug fuhr davon. Aber noch immer herrschte dämmriges Zwielicht. Er konnte sich die Mauer entlangschleichen und um eine Ecke verschwinden.

Er war entkommen.

Die sanfte, helle Dämmerung. Die Häuser waren noch dunkel. Die Straßen sahen aus, als wären sie in bläuliches Wasser getaucht, und die Türen und Fenster erschienen unterseeisch und verschwommen, durchzogen von unsichtbarem Leben. Und darüber ein blanker Himmel. Dort oben war der Morgen erwacht, aber noch hatte er sich nicht auf die Erde gesenkt.

Die Steine dufteten.

Und Jastrau lief weiter. Er fühlte sich wie ein Schatten. Er trabte. Es war egal, wohin. An einer Straßenecke blieb er stehen, setzte die Flasche an den Mund und trank einen Schluck.

Er musste nachdenken. Allein sein und nachdenken. Steffensen – hatte sie ermordet. Jetzt war es passiert. Es musste passiert sein. Aber es war … grauenvoll. Lief es ihm kalt den

Rücken hinunter? Es war – grauenvoll. Hatte Steffensen sie gefoltert? Erwürgt? Hatte er dieses Gefühl, eine weiche Kehle zwischen seinen Händen zu haben? Und der ganze warme Frauenkörper, der immer schlaffer wurde … erst Widerstand … und Entsetzen im Blick, der Mund aufgesperrt, leer von Schreien, denn ich drücke die Kehle zu, umklammere sie … und der Kopf wird hin und her geworfen … und wie? Läuft das Gesicht blau an? Quellen die Augen hervor? Kriecht die Zunge aus dem Mund? Wie?

In der leeren Straße blieb Jastrau stehen, versunken in eine unheimliche Mimik, als hätte er den Veitstanz.

Aber Steffensen hatte sie ermordet. Dieses Vieh! Dieses Vieh! Seine Augen. Dieser gefährliche Schimmer von Emaille. Diese abnorme Stirn. Verbrecherzähne, viel zu viele und viel zu schmale. Dieses bleiche, schweißige, zerklüftete Gesicht mit diesen brutalen, vorquellenden Lippen. Aber Anna Marie? Wie sah sie eigentlich aus. Er sah ihr Gesicht nicht vor sich. Wie?

Jastrau schloss die Augen, es flammte rot auf.

Der Brand! Ja, die Wohnung, die Möbel. Nichts war geblieben. Erinnerungen! Oh, lass sie in Flammen aufgehen oder – verstreu sie wie Rosenblätter. Es ist dasselbe. Flammen und Rosenblätter. Die Vesterbro-Passage lag offen und hell vor ihm. Der Obelisk der Freiheitssäule bestand aus rosafarbenem Granit. Manchmal, bei einer bestimmten Beleuchtung, ließen sich im Stein Rosen erkennen. Rosenblätter und Flammen. Es war dasselbe. Hatte die Leiche rote Wangen? Die Leiche? Anna Marie? Nein, sie lebte. Natürlich hatte Steffensen sie nicht ermordet. Es war unmöglich, wenn der Obelisk der Freiheitssäule rosafarben war.

Jastrau wollte abbiegen. Nicht zum Rathausplatz, der ihm rotbraun, sanft und empfindsam vorkam. Warum war der nicht abgebrannt? Der ganze Rathausplatz. Alle Erinnerungen sollten in Flammen aufgehen! Er wollte am Tivoli abbiegen und über die Langebro nach Amager laufen. Das Land mit den grünen Bäumen würde ihn abkühlen, er wollte im Kühlen denken. Seine Lippen waren heiß und geschwollen. Er hatte keinen Tabak mehr. Aber Cognac.

Er blieb auf dem Bürgersteig stehen, setzte die Flasche an den Mund und legte den Kopf in den Nacken. Allein auf einem langen, langen Bürgersteig. Eine Ewigkeit an Steinplatten. Eine umgestürzte Himmelsleiter.

Der Morgen war weiß wie der Widerschein von Kreide.

Aber Steffensen *hatte* Anna Marie ermordet. Es war ein Verbrechen begangen worden. Er fühlte es in sich. Es hatte sich eine große Katastrophe ereignet. Katastrophe. Kata und Strophe. Die Katastrophe. Endlich, endlich war es passiert! Gott sei Dank! Aber warum, warum Gott sei Dank? Jastrau marschierte drauflos wie ein Rasender. Es war unheimlich. Tierisch. Einen anderen Menschen zu ermorden. Stell dir vor. Leben und Tod. Eine Sekunde lebendig, in der nächsten Sekunde tot. Und es war in seiner Wohnung passiert, zwischen den Möbeln, die er kannte. Die Eichenholzmöbel, das Grammophon, die Fastnachtsrute hatten es gesehen, Oluf hatte es gesehen. Der Junge hatte es gesehen. Diese umhertorkelnden Gestalten. Steffensens brutale, gelbliche Hand und Anna Marie ohne Kinn. Jetzt erinnerte er sich, sie hatte kein Kinn. Warum hatte er sie nie auf dieses fliehende Kinn geküsst, das ihre Hilflosigkeit verriet. Es war ein Mord an einem Kind begangen worden. Hilfe! Hilfe!

Es müsste angezeigt werden.

Es hatte einen Brandmord gegeben – nein, einen Mordbrand.

Aber hatte Steffensen sie tatsächlich ermordet? War es nicht bloß eine Fantasie? Doch – ein Verbrechen *war* begangen worden. Er kannte diesen Teufel Steffensen. Hatte er es nicht geplant, hatte er ihr nicht aufgelauert, hatte er nicht bemerkt, dass sie gern auf dem Diwan lag, rauchte und die brennenden Zigarettenkippen wegwarf? Und das Verbrechen – das war doch die Unendlichkeit der Seele. Steffensen hatte sie ermordet.

Sonst hatte nichts, aber auch gar nichts mehr einen Sinn.

Vom Kalvebodstrand zog es kühl heran. Aber was war das für eine stachlige Eisenkugel, ein Morgenstern? Ein strenges, graues Gebäude, verziert mit zwei Morgensternen. Und ein Bürgersteig, der so breit wie ein Platz war.

Eine Granitwand.

Er wich ihr immer weiter aus. Dieser Steinklotz von einem Gebäude, brutal. Es war das Polizeipräsidium. Jastrau schnappte nach Luft. Nun sollte er zu einem Beamten gehen und sagen: Verhaften Sie mich! … Nein, nein, nicht verhaften, aber es wurde ein Brand gelegt … es ist … ein Mordbrand in der Istedgade … glaube ich.

Er sollte – aber sollte er wirklich?

Ein Polizeibeamter mit einem selbstgefälligen Schnurrbart kam auf ihn zu, und nun sollte es, sollte es, sollte es geschehen. Der Beamte starrte ihn an.

»Guten Morgen«, grüßte Jastrau und trat unsicher einen Schritt näher.

Brandmord! Nein, so heißt das nicht. Doch, es heißt Brandmord.

»Guten Morgen«, ertönte eine morgendlich heisere Stimme. »Na, Sie haben ja gewaltig einen sitzen.«

»Imposantes Polizeirevier!«, sagte Jastrau plötzlich.

»Passen Sie auf, dass Sie nicht nähere Bekanntschaft damit machen«, kam es unwirsch und herrisch zurück.

Jastrau drückte den Rücken durch und ging.

Unangenehm! Arrogant! Schnurrbart! Heisere Stimme! Nein, darum konnte er sich selbst kümmern, dieser Beamte. Soll sich die Polizei doch darum kümmern! Jetzt mussten sie ihren Mordbrand selber finden. Warum sollte man denen auch helfen, die machten sich nur wichtig damit.

Und es gab auch keinen Grund für eine Anzeige. Wer war er, Jastrau, dass er es wagen wollte, einen Mörder anzuzeigen? Ein Verbrechen? Wusste er, was ein Verbrechen war? Hatte er das moralische Recht, ein Verbrechen anzuzeigen? Zeigte er ein Verbrechen an? Nein, er zeigte kein Verbrechen an.

Es war die Aufgabe der Gesellschaft, es war nicht seine Aufgabe, denn der Staat, das bin nicht ich.

Eine kühle Morgenbrise auf der Langebro. Denn der Staat, das bin nicht ich. Und ein Wallgraben mit Wasser wie glänzender Zinn und ein alter Wall mit grünen Bäumen. Etwas weiter wurde der Wall vornehm, eingezäunt, ein Park. Aber er wollte auf den gewöhnlichen Teil des Walls gehen, dort Schutz suchen und sich schütteln … unter schäbigen Bäumen … außerhalb der Gesellschaft. Er gehörte nicht zur vornehmen Gesellschaft. Vom Rasen waren ganze Grasnarben abgetreten. Der Wall hatte tiefe Furchen und Pfade, sodass er aussah wie ein schlottriger Walfisch, dessen Rippen hervortreten. Und unten am Wasser verlief der Diebesgang. Man zeigte keine Verbrechen an. Sich hier einfach nur hinlegen und die Cognacflasche leeren.

Wie schön Wasser und Himmel atmeten. Vögel raschelten im Laub. Jastrau fand einen Flecken Gras und einen Baum, der über den Wallgraben ragte. Dieser Baum eignete sich gut als Fußstütze. Nun konnte er daliegen und in den blassblauen Himmel schauen. Es gab ein paar unruhige, dunkle Wolken. Und unter den Wolken wehte hin und wieder ein kühles Lüftchen. Obdachlos und kein Zuhause. Das Obdachlosenheim. So kann es kommen.

Es lief ihm kalt den Rücken hinunter. Ein Subjekt mit Erde und welkem Gras an der Kleidung. Ein Subjekt in der Natur und …

eine Lerche lag einsam in der Gasse,
ich glaube, sie war mein, die ich zurücklasse

Und nun wusste er es. Nun begannen die Vögel zu singen. Er schloss die Augen. Ganz richtig. Klang es nicht wie ein Kupferdraht, der durch die Luft geschwungen wird? Ein Vogel in einem bestimmten Baum beginnt. »Nun stehen wir auf!« Vögel haben Vogelgewohnheiten. Und dann verbreitet sich das Geräusch durch das Laub und ist vollkommen unerträglich.

Und Cognac gab es auch keinen mehr.

... Er erwachte, mit Herzklopfen, zitternd vor Kälte und sah über seinem Kopf einen Zweig. Die Oberleitung einer Straßenbahn summte, Himmel, Bäume, Erde, Wasser. Die Straßenbahn fuhr auf der anderen Seite des Wallgrabens. Und er hatte auf dem Diebesgang des Walls von Christianshavn geschlafen.

Langsam ging er hinunter zum Wasser, wusch sich Hände und Gesicht und trocknete sich mit einem Taschentuch ab. Es war unangenehm, einen ganzen Tag mit einem feuchten Taschentuch herumzulaufen. Die Tasche wurde nass. Und dann reckte und streckte er sich. Was war passiert? Wieso war er ein anderer Mensch? Es war zu einer Verschiebung seines Ichs gekommen. Oh, es war ... nein, Anna Marie. Herzbeklemmungen. Nein, nein. Das Herz lag in einer brutalen Faust, und die Faust drückte zu, als würde ein Schwamm ausgedrückt. Oh, nein, es konnte nicht wahr sein. Er war es, er war wahnsinnig. Wenn er doch nur etwas Tabak oder Geld hätte. Nein, nicht eine Øre. Nur fünfundzwanzig Øre für eine Packung Flag? Nein. Und dort lag die Cognacflasche. Er hielt sie ans Licht. Ja, darin blinkte es.

Ein einziger Tropfen Cognac kann die ganze Zunge benetzen.

Einen Augenblick. Dann drückte die Faust um das Herz

wieder zu. Es konnte nicht wahr sein. Aber er hatte hinter dem Vorhang gestanden, hinter den Vorhängen, und er hatte gesehen, dass alles denkbar war. Sein Heim war abgebrannt. All die Dinge, die er einmal so geliebt hatte, dass er sich von ihnen hätte verabschieden wollen – verbrannt. Aber Steffensen – das war unmöglich.

So aufgewühlt, wie er war, konnte Jastrau nicht hierbleiben. Er konnte auch nicht ruhig gehen. Hätte er Geld gehabt, hätte er ein Taxi genommen. Er musste doch mit dem Hausmeister reden. Warum hatte er in der Nacht nicht daran gedacht? Aber konnte er mit ihm reden, ohne sich zum Narren zu machen? Wenn es nun Wahnsinn, Erfundenes und Fantasterei war? Er konnte zurück in die Istedgade gehen. Aber er hatte kein Geld, er konnte in keinen Laden gehen, um etwas zu kaufen und zu fragen, so ganz beiläufig, und … nein, er konnte sich nicht zum Narren machen.

Um Atem ringend lief er den Vestre-Boulevard entlang. Über die Tietgensbro und hinter den Hauptbahnhof – hinunter zur Istedgade.

Da bemerkte er eine Frau in einem braunen Kleid, die mit einer Tüte in der Hand aus einer Bäckerei kam.

Sie trug einen schwarzen Gürtel um ihre breiten Hüften.

»Anna Marie!«, schrie er und lief ihr nach.

Sie drehte sich um.

Und in diesem Moment sank er vor ihr nieder und umarmte ihre Knie.

»Oh, Gott sei Dank!«, stöhnte er.

Neben ihnen hielt eine Bierkutsche. Der Kutscher, der eine Kiste Bier schleppte, stellte sie so verwundert auf den Bürgersteig, dass die Flaschen klirrten, und fing an zu lachen.

»Sie sind ja verrückt, Herr Jastrau. Was sollen denn die Leute denken«, rief sie und versuchte, sich loszureißen. Plunderstückchen fielen aus dem losen Seidenpapier.

Jastrau erhob sich hastig und sah sie mit einem wilden Blick an, in dem Tränen glitzerten.

»Das ist doch egal, Anna Marie. Ich gehe schon.«

»Aber wissen Sie, dass …«

Jastrau war bereits weitergegangen, und Anna Marie sah ihm nach. Sein Anzug war zerknittert, der Kragen schmutzig. Die Hutkrempe mit Erde verschmiert.

»Bitte sehr, Fräulein«, sagte der Bierkutscher und hob galant ihre Plunderstückchen auf.

Aber sie wagt nicht, ihn anzusehen. Sie ahnte, dass er vielsagend den Kopf schüttelte, und dann hörte sie ein leises »Plemplem«.

Sie lief in einen Torweg und brach in Tränen aus.

VIII

Seit mehreren Stunden hatte Jastrau dagelegen, auf die kleingeblümte Tapete gestarrt und dem Regen zugehört, der in den Hotelhof plätscherte. Hin und wieder hatte er den Kopf bewegt und den Tropfen zugesehen, die sich in langen Bahnen über das Glas zogen – ebenso zäh und träge wie ein Gedanke durchs Hirn.

Er wollte nicht aufstehen und sich anziehen. Was sollte er dem Portier sagen? Geld hatte er nicht. Eigentlich war es Hotelprellerei, ohne eine Øre in der Tasche in ein Hotel zu gehen und sich ein Zimmer zu nehmen. Das hatte er an diesem Morgen gegen acht Uhr getan. Aber alles ist Betrug, wenn man kein Geld hat. Nicht einmal auf dieses kleine, armselige Hotelzimmer hatte er ein Anrecht.

Er hatte Hunger. Sein Magen war leer. Er hatte an so viele Dinge zu denken. Aber alles lag jetzt auf einem einzigen großen Trümmerhaufen, all das, worüber er hätte nachdenken sollen. Er war hungrig. Aber er konnte sich nicht überwinden, hinunterzugehen und mit dem Portier zu reden! Der Portier mit der Hand diskret vor dem Schnurrbärtchen. Aber wie sollte er es anstellen, den Portier zu bitten, einen der Kellner ins Foyer zu schicken? Er wollte mit ihm nicht im Restaurant verhandeln – über eine Mahlzeit auf Kredit. Das war ekelhaft. Misstrauische Kellnerblicke blieben immer kleben. Nein, er konnte sich noch nicht dazu überwinden.

Noch immer plätscherte der Regen, ein dunkler Schleier vor den Fenstern, und mit derselben dunklen Monotonie sanken seine Gedanken. Er war ein Trinker. Also müsste er verzweifeln! Er müsste verzweifeln! Aber der Regen plätscherte und plätscherte, und dieser Eintönigkeit gegenüber fühlte er sich so kraftlos, dass er nicht einmal die Hände heben konnte. Es waren ewige Wiederholungen. Es war die Hölle. Und auf seinem Bett schwebte er durch diese dunkle Hölle, und die Hölle sank ebenfalls mit einer ewigen und unaufhörlichen Bewegung wie der Regen, ein wandernder Vorhang aus grauen und schrägen Streifen und ein alles durchsickerndes Zwielicht.

Wie spät mochte es sein? Vor nicht allzu langer Zeit hatte er die Rathausglocken zur halben Stunde schlagen hören. Aber welche? Sollte er die Hand nach seiner Weste ausstrecken, die über dem Stuhlrücken hing, und auf seine Taschenuhr sehen? Sollte er? Und dann hielt er ruckartig inne.

Etwas Schweres polterte gegen seine Tür, es scharrte und rumorte auf dem Korridor, ein Lärm, der ihm in seiner Unförmigkeit unheimlich vorkam und diesem ewigen Regen und diesem ewigen, ewigen Zwielicht einen noch dunkleren Ton des Schreckens hinzufügte. Es ertönten schwere, torkelnde Schritte, ein Stock hämmerte dumpf auf den Boden, jedes Mal mit einem so heftigen Knall, als sollte die Spitze explodieren. Und dann waren ein paar rasche, kleine, trippelnde Schritte zu unterscheiden, die vergeblich versuchten, mit dem schweren Gepolter Schritt zu halten. Ein apoplektisches Stöhnen verdüsterte den Eindruck. Es war die Invalidenprozession, die über den Flur zog.

Also war es halb fünf.

Und Jastrau hörte, wie die Tür zum Nebenzimmer geöffnet wurde. Der ewige Kjær rang in unglückseliger Qual um Atem. Dann hörte er, wie Kjærs schwerer Leib langsam ins Bett gewälzt wurde und die Kellner ihn kichernd auszogen.

Es war halb fünf.

Der Regen war gleichsam dunkler und die Dunkelheit unheimlicher geworden. Unselige Schatten tobten auf dem Korridor. Oder sie lagen in hässlichen Zimmern, deren Decken Herzklopfen verursachten. Und einer von ihnen war hungrig. Jastrau hatte Hunger.

Oh, konnte er nicht noch ein paar Stunden warten? Draußen lärmten Dachrinnen, Lichtschächte und Abwasserleitungen. Oder könnte er nicht einschlafen und erst am nächsten Morgen wieder aufwachen? Dann hatte es sich vielleicht aufgeklärt, und mit einem hellen Himmel würde die Hoffnung wie ein Lied in einem sonnenbeschienenen Hof erwachen. Morgen könnte er sich möglicherweise ein Mittagessen organisieren. Es war leichter. Vormittags war niemand im Restaurant, dann wäre es weniger peinlich, mit dem Kellner zu verhandeln.

Sein Zuhause war abgebrannt.

Er richtete sich auf, als würde der Gedanke an den Brand ihn anfeuern. Sein Zuhause war abgebrannt. Er hatte dem Portier kein Wort davon gesagt, als er am Morgen ein Zimmer genommen hatte. Der Portier hatte geglaubt, er sei die ganze Nacht auf Sauftour gewesen. Sein Zuhause war abgebrannt. Davon könnte man erzählen – und die Police der Feuerversicherung hatte er Lundbom gewidmet. Aber sie gehörte seiner Frau. Ja, ja, aber dennoch … konnte man damit nicht etwas drehen, sodass er einen Zahlungsaufschub bekam … wenigstens ein paar Tage.

Er musste aufstehen. Ein paar Tage Zahlungsausschub. Dann könnte er eine Reihe von Artikeln schreiben …

Doch da klopfte es.

Sollte er so tun, als würde er schlafen? Wer könnte das sein? Egal, wer es war, es würde unangenehm werden. Plötzlich öffnete sich die Tür. Er hatte vergessen abzuschließen. Und Otto Kryger trat hastig ein.

»Gott steh mit bei!«, stieß er aus, als er Jastrau im Bett sah.

»Was willst du?«, erkundigte sich Jastrau unwillig.

»Dich nach Berlin schicken, mein Guter, und zwar umgehend.« Kryger schüttelte den Kopf und legte den nassen Sommermantel auf das kleine Sofa und den nassen Hut auf den Tisch. »Aber ich habe in der Zeitung gelesen, dass deine Wohnung ausgebrannt ist. Wie steht's? Bist du versichert?«

Jastrau hatte sich im Bett aufgesetzt und betrachtete ihn mit einem spöttischen Blick. Krygers selbstsichere Gesten waren lächerlich, seine strahlende und eilfertige Hilfsbereitschaft unerträglich. War Otto Kryger ein guter Mensch? Gut? Ha, ha. Ein Hahnrei war er. Und er war so gut, dass man davon schlechte Laune bekommen konnte.

»Ob du versichert bist, habe ich gefragt?«

»Ich habe die Police Lundbom geschenkt«, antwortete Jastrau mit einem kleinen schmierigen Lächeln, das so sinnlos in dem unglücklichen und verwüsteten Gesicht hing. Ein Hauch von Wahnsinn war darin zu erkennen.

»Ist sie gedeckt?«, fragte Kryger nach.

»Selbstverständlich. Glaubst du, meine Geschenke wären wertlos?«, entgegnete er höhnisch.

Kryger sah ihn an. Das aufgedunsene Gesicht, die zusammengekniffenen Augen, dieses ganze verkommene Aussehen, und gleichzeitig diese unnachgiebige und störrische Haltung und dieses arrogante Lächeln beunruhigten ihn. Jastrau saß im Bett, das Hemd nicht ordentlich angezogen, überrumpelt, ungekämmt, entblößt bis in seine innerste Verkommenheit, mehr Tier als Mensch.

»Na, diese Police werde ich mir schon besorgen«, bemerkte Kryger.

»So?« Jastrau fühlte sich entmündigt und reagierte spöttisch.

»Aber wieso bist du nicht gefahren, Mann?« Kryger setzte sich auf einen Stuhl und schlug die Beine über.

»Das ist doch ein glücklicher Umstand. Sonst hättest du nicht erfahren, wo die Police ist.«

Kryger kniff die Augen zusammen und überhörte Jastraus frotzelnden Ton. Es klang so gehässig, so disharmonisch, dass Kryger es nicht akzeptieren wollte. Gab er erst einmal diesem spöttischen Mongolengesicht dort nach, das so unheimlich im Zwielicht des Regenwetters schimmerte, dann würde Jastrau zu einem unverrückbaren, unerschütterlichen Klumpen werden, einem wahnsinnigen Propheten, der mit der Decke über den Knien in seinem schwülen Bett saß.

»Hast du das Geld versoffen? Professor Geberhardt erwartet dich, verstehst du, und ich will ihn ungern zum Narren halten.«

Aber Jastrau antwortete nicht. Er starrte mit einem weißen Blick vor sich hin in die Dunkelheit, und plötzlich deklamierte er mit einer fernen, singenden Stimme:

Da brennt die Flamme des Verbrechens
verzehrend blau wie Gas …

»Was ist los?« Kryger schüttelte irritiert den Kopf,

»Ja, es mag sein, dass es banal ist. Es mag sein, dass du recht hast«, kam es unerwartet und leise.

»Hör mal, wir reden hier über die Realität«, stieß Kryger rabiat aus. »Wollen wir uns nicht daran halten?«

»Aber gern!« Und Jastrau deutete im Bett eine Verbeugung an und setzte ein vages Kellnerlächeln auf. »Halten wir uns an die Realität. Ich habe kein Geld, um dieses Zimmer zu bezahlen, ich kann also in diesem Moment wegen Hotelprellerei festgenommen werden.«

Jetzt klang seine Stimme hart und präsent.

»Hysterie!«, rief Kryger.

»Vielleicht.« Jastrau lachte. »Aber ich habe Hunger.«

»Du hast kein Geld? Was hast du damit gemacht? Aber du hast doch die Fahrkarte, du bist doch zu Bennett gegangen.«

»Ich bin zu Bennett gegangen, das ist richtig«, erwiderte Jastrau und hob ironisch den Zeigefinger. »Aber daraus folgt nicht, dass ich mir eine Fahrkarte gekauft habe. – Ich bin zu Bennett hineingegangen, und ich bin wieder hinausgegangen.«

»Aber die hundert Kronen?«

»Reichen nicht ewig, wenn man den Drang zu Frauen, Alkohol und anderem Luxus verspürt.«

Jastrau wiegte den Oberkörper hin und her und schloss die Augen ekstatisch und spöttisch.

»Pu-ha, du bist hoffnungslos«, stöhnte Kryger.

Darauf antwortete Jastrau nicht; aber er setzte die schaukelnde Bewegung des Oberkörpers fort, einförmig und unablässig wie ein wahnsinniger Patient, der vom plätschernden Rhythmus des Regens auf dem Beton des Hofs angesteckt wird.

»Nein, verflucht, das ist ja nicht zu ertragen!«, rief Kryger verärgert und sprang auf. »Jetzt ziehst du dich an, und dann gehen wir runter und essen etwas. Vielleicht kommst du ja dann zur Vernunft. Hier ist übrigens ein Brief für dich. Er lag unten beim Portier.«

Und er warf Jastrau einen Brief aufs Bett.

»Lies jetzt diesen Brief, der dich hoffentlich nicht völlig aus der Bahn wirft, und dann ziehst du dich an und kommst zu mir ins Restaurant. Inzwischen rede ich mit Lundbom über die Versicherungspolice.«

Kryger gab seine Anweisungen klar und eindeutig, Jastraus schaukelnde Verzweifelung ließ ihn ungehalten werden. Glücklicherweise hatte er mit dieser unerträglichen Bewegung aufgehört. Der Brief hatte gewirkt. Kryger legte seinen Sommermantel über den Arm, während Jastrau geistesabwesend nickte und auf den Brief glotzte. Die Handschrift auf dem Umschlag war groß und ungelenk.

»Hast du verstanden?«, wollte Kryger wissen.

Wieder nickte Jastrau und riss den Brief auf. In aller Kürze stand dort:

Lieber Jastrau,
höre, dass Deine Wohnung ausgebrannt ist. War drei Tage nicht dort. Ich habe sie also nicht angesteckt. Nur damit Du es weißt.
Pater Garhammer bittet mich, Dich zu grüßen.
Stefan Stefani

»Oh, du hast nicht zufällig eine Zigarette?«, rief Jastrau, als Kryger bereits an der Tür war.

Ein Päckchen Zigaretten flog durch die Luft.

»War der Brief aufregend?«, erkundigte sich Kryger.

»Nee!« Jastrau fummelte an der Packung.

»Gott sei Dank!« Die Tür wurde geschlossen.

Im selben Moment sprang Jastrau aus dem Bett, zündete sich eine Zigarette an, inhalierte das Nikotin und ging zurück zum Bett. Er breitete Steffensens Brief auf der Decke aus und las ihn noch einmal. Stefan Stefani? Warum zum Teufel unterschrieb Stefan mit dem Namen seines Vaters? Was war passiert? Oh, man kann nicht im bloßen Hemd nachdenken! Aber Stefani? Warum hatte er den verhassten Namen wieder angenommen? Jastrau griff nach seiner Unterhose und den Socken. Am großen Zeh war ein Loch. Seine gesamte Kleidung zu Hause in der Istedgade war verbrannt! – Und die Bücher! Einen Teil der Versicherungssumme musste er bekommen. Also war er kein Schwindler und Hotelbetrüger. Und bevor die Angelegenheit mit der Versicherung nicht geregelt war, konnte er auch nicht nach Berlin reisen.

Aber Stefani! Der Brief war unterschrieben mit Stefan Stefani. Ha! Und dieser Gruß von Pater Garhammer. Pater Garhammer bittet mich, dich zu grüßen. »Bittet mich zu grüßen«. Es klang, als hätte Peter Garhammer auf der anderen Seite des Tisches gesessen, als Steffensen den Brief schrieb. Was bedeutete das? Er musste es klären. Und die Stiefel waren schmutzig. Erde vom Wall in Christianshavn. Er musste nach dem Hoteldiener klingeln und sie putzen lassen. Und er brauchte eine Bürste für seine Kleider. Er war kein Hotelpreller. Von der Feuerversicherung musste Geld kommen.

Er rief an und erhielt eine Bürste.

Der Rücken seines Jacketts sah fürchterlich aus! Stefan! Stefan Stefani! Er musste die Ellbogen in die Erde gebohrt haben, so dreckig waren sie. Aber Stefani! Weshalb Stefani? Und der Hut! Er hatte eine völlig verdreckte Krempe. Und dann Pater Garhammer – Pater – Garhammer!

Mit einem Mal warf Jastrau den Hut und die Bürste gegen die Wand. Den ewigen Kjær in seiner Bodenlosigkeit konnte er damit nicht wecken. Aber natürlich! Dass er nicht vorher daran gedacht hatte. Steffensen war konvertiert. Er stieß einen Pfiff aus! Er musste ja auch *seine* Unendlichkeit finden. Zwangsläufig. *Sub specie aeterni.* Ja, selbstverständlich. Die Konversion hatte an dem letzten, wahnsinnigen Abend, den sie zusammen verbracht hatten, in Steffensens Gesicht gelauert. Was hätte diese starre, entschlossene Maske denn sonst bedeuten sollen, die er aufgesetzt hatte. Natürlich! Ein Konvertit. Und das sah den Katholiken ähnlich. Sohn des bekannten Stefani. Sie brauchten Steffensen unter diesem Namen. Ja, ja. Unter dem bekannten Namen des Vaters. Propaganda. Es lebe die heilige Reklame. A-ah! Und Jastrau steckte den ganzen Kopf in die Waschschüssel. Noch einmal! Und noch einmal! A-a-ah! Hinein in die Unendlichkeit. Pruu-u-u. *Sub specie aeterni*!

Sub specie aeterni ist entweder niemand lächerlich, oder alle sind es. Jetzt hatte Steffensen nach Hause gefunden.

Und Jastrau wedelte mit dem Handtuch, als er sich abtrocknete. Diese Religion passte ausgezeichnet zu Steffensen! Absolut und unversöhnlich! Eine Religion … und Jastrau setzte sich und brach in schallendes Gelächter aus. Allein in seinem tristen Hotelzimmer.

Jetzt hatte Steffensen einen Standpunkt. Nun konnte er seine Fäuste einsetzen und zuschlagen. War das die Jugend?

Extrem. Orthodox, unsentimental.

War das die Jugend?

Und zutiefst eitel.

Aber Jastrau selbst? Nein, er gehörte nicht zur Jugend. Er war fünfunddreißig Jahre alt, er war ein alter Mann. Er hatte einen Bauch. Der war deutlich sichtbar, wenn er nur Hemd und Hose trug. Er hatte die Andeutung eines kahlen Flecks am Hinterkopf. Und in dieser beginnenden Veränderung saß die Seele.

Seele! Seele! Er blickte in den Spiegel und bemerkte, dass die Wangen durch die Bartstoppel einen dunklen Farbton angenommen hatten. Ja, er kannte dieses Gesicht. Ecce Homo! Seht, welch ein Mensch! Aber es war schließlich nicht gelogen, dass er eine Seele haben wollte. Er mit dieser Mongolenfresse? Die Unendlichkeit und Unmanierlichkeit der Seele?

Und was war daraus geworden?

Eine gescheiterte Ehe und eine aufgegebene Stelle. Hier stand er. Schlägerei und zerstörte Fensterscheiben. Jämmerliche Verführung und Treulosigkeit. Lächerliche Konversion und Feuersbrunst. Halluzination und Absturz. Und Ecce Homo! War dies ein Mensch? Und Whisky, Whisky, Whisky!

Ich sehnte mich nach Schiffskatastrophen
nach Zerstörung und plötzlichem Tod.

Steffensens Gedicht irgendwann in der Vergangenheit, vor langer, langer Zeit.

Jastrau atmete auf. Ein paar Worte im Rhythmus hatten ihn erlöst. Jetzt konnte er endlich hinunter ins Restaurant gehen.

Im Foyer reichte er mit einer selbstverständlichen Bewegung dem Portier seinen Zimmerschlüssel.

»Bei Ihnen hat es gebrannt, nicht wahr, Herr Jastrau. He, he?«

»Reden wir nicht darüber. Aber die Versicherung …« Sein Lächeln deutete große, beruhigende Summen an, und der Portier verbeugte sich.

Im Restaurant saßen trotz des Sommers viele Gäste. Der Regen hatte sie hineingetrieben. Die elektrischen Lampen waren ebenfalls frühzeitig eingeschaltet worden, um die Schatten des Regenwetters zu verjagen; ein Flügel und eine Violine übertönten das unablässige Plätschern.

Am Fenster zum Hof, wo Jastrau gewöhnlich saß, hatte Kryger Platz genommen. Er studierte die Police der Feuerversicherung.

»Na, Lundbom hatte sie also verwahrt«, lachte Jastrau.

Kryger hob den Kopf und runzelte die Stirn.

»Du siehst einigermaßen derangiert aus«, bemerkte er.

»Ja, der Kragen, der Kragen«, wiederholte Jastrau nervös und setzte sich. »Ich weiß, dass alles nicht ganz sauber ist. Aber es ist ja alles verbrannt, meine gesamte Garderobe.«

Kryger bat einen Kellner um die Speisekarte.

»Jetzt werden wir etwas essen, und dann – dann müssen wir sehen, wie wir diese babylonische Verwirrung in Ordnung bringen«, erklärte er.

»Ja, ich werde wohl in der Stadt bleiben müssen, bis die Versicherung …«

»So, das glaubst du?« Kryger bleckte die Zähne. »Nein, du musst nach Berlin und Sekretär werden. Du wirst etwas über

Volkswirtschaft und Kapital hören – kurz gesagt, über die Realität. Das ist sehr gesund.«

Jastrau unterdrückte ein Lächeln. Es war leicht, einem Mann gegenüber überheblich zu sein, der Höcker auf der Stirn hatte, die Wurzeln eines Geweihs. Und dieser Mann sprach von der Realität. Aber weshalb sollte er diesem billigen Gefühl der Überlegenheit nachgeben?

Der Braten wurde serviert, der Schnaps eingeschenkt, und Jastrau starrte auf Krygers Stirn, er starrte sich dumm und dämlich, um einen zynischen Gedanken zu verdrängen, aber er musste, er musste fragen, um endlich Luft zu bekommen:

»Wieso hilfst du mir eigentlich?«

Kryger richtete seine dunklen Augen auf ihn und lächelte mit seinen breiten, empfindsamen Lippen, es war pure, schimmernde Ironie, intensiv und doch herzlich.

»Aufrichtig gesagt, weil meine Frau dich mag.«

Jastrau wäre beinahe am Schnaps erstickt. Der Schnaps brannte und schmerzte. Und als er hustete, spürte er, wie sein Gesicht rot aufflammte.

»Na, na, der teure Schnaps«, lachte Kryger, und als sich Jastrau endlich wieder beruhigt hatte und mit Tränen in den Augen dasaß, fuhr er fort. »Ich muss dir gestehen, dass meine Frau aus irgendeinem lächerlichen Grund Vertrauen zu dir gefasst hat, und das hat mich selbstverständlich gerührt. Wie sollte es auch anders sein?«

»Ah ja«, murmelte Jastrau. Er konnte Kryger nicht in die Augen sehen.

»Denn ich weiß nicht recht«, fügte Kryger hinzu. »Ich habe dir jetzt einhundert Kronen geliehen, und nun soll ich dir weitere hundert leihen. Du musst doch zugeben, dass du nicht die sicherste Bank für mein Geld bist. Aber wie gesagt, Luise vertraut dir, und was macht man nicht alles für das schöne Vertrauen und das Vertrauen der Schönen. Sie wird im Übrigen ebenfalls nicht locker lassen, bevor du nicht in Berlin bist. Ja, so ist sie!«

Er vollführte eine elegante Handbewegung, um zu unterstreichen, dass er selbst vor diesem Rätsel kapitulierte.

»Und ich persönlich könnte mir vorstellen«, fuhr er fort, »dass du unter Geberhardts sozialökonomischer Aufsicht zur Vernunft kommen könntest.«

»... und das sich mir die Augen für die Realität öffnen«, ergänzte Jastrau ironisch den Satz, »und ich konservativ werde.«

»Ach ja, das gebe Gott«, seufzte Kryger, »dann hätte ich wenigstens einen Menschen vor der Verdammnis gerettet. Liest du übrigens meine Artikel?«

»Nein. Handel und Konservatismus verabscheue ich.«

»Verabscheust du? Ach du meine Güte.« Kryger hob seine Hände pathetisch in die Luft. »Und solch einem Monstrum helfe ich. Ach, ach. Schmeckt übrigens gut, das Fleisch.« Der plötzliche Themenwechsel war durchaus ironisch gemeint

»Ja, du glaubst an die Realität«, entgegnete Jastrau im selben Ton.

»Ja.« Kryger leerte sein Schnapsglas.

Aber in Jastraus Blick war ein Funken Spott erwacht, er beugte sich zu Kryger hinüber.

»Mir fällt gerade ein, dass du mich mal nach meiner Mutter gefragt hast«, sagte er hinterlistig.

Kryger überhörte den Ton und sah ihn bekümmert an.

»Ja, ja, das habe ich«, antwortete er entschuldigend. »Aber es war weiß Gott nicht meine Absicht, dich zu verletzen, das kann ich dir versichern.«

»Du wolltest beweisen, dass ich ein schlechter Erotiker bin«, fuhr Jastrau noch langsamer fort.

»Vergessen wir das doch«, erwiderte Kryger mit einer nervösen Handbewegung.

»Und du wolltest einen Ödipuskomplex konstruieren, nicht wahr?«

Kryger seufzte. »Ja, ja, ja. Ich bereue, was ich gesagt habe, das versichere ich dir.«

»Das musst du nicht.« Jastrau ließ sich die Worte auf der Zunge zergehen. »Das musst du nicht. Aber du musst ein Rätsel lösen.«

»Sind wir hier etwa in der Volkshochschule?« Krygers Zähne blitzten.

Jastrau lachte. »Hör zu: Ein Mann soll Volkswirtschaft studieren.«

»Das einzig Richtige«, unterbrach ihn Kryger.

»Seine Mutter starb im Alter von zwanzig Jahren … Er hat sie also nicht gekannt … Aber er vergöttert sie … Und er weiß von ihr, dass sie aus dem Proletariat kam … in der wahren und der verzweifeltsten Bedeutung des Wortes.« Jastraus Stimme bebte vor Eifer und Ernst. Der spöttische Funke war fortgewirbelt, sein Blick wie hypnotisiert von einem fernen Feuer. Doch nun funkelten Krygers schwarze Augen. Er wusste, worauf es hinauslief.

Und Jastrau redete in schneidendem Ton weiter: »Nun ist Volkswirtschaft so objektiv, wie es überhaupt möglich ist. Nicht wahr? Zahlen und Realität. Oder irre ich mich? Ist sie nicht objektiver als Lyrik? Aber ich frage dich …«, und Jastrau lachte laut auf, »wird solch ein Mann konservativ oder Kommunist?«

»Er wird hoffentlich nicht radikal«, antwortete Kryger und breitete die Arme aus.

Dann leerte er sein Schnapsglas und schenkte sich erneut ein.

»Das wäre wahrlich ein interessantes Ergebnis«, fügte er hinzu. »Trotzdem riskiere ich es, dich zu Professor Geberhardt zu schicken. Ich vertraue dir nun einmal«, er zuckte mit den

Schultern, »und warum vertraue ich dir ... weil meine Frau dir vertraut ... und warum vertraut sie dir ... vermutlich weil es himmelschreiend idiotisch ist. Dir bleibt also nichts anderes übrig als aufzubrechen.«

»Aber ich habe kein Geld.«

»Das leihe ich dir, zum zweiten Mal – vermutlich weil es auch so himmelschreiend idiotisch ist.«

»Aber ich habe keine Lust, heute Abend abzureisen ... und die Versicherung ...«, wandte er stockend ein.

»Über die Versicherung reden wir nach dem Kaffee.«

»Aber ich reise nicht heute Abend«, erwiderte Jastrau mit stumpfsinniger Beharrlichkeit.

»Das heißt also«, bemerkte Kryger mit gespieltem Vorwitz, »dass ich an diesem gefährlichen Ort, unmittelbar neben der ›Bar des Artistes‹, noch einmal einhundert Kronen riskieren soll.« Er blickte Jastrau lange an, doch plötzlich griff er glatt und geschmeidig nach seinem Glas, er war wieder so, wie man ihn aus den großen Gesellschaften kannte, überlegen und elegant. »Wenn das nicht hinreißend idiotisch ist, dann ist Luise nicht das wunderbare Weibsbild, das sie ist. Also, *enfin*, auf ihr Wohl, auf Luises Wohl, skål!«

Überrumpelt hob Jastrau sein Glas. Eine Art Nebel trübte seinen Blick. Wusste Kryger Bescheid? War es Ironie? War diese Hilfsbereitschaft eine ironische Rache, ein stiller Versuch, ihn zu entfernen?

Etwas musste gesagt werden. Jastrau blickte auf die Höcker an Krygers Stirn. Wer war der Stärkere von beiden, der Rothirsch oder der Mongole? Aber es musste etwas gesagt werden.

»Ein Skål auf die heimliche Triebkraft«, sagte er.

»Und nun geht's an die Arbeit«, erklärte Kryger und legte ein Notizbuch auf den Tisch. In den nächsten Stunden erarbeiteten sie eine Liste der Gegenstände, die in Jastraus Wohnung verbrannt waren. Kryger schrieb mit.

Ab und an nippten sie an einem Whisky. Es war eine raffinierte Methode, sich zu rächen. Jastrau zündete sich eine neue Zigarre an. Wenn es denn Rache war? Ihm zu helfen und ihn zu entfernen.

War es kein Kampf zwischen Rothirsch und Mongole?

Es war kein Kampf. Kryger entfernte Jastrau still und leise aus Kopenhagen. Das war der ganze Kampf.

Und er erinnerte sich an den Wahlabend, als sie gegenüber der Namenssäule in der Redaktion gesessen hatten, als Kryger nach Jastraus konservativer Seele gefischt hatte. Oder hatte er gar nicht gefischt? Jeder Mensch war wie ein Prisma. Die strahlende Güte musste berechenbar sein. Die Brechungen des Lichts sind zu berechnen.

»Tod und Teufel, es ist schon elf«, rief Kryger, als er auf seine Uhr sah. »Ich muss in die Redaktion. Na, aber ich habe ja auch alles. Ich übergebe die Police und diese Liste einem Rechtsanwalt. Deine Adresse in Berlin habe ich ja. Und wir sind ja auch so weit fertig.«

Er stand auf und steckte das Notizbuch und die Police sorgfältig in die Innentasche.

»Mach's gut, du. Aber es ist schon wahr …« Und wieder huschte ein Lächeln über sein Gesicht. Jastrau sah jetzt, dass es ein Indianergesicht war; er sah die niedrige Stirn, die starke Nase, das blauschwarze Haar. Das Lächeln war nicht herzlich. Es war erotisch, und sein Glanz war Grausamkeit. »Hier ist der neue Kredit!« Er schob einen Hundert-Kronen-Schein über den Tisch. »Komm um Himmels willen nicht auf die Idee, dich zu bedanken. Und grüß den lieben Professor Julius herzlich von mir.«

Jastrau erhob sich schwerfällig und streckte die Hand aus.

»Leb wohl«, sagte er mit belegter Stimme.

»Soll ich Luise nicht … von dir grüßen?« Eine Sekunde blitzte es in Krygers Augen auf.

»Doch, grüß sie.«

»Und versauf das Geld nicht.«

Jastrau antwortete nicht. Er nestelte an dem Hundertkronenschein. Sollte er ihn zurückgeben?

»Wenn die Versicherung ausgezahlt wird, kannst du die zweihundert Kronen ja verrechnen«, sagte er.

»Aber das stimmt ja. Dadurch bin ich sogar abgesichert.« Und Kryger lachte, winkte und verließ das Restaurant. Am Flügel drehte er sich noch einmal um, winkte noch einmal und verschwand.

Jastrau setzte sich, stützte die Ellbogen auf den Tisch und betrachtete den Geldschein.

Dann faltete er ihn zusammen, steckte ihn in die Westentasche und ging auf die Herrentoilette.

Er drehte den Hahn auf, das Wasser stürzte ins Waschbecken, und in dem heftigen Rauschen hörte ein paar Töne. Sie wurden deutlicher und deutlicher. Die Töne wurden zu einer Violine, und plötzlich tanzte Sindings »Frühlingsrauschen« durch den brausenden Wasserstrahl. Er musste ein paar Steppschritte auf den Fliesen vollführen. Die weißen Porzellanbecken, die Spiegel, die Handtücher, die glasierte Klarheit der Toilette leuchtete wie bei einem Fest. Denn nun hatte er Geld in der Tasche. Nun hatte er ein Recht auf alles. Die Violine im Wasserstrahl. Caféhausmusik, das Grammophon drüben in der Bar. Nun gehörte das ganze gemütlich summende Haus ihm. Für wie viele Stunden? Es war egal. Heute Morgen hatte er wie ein Vagabund dort draußen auf der nackten Erde gelegen, und heute Abend gehörten alle Töne der Musik, alle erleuchteten Fenster, die dunkle Gemütlichkeit der Bar, das Knistern des Eises im Cocktailshaker ihm; alles war seins, seins, seins.

Wie teuer war die Fahrkarte nach Berlin? Er hatte keine Ahnung. Aber er hatte genug Geld für einen weiteren Abend.

Der Kragen war nicht sauber. Er war nicht rasiert. Aber er war er selbst.

Und in einem leisen, festlichen Takt – was spielten sie da für einen gottergebenen Walzer – schritt er durch das Restaurant hinaus ins Foyer und betrat die »Bar des Artistes«.

Das Grammophon summte. Das gedämpfte Licht und der Schein der rotbraunen Wände beruhigten. Und hinter der blitzenden Bar stand Lundbom mit seinem dunkelroten Gesicht und schwang den glänzenden Shaker mit langen wogenden Bewegungen.

»Herzlichen Glückwunsch zum Wohnungsbrand!«, rief ihm jemand zu. Und Jastrau lächelte.

Lundbom nickte holdselig aus weiter Entfernung.

Oh, diese gemütliche, heimelige Bar. Die Messingstange, die immer an Straßenbahnen und lange Fahrten erinnert – oder an abgesperrte Maschinen. Die hohen Hocker, auf denen eigentlich nur Schwarze in Stars-and-Stripes-Hosen sitzen dürften. Die gesalzenen Mandeln, die kostenlos den Durst steigern. Die feuchten Getränkebons. Die bunten Cocktails. Und das lebensgroße Bild des nackten Karls des Zwölften, das diskret daran erinnert, dass es auch noch andere Freuden gibt.

Sammelt euch, ihr Freunde des Herrn,
keineswegs zum letzten Mal

ertönte es gedämpft und hohl. An dem runden Tisch saß der ewige Kjær und sang. Er schlug munter den Takt dazu und jubelte, weil seine Einsamkeit nun vorbei war.

»Oh, Jazz, ich habe auf dich gewartet; aber ich wusste, dass du kommen würdest.«

Und Kjær breitete alles umfassend die Arme aus.

»Und in den nächsten Tagen kehrt auch Lille P. zurück. Wir sammeln uns, wir sammeln uns. Keineswegs, ihr Freunde des Herrn …«

Jastrau sank in einen Sessel und schnappte überrascht nach Luft.

»Arnold, bitte bring mir einen Whisky, damit ich etwas habe, woran ich mich festhalten kann«, stöhnte er. »Lille P. kommt?«

»Ja, ja, ja, denn seine Mutter liegt im Sterben. Lille P. und sein Vater waren erst in Liverpool, und nun kommen sie zurück. Lille P. mit dem Flugzeug.«

Der ewige Kjær jubelte. »Er fliegt zurück, Jazz. Er fliegt zurück. Zurück, ertönt das Schmettern der Trompeten.«

Er glotzte Jastrau mit einem verschwommenen Blick an. Ein wohliges Prälatenlächeln lag auf seinen Lippen, und im Grübchen in seinem Kinn schien der Schalk zu stecken.

»Heute Abend ist ein Abend der Freude, Jazz. Und ich höre, dass du bei deiner Brandstiftung glücklich davongekommen bist. Skål! Skål! Und herzlichen Glückwunsch. Ja, irgendetwas musste getan werden. Eine brillante Idee, alles anzuzünden, ein guter, alter Bauerntrick. Herzlichen Glückwunsch zum Brandschaden.«

Jastrau musste ihm mit dem Whiskyglas zuprosten und trinken. An der Bar verzog Lundbom das Gesicht zu einem Satyrlächeln und nickte. Alles war Herzlichkeit und Gemütlichkeit. Alle gönnten es ihm.

»Es war gut, dass ich die Police verwahrt habe.«

»Ja, du alter Biedermann«, rief ihm Jastrau ausgelassen zu. »Wir brauchen mehr Whisky, mehr Whisky, mehr Frauen.«

»Keine Frauen«, stöhnte der ewige Kjær und hob erschrocken die flache Hand. »Bestimmt nicht.«

»Na gut, aber dann Whisky, Whisky.«

Und wieder saß er an dem runden Tisch, und ihm gegenüber thronte Kjær in königlicher Breite. Hier, und nur hier, gab es eine Ruhe, die nicht von dieser Welt war. Der Ventilator schepperte über ihren Köpfen, die Hintertür zum dunklen Hof des Hotels und dem plätschernden Regen stand offen, die rote Portiere bewegte sich leicht in der feuchten Brise, und in der Ecke summte das Grammophon: *No more machines for me …*

»Du, der einzige Gentleman auf der Welt! Skål!«, rief Jastrau ekstatisch.

Aber Kjær stellte sofort sein Glas ab, hob energisch den Kopf und versuchte, mit seinen apathischen Augen Blitze zu schleudern.

»Das ist eine Provokation, mein guter Jazz«, bemerkte er streng.

»Na, jedenfalls: Skål.«

»Ja, das ist schon etwas anderes«, erwiderte Kjær und trank. Dann biss er sich eine Weile auf die Lippen. »Etwas ganz anderes«, sagte er nachdenklich.

»Aber ich bin nun mal dieser Ansicht«, wandte Jastrau ein.

»Nein«, entgegnete Kjær entschieden. »Es gibt nur einen Gentleman in Dänemark, und das ist H. C. Stefani.«

»Das ist doch …«

Aber Kjær hob erneut den Kopf, als geböte er Schweigen.

»Es ist so, wie ich es sage, junger Mann. Er … hat … einmal … bewiesen … dass er ein Gentleman ist … wenn ich mich doch nur daran erinnern könnte. Es war bei einer bestimmten Gelegenheit, ich komme schon noch drauf; aber mein Gedächtnis, mein Gedächtnis.« Er war in sich zusammengesunken und breitete betrübt die Hände aus. Sein Blick hatte diesen Anflug von Autorität verloren und war plötzlich hilflos und suchend. »Aber ich weiß, dass er ein Gentleman ist«, fügte er resolut hinzu.

Jastrau lächelte skeptisch.

»Kennst du ihn überhaupt?«, erkundigte sich Kjær wütend.

»Nein, aber …«

»Wie kannst du dann …« Kjær hielt inne und schüttelte den Kopf. »Junger Mann, junger Mann … mit diesem misstrauischen Lächeln … Damit kannst du den Ruf eines guten Mannes ruinieren, und Stefani ist ein guter Mann, denn einmal … ich war damals jung und schlank … einmal, als ich jung war … hat er also bewiesen, dass er ein Gentleman ist. Aber ich komme nicht drauf. Ich kann mich nicht … aber bezweifelst du meine Worte, wagst du es?«

Er schlug die geballte Faust donnernd auf den Tisch.

»Merk dir meine Worte, Jazz! Stefani ist ein Gentleman, denn einmal … als ich jung war … nein … nein.«

Und mit einem Mal fasste er sich an den Kopf, presste beide Hände an die Schläfen und jammerte.

Woher kam dieser Kälteschauer? Jastrau stand auf. Es musste die feuchte Brise vom Hof des Hotels sein. Er schloss die Tür.

»Ach, wo ist das alles nur hin? Es verschwindet. Weg ist es.«

Jastrau blickte in Kjærs blaue, wässrige Augen. Mitten in einem aufgedunsenen Gesicht suchten sie Hilfe, und das törichte Lächeln auf seinen Lippen versuchte, seine Ohnmacht zu verbergen.

»Aber jetzt kommt Lille P. Hast du das gehört? Heute Abend ist ein Abend der Freude. Er kommt mit dem Flugzeug.«

Jastrau rieb sich die Hände. Er spürte regelrecht die Erde unter ihnen. Der Wall von Christianshavn. Die taunasse Erde und das heruntergetretene Gras waren jetzt geradezu greifbar. Zurück zur Erde. Irgendwann wird man schließlich begraben.

Und die Bar war in ein unwirkliches Licht getaucht. Es war eine Halluzination in rotem Nebel, während das Gefühl von Erde und Gras real war. Lag er in diesem Augenblick auf dem Wall von Christianshavn oder unten im Diebesgang und starb? Und das Grammophon summte. Oder war es der Wind in den Bäumen? In dem schäbigen Laub?

Noch ein Whisky. Wie naturgetreu dieser Getränkebon war!

»Ach ja. Das Leben ist vielfältig, aber in jedem Fall: Skål!«, seufzte der ewige Kjær.

Zu trinken tat gut. Aber weshalb hatte Jastrau dieses Gefühl von Erde an seinen Händen? Konnte er es nicht abwischen?

»Alles ist weg, ha!« Und Kjær bewegte trostlos die schweren Schultern. »Ich kann mich nicht mehr erinnern.« Verzweifelt breitete er die Arme aus. »Wenn Karl der Zwölfte nicht dort hängen würde, hätte ich vergessen, wie Frauen aussehen. Aber jetzt. Jetzt kann ich mich zumindest daran erinnern.«

Er kicherte.

Aber Jastrau war in Verzweiflung versunken, wie in einem Morast. Er sank und sank. Nur um freundlich zu sein, sagte er »ha« und trank von seinem Whisky. Der Whisky schmeckte wie Grundwasser.

»Und ich war verheiratet, Jazz.«

»Genau wie ich.«

»Und dann hat sie mich betrogen. Sie hieß Ester. Oder vielleicht habe auch ich sie betrogen. Ich kann mich nicht mehr erinnern. Alles ist weg.« Kjær sah hoffnungslos ins Leere. »Ha, ha.« Er kicherte. »Wir waren sicher beide untreu, aber das ist auch egal. Es ist alles fort. Alles ist weg.«

»Ich bin auch geschieden«, sagte Jastrau, unterbrach sich dann aber. Das unheimliches Gefühl eines erwachenden Echos in ihm brachte ihn zum Schweigen. Und dann hat sie mich betrogen. Oder habe ich sie betrogen. Aber das war egal, denn nun lag er auf dem Wall von Christianshavn und starb. Und seine letzte Halluzination war ein rötlicher Nebel, die »Bar des Artistes«, Lundboms rotes Gesicht, die Sonne geht unter, das Blitzen des Cocktailshakers, das Wasser des Wallgrabens.

Aber diese Halluzination konnte er nicht durchschauen.

Nein. Noch immer suchten Stimmen und Brausen sein Ohr heim.

Ein Lied ertönte. Er schloss die Augen. Der ewige Kjær sang mit seiner rostigen Stimme.

Ich blickte nur zurück. Meine Lebenslust verklang;
da ertönte in meiner Seele ein so tröstlicher Gesang:
Sieh nach vorn und nie zurück! – Was das Herz begehrt,
wird dir doch einmal unter der Sonne beschert.

Wo die Quelle des Lebens entspringt, dorthin will ich gehn,
wo der Baum des Lebens blüht, dort will ich blühen sehn.
Sieh nach vorn und nie zurück! – Was das Herz begehrt,
wird dir doch einmal unter der Sonne beschert.

Die Stimme war lauter und dröhnend geworden, und Jastrau ruhte auf der nackten Erde.

»Still, das stört die Gäste!«

»Schweig, du schwedischer Heide. Wenn der Grundtvigianer in mir erwacht … muss ich mir Luft verschaffen, du schwedischer Kannibale.«

Noch war die Halluzination stabil und deutlich. Lundbom bat den ewigen Kjær, ruhig zu sein, der freundlicherweise zum stummen Singen überging und den Mund lautlos öffnete und schloss. Aber die Erde an den Händen. War es real? In der Tasche steckte ein richtiges Taschentuch. Es war feucht. Es gab Gräben mit Grundwasser.

Und wieder ertönte die rostige Stimme:

Doch bekommt die Seele unter der Sonne nicht,
was sie will –
dann gibt es andere Sonnen und anderes Sternenlicht.
Und erlöschen alle Sonnen und Sterne irgendwann …

»Psst, jetzt müssen Sie aber wirklich still sein und sich anständig benehmen, Herr Kjær. Hören Sie?«

EPILOG

In den beiden Korbstühlen am Hoteleingang saßen Jastrau und der ewige Kjær und betrachteten das Leben, wie es vorüberglitt. Die Menschen hatten es so seltsam eilig.

Mit ihren rotgesprenkelten, aufgedunsenen Köpfen ähnelten die beiden dekorativen Tieren.

Jastrau pfiff munter vor sich hin.

»Hör auf mit dieser hässlichen Melodie«, stieß Kjær gereizt aus und verstreute Zigarrenasche auf seinen Bauch.

Jastrau hörte auf zu pfeifen.

Aber Kjær rutschte unruhig in seinem Korbstuhl hin und her. Er bürstete sich ab, schüttelte die Jackettschöße aus, prustete und stöhnte.

»Mich regt das dermaßen auf. Genau wie diese Melodie!«

»Welche Melodie?«

»Du lieber Himmel«, rief Kjær verzweifelt. »Du ahnst nicht einmal, was du da pfeifst, du sitzt ganz ruhig da und bringst mich in Rage. Das war die ›Internationale‹, Jazz, die ›Internationale‹.«

Jastrau zuckte zusammen. Er hatte es nicht bemerkt. Aber was bedeutete das jetzt? War es ein sentimentaler Zug seines Unterbewusstseins? Stimmungskommunismus? Er setzte sich irritiert auf seinem Stuhl zurecht. Stimmungen endeten immer mit kaputten Fensterscheiben – für vier Kronen.

»Ich soll nach Berlin«, sagte er an Kjær gewandt.

Kjær schüttelte sich in seinem Stuhl und lachte: »Und Lille P. kommt heute. Kommen und gehen. Kommen und gehen. Nur Kjær bleibt bestehen.«

»Aber ich habe kein Geld.«

Im selben Moment verstummte Kjær. Er saß still da, mit einem schweren Kopf und geschlossenem Mund, während Jastrau sich auf seinem Stuhl wand, unruhig, verlegen, verzweifelt.

»Ich habe kein Geld für die Fahrkarte.«

»Ja, das habe ich gehört.«

»Würdest du es mir leihen?«

Schnell! Schnell! Nun war es heraus. Aber das Schweigen war unheilschwanger. Der Lärm des Straßenverkehrs brach auf sie ein.

»Das hätte ich von dir nicht erwartet«, antwortete Kjær endlich mit einem verärgerten Seitenblick. »Du enttäuschst mich – Jazz.«

»Ich bin nicht reich«, entgegnete Jastrau missgelaunt.

Kjær drehte sich halb zu ihm um.

»Das ist eine unerfreuliche Geschichte, Jazz. Du versäufst es bloß.«

Jastrau lachte laut auf.

»Doch, das ist eine unerfreuliche Geschichte, Jazz.« Und Kjær schauderte, als liefe es ihm kalt den Rücken hinunter.

»Portier«, rief er mit einem Mal.

Der Portier steckte höflich sein Schnurrbärtchen heraus.

»Bitte schicken Sie einen der Piccolos zu Bennett und lassen Sie ihn eine Fahrkarte nach Berlin kaufen.«

»Wollen Sie verreisen, Herr Kjær?«

»Nein, ganz bestimmt nicht. Was für ein unangenehmer Gedanken. Aber ich hätte gern so eine Fahrkarte. Ich sammele sie.«

Kurz darauf stand ein Piccolo vor Kjær und bekam Anweisungen und Geld.

Als der Piccolo loslaufen wollte, rief ihn Jastrau zu sich.

»Was ist denn?«, fragte Kjær mürrisch.

»Hör mal, ich möchte mir nur diese Zehnkronenscheine ansehen. Ich will sie mir nur mal ansehen, könnte ja sein, dass sie falsch sind«, entgegnete Jastrau.

Der Piccolo reichte ihm zögernd das Geld.

»Bist du verrückt!«, stieß Kjær aus und wollte sich erheben.

Aber Jastrau saß mit den braunen Zehnkronenscheinen in der Hand da. Er wollte sie sich nur ansehen. Das waren die schäbigen Lappen, die Kjær ihm nicht anvertrauen wollte. Sollte er sie in Stücke reißen? Er starrte auf das Geld. Ein Hermeskopf in einem Oval. Und drei Löwen mit Kronen auf den Köpfen.

»Bist du total übergeschnappt?«

Und mit einer müden Bewegung gab Jastrau das Geld zurück.

Kjær schüttelte den Kopf.

»Wirst du langsam verrückt, Jazz?«

»Ich wollte mir das Geld bloß ansehen. Nur das Geld sehen.«

»Aha.«

Und kurz darauf:

»Kjær, kennst du das: Eines Tages hat man gute Laune, und dann begegnet man einem Bettler mit einem hässlichen, verwüsteten Gesicht, einem Menschen, der wirklich Not leidet. Und dann gibt man ihm Geld – um sich das Recht zu erkaufen, ihn zu vergessen – und um sich die gute Laune nicht verderben zu lassen.«

Kjær richtete sich in seinem Stuhl auf.

»Du … hast schon … eine besonders noble Art … dich zu bedanken.«

ANHANG

ANMERKUNGEN

SEITE 9 **UNAUFGESCHNITTENE REZENSIONSEXEMPLARE:** Bis in die zweite Hälfte des 20. Jahrhunderts war es in Dänemark üblich, Bücher kartoniert und mit unbeschnittenem Buchblock zu verkaufen, u. a. um sie individuell einbinden zu lassen.

DAGBLADET: »Dagbladet«, die »Tageszeitung«, kann mit der 1884 gegründeten liberalen dänischen Tageszeitung »Politiken« gleichgesetzt werden, für die Tom Kristensen als Literaturredakteur arbeitete.

SEITE 10 **RADIKALISMUS:** Sammelbezeichnung für die bürgerlich-liberale Bewegung in Politik und Kulturleben des 19. Jahrhunderts, die sich in Dänemark um die Tageszeitung »Politiken« und in der Partei Det Forenede Venstre (Die Vereinigte Linke) sammelte. 1905 gründete der radikale oder europäische Flügel die Partei Det Radikale Venstre (Die Radikale Linke), auf die Jastrau hier anspielt.

SEITE 17 **NYHAVN:** Alte Hafenanlage in der Nähe des Kongens Nytorv. 1930, zur Zeit der Romanhandlung, eine durchaus verrufene Gegend.

SEITE 18 **SIGBJØRN OBSTFELDER:** S. O. (1866–1900), norwegischer Dichter, der u. a. auch Rainer Maria Rilke beeinflusste.

SEITE 24 **›IM FEUERZEUG‹ UND BEI ›TÖLPEL-HANS‹:** Märchen von Hans Christian Andersen (1805–1875).

SEITE 25 **SOFA IM STIL VON CHRISTIAN VIII. UND SCHINKEN VON CHRISTIAN IX.:** Stilmöbel im neoklassizistischen Stil, benannt nach König Christian VIII. (1786–1848). Aus der Regierungszeit von Christian IX. (1818–1906) gab es eine Reihe historischer Gemälde.

SEITE 27 **BURMESTER:** J. W. Burmester & Ca. Lda., Hersteller und Handelshaus für Portwein mit Sitz in Porto.

SEITE 32 **BORGIS WIE PETIT:** Schriftgrößen. Borgis bezeichnet eine Schriftgröße von 10 Punkt, Petit von 9 Punkt.

SEITE 42 **DIESE VERDAMMTE BANK UND DEN BANKROTT:** Im August 1922 ging die Landmandsbanken u. a. aufgrund von Börsenspekulationen bankrott, ein Finanzskandal, der die Wirtschaft und das politische System Dänemarks erschütterte. An den Spekulationen waren u. a. Politiker und Mitglieder des Könighauses beteiligt. Eine staatliche Untersuchungskommission wurde eingesetzt, deren Bericht aber unter Verschluss gehalten.

SEITE 44 **›AFTENBLADET‹:** Populäre dänische Boulevardzeitung, die 1887–1959 in Kopenhagen erschien.

SEITE 45 **STUDENTISCHE SCHÜTZEN UND FASCHISTISCHE BENGEL:** Mitglieder des Akademisk Skyttekorps (Akademisches Schützenkorps), einer paramilitärischen Einheit, die von national gesinnten Studenten der Kopenhagener Universität 1866 als Reaktion auf die dänische Niederlage im Dänisch-Deutschen Krieg 1864 gegründet worden war. Die Organisation hatte große Ähnlichkeit mit faschistischen Jugendbewegungen in Deutschland und Italien und provozierte in den 1920er Jahren gewaltsame Auseinandersetzungen mit kommunistischen Studentengruppen.

SEITE 47 **›BONG!‹:** Danisierte Aussprache des französischen »bon«.

GEORG BRANDES UND JOHANNES V. JENSEN: G. B. (1842–1927), dänischer Literaturkritiker und Schriftsteller, der wesentlich zum »Aufbruch in die Moderne« der skandinavischen Literatur beitrug. J. V. J. (1873–1950), dänischer Schriftsteller, der für seine »Himmerlandsgeschichten« (auf Deutsch erschienen im Guggolz Verlag) 1944 den Literaturnobelpreis bekam.

SEITE 50 **ES IST SCHADE UM DIE MENSCHEN:** Zitat aus August Strindbergs (1849–1912) Drama »Ein Traumspiel« von 1902.

SEITE 54 **DANTE:** Dante Alighieri (1265–1321), italienischer Dichter. Der Vergleich mit der Jungfrau zielt vermutlich auf die Statue am Kopenhagener Dantes Plads von Dantes Geliebter Beatrice. Neben der Statue ist eine Bronzeplatte mit dem Porträt des älteren Dichters angebracht, das offensichtlich als Vorbild der Beschreibung von Vuldums »so trockenem und unfruchtbarem« Mund gedient hat.

SEITE 60 **›BAR DES ARTISTES‹**: Vorbild des Lokals ist die ehemalige Bar des bis heute existierenden Hotels ›Kong Frederik‹ am Kopenhagener Rathausplatz.

CHELTENHAM 24 PUNKT: Antiqua-Schrift, die in den ersten Jahrzehnten des 20. Jahrhunderts als Zeitungsschrift sehr beliebt war. 24 Punkt ist eine verhältnismäßig große Schriftgröße, die für Überschriften geeignet ist.

SEITE 61 **VERMEER**: Johannes oder Jan Vermeer (1632–1675), holländischer Maler des Barock.

VELÁZQUEZ: Diego Rodriguez de Silva y Velázquez (1599–1660), spanischer Maler des Barock.

SEITE 62 **EIN STEIFER HUT**: Die traditionellen dänischen Metzger trugen (und tragen zum Teil noch) bowlerartige schwarze Hüte.

SEITE 64 **HINTER PORTIEREN**: Schwerer Türvorhang.

SEITE 65 **SATYRGESICHT**: In der griechischen Mythologie lüsterner Waldgeist und Begleiter des Dionysos mit menschlichem Körper, Hufen, Ziegenbart und Hörnern.

SEITE 66 **KOMMIS**: Verkäufer in untergeordneter Stellung.

SEITE 68 **RUDY WIEDOEFT**: Rudolph »Rudy« Cornelius Wiedoeft (1893–1940), amerikanischer Saxofonist und Pionier dieses Instruments im frühen Jazz.

SEITE 70 **»ROSE MARY«**: Vermutlich ist die populäre Jazznummer »My Rose Marie« des Pianisten Fletcher Henderson (1897–1952) und seines Orchesters gemeint, die 1924 mit Louis Armstrong (1901–1971) an der Trompete in New York eingespielt wurde.

SEITE 71 **NØRREBRO**: Kopenhagener Stadtteil, zur Zeit der Romanhandlung hauptsächlich von Arbeitern bewohnt.

SEITE 72 **IN EINER BOTTICELLISCHEN MUSCHELSCHALE**: Sandro Botticelli (1444–1510), italienischer Maler, sein Hauptwerk »Die Geburt der Venus« zeigt die römische Liebesgöttin Venus, die dem Meer auf einer Muschelschale entsteigt. In der Bar des Hotels ›Kong

Frederik« hing in den 1920er Jahren ein Gemälde mit demselben Motiv, gemalt von Laurits Tuxen (1853–1927). Die Bezeichnung »Karl der Zwölfte« kam daher, dass der ehemalige Besitzer außer Tuxens »Venus« auch im Besitz eines Porträts des schwedischen Königs Karl XII. (1682–1718) war.

SEITE 74 **KATTRUPGAARD:** Herrenhof bei Kalundborg auf Seeland.

SEITE 75 **VESTERBRO:** Kopenhagener Stadtteil am Hauptbahnhof, zur Zeit der Romanhandlung hauptsächlich von Arbeitern bewohnt.

SEITE 76 **»SCALA« UND »NATIONAL«:** 1882 wurde das Vergnügungsetablissement »National« an der Vesterbrogade eröffnet. Seit 1898 befand sich dort auch das Varietétheater »Scala Varieté«.

SEITE 77 **FREIHEITSSÄULE:** Zwischen 1792 und 1797 errichteter Obelisk an der Vesterbrogade vor dem Kopenhagener Hauptbahnhof zum Gedenken an die Abschaffung der bäuerlichen Fronarbeit.

ISTEDGADE: Zentrale Straße vom Hauptbahnhof durch das Stadtviertel Vesterbro.

SEITE 83 ***ASIATISCH IST DIE GEWALT*** …: Tom Kristensens eigenes Gedicht »Angst«.

SEITE 89 **PECHKOHLE:** Tiefschwarzes fossiles Holz in der Übergangsphase von Braun- zu Steinkohle.

SEITE 94 **STRØGET:** »Der Strich«, mehrere Straßen, die sich vom Rathausplatz bis zum Kongens Nytorv ziehen; heute die längste Fußgängerzone der Kopenhagener Innenstadt.

DAMALS IN DEN MÄRZTAGEN: Ende März 1920 kam es zur sogenannten Osterkrise, als König Christian X. (1870–1947) die radikale Regierung unter Ministerpräsident C. Th. Zahle (1866–1946) entließ. Auslöser des Konflikts war die dänisch-deutsche Grenzfrage nach dem Ersten Weltkrieg. Es kam zu gewalttätigen Auseinandersetzungen und heftigen Protesten gegen das Eingreifen des Königs. Der Konflikt endete mit der Ausschreibung von Neuwahlen.

SEITE 95 **BURENKRIEG:** Britischer Expansionskrieg (1899–1902), dessen Ziel es war, die Gebiete Transvaal und Oranje für die britische Kapkolonie in Südafrika zu erobern.

AMALIENBORG: Schloss Amalienborg, Stadtresidenz des dänischen Königshauses.

MUSCHELSCHALE VOR DEM RATHAUS: Volkstümliche Bezeichnung für eine Vertiefung auf dem Kopenhagener Rathausplatz, die 1901 angelegt und 1943 nivelliert wurde. Die Muschelschale diente u. a. als Versammlungsplatz bei Demonstrationen.

STORM PETERSEN: Auch Storm P. (1882–1949) genannt, populärer dänischer Zeichner, Maler, Kabarettist.

SEITE 99 **MARMORGARTEN:** 1910 eingeweihter zentraler Saal des am Rathausplatz liegenden ›Paladshotels‹, der seinen Namen durch seine Marmorwände bekam.

SEITE 100 **TRANSPARENT:** Durchsichtige Folie, die von hinten beleuchtet wird, sodass Bilder und Buchstaben zu sehen sind. Ähnlich einer Overheadfolie.

SEITE 103 **SOMMER:** Nicht identifizierte Gaststätte oder Gastwirt in Kopenhagen (auf Seite 356 f. wird noch einmal darauf verwiesen).

SEITE 105 **JOHANNES JØRGENSEN:** J. J. (1866–1956), dänischer Schriftsteller, Repräsentant des lyrischen Symbolismus.

ABZÜGE: Probedrucke von einzelnen Zeitungsseiten vor der endgültigen Druckfreigabe.

SEITE 107 **BJØRNSON:** Bjørnstjerne Bjørnson (1832–1910), norwegischer Schriftsteller und Dramatiker, der 1903 als erster Skandinavier den Literaturnobelpreis erhielt.

SEITE 113 **VANLØSE:** Stadtteil im Westen Kopenhagens.

SEITE 115 ***DISINTERESTEDNESS*:** Interesselosigkeit, Schlüsselbegriff in der modernen Ästhetik und Kunsttheorie, der die Kunst und den Kunstgenuss als eine besondere Erkenntnisform frei von Eigeninteresse oder anderen Formen nützlicher Logik beschreibt.

SEITE 127 **WUCHERBENGEL:** Herabsetzende Bemerkung für jüngere Börsenmakler.

SEITE 131 **FORD:** Henry Ford (1863–1947), gründete 1903 die gleichnamige Automobilfabrik und gilt als Erfinder der Fließbandproduktion.

SEITE 133 **D.O.M.:** Abkürzung für »Deo Optimo Maximo« / »Für Gott den Allmächtigen«, der Wahlspruch des heiligen Benedikts (480–547). Die Maxime steht auf dem Etikett des französischen Kräuterlikörs Bénédictine DOM.

SEITE 134 **GULDALDER-SAAL:** Der »Saal des Goldenen Zeitalters«, Nachtklub im Kopenhagener Stadtteil Frederiksberg. Als das Goldene Zeitalter der dänischen Kunst und Kultur gilt die Zeit von 1800 bis ca. 1864.

SHAGPFEIFE: Kleine, kurze Pfeife für feingeschnittenen Tabak.

SEITE 140 **VESTERBRO PASSAGE:** Teil der Vesterbrogade zwischen Rathausplatz und Hauptbahnhof.

ECKE DES »WIVEL«: Ecke Vesterbrogade und Bernstorffsgade, genannt nach dem 1890 von Carl Wivel (1844–1922) gegründeten Restaurant im rechten Fassadengebäude des Tivoli, das bis zu Wivels Tod existierte.

SEITE 146 **JUNGMANN:** Seemann, der mindestens neun Monate zur See gefahren ist.

SEITE 151 **GLÜCKSELIG, GLÜCKSELIG …:** Zeile aus dem 1839 entstandenen gleichnamigen Kirchenlied des dänischen Dichters Bernhard Severin Ingemann (1789–1862).

SEITE 153 **BOAL:** Synonym für Sémillon, einer vornehmlich für Süßweine genutzten Traubensorte aus Sauternes.

SEITE 162 **WILD-WEST-VIERTEL:** Bezeichnung für das Gelände zwischen Bahnhofsvorplatz und Vesterport. Bis 1950 gab es dort verschiedene Basargebäude mit Wirtshäusern, Geschäften und Werkstätten, deren Fassaden amerikanischen Wild-West-Städten ähnelten.

PALADSTEATRET: »Palasttheater«, ehemaliger Kopenhagener Hauptbahnhof am Axeltorv, seit 1912 das größte Kino Skandinaviens mit insgesamt siebzehn Sälen.

ØRSTEDPARK: 1876 an der Nørre Farimagsgade angelegter Park, der ursprünglich zu den Kopenhagener Wallanlagen gehörte.

SEITE 163 **DRONNING LOUISES BRO:** »Königin Louises Brücke«, 1618 von König Christian IV. angelegte Brücke zwischen der Innenstadt und dem Stadtteil Nørrebro.

SEITE 165 **CHARLOTTENLUND:** Ortsteil der Kommune Gentofte im Norden Kopenhagens am Øresund.

FLUEPAPIRET: »Das Fliegenpapier«, künstlich angelegter Strand unterhalb von Schloss Charlottenlund, an dem der ehemalige Küchengarten der Königin lag.

SEITE 167 **MIDDELGRUNDSFORT:** 1890–1895 errichtete Verteidigungsbastion im Øresund.

»OVER STALDEN«: »Über dem Stall«, Restaurant und Vergnügungslokal im Wald von Charlottenlund.

SEITE 171 **»BRETTERHÜTTE«:** die Weinstube »Bræddehytte's Bodega« befand sich in der Reventlowsgade 6 im Stadtteil Vesterbro.

SEITE 172 **»STADIL«:** »Stadils Vinrestaurant« im »Haus der Industrie« gegenüber vom Rathausplatz.

SEITE 177 **SEHT, WELCH EIN MENSCH:** Johannes 19,5.

SEITE 179 **CAFÉ »PARAPLYEN«:** Restauration an der Ecke Rathausplatz und Vesterbrogade.

SEITE 180 **›DER SINGENDE KNOCHEN‹:** Ursprünglich ein deutsches Märchen aus dem Herzogtum Lauenburg, in dem ein junger Bursche von seinem älteren Bruder getötet und vergraben wird.

IBSENS DRAMEN: Der norwegische Schriftsteller und Dramatiker Henrik Ibsen (1828–1906) erregte durch seine naturalistischen Gegenwartsdramen Aufsehen, in denen die bürgerliche Moral und Lebensweise heftig kritisiert wurden.

SEITE 181 **POUL HELGESENS SCHRIFTEN:** Poul Helgesen (1485–1534), katholischer Theologe und Humanist. Helgesen spielte eine zentrale Rolle bei der Reformation in Dänemark, wandte sich später aber gegen Luthers Theorie und Praxis und bekam den Spitznahmen »Poul Wendehals«.

SEITE 191 **NIETZSCHES EWIGE WIEDERKEHR:** Bezieht sich auf Friedrich Nietzsches (1844–1900) philosophischen Leitgedanken, dass es keine absoluten Wahrheiten oder irgendeinen Sinn des Lebens außerhalb des Leben selbst gibt.

SEITE 195 GESCHICHTE MIT DEM FEIGENBAUM: Vgl. Markus 11,12-21, »Der verdorrte Feigenbaum«. Jesus verflucht einen Feigenbaum, der keine Früchte trägt, und am nächsten Morgen ist der Feigenbaum verdorrt.

SEITE 209 L'HOMBRE: Kartenspiel, das vor allem in höheren sozialen Schichten gespielt wurde.

SEITE 210 GEBÄUDE DES PANOPTIKUMS: Gebäude an der Vesterbrogade in unmittelbarer Nähe des Hauptbahnhofs, in dem Dänemarks erstes Wachsfigurenkabinett und mehrere Kinos untergebracht waren.

SEITE 219 ABER WARUM KNIETE SIE NICHT NIEDER: Vgl. Lukas 7,37-50.

NARDE: Wohlriechende Pflanze, aus der schon im Altertum Salböle gewonnen wurden.

WIRD VIEL VERGEBEN: Vgl. Lukas 7,47: »Ihre vielen Sünden sind vergeben, denn sie hat viel Liebe gezeigt.«

SEITE 234 »ORIENT«: Von 1904 bis 2003 existierende Bar in der Viktoriagade in Vesterbro, in der häufig Prostituierte verkehrten.

SEITE 235 HALMTORVET: Die Gegend um den Halmtorvet in der Nähe des Hauptbahnhofs war für ihre Straßenprostitution bekannt.

SEITE 241 »BERNINA«: In der Straße Vimmelskaftet im Zentrum Kopenhagens gelegenes Café.

SEITE 242 HEILIG-GEIST-KIRCHE: Helligåndskirke am Amagertorv im Zentrum Kopenhagens.

SEITE 249 TISVILDE: Kleinstadt in Nordseeland am Kattegat, beliebter Urlaubsort der Kopenhagener.

SEITE 254 FREDERIKSBERG: Verhältnismäßig vornehme Kommune innerhalb des Stadtgebiets von Kopenhagen.

SEITE 258 LAPIS: Der Höllenstein *lapis infernalis*, ein Salz der Salpetersäure, das u. a. zur Desinfizierung von Wunden und zur Behandlung von Warzen und Geschwüren verwendet wird. Hier zur Vorbeugung von Geschlechtskrankheiten.

SEITE 260 **SKOTTERUP BADEHOTEL:** Hotel in Snekkersten am Øresund nördlich von Kopenhagen.

SEITE 274 **FREDERIKSBERG HAVE:** Ende des 17. Jahrhunderts angelegter Schlosspark im englischen Stil.

»LORRY«: Restauration und Vergnügungslokal in Frederiksberg.

SEITE 308 ***I WONDER, I WONDER*:** Vermutlich Gus Kahns und Walter Donaldsons populäres Duett »I Wonder Where My Baby Is Tonight« aus dem Jahr 1925.

SEITE 313 **ONESTEPP:** Moderner Gesellschaftstanz in schnellem ¾-Rhythmus. Black Bottom: amerikanischer Tanz mit schleppenden Schritten, inspiriert von den Rhythmen und Bewegungen afrikanischer Tänze. Charleston: populärer amerikanischer Paartanz, der um 1920 in der Stadt Charleston entstand.

SEITE 323 **TIETGENSBROEN:** Die 1907 errichtete und nach dem Industriellen C. F. Tietgen (1829–1901) benannte Brücke führt zwischen Tivoli und Vesterbro über das Gelände des Hauptbahnhofes.

SEITE 328 **EINSTEINSCHE RAUM:** Albert Einsteins (1879–1955) Relativitätstheorie legte die Grundlage einer modernen Raumvorstellung, die die Vorstellung der klassischen Physik und Geometrie von einem Raum als stabil abgegrenzte Größe in drei Dimensionen verwarf.

SEITE 331 **»THE REVELLERS«:** 1925 gegründetes amerikanisches Jazzquintett, dessen Gesangsrepertoire in den 1920er und 1930er Jahren in den USA und Europa populär war.

SEITE 332 **CAKEWALK:** Volkstümlicher Tanz, der um 1850 unter den afroamerikanischen Sklaven in den Südstaaten der USA entstand. Der Name geht auf Tanzwettbewerbe zurück, bei denen die Gewinner mit Kuchen belohnt wurden. Auf der Basis der Ragtime-Musik wurde der Cakewalk Anfang des 20. Jahrhunderts als Modetanz bekannt.

SEITE 333 **BOURNONVILLE:** August Bournonville (1805–1879), Balletttänzer, Choreograph und Ballettmeister am Königlich Dänischen Theater.

SEITE 337 **EMMAUS:** Vgl. Lukas 24,13-35.

SEITE 356 ***EVENING STAR*:** Titel einer populären Jazzmelodie, die 1928 vom amerikanischen Orchester The Dorsey Brothers in New York eingespielt wurde.

SEITE 357 **MEIN REICH** …: Vgl. Johannes 18,36.

SEITE 367 **»SVINERYGGEN«:** Der »Schweinerücken«, Bezeichnung für die südwestliche Uferbegrenzung des Skt. Jørgens Sø in der Kopenhagener Innenstadt.

SEITE 377 **DASS IN DEN LETZTEN JAHREN AUCH DIE ZEIT ZU EINER DIMENSION GEWORDEN IST:** Anspielung auf Albert Einsteins Allgemeine Relativitätstheorie.

SEITE 385 **HANS CHRISTIAN ANDERSENS »DIE GLOCKE«:** Andersens Märchen »Die Glocke« ist in einem romantisch-pathetischen Stil geschrieben, der als ironische Parodie auf die Gottesverehrung in der Natur durch die Romantiker gelesen werden kann – als »falsche Romantik«.

›KOMM LIEBER MAI UND MACHE‹: 1791 entstandenes deutschsprachiges Kunstlied von Christian Adolph Overbeck (1755–1821), Text, und Wolfgang Amadeus Mozart (1756–1791), Musik.

SEITE 390 **KREGOME:** Dorf in Nordseeland.

SEITE 401 **SKRÆP:** Laut Saxo Grammaticus' (ca. 1160–1208) Geschichte Dänemarks (*Gesta Danorum*) der Name des Lieblingsschwerts von König Vermund, das so scharf war, dass es alles spalten konnte, ohne den geringsten Schaden an der Klinge zu nehmen.

SEITE 410 **VOGELNEST:** Turnübung an den Ringen, bei der ein Turner oder Akrobat mit Händen und Füßen gleichzeitig in den Ringen hängt, sodass der Körper waagerecht schaukelt.

PANTOMIMENTHEATER: Freilichtbühne im Tivoli, die für Pantomimen in der Tradition der Commedia dell'arte genutzt wird. Der Vorhang entfaltet sich wie ein Pfauenschwanz.

SEITE 420 **»ARENA«:** Tanzetablissement im damaligen Tivoli.

SEITE 429 **RENAN:** Ernest Renan (1823–1892), französischer Schriftsteller und Philosoph.

SEITE 430 **TSCHEKA:** Bezeichnung der sowjetischen Geheimpolizei in den Revolutionsjahren 1917–1922.

MALLARMÉ: Stéphane Mallarmé (1842–1898), französischer Schriftsteller, einer der zentralen Vertreter des internationalen Modernismus.

›LASS TRISTE SCHORNSTEINRÖHREN …‹: Parodie auf die Großstadtlyrik des Symbolismus.

SEITE 436 ***AND WHERE HAVE YOU BEEN, BILLY BOY, BILLY BOY?*:** Traditionelles amerikanisches Volks- und Kinderlied.

SEITE 455 **CAFÉ FATTY:** Wirtshaus in der Victoriagade im Kopenhagener Stadtteil Vesterbro.

SEITE 469 **UND ERLÖSCHEN ALLE SONNEN:** Zitat aus B. S. Ingemanns (1789–1862) 1837 erschienenem romantischen Zyklus »Holger Danske«, in dem es heißt: »Und erlöschen alle Sonnen und Sterne irgendwann / Die Quelle des Lebens jedoch springt dort, wo sie schon immer entsprang.«

SEITE 479 **STATUE DES EINFACHEN MANNES:** Statue von König Frederik VI. (1768–1839) am Haupteingang des Frederiksberg Have. Angefertigt vom Bildhauer H. V. Bissen (1798–1868), der den König im Militärmantel und ohne jeden Prunk zeigt.

JOSTYS KLEINES RESTAURANT: Bis heute existierendes Hotelrestaurant im Frederiksberg Have, das 1823 von Anton Josty gegründet wurde.

SEITE 490 **SCHAU NACH VORN UND NIE ZURÜCK:** Zitat aus B. S. Ingemanns Zyklus »Holger Danske«.

IN CHARLOTTENBORG AUSGESTELLT: In Schloss Charlottenborg am Kongens Nytorv war die Kunstakademie untergebracht, deren jährliche Frühjahrsausstellung als wichtiges Forum im dänischen Kunstleben galt.

SEITE 498 ***STELL DIR VOR, IRGENDWANN IST DER NEBEL VERSCHWUNDEN*:** Zitat aus dem gleichnamigen Kirchenlied von W. A. Wexel (1797–1866).

EINEN APOPLEKTISCHEN ANFALL: Schlaganfall.

SEITE 500 ***ALLONS, ENFANTS DE LA PATRIE*:** »Auf, auf Kinder des Vaterlands!« Erste Zeile der französischen Nationalhymne »Marseillaise« aus dem Jahr 1792.

SEITE 502 **KÖNIG KARL, DER JUNGE HELD:** Karl XII. (1682–1718), König von Schweden. Zitat aus dem 1818 erschienenen Gedicht »Carl XII.« des schwedischen Dichters Esaias Tegnér: »König Karl, der junge Held / er stand in Rauch und Staub«.

OVENGADEN NEDEN VANDET: Straße im Kopenhagener Stadtteil Christianshavn.

SEITE 508 **EL GRECO:** Domenikos Theotokopoulos (1541–1614), genannt El Greco, in Spanien wirkender griechischstämmiger Maler, wichtigster Vertreter des spanischen Manierismus, wurde um 1900 europaweit wiederentdeckt.

SEITE 514 **AMAGER:** Mit Kopenhagen verbundene Insel, auf der viel Obst und Gemüse angebaut wurde. Heute Standort des Kopenhagener Flughafens Kastrup.

KNIPPELSBRO: Brücke zwischen dem Kopenhagener Stadtteil Christianshavn und Schloss Christiansborg.

LINDWURMSPITZE DER BÖRSE: Nach Fertigstellung der Börse auf der Schlossinsel reichte König Christian IV. die Ausschmückung nicht, und so ließ er 1624 einen Turm aufs Gebäude setzen, mit einer Spitze aus vier zusammengedrehten Drachenschwänzen.

RAHBEKSALLÉ: Straße im Stadtteil Vesterbro.

SEITE 515 **HØJBROPLADS:** Platz vor der Brücke zum Schloss Christiansborg, ehemaliger Fischmarkt Kopenhagens.

SEITE 525 ***DE PROFUNDIS CLAMO*:** (lat.) »aus der Tiefe rufe ich«, Beginn des Psalms 130.

SEITE 526 **NACH CANOSSA:** Kaiser Heinrich IV. (1050–1106) musste 1077 den Gang auf die Burg von Canossa antreten, um Papst Gregor VII. (ca. 1020–1085) wegen seiner Übergriffe gegen die katholische Kirche um Vergebung zu bitten.

***DE PROFUNDIS CLAMAVI AD TE, DOMINE*:** »Aus der Tiefe rufe ich, Herr, zu dir.« Psalm 130,1.

SEITE 536 ASTA-NIELSEN-AUGEN: Asta Sophie Amalie Nielsen (1881–1972), dänische Schauspielerin, einer der großen Stars und das Sexsymbole des frühen Stummfilms.

SEITE 540 *RESERVATIO MENTALIS*: Geheimer Vorbehalt bei der Abgabe einer Willenserklärung. Von den Jesuiten als »Mittel zum Zweck« akzeptiert.

SEITE 544 BOGENSEN: »weil er mit Büchern handelte und von der Insel Fünen stammte«: *bog* ist das dänische Wort für Buch und *Bogense* eine Ortschaft auf Fünen.

SEITE 545 FRIEDE RUHT ÜBER STADT UND LAND: Zitat aus dem gleichnamigen Psalm des dänischen Dichters B. S. Ingemann (1789–1862).

SEITE 546 AUS DER OFFENBARUNG: Im Neuen Testament kommt in der Offenbarung des Johannes kein Wal vor. Vermutlich verwechselt Eriksen es mit dem Buch des Propheten Jona im Alten Testament.

SEITE 553 ABER DIE NACHT IST SCHWANGER …: Anfangszeilen der Serenade aus Holger Drachmanns (1846–1908) Märchenkomödie »Der var engang« (Es war einmal).

SEITE 563 UND WENN IHR MORGEN KOMMT ZURÜCK: Leicht variierte Verszeilen aus einem Gedicht des dänischen Dichters Christian Winther (1796–1876).

SEITE 564 PODAGRISCHEN FÜSSE: An Podagra leidend, einer Gichtkrankheit der Großzehengelenke.

SEITE 565 *DE IMINATIONE*: lat.: die Nachfolge, spielt auf die weit verbreitete Schrift des niederländischen Theologen Thomas à Kempis (ca. 1378–1471) »De Iminatione Christi« (Die Nachfolge Christi) an.

SEITE 566 GEISSEL DER MENSCHHEIT: »Menneskedens Svøbe«, dänischer Titel des amerikanischen Stummfilms »Civilization« aus dem Jahr 1916, in dem Jesus Christus vor dem Hintergrund eines sinnlosen Krieges die Rolle eines Pazifisten annimmt.

SEITE 591 VEITSTANZ: Populäre Bezeichnung für die Huntington-Krankheit (*Chorea Huntington*), eine erbliche, neurologische Krankheit. Zu den Symptomen gehören u. a. unkontrollierte Muskelbewegungen.

SEITE 592 **LANGEBRO**: Die »Lange Brücke« zwischen der Insel Amager und der Kopenhagener Innenstadt.

SEITE 594 **DIEBESGANG**: Für die Existenz eines sogenannten »Diebesgangs« an den Wallanlagen von Amager gibt es keine Quellenbelege.

SEITE 595 **FLAG**: Amerikanische Zigarette aus Virginiatabak, in Dänemark in den ersten Jahrzehnten des 20. Jahrhunderts beliebt.

SEITE 605 ***SUB SPECIE AETERNI***: Eigentlich »sub specie aeternitatis« (lat.): vom Standpunkt der Ewigkeit aus gesehen.

SEITE 606 ***ICH SEHNTE MICH NACH SCHIFFSKATASTROPHEN***: Zeilen aus dem Gedicht »Angst« von Tom Kristensen.

SEITE 613 **SINDINGS »FRÜHLINGSRAUSCHEN«**: Klavierstück im spätromantischen Stil des norwegischen Komponisten Christian Sinding (1856–1941).

SEITE 614 ***SAMMELT EUCH ...***: Eröffnungs- und Schlusszeilen eines Kirchenliedes des dänischen Pastors Jens Schjørring (1825–1900), das bei Begräbnissen gesungen wurde.

SEITE 616 ***NO MORE MACHINES FOR ME***: nicht identifizierter Songtext.

SEITE 619 ***ICH BLICKTE NUR ZURÜCK***: Zitate aus der ersten und sechsten Strophe von B. S. Ingemanns Zyklus »Holger Danske«.

GRUNDTVIGIANER: Anhänger des Grundtvigianismus, einer lebensbejahenden, volkskirchlichen Richtung des 19. Jahrhunderts, die von dem Pastor und Schriftsteller Nikolai Frederik Severin Grundtvig (1783–1872) begründet wurde.

UND BEKOMMT DIE SEELE: Zitat aus B. S. Ingemanns Zyklus »Holger Danske«.

»JEDES WORT TUT MIR IM HERZEN WEH«
UNENDLICHER ABSTURZ MIT TOM KRISTENSENS ROMAN

Schreibt ein Literaturkritiker einen Roman, wird dieser von den Kollegen und Kolleginnen besonders genau unter die Lupe genommen. Wer zuvor das, was andere geschrieben haben, kritisiert, gelobt, verdammt, analysiert, abgewogen und bewertet hat, muss damit rechnen, dass ihm all seine Urteile unter die Nase gerieben und besonders kritische Maßstäbe an die eigene Prosa angelegt werden. Doch das, was Tom Kristensens »Absturz« aus der Literaturkritik entgegenschlug, glich einer Verwüstung: »Kolossale und gleichförmige Unmenschlichkeit« bestimme seinen Roman, urteilte etwa der bekannte Literaturhistoriker Hans Brix. Es sei »eine nahezu unerträgliche Schmähschrift«, schrieb einer, eine »Orgie in arroganter Selbsterniedrigung« erkannte ein anderer. Der Abgesang auf die alkoholschwangeren, sexuell, musikalisch, moralisch und politisch befreienden *roaring twenties*, das Monument für die von Gertrude Stein *lost*, also »verloren«, genannte Generation, die Jacob Paludan in ihrer dänischen Ausprägung als »ein Jahrgang, der schon von Beginn an ins Stolpern geriet«, beschrieb – die professionellen Literaturleser waren nicht in der Lage, die erneuernde Sprengkraft zu erkennen, geschweige denn wertzuschätzen.

Das Comeback im Jahr 1930 des Schriftstellers Tom Kristensen, der – 1893 geboren – 1920 mit dem Gedichtband »Freibeuterträume« debütiert und in den frühen 1920er Jahren weitere Gedichte sowie zwei Romane veröffentlicht hatte, drohte zum Fiasko zu werden. 1924 hatte er sich als aussichtsreicher Lyriker, als Vertreter einer neuen, expressiven Generation entschieden, die Seiten zu wechseln und bei der liberalen Kopenhagener Tageszeitung »Politiken« als Literaturkritiker anzuheuern. Doch nach einer exzessiven und intensiven Zeit, die historisch genau jene Jahre umfasste, in der das Romangeschehen von »Absturz« angesiedelt ist, und die geprägt war von dem im Roman geschilderten alkoholgesättigten Kopenhagener Kneipen- und Redaktionsleben, zog sich Tom Kristensen zurück. Gemeinsam mit dem Zeichner Anton Hansen und dem Schriftstellerkollegen Aksel Sandemose (der in diesen Jahren an »Ein Flüchtling kreuzt seine Spur« schrieb, einem nicht weniger skandalösen, nicht weniger selbstentblößenden, nicht weniger radikalen Roman, der drei Jahre nach »Absturz« erschien) gründete er den Abstinenzlerverein »Frimændene« (Die freien Männer), verließ die dänische Hauptstadt und verschwand von der Bildfläche. »Absturz« sollte seine Rückkehr in die Kopenhagener Öffentlichkeit ermöglichen.

Das gelang auch, aber nicht so triumphal wie von Kristensen geplant. Schon vor Veröffentlichung hatte der für Zeitgenossen offensichtliche Schlüsselroman – sowohl Schauplätze als auch handelnde Figuren wurden von der gesamten Kopenhagener Literatur-, Journalisten- und Politikszene wiedererkannt –, von Kristensen selbst als ganzer »Schlüsselbundroman« bezeichnet, juristische Auseinandersetzungen provoziert, die beinah das Erscheinen im Gyldendal Verlag verhindert hatten. Dabei war sich Kristensen seines Vorgehens sehr bewusst und hatte auch genau darauf geachtet, die entscheidenden Details und Vorgänge zu fiktionalisieren. »Es wird eine hübsche Suppe, aber es ist schwer, sie zusammenzukochen, weil ich nicht allzu viele verletzen will«, schrieb Kristensen an den befreundeten Journalisten Helge Bangsted über seine Arbeit am Roman. »In jedem Fall wird meine eigene Ehe nur flüchtig geschildert, allerdings mit einigen Tatsachen, aber überhaupt nicht mit Ruths Person.« (Kristensens Frau Ruth Lange hatte ihn 1927 verlassen und aus der Wohnung in der Kopenhagener Istedgade den gemeinsamen Sohn Toth mitgenommen.) »Das Buch soll wahr werden, ohne wahrheitsgetreu zu sein. Aber ich verwende ständig Parallelen zu meinen eigenen Erlebnissen, die einen gewissen Schwefelduft an sich haben, als würde sich die Hölle öffnen.« Kristensen wusste um die Entblößung, die er mit seinem Roman unternahm, und stellte in einem Interview zum Erscheinen klar: Es sei »ein ›mutiges Buch‹, das den geistigen Auflösungszustand beschreibt, den ich für charakteristisch für das bürgerliche und ästhetische Kopenhagen der 1920er Jahre halte«. Doch die künstlerische Gestaltungskraft konnte in Kopenhagen, wo die Entschlüsselung der Romanfiguren und -situationen wichtiger war, nicht erkannt und anerkannt werden.

Rettung kam erst durch die Schriftstellerkollegen, die fasziniert waren von der schonungslosen Schilderung des eigenen Zusammenbruchs und der Aufrichtigkeit, mit der Kristensen seine Lebensverhältnisse literarisch darstellte. Ganz besonders eine gewichtige Stimme aus dem Ausland. Im Dezember des Erscheinungsjahres 1930 traf ein Brief aus Norwegen ein, vom großen literarischen Fixpunkt des Jahrzehnts und Literaturnobelpreisträger des Jahres 1920, Knut Hamsun, der schrieb:

»Herr Tom Kristensen

Ich habe anderthalb Tage mit Jastrau und den anderen zusammengelebt, aber nun bin ich fertig und sitze hier krank vor Sehnsucht nach mehr von ihnen. Es ist so leer, dass es nun zu Ende ist.

Ich weiß nicht, ob mich je ein Buch in meinem Leben so fasziniert hat, meine Frau weiß, wie ich es gelesen habe – gelesen und referiert –, sie liest es jetzt. Ein Geniestreich und ein Riesenwerk. Ich bitte Sie, meine ergebensten Huldigungen entgegenzunehmen. Ich selbst habe Bücher geschrieben, durchaus, aber nun fühle ich mich gedemütigt, kein Buch ist wie Ihres.«

Der Verlag Gyldendal setzte alles in Bewegung, diesen Einspruch für den Roman zu nutzen, veröffentlichte mit Hamsuns Genehmigung Teile des Briefes in dänischen und norwegischen Tageszeitungen. Und es gelang: Der Verkauf des Buches stieg an, kurz darauf mussten Nachauflagen gedruckt werden. Knut Hamsun hatte das Werk in seinem existenziellen Kern erfasst, war der literarischen Kraft und dem Erzählsog verfallen, ganz unbeeinflusst davon, ob im öffentlichen Alltag reale Vorbilder für die Figuren gefunden werden konnten oder nicht.

Heute gilt »Absturz« als einflussreicher Klassiker der skandinavischen Literatur – als dänischer Beitrag zur Weltliteratur der frühen Moderne, in einer Reihe mit den Monumentalromanen der Zeit wie Marcel Prousts »Auf der Suche nach der verlorenen Zeit«, Thomas Manns »Zauberberg«, Alfred Döblins »Berlin Alexanderplatz« (Heinrich Detering nannte Tom Kristensens Roman einmal gar »einen verschollenen Bruder von ›Berlin Alexanderplatz‹«), Robert Musils »Der Mann ohne Eigenschaften« oder Louis-Ferdinand Célines »Reise ans Ende der Nacht«. Romane, die ihre Gegenwart in sich aufnehmen, die mit tradierten literarischen Erzähl- und Sprechformen brechen und eine neue Sprache verwenden oder gar erfinden, die Ausdruck der Gedanken- und Wahrnehmungswelt ihrer geplagten, grübelnden, ausgesetzten Protagonisten ist. Die Erzählstränge wirbeln kaleidoskopartig durcheinander, plötzliche Brüche, irritierende Widersprüche und klaffende Leerstellen werden zu bewusst eingesetzten Stilmitteln.

Über allem thront James Joyces »Ulysses«, 1922 in englischer Sprache erschienen, der so viel Einfluss auf Tom Kristensen ausgeübt hat, dass er ihn sogar in die Romanerzählung von

»Absturz« aufnahm. Das unmäßig dicke »moderne irische« Buch, dessen Lektüre, laut Ole Jastrau im Roman, »eine Gebrauchsanweisung« benötigt, das aber für so viel Furore in der Kulturszene Kopenhagens gesorgt hat, dass Luise Kryger, die Frau des Wirtschaftsredakteurs Otto Kryger, es sich unbedingt ausleihen will. »Es ist dick und schwer, unergründlich und berühmt. Man braucht Muskeln, um dieses Buch zu lesen«, warnt er, aber sie lässt sich nicht von ihrem Plan abbringen, sich durch die Lektüre ein eigenes Bild von diesem Roman zu verschaffen.

Doch ist »Absturz« im Vergleich mit »Ulysses« ein Buch ganz anderer Art. »Absturz« richtet sich an seine Leser, blättert die Geschichte des Literaturredakteurs mit dichterischer Vergangenheit Ole Jastrau mit all ihren giftig schillernden Facetten auf. In den knapp zwei Jahren, in denen der Roman in vier Kapiteln und drei Etappen spielt (zwischen Kapitel eins und zwei vergeht gut ein Jahr unerzählte Zeit, Kapitel drei und vier spielen wenig später an zehn zusammenhängenden Tagen), alles verliert, was gemeinhin als Grundlage der Existenz gilt: Arbeit, Frau, Kind, Wohnung und vor allem seine Nüchternheit. Keine überkomplexen Sub- oder Metatexte erschweren die Lektüre, die Bildungsvoraussetzungen, um die Romanhandlung nachvollziehen zu können, stellen keine unüberwindbare Hürde dar, sondern stehen nahezu jedem Leser und jeder Leserin zur Verfügung.

Die Leitmotive und formalen Spielereien in »Absturz« schieben sich nicht in den Vordergrund. Die Spiegel beispielsweise, die an verschiedenen Stellen der Romanhandlung eine Rolle spielen, ermöglichen Ole und den anderen Figuren einen selbsterkennenden Blick auf sich selbst. Als Ole Jastrau eine zarte Annäherung mit Anna Marie erlebt, der unglücklichen, unglückseligen und untergangsgeweihten Hausangestellten der Familie Stefani, die vom alten Stefani mit Syphilis angesteckt wurde und die Krankheit an den Sohn weitergegeben hat, betreten die beiden verlorenen Gestalten ein Spiegelkabinett und blicken in den Vexierspiegeln auf sich selbst:

»Sie wurden fett und rund und lachten; sie wurden schlaksig in die Länge gezogen und schnitten asketische Fratzen, sie bekamen lange Stelzen und kurze Oberkörper, und dann lange Oberkörper und kurze Dackelbeine. Und schließlich war es die schiere Erleichterung, sich in einem normalen Spiegel zu sehen und die Verzerrungen abzuschütteln. Anna Marie wurde in diesem Spiegel eigentlich ein ganz nettes Mädchen, etwas plump vielleicht, und mit diesem unglücklichen fliehenden Kinn; aber hätte sie nicht eine so krankhafte und fahle Haut, hätte sie so rote Wangen wie eine Butterverkäuferin, mehr nicht, dann wäre es beinahe ein Glücksfall gewesen, mit ihr spazieren zu gehen. Und als Jastrau ihr die Hand auf die Schulter legte und sie vom Spiegel wegdrehte, konnte er gerade noch einen flüchtigen Blick auf sich selbst werfen: die helle, kleinkarierte Hose und die schwarze Jacke, eine Mischung aus schwarzem Jazzmusiker und Schiffskoch auf Landurlaub, etwas schwergewichtig, ja, das konnte er gerade noch sehen, und das war auch genug.«

Der Roman gleicht als Ganzes einem solchen Vexierspiegel. Für die Mitglieder der darin porträtierten Kopenhagener Kulturgesellschaft, die sich selbst erkannt haben müssen, mit Dackelbeinen und langen Stelzen, bevor sie, im normalen Spiegel, im normalen Leben, wieder zu den abgekämpften und plumpen Unglücksgestalten wurden, die sie immer schon waren. Aber auch für Tom Kristensen selbst, der in seiner Romanfigur Ole Jastrau in aller Ausweg- und Trostlosigkeit wie ein etwas verzerrtes Selbstbild sichtbar wurde – alles andere als schmeichelhaft.

Krisen und Katastrophen sind allgegenwärtig im Roman. »Fürchte die Seele und verehre sie nicht, denn sie gleicht einem Laster« wird dem Leser und der Leserin im Motto mit auf den Weg gegeben. In einem Radiovortrag konstatierte Tom Kristensen 1932, knapp zwei Jahre nach Erscheinen von »Absturz«: »Wenn eine Kunst Ausdruck dieser Jahre sein soll, dann muss sie eine Krisenkunst sein.« Die »Goldenen Zwanziger« (im Dänischen werden die Jahre als *brølende tyvere*, brüllende Zwanziger bezeichnet, vergleichbar den englischen *roaring twenties* wie auch den *anni ruggenti* im Italienischen; im Französischen dagegen heißen sie *années folles*, also verrückte Jahre) sind an ein Ende gekommen, der Aufbruch und die Dauerparty sind einer existenziellen Ernüchterung gewichen, die tiefer reicht als ein einfacher Kater nach dem Rausch. Johlende und prügelbereite »studentische Schützen und faschistische Bengel« mischen sich in den Roman wie düstere prophetische Vorboten für das, was die kommenden Jahre bringen werden, die gesättigte Lethargie der ausgiebig sich dem Rausch hingegebenen Generation gibt einen Raum frei, der, wie wir heute alle wissen, von üblen Kräften genutzt wurde. »Ich sehnte mich nach Schiffskatastrophen / nach Zerstörung und plötzlichem Tod« lauten zwei Zeilen aus dem Gedicht, das der geniale Dichter Steffensen geschrieben hat, als er bei Jastrau Obdach gefunden hat. (In deren Verhältnis vielfach auf Arthur Rimbaud und Paul Verlaine und deren Beziehung angespielt wird, doch das sei hier nur als andeutende Spur erwähnt.) In Wirklichkeit stammen die Zeilen aus einem Gedicht von Tom Kristensen selbst, das den vielsagenden Titel »Angst« trägt. »Wie langweilig das Leben doch ist«, wird im alkoholisierten Zustand (dem Normalzustand im Roman) einmal gestöhnt, »wir brauchen tatsächlich einen neuen Weltkrieg.«

Der Jazz gibt den Takt des Romans vor – und er ist nicht nur Jastraus Spitzname, mit dem er in Verkürzung seines Nachnamens in vertraulichen Situationen von seinen Redaktionskollegen wie auch von seinen Trinkerkumpanen angesprochen wird. 1928, während der Arbeit am Roman, schrieb Kristensen in einem Brief an Harald Bergstedt über das, was er vorhatte: »Der Stil wird äußerst modern. Hektisch, glaube ich. Aber das ist noch nicht wirklich klar. Denn jedes Wort tut mir im Herzen weh. Und jedes Wort *soll* im Herzen wehtun, sonst wäre es unmöglich, ein so subjektives Buch zu schreiben, wie ›Absturz‹ es wird.« Die oft kurzen, klaren Sätze, die Motive, die sich durch den Roman ziehen (der afrikanische Fetisch, die Spiegel und Gardinen, die immer gleichen Orte, Wege durch Straßen) und wiederkehrenden Formulierungen (»Peter Boyesen grüßt alle munteren Jungs!«, »Ecce Homo«, die Unendlichkeit), treiben auf musikalische Weise den Roman voran – selbst wenn sich die Handlung über Seiten hinweg kaum von der Stelle bewegt. Die Entwicklung liegt in der Variation, in der Abweichung, in der Abwärtsbewegung von Ole Jastrau, der Stückchen für Stückchen von sich und seiner Existenz aufgibt, sich hingibt und tiefer in den Höllenstrudel gezogen wird. Die Monotonie, die sich bei den ewig wiederkehrenden Saufabstürzen und Trinkerrunden einstellt und die Tage und Nächte verschwimmen und einander überlagern lässt, verstärkt den erdrückenden Eindruck der Alkoholsucht, führt die Verführungskraft dieser verantwortungsbefreiten, aber verlässlichen Gleichförmigkeit vor Augen, angesichts der Herausforderungen des beruflichen und des Familienalltags. Norwegens Starautor Karl Ove Knausgård, der seinerseits einschlägige Erfahrungen mit einer ganzen Serie an »Schlüsselbundromanen« gemacht hat, beschwor die »hypnotische« Kraft von Kristensens Roman, die dazu führe, »dass man mit ihm gemeinsam abstürzen möchte«.

Die Frage, warum man einen Klassiker wie »Hærværk« ins Deutsche übersetzen lässt, stellt sich ganz besonders vor dem Hintergrund, dass es bereits eine deutsche Übersetzung des Romans gibt. 1992, im gerade wiedervereinigten Deutschland, erschien der Roman im ehemaligen DDR-Verlag Volk und Welt unter dem Titel »Roman einer Verwüstung« in der Übersetzung der für die Vermittlung vor allem von klassischer dänischer Literatur (von Tania Blixen und Herman Bang bis Søren Kierkegaard) verdienten Übersetzerin Gisela Perlet. Eine schwierige Zeit für den in der DDR wichtigsten Verlag für internationale Literatur, der im Laufe der Jahrzehnte die sagenhafte Zahl von 42 Nobelpreisträgern publiziert hatte. 1990 zur GmbH umgewandelt, sollte der Verlag, nachdem die Belegschaft von 150 Mitarbeitern auf gerade einmal 15 reduziert worden war, kurz darauf zwei Mal und jeweils unvorteilhaft (unter anderem an einen Büroartikelhersteller) verkauft werden, was durch Initiativen namhafter Autoren und mit öffentlichem Druck jedoch verhindert werden konnte. Bis 2000 schrumpfte das Verlagsprogramm sukzessive weiter, dann vollzog sich die Zusammenlegung mit dem Luchterhand Literaturverlag und die Entlassung der verbliebenen Handvoll Mitarbeiter. 2001 erschienen die letzten Bücher unter dem Namen Volk und Welt, ehe sich nach der Inkorporierung von Luchterhand durch Bertelsmann und schließlich Random House auch die letzten Spuren tätigen Verlegens unter dem Namen Volk und Welt verlieren. Unglückliche Verlagsumstände, beeinflusst vom politischen Weltgeschehen, die dazu führten, dass dem Buch vom deutschen Publikum nicht die gebührende Aufmerksamkeit zuteilwurde. Und bald verschwand Tom Kristensens »Roman einer Verwüstung« in Gisela Perlets Übersetzung wieder aus den Buchhandelsauslagen und damit auch aus dem Bewusstsein.

Wenn bereits eine Übersetzung existiert, stellt sich immer die Frage, warum dann neu übersetzen lassen? Zumal wenn die bestehende Übersetzung von einer anerkannten Übersetzerin angefertigt wurde, die sich gerade gegen ideologische Vereinnahmungen richtete und eine gewisse Überzeitlichkeit anstrebte. Eine Neuübersetzung bedeutet nicht (zumindest nicht zwangsläufig), dass damit die bisher bestehenden vorangegangenen Übersetzungen negiert oder überwunden würden. Übersetzungen bieten individuell geprägte Lesarten eines Originaltextes, den Blick auf ein Werk mit dem Hintergrund der persönlichen Lebens-, Lektüre- und Übersetzungserfahrung des Übersetzers und der Übersetzerin. Zudem ist jede Übersetzung – ob sie es will oder nicht – von den zeitgeschichtlichen und sprachlichen Umständen des Übersetzungszeitpunktes geprägt. Diese Gerichtetheit, also der Zielpunkt einer gegenwärtigen Leserschaft, ist nicht nur unvermeidlicher Begleitumstand, sondern genau das, was eine Übersetzung zu etwas Gegenwärtigem, zu einem zeitgemäßen künstlerischen Beitrag macht. Die Gegenwärtigkeit sollte dabei nicht in Modernisierung oder – noch schlimmer – in Aktualisierung bestehen. Ebenso wie eine betuliche nostalgische Historisierung schadet sie dem Text der Übersetzung, lässt ihn zu einem geschmäcklerischen Ausdruck einer Mode werden. Die gegenwärtige, auch geistesgegenwärtige Übertragung in die heutige Zielsprache gründet auf einem Blick vom heutigen Standpunkt aus auf diese zurückliegende Epoche der Entstehungszeit. Es geht also nicht um Assimilation an das Original und seine Zeit, auch nicht um die vollständige Überführung in eine Zeitgenossenschaft. Es geht darum, das Dazwischen kenntlich zu machen, darum, die heutige Perspektive auf das Werk, auf seine Wirkungsgeschichte und auf seinen Entstehungszusammenhang in die Übersetzung mitaufzunehmen und auf diese Weise mitzureflektieren.

Ulrich Sonnenberg ist genau darin ein Meister. Das beginnt schon bei der Entscheidung für den Titel. »Hærværk«, ein Wort, in dem der Schnitt oder Schlag anklingt, den dieser Roman bedeutet hat, war mit dem melodiös-lyrischen »Roman einer Verwüstung« lautlich nicht abgebildet. Im Gegenteil erzeugt dieser literarisierte Titel sogar eine zusätzliche

Abstraktionsebene, lässt ihn parabelhaft anmuten und nimmt ihm etwas von seiner schneidenden Schärfe. »Absturz« dagegen bildet die Zweisilbigkeit des Originaltitels ab, bewahrt auch seine Kantigkeit und bringt ihn in eine Gegenwart (in der man nach einer Nacht mit zu viel Alkohol davon spricht, »abgestürzt« zu sein und in der im Wort Absturz sowohl der Mythos von Ikarus als auch der ganz greifbare gesellschaftliche und soziale Absturz anklingt).

In den Entstehungsjahren des Romans, den ausklingenden 1920er Jahren, waren die technischen Neuerungen in Gestalt von Telefonen, Autos, Druckmaschinen und Grammophonen rasant vorangeschritten. Zwar sind in Ole Jastraus Lebenswelt die Insignien der behäbigen, das abgestandene 19. Jahrhundert fortsetzenden Bürgerlichkeit noch allgegenwärtig (wie die Familienfotos auf der Anrichte, die exotischen Souvenirs aus den von Europa kolonialisierten Gebieten der Welt und die erdrückend möblierte Repräsentationswohnung), doch der großstädtische Alltag ist schon längst in der Moderne angekommen. In der rasselnden, klingelnden, hupenden und dampfenden Geräuschkulisse zeigen sich die 1920er Jahre, wird die Atmosphäre des nervösen Fortschritts und des technologischen wie auch akustischen Aufbruchs der Zeit heraufbeschworen. Besonders beginnt der Roman zu glänzen, wenn Jazzmusik beschrieben wird. Ulrich Sonnenberg hat dafür in der deutschen Fassung sprudelnde Passagen geschaffen. Der Jazz steht für den Bruch mit dem Überkommenen, er ist das Statement der nervösen, rastlosen neuen Generation, grundiert vom Überdruss und vom Nihilismus: »Auf der neuen Jazzplatte heulte die ganze Zeit über ein nicht zu definierendes, schneidendes Instrument, und Jastrau spürte, wie dieser geblasene Ton ihm kalt den Rücken hinunterlief. Es war Schicksal, Fatalismus.« An anderer Stelle nimmt der Jazz die befreiende Verweigerungsgeste auf: »Zwei Saxofone heulten und klagten. Sämtliche Instrumente setzten ein. Eine Tuba blies jedes Raumgefühl fort und füllte den Saal mit dichten, widerspenstigen Tönen. Weg mit allem!«

Doch in den formensprengenden, neuartigen Missklängen des Jazz liegt auch die Verheißung von Glück. Schon die Beschreibung der Musik mutet wie die beschwörende Beschreibung von etwas Überlebensgroßem, etwas Überwältigendem an:

»Zunächst knackte es. Doch rasch erhoben sich die summenden und heulenden Stimmen, lautmalerisch, sinnlos miauend. Mal glitten sie über in sentimentale Refrains, die von großen, weichen, vor Liebe dahinschmelzenden Lippen gesungen wurden. Mal ruhten sie sich auf den Tönen aus. Der Klang wurde übermenschlich und metallisch. Die Lungen schienen so kräftig wie Blasinstrumente zu sein. Und dann fielen andere Stimmen ein. Töne wehten hinaus in die Luft und brachen abrupt ab. Alles hörte sich so munter und virtuos an und war von einer überströmenden Schönheit, die man nur auf eigenes Risiko ernst nehmen konnte.

Und in Jastraus Gliedern zuckten die Rhythmen. Er war ein schlechter Tänzer, leider, leider, sonst wäre er glücklich gewesen. Seine Beine bewegten sich dennoch in ungeschickten Charleston-Schritten – Versuche von Glück.«

Die tapsige Glückssuche bietet einen Halt: »Im Esszimmer stand nur das Grammophon. Es musste Trost spenden können, ein sägender Jazz nach dem anderen, Sentimentalität und Zynismus in einem unablässig tanzenden Rhythmus.« Es stellt ein großes Trotzdem dar, trotz der Sinnlosigkeit des Lebens, trotz des Scheiterns aller Ideale: »Die Jazzmelodie ließ nicht nach, die schwarze Platte drehte sich unerschütterlich weiter. Diese mechanische Bewegung, diese mechanische Erlösung seines Kummers hatte etwas Teuflisches.«

Der ekstatische Rausch, den die Mischung aus Musik, Zigarren und dem heiligen Alkohol bereithält, heilt nicht das Unglück der Existenz auf dieser Welt. Aber er ermöglicht Einsicht in die Unendlichkeit, die wiederum Erlösung verheißt. »Der Jazz trug seine Worte. Er hielt sie für die Wahrheit. Es gab ein Schicksal, ein großes Schicksal in seinem Leben. Er spürte jetzt das Bier. Das war die Freiheit, die er suchte, diese unendliche Seele. Aus diesem Grund war all dies geschehen. Jetzt wusste er es. Der Jazz erzählte es ihm.«

Tom Kristensen ließ »Absturz« keinen weiteren Roman mehr folgen. Das Opus magnum sollte der effektvolle Schlusspunkt seiner Schriftstellerkarriere bleiben. 1946 zog sich Kristensen auf die Insel Thurø zurück, in die sogenannte »Dänische Südsee« (den dänischen Teil der Ostsee), wo er die fast drei Jahrzehnte bis zu seinem Tod 1974 in weitaus beschaulicheren Verhältnissen verbrachte als die aufreibenden 1920er Jahre. Thurø könnte deutschsprachigen Literaturinteressierten durch eine Episode ein paar Jahre zuvor bekannt sein, als Bertolt Brecht und Helene Weigel mit Unterstützung der befreundeten Schriftstellerin Karin Michaelis von 1933 an bis zum Weiterzug nach Schweden 1939 zuerst zu Gast bei Michaelis auf Thurø waren und dann in einem alten Fischerhaus bei Svendborg auf Fünen ihr Exil fanden. Die berühmte Fotoserie, die Bertolt Brecht beim Schachspiel mit Walter Benjamin unter freiem Himmel vor einem dänischen Landhäuschen zeigt, ist hier entstanden. Auch George Grosz und eine ganze Reihe anderer deutscher Intellektueller kamen zu Besuch, und Brecht schrieb einmal an Benjamin, um ihm einen Aufenthalt schmackhaft zu machen: »Die Welt geht hier stiller unter.«

Tom Kristensens Welt wurde »stiller«, seinen erlebten Untergang hatte er bereits in »Absturz« geschildert. Er war, neben Tania Blixen und anderen Autoren und Autorinnen,

1960 an der Gründung der Dänischen Akademie beteiligt und erhielt 1968 ihren Großen Preis, einen der angesehensten Literaturpreise Dänemarks, womit er sich seinen Eintrag in die institutionellen Geschichtsbücher der Literatur sicherte. Der »Absturz« war also kein Sturz ins Bodenlose, vielmehr ein Ausschleichen aus dem Unglück. »Absturz«, der den Untergang einer ganzen Gesellschaft festhielt, ermöglichte Kristensen selbst die Grundlage für sein späteres Leben in ruhigen Bahnen. Denn einmal den Absturz überstanden und am Grund angekommen, lebt es sich leichter. Mit Ulrich Sonnenbergs Neuübersetzung von Tom Kristensens auch heute noch eindrucksvollem und verstörendem Roman kann nun auch im Deutschen ein neuer Aufschwung einsetzen, der diesen Leitstern der modernen dänischen Literatur auf eine Umlaufbahn befördert, die er sich verdient hat: ganz nah heran an die unsterblichen Seelen der Unendlichkeit.

Sebastian Guggolz, Berlin, Mai 2023

(Die Übersetzung der Zitate aus den Briefen von Tom Kristensen und von seinen Zeitgenossen stammt von Ulrich Sonnenberg.)

TOM KRISTENSEN
(1893–1974)

BIOGRAFIEN

Tom Kristensen (1893–1974) wurde in London geboren und wuchs in Kopenhagen auf. 1919 schloss Kristensen sein Lehramtsstudium ab, arbeitete als Englischlehrer an einer Kopenhagener Handelsschule und trat 1920 mit einem ersten Gedichtband als Schriftsteller in Erscheinung. Er verfasste expressionistisch beeinflusste Gedichte sowie Novellen und Romane. Sein legendärer Roman »Absturz« – laut Knut Hamsun »ein Geniestreich und ein Riesenwerk« – hat bis heute nichts von seiner Strahlkraft verloren. Daneben verfasste Tom Kristensen als Literaturredakteur Rezensionen und Gelegenheitsgedichte für die Tageszeitung »Politiken« und bestimmte das literarische Leben Kopenhagens mit. »Absturz« sei nicht nur ein Schlüsselroman, sagte er einmal, sondern »ein ganzes Schlüsselbund«. Beeinflusst von Sigmund Freud und der literarischen Moderne um James Joyce und Ernest Hemingway (die er, neben William Faulkner und T. S. Eliot, ins Dänische übersetzte), wurde der radikale Modernist Kristensen selbst zum Bezugspunkt nachfolgender Schriftstellergenerationen. Ab 1946 lebte er bis zu seinem Tod auf der dänischen Ostseeinsel Thurø.

Ulrich Sonnenberg, geboren 1955, absolvierte nach seinem Abitur eine Buchhändlerlehre in Hannover. 1986 gründete er zusammen mit Klaus Schöffling die Frankfurter Verlagsanstalt und leitete von 1993 bis 2003 den Vertrieb des Suhrkamp Verlags. Seit 2004 lebt er als Übersetzer und Herausgeber in Frankfurt am Main. Er übersetzt aus dem Dänischen und Norwegischen, u. a. Hans Christian Andersen, Herman Bang, Carsten Jensen, Karl Ove Knausgård, Tania Blixen sowie Johannes V. Jensen. 2013 erhielt er gemeinsam mit Peter Urban-Halle den Dänischen Übersetzerpreis.

Sebastian Guggolz, geboren 1982 am Bodensee, ist Verleger des Guggolz Verlags, in dem er Neu- und Wiederentdeckungen vergessener Klassiker aus Nord- und Osteuropa in neuer Übersetzung herausgibt. Seit 2022 arbeitet er zudem im Lektorat des S. Fischer Verlags.

INHALT

ANHANG

Titel der Originalausgabe:
Hærværk (1930)
Die Übersetzung folgt dem Abdruck in:
Tom Kristensen, »Hærværk«. Tekstudgivelse, efterskrift og noter ved Torben Jelsbak. Tekstgrundlag: førsteudgaven 1930. København 2017. Det Danske Sprog- og Litteraturselskab/Gyldendal

Der Übersetzer dankt der Danish Arts Foundation für die großzügige Bewilligung eines Arbeitsstipendiums.

Erste Auflage Berlin 2023

Guggolz Verlag
Gustav-Müller-Straße 46, 10829 Berlin
verlag@guggolz-verlag.de

Druck & Bindung: Friedrich Pustet, Regensburg
Korrektorat: Bettina Hartz
Umschlag: Mirko Merkel
ISBN 978-3-945370-43-8

www.guggolz-verlag.de